作者简介：

格里美尔斯豪森（Hans Jakob Christoffel von Grimmelshausen 1621/22 —1676），德国小说家。出身贵族，但早年便成为孤儿，从未受过正规教育。十二岁时被掳入军队充当马童，从此经历了1618—1648年的德国三十年战争，当过龙骑兵、步兵、军队文书，走遍德国，历尽战争苦难。1639年成为一名司令官的秘书和管家，1662年在一位富有的医生家当管家，有机会博览群书，获得丰富知识。晚年创作了十卷本的流浪汉小说《痴儿故事集》，其中一至五卷《痴儿西木传》最为有名。该书出版（1668）后广受欢迎，三百多年来，在德国已家喻户晓，被誉为十七世纪德国文学的顶峰。

Er wurde durch Feuer wie Phoenix geborn,
und flog durch die Lüfte, oder ging mit
verlorn.
Er wanderte durch Wasser, er reiste
über Land.
In zahlreichen Schriften machte er uns
bekannt,
was uns vielfach gefesselt und stets
noch ergötzt.
Was war es? Wir habens in dies
Buch gesetzt,
damit die Kollegin, die liebe Li Shu,
fern deutscher Länder es lesen kann
in Ruh.

人民文学出版社
PEOPLE'S LITERATURE PUBLISHING HOUSE

痴儿西木传

DER ABENTEUERLICHE SIMPLICISSIMUS

GRIMMELSHAUSEN
[德国] 格里美尔斯豪森 著
李 淑 潘再平 译

约瑟夫·黑根巴特 插图
Illustrationen von
Josef Hegenbarth

Hans Jacob Christoph von Grimmelshausen
Der abenteuerliche Simplicissimus
Illustrationen von Josef Hegenbarth
根据德国 Aufbau Verlag，Berlin，1955 版本译出

图书在版编目（CIP）数据

痴儿西木传/（德）格里美尔斯豪森著；李淑，潘再平译．—北京：人民文学出版社，2015
ISBN 978-7-02-011051-3

Ⅰ.①痴… Ⅱ.①格…②李…③潘… Ⅲ.①长篇小说—德国—现代 Ⅳ.①I516.45

中国版本图书馆 CIP 数据核字(2015)第 150292 号

责任编辑　全保民
责任校对　刘光然
责任印制　史　帅

出版发行　人民文学出版社
社　　址　北京市朝内大街 166 号
邮政编码　100705
网　　址　http://www.rw-cn.com

印　　刷　北京智慧源印刷有限公司
经　　销　全国新华书店等

字　　数　340 千字
开　　本　680 毫米×960 毫米　1/16
印　　张　31.5　插页 3
印　　数　1—3000
版　　次　1984 年 3 月北京第 1 版
印　　次　2016 年 8 月第 1 次印刷

书　　号　978-7-02-011051-3
定　　价　68.00 元

如有印装质量问题，请与本社图书销售中心调换。电话：010-65233595

作者像

1986年，李淑教授与日耳曼学专家、格里美尔斯豪森学会第一任主席贡特 · 魏特教授在作者故居。

德国黑林山区绍恩古堡，是发掘格里美尔斯豪森生平重要之地。

1984年夏，潘再平教授专访本书第五卷第十二章提到的黑林山区神奇的魔魔湖。

魔魔湖前的石碑。

在德国下萨克森州乌芬布特市，设立了专门研究巴罗克文学著名的奥古斯都大公爵图书馆。

自从1976年德国纪念格里美尔斯豪森逝世三百周年之后，德国文学界对格氏和《痴儿西木传》的研究蓬勃开展。每年定期举行年会，三年有一次大型国际性会议。每年出版一期研究文集《西木卜里西阿娜》，其内容日益丰富。

德国巴罗克文学的丰碑(译本序)

李　淑

德意志人民,忍欺受骗。
为更高理想,在斗争中
血流成河,历尽苦难。
单纯的心灵啊!
变得桀骜不驯。
缪斯赋予了灵感,
德意志人民,你本是那——
他笔下描绘的
可怜的西木!

这段铭刻在《痴儿西木传》(1668,以下简称《西木》)的作者汉斯·雅科布·克里斯托夫·封·格里美尔斯豪森(Hans Jakob Christoffel von Grimmelshausen,1622—1676,以下简称格氏)纪念碑上的诗行,足以说明这部长篇小说何以能经受三百年的沉浮,在德意志人民中间深深扎根,成为德国家喻户晓的作品的内在因素了。

这部描写一个小人物在德国三十年战争(1618—1648)中的遭遇的作品,重哲理而隐晦难懂,虽然早为文学史家确认为十七世纪文学高峰,却很少有人从巴罗克流派的角度来加以分析阐述,其主要原因是因为巴罗克作为这一种艺术流派从它一开始便被判为"教会与封建的文化运动",① 直到二十世纪三十年代才获得平反。二次大战后,尤其从六十年代起,在欧美诸国蓬勃开展的巴罗克文学研究中,《痴儿西木传》恰如群山

① 《文艺学百科辞典》63页,罗罗罗出版社,1978。

之巅，巍然屹立。如今它已有了世界各国译本。当汉译本于一九八四年在北京出版以后，才使我们有机会获得丰富的有关信息，看清了它绚丽而多彩的面目。

《痴儿西木传》的作者格里美尔斯豪森的文化造诣并非来自学校，而是来自艰苦丰富的人生经历，他称得上是位奇才，他的《西木》具有巴罗克艺术风格的种种特点，而在思想上并不受教会与封建社会种种规范原则的约束。德国著名作家托马斯·曼评论《西木》道："这是一座极为罕见的文学与人生的丰碑。它历经近三百年的沧桑，依然充满生机，并将在未来的岁月里更长久地巍然屹立；这是一部具有不可抗拒魅力的叙事作品，它丰富多彩、粗野狂放、诙谐有趣、令人爱不释手，生活气息浓厚而又震撼人心，犹如我们亲临厄运，亲临死亡。它的结局是对一个流血的、掠夺的、在荒淫中沉沦的世界彻底的悔恨与厌倦。它在充满罪孽的、痛苦悲惨的广阔画卷中是不朽的。"①

《西木》近乎自传体小说。当代格氏研究者柯乃克（Gustav Könnecke）在黑森州及巴登档案馆成功地找到了证据，说明小说中主人公西木的经历在第四卷之前几乎与作者经历一致。小说以第一人称自叙体写成。主人公西木是个孤儿，被德国中南部偏僻农村的一户农民收养，几乎与世隔绝的生活使他思想单纯无知。在兵燹之乱中，小西木逃入树林，夜遇隐士，隐士对这孩子的种种无知感到惊讶，于是给他起名叫"西木"，意为单纯无知。隐士灌输给他基督教的信仰和种种知识。两年后隐士去世，临终留给西木三句话，作为他今后生活的准则：一要有自知之明，二不与恶人为伍，三要坚定地生活下去。此后小西木离开树林，进入人间社会，从此经历种种冒险生涯，饱尝人间残酷暴虐。先当书童，后当小丑，供人取乐。在曲折坎坷的人生道路上，他从军队一方转到另一方，不得不被迫时时说谎，隐瞒自己的过去。他在马格德堡皇帝军中，结识了海尔茨布鲁德父子和奥立佛，前者代表"善"，三人结为生死与共的莫逆之交；后者代表"恶"，在西木后来生涯中，与奥立佛起着难解难分的作用。西木依靠自己聪敏的天资，对环境的善于应付，终于成为一名远近闻名、智勇双全的猎兵，凭着兵不厌诈、克敌制胜的本领，屡建战功。这时达到他生命的

① 《冒险的西木卜里齐斯穆斯》，托马斯·曼作前言，斯德哥尔摩，1944。

制高点，荣誉与财富同来，获得了许多妇女的青睐，风流韵事迭出，被迫与一个军官的女儿结婚。后来发展到不可收拾的地步，从荣华富贵的高峰堕入贫穷潦倒的境地，沦落为兵痞、流浪汉、骗子、卖假药的人、强盗等等。作品中对三十年战争后期产生的“梅罗德兄弟团”——散兵游勇、打家劫舍的兵痞集团有生动具体的描写。在经历了一番曲折之后，西木洗心革面，皈依了天主教。但又不甘寂寞，再次结婚，并成为上天入地的探求者，最后又重返战场。其间，他邂逅养父，知道了自己贵族出身的来历，隐士原来是他的生父。西木对人生厌倦绝望，重新开始过隐居生活。

《西木》是一部现实主义作品，但具有强烈的宗教和哲理色彩，这与北欧人倾向于从道德和宗教的角度来观察人生是分不开的。同时，十七世纪的德国在新、旧教外衣下进行的三十年战争是德国土地上的一场欧战，在教皇、皇帝与贵族之间争权夺利的背后都有外国的支持与参与。这场战争的结果是土地荒芜、经济凋敝、人口骤减，德国从此分裂为三百多个专制小邦。在这个政治经济混乱落后、信仰危机的时代，《西木》中反映出强烈的反对封建专制、贵族特权和教会腐败的倾向。作者通过西木的口，认为在宫廷里，牲畜和人之间的差别已经很小：“我曾亲眼目睹，有些人怎样比猪更肮脏，比狮更凶残，比羊更淫荡，比狗更下贱，比马更放浪，比驴更粗鲁，比牛更贪饮，比狐狸更狡猾，比狼更贪婪，比猴更愚蠢，比蛇蝎更狠毒，他们只不过在外表上区别于野兽而已。”① 他寄希望于德国的统一，由出类拔萃的英雄人物来治理德国和世界。格氏虽然身为天主教徒，但他在《西木》中对教会的批判是无情的，一针见血的。他笔下的教士多半是虚伪贪婪，丧失天良，不学无术而又狂妄自大。他认为教士与强盗的差别只在于：“盗贼从来不说他们所干的事，而教士正好相反，从来不干他所说的事。”② 又例如西木见到士兵残忍地杀害五个农民，在杀害之前，有这样一段对话，士兵对一个农民说：“如果你否认上帝和所有的圣徒，那我就放你逃跑……”这个农民回答说，他一向不把圣徒放在眼里，而且直到现在也不和上帝结缘。他还慎重发誓，说他不知道上帝，也不想从天国得到一分好处。小西木自认为进入人间世界时，“身上没有任何珍贵的东

---

① 《痴儿西木传》2卷第7章。

② 同上书，2卷第21章。

西，惟有一颗纯洁的良心和正直而虔诚的感情……自己所受的教育和被养成的习惯就是要时时刻刻感觉到上帝的存在，要最真诚地按照他的神圣意旨去生活……而实际上，我所见到的无非全是糟透了的恶行……呜呼！我所看到的并不是作为一个诚实的基督徒理应具备的高尚正直的内心世界，而是充满七情六欲的凡夫俗子们身上原都无不充满着的虚伪和愚蠢。我怀疑，在我眼前到底还有没有基督徒存在……上帝的真正意愿，尽人皆知，但事实上却没有一个人当真在实行上帝的意愿。”① 小说中许多段落都反映了十七世纪这一信仰危机的时代，也表明作者的思想境界并未受当时所谓的御用文化——巴罗克文化尺度的限制。

《西木》在一六六八年年底初版时，作者以化名发表此书，其风靡畅销，自不待说，三年之中，重版三次。之后竟湮没冷落一百多年，十九世纪时，重为一些浪漫主义作家所发掘。《西木》中“来吧，哦，夜莺，夜的安慰”一诗也被收入当时浪漫主义诗集《儿童奇异的号角》中。之后，几经论争与波折②，直到二十世纪六十年代，乃至今日已有数百篇有分量的论文从风格怪异、深奥难解的《西木》中揭示出作者格氏非凡的记忆与创造能力，以及善于表达的天赋才能：通过小说数说历代帝王、神话和能工巧匠的故事，显示出他的博学多才，对于古代神话、英雄史诗、帝王历史、宗教、民间传说、民俗学、动植物、医学、化学、星相、音乐诗方面的谙熟。

在小说的艺术风格上，他重视巴罗克气势磅礴、绚丽多彩的表达与独具匠心的创造，首先体现于小说语言的运用和表达上。一是使用德语中典型的框形套句结构，这正与巴罗克的螺形旋涡风格相配称。由于在一个主句中插入了许多短句，导致句型复杂，难免有累赘费解之嫌，但被描述的事物因此生气勃勃，形象真切，有动态感，如对于维特斯托克战役一场的描写。二是多用谐音，表达含义双关，使风格不致流于平淡，而又妙趣横生。当然，这样的语言要通过翻译而保持原来的文采，是困难的。例如小西木把自己在偏僻山区闭塞而无知的生活称做“驴的生活”，它恰与

---

① 《痴儿西木传》1卷第24章。

② 一八七六年，即格氏逝世二百周年时，普鲁士文化部长法尔克要求中小学图书馆购置《西木》这部书，而被天主教会作为攻击俾斯麦政府的把柄，认为《西木》有害青少年的道德教育。但是人们为了抗议天主教会的攻击，对《西木》表示敬意，同年在伦兴地方举行了格氏纪念大会，并于三年之后在当地为格氏树立了纪念碑。

“高贵的生活”谐音,作者意在表达纯朴无知的生活是接近自然的生活,因而也是高贵的生活。又如小西木被俘到哈瑙宫廷,见到一个军官,这个军官穿着时髦,他的裤子几乎像裙子,梳着发辫,胡子很短,这是当时流行的、模仿法国穿戴的风尚,但在小西木的眼里,不知他是男是女,就称他为“赫尔曼发洛狄特”(意为阴阳人),军官很奇怪小西木怎么知道他的名字,因为他正巧名叫“赫尔曼”。再如西木在自以为得意,却逢厄运又降时,作者写道:“以为顺风去英国,岂知违心到荷兰”,在德语里,英国原与“天使之国”谐音,荷兰与“地狱之国”谐音。三是文字游戏。作者以假名发表了这部小说,小说主人公西木最后知道了自己的真实姓名为梅·斯·封·福格斯海姆。作品结尾又提及作者真名是萨·格·封·赫尔希弗尔德。而最后签名又是哈·依·策·封·格·佩等等。这些名字虽然不同,它们却全由格里美尔斯豪森这一真实姓名的字义颠来倒去、排列组合而成。这类扑朔迷离的文字游戏在巴罗克时期流行,当时,这与小说的地位低下有关。作者隐姓埋名乃属常事。四是排比的句法,体现了当时修辞学在指导创作方面起的重要作用。《西木》五卷的最后两章尤为典型,可谓模仿与创造并举,文字雅俗共存,笔法洒脱不羁,荒诞离奇之中见严肃睿智,格氏不失为一位语言大师。

格氏笔下的西木,全名原为“德意志的富有冒险生涯的西木卜里其西木斯”。名字的前一半意为单纯无知,后一半体现了极端的夸张,意为单纯无知达到了登峰造极的境地。而这个人物是一个德意志人,能经受人生一切艰难险阻。在巴罗克时期,往往用抽象名字,以表示一种理想。作者借西木之口,说过这样的话:“我多么希望每个人都在隐士身边长大,这样他们便会用西木般天真无邪的眼睛来观察世界的本性。如果世界上全是西木的话,我也不会显得那样聪明了,也就看不出那么多的邪恶了。”①在西木初闯人世,遭受暴虐时,他体会到隐士为何逃避了人间而选择了荒野的道理。这个夸张漫画式、粗犷质朴、却又有血有肉的形象表现了一种若痴若愚、天真未凿的本性,未受肮脏世界、世俗观点的熏染,这是一类不同凡俗、标新立异的形象,通过西木的观察与评论,病态社会的种种弊端也就被揭示得更加清楚。西木可谓开荒诞角色之先河,我们可以在卡夫

① 《痴儿西木传》1卷,第25章。

卡笔下和当代德国作家君特·格拉斯的《铁皮鼓》与《比目鱼》这些作品中看到西木的许多派生兄弟们的形象。

小说另一个重要的巴罗克特点是《西木》封面的古怪人像。这一怪人的象征画承袭于中世纪的民间传说,其含义不亚于斯芬克斯难解之谜。在怪人像下附有的诗句是:

像凤凰在火中再生,
我腾入太空而不失踪影,
我漂越大海又遍游大地。
我在遨游之中四海扬名。
是什么,
使我心忧伤,难能欢乐?
我把一切,记述书中,
为使读者,如我所做,
远离愚昧,永得安宁。

怪人身后是一片红色的火,象征在火中的再生。它本身由不同因素组成,上半身半男半女,目光敏锐,长钩形鼻子,大嘴,头的左右两边长有一对山羊角和驴耳。一条腿是牛脚,另一条是水禽的蹼。背有翼,身后有海豚般的尾。象征腾入太空,漂越大海,或遍游大地的必要装备。手持世界之书,或称命运之书,上有皇冠、僧帽、大炮、岗楼、色子筒、船、小丑帽、烧鹅、小昆虫等,象征五彩缤纷的世界,小说情节的变幻不定,也象征人生的种种经验。在怪人脚边,躺着许多假面具,象征以它们来对付险恶的人生。这幅画已成为格氏的标志、西木的标志以及德国巴罗克文学的标志,而它象征性的含义仍处于不断探索之中。

自本世纪六十年代以来,用蓬勃开展这四个字来形容格氏及其《西木》在德国和美国的研究并不为过。关于格氏本人和小说本身的研究以及它成为德国巴罗克文学的代表作,以及它在承前启后方面研究的影响,都有了新的突破。必须一提的是贡特·魏特教授在一九六八年出版的格氏及《西木》研究专著《论巴罗克文学中的模仿与创造》一书被日耳曼语文界公认为当代德国文学研究方面的重大成果之一。魏特教授以丰富确凿的资料,令人信服的考据和论证揭示了《西木》的多源性以及格氏并非一位学识欠缺的乡土作家，尤其重要的是，魏特教授首次解开了《西木》的内在结构之谜，他根据情节和十七世纪盛行的星相占卜之术，以及古希腊罗马诸神与各种金属典故等等的联系，从它们之间含义上的相符一致推断出格氏是按照九大行星的排列来安排情节的。这又揭示了巴罗克风格的另一重要寓意特征。这种内在结构的剖析进一步解释了艺术结构与作家世界观的联系。魏特教授的这部著作已成为研究巴罗克文学的必读之作。

当一九七六年格氏逝世三百周年之际，联邦德国为这位民族作家举行了规模宏大的多种形式的纪念活动：国际学术报告会，格氏及其作品展览会，一版再版新的《西木》注释本，发行纪念货币和邮票，并由当代意大利著名雕塑家曼佐在伦兴城为格氏树立了新的全身铜像。在与《西木》有着不解之缘的威斯特法伦州的明斯特大学成立了国际格氏学会，公推当代日耳曼语文界四大名师之一的贡特·魏特教授任学会主席。每年出版一期国际性的、以格氏研究为中心的巴罗克文学论文集《西木卜里希阿娜》。一九八三年联邦德国放映了《西木》电视连续剧。近年来，格氏及《西木》已成为国际性研究课题。如美国斯坦福大学教授、国际比较学会副会长吉列斯比(Gerald Gellspie)在他的论著《欧洲小说的演化》中专论《西木》，并称之为“宏伟的巴罗克文学顶峰”。当代德国著名作家君特·格拉斯自称是“格里美尔斯豪森的继承者”。由格氏学会组织的每年一次国际格氏会议有世界各国学者参加。如今《西木》已有了世界各国主要语种译本。七十年代苏联译本和日本译本相继问世。一九八四年《西木》中译本在北京问世，引起联邦德国的关注和兴趣。一九九〇年春，以瑞士苏黎世为起点，然后在西德巡回展出二十世纪《西木》画展。

《西木》及其艺术风格或许还要经受时间的考验，但正如《西木》中所说：“凡煞费苦心做成的东西，总是最珍贵的，也是更有价值的。”二十世纪后期的研究热潮是继十九世纪起伏之后而出现的，这部作品今后是否还会销声匿迹，而后再来一个热潮？这有待历史证明。

一九九二年于北京大学

序　诗

像凤凰在火中再生，
我腾入太空而不失踪影，
我漂越大海又遍游大地。
我在遨游之中四海扬名。
是什么，
使我心忧伤，难能欢乐？
我把一切，记述书中，
为使读者，如我所做，
远离愚昧，永得安宁。

目　　次

第　一　卷

第二卷

第 三 卷

第四卷

第五卷

第　一　卷

第　一　章

西木讲述自己的农民出身和他所受的道德教育

我们现在看到和生活着的这个时代实在已是日暮途穷、无可救药了。——在那些卑微的小人物中间流行着一种瘟疫；染得此病，即成痼疾：他们或东搜西刮，蝇营狗苟，攒得了几个银币，塞进腰包，又滑稽可笑地穿上饰以千百条丝带的摩登服装；或偶尔交上好运暴发起来，逞势争名，总想和骑士老爷及门第显赫的贵族大人们分庭抗礼。可是，事实上，不管你如何费心考证，也只能得出如下结论：他们的祖先往往都是些通烟囱的，打短工的，拉车子的，干苦力的；他们的堂表兄弟都是些赶脚的，变戏法的，玩杂耍的，走钢丝的；他们的同胞兄弟都是些差役，皂隶；他们的嫡亲姐妹都是些女裁缝，洗衣妇，扎扫把的，或者干脆就是娼妓；他们的母亲都是些拉皮条的，或者干脆就是巫婆；他们的老祖宗几十辈子都是不干不净的，就像布拉格盗窃集团① 里的小流氓那样。这些新贵们，他们本身就往往是这样黑，就像他们生在几内亚，长在几内亚一样。

我可不愿意把自己和这些小丑们相提并论。虽然，说实话，我心里未尝不经常存此奢望：我的祖先中也确曾有过大人物或者至少有一位是算得上贵族的。我天生喜爱贵族地主的营生。如果我有资产的话，不是说笑话，我的出身和所受的教育，如果避而不谈其大异，是足以和一位侯爵相比的。难道不是吗？我的阿爸（斯贝塞地方就是这样称呼父亲的）有一座自己的宫殿，它像其他宫殿一样地好，是如此漂亮！我敢说，任何一位皇帝，即使他比亚历山大大帝更有权力，也不可能亲手盖成这样一座宫殿，他不半途而废才怪呢。宫殿四壁用粘土抹成，屋顶上以茅草代替了那

---

① 尼古拉斯·乌仑哈特一六一七年写了一本描写布拉格盗窃集团的小说，小流氓制糖人是这个集团的首领。

耗苗不生的石板、冰冷的铅皮和红铜,上边长着珍贵的野草。我的阿爸为了大大炫耀他那尊贵的、自古世袭的贵族身份和财富,他不用那些路上捡到的或者从不毛之地挖掘出来的石块修建宫殿的围墙,更不用那种马马虎虎花一点儿时间就可以烧制出来的砖块——就像那些大老爷们经常干的那样——他却用了橡木做围墙,仿佛那上面会长出烤肠和油火腿来似的,这种有用的珍贵木材一直可以维持到他一百多岁终老的时候。有哪个君主会照着他这样去做呢?有哪个统治者会热衷于盖这样的一幢建筑呢?他的房间、厅堂、起居室四壁都让乌烟熏黑,这样做只是因为黑色是世界上最持久的颜色;这样的一幅图景要达到完美的境界,比起一位绘画艺术大师完成他的杰作所需的时间更多。墙上的那些壁毯都是世界上最柔软的织物,给我们制作的人就是那些从前敢于和密涅瓦① 比赛纺织技术的巧匠②。宫殿的窗户是献给圣诞老人尼古拉斯③ 的,不是为了其他原因,只是因为阿爸认为,制作这样的窗子,直至完工,就像数黄麻籽或亚麻籽那样,比起摩拉④ 生产出来的最好、最明亮的玻璃来,还要花费更多的功夫。他的地位使他习惯于认为,凡是煞费心血做成的东西,总是最珍贵的,也是更值钱的;而凡是珍贵的东西,对于贵族正合适,与贵族身份也是最相称的。

阿爸用绵羊、山羊和母猪替代了书童、仆役和马夫,他们个个都整整齐齐地穿着天然的号衣,常常在草原上伺候着我;直到我感到厌烦了,把他们赶回家去。

在兵器和盔甲库里,各种犁耙、钉耙、锄头、斧子、铲子、粪叉、草杈塞得满满的,装饰得漂漂亮亮的。我的阿爸每天都摆弄着这些兵器。锄地、垦荒是他进行的军事演习,就像古罗马人在和平时期所干的那样。给牛套车是他作为司令官下的命令,运粪是他的防御加固措施,耕种土地是他进行的战役,劈木柴是他每天的体格锻炼,同样,清除厩肥是他贵族式的消遣、骑士式的比武游戏。他用这些办法与他力能胜任的一大片土地搏斗,从它那儿夺取连年丰收。对于这一切,我都漠然视之,并不以此自诩;

---

① 密涅瓦,罗马智慧女神。

② 意指蜘蛛。

③ "尼古拉斯"和"不是玻璃"谐音,"献给圣诞老人尼古拉斯",系谑指窗户"不是玻璃的"。

④ 摩拉,上意大利城市名,以盛产精致玻璃闻名。

这样做，就使人不会有理由来讥笑我以及其他和我一样的新贵族们了。因为我觉得自己并不比阿爸更高明。阿爸的这座房子坐落在一个十分安逸的地方，就是说，在斯贝塞。那是一个狼群互祝晚安的极为偏僻荒凉的所在。为了简短一些——反正这儿并不涉及任何需要我为之起誓的贵族赏赐，况且关于我阿爸的家谱、出身和族人姓名也从未有人向我详细说明过——只要说明我出生在斯贝塞，也就够了。

正像阿爸家中的一切都打上了贵族的印记那样，我的成长和教养也受到了类似的熏陶。这一点，任何明白人是不难理解的；谁就是这样认为，也不算受骗。因为在我十岁的时候，我已经通晓我阿爸的上述各种贵族训练的基础知识，但在学习方面，我简直可以和著名的苏伊达斯[①]中所提到的大笨蛋阿姆泼立斯蒂底比个高低：连数到五都不会。也许我的阿爸才智极高，因此，他遵循当时习俗——那时许多上等人不习惯于在学习上下功夫；或者，拿他们的话来说，他们把学习称为“学堂里的胡闹”，因为他们都有底下人替他们去动笔杆子。

此外，我还是一个出色的风笛吹奏家，我会吹出美妙动听的哀歌，在这方面比起高明的俄耳甫斯[②]来也毫不逊色；正像他精通竖琴那样，我在风笛方面也是出类拔萃的。至于神学，我不愿听人家的劝导：像我这种年龄的一代人，当时正处于整个基督教精神之下，我本应和他们一样才是。但是我呢？我既不知神，也不知人，既不知天堂，也不知地狱，既不知天使，也不知魔鬼，既不辨善，也不识恶。因此，不难设想，我因为有了这种信仰，就像天堂里我们第一代的双亲[③]那样生活着，他们生活在清白无辜之中，毫不懂得什么是疾病，什么是死亡，更不懂得耶稣基督的复活。

哦，高贵的生活——你完全可以把它叫做驴的生活[④]——那时人们根本不必为医药操心！正是用这种方法去推论，人们也就可以理解我在法律研究以及世界上所有艺术和科学方面的丰富经验了。是啊！我在无知方面是如此完美无缺，因此我也就不可能知道，我是这样的一无所知。我再说一遍：噢，高贵的生活——这就是我当时度过的生活！但是我阿爸

---

① 苏伊达斯，十世纪希腊辞书名。

② 俄耳甫斯，传说中的希腊神歌手。

③ 指亚当与夏娃。

④ “高贵的生活”与“驴的生活”谐音。

不愿让我继续享受这种无忧无虑的生活，他认为，我生活行事都应该符合我的贵族身份，那才是合理的。因此他开始吸引我去注意更高级的事物，并给我上更难的课。

第　二　章

西木当上了牧人，他引经据典称颂牧人生活

我阿爸赋予我最崇高的荣誉——不仅在他的庄园内，而且在全世界都这样看待这种荣誉——即最古老的牧官之职。阿爸先把他的猪、然后把他的山羊、最后把他的整群绵羊都托付给了我。我独自守护和放牧这些牲畜，并用我的风笛保护它们免遭狼的袭击。斯特拉波[①] 曾经写道：显然是风笛的声音吹肥了阿拉伯半岛上的绵羊和羊羔。那时我真像大卫王[②]，只是他不吹风笛，而奏竖琴；这个职务并非什么坏的开端，对我来说，倒是一个好兆头，一旦碰上好运气，我将会成为一个世界名人。自混沌初开，历来的伟大人物都当过牧人，就像我们在圣书中读到过的阿贝尔、亚伯拉罕、依萨克、耶考勃和他的儿子们以及摩西[③] 本人那样；摩西在他作为六十万人的统帅和立法人进入以色列之前，他首先保护了他岳父的羊群。可能有人会指责我，上述这些人都是虔敬上帝的圣人，而不是对神一无所知的斯贝塞村童。我得承认这一点，也否定不了这一点；但是我当时的清白无邪于此有什么过错呢？正像在上帝的选民中已有先例那样，在古代的异教徒中也可以找到同样的例子。在罗马人当中有过许多名门望族，就因为他们与诸如此类的牲畜打过交道，也许还放牧过它们，才称自己是波波儿库斯、斯达底里俄斯、波姆波尼俄斯、维托罗斯、维坦里

---

① 斯特拉波（公元前 63—前 19），希腊地理学家，写过《地理志》十七卷。

② 大卫王（公元前 11—10 世纪），古以色列王国国王，他统一犹太各部落，建立王国，定都耶路撒冷。曾当过牧人，有音乐天才，作过许多宗教诗歌。

③ 摩西，见《圣经·旧约》领犹太人出埃及的带头人，犹太教的创始人。

乌斯[1] ……等等的。事实上，建立起罗马城的孪生狼孩罗姆洛斯和莱姆斯，本人都当过牧人。斯巴达克斯，整个罗马政权在他面前都害怕得发抖，就是一位牧人；不是吗？正像鲁齐阿努斯在他的《对话录》[2] 中向海伦证实的那样，特洛亚皇帝普里阿摩斯[3] 的儿子帕里斯，特洛亚伯爵埃涅阿斯的父亲阿希塞斯，都曾经是牧人。甚至受到贞洁的月神追求的那位英俊美貌的埃多米奥，也是一位牧人。此外，还有那可怕的库克罗普斯[4]；就连诸神自己——正如作家斐奥努多斯[5] 所说的——也不以牧人之职为耻，太阳神阿波罗为皇帝阿特梅蒂在坦桑里亚喂过牛，信使神墨丘利的儿子达斐尼斯·潘和泼罗坦乌斯都是地地道道的牧人，因此，他们在卖傻诗人的笔下都是牧人的典范。摩阿[6] 的皇帝梅萨——正像人们从帝王书第二卷读到的那样，也曾是一位牧人；波斯的撒鲁斯大帝，他不仅被一位牧人抚养长大，而且自己也放牧过。哥格斯[7] 是一位牧人，后来借助于一只戒指的神力而当上了皇帝。波斯皇帝依斯玛埃尔·索菲年轻时同样也放牧过牲畜，所以斐洛·犹德在《摩西传》中十分中肯地说道，牧官之职正是掌握统治权的开始和准备；正如好战与好斗诸神首先要进行狩猎训练那样，要使这些人掌握权柄也要首先让他们学会担任那和蔼温顺的牧官之职。这一切，我的阿爸想必十分明白，因为他有过一颗十分狡猾的脑袋[8]，深谋远虑，但直到此时此刻，他还没有激发我对光辉未来抱有任何企望。

现在且让我们回到我的羊群上来。正如你们所知，我对于狼的无知正像对我本身的无知一样，因此我阿爸越来越频繁地告诫我。他说："小鬼，留神点儿，别让羊跑远跑散了，卖点儿力气吹你的风笛，别让狼来吃羊，狼是四条腿的流氓、强盗，专吃人和畜，你要是偷懒，小心我打断你的

---

① 这些都是罗马家族别名。波波儿库斯，意为放牛人。维托罗斯，意为牛犊。维坦里乌斯，意为小牛犊。

② 指鲁齐阿努斯的《死人对话录》。

③ 荷马史诗中的人物。

④ 《奥德赛》中的独眼巨人。

⑤ 斐奥努多斯，古罗马暴君尼禄(37—68)时代的作家。

⑥ 摩阿，在阿拉伯西北部。

⑦ 哥格斯(公元前685—前652)，小亚细亚古国吕底亚的皇帝。

⑧ 脑袋，影射古罗马政权。

脊梁骨！”

我以同样的温顺回答道：“阿爸，告诉我，狼是什么样的。我还没有见过狼呢！”

“啊！你这个笨蛋，”他答道，“你一辈子都是个傻瓜，我不知道你将来会成为什么样的人，你这个大草包、蠢蛋，连狼是四条腿的流氓都不懂……”

他又教训了我一通，终于怏怏不乐，嘟哝着走开了。他认为，在这个时候，他的教训还不能使我痴顽不化的头脑聪明半点，因此，不可能理解他的谆谆教诲。

第　三　章

西木大吹风笛，直到士兵把他掳走

于是我把风笛吹得叭叭响，几乎闹死了草原里的蛤蟆。而对于那老在我脑子里转悠的狼，便不那么害怕了，倒是感到十分安然。由于我记起阿妈（在斯贝塞和福格尔山区人们是这样称呼母亲的）常常说，她担心，那些母鸡会因为我的吹奏而死去；因此，她让我唱起歌来，这样也可以使对付狼的办法更有效些。我唱的歌是从我阿妈那儿学来的：

你地位低贱的农夫啊，
实在是世界上最好的人！
只要仔细看看你啊，
赞美之歌唱不尽！

现在世上是什么样啦，
难道不是亚当开垦了土地？
人们当初用锄头养活了自己，

这才有了王公贵族。

几乎一切都在你的脚下，
土地献出的食粮，
首先经过你的双手，
供养着整个国家。

上帝赐给我们的帝王，
庇护我们，也得吃饭。
靠你养活的还有士兵，
是他们给你带来了灾难。

是你提供了盘中的肉，
是你酿成了杯中的酒，
大地多么需要你的耕耘，
来供给我们足够的面包。

假如你不经营土地，
大地就会满目荒凉。
假如没有一个农夫，
世界就会一片哀伤。

你理应受到极大尊敬，
因为你哺育着所有的人，
大自然本来就热爱你，
上帝祝福你的农夫生涯。

骇人听闻的足疼风病，
从未来到过农夫中间，
它使贵族老爷吃够了苦，
也有财主因此丧生。

你毫不骄横狂妄，
真是时代绝无仅有，
骄横狂妄也主宰不了你，
上帝就赐给你更多的苦难。

那一贯作恶的士兵，
对你可真有好处，
因为你不傲慢自大，
他便说:“你的所有，都归我有。”

我动听的歌声唱到这儿就唱不下去了。因为就在这一刻我和羊群被一队骑兵团团围住;这队骑兵在大森林里迷了路，正是我的歌声和羊群的叫唤声把他们引到了这儿。

“呵呵，”我想道:“这些都是真正的怪物！就是阿爸说的有四条腿的流氓和强盗了。”我首先看见了一个连马带人的独特的怪物——就像当初印第安人看见西班牙骑士那样，我想，我不会认错，它就是狼，我想把这个半人半马的可怕怪物轰走。为了这个目的，我几乎还没有来得及吹起我的风笛，他们当中的一个便从一边抓起了我，粗暴地把我扔到一匹无驮载的马上。这是他们和其他东西一起从农民那儿抢来的。我不得不从另一边跳下来，正好压住我那可爱的风笛。它开始哀哀悲鸣，发出那样可怜的声音，好像要感动全世界对它表示怜悯一样。但是，这也无济于事，尽管我的风笛没有吝啬它最后的一口气来哭诉我的不幸遭遇，我还是不得不再次上了马，任凭我的风笛去哀鸣和诉说！最使我恼怒的，是这些骑兵硬说我把风笛摔疼了，才使它这样痛切呼号。

就这样，那匹劣马以刻板的步子驮着我径直走到我阿爸的庄园里。当时我头脑里起了稀奇古怪的幻象和含糊不清的怪念;我想象，因为我坐在这样一匹从未见过的牲口身上，我也可能变成一个铁铸的人，正如我所看到的，这些带我前进的人，全都是铁铸的一样。但由于这样的变化并没有出现，我愚蠢的脑袋又产生了另外一些怪念头。我想:这些陌生的玩意儿可能只是帮助我把羊群赶回家去，因为他们之中没有人吃掉我一只羊，大家都一齐沿着笔直的路赶向我阿爸的庄园。因此，我时时张望我的阿爸，看他和阿妈会不会马上出来迎接我们，欢迎我们。但是，这不过是白费心思，阿爸和阿妈连同他们惟一的、最可爱的女儿——我们的乌尔塞拉，都从后门逃跑了。他们不想恭候这些没法对付的客人。

第 四 章

士兵蹂躏西木家园，如入无人之境

虽然我并不想把爱好和平的读者和这些兵痞暴徒一起带进我阿爸的庄园——因为在那里发生的事情简直是糟糕透顶，然而我这部故事的发展却要求我这样做。为了让亲爱的后代知道，在我们德国这一次战争中，常常发生了一些多么恐怖而骇人听闻的事情，我特别要用自己的经历来证实，所有这些祸害都是出于那至高无上的神的好意，为了对我们有所裨益才经常施加于我们的！亲爱的读者，倘若不是我阿爸的家园毁于兵灾，而我又被抓住，被迫加入了这些人的队伍，从他们那儿知道了那么多的事情，那么谁还会告诉我，天上有一个上帝呢？不久之前我对什么都还是一无所知，也想象不出，总以为地球上只有我阿爸、阿妈、乌尔塞拉，再就是我自己和其他一些家人。因为我既不知道还有其他什么人，也不知道除了我每天进进出出的我阿爸的那座贵族住所之外，还有什么其他供人居住的房子。但此后不久我就懂得了世人的生活真相，他们并无固定的住处，经常是瞬息之间，又得离此去彼。我只不过外形是个人，名义上是个基督徒，实际上是头野兽而已！但是至高无上的神用怜悯的目光注视着我的洁白无辜，要使我对他和对我自己有所认识。虽然通向这种认识的道路有千万条，他却毫不犹豫地安排了一条路，即：我的阿爸和阿妈要因为他们对我轻率的教育而遭到惩罚，借以儆戒后人。

这帮骑兵在我阿爸四壁乌黑的屋子里开始干的第一件事，便是把他们的马牵进马厩；然后，他们各干各的勾当，桩桩件件无一不是肆意破坏和糟蹋。有一些人开始杀鸡宰鹅，又煮又烤，简直像是要举行一次盛大的

宴会，而另一些人则在房子里上下乱窜，因为他们不知道密室在哪儿，好像那里藏着希腊神话中阿耳戈英雄们要去取的金羊毛似的。再有一些人把布匹、衣服和各种什物捆打成大包，似乎要在什么地方张罗一个旧货市场；凡是他们认为不能带走的东西，就全部砸烂。有几个家伙用剑刺进柴草垛，好像他们杀了猪羊还不尽兴似的；有几个把被褥里的鸭绒都抖落出来，把猪油、腌肉和其他东西塞进去，好像这样睡起来更舒服。另外一些人捅坏了窗户和炉子，好像他们要宣告永恒的夏天来到；铜器锡器全被捣毁，他们把这些七歪八扭的破烂碎片捆扎起来；床铺、桌椅板凳全被烧光，院子里留下了许多枯木条；瓶瓶罐罐终究都被打碎，因为他们只喜欢吃烤的东西，或者因为他们只想随便在哪儿凑合吃一顿就行了。我家的使女在牲口棚里给他们折磨得那样厉害，她再也走不出来了，她被糟蹋了！那雇工，他们把他捆倒在地，往他嘴里塞进一大块木头，灌了他满满一大桶臭粪水；他们把这叫做瑞典饮料，而他并不觉得这种饮料有什么好滋味，脸上倒出现了极为奇怪的表情；他们就这样强迫他领着一队人出去，到处抓人、拉牲口，然后全带到我家的院子里来。在这些人中间，我看到了阿爸、阿妈，还有我们的乌尔塞拉。

这时他们就开始取出枪上的燧石，把农民们的大拇指夹在枪上，代替燧石击发；还把一个抓来的农民塞进了烤面包炉，在他背后点起了火，尽管他什么也没有供认出来。他们就这样折磨这些可怜的人，好像要烧死老巫婆一样。他们又用一根棍子绕在另一个人的头上，用一根短棍把它拧紧，于是，血便从他的嘴里，鼻子里和耳朵里喷出来。总而言之，每个人都用他自己的发明创造来折磨农民。因此，每个农民也遭受了自己特殊的痛苦。只有我的阿爸——我当时是这样想的——是最走运的人，因为当别人承受着痛苦和以惨叫来回答拷问时，他却是张着嘴巴大笑着招认的。这样的荣誉临到他身上，无疑因为他是一家之长的缘故。他们把他挪到一堆火的旁边，捆绑住他的手脚，使他动弹不得，然后用湿的盐摩擦他的脚底板，再让我家的老山羊把这些盐舔掉，致使他奇痒难忍，笑不可支。我觉得这太迷人了，太美好了，因为我还从未听到过或者见到过我阿爸这样长时间地大笑。为了跟他做伴，或者说因为我不大明白其中道理，不禁也从心底里跟着他大笑起来。

在这样的大笑之中，阿爸认承了他应尽的义务，说出了隐藏的宝库，

里面都是金子、珍珠和各种小首饰，比起他们原先想从农家搜得的多得多。至于那些被抓起来的妇女、使女和姑娘们，我没什么特别可说的，因为这些当兵的不让我看见他们是怎样摆弄她们的。我所知道的，只是从那些角落里不时传出可怜的叫喊声。我猜想起来，阿妈和乌尔塞拉的遭遇不会比别人好些。在这场浩劫中，我翻转着烤肉，不为任何事情操心，因为我还不大明白，这一切究竟是什么意思。我在下午还帮他们去饮马，因此来到了马厩里使女的身边，她看起来已经被糟蹋得不像人样了。我认不出她来了；她却用衰弱的声音对我说："哦，小鬼，逃吧，否则这帮骑兵要把你带走啦；你要想办法逃出去，你都看见了，这儿是多么糟糕。"她再也说不出一句话来了。

…………

第五章

西木乘机逃跑，心惊胆颤，草木皆兵

于是我马上对眼前的不幸处境进行了思考和打算，以便找个借口逃跑。但逃到哪儿去呢？要想出一个办法来，我的头脑实在太不行了。然而我还是在傍晚时分逃进了树林，而且在这样窘迫的情况下，也没丢下我亲爱的风笛。再往前到哪儿去呢？我感到茫然。在我看来，这些道路和树林似乎是穿过新地岛背后的冰冻大洋① 一直通向中国一样。漆黑的夜晚虽然掩护了我，但我这不开窍的脑袋似乎觉得它还不够黑暗，我竟躲进一簇浓密的灌木丛中，从这儿既能听到那些受折磨的农民刺耳的叫唤声，也可以听到夜莺的歌唱。这些小鸟——人们有时把他们之中的某些人也叫做鸟儿② ——虽与农民们未曾相识，却与他们分担着忧虑，由于

---

① 指北冰洋。

② 德语"鸟儿"，也作傻瓜、蠢人解。

他们遭遇的不幸，也渐渐停止了动人的歌唱；我因此无忧无虑地侧身睡着了。当晨星开始在东方闪耀时，我看到我阿爸的房子在熊熊燃烧，却没有一个人想着要去救火。我往前走去，希望能碰上一个我阿爸家的人，却被五个骑兵看到了，他们把我叫住："小伙子，快过来，要不就见你的鬼去，毙了你，要你的命！"

我张着嘴巴，呆呆地站着，因为我不明白，骑兵们要干什么，他们说的话又是什么意思，我像个呆子似的瞪眼望着他们。这些骑兵由于隔着一片泥泞不能靠近我，这显然使他们非常恼火，其中一个对着我拉开了他的卡宾枪，啪的一声，迸出火花，在重重的回声中使我毛骨悚然，因为我从未听到过这种声音，也未见到过这样的事。我马上伸开四肢，趴倒在地，吓得几乎脉搏停止了跳动。虽然骑兵已经离开，他们以为我无疑已经死去，我却整整一天魂不附体，不敢从地上爬起来，也不敢向四周张望一下。

当夜幕重新覆盖大地时，我才站起身来，懵懵懂懂地在树林里转来转去。走啊走啊，忽然看到远处一棵枯树的影子，它使我感到狰狞可怖，我立即回身逃走，走了很久，我又看见一棵这样的树，我照样又急忙跑开。就这样，奔来跑去，消磨了整整一夜。终于，可爱的白天来到了，它给了我帮助，使我在那枯树面前不再发愁。然而，这对我毕竟无济于事，因为我内心充满了惊恐不安，我的两腿疲乏不堪，我的肚子饿到极点，我的嘴巴焦渴难忍，我的头脑痴念纷纭，我的双眼沉沉欲睡。我茫然往前走，走，却不知道走向哪里。我越走越远离了人们，迷失于密林之中。我勉力撑持着，朦朦胧胧地感觉到了愚蠢和无知所带来的后果。即使是一头没有理性的野兽处在我的地位，它也一定会比我更懂得为了保存自己而应该怎么办呀！不过，我终于急中生智——赶在黑夜来临之前，爬进了一个树洞，紧紧抱着我那珍贵而可爱的风笛，下决心在这儿安排我过夜的床铺。

第　六　章

西木初遇隐士，吓得魂不附体

我几乎还没有睡稳，就听到了说话的声音："哦，把至高无上的爱赐给我们不知感恩的人吧！哦，我惟一的安慰，我的希望，我的宝贝，我的上帝！"还有更多诸如此类的话，我不能都听清，也不能都明白。

这些话显然可以使任何一个处在像我当时那样情况的基督徒获得鼓舞、安慰和愉快。可是，唉，我是多么单纯和无知！这些话对于我却如秋风过耳，我不仅不明白其中半点意思，而且听起来觉得那样奇特，不禁为之惊骇。但当我听到说话的人说到要给我充饥解渴时，我那再也忍受不了的饥饿和由于好久没有吃过东西而辘辘作响的胃，便立即劝告我应该赶快到他那儿去作客；于是，我鼓起勇气，从树洞里爬了出来，朝着声音传来的方向挨过去。我看到了一个身材高大的人，一头灰黑的长发蓬乱地披散在肩头上；一团杂乱的胡子，几乎像一块瑞士干酪；他瘦削的脸面苍白而又泛黄，但显得相当可爱；他的长外套上缀补着无数块重重叠叠、各式各样的补钉，他颈上和身上绕着一条像圣·维尔黑尔穆斯① 那样沉重的铁链，这在我看来，真是狰狞可怕。我开始颤抖，好像一条湿淋淋的狗。而更使我害怕的是，他把一个约六呎长的基督受难十字架贴在自己的胸前，因为我不认识他，因此也想象不出别的，只能认为这个老人必定就是我阿爸前不久对我说过的狼了。在这样的恐惧之中，我抽出风笛——它是我从那帮骑兵手里保全下来的惟一最心爱、最珍贵的宝贝——使劲吹响，尽量让它发出最大声音，借以赶跑这只可怕的狼。这位隐士在这样一个荒凉的地方听到这突如其来的、异乎寻常的乐声，一开始吓得非同小

① 圣·维尔黑尔穆斯，十二世纪一隐士，苦行僧，死于意大利中部西那。

可。毫无疑问,他误以为碰到了魔鬼,正像那伟大的安东尼奥① 遇到的那样——要折磨他,摧毁他的一片虔诚。但当他定下神,就嘲笑我企图引诱他走进树洞,因为这时我已经退回到树洞里去了。他显然是很放心了,朝我走过来,对我这个敌视人类的人,足足地讥笑了一番。“啊哈,”他说道,“你是没有受到上帝托付就诱惑圣者的那种人啊!”其他的话我就听不明白了,他向我一步步的紧逼,吓得我魂不附体,一下子晕了过去。

第 七 章

西木在一个穷得可怜的栖身之所受到款待

我不知道我是怎样恢复了知觉的。但是我明白我已经从树洞里出来了,老人把我的头抱在他的怀里,解开了我胸前粗绒衣的扣子。当我头脑完全清醒过来,看到隐士就在我身边,便惊骇地叫喊起来,好像他此刻要把我的心挖出来似的。可是他却说道:“我的孩子,安静些,我不会害你,放心吧!”等等。他越是安慰我,爱抚我,我越发叫得厉害:“啊,你要吃我!你要吃我! 你是狼,你要吃我。”我在这样的挣扎和恐惧的喊叫之中闹腾了半天,直到我终于被他说服,和他一起走到他的茅屋里去。在那里,贫穷就是主妇,炉灶象征着饥饿,伙食意味着匮乏;一点野菜和一口清水款待了我的肚子,老人亲切的抚慰使我纷乱的思绪重新恢复了正常。甜蜜的睡意刺激得我有点儿迷迷糊糊:要向大自然偿还这笔债了。隐士知道我需要睡觉了,就让我单独留在他的小屋里,因为这里面只能容纳一个人。大约在午夜时分,我又醒了过来,听到他在唱下面的歌,这支歌我后来也学会了:

---

① 安东尼奥(死于公元356年),据宗教传说,他曾为各种魔鬼所纠缠,以摧毁他的虔诚。后为隐士,死于埃及,为画中常出现的人物。

来吧，哦，夜莺，夜的安慰，①
响起你那欢乐可爱的歌声。
来吧，来吧，赞美你的造物主，
其他鸟儿全已入睡，
它们已经不再歌唱。
　　敞开你的嗓子，
　　放声高唱吧，
　　惟有你
　　才能把那高高在上的天主
　　赞美歌颂！

阳光虽已消逝，
夜幕重又降临，
我们仍能歌唱
主的权柄和恩惠。
任何黑夜也不能阻挡我们，
表达对他的赞颂。
　　敞开你的嗓子，
　　放声高唱吧，
　　惟有你
　　才能把那高高在上的天主
　　赞美歌颂！

旷野的回音，
伴随着欢乐的歌声，
依然袅袅可闻，
驱散那时刻折磨我们的
周身的疲劳，
帮助我们赶走睡眠的诱惑。

① 这首歌采用的是赞美诗《晨星闪烁得多么美》的曲调，西木不知道这支歌。

敞开你的嗓子，
放声高唱吧，
惟有你
才能把那高高在上的天主
赞美歌颂！

那高悬天空的星星，
闪烁着明亮的眼睛，
表示对主的赞美和崇敬，
那不会歌唱的猫头鹰，
也用它的鸣叫，
向主倾诉颂扬之情。
敞开你的嗓子，
放声高唱吧，
惟有你
才能把那高高在上的天主
赞美歌颂！

来吧，亲爱的夜莺，
我们不愿做那懒汉，
在酣睡中虚度时光，
我们要在对主的赞美声中，
等待那曙光驱走黑夜，
给荒原带来快乐和黎明。
敞开你的嗓子，
放声高唱吧，
惟有你
才能把那高高在上的天主
赞美歌颂！

我听着这支歌，仿佛觉得夜莺、猫头鹰以及四野的天籁都在和着这歌声齐唱；如果我能够听到《晨星》这支曲子，并用我的风笛来吹奏它的曲

调,我就一定会溜出屋子,参加这样的合唱,因为我觉得这种曲调实在太美了。可是我渐渐睡着了,直到太阳晒到屁股方才睁眼。只见隐士站在我的面前,说道:“起来吧,孩子,我给你点吃的,再指给你看穿过树林的路,好让你在天黑之前到达附近的村庄,这样你就可以再回到人们的身边了。”我问他:“什么叫‘人们’,什么叫‘村庄’?”他说:“难道你从来没有在村庄里呆过?也不知道什么叫‘人’,或者‘人们’吗?”“不知道,”我说,“我只在这儿呆过,别处哪儿也没去过。你就告诉我,到底什么是‘人们’,什么是‘人’,什么是‘村庄’吧!”“天主保佑!”隐士答道,“你究竟是傻呢还是聪明呢?”“不,”我说,“我是我阿爸和阿妈的小子,不是‘傻’,也不是‘聪明’。”隐士吃惊得直叹息,在胸前画着十字,说道:“好吧,亲爱的孩子,为了上帝,我应当尽责任,把你教育得好一点。”于是就发生了下一章里我们之间的对话。

第　八　章

西木用痴愚的回答表明他有个什么样的头脑

隐士:你叫什么?

西木:我叫小子。

隐士:你不是小姑娘,这我当然知道,但你父亲和母亲是怎样叫你的呢?

西木:我没有父亲或者母亲。

隐士:那谁给你衣服穿呢?

西木:嗳,我阿妈。

隐士:那你阿妈叫你什么呢?

西木:她叫我小子、捣蛋鬼、长耳朵驴、粗胚、不开窍的蠢货、该杀头的。

隐士:谁是你母亲的男人呢?

西木:没有人。

隐士:那你阿妈夜里和谁睡在一起呢?

西木:和阿爸。

隐士:你阿爸叫你什么呢?

西木:他也叫我小子。

隐士:你阿爸的名字叫什么呢?

西木:他叫阿爸。

隐士:那你阿妈叫他什么呢?

西木:阿爸。也叫他当家的。

隐士:她从来不叫他别的吗?

西木:嗯,她也叫他别的。

隐士:叫什么呢?

西木:粗胚、蠢货、肥猪、老家伙,只要她骂起来,还有好多别的。

隐士:你真是一个不开窍的糊涂蛋,你既不知道自己父母的名字,也不知道你自己的名字!

西木:嗳,那你也不知道它们呀!

隐士:你会祈祷吗?

西木:不,床[①] 都是我们的安娜和阿妈铺好的。

隐士:我问的不是这个,而是问,你会不会背主祷文。

西木:我会。

隐士:那你念念看。

西木:我们在天上亲爱的父,愿人都尊你的名为圣,愿你的国降临,愿你的旨意行在地上,如同行在天上,免我们的罪,如同我们免了人的罪过,不叫我们遇见试探,从你的国度里解救我们,权柄,荣耀直到永远,阿门[②]。

隐士:你从来没进过教堂吗?

西木:嗯,我敢大胆爬上去,常常打下一大兜的樱桃[③] 呢!

隐士:我说的不是樱桃,而是教堂。

西木:哈哈,野李子[④]! 对了,就是那种很小的李子,对吗? 你说。

---

① “祈祷”与“铺床”谐音,西木把两者搞混了。

② 西木念主祷文,残缺不全,乱背一通。

③ “教堂”与“樱桃”谐音,西木把两者搞混了。

④ 这儿西木又把“教堂”和“李子”搞混了。

隐士:唉,上帝啊!你一点都不知道我们的主——上帝吗?

西木:知道,他在我家房门的架子[①]上呢。他是我阿妈从市集[②]上带回家来把它贴上的。

隐士:啊!仁慈的上帝!现在我才领悟到,你若把你的知识赐给了谁,那是一种多么伟大的恩典和德行啊!倘若你不把这种知识赐给一个人,那么他简直就不成其为人了。啊,主啊!让我称颂你的圣名,我有幸热切地感谢你这一崇高的恩典,是你慷慨地把它赐给了我。听着,痴儿西木,我不可能给你起一个别的名字了。你如果念祈祷文,你就要这样念:我们在天上的父,愿人都尊你的名为圣,愿你的国降临,愿你的旨意行在地上,如同行在天上,今天赐给我们日常的饮食……

西木:对,也有干酪吗?

隐士:唉,亲爱的孩子,别说话,好好学习,这对你来说,比干酪更加需要。你确实是笨,就像你阿妈说的那样。像你这样的小孩子,打断老人的话,是不合适的。你应当安静,好好儿听着,好好儿学习。我只要知道,你父母住在哪里,我一定就把你再送回去,同时教会他们该怎样来教育孩子。

西木:我不知道该上哪儿去,我们的家被烧了,我阿妈跑了,后来又和乌尔塞拉回来了。我阿爸也是这样。我们家的使女病了,躺在马厩里,是她叫我逃跑的,跑得越快越好。

隐士:谁把房子烧了?

西木:哈!来了一些铁人[③],他们都坐在大得像牛一样的玩意儿上,但头上没长角。就是这些人杀了牛、羊和猪,打坏了炉子和窗户,所以我就逃跑了,后来房子就被烧了。

隐士:那你的阿爸在哪儿呢?

西木:哈,这些铁人把我阿爸捆起来,让我家的老山羊舔他的两只脚,把他笑得好苦,他就给了这些铁人许多白色的角子[④],有大的,有小的,

---

① 指放圣像的小柜或神龛。

② 指每年举行一次的教堂纪念年市。

③ 指全副盔甲的骑兵。

④ 指银币。

也有漂亮的黄色的，还有好看的亮晶晶的玩意儿，排满了白颜色小球球的、漂亮的一串串圈圈儿[①]。

隐士：什么时候发生这些事情的？

西木：唉，在我该放羊的时候。他们还要从我身边拿走我的风笛呢！

隐士：你什么时候该放羊的呢？

西木：唉，你没听到吗？就是那些铁人来了的时候，就是后来我们头发乱七八糟的安娜要我逃跑的时候，她说，要不，这些打仗的人就会把我带走的。她说的就是这些铁人，所以我就跑了，就到了这儿。

隐士：那现在你要到哪里去呢？

西木：我真的不知道！我要和你一起呆在这儿。

隐士：把你留在这儿，对于你，对于我都不合适。吃吧，然后我再把你送回到人们那儿去。

西木：唉，告诉我，人们是什么玩意儿。

隐士：人们就是像我和你一样的人。你阿爸、阿妈、你们的安娜都是人，许多人在一起，就叫做人们。

西木：阿哈！

隐士：去吃吧！……

这就是我们的谈话，在这场谈话中间，隐士常常带着深深的叹息看着我。我不知道，这是因为他对于我出奇的单纯和愚蠢无知产生了巨大的同情的缘故呢，还是出于别的某种原因，这种原因我在若干年后才知道了底细[②]。

---

① 指银念珠串。

② 见五卷第八章。

第九章

西木怎样从一个野人变成了基督徒

我开始吃饭，不再唠叨。没花多少时间，等我填饱了肚子，老人就想打发我离开这儿。这时我想出最温顺动听的话——虽然这些话不断暴露出我农民出身的粗野——来打动隐士的心，让他把我收留下来。要他收留像我这样一个使人厌烦的孩子，固然使他感到累赘，但他还是下了决心，勉为其难地把我留在身边。他这样做，主要是为了想用基督教来教育我，而不是为了在他这样大的年龄得到我的侍候。他最担心的是，我这个柔弱少年不能长久经受像他这样严酷的生活方式。

大约三个星期左右的时间是对我的考验时期，这正是圣·格特鲁特[①]与园丁们下地的日子。我表现得很不错。隐士对我产生了特殊的好感，不只是为了劳动的缘故(这种活儿我早就习以为常了)，而是因为他看到，我是那样如饥似渴地聆听他的教诲；我那顺从而又纯洁的心，表明我是能够聪敏地理解他的教导的。由于这些缘故，他就更热心地把一切知识传授给我。他给我讲的课是从魔鬼撒旦的堕落开始，然后讲到伊甸园。当他说到我们的祖先[②] 被从乐园逐出时，顺便谈到了摩西律法，教我懂得上帝的十诫，并对它们一一作了解释。他认为这些才是认识上帝意愿的真正准则，要按照这些准则建立起一种神圣的、使上帝满意的生活，来区分德行和罪孽，行善而避恶。后来他讲到福音书，告诉我基督的诞生、受难和复活。最后他谈到了世界末日，向我描绘了天堂和地狱。对这些，他都恰如其分地做了解说，而没有多余的题外之言。他觉得，这样可以使我很好地领会和理解。他说完了一个题目，再开始另一个题目。他经常耐

---

① 圣·格特鲁特之日，即三月十七日，春耕开始之日。

② 指亚当和夏娃。

着性子,和蔼地解答我提出的问题;他善于开导我,以最好的方式把知识灌输给我。

他的生活和言谈,对于我是一种持续不断的教诲。这些教诲对于我这本来并非那么愚蠢和麻木的天资,靠了上帝的恩典倒不是没有结出果实。我对于作为一个基督徒应该知道的一切,不仅在预定的三星期之内已全部领悟,还深深地爱上了我的导师和他所讲授的课程,以至每天晚上如不上课,我就不能入睡。

从此以后,我对所发生的事进行了反复思考。我觉得,亚里士多德在《灵魂说》第三卷得出的结论是有道理的——他把人的心灵比做一块白板,可以在上面任意书写;至高无上的造物主之所以这样安排,是为了使这块空白的板通过勤学苦练得到描绘,直至完美无缺。所以后来他的注释者阿威罗伊[1]给《灵魂说》第三卷下了明确的定论;这位哲学家在这部著作中说:才智作为一种可能性,只有通过知识和学问,才能付诸实现;这就是说,人的理性有能力做到一切事情,但若没有勤奋不懈的实践,就一事无成。这种知识或者实践就是心灵的完美,这种完美绝非天生固有。西塞罗[2]在《与图斯库罗谈话录》第二卷里也证实了这一点。他把没有教养、没有学识、没有实践的人的心灵比做一块田地,这块田地即使天生肥沃,但倘若不经耕耘和播种,也是结不出果实来的。

凡此种种,我都以自己本身的事例得到了证实。我之所以很快便领会了虔诚的隐士所教给我的一切,是由于以下的原因:我心灵的平板是一片空白,未曾打上任何图像的印记,因此不妨碍隐士向我灌输任何东西。

正是这样一种不同寻常的单纯依旧保留在我的身上,因此,隐士——不管是他还是我都不知道我的真实姓名——便管我叫痴儿西木。

我从他那儿也学会了祈祷。当他决心满足我的恳求,把我留在他的身边时,我们便一起用木头、枝条和泥土盖起一间让我居住的跟隐士居处一样的茅屋,那样子就像步兵在野外搭的帐篷,或者,说得更确切些,就像农民们在某些地方的菜窖,也就是说,低矮得几乎不能在里面直腰。我的床铺就是干枯的树叶和草,和茅屋本身一般大小,因此,我不知道,应该把

---

① 阿威罗伊(1126—1198),阿拉伯哲学家,法学家,医师,研究亚里士多德哲学。
② 西塞罗(公元前106—前43),古罗马政治家,雄辩家,哲学家。

这样的住所或者洞穴,叫做有顶盖的床铺呢,还是称它为茅屋。

第十章

西木学会了读和写,心甘情愿地与隐士同住下去

当我第一次看到隐士读圣经时,我怎么也想象不出,他究竟是在跟谁进行如此秘密的——并且以我看来——十分严肃的谈话。我看到他的嘴唇嚅动,也听到他的喃喃自语,但却看不见也听不到有谁在和他说话。虽然我一点儿也不懂得读和写,然而,我从他的那双眼睛里还是看得出,他是在跟这本书打交道。我开始注意这本书。他刚把它藏好,我就偷偷地把它打开。首先映入我眼帘的便是《约伯记》的第一章[①],书上出现的画像是一幅十分精致的木刻和漂亮的花体字装饰,我对着这些画像,凭着我简单无知的头脑,提出了奇奇怪怪的无聊的问题。我没有得到回答,就变得不耐烦起来。当隐士轻轻走到我背后时,我正说道:“你们这些小骗子,难道你们没长嘴巴吗?你们先前不是和我父亲(我得这样称呼隐士)唠叨了很长时间吗?我看得很清楚,就是你们把我可怜的阿爸的羊群赶跑了,还放火烧了他的房子。快住手!我要把火扑灭,不许你们再干坏事了!”说着,我就站起来去取水,我觉得这是眼下的当务之急。

“上哪儿去,西木?”隐士问。我不知道他原来站在我的背后。

“啊,父亲,”我说,“这上面也有许多打仗的人,他们抢了羊群,要把羊群赶跑。他们抓住了那可怜的人,就是你刚才和他说话的那个人。他的房子已经烧着了,起大火了。如果不赶紧救火,它就要烧光了。”我一边说着,一边指给他看我所看到的东西。“别走,”隐士说,“没有什么危险的。”

---

① 《圣经·旧约·约伯记》第一章说的是,上帝为了考验约伯是否忠诚,毁了他所有的一切:杀死他的仆人,抢走他的羊群,压死他的儿女,并降火烧了他的房子。圣书上描绘这一章的图画正与西木的经历相似。

我按照我的礼貌回答:“你是瞎子吗？你看住他们,别叫他们把羊赶跑,我好去取水。”“嗳,”隐士说,“这些图像都不是活的,它们是画出来的,这是很久以前的事了,是画出来给我们看的。”我问道:“你刚刚和他们说过话;为什么说他们不是活的呢?”

隐士不得不违背自己的意愿和脾气,对我这样天真的无知和愚蠢的幼稚发笑。他说:“亲爱的孩子,这些图画不会说话;图上画的是什么人,他们在干些什么,我可以从这一道道黑色的字行上看到。这,人们就把它叫做读。我这样读的时候,你就以为我在和这些图画说话呢。但我并不是跟他们说话呀!”我说道:“如果我是一个像你一样的人,那么我也一定要看懂你能看懂的这些黑色的行行。我该怎样像你一样和他们说话呢?亲爱的父亲,解释给我听吧,我怎样才能明白这些事呢?”他答道:“那好吧,我的儿子,我要教你,使你像我一样能和这些图画说话,能明白它是什么意思；只是需要花费时间，对我来说需要耐心，对你来说需要用功。”后来他按照书上印出来的字样在桦树皮上给我写了字母表，当我认识了字母，我就学拼字，以后学着念，而终于能够写得比隐士本人还要好，因为我是照着印刷体描下来的。

第 十 一 章

西木叙述人所必需的饮食起居和其它等等

大约有两年左右，也就是直到隐士去世为止，以及在他死后半年多的时间内，我一直呆在这个树林子里。因此我觉得有必要向好奇的、往往什么琐事都想知道的读者讲一讲我们的所作所为和日常生活。

我们吃的是园子里长的各种各样的东西，有萝卜、白菜、豆角、豌豆、扁豆、小米和诸如此类的东西；我们也不让那野外的坚果、野苹果、梨、樱桃白白浪费，甚至橡果也常常是我们用来充饥的美食。至于面包，或者说得确切些，我们的烘饼，是用砸碎的玉米面在热灰中烘烤出来的。冬天，我们用活网和绳结捕鸟；春天和夏天，上帝则赐给我们窝里的鸟雏儿。我们还常常将就着用蜗牛和青蛙来充饥。我们也喜欢捕鱼捉虾，因为离我们的住处不远就有一条盛产鱼虾的小河，河里的这些东西正好给我们和着野菜下肚。有一回，我们捉到了一只小野猪，我们把它关在一个栏里，用橡果和坚果喂它，喂得肥肥的，最后吃了它。因为隐士认为：如果人们享受上帝出自本意而赐给全体人类享受的东西，这就算不得是什么罪孽。盐，我们用得很少，更谈不上香料了。我们抑制饮酒的欲望，因为我们没有藏酒的地窖。我们需要的盐，由一位教士供给我们。他住在离我们约有三哩远的地方。关于他，我往后还有不少话要谈。

说到我们的家用器具，是足够对付的了：一把铲子，一把锄头，一把长柄斧，一把短柄斧和一只做饭用的铁罐。这铁罐并不是我们自己的，而是从上面说到的那位教士那儿借来的。我们每人还有一把用旧了的钝餐刀。这些便是我们的财产；此外，就没有其他东西了。我们既不需要碗、盘、匙、叉、平底锅、炉箅、烤叉和盐罐，也不需要其他饭桌上或厨房里的器皿用具；我们的铁罐同时也是我们的碗盏，我们的双手也就代替了叉和匙。如果我们想喝点儿什么，就用一根芦苇伸到泉水里去吸饮，或者干脆俯下身子直接用嘴去喝，就像那些吉代诺[1] 的士兵一样。除了我们身上穿的，就没有任何其他衣服了。什么毛呀、丝呀、棉呀、麻呀，不管是盖在床上的，还是铺在桌上的，或者是裱在墙上的，我们一概没有，因为我们觉得穿在身上的衣服已经足以抵御风雨严寒了。我们没有什么特别的家规，只是在星期天和节日里，我们半夜便动身（为了趁早不引人注意）赶到离村子不远的、上面提到过的那位教士的教堂里去，等着做礼拜。在教堂里，我们走近破旧的管风琴，从那儿可以看到祭坛和布道坛。当我第一次看到教士走上布道坛时，我问隐士，他要在这个双把大木桶[2] 里干什么？做完礼拜之后，我们就像来的时候那样，拖着疲乏的身体和双脚，偷偷地走回家去。一回到家里之后，就狼吞虎咽地胡乱吃点东西。然后隐士以祈祷或给我讲虔敬上帝的事情来消磨剩余的时间。

在该干活的日子里，我们根据各个时候的具体情况和一年之中的节气要求，干必须干的活儿。有时候我们在园子里干活，有时候我们从背阴的地方和树洞里扒来一些肥沃的土壤，用来代替肥料，给我们的园子施肥。空闲时，我们编结篮子或者鱼笼，要不就劈柴、捕鱼或者干点别的什么。在做这些事情时，隐士没有放松在各方面对我进行十分认真的指导。在如此艰辛的生活中，我经受住了饥渴寒暑和繁重劳动等等艰难困苦的考验，而首先认识的是上帝，学会了应该怎样诚实地去侍奉他，这是最最重要的。然而我那忠实的隐士并不想让我知道更多的事情，因为他认为，对于一个基督徒来说，只要他虔诚祈祷和努力干活，达到了人生的目的，这就够了。其结果是：我虽然在宗教方面接受了许多教育，对基督教的信仰有了很好的理解，德语也说得很漂亮，几乎达到了规范化的程度，但我仍然是那样的单纯无知。我想，在我离开树林的时候，便是世界上的一个

---

[1] 吉代诺（约公元前1200年），以色列的一个法官，用三百人的队伍把人民从迦南人的奴役下解放出来。见《圣经·旧约·士师记》第七章。

[2] 布道坛的样子像个大木桶。

可怜虫，谁也不会对我发生兴趣。

第十二章

西木知道了死得有福
的方法，要获得一所墓穴也并不困难

我在人世间最知心的朋友拿起他的锄头，交给我一把铁铲，按照他每天的习惯，拉着我的手，走到园子里去。我们在那里与往常一样，做着祈祷……如此日复一日，我们已经度过了大约两年之久。这样艰苦的隐居生活，我几乎忍受不了了。

“西木，亲爱的孩子，”隐士说道，“现在我要离开这个世界了，因为上帝注定的时候已到，我要去偿还大自然的债了。我身后要把你单独留在这个世界上。我预见到你将来生活里会遇到的事情；知道你在这个荒凉的地方是呆不下去的。所以，我在你将要踏上的道德之路上锻炼了你，给了你一些教育；你用它们作为可靠的准绳，去寻求永恒的幸福，处理好你的生活，使你和所有神圣的选民将来在天国里见到上帝时于心无愧。”

这些话使我眼睛里充满了泪水，好像先前敌人对付菲林根城[1] 的发明一般。简而言之，这些话使我实在受不了。我说道：“最最亲爱的父亲，难道你要把我单独留在这荒凉的世界上吗？难道我该……”我说不下去了，因为我出于对我所信赖的父亲的满腔热爱，心里极其痛苦，我像死过去似地倒在他的脚下。他俯身扶起我来，安慰我，趁这临终前尚存的最后一息，责问我是否要违背上帝的意志。“你不知道吗？”他继续说道，“这样的事既非上天也非地狱所能办到。不可能的，我的孩子！你怎么能够对我这软弱的肉体负责呢？这个肉体本身就渴望着安息。难道你要我在这个痛苦的人间继续活下去吗？啊，不，我的孩子，让我去吧，因为你既不能

① 菲林根城，在德国巴登—符腾堡州，一六三四年瑞典人在围攻中，曾试图水淹此城。

用嚎啕大哭，更不能强我的意愿而把我留在如此不幸的人世之中。上帝已经用他明确的意志要求我，满心喜欢地随时准备好去执行他的使命。不要无益地哭泣了吧，听从我最后的话：你往后越是长大，越要认识自己，即使你老得像玛土撒拉[①]那样，也不要忘记这一点；因为大多数人被罚下地狱，原因就在于他们不知道自己过去曾经是什么样的人，能够成为什么样的人，或者必须成为什么样的人。”此外，他至诚地劝告我，切忌与坏人为伍，因为这将会受害无穷。他给我打着比方，说道：“如果你将一滴美酒注入一满杯米醋之中，它会马上变化为米醋；但你若将一滴米醋加入美酒，它也就立即消失于美酒之中。最亲爱的孩子，”他说道，“最最要紧的是坚定。不要让痛苦使你背离你已经开始的、值得赞美的事业。谁只要能坚持到底，他便是有福的。但如果你违背了我的愿望，因为人的弱点而失足，那么不要在罪孽的泥潭之中深陷下去，而要以诚实的忏悔得以自拔，很快站立起来。”

这位谨慎而虔诚的人只对我讲了这不多的话，并非因为他不知道更多的事，而是因为他觉得首先由于我的年幼在当时的情况下还没有能力理解很多。此外还因为简短的话语比起长篇大论来更加便于记忆；如果这些话别具分量，经过思考就会比一篇冗长的说教使人获得更大的教益；对于冗长的说教也许会透彻理解，但往往很快又会遗忘。

认识自己、不与坏人为伍和保持坚定——显然，这位虔诚的人是把这三件事情奉为圭臬。他自己身体力行，从不疏失。在他认识了自己之后，不仅回避了坏人，也回避了整个世界。直到去世，他始终保持着坚定的信念。毫无疑问，他因此得福了。他是什么样的人，以后就会说到。

他对我作了上面的一番告诫之后，就拿起鹤嘴锄，开始为自己挖掘墓穴。我尽我的所能，按照他的吩咐去帮他的忙，一时还想象不出，这是为了什么目的。这时候他说道：“我亲爱的、真正惟一的儿子——因为我为了造物主的荣誉，除了你之外没有生育过其他人——如果我的灵魂到了彼岸世界，那么对我的躯体，你要尽到你的义务，把它埋葬，就用现在我们挖出来的泥土再把我盖上。”于是，他亲吻着我，把我紧紧抱在怀里，那样

---

① 玛土撒拉，《圣经·旧约·创世记》第五章第二十七节提到的长寿老人，活到九百六十九岁。

子似乎一点也不虚弱。“亲爱的孩子，”他说道，“我把你托付给上帝保佑，因此会死得更愉快；我希望，他会庇护你。”

我无言以对，只能呼天唤地地嚎啕大哭。我抓住他脖子上的链条，以为这样可以留住他，使他不会离我而去。他却说道：“我的儿子，放开我，让我看看，这个墓穴是否够长了。”他把链条连同上衣一起脱下，好像一个正要上床睡觉的人，一边走进墓穴，一边说道：“啊！伟大的主，把你赐给我的灵魂，再收回去吧。主啊！我把我的心灵交在你的手里……”于是他便安详地闭上了嘴唇和眼睛。我呆呆地站着，并不以为他那亲爱的灵魂会离开他的躯体；因为他这般一动不动的样子，是我经常看到过的。

正像我在这种情况下习惯做的那样，我一连几小时呆在墓穴旁做祈祷。当我最最亲爱的隐士再也不想起来时，我就爬到墓穴里去，开始摇晃他，亲吻他，抚摸他；可是，这个躯体再也没有生命了，可怕而无情的死亡已经从可怜的西木身边夺走了甜蜜的共居生活。我把泪水洒在——说得更确切些——涂抹在这个灵魂出窍了的躯壳上。我痛哭不止地来回奔跑着，用手乱扯着头发。然后我开始用一满铲、一满铲的泥土去把他掩埋，夹杂着比一铲铲泥土更多的声声叹息。当我几乎要盖没他的脸面时，我又爬下墓穴，拨开泥土，露出他的脸面，再一次地看看他，亲吻他。我就这样忙了整整一天；直到我忙完了，也算是用这种方法单独完成了埋葬和角斗仪式①，因为在这里既没有棺架、棺柩、棺盖、灯火和抬柩者，也没有送殡的亲友，更没有超度死者的僧侣。

第十三章

西木想离开荒野，却又三心二意

在我最珍贵、最心爱的隐士死去几天之后，我就动身去找上面提到的

① 古罗马人埋葬死者时的习俗礼节。

那位教士，向他述说了我主人的去世，满心想顺便求他指点，在这样的情况下我该怎么办。他竭力劝我不要再呆在树林里，还向我指出，我所面临的处境如何危险。我却仍不顾一切，勇敢地步我前人的足迹，整个夏天做着一个虔诚的修道士应做的事情。但正如世界上万事万物总是与时俱变一样，我怀念隐士的悲戚心情也逐渐消释；同时，外界的严寒也扑灭了我执拗的决心的火焰。我心里越是动摇，我的祈祷也就越是懈怠；我已无意再去窥探神和天堂的奥秘，而想要见识世界的欲望却已充塞了我的心灵。当我在树林里一筹莫展时，就想到再去找那位教士，听一听他是否还像从前那样劝我离开树林。

为了这个缘故，我又动身往教士的村子走去。当我走到那里时，我看到村子处在一片火海之中，它刚遭到一帮骑兵的洗劫和焚烧，一些农民被

杀害了，许多人被赶跑了，有几个被逮住了，其中竟有教士本人。主啊！人生怎么这样坎坷多蹇！一灾未消，一难又起！这时，我对那愤世嫉俗的异教哲学家蒂蒙在雅典林立绞刑架，叫人们自行套上绞索以结束生命的残忍行为，已经毫不奇怪。这些骑兵刚刚准备出发，教士活像一个可怜的罪人，被他们用绳子牵着走过来。他们七嘴八舌地嚷道："毙了这个流氓！"有些人却想问他要钱。教士举起双手，恳求他们看在末日审判的分上，发发基督徒的善心，饶恕了他。但是毫无用处。一个骑兵纵马向他撞去，朝他头上猛力挥了一鞭，殷红的血液淌下来，他伸开四肢，仆倒在地，不知是否把他的灵魂交给了上帝。其他被逮住的农民的遭遇丝毫也不比教士好些。

不料，这些骑兵令人发指的残暴行径就像捅了马蜂窝，致使一群手执武器的农民从树林里跑了出来，他们裂心撕肺地叫喊着，狂怒地扑向骑兵，向他们射击。我吓得心惊肉跳，因为我还从未见过这样的场面。这些斯贝塞人和福格尔山区的人倒是不像居住在黑森、藻厄兰山区和黑林山区的人那样任人欺侮的。在这突如其来的打击下，骑兵们四散奔逃。他们为了使自己不至于成为农民的俘虏，把所有抢到的牲口和大小包裹统统抛弃不顾。但他们还是有一部分人落到了农民手中，遭到了可怕的报应。

这种儿戏几乎打消了我企图离开荒野、去见识世面的兴致；因为我想，如果世界就是这个样子，那么荒野就显得可爱多了。但是我还想听一听那并未死去的教士的意见。他由于挨打受伤，已经筋疲力尽，衰弱不堪，但他还是对我说，他既不能帮助我，也不知道该给我出什么主意，因为他自己也已陷入了不得不以行乞为生的境地。我即使在树林里继续呆下去，也不能指望得到他的任何帮助了。因为正像我亲眼看到的，他的教堂和住宅已化为灰烬。我于是怀着十分悲伤的心情朝我林中的家走去。一路上我没有得到多少安慰，相反倒变得更虔诚了。我决定再也不离开树林，而要像我的隐士那样静察默思，在对上帝的虔诚之中结束我的一生。同时我也在思考，如果我没有了盐——直到现在都靠教士供给我——并且脱离了任何人，是否有可能生活下去。

第 十 四 章

西木叙述士兵如何恐怖残忍地糟蹋五个农民

为了实现我的打算，做一个真正的隐士，我穿上了隐士遗留下来的粗毛衬衣，系上了他的链条。我这样做，不是为了想约束我那难以控制的肉体，而是为了在生活和穿着上模仿我的先人。再说，穿上这样的衣服也能使我更好地抵御严冬的寒冷。

在上面提到的村子遭到抢劫和焚烧之后的第二天，我正坐在小茅屋里，一边祈祷，一边用火烤着胡萝卜，约有四五十个步兵包围了我。这些人看到我这副奇特的模样，十分诧异，一时间个个都愣住了，但他们还是闯进了我的小屋，仔仔细细地搜寻起来，看有什么东西好拿走的。可是我除了书就没有别的了，他们把这些书乱扔一通，因为书本对他们是毫无用处的。最后，他们又仔细地把我打量了一番，看着我身上穿的衣服，这才明白他们逮到的是一个多么糟糕的怪人。显而易见，从我身上是不能指望得到任何东西的。面对这种情况，他们对于我这样小小的年纪过着如此凄苦无依的生活，表示出十分的惊讶和无限的同情。尤其是那位对他们下命令的长官，他对我表示敬意，并恳切地求我领他们走出树林，因为他们在这个树林里已经转了很久了。我毫不犹疑地答应了他的请求，因为这样倒也可以尽快摆脱这帮不速之客。我领他们抄最近的路朝着那位教士受尽折磨的村庄走去——其实，我也并不认识别的路。但是在我们走出树林之前，我们看到约有十个农民，其中几个手持火枪警戒着，其余的人在忙着往地里埋藏着什么。步兵们朝他们奔过去，喊道：“住手，住手！”那些人却以开枪作为回答。当他们看到步兵们占有优势时，便纷纷逃散。这些步兵由于疲劳不堪，无法追上他们，就想把农民埋在地里的东西再挖出来。这对他们来说是很方便的，因为锄头和铲子就放在旁边。他们刚刚挖了几铲土，就听到从下面传上来一个声音，这个声音说道：

“嗳,你们这些无法无天的流氓！嗳,你们这些恶棍！嗳,你们这些该死的家伙！你们就以为老天爷会饶恕你们这种决非基督徒所为的野蛮行径吗？不,还有几个好汉活着呢！他们会对你们的兽行进行报复的,不会再有人来舔你们的屁股了。”步兵们听了这些话,面面相觑。他们不知道该怎么办了。有几个认为他们是听到鬼在说话呢,而我却以为自己在做梦。他们的长官命令他们大胆挖下去。他们很快挖到了一个桶,打开一看,里面有个人,他既没有鼻子,也没了耳朵,但仍然活着。当他恢复了一点儿精神,从这一堆人中认出了几个熟人时,便谈出了自己的遭遇:他被军团派出去征集军粮,那些农民在前一天逮住了他们六个人,只有他独自活了下来。在一个小时之前,农民们让他们一个挨着一个地站成一队,毙倒了五个，由于他是第六个，站在最后，子弹没有打到他的身体，因此幸免于死。但他们就把他的鼻子和耳朵割了下来，事先还强迫他去舔五个农民的屁股。虽然他们答应放他的生，但当他在这帮卑鄙的、无视上帝尊严的流氓侮辱性的目光注视下，他对他们说了他所能想得出来、却终究最最无用的话，而且是那样的直言不讳：希望他们之中会有一个人出于不耐烦赏给他一颗子弹。他不仅白费了口舌，而且惹恼了他们。于是，他们就把他放进这个桶里，把他活埋，并且说，他既然迫不及待地想死，他们就要同他开个玩笑，让他不能就死。

当这名士兵诉说他的痛苦遭遇时，另一队士兵穿过树林朝这边走来，正巧阻击了上面说到的那些农民，逮住了其中的五个，枪杀了其余的人。在逮住的这五个人中，有四个正是先前极尽侮辱之能事，强迫这个受辱的骑兵任其摆布的人。当这两队人彼此呼喊着，认出原属同伙时，他们便汇合一起，又一次倾听这个骑兵亲口讲述他和他的伙伴们所遭遇到的事。于是，人们就将看到这些农民如何受尽折磨的、令人触目惊心的景象了。有几个人在一怒之下就想把他们立即击毙，另一些人却说道："不，先得把这些胆大妄为之徒好好地折磨一下，让他们为了这个骑兵而受到应有的惩罚。"他们先是用枪托对准农民们的肋部猛捅一阵，简直要使他们口喷鲜血。然后有个士兵走出来说道："弟兄们，五个农民如此可恶地折磨了这个窝囊废(他指着这个骑兵)，这是我们全体士兵的耻辱。为了报仇雪耻，我们完全有理由让这些流氓再舔骑兵的屁股一百遍！"但是，另一个人反对他，说道："这个家伙不配领受这样的荣誉。他假如不是胆小鬼，就早该死得干净利落，而不会给我们全体好样儿当兵的做出这等丢脸的事来。"最后一致决定，让每一个被舔过屁股的农民在十名士兵的身上受到同样的报应。在他们舔着士兵的屁股时，还得一边说："我舔，舔掉胆小鬼舔我们屁股时，你们所受到的耻辱。"士兵们要等这些农民把这项舔屁股的清洁工作做完之后，再决定如何处置他们。于是他们开始按计划行事。但这些农民都非常强硬，不管士兵答应在事后将他们放掉，还是肆意笞挞，都无法迫使他们干这桩事。一个士兵把第五个农民——他没有被舔过——拉到一边，对他说："如果你否认上帝和所有的圣徒，那我就放你逃跑，随便你想上哪儿去。"这个农民回答说，他一向不把圣徒放在眼里，而且直到现在也不和上帝结缘。他还慎重发誓，说他不知道上帝，也不想从天国得到一份好处。于是士兵对准他的脑袋打了一枪，不料这颗子弹却像碰到了一座钢山上。他便抽出佩带在身上的短刀，叫道："好啊！你原来还有这一手！我说过让你随便跑到哪儿去；好吧，既然你不愿上天堂，我现在就送你下地狱！"他用短刀一下子把农民从头顶到牙齿劈成两半。当农民倒下时，士兵说道："就得这样报仇。眼前这样，将来也得永远惩罚这些下贱的流氓。"

这时候，另外一些士兵正在着手对付其余四个被舔过屁股的农民。他们把这些农民的手和脚绑在一棵横倒的树上，让屁股朝上翘起，然后剥掉他们的裤子，拿了几根六尺长的火绳，在上面打了结，就用这样的绳子在农民们的屁股上拉过来，扯过去，折磨得他们鲜血直流。"好吧，"他们说，"得把你们这些流氓被舔过的屁股擦干。"农民们惨叫着，士兵们不仅丝毫不动怜悯之情，反倒十分开心。他们一刻也不停地这样拉来拉去，直至这些农民的大腿屁股上都皮开肉绽。至于我，因为上面说的后到的那些士兵是认识路的，便幸运地被他们放回家去了。他们最后怎样处置这几个农民，我就不知道了。

第十五章

西木遭士兵抢劫，梦见了战争情景

我回到家里，便发现我的打火石和所有的家具什物连同我那一点儿可怜的储粮，都已不翼而飞；粮食是我整个夏天在园子里苦心经营所得，为了过冬而从嘴边节省下来的。“怎么办呢？”我想道。当时，我才懂得了“困难之中要求告上帝”的道理。我搜索枯肠，想拿点儿主意：我该干什么或者可以干点儿什么。可是我的生活经验少得可怜，所以得不出什么正经的结果来。最好是上帝对我下命令，我便可以把全部的信任倾注在他的身上；否则我真要绝望了，完蛋了。此外，我在同一天所见所闻的那个受伤的教士和那五个惨极了的、被用火绳拉锯的农民的事，不停地在我的脑海中萦回；我对于吃饭和储粮的事想得不多了，而是更多地考虑着当兵的和农民之间的那种相互憎恶的情绪。但是，我傻呆的头脑想不出什么名堂来，只能得出这样的结论，我也坚信就是这样：世界上肯定有两种不同的人，从亚当那儿来的子孙并不是一个模样，而是像其他没有理性的动物那样，分为野蛮的和驯顺的两种，因为它们彼此之间是如此残忍地折磨和厮杀着。

怀着这些想法，我在忧郁苦恼、饥寒交迫中昏昏睡去。我恍恍忽忽进入了一个梦境，好像我家周围的树一下子都变了样，外表和原来的完全不同了。每棵树的顶上都坐着一个骑士，树枝上长的不是树叶，而是装饰着各式各样的士兵；他们或持长矛、或拿火枪[①]、或短铳、或短刀、或小旗、或鼓、或号、或笛。都那么井井有条地渐次分列两边，煞是好看有趣。树根周围是些微不足道的小人物，像手工业者、雇工，大半是农民以及诸如此类的人。他们尽管地位低贱，却给大树增添了力量。当大树欲枯欲倾时，

① 三十年战争中的一种兵器。

他们便再竭己而输，注以生气，以消耗自己来补足大树因落叶而造成的空乏，致使自己遭受更大的损害。他们朝着坐在树上的人叹息，实在并非无病呻吟，因为大树的全部重量都压在他们身上，把他们口袋里的钱，甚至连七道锁锁着的钱都压出来了。谁要是不交出钱来，那么司令官就用毛刷去刷他们，这叫做军法处置。他们只能从心底里发出叹息，从眼睛里淌出泪水，从指甲里渗出鲜血，从骨头里流出骨髓。然而，居然还有人更处于他们之下，即被人称之为滑稽小丑者，这些人对什么也不操心，对什么都满不在乎，在苦难之中，他们以种种冷嘲热讽给自己带来慰藉。

第十六章

西木继续梦见战争

生活，懂得小人物向上爬的艰难

这些树的根部疲惫不堪，叫苦不迭。坐在最下层树枝上的那些人，也是忍辱负重，艰辛度日。但他们毕竟比前者要快乐些，而且他们傲慢专横，大多数人不信神，无时无刻不在给树根增添着难以忍受的重压。有一支歌为他们谱写道：

忍饥挨饿，度暑熬冬，
劳累贫困，命中注定。
暴行和不义
是我们雇佣兵的营生。

这支歌绝非虚构，因为歌里唱的与雇佣兵的所作所为是完全一致的。他们大吃大喝如饕餮之徒，狂嫖滥赌像纨袴子弟，却也难免有饥渴交加之时。他们谋害别人而又为人所害，虐杀别人而又被人所杀，折磨别人而又受人折磨，追捕别人而又被人追捕，抢夺别人而又遭人抢夺，洗劫别人而又遭人洗劫，恫吓别人而又受人恫吓，使人害怕而又害怕别人，制造痛苦而又自己受苦，殴打别人而又自己挨打……总而言之，毁灭和伤害别人，反过来自己又遭受毁灭和伤害，这便是他们的一生。无论是隆冬盛夏，酷暑严寒，无论是冰天雪地，凄风苦雨，无论是高山深谷，旷野泥塘，无论是沟渠、关隘、海洋、高墙、水、火或壁垒，无论是爹、是娘、是兄弟还是姐妹，无论是危及他们的肉体、灵魂和良心，还是丢了性命或天堂，或者丢了不管叫什么名字的珍贵之物——这一切都不足以阻碍他们的如许生涯。他们嗡嗡嘤嘤，直到终于在鏖战中、围困中、冲杀中、进军中，或者就在驻扎营地——这是他们地上的天堂，尤其当他们遇上富有的农民，更是如此——或丧命，或死去，或毁掉，或倒毙。最后剩下的少数几个，一旦年迈力衰，不再胜任敲诈勒索的勾当，那么最好的归宿也就是成为乞丐和流浪汉了。

紧挨着坐在这些辛劳的人们之上的是惯于偷鸡摸狗者，他们曾经在最底层的树枝上出生入死，好歹挨过了几年，至今总算幸免于死。他们比起最底层的人来，显得庄重、威严，因为他们略高一等。但是在他们之上还有更高一等的人，这些人怀有更高的抱负，因为他们可以指挥最底层的人；人们称这些人为“拍衣人”，因为他们常用棍棒和戟去敲打那些持矛小兵的背部和脑袋，也常常抽打步兵。在这些人之上是一段光秃秃的树干，那上面不长树杈，却涂着一层奇特的物质和稀奇古怪的肥皂，所以没有一个人能够爬得上去——即使他是贵族，是男子汉，有才干，有知识。因为它光滑得像大理石柱子或者钢镜一般。这儿坐着手拿小旗的人们，有年轻的，也有上了年纪的。年轻的是靠他们的亲戚拉上来的，年长的则部分是自己爬上来的，他们要么曾经登扶过一架人们称之为贿赂的银梯，要么曾经趁他人之危，将人踩倒作为自己的蹬脚石而奋力上蹿过。上面更优越的位置坐着更高一等的人，这些人也有他们的辛苦、忧虑和烦恼，但是他们享有优惠：用一把称之为战事特种税的刀，从树根上刮取脂膏，中饱私囊。他们觉得最称心、最快乐的事，莫过于当军粮供应官光临的时候，他们可以伸手接住他从树顶上撒下大盆金洋。而从他们的指缝中落到那些坐在底层的人手里的，自然是所剩无几了。因此，在那些最底层的人们当中，死于饥饿的往往比在敌人手里丧生的还要多，而这两种危险，对于坐在最上面的人来说，看来已经不存在了。因此在这棵树上的人们就全都永无休止的奋力向上爬，都想坐到更上一层的福地中去。然而也有几

个懒汉,他们不配吃军队里的黑面包,他们不热心于追求高位,而去另辟捷径,尽自己的义务。位居最底层的那些贪慕虚荣者,觊觎上层高位,总想跻于其列。但万人之中倘有一人成功,却也已是风烛残年。那时他最好坐在火炉旁边,而不是在战场上向敌人刺杀。即使有谁日子过得不错,也很顺利,并且勇敢地对待一切危险,他也会遭到别人的妒忌,或者因某次突如其来的倒霉的火并而葬送了自己的前途,乃至丢掉了性命。没有任何地方像上述的这块平坦之处那样险恶的了。谁要是有了一个好的下士或者上士的头衔,就不大愿意丢掉,除非丢掉这些头衔,能换得一个少尉的官职。因此,与其当一名老兵,不如做一个文书、宫廷侍从、僮仆、破落贵族,随便什么亲属或者食客和浪荡汉,只要能从嘴边省下一口面包,去孝敬上头的那些人,少尉的官衔就到手了。

第十七章

西木懂得了战争中贵族不肯随便赏光,
但出身低贱者也可以成为大人物

这种情况使那当上士的十分恼火,他开始破口大骂。但是,贵族说道:“难道你不知道,人们总是让贵族出身的人担任军官的吗?难道你不知道让他们干这一行是最合适的吗?白胡子是打不了敌人的。否则,可以雇一群老山羊来干这个差使了。这叫做:

挑出一头小公牛,
让它牧场当首领;
莫道年少不老练,
看管得牧群不分离。

虽然外表太年轻,

牧人对它很信任；
自古相传坏习惯，
才德如何看血统。

你说吧，你这个干瘪老头儿，难道出身高贵的军官不是比起那些卑微的雇工出身的军官更受士兵的尊敬吗?！如果没有真正的威信，哪还谈得上什么实行军事纪律呢？难道一位将军对一位出身高贵的骑士不应该比对一个背父弃犁而逃跑、终究成为逆子的农民出身的小子更信任吗？一个正直的贵族，他宁愿尊严地死去，而不会以背信弃义、临阵脱逃或诸如此类的事而使自己的家族蒙受耻辱。再说，贵族理应永远享有优先权，正如约翰·封·帕拉泰阿① 明确说过的那样，在任命官职时要把优先权让与贵族，宁取贵族，而不要平民。这在所有的法典中都是采纳了的，在《圣经》中也得到证实。《叙拉赫》② 第十章写道：'幸福之国，其王高贵。'这是对贵族理应享有优先权的一个极好的证据。即使你们之中有一个是好兵，勇而善谋，他在指挥别人和谨慎行事方面也不能与贵族相比，因为这些素质为贵族所固有，他们还在年轻时就养成了这些素质。塞内加③ 说：'英雄的心胸具有的特点是激励自己去追求荣誉，因此崇高的心灵决不眷恋微不足道的事物。'在浮士德·普埃塔④ 两行诗中也这样说道：

倘若你出自村俗的褊狭，
就不配有心灵的高贵。

"此外，贵族比农民更有能耐，他们用金钱去帮助下属，用人民去充实兵员不足的军队。所以在一般谚语中也并不认为把农民放在贵族之上是合适的。如果把农民上升到老爷的地位，那么他们未免会狂妄到忘乎所以的地步。正像俗话所说：

闪光的并非都是利剑，

---

① 约翰·封·帕拉泰阿，约一四〇〇年意大利的法律学家。

② 叙拉赫，是由希腊文和希伯来文组成的五十一章《旧约》伪经的作者，以谚语与教诲诗形式集古代犹太、埃及和希腊谚语之大成。作品产生于公元前二世纪，但"幸福之国，其王高贵"并非出自《叙拉赫》，而是出自《圣经·旧约·传道书》第十章第十七节。

③ 塞内加（公元前4—65），罗马哲学家和诗人。

④ 浮士德·普埃塔（1450—1517），意大利诗人。

正如农民当了老爷。

“假如说农民按照某种值得称道的传统习惯,也像贵族那样占有了军官职位或其他官职,那么他们肯定也不会轻易让一个贵族加入他们的行列的。此外,即使你们士兵之中——就像你们所说的——有人交了好运,在别人的帮助之下,爬了上去,得到了较高的名誉地位,那么,按照通常的情况,走运之日也是年迈力衰之时,因为当人们对你们经过一番考查之后,想提拔你们或者器重你们之中的某个人,总还是顾虑重重。那时候,你们年轻时期的热情已经消失,你们想到的只是如何保养那病弱的身体,因为种种挫折已经使你们衰弱不堪,对战事已经毫无用处。上帝作证,谁能作战,谁就获得荣誉。在捕获猎物方面,小狗比老狮更欢快。”

上士答道:“如果一个人不能指望以其良好品行来获得提升,以其忠心效劳而得到补报,那么哪个傻瓜还愿意当兵,甘冒生命的危险去赴汤蹈火呢?这种战争,见鬼去吧!照你这种说法,不管一个人的行为是好是坏,不管一个人是勇敢地面对敌人还是在战场上怯懦地逃跑,都是一个样。我多次听我们那位老上校说过,如果一个士兵没有以自己的良好品行,日后成为将军的远大抱负,他就不指望这个士兵进入他的军队。全世界都得承认,有一些民族,由于提拔了普通而正直的士兵,并且重视他们的勇敢精神,因此常常能战胜敌人。波斯人和土耳其人就是这样做的。有诗为证:

一灯荧荧照夜明,
长明不负添油人;
倘无青油常灌注,
焰熄灯灭黑昏昏。
体恤战士勇常在,
忠心耿耿缘沐恩。”

贵族答道:“如果人们看到一个正直之士的诚实品质,那他当然是不会被忽视的。在当今的世界上,多少人放下了锄头、针线、鞋楦、牧杖而拿起了刀剑,他们的品行可嘉,并以英雄般的勇敢行为和光荣的无畏精神大大超越了平庸的贵族而跃上伯爵或男爵的宝座。皇帝军队里的约翰·封·

韦尔特[①]是谁呢？瑞典的施塔尔汉斯[②]是谁呢？黑森的小雅科布[③]和圣·安德莱阿斯[④]又是谁呢？还有许多众所周知的人物，我不想一一列举了。这种现象在当今时世固然屡见不鲜，今后也不会断绝。小人物——当然是正直的人，在战争中获得了崇高的荣誉，这种事在古代早已有之。塔梅尔拉纳斯[⑤]是一位强有力的皇帝，他成为全世界的威胁，先前只不过是一个放猪人；阿加托克莱斯[⑥]，西西里的皇帝，曾经是一个制陶人的儿子；泰莱法斯，一个车匠，成了吕底亚[⑦]的皇帝；罗马皇帝瓦伦丁尼阿[⑧]的父亲是一个制绳匠；毛里蒂乌斯·卡帕多赫斯曾经是个农奴，后来成了蒂贝里奥的皇帝；约翰尼斯·蔡密斯采斯于离开学校之后登极。同样，弗拉维乌斯·沃皮斯库斯证实，博诺苏斯大将军原是一个穷教师的儿子；凯尔米迪斯的儿子海贝尔博卢斯[⑨]最初是个制灯人，后来成了雅典的君主；在尤斯蒂尼阿诺[⑩]之前掌权的尤斯蒂努斯，即位之前是一个牧猪人；胡戈·卡佩图斯[⑪]，一个屠夫的儿子，后来成了法国皇帝；皮察鲁斯[⑫]也是个猪倌，后来在西印度诸国当了侯爵，他拥有数百磅的黄金。"

上士答道："你说的这些话虽然正中我的下怀，但我也同时看到，对于我们来说，通向这一或那一显要职位的门都被贵族关死了。贵族们刚从蛋壳里爬出来，就立即被放到我们永远无法想望的位置上去，即使我们做的事比那些现在当上了上校的贵族要多。正如在农民之中一些宝贵的天

---

① 约翰·封·韦尔特（死于1652年），出身农民，后为皇帝军队统帅。

② 施塔尔汉斯（死于1644年），为瑞典少将，出身为裁缝。

③ 雅科布，黑森上校，早年为鞋匠。

④ 圣·安德莱阿斯，利普施塔特城司令官，早年可能是牧羊人。

⑤ 塔梅尔拉纳斯（1336—1405），一三七〇年起为撒马尔罕统帅，通过许多战役建立了一个强大的王国，版图包括整个中亚细亚和波斯。

⑥ 阿加托克莱斯（公元前361—前289），自公元前三一六年起为叙拉古（今属西西里）皇帝。

⑦ 吕底亚，古代小亚细亚的一个奴隶制国家。

⑧ 三位罗马皇帝瓦伦丁尼阿，指瓦伦丁尼阿一世（321—375），三六四年起称帝；瓦伦丁尼阿二世（371—392），三七五年起称帝；瓦伦丁尼阿三世（419—455），四二五年起称帝。

⑨ 海贝尔博卢斯，雅典政治家，公元前四一一年被谋杀。

⑩ 尤斯蒂尼阿诺（482—565），罗马皇帝，五二七年称帝。

⑪ 胡戈·卡佩图斯（940—996），九八七年成为法国皇帝。

⑫ 皮察鲁斯十六世纪西班牙统治者。

才由于缺乏钱财不能从事学习研究而横遭扼杀那样，一些勇猛的士兵就在他们的戎马生涯中虚度光阴直至衰朽残年，而他们本来完全适合于领导一个团，并且可以为他们的统帅建立伟大的功勋。”

第十八章

西木初闯人世，即交好运

我不想再听那个老蠢驴说下去了。我倒是乐意听到他诉苦，因为他经常像对待狗一样拷打可怜的士兵。我重新转向那些树。举目望去，遍野都是这样的树。我看到它们在动摇，在互相碰撞。于是那些家伙劈里啪啦地、成群成群地掉了下来：事情发生得那样突然，刚才还是活生生的，一刹那就成了死尸。转眼之间，只见这一个丢了胳膊，那一个丢了腿脚，另一个则干脆连脑袋都没了。当我看到这些时，我觉得，眼前所有的这些树，也许只是一棵树，在它的树顶上坐着战神玛斯，用树枝遮盖了整个欧洲。照我如此推想，这棵树几乎能够遮蔽整个世界，但由于忌妒和仇恨、怀疑和猜忌、骄矜、傲慢和贪婪，以及诸如此类良好的品德，外加凛冽的北风不断向它袭击，才使它显得枝枯叶疏，凋谢零落。树干上有诗写道：

风摧橡树声悲伤，
枝残干败景凄凉。
同室操戈烽烟起，
乱世人间多灾殃。

我在睡梦中被狂风的呼啸声和大树的倒塌声惊醒，发现自己独自躺在小茅屋里。我又开始思考起来，脑袋里老是转悠着，到底该怎么办？继续呆在林子里显然已不可能，因为我身边已经被洗劫一空，所剩下的不过是几本被撕扯得满地狼藉的书，留在这里是无法生活下去的。当我含着眼泪一边拾起散乱的书，一边在心里呼唤着上帝，请求他的指引时，我发现了一封隐士生前所写的短信，信上说：

“亲爱的西木：在你看到这封信时，就得马上离开树林，使你自己和牧师摆脱面临的苦难，因为他为我做了许多好事。你要永远虔敬上帝，诚心祈祷上帝，上帝会把你带到一个叫你称心的地方。在你心目中始终要有上帝，要时刻勤于侍奉他，就像你过去在我身边所做的那样。望你考虑，只要你坚持不懈地按照我的遗言去做，你就能经受一切考验。别了！”

我把这封信和隐士的坟墓吻了千百遍之后，就不再犹豫地动身上路，去寻找人们，直到找到他们为止。整整两天，我沿着一条笔直的路往前走去。当黑夜来临时，我找一个树洞作为我的栖身之所。我的惟一食粮是一路上捡来的山毛榉果实。直到第三天，当我走到离格尔恩豪森[①]不远的一片平原时，我简直像享受到了一顿婚礼的盛宴。田野里到处都是一捆捆的庄稼，因为在内尔特林根有名的一次战役中[②]，农民全都被赶跑了，算我运气好，他们没有来得及把这些庄稼收藏起来。为了抵御可怕的寒冷，我把其中的一捆做了过夜的床铺，又饱食了一顿脱去壳儿的麦粒，这对于我真可算是珍馐美食了，因为我好久没尝到这样的东西了。

---

① 格尔恩豪森，位于黑森州，即作者出生之地。

② 内尔特林根，位于巴伐里亚州，内尔特林根战役发生于一六三四年九月六日。

第十九章

西木被俘入哈瑙官廷,叙述他当时遭遇到的一切

天亮时我又用麦子喂饱了自己,然后动身到附近的格尔恩豪森去。我看到城门大开,部分城墙已被烧毁,但已用粪堆筑起了防御工事。我走进城去,看不到一个活人,只见巷子里到处躺着尸体,有的甚至被剥得精光。一片惨景,使我不寒而栗,这是任何人都能想象得出来的。我那单纯的头脑却无法设想,是怎样一种灾难把这个地方变成了这般模样。但不久之后,我终于知道,原来是皇帝方面的军队在这儿突然袭击了威玛将军[①]方面的人,惨无人道地杀害了他们。我进城还不到两丈远,遍地的惨相已使我目不忍睹,因此,我又转身往回走,穿过牧场来到一条平坦的大路上。它把我引到了壮观的哈瑙[②]要塞之前。我一看到它的第一个岗哨,就想溜过去。但是,两名步兵马上来到我的身边,一把抓住我,把我带到他们的警卫室去。

在我谈到我后来的遭遇之前,我想首先向读者交代一下我当时的模样,因为我的穿着和神情出奇得令人惊讶和嫌恶;这我可以从司令官脸上的表情看出来。首先,我的头发在两年半里既没有按希腊的、德国的或者法国的式样修剪过、梳理过,也从未烫过或者做过鬈发,而是让其自然地散乱着;几年来的积尘代替了头发上的各种饰物和扑粉这一类常为傻小子们所喜爱的小玩意儿。在散乱的头发底下,我那苍黄的脸面活像一只正待捕食或窥伺着老鼠的猫头鹰。由于我一直习惯于光着脑袋,我的头发又是天生鬈曲,因此看起来就像戴着一条土耳其头巾。我身上穿的也正好和那满头的乱发相配:那是一件隐士穿过的上衣,如果我还可以把它

---

① 指新教联盟统帅贝恩哈特·封·威玛(1604—1639)的军队。

② 哈瑙,位于黑森州。

称作为衣服的话。这件上衣原来的料子早已无影无踪，所剩下的只是一个样子了。它是由千百块各种各样的颜色拼凑起来的，或者说是一件补丁重叠的百衲衣。在这件破烂不堪但已经过多次修补的上衣外面，我还穿着一件粗羊毛衬衫，这就算是背心了，因为我把袖子取下来做成了袜子。我全身缠绕着一条铁链，就像人们所画的圣·维尔黑尔穆斯① 那样，酷似那些被土耳其人俘虏以后为自己的伙伴行乞的流浪者。我的鞋是木制的，鞋带是用菩提树树皮编成的。我双脚通红，好像穿了一双西班牙肤色的袜子，也像是用苏木② 染过似的。我想，倘若当时有一个变戏法的、走江湖的或者流浪汉发现了我，以为我是萨莫耶特人或者格陵兰人，那他就是把呆子当成宝贝了。任何一个明眼人都不难从我瘦削和饿得半死的模样以及褴褛不堪的装束上得出结论，我决非来自温饱之乡，更不是从某一位大人物的宫廷里逃出来的。然而，我还是受到了岗哨的严格盘问。那两个士兵死死地盯着我的脸，我也同样盯着他们那位军官怪异的装束。我不知道，他到底是女的还是男的，因为他留着法国式的头发和胡子，两边垂着马尾巴似的长长的发辫，下巴上留着稀稀拉拉的胡子茬茬，嘴巴和鼻子之间的几根髭须，短得几乎叫人看不见。他那条宽大的裤子使我疑惑不解，与其说它是一条男人的裤子，倒不如说是一条女人的裙子。我暗地里在想："要说这是个男人，那么他就得有一点像样的胡子，因为这个白痴已经并不像他自己装出来的这样年轻了。要说这是个女人，那么这个老娼妇又为什么这样胡子拉碴的呢？肯定是个女人！"我这样想着。因为，正派的男人决不会把自己的胡子搞成这副残缺不全的可怜相。就好比那公羊，如果有人把它的胡须剪短，它就会羞惭得无地自容，绝对不走到陌生的羊群中去。我就这样捉摸不定地站着，不知道现今的风尚，最后只能把他既当做男人，又当做女人。

这个在我看来像男人般的女人，或者说像女人般的男人，让士兵把我上上下下地搜了一遍。在我身上除了一本桦树皮做的小书之外，别无所有。在这本书里我写下了每天的祈祷，里面还夹着那封短信，这封短信我在前一章里曾经提到过，它是我那虔诚的隐士临终之前留给我的。他从

---

① 见第十九页注①。

② 苏木，也称苏方或苏仿，浸液可作红色染料。

我身上拿走了这本小书，由于我不愿意失去它，就在他的面前跪了下来，抓住他的双膝，说道："啊，我亲爱的赫尔姆阿发洛狄德[①]，把祈祷小书还给我吧！"

"你这个呆子，"他答道，"是哪个魔鬼告诉你，我叫赫尔曼[②] 的？"

他命令两个士兵把我带到司令官[③] 那儿去，并把那本小书一起交给了他们，因为这个幻想家——我马上发现了这一点——反正是个既不会念、也不会写的家伙。

于是我就被带进城去。城里的人都奔了过来，似乎这里要展览一个海怪。人们看着我，仔细端详我那奇特的模样，他们对我产生了各种各样的猜测。有的把我看做是一个奸细，另外一些人认为我是个荒唐鬼，也有人认为我是野人，还有人以为我是个精灵、鬼怪或者是个预兆着什么事情的怪物。也有那么几个人把我看做是白痴，他们认为如果我连那亲爱的上帝也不知道的话，就该马上枪毙。

第二十章

西木被关入牢房，恐惧之中来了救星

我被带到了司令官面前。他问我是从哪儿来的。我回答说不知道。他又问："你要到哪儿去？"我还是回答："我不知道。""那你知道什么鬼事呢？"他接着又问，"你是干什么的？"我的回答还是和先前一样，说我不知道。他问："你家住在哪儿？"当我再一次回答说我不知道时，他的脸色就变了，我不明白，他是生气了呢，还是由于诧异而变成了这副模样。在战争年代里，人人都习惯于对事情往坏处去猜疑，何况此刻敌人正在附近；

---

① 赫尔姆阿发洛狄德，兼有男性和女性特征的"阴阳人"。

② 赫尔曼，德国常用名，与"赫尔姆阿发洛狄德"前半部谐音。

③ 即瑞典司令官雅科布·封·拉姆塞(1589—1639)。

如上所述，敌军在前一夜还占领了格尔恩豪森[①]，并在那里消灭了一个团的龙骑兵。因此司令官赞同了士兵们的想法，把我当做一个叛徒或者探子。他命令对我进行搜查。把我带来见他的值勤士兵告诉他说已经搜查过了，除了一本小书外，在我身上没有发现任何其他东西。说着，他们就把那本书递给了他。他念了几行，然后问我，这本书是谁给我的。我回答说，它本来就是我自己的，是我自己做的，还在上面写了字。他问："为什么要写在桦树皮上呢？"我答道："因为其他树的皮不合适。""你这个笨蛋！"他说，"我是问，你为什么不写在纸上？""嗳！"我答道，"我们树林里一张纸也没有。"司令官问："哪儿？在哪儿树林子里？"我还是用我的老一套回答他：我不知道。

于是，司令官就转向他的几个军官，这些人正听候他的吩咐。他说："这个人要么是一个地道的流氓，要么就是个白痴——不过他不是痴子，因为他会写字。"他一边说，一边使劲地翻弄我的小书，还把我写得很漂亮的字指给他们看，不料隐士给我的短信掉了下来。他叫人把信捡起来。我顿时吓得脸色发白，因为这封信是我至高无上的宝贝和圣物，它一定会引起司令官的注意，使他更加怀疑我有通敌行为。当他打开信读过之后，果然便证明了这一点；他说："我认得这个笔迹。我知道这是一个我很熟悉的军官写的，但是我现在记不起来，是哪一个。"他觉得信的内容十分奇怪，也很难懂。便说道："信里写的无疑是一种约定的暗语，这种暗语除了约定的对方之外，别人是不懂的。"他问我叫什么名字。当我回答说我叫西木时，他说："对，对，你就是真正的无赖！去，去，快给他戴上脚镣手铐，这样可以从这个家伙身上再弄出点别的什么来。"于是那两名士兵就把我带到我的新居——监狱去，把我交给监狱看守，后者遵照命令，在我的双脚和双手上又戴上了链条，好像那已经围绕在我身上的铁链还不足够似的。

人间用了这样的开场来欢迎我，似乎还不周到，又来了一帮带着残酷刑具的打手。尽管我因自己的清白无辜而感到心怀坦然，但他们还是对我这可怜的人横施暴虐。"啊！上帝，"我对自己说道，"我真是活该了，西木舍弃了对上帝的敬奉，逃到人间来，原来就是为了让这个基督徒的怪胎

---

① 指皇帝方面的军队洗劫了格尔恩豪森。

来领受这种因自己的轻率行为而活该得到的报酬！哦，你这个多灾多难的西木，你对上帝的忘恩负义会把你引向何处啊?！你看，上帝几乎还没有使你领悟他，敬奉他，你就逃脱了对他的敬奉，终于背离了他！难道你不能再像从前那样吃着橡子和豆子，一心一意地侍奉你的造物主吗？难道你不知道，你那忠实的隐士和老师逃避了人间，而选择了荒野？哦，不开窍的木头人！你离开了荒野，为了满足你那观看人间的可耻欲望，现在你看吧，为了取悦你的眼睛，你就要在这个危险的迷宫里毁灭了。你这个笨蛋，你先前怎么没有想到，倘若你那已故的先人确信能够在人间获得真正的和平，名副其实的安宁和永久的幸福，那他怎么没有以人世的欢乐来换取他那荒野的艰苦生活呢？你可怜的西木，现在你去死吧，去领受那由于虚荣的念头和狂妄的痴顽而应得的报酬吧！你没有什么不平可鸣，也谈不上因清白无辜而心安理得，因为是你自己迫不及待地去迎接痛苦和那随之而来的死亡，你面临的灾难不过是自己招来的恶果罢了。”我暗自悲叹着，祈求上帝的宽恕，把我的心灵交托给了上帝。这时候我们走近了监狱。在这最紧急的关头，上帝向我伸出了援助之手。正当我被狱吏们簇拥着并引来一大群老百姓围观，一起站在监狱外面，等待着监门打开以后，把我关进去的时候，我的那位教士(上面已经说过，他的村子新近遭到洗劫和焚烧，这时他也被关押着)，也想看一看这儿发生了什么事情。他从窗子里往外张望，一眼就看到了我，便大声叫喊起来：“啊，西木，是你吗?”我听到了他的声音，看见了他，但我一时不知所措，只是向他张开双手，叫道：“啊，父亲！啊，父亲！啊，父亲！”他问我惹了什么祸了？我回答说，我不知道，他们把我带到这儿来，肯定是因为我从树林里逃出来的缘故。当周围的人告诉他说，人家把我当成了一个奸细时，他请求人们暂时饶恕我，因为他对我比任何人都更了解，他还要把我的情况向司令官报告；以免司令官老爷在我们两人身上将错就错。这样做，对于他和我当然都有好处。

第二十一章

西木靠上帝的恩赐，有幸获得极为友好的招待

教士获得许可去见司令官。半个多小时之后，我便被带进一个下人的房间；那里已有两个裁缝，一个拿着鞋子的鞋匠，一个拿着帽子和长袜的商人，以及一个拿着各种各样衣服的人等候，为的是给我迅速打扮一番。他们把我那破烂不堪的千补百衲的上衣连同铁链和粗毛衬衣一起剥了下来，好让裁缝照着样子量尺寸。然后来了一个随身带着浓碱水和香肥皂的军队理发师，他刚刚要在我身上大显身手时，传来一个命令，使我极为害怕。这个命令说，我得立即重新穿上原来的那套衣服。其实，事情倒也不像我所担心的那样坏。我穿上原来的衣服之后，便走进来一个画家，随身带着一套工具，他用其中的铅丹和橙红颜料来画我的眼皮；用胶水、靛蓝和青色颜料画我珊瑚红的嘴唇；用橙黄、烟黄和铅黄颜料画我那因饿得发慌而龇露的牙齿；用松烟、煤黑和焦茶色颜料画我的黄头发；用铅白颜料画我那双可怕的眼睛；用其他许多种颜色画我那件色彩斑斓的上衣。他手里拿着一大把画笔，一边端详着，一边画下我的轮廓，涂上底色。他把脑袋侧向一边，对照着我的模样仔细观察他的画稿，一会儿修改一下眼睛，一会儿修改一下头发，很快又修改了一下鼻孔。总而言之，他把开始画得不合适的地方统统都修改了一番，最后终于画出了一张栩栩如生的人像，和我西木一模一样，致使我对自己这副可憎可怕的模样惊骇不已。然后才轮到理发师来收拾我的头发。他给我洗头，闹腾了足足一个半小时，剪掉了我过长的头发，给我理了一个当时流行的式样。后来他把我带到一个小浴间去，洗净我那积了三、四年污垢的、饿得瘦骨嶙峋的身体。洗澡未完，就有人给我送来了一件白衬衣，一双鞋子和长袜，一个皱领，或者说是披肩，还有帽子和羽饰。裤子制作精美，上面镶满了花边；只是眼下还缺少一件背心，那裁缝正在赶做。厨师端来一盘稠汤，女用人

送来一瓶酒。于是我西木老爷就像一位小爵爷那样,被侍候得十分周到。我放开胆量猛饮大嚼,毫不理会人家将会对我怎么样。因为我还不懂得什么叫“临刑前的最后一餐”。这一顿让我尽情受用的美餐,实在是我永远也说不完、赞美不尽的。我真是难以设想,在我活着的时候竟还有过这样一次巨大的人生享受。现在背心已经做好,我也把它穿上了。穿着这件新衣服,我显得那样笨拙,简直像一件陈列的战利品,或者像是一根篱笆杆子套上了衣服,因为这件背心实在太大了。那位裁缝特意把我的衣服做得很大的原因,是为了满足人们这样的一个愿望:我会在短时期内很快地胖起来。后来这种愿望倒也没有落空。我由于精美的饭食,体重显著地增加了。我在树林里穿过的衣服连同那根链条和身上其他所有的东西都被放进了艺术陈列室,与其他稀世之物以及古代文物放在一起,旁边放着与我身材一般大小的我的画像。

晚饭以后,老子——即我本人——就往床上一躺,说实在的,这样的床无论在我阿爸那里还是在隐士那里我都从未享受过。可是我的肚子咕噜咕噜地叫唤了一整夜,使我不能入睡;看来没有别的原因,大概是因为它不识珍馐美味的缘故,因而在消受它时不免大惊小怪罢了。不过我只得安安静静地躺着,直等到可爱的太阳重新升起。天很冷。我考虑着几天以来我所经历的艰难困苦。亲爱的上帝以一片赤诚之心帮助我渡过了难关,把我引到了一个如此美好的所在。

第二十二章

西木听说他亲爱的隐士是怎么样的一个人

就在这天早上,司令官的私人秘书吩咐我到教士那里去,以听取他的主人与教士关于我的一席谈话。他派一名勤务兵把我带到教士那里。教士把我领进他的书房。他坐下以后,叫我也坐下,说道:“亲爱的西木,和你在树林里同住过的隐士,不仅是本地司令官的妹夫,而且在战争中还是他的提携人和挚友。司令官以敬慕的心情对我说，隐士从青年时代起就同时具有了一个英雄战士的勇敢和一个教徒所不可缺少的对上帝的虔诚；他能将这两种美德同时兼收并蓄，确是难能可贵的。他那超尘拔俗的天性和坎坷的一生，终于断送了他世俗幸福的前途。他对自己的贵族头衔和在肖顿[①] ——他的出生地——的可观的田产毫不挂怀，因为在他看来，世上的一切都是子虚乌有，淡乎寡味，弃不足惜。一句话，他要以他现时的尊严来换取将来更高的荣耀。他由于品性高洁而对一切世俗的荣华表示厌恶，他的思想志趣便只在追求一种清心寡欲的生活。这种生活，你在树林中遇到他以后，直至他去世为止，在他身边已一起经历过了。据我看来，他是由于读了许多关于古代隐士生活的宗教书籍，或者由于那不幸的命运把他引上了这条道路。

"我还想告诉你，他是怎样到了斯贝塞，并按照他的愿望过起这种困苦的隐居生活来的，以便你日后也能够向别人谈论这方面的事。在那血腥的霍希斯特之战[②] 失败之后的第二天夜里，天已将近破晓，他孤身一人来到我住的院子。那时我和我妻子以及孩子们刚刚入睡——在那兵荒马乱的时候，不管是逃窜者，还是追逐者，总是喧嚣不迭；前一夜通宵不得安宁，这一夜又闹腾了一宿。他先是很有礼貌地敲门，随后却猛烈地敲打起来，直到把我和我那酣睡中的仆人惊醒。我们隔着门彼此交谈了几句话之后，我就打开了门。我看到这位高贵的人从他骠勇的马背上下来。他那华贵的衣服，溅着斑斑点点的敌人的鲜血，多得就像那上面的金银饰边。他手里还握着出鞘的剑，实在使我害怕。当他把剑插进剑鞘，以十分客气的口吻说话时，我感到疑惑不解，为什么一位如此能干的老爷竟这样和善地来向一个卑微的乡村教士请求一个藏身之所呢？由于他俊美的相貌和气宇轩昂的仪表，我在和他说话时把他当做了曼斯斐尔特[③] 本人。但他说道，他这一回在不幸方面不仅可以与曼斯斐尔特相比，而且他还有过之而无不及。他诉说了三件事：第一是他失去了即将分娩的妻子；第二是战役的失败；第三则是他没有像其他忠诚的战士那样在这场战役中有

---

① 肖顿，在福格尔山区。

② 霍希斯特之战，一六二二年六月二十二日，天主教联盟军战胜新教派克·封·勃劳希威格。

③ 曼斯斐尔特伯爵(1585—1626)，三十年战争中新教联盟统帅。

幸为了福音派而战死疆场。我原想安慰他，但马上觉察到他的豁达大度是不需要任何安慰的。随后我便叫人用新干草给他铺了一张床，因为他不愿睡别的床，尽管他非常需要休息。第二天早上，他做的第一件事，是把他的马匹赠送给我，把他随身带的为数可观的金子连同几只珍贵的戒指都分送给了我的妻子、孩子和仆人。我不知道我该怎么办，一下子还不能明白这是怎么一回事，因为当兵的人往往巧取豪夺，而不惯慷慨施舍。我诚惶诚恐，不敢收下这笔重礼。我找借口说，我无故受此盛情，不知如何报答，实不敢当。此外，我说，倘若别人在我和我妻儿以及仆人这儿见到这些财物，特别是这匹无法藏匿的骏马，那么任何人都会认为这些东西是我抢来的，或者参与了谋害。但他说，我不必为此担忧，他将立下亲笔字据，以保证我免遭这种危险。他甚至想在离开我的屋子之前换下自己的衬衣和全部衣服。为此，他向我表白了他要成为一个隐士的决心。我表示竭力反对，因为我觉得，这种打算很有罗马天主教教义的味道，这使人想起，他宁愿为福音派而献身，而不愿过这持刀佩剑的生涯。但我的反对无济于事。他和我说了很久很久，直到我完全同意为止。我给他提供了书籍、画相和家具什物(这些你在他身边见到过了)，虽然他只想要那条他夜间在草铺上所盖的粗羊毛毯子。他对这条毯子比他赠送给我的一切都更喜欢，后来他用它做了一件外套。我还用我马车上的铁链条——就是他一直戴着的那条，和他交换了一根金链，那上面还有他最心爱的女人的肖像。这样，他身边就既无金钱，也没有任何值钱的东西了。我的仆人把他带到了树林中最荒僻的地方，帮助他在那儿盖起了一间小茅屋。至于他在那儿怎样过日子以及我怎样偶尔去帮助他，周济他，你都已经知道了，有些事甚至知道得比我更清楚。

"在新近内尔特林根战役失败之后，你也知道，我被洗劫一空，还被打得遍体鳞伤，逃到这儿来避一避，因为这儿还有我的一些值钱的东西。当我要用现款时，就把隐士给我的三个戒指和那条金链，连同挂在上面的肖像——其中也有他刻有印章的戒指——拿去给一个犹太人换成现钱。由于这些东西非常珍贵，做工也很精致，犹太人就把它们卖给了司令官。司令官立即认出了这些纹章和肖像，就来问我，这些贵重的首饰是从哪儿得来的。我对他说了实情，拿出隐士的字据或者说是转赠信给他看，还谈了全部经过，也谈了他在树林里生活和死去的情况。但他对我的话并不相信，还把我拘留起来，直到把事情弄个水落石出为止。他派出一队巡逻兵，对隐士的住所进行实地观察，把你则带到这儿来，我这才在监狱里见到了你。现在司令官对于我所说的话再也没有理由怀疑了，因为我说出了隐士居住的地方，还提出了你和其他一些活着的证人，尤其是我那教堂司事(他过去常常让你们在天亮之前进入教堂)，更何况还有在你的小祈祷书里发现的那封短信，它不仅是真实情况的见证，也是已故隐士一片虔诚之心的最好说明。由于以上原因，司令官为了他已故的妹夫才对你和我表示了一片好意，给了我们优厚的待遇。现在你只需要拿定主意，你想怎么样，他就给你办到。你要上学，他就给你付学费；你若有兴趣学一门手艺，他就满足你的愿望；你若想留在他身边，他就把你当做亲生的孩子对待。他说，即使是他已故的妹夫的一条狗去找他，他也会把它收留下来。”

我回答道，我是无所谓的，不管司令官对我做出怎样的安排，我都会觉得很好，都会感到满意的。

第二十三章

西木当了侍童，得知隐士之妻在兵荒马乱中失踪

在教士带我去司令官那里向他说明我的决定之前，他把我留在他的寓所里，一直呆到十点钟，因为司令官设了便宴，他特地等到这个时候到他那里去做客。当时哈瑙被封锁，对于一般老百姓来说是一个困难时期，尤其是那些逃进这个要塞来避难的人们，甚至还有一些原来自命不凡的人，都不得不在小巷子里捡起被富人扔出来的冻坏的萝卜皮。教士觉得很荣幸，他居然可以坐在司令官身边的席位上，至于我，手里拿着一只盘子，看着司令官管家的眼色行事，恰似教驴去下棋，教猪去吹口琴。但是教士只靠了他的舌头便补偿了我的笨拙所不可能做到的事。他说，我在荒野里长大，从未见过世面，不懂怎样待人接物，因此请求原谅。他还说

我对隐士的忠诚以及我在他身边所经受的艰苦生活，都是令人惊异的。单凭这一点就值得宽容我的笨拙，而且还说明我比那文雅的贵族侍童更可贵。此外，他还谈到：隐士从我身上得到了最大的欢乐、安慰和满足，因为我的面貌——像他经常说到的那样，酷似他的爱妻；他常常对于我的毅力和坚定不移地要留在他身边的意愿，以及其他许多他对我备加赞扬的品德，表示十分钦佩。总而言之，他诉说不尽隐士是怎样在去世前不久以真挚的热诚把我托付给他的，并且明说，他要像对待自己孩子那样来爱我。

这些话听得我心里感到乐滋滋的。我觉得，我在隐士那里所忍受的一切都已经得到了充分的补报。司令官问道，他已故的妹夫生前是否知道，他已经成了哈瑙的司令官。"当然，"教士答道，"我亲自对他说过。不过，他只带着愉快的脸色和微微的笑意，冷冷地听着我说这件事，好像他根本不认识拉姆塞似的。当我回顾这件事的时候，我不得不对他的毅力和坚定的决心再一次表示惊异：他怎么能忍心，不仅摈弃了这个世界，而且还完全忘却了近在咫尺的挚友。"

司令官虽不具有妇女那样软心肠的感情，而是一个勇敢的英雄战士，这时眼睛里却也饱含了泪水。他说道："假如当初我知道他还活着，而且知道他的住处，那我就会不顾他的意愿，把他接到我这儿来，报答他的恩德。但是命运不让我这样做，所以我要以抚养他的西木来补报他，在他死后用这样的办法向他表示感谢。唉！"他继续说道，"这位正直的高贵的人确实有理由来悲悼他怀孕的妻子；她是在斯贝塞被一队皇帝的骑兵在追踪中俘虏的。当我知道了这件事，并且还听说我妹夫已经在霍希斯特战役中阵亡，我就立即派遣一名号兵到敌方去打听我妹妹的情况，要求把她赎回来，但一无所获，只听说上面说的那队骑兵在斯贝塞被农民打散，在混战之中我妹妹又和他们失散了，所以直到现在我还不知道她的下落。"

以上就是司令官和教士在饭桌上所谈的关于我的隐士和他爱妻的情况。这对夫妻只共同生活了一年时间，这就更令人惋惜了。但是我就因此成了司令官的侍童，也正是这么一个侍童，却被人们——特别是农民，如果他们请求我替他们向主人通报时——称为少老爷，虽然很少见到一个被叫做老爷的小伙子，先前曾经是小伙子的老爷倒是有的。

第二十四章

西木见到各式各样的偶像
崇拜，他对世人挑剔责难，评头论足

当时在我身上没有任何别的珍贵的东西，惟有一颗纯洁的良心和正直而虔诚的感情，伴随着它们的是高贵的清白无辜与单纯无知。对“罪孽”两字，我只是听说过，或者只是从书本上读到过，一当我看到真正的罪孽，我就感到稀奇而又可怕了。因为我所受的教育和被养成的习惯是要时时刻刻感觉到上帝的存在，要最真诚地按照他神圣的意旨去生活。我懂得了这一点，便习惯于用它去衡量人们的行为和本性。而实际上，我觉得我所见到的无非全是糟透了的恶行。我的主啊！当我对照着教规和福音书连同基督的种种告诫,去观察那些自称是基督的徒子徒孙们的行为时,我开始是多么的诧异啊! 呜呼! 我所看到的并不是作为一个诚实的基督徒理应具备的高尚正直的内心世界,而是充满七情六欲的凡夫俗子们身上原都无不充满着的虚伪和愚蠢。我怀疑,在我眼前到底还有没有基督徒存在。因为我不难觉察到:上帝的真正意愿,其实尽人皆知,但事实上却没有一个人当真在实行上帝的意愿。

因此,在我心里便有了千百种困惑不解和离奇古怪的想法,而由于基督的诫命,又使我不得不陷入激烈的思想斗争之中;因为基督说:"你们不要论断人,免得你们被人论断。"① 此外,我还想起了保罗的话,他在《加拉太书》第五章中写道:"凡情欲之事都是显而易见的;就像通奸,奸淫,污秽,淫乱,拜偶像,邪术,仇恨,竞争,嫉恨,恼怒,挑拨离间,结党,纷争,异端,妒忌,醉酒,荒宴等类。我从前告诉你们,现在又告诉你们,行这样事的人,必不能承受上帝的国!"② 于是我想道:"几乎每个人都是公开这么干的;为什么我就不可以认真地推断一下使徒③ 的话呢? 上面说得明明白白,并不是每个人将来都有福进天国的。"

在富人当中,除了奢华与贪婪之外,滥吃滥喝和男盗女娼是习以为常的。最使我感到可怕的是,有些人——特别是当兵的家伙,他们目无上帝,甚至拿上帝神圣的意愿当儿戏,对它肆意亵渎,而他们所犯下的恶行,却从未受到认真的惩罚。例如有一次,一个奸夫在完事以后还想受到别人的称赞,我听到他说出这样一些渎神的话来:"那个有耐心的戴绿头巾的人也真够受的了,他为了我的缘故甘愿头戴双角④,但是如果要我说老实话,那我讨他老婆的欢心的事还不及害他的事来得多,因为我要向他报复。""可怜的报复!"旁边站着的一个老实人答道,"你这样做会玷污自己的良心,并且得到一个可耻的奸夫的名称!""什么奸夫,"他哈哈冷笑一声,回答道,"我才不是奸夫呢,即使我给这个婚姻带来一些曲折。那些触犯第六诫的人才称得上是奸夫,第六诫⑤ 说,禁止爬进别人的园子,先主

---

① 见《圣经·新约·马太福音》第七章第一节。

② 见《圣经·新约·加拉太书》第五章,第十九至二十一节。

③ 指基督门徒,传道者。

④ 头戴双角,指妻子有外遇,即戴绿头巾的意思。

⑤ 第六诫是:"不许奸淫。"此处用了隐晦的比喻。

人而采摘樱桃。”① 为了便于人家理解他的话，他随着又按照魔鬼的逻辑解释了第七诫，这一条明确地说出了上面所说的意思，就是说：“不许偷盗”，等等。接下去他还说了很多，使我心里不禁叹息：“啊，亵渎神灵的罪人啊！你把自己称做是婚姻曲折的制造者，那慈爱的上帝倒成了婚姻的破坏者，因为他用死亡来使夫妻分离。”

“难道你不认为，”我出自多余的热心和气愤插嘴道——虽然他是个军官——，“你说出这样亵渎神灵的话，不是比通奸本身罪孽更大吗？”他却回答我说：“住嘴，你这小毛孩子，要我给你几个耳光吗？”我相信，如果

① 此处在德语中与“破坏婚姻”或“通奸”谐音。

不是这个家伙怕我主人的话，我准会挨到一顿耳光的。我就不开腔了。后来看到，这类事是毫不足奇的：单身的去找已婚的，已婚的去找单身的，任凭自己恣意寻欢作乐。

当我还在隐士身边学习走向永恒的生命之路时，我很奇怪，为什么上帝严禁他的人民敬拜偶像[①]。我心里想：谁要是一旦认识了真正的、永恒的上帝，他当然绝对不会去敬拜另外一个神了。因此在我愚蠢的意识中得出了这样一个结论：这一诫是不必要的，是徒然制订的。但是，唉，我这傻瓜多么不懂事啊！一当我踏入人间，我就注意到，几乎所有的人都把这一诫置之脑后，他们各自都另有心目中的偶像，有些人的偶像甚至比新、旧异教徒还要多。有些人把他们的偶像放在小匣子里[②]，对它寄托着全部的安慰和信赖。有些人的上帝是在宫廷里，他在这个上帝身边要求一切庇护，而他不过是个得宠者，往往是一个像他的崇拜者本身那样放荡的懒虫，因为他虚无飘渺的灵光只是凭借王公贵族那四月天气般多变的恩宠而得到的。另一些人的偶像建立在声誉和世俗的名望之中，他们一旦获得了声望，就自以为是半个神了。还有一些人的偶像是在他们的头脑里，真正的上帝赋予他们一个健康的头脑，所以他们可以能干地掌握几种艺术和科学，他们把善良的恩主撇在一边，而确信自己的才干会给他们带来一切福祉。也有许多人，他们的偶像就是他们自己的肚子，他们每天供给它祭品，就好像古代异教徒对酒神和谷神所奉献的那样；倘若这个偶像表现出不乐意，或者出现了生理上呕吐的现象，那么这些可怜的人便把医师尊为他们的偶像，并在药铺里寻求他们生命的延续，事实上他们在这里往往因为他们极端的不耐烦和绝望而加速了他们的死亡。有些傻子把窈窕娼妓尊奉为他们的女神，他们用另外的名字去称呼这些女人，日日夜夜用成千上万的叹息去对她们顶礼膜拜，为她们作歌赋诗，对她们竭尽赞美之能事，附带一个卑微的恳求，希望她们因其痴愚的本性而示以恻隐之心，也像他们这些傻子一样做一个女傻瓜。

至于那些女流之辈，她们则供奉自己的美貌为偶像。她们想，美貌会使我得到男人的庇护。上帝在天上对此会说什么，随他的便。这个偶像

---

① 这是基督教十诫中的第一条。

② 指钱柜。

不需祭品,但每天要用各种各样的胭脂、香膏、香水、脂粉以及其他油脂对它进行保养和侍奉。我还看到一种人,他们把舒适的房屋当做偶像;他们说,只要他们住在里面,幸福和安宁就会来到他们身边,金钱也会源源不断地穿窗而来;对于这种愚蠢,我真是奇怪到了极点,因为它向我说明了为什么居民们的财产都大大增加的原因。我认识一个人,他为了烟草买卖,多年来未曾睡过一个安稳觉,因为他把原来只能献给上帝的全部心血都献给了这桩买卖。他为这桩买卖不分昼夜地长吁短叹,因为他要靠它发迹。但结果怎样呢?这个幻想家死了,就像烟草的烟雾一样飘然而去了。于是我就想:"哦,你这可怜的人啊,你这如同轻烟一般消失了的人!倘若你对待自己灵魂的幸福和对待真正的上帝的尊严如同你对待偶像那样——你的偶像具有巴西人的形象,臂下挟着一卷烟叶,嘴里含着一只烟斗,站在你的铺子里——那么我无疑会确信,你在彼岸世界已经获得了一个美丽光荣的桂冠。"

另外一个蠢货有着更为荒诞的上帝。在一次聚谈中他讲到,在那遭受大饥荒的艰难岁月里,他是怎样度日糊口的。他明确无误地说,那时是蜗牛和青蛙成了他的上帝,如果没有它们,他就得饿死。我问他,那么当时给他送来这些动物以维持他生命的上帝本身,在他心目中又是什么呢?这个头脑简单的人不知道该怎样回答才好了。这确实使我十分惊奇,因为书本从未告诉过我这种奇怪的事,不论是古代崇拜偶像的埃及人,还是现代美洲的印第安人,都从来没有像这个白痴那样把诸如此类的动物当做上帝的。

有一次我和一位高贵的老爷到一处古代文物和艺术陈列室去,里面都是漂亮的珍品。在所有油画中我最喜欢的是一幅头戴荆冠的基督受难像。这幅油画表现出的悲怆一下子就勾起了人们的同情。旁边挂着一幅中国纸图,画上端坐着几个中国人的偶像,有的画得像魔鬼。艺术陈列室主人问我,在他的陈列室里我最喜欢的是哪一件作品。我指着那幅头戴荆冠的基督像,他却说我错了,这幅中国画才是稀罕之作,因此更加珍贵,就是用十幅头戴荆冠的基督像他也不愿换下这幅中国画。我答道:"老爷,你心里想的,也像你嘴上说的一样吗?"他说道:"当然啰。"我说:"那么,难道你心里的上帝,也就是你嘴上坦白承认的这张肖像上的这一个吗?这个是最珍贵的吗?""你这个幻想家!"他说道,"我是珍贵它的稀罕啊!”我答道:“难道还有什么比天主的儿子为我们受苦,就像这幅画上表现出来的那样更为稀罕、更为珍贵的吗?”

第二十五章

西木和人世间格格不入,人世间也对他白眼相看

诸如此类的以及更多的其他类型的偶像,被崇拜得越是厉害,真正的上帝的尊严就越是遭到轻蔑。因为我几乎从未见到过,有什么人虔诚地恪守他的忠告和戒律;相反,我倒见到许多人在各方面违背他,并且在罪恶方面超过了那些生活于基督在人间传道时候的税吏。当时,他们是公然行事的罪人。基督说:“要爱你们的仇敌,要为那逼迫你们的人祷告,对恨你们的人行善,为侮辱和迫害你们的人说情,这样,就可以作为你们天父的儿子;你们若单爱那爱你们的人,会有什么赏赐呢?就是税吏不也是这样做的吗?你们若单与你们的兄弟亲爱,对你们有什么好处呢?税吏不也是如此吗?”① 然而我发现,非但没有任何人恪守基督的这一诫令,而且所有的人所干的都是违反诫令的,或者干脆背道而驰。俗话说:“亲友多,倾轧多。”没有哪儿比在兄弟姐妹和其他至爱亲朋之间存在更多的忌妒、仇恨、猜忌、争论和口角的了,特别是当一笔遗产落到他们手中要进行分配时,他们就会成年累月的互相争吵不休,他们所表示的愤怒大大超过了土耳其人和鞑靼人。另外,各地的手艺人也互相仇恨,因此我明显地看到并且断定,那些公然行事的罪人,如古罗马的税吏和官员——他们因其恶行和不信神而为众人所仇恨,但他们在珍惜兄弟情谊方面却胜过了我们现代的这些基督徒。基督亲自证明,他们曾经彼此相爱过。因此我想,如果我们爱了敌人,而得不到报酬,那么我们恨了朋友,又该期待如何严厉的惩罚呢!在应当有伟大的爱和忠诚的地方,我看到的却是最大的

① 见《圣经·新约·马太福音》第五章第四十四至四十七节。

不忠诚和最强烈的仇恨、口角、愤怒、敌意和对立。有些主人虐待自己的忠实仆人和下属；另一方面，有些下属却视他们温良的主人为流氓。我发现在许多夫妇之间连续不断地吵架；有些暴君对诚实的妻子凶得像只狗，而有些狡猾的淫妇把温顺的丈夫当成傻瓜和驴子。许多无耻的老爷和主人骗取了他们辛劳的奴仆应得的报酬，在饮食上尅扣他们；另一方面我也看到许多不忠实的奴仆，或以其偷盗行为、或以其疏于职守而使他们温顺的主人毁在他们手里。那些商人和手艺人手持犹太人的矛枪[1] 角逐竞争，并且用各种诡计和手段吸尽了农民辛劳的汗水；另一方面，也有一些农民干起渎神的勾当，他们担心，如果他们不狠心作恶，就要被别人或者他们的主人嘲讽为愚蠢和无知。有一次我看到一个士兵给另外一个人猛地打了一个耳光，我以为被打的人会把另一边面颊凑过去再让他打[2]，因为我还从来没有见过这等动武的事。但是我想错了。被侮辱的人立即从

① 指爱钱如命，竞放高利贷。

② 见《圣经·新约·马太福音》第五章第三十九节：“有人打你的右脸，连左脸也转过来由他打。”

鞘里拔出刀子,在打他的人的脑门上戳开了一道口子。我大声向他喊道:“嗨,朋友,你干什么?”“如果他是个熊包,”他答道,“我就要——见鬼去吧——亲自惩罚他,如果他是个流氓,就叫他吃点儿苦头!”这场决斗愈演愈烈,因为双方都有助威的人,还有围观的人和蜂拥而来的人,他们也都扭打成一团。这时我听到他们指着上帝和自己的灵魂发誓;语气之轻浮,不能不使我怀疑,他们怎么可能把上帝和灵魂视为最珍贵的东西。但这还不过是儿戏;他们并不止于小儿的赌咒发誓,随之而来的是狂怒的叫喊;让雷打我,电劈我,雹击我等等,等等——从他们嘴里吐出来的这些雷呀,电呀,雹呀,总有成千上万——足以让人化为飞灰!那神圣的圣事[①]不能只有七件了,而变成了成千上万件,他们吐出这么多该死的、恶毒的诅咒,使我又一次毛骨悚然。我暗自思忖:“如果他们是基督徒,那么基督的诫命在哪里呢?因为基督说过:‘你们决不该起誓,既不要指天起誓,因为天是上帝的座椅,也不可指地起誓,因为地是上帝的脚凳;既不要指着耶路撒冷起誓,因为它是一位伟大君王的京城,也不可指着你的头起誓,因为你不能使一根头发变白或变黑。你们的话是就说是,不是就说不是,若再多说,就是恶者。’[②]”对于我所看到的和听到的这一切,我经过仔细考虑,坚决断定,这些打架的人不是什么基督徒,因此便去寻找另外一些伙伴。

当我听到有几个大言不惭的人在夸耀自己的恶行、罪孽、耻辱和邪恶时,尤其使我诧异莫名。我每天都不止一次地听见他们说:“娘的,我们昨天喝得真够呛!”“我在一天里足足喝了三回,也同样呕吐了三回!”“狗日的!我们整得那些农民真够厉害的,那些流氓!”“妈的,我们捞了那么多东西!”“真他妈的,我们跟那些娘儿们玩得可开心啦!”此外还有:“我的拳头像下雹似地把他揍倒在地。”“我把他毙了,叫他眼睛翻白。”“他乖乖地受了我的骗,让他见鬼去吧!”“我给他使绊子,让他完蛋吧!”“我折磨了他,让他去吐血吧!”如此这般的非基督徒的话,整天往我耳朵里灌。我耳闻目睹的这类犯罪行为有的还是以上帝的名义进行的,这真是叫人伤心!这种事大多是当兵打仗的人干的,他们说:“我们要用上帝的名义成群结队,抢、拿、毙、杀、攻、掳、烧,样样都干!”真是作恶多端,无所不用其极。

① 天主教以领洗,坚振,告解,圣体,终傅,神品和婚配七件为圣事。

② 见《圣经·新约·马太福音》第五章第三十四至三十七节。

难怪那些高利贷者也敢用上帝的名义来进行交易,好使他们为填满那魔鬼般的欲壑而去搜括盘剥。我看到过两个窃贼被吊死。有一次他们在夜间去行窃,当他们放好梯子,其中一个以上帝的名义正要爬进去时,那警觉的房主人又以魔鬼的名义使他摔了下来,他因此折断了一条腿,被逮住了,过了几天之后就同他的伙伴一起被吊死了。后来当我听到、看到或者谈到这些事情时,我习惯地掏出圣经来,或者真心实意地加以劝阻。但这些人却把我当做傻瓜和白痴,我甚至为了我的好意常常遭到奚落、讽刺和嘲笑,使我十分反感,因此就抱定决心,不再说话,虽然出于基督之爱我不能这样做。我多么希望每个人都在隐士身边长大,这样他们便会用天真无邪的眼睛来看待世界的本性,就像我以前观察世界那样。如果世界上全是西木的话,我也不会显得那么聪明了,也就看不到那么多的邪恶了。同时也可以肯定地说,一个世俗的人,当他习惯了各种各样不道德的事和愚蠢的行为,自己也参与了这类勾当后,他也就丝毫不会感觉到,他和他的伙伴正走在一条什么样邪恶的道路上。

第二十六章

西木耳闻目睹了士兵怎样互相热烈致意的新风尚

现在我有理由怀疑我周围的这些人并不是真正的基督徒。我带着这个想法去找教士,把我耳闻目睹的一切以及我的想法告诉他。我认为这些人只不过是嘲弄基督及其告诫的不肖之徒,而不是基督徒。我请求他把我从这个梦里解救出来,使我明白,应该怎样正确看待我周围的人。教士回答说:“他们确实是基督徒,我并不主张你用别的名字去称呼他们。”“我的上帝!”我说,“这怎么可能呢? 每当我一片好心地指责他们中间的任何一个人违反上帝的意愿所犯下的过错时,我总是遭到讽刺和嘲笑。”“这你不必奇怪,”教士答道,“我相信,如果和基督生活在同一时代的第一批虔诚的基督徒,甚至包括众使徒在内,现在又得以复活的话,一旦进入

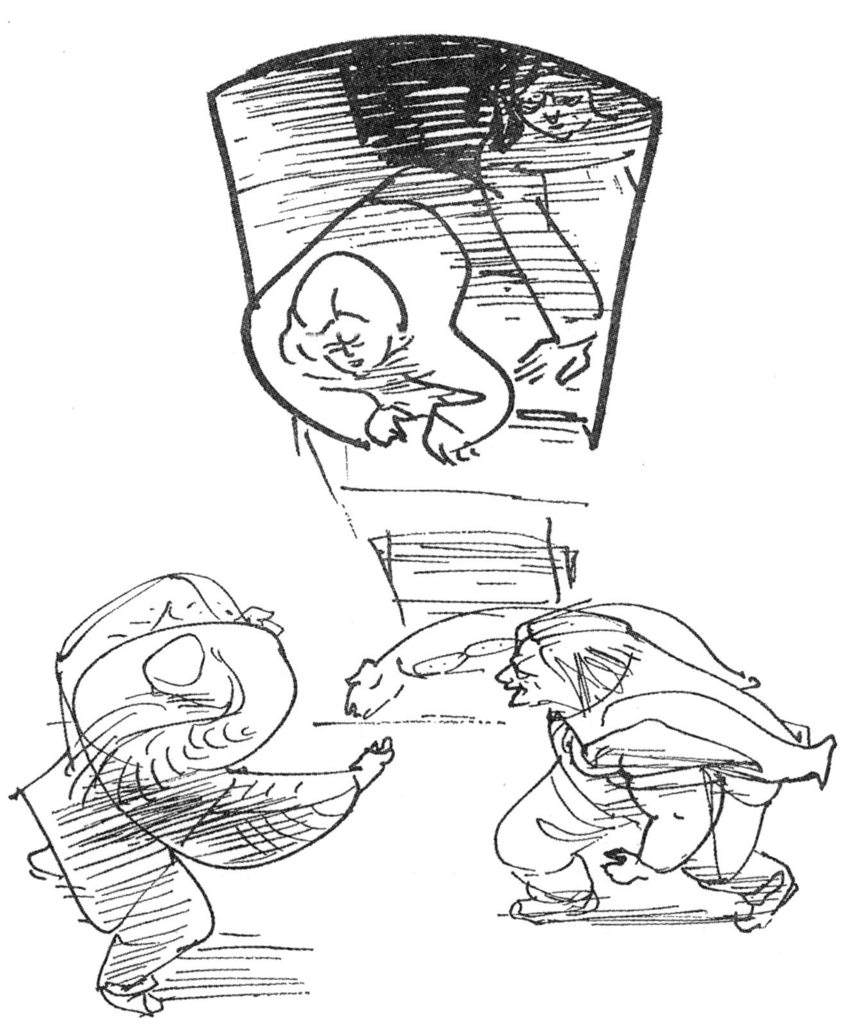

人间世界，他们也会和你一样提出同样的问题，结果也会像你一样被人们当做傻瓜。到目前为止，你所看到的和听到的，仍不过是一些平常的事，与那些秘密地和公开地无视上帝和人类而在世上犯罪作恶的人比较起来，这些都算不了什么。你不必为这些事气恼了，你很难找到一个像已故的萨姆埃先生[①] 那样的基督徒了。"

我们正在谈论时，有几个从对方捉来的俘虏被押着穿过广场，这件事打断了我们的谈话，因为我们也想看一看俘虏。这时我听到了一些我连做梦也不敢设想的荒谬透顶的话，但这些话却是当时所流行的表示致意和欢迎的招呼语。事情是这样的：我方驻军里的一个士兵，过去曾在皇帝的军队里服过役[②]，认识俘虏中的一个人，他走到这个人的身边，伸出手来紧握着他的手，满心欢喜和一片真诚地说："天打的！你还活着吗，好兄弟?! 操他妈的[③]，什么鬼让我们在这儿碰头啦！我早以为你给绞死了呢!"对方回答说："雷劈的！好兄弟，这真是你吗？见你的鬼，你怎么到这儿来啦？真没想到，我还能活着见到你，我以为你早已经见鬼去了。"当他们再分手时，他们不是彼此说上帝保佑，而是说："倒霉！倒霉！明天我们也许会相见，我们就尽情痛饮，狂欢作乐。"

"这难道算是一种虔敬上帝的相互致意吗?"我对教士说，"这难道算是基督徒的良好祝愿吗？难道这些人对于未来有神圣的抱负吗？谁认得出他们是基督徒呢？谁听着他们说话不吃惊呢？如果他们出于对基督的爱彼此这样来说话，那么如果他们吵起嘴来，还会怎么样呢？如果这些人是基督的小羔羊，那么你就是基督指定的牧人，你理应把他们带领到一片更好的牧场上去。""是啊!"教士答道，"亲爱的孩子，这些渎神的士兵向来如此，上帝怜悯吧！即使我说点话，也只不过是对聋子说教，而且从这伙渎神之徒那儿得到的无非是可怕的仇恨。"对此我非常奇怪，又和教士闲聊了一会儿便离开了他，去侍候司令官了。这次我能够出来，是因为我的主人允许我有一定的时间出去看看城市，到教士那里走走。对于我的愚钝无知已有所风闻，他想，如果我出去逛逛，看一点，听一点，接受一点别

---

① 指的是谁，不明确，可能指隐士，也可能指卡美尔派的一个托钵僧。

② 哈瑙地方的驻军是属于瑞典方面的。

③ 这句粗野的话，原文与"圣礼"一词谐音，是对宗教的侮辱。

人的教育，或者像俗话所说，在人们中间琢一琢，磨一磨，我就不会再如此不开窍了。

第二十七章

西木在文书室里放了一个屁，因此遭了殃

我主人对我的宠爱与日俱增，因为我的面貌不仅像他的妹妹——那隐士的妻子，而且随着时间的推移，我长得也越来越像他本人了。同时，那饱食终日、无所事事的生活，使我在短时间里竟变得漂亮起来，显示出了相当优雅的体态。我在所有的人那儿都享受到这种宠爱，因为谁要和司令官打点儿交道，他也就必然对我表示出好感。特别是那位书记官对我格外喜欢，他负责教我算术，他可以从我的单纯与无知得到消遣。他本人也刚刚离开学校，所以还带着顽皮的学生气，这使他有时显得多少有点荒唐滑稽的样子。他常常要使我相信，黑的就是白的，白的就是黑的。因此结果是，我起初对于他说的一切都相信，到最后便什么都不再相信了。有一次我怪他的墨水壶太脏，他却回答说，这是他整个文书家里最好的东西了，因为他可以从墨水壶里得到他最喜欢的东西，最漂亮的金币和衣服。总而言之，凡是他所有的东西，都是他从这里面一点点地钓出来的。我不相信能从这么一个小小的玩意儿里得到这么多的东西。对此，他回答说，这种事情，纸神——他这样称呼墨水——是可以办到的；墨水壶之所以称作壶，因为它容纳[①] 着了不起的东西。我问他怎样把它们取出来，因为连两个手指都几乎塞不进去。他回答说，他脑袋里有一只胳膊，专门完成这件工作；他强烈希望很快就会从里面得到一个漂亮而有钱的姑娘，如果运道好，他还敢说能从里面得到自己的国土和人民，这些决不是新鲜事，而是在以前早就发生过了的。我不得不对这种本领表示惊讶，

① 此处“容纳”与“壶”谐音。

问道，是否还有其他人具有这种本领，或者能够懂得这种技能。“当然啰，”他答道，“所有的宰相、博士、书记官、古罗马的省长或者辩护士、全权代表、公证人、买卖人、大商贾以及许许多多其他的人，只要他们用心去钓取，努力把他们的兴趣集中在这上面，就会因此成为富有的老爷。”我说：“这样看来，农民和其他勤劳的人太不聪明了，他们流血流汗挣一口面包，却不去学会这门技能。”他说道：“有些人不知道这门技能的好处；因此他们也不热心去学。有些人很想学，脑袋里却缺少那么一只胳膊或者别的什么东西。有些人正在学习这种技能，脑袋里也有一只胳膊，却不知道这种技能所要求的、使人因此发财致富的诀窍。其他有些人也知道，也会这一切，但英雄无用武之地，没有机会像我这样好好地来使用这种技能。”

当我们如此这般地谈论着墨水壶时（这使我想起民间传说中那取之不尽的钱袋），一本官衔名称簿偶然落到了我的手中。当时在我看来，这本名册里所写的尽是些荒谬绝伦的东西，简直是我至今从未见过的。我对书记官说：“所有这些人都是亚当的子孙，彼此都属于同一种类的男性的人，不过是转瞬之间就要像烟灰一样消逝的！怎么会产生这样大的差别呢？至圣者，至强者，至明者！难道这些不都是上帝的特性吗？这儿是一个殿下，那儿是另一个阁下①；为什么一个人的出身永远起作用呢？人所共知的事实是，没有任何人是从天上掉下来的，没有任何人是从水里冒出来的，也没有任何人是像白菜那样从地里长出来的。为什么只有至尊老八、至贵老八、至高老八、至大老八，而没有老九呢？或者说那老五、老六、老七在哪儿呢？”书记官对我的话不得不大笑起来，他尽力向我解释一个个官衔和每一个字的特定含义，我却坚持说这些头衔制订得不对。如果用“和气”去称呼一个人比称他为“阁下”反而会使他更加光彩。同样，倘若高贵这个字眼本身的意思不是别的，而是指极高的德行，那么为什么当这个字眼被授予那些出身高贵的人们，即公爵或伯爵时，反而会降低这些爵位的等级呢？出身高贵这个字眼完全是无稽之谈，每个男爵的母亲都可以证明这一点，如果有人问她在生她儿子的时候是什么样的话。

正当我对这些荒谬绝伦的事进行嘲笑时，猝不及防地突然放了一个叫人难以忍受的屁，以致使我本人和书记官都吓了一大跳。这个屁刹那

① 殿下，意为慈悲；阁下，意为严厉。

间便钻进了我们的鼻子,并在文书室里四处弥漫开来,那气势简直是前所未有的。“滚出去,你这猪猡!”书记官对我嚷道,“到圈里和猪睡到一起去吧,你这野人,你和它们在一起比和正派人说话更合适。”他却不得不和我一起离开这个地方,逃避了这股可怕的恶臭。我因此把我在这个写字间里的好买卖,按俗话说——一下子给断送了。

第二十八章

西木学习预言,还获得了另一种本领

我遇到如此倒霉的事,实在是冤枉,因为我每天受到款待的那些不寻常的饭食和药物使我那原来饿瘪了的肠胃重新鼓胀起来,在我肚子里暴风骤雨般地闹腾不休。每当它们要猛然爆发出来时,真把我折磨得够呛。因此,我并不认为,在这种情况下听从生理现象的发作,有什么不对。因为对于肚子里面的暴力行为是不能长久抵抗下去的,何况我的隐士从来没有给我上过这方面的课(因为客人在我们那儿总是吃不饱的)。我的阿爸也从未禁止我自由自在地发泄,所以我有气就得放,有东西就让它排,直至在书记官面前丧尽了体面。如果我不会遇到更大的倒霉事的话,他的宠爱完全可以不需要。我像一个虔诚的人来到宫廷,在这儿人人都戒备森严,戈利阿对抗大卫①,弥诺陶洛斯② 对抗忒修斯③,墨杜萨④ 对抗珀耳修斯⑤,喀耳刻⑥ 对抗俄底修斯⑦,涅索斯⑧ 对抗赫剌克勒斯,更有

---

① 戈利阿,《圣经》中斐利士的巨人,被大卫所杀。

② 弥诺陶洛斯,人身牛首的怪物。

③ 忒修斯,希腊神话中的英雄,他杀了弥诺陶洛斯。

④ 墨杜萨,希腊神话中蛇首人面三魔女之一。

⑤ 珀耳修斯,希腊神话中杀死女妖墨杜萨的英雄。

⑥ 喀耳刻,希腊传说中的女巫。

⑦ 俄底修斯,希腊神话中伊塔刻王,以机智,多才,坚毅著名,与齐采作过斗争。

⑧ 涅索斯,希腊神话中半人半马的怪物,因诱拐赫剌克勒斯之妻,被赫用毒箭射死。

甚者,阿尔泰亚对抗她自己的儿子墨勒阿革洛斯①。

我的主人除我之外还有一个侍童,这是一个狡猾的家伙,一个地地道道的醋坛子。此人在他身边已有几年了;我把自己的心都掏给了他,因为他和我年龄相仿。我暗自思忖:“他是约拿旦,而你是大卫②。”但是他为了我主人对我表示的与日俱增的宠爱而忌妒我,他担心我会排挤他,因此暗地里用恶意的、忌妒的眼光看着我,想方设法给我设置障碍,以便在我摔跟头时,他可以占我之先。而我却是天真无邪,和他有着不同的想法。我向他吐露我的一切秘密,这些无非都是孩子气的天真的虔诚的东西,因此他也不能把我怎么样。有一次,我们在入睡之前,躺在床上闲谈了很久。当我们谈论到预言术时,他答应免费把我教会。他叫我把脑袋钻到被子下面,然而他对我叽叽咕咕了一通,用这种办法向我传授预言的本领。我服服帖帖地听从他,全神贯注地等待着预言之神的来临。天哪,他冲着我的鼻子放了一个屁,一股强烈的恶臭使我在被子下面再也无法忍受了,只得把整个脑袋再从被子里钻了出来。“怎么啦?”我的这位师傅问道。我答道:“你放了一个屁。”“瞧,你说真话了③,也就是说你已经完全掌握预言的本领了!”我对这些并不觉得是一种侮辱,因为我那时候还没有火气,只是很想从他那里知道,用一种什么样的有效方法可以把屁无声无息地放掉。我的伙伴答道:“这没有什么难的,只要你像一条在角落里撒尿的狗那样跷起左腿,一边偷偷地说,放屁,放屁,放屁,同时,用力压住肚子,屁就会悄悄地像偷了东西似地溜走了。”“这太好了,”我说道,“即使臭气出来了,人家还以为是狗放的屁呢,尤其是当我把左腿像狗那样高高地跷起来时!”

“唉!”我想道,“如果我当时在文书室里就知道今天的这个本领就好了!”

---

① 墨勒阿革洛斯,希腊神话中的英雄,杀舅。

② 约拿旦与大卫,源出《圣经》,意指密友。

③ “说真话”和“预言”谐音。

第二十九章

西木怎样从牛头上偷吃了两只眼睛

第二天,我的主人为他的军官们和好友们举行了一次豪华的盛宴,因为他得到一个喜讯:他的军队未伤一兵一卒就占领了布劳芬尔茨戒备森严的庄园①。因此我要尽我的职责,和另外一个侍餐的仆人一起端菜、斟酒,手里还拿着一个盘子侍候着。第一天要我端上去的是一个又大又油的牛头,人们常说,穷人是不配吃这样的牛头的。这个牛头已经煮得很烂,它的一只眼睛连同周围的肉都已掉落出来,使我看了实在眼馋,那汤汁的香味和上面撒着的姜末一起刺激着我,使我食欲大增,馋涎欲滴。总之,这只眼睛逗引着我的眼睛、鼻子和嘴巴,它仿佛在请求我一口把它吞到我那饿得发慌的胃里去,我便不再委屈我自己,而是顺从了我的欲望;我一边走,一边用匙子(这是我在当天刚刚得到的),巧妙地把牛眼睛挖了出来,直截了当地把它送到了它该去的地方,竟然无人发觉,直到这道已经不是完美无缺的菜端上桌子,最终暴露了我和它自己。当人们要把它切开时,发现它缺少了最好的一部分。我的主人也马上注意到,为什么那第一个动刀切牛头的人突然发呆了。他实在不能忍受故意给他端来一个单眼牛头的恶作剧。于是厨师被唤到席前,凡是端过菜的人都和他一起受到盘问。事情终于追究到可怜的西木身上,因为这个牛头交给他端上来的时候还是有两只眼睛的,但后来究竟是怎么一回事,就没有一个人说得出来了。只见那主人摆起一副可怕的面孔问我,把牛眼弄到哪里去了。我并不为他的正颜厉色所吓倒,反而再从口袋里迅速抽出匙子,在牛头上又狠挖了一匙,再次干净利索地表演了一下人家想从我这儿知道的事情:

---

① 布劳芬尔茨庄园,黑森州韦茨拉尔附近的一个堡,在一六三五年一月二十八日被瑞典军奇袭占领。

我把另一只眼睛就像第一只那样囫囵吞了下去。

“好!”主人喊道,“这一出表演得比吃十头小牛犊更有味儿!”在座的老爷们一致夸奖这句绝妙的话,也称道我这种出于单纯无知的行为是一种聪明绝顶的发明,是将来大胆勇敢的预兆,是大无畏的果断精神。因此,我的这一番故伎重演,不仅使我幸运地逃脱了我本应受到的责罚,而且被一些打趣的滑稽家、阿谀奉承的家伙以及小丑们吹捧了一通,说我干得聪明,让两只眼睛保留在一起,是为了使它们在彼岸世界如同在人世间一样可以互帮互助,相依作伴。这原来也是上天的本意。不过我的主人还是警告我,下一次可不能再这样了。

第三十章

西木初见醉汉,认定他们已经不可救药

宾主是完全按照基督徒的仪式入宴的(我想,在举行其他宴会时一定也是如此)。他们在肃穆的气氛中做餐前祈祷,样子显得十分虔诚。这种默默的祷告一直延续到开始喝汤和吃第一道菜的时候,仿佛他们正在举行一次卡普切修道士[①]的会餐。但几乎没等每个人说完三、四遍"天父赐福",便闹成一片了。我无法形容那嘈杂的人声变得越来越响的景象,而只能使我想起一个演说家,他开始讲话时还是那样温文尔雅,到后来却像厉雷行风。人们端着菜肴,因为这些菜是用香料调味,并规定在饮酒之前享用,以助酒兴,因此被称作饭前开胃小吃。为了使下酒的冷盆和小吃美味可口,更有那各式各样的法国式的汤和西班牙的什锦杂拌,它们通过五花八门的烹调艺术和数不尽的花式配菜,撒上胡椒,加以浇头,拌得花里胡哨,做得使人说不出其中奥妙,以致完全改变了它们的性质,再也不像大自然原先赋予它们的那个样子了。这样的菜就连埃内乌斯·曼利乌斯[②]恐怕也不认识,哪怕他刚刚来自亚洲,身边还带着最好的厨师。我想:"为什么这些做得如此精美的东西不把大啖大嚼者的心灵毁了,把他变成为另一副样子,或者干脆把他变成一头牲畜呢?难道魔女齐采是用了其他的东西才把奥狄修斯的同伴们变成了猪的?"我目睹这些宾客的盛宴,其声像猪,其饮如牛,其状像驴,到最后呕吐起来就像癞皮狗。他们用圆桶般的杯子往肚子里灌下那霍赫哈埃姆、巴赫拉赫和克林根贝尔格[③]产的名酒,这些酒也就立即在他们的头脑里施展出自己的威力。于是我

---

① 天主教托钵修会主要派别方济各会的一个支派。

② 埃内乌斯·曼利乌斯,古罗马执政官,以生活奢侈著称。

③ 均为德国莱茵区和美因区产酒地。

看到了叫人目瞪口呆的情形：一切都突然起了变化，那些本来富有理性的人，刚才还在神志清楚地侃侃而谈，现在却突然开始胡闹起来，做出了世界上最愚蠢的事情。他们所做的蠢事和互相挑逗的狂饮，闹剧般愈演愈烈，仿佛互相竞赛，看谁更伟大，直至这种争斗转至一片下流猥亵的言语。一切都是那样荒诞不经，真使我不明白，他们怎么会这样疯疯癫癫。因为当时我对于酒的作用，或者说狂饮之后会发酒疯这种事，还一无所知。它引起了我各种有趣的古怪念头和奇思遐想；我只是看清楚他们那一张张古怪的面孔，却不知道这些面孔变成这副模样的原因。这时，狼吞虎咽的食客们都已把各自面前的碗碟吃得精光，但一旦胃满肠肥，就再也承受不了了。正如驭手驾着平稳的马车在平地上行走自如，一旦上了坡就不能继续向前了。等到他们的头脑也糊涂起来之后，他们在无能为力的醉态中，有的已不再具有开怀痛饮时的那一派豪气，有的已不像向朋友敬酒时的那样心敬意诚，也有的已失去了德意志式的诚实和骑士般的果断。就在这种显然已经无力坚持下去的状况下，有的却还在为君主的健康，或者为好友的健康，或者为情人的健康央求别人再把大量的酒灌到他的肚子里去。在这样做的时候，有些人泪如泉涌，冷汗直冒，然而照旧狂饮不止。到最后他们又打鼓，又吹哨，又拉琴，把东西四处乱扔，闹得沸沸扬扬，无疑是因为酒在向他们的肠胃发起了攻势。使我觉得奇怪的是，这许多酒全都倒进什么地方去了呢？其实，我哪里知道，这些酒在这些人的肚子里还没等暖和过来，便又痛苦不堪地从同一个地方呕吐出来了，它们刚才便是非常有害地从这里灌进去的。

我的教士也参加了这次盛宴。他也和大家一样兴致勃勃，因为他毕竟是一个凡人，也不得不违反自己的意愿和别人一起上厕所方便一下。我跟随着他，问道："教士老爷，这些人为什么干出这种奇怪的事来呢？他们怎么会这样跌跌撞撞的呢？我好像觉得，他们有点糊涂了。他们不是都已经酒醉饭饱了吗？可是他们还在赌神发咒，好像他们还可以再喝下去似的，他们没完没了地还在往自己的肚子里灌！他们是被迫不得不这样做呢，还是出自自己的意愿违抗上帝，而进行如此无益的挥霍呢？""亲爱的孩子，"教士回答我，"美酒进肚，神志出窍！这比起以后要发生的事来，简直算不了什么。明天清晨他们彼此分手的时候，就要更难受了，因为即使他们胃满肚饱，也未曾真正快活过。"我说道："他们这样无休止地吃下去，肚子不会胀破吗？他们的灵魂——那上帝的映像——怎么能够在宛如饱食的猪猡般的躯体内待下去呢？在那里，心灵不就像被禁锢在毫无虔敬之情的阴暗的监狱和毒虫般的牢笼里吗？他们高贵的灵魂怎么能容忍如此的折磨呢？为什么他们就这样把自己禁闭在臭气熏天的阴沟里？他们那原该受灵魂支配的思想，不是好像埋进了那毫无理性的野兽的脏腑里去了吗？”“住嘴，”教士答道，“你要挨一顿狠揍的！现在没时间来教训你；我会比你更好地处理这些事的。”听了这些话，我后来只好默默地看着他们猛吃滥喝地任意挥霍，却不去怜悯那数百名拉撒路① 化身的背井离乡、从韦泰劳② 地方被赶出来的可怜的农民；本来给他们一点吃的就可以使他们温饱起来，如今他们却面有饥色，在我们的门前忍饥挨饿，只因为他们囊空如洗。

第三十一章

西木认真初试本领，却挨了一顿狠揍

当我在这种情思之中百感交集地端着盘子站在席前侍候时，我的肚子也没有让我安宁，它不停地咕噜咕噜直叫唤，似乎在告诉人们，它里面有个家伙急着想出来。我想道：我得摆脱这个可怕的废物，得为它打开通道。于是我就使出我前一天晚上才从我伙伴那里学来的本领。我按照那个办法抬起左腿，连同屁股一起翘得高高的，用力压紧肚子，正想暗暗地说三遍“放屁”的咒语，那鬼东西却已从我屁股眼里溜了出来，而且完全出乎我的意料之外，竟发出令人憎恶的响声，吓得我顿时手足无措。我突然惶恐不安起来，简直像站在绞刑架的梯子上，刽子手已经要给我套上绳索

① 拉撒路，源出《圣经》故事，耶稣基督在一个譬喻中讲到的一个穷人，他进了天堂，而富人入了地狱。

② 韦泰劳，美因河北部地区名。

了。在这突如其来的恐惧之中,我慌乱得不由自主了;我的嘴巴在这突然爆发的声响中也不听使唤了,它本来既不想让屁股首先开腔,也不允许屁股单独开腔,而是应该让自己——这以说话和叫喊为目的的造物——首先默念那咒语。因此,本来应该在我脑子里暗暗地念着的话,这会儿却像是跟屁股作对似地大声嚷嚷了出来,声音大得可怕,仿佛有人要扯断我的喉咙。下面的那股气迸得越响,上面那"放屁"的咒语也就喊得越高;我那胃部的进口和出口似乎在互相比赛、互相争执,从而产生了雷鸣般可怕的声音。这样一来我的五脏倒是轻松了不少,可我却成了司令官面前失宠的人物了。从我下身突然迸发出来的雷鸣声、喇叭声和炮击声,使宾客们从醉态中猛然清醒了;我却因为费了九牛二虎之力也未能管住一个屁而被绑在饲料槽里,被揍得死去活来,致使我至今不能忘怀。这就是自从我第一次呼吸到被我败坏了的空气(我们大家都必须在这种空气里共同生活)以来所遭受的第一次鞭笞。人们搬来香案和蜡烛,宾客们寻找着香筒和香盒,甚至把他们的鼻烟也掏出来了;但是再好的香味也无济于事。我这一场戏演得比世界上最好的喜剧演员还要精彩;肚里清静了,背上却挨了揍;宾客们满鼻恶臭,侍者们得忙着给房间喷香。

第三十二章

西木看到众人醉后狂态,教士只能临阵脱逃

等到这一切过去之后,我还得像原先那样站着侍候。我的教士还在那儿,而且和其他人一样被连连劝饮,但他却不想再喝了。他说,他不想再像牲畜那样滥灌下去了。一个好样儿的喝酒朋友却说他(教士)喝起酒来正像一头牲畜,而他自己(这个酒鬼)和其他在座的人却都是像人一样地在痛饮。他说道:"一头牲畜只喝到兴尽渴止,就不再喝了;因为它们不懂,把酒再喝下去有什么好处。我们人却喜欢喝酒充分,让珍贵的葡萄汁灌满肚子。我们的祖先就是这样干的。""这很对,"教士说道,"但是我只能适量而止。""好吧,"那人回答,"正人君子,一言为定。"他便斟了一量杯[①]的酒,把它摇摇晃晃地递给教士,要他喝下去。但教士撇开了这个酒鬼和酒桶,走掉了。

教士走后,这儿简直闹翻了天,仿佛这个盛宴是专门让人们互相灌醉对方以解恨,使彼此出丑以取乐似的。当一个人坐也不能坐,走也不能走,站也不能站的时候,就会有人说:"这下活该!你先前和我过不去,现在你受到报应了!"如此等等。谁要是能坚持到底,喝得最多,谁就会觉得很了不起,自以为不是无足轻重的人物了;直到他们大家全都晕头转向,好像吃了天仙子[②]一般。他们这场闹剧简直像那光怪陆离的狂欢之夜的化装舞会,然而没有一个人像我那样对它表示惊奇。有的在唱,有的在哭;有的狂笑,有的悲伤;有的咒骂,有的祈祷;有的大声叫喊:"放大胆子!"有的却说不出话来;有的安安静静,有的想以打架来驱鬼;有的睡着了,一声不吭,有的滔滔不绝,不容他人插嘴;有的讲他甜蜜的艳史,有的说他可怕的战绩;有的侈谈教会和宗教,有的议论国家理念、政治、世界大事和帝国争端;有的奔来跑去,就像水银一样无片刻安静,有的躺在那儿动弹不得,更谈不上走路和站立了;有的狼吞虎咽,好像已经饿了一个星期,有的却把这一天里吃下去的东西重新吐了出来。简而言之,他们的全部所作所为都是那样的滑稽可笑和稀奇古怪,堪称罪孽和渎神。相比之下,从我下面冒出来的那股恶臭(我为了它被打得半死),只能算是一个玩笑而已。最后,酒席旁边发生了激烈的格斗:只见杯盘碗碟飞来扔去,人们不仅拔拳相殴,还拿起椅子,抡起椅腿,挥刀弄剑,甚至把屋子里所有的东西都当成了武器,竟打得几个家伙鼻青眼肿,血流满面;但是我的主人还是迅速制止了这场殴斗。

---

① "量杯"和上句中的"适量"在德语中谐音。

② 一种有麻醉性的植物。

第三十三章

西木目睹主人射狐[1]，他也亲口尝到了味道

直等到一切又重新平静下来，酒鬼们带上乐师和妇女走到另一幢房子里去。那屋里的大厅好像也是专门为了让他们干另外一件蠢事而挑选出来的。而我的主人却躺在卧榻上，不知道是因为生气呢还是吃得太多的缘故，正在痛得难受。我不去打扰他，就让他躺在那里，以便他好好休息和睡觉。可是我几乎还没有走到房门口，他就想招呼我，但说不出话来。他想喊，却只能叫出："西……木！"我向他奔过去，发现他双眼翻白，活像一头被宰的牲口。我呆呆地站在他的面前，也不知道该怎么办。他却指着酒柜，结结巴巴地说："把……把……把那儿那个长……长……长的脸盆拿……拿来，你个小流氓，我要……射……狐。"我赶紧去拿了脸盆，当我回到他身边时，他的双颊鼓得像个吹喇叭的人，一把抓住我的胳膊，让我俯下身来。我刚好把脸盆凑近他的嘴边，他钻心般的痛苦便突然爆发，把一大堆杂乱的东西吐到脸盆里，还有一些星星点点的腥物（恕我直言！）竟冲我喷来。一股恶臭使我几乎晕倒。我差点儿也要呕吐出来。但是当我看到他脸色那样苍白，竟吓得顾不上吐了。我担心，他的灵魂会随同这些脏物一起飘然而去，因为他额上渗出冷汗，看起来像死去的样子。但他很快又恢复过来，并叫我去取点干净的水来，让他冲冲他那灌酒过多的喉咙。

然后他吩咐我把吐出来的东西端开；银脸盆里的呕吐物确实非同小可，在我看来，这是满满一大盘足够供四个人吃的下酒菜。这些东西又从肚子里吐出来是多么可惜！此外，就我所知，我主人的胃里没有什么蹩脚的东西，而都是些精美可口的肉馅饼，还有各种各样烘烤的点心，以及家

---

① 意为呕吐。

禽、家畜和野味；所有这些才刚刚下肚，人们还能够将它们一一辨认出来。我端开这盆东西，但不知道该上哪儿，也不知道该怎么办，又不能去问我的主人。我走到总管那里去，我指着这盆山珍海味问他该怎样处理。他答道："傻瓜，把它拿到鞣皮匠那里去，他可以硝皮。"我问："鞣皮匠在什么地方？""不，"他觉察到我的无知，答道，"把它拿到医生那里去，让他鉴定一下，我们的主人怎么样了。"倘若不是管家害怕会发生别的什么事的话，我真会做出这种愚蠢的行为来；他叫我把这些废物拿到厨房里去，吩咐使女加放调味品，把它好好保管起来。我认真的照他的话办了，却因此被那些娘儿们狠狠地嘲笑了一番。

第三十四章

西木参加了一个舞会，在那儿又一次惹下了大祸

我刚刚摆脱了那个脸盆，我的主人正好走了出来。我跟着他走进一座大房子；在里面的大厅里，我看到许多男人、女人和单身汉，东一群，西一堆地在互相飞快地旋转着。他们发出细碎的步履声和叫喊声，我还以为他们全都发疯了；因为我不能想象，他们这样癫癫狂狂，究竟是想干什么？唉，我觉得这一片景象是如此残暴，如此可怕，如此恐怖，致使我毛骨悚然，只能认定他们是丧失了理智。等到我们走近了一些，才看清这些人原来都是我们的宾客，他们上午还头脑清楚着呢。"我的上帝！"我想道，"这些可怜的人打算干什么呢？唉！他们肯定是疯了。"一会儿我又想：或许是地狱里的妖魔在驱使着他们如此癫狂地奔跑和装出猴子般的丑态，以嘲弄整个人类吧！如果说他们心里还有人的灵魂和上帝的映像，他们就绝对不会做出这种非人所做的事情来的。当我的主人走进门廊并向大厅走去时，这种疯狂正好停止，但是他们点点头、拱拱腰或者用脚在地上擦一擦，拖一拖，似乎要把他们在疯狂之时踩出来的足迹重新抹掉。从他们那脸上淌下来的汗水和气喘吁吁的样子，我可以推断，他们干得筋疲力

尽了，然而他们那些快乐的脸面却告诉人们，他们这样拚命并不痛苦。

我很想知道，这些愚蠢的举动到底是什么意思。因此我就去问前不久曾教过我预言秘诀的同伴。我是把他当做正直而可信赖的知己的。我问他，人们为什么做出这种疯狂的样子，他们为什么要这样旋风般地踢踢踏踏地走路？他把真情兜底告诉了我，说这些人事先约定，要倾其全力把这间大厅的地板踏穿。他说道："他们这样拚命地旋转，你还能有什么别的想法呢？难道你没看见，他们为了消遣，已经把窗子都打穿了？！现在是来对付地板了。""啊，上帝，"我喊道，"那我们不是也得跟着一起完蛋，也得和他们一起跌到地洞里去，摔得粉身碎骨吗？""对，"我的同伴说道，"看起来就是这样，他们倒不操他妈的心。你就会看到，他们在面临死亡时，会各自抓住一个漂亮的女人或者姑娘，因为据说，成双成对地抱在一起掉下去，就不会觉得痛苦了。"我把这一切信以为真，突然感到了一种莫大的恐惧和面临死亡的惊惶。我不知道该躲到哪儿去才好。当乐师们（这时候我才看到了他们）又一次奏起乐来，那些男子都向妇女们奔去，就好像当兵的奔向他们的枪械和岗哨一样；当他们一听到击鼓的声音，就各自伸手逮住一个女人。这时候，我心里没有别的念头，只觉得我已经掉进地底，看到了我自己和其他许多人摔断了脖子。这时他们却开始跳起来，整座房子都在抖动。当乐队开始奏起一支滑稽的俚俗小调时，我想道："现在你要大难临头了。现在，西木，你是最后一刻做人了。"我不想别的，只以为整幢房子会一下子倒塌；因此我在那极端的恐惧之中，像一头熊那样出其不意地抓住了一位高贵而端庄的夫人——我的主人刚刚还和她说过话——的胳膊，我缠住了她，就像牵牛藤一般。她大吃一惊，不明白我起了什么愚蠢的怪念头；我表现出绝望，并由于绝望开始大喊大叫起来，好像有人要谋害我一样。更有甚者，这时我觉得似乎还有什么东西掉进了我的裤裆里，发出了一股奇臭，说实在的，我的鼻子已经很久没有闻到这样的气味了。紧接着，乐声戛然而止，男女舞客们也都停下了脚步；被我缠住胳膊的那位尊贵的夫人感到受了侮辱，因为她以为是我的主人指使我让她这样丢脸的。于是我的主人叫人狠狠揍我一顿，然后把我禁闭起来，因为我在这一天里已经给他闹了不少笑话了。执行命令的士兵们，不仅出于对我的同情，而且还因为臭气熏天而不愿挨近我，因此饶了我这顿毒打，就把我关在一座楼梯底下的鹅圈里。打那以后，我常常回想起这件事来,也从而知道了这样一个道理:由于惊骇和害怕而产生的排泄物,比起因服用了烈性泻药而屙出的要臭得多了。

第　二　卷

第一章

西木在鹅圈里看到了雄鹅和雌鹅交配时的情形

在鹅圈里，我对自己所经历过的事情，进行了一番深刻的思考；关于宴席和舞会这两件事，我已写进了《黑与白》[①] 第一卷，因此就没有必要在这里详细描述了。但是我不能不再提一笔的是，当时我还在怀疑，那些跳舞的人们如此疯疯癫癫的行为是否会把地板踩穿，或者这只是那位伙伴对我信口开河而已。

现在我还要谈一谈我是怎样又从鹅圈里出来的。整整三个小时，直等到那引起情欲的序幕结束之前——不过我说这算是一种正派的舞蹈——我不得不耐着性子一直坐在里面，直到有一个人悄悄地走过来，在门闩上弄出嘎嘎的声音。我屏息静听，活像一头向水里撒尿的猪。那个已经到了门边的汉子打开了门，倏地溜了进来，正像我恨不得一下子溜出去那样；他还拉着一个女人，跟我在舞场中看见过的一个样。我不知道会发生什么事情；但由于我这个未见世面的乡巴佬在这一天里碰到的奇怪事情实在太多，对这也就算习以为常了。同时也就暗下决心，从今以后对于厄运所给予我的一切采取忍气吞声、逆来顺受的态度。我悄悄走近门边，战战兢兢地等待着事情的结局。这时，我听到这两人在窃窃私语，声音听不真切，只听到其中一个人抱怨这个地方的臭气。这臭气是从我裤子里出来的；而另一个却安慰着对方："确实很臭，最美丽的夫人，"他说，"我真是从心底里感到遗憾：这种遭人猜忌的幸福，不允许我们有一个像样的地方来享受爱情的果实。但是我可以保证，和你这样娇媚可爱的人儿在一起，这个肮脏的角落也会变得像最可爱的天堂一般。"于是我听到了接吻的声音，看到了他们俩做出来的奇怪的姿势。我不知道这是干什么，或者

① 《黑与白》(1666)，作者的另一部作品。

说是什么意思，因此依旧像只老鼠般地一声不吭。当他们发出一种奇特的窸窸窣窣的声响时，那原只是在楼梯下用木板搭成的鹅圈便开始猛烈而持续不断地、咯吱咯吱地摇晃起来；特别是那个女人还显出十分痛苦的样子。我不禁想道："这是那些发疯的人们中的两个，他们曾经帮着把地板踩穿，现在又到这儿来破坏了，这下可要命了！"这种想法一占有了我，我就抢步上前，夺门而出，以逃脱死亡的厄运，同时拚命地叫喊着，就像把我带到这儿来的时候那样。然而我还是机灵地把门随手闩上，并慌忙寻找着大门。这是我有生以来参加的第一次婚礼，尽管我并未受到邀请，倒也不需要我赠送什么礼物——但后来新郎却要我为此付出更高的代价。

亲爱的读者，我讲这个故事并不是为了要你对它大笑一番，而是为了使我的故事更加完整，并使读者铭记：跳舞将会导致多么高雅的结果啊！我曾确认这一点：在跳舞之中作成的某些糟糕的、轻浮放浪的交易，事后不得不使完美的友情为此感到羞愧。

第　二　章

西木证明什么时候洗澡对人才有好处

我虽然幸运地逃出了鹅圈，却也真正地意识到了我的厄运；由于我屙了一裤子，不知道带着这些黏黏糊糊的东西该到哪里去。在主人的府第里，已是万籁俱寂，因此我不敢走近门口的岗哨；到警卫团的警卫室里去吧，人家又受不了我身上发出的强烈臭气；呆在小巷子里吧，又太冷了，而且也是不可能的。因此我真是进退两难。这时早已过了午夜，我突然想起，可以到教士那里去避一避。我便按照我的心意，去敲他的门。由于我心情焦急，使女终于无可奈何地放我进去了。当她闻到我身上带来的气味（因为她的长鼻子马上觉察到了我的秘密），就更加发火了，以致破口大骂起来。这时她的主人刚巧睡醒，听见谩骂声，便把我们两人叫到他的床前，似乎他也要分享一下我那芬芳的气味。但当他一发觉麻烦的问题出在哪儿时，他撅了撅鼻子，说道：且不管日历上怎么写，没有比我现在的处境更需要洗一次澡了。他几乎带着恳求的语气吩咐他的使女，在天亮以前把我的裤子洗一洗，把它晾在火炉前，并把我安顿到一张床上去；因为他清楚地看到，我已经完全冻僵了。我几乎还没有暖和过来，天就开始亮了。教士走到我床前（因为我的衬衫还是湿的，也没有穿裤子，所以不能起床上他那儿去），来听我谈我的遭遇和怎样搞成这副样子的。我把一切都告诉了他，从我那个伙伴教我学本领说起，说到这种本领导致了多么糟糕的结果。然后告诉他，那些宾客在他——教士——离开之后，如何变得完全丧失了理智；由于我那伙伴告诉我，他们打算把房子的地板踩穿，我因此是多么地害怕，我想用个什么办法使自己免于毁灭，却因此被关进了鹅圈；在鹅圈里，我听到了两个人说了些什么话和干了什么事，他们如何使我重新得救，我又是如何地把他们俩代替我，关在了里面。

"西木啊，"教士说道，"你的事糟透了！你本来已经得到了一个好机会,可是我担心,我非常担心,由于你的轻率,这样好的机会恐怕要丢掉了。赶紧穿好衣服起来吧,快点离开我的房子;如果别人发现你在我这儿,我就会和你一起丧失你主人的宠爱。”

因此我就不得不穿上潮湿的衣服,并且第一次懂得了,一个人一旦得到主人的宠爱,他就会受到人人青睐,但一旦丧失了这种宠爱,就会一夜之间遭到白眼。

我又走进我主人的家。所有的人都睡得死死的,只剩下厨师和几个使女;后者正在打扫昨晚宴席的房间,厨师则在利用残羹剩饭再做出早餐甚至点心来。我先走到使女们那里去;在她们身边,到处是破碎的酒杯和窗玻璃,东一堆客人们的吐泄物,西一摊倒翻的葡萄酒和啤酒形成的水潭,整个地面简直像一幅地图,可以从中临摹出不同的海洋、岛屿、陆地或者坚实的土地,让它们活脱脱地呈现在我们的眼前。整个房间里散发出来的臭气更甚于我那鹅圈里的气味,因此我不堪在此久留,就跑到厨房里去,靠着火把身上的衣服烤干。我诚惶诚恐地等待着我主人睡醒时将要再次降临到我的身上的某种厄运,同时也静思默察着人世间的荒诞不经。我回忆着在刚过去的一天一夜里,我的所遇、所闻、所睹,以及亲身经历的一切事情,从中得出这样一个结论:往日我那隐士所过的清贫淡泊的生活是幸福的。我多么希望能同他一起重新回到以前的生活中去啊!

第　三　章

西木叙述他怎样付了学费,又怎样被选中当了小丑

主人起床之后,就派他的卫兵把我从鹅圈里放出来。过了不久,卫兵回来报告说,他发现门已被打开,门闩后面还有一个用刀戳穿的洞,这显然是囚犯干的,他已经逃跑了。但在得到这个报告之前,已有人告诉我的主人,说是我在厨房里已经呆了很久了。这时候,仆人们又忙着奔来跑去,把昨天的宾客请来吃早餐,其中也包括教士,他必须比别人早到,因为

主人为了我的缘故要在大家入席之前找他谈话。他首先问教士，他究竟认为我聪明呢还是痴傻，或者说我究竟是单纯无知呢还是有意作恶？他还告诉教士，在昨天白天和晚上，我在席前和舞会上的所作所为是多么的无礼可耻，有些行为给宾客们留下了很坏的印象，好像是为了侮辱他们而故意做出来的；因此，不得不叫人把我关进鹅圈，以免继续给他闹出恶作剧来，可是我竟从鹅圈里逃了出来，而现在出入厨房倒像一个少爷一样。他再也不允许这种人来侍候他了；他从来还没有碰到过像我这样当着这么多贵宾的面大肆胡闹的事，他只好叫人把我痛打一顿，同时由于我的行为是如此愚蠢，只好把我驱逐出去，除此之外，别无他法。

当我的主人这样数落我的时候，宾客们渐渐聚拢了过来。教士在他申斥完毕之后回答说，如果司令官老爷愿意花费一点时间耐心地听一听的话，那么他想讲几件有关我的趣闻；这种趣闻是人们无法想象的，但它们不仅可以说明我的无辜，而且将会消除那些由于我的行径而产生恶感的客人们的一切不公正的想法。人们对此表示欢迎，并要教士就在饭桌上讲，以便所有在座的人都得与闻。

当人们正在楼上的房间里如此这般地议论我时，那位曾经被我关在鹅圈里的荒唐大胆的少尉，却在下面的厨房里跟我谈判；他一边威吓我，一边偷偷塞给我一个塔勒①，要我答应对他的事严守秘密。

饭桌都已摆好，像头天一样，摆满了饭菜，坐满了客人。除了香葡萄酒之外，苦艾酒、紫苏酒、土木香酒、温桲酒和柠檬酒又一次来满足这些酒鬼们的头脑和肠胃。他们几乎都把自己托付给魔鬼了。他们首先谈论的，是关于他们自己在昨天如何豪勇地开怀畅饮，竟没有一个人坦率地承认自己喝醉过；而就在一夜之前，有几个人还发过誓，说他们不能再喝了，也嚷嚷过："酒啊，我的上帝！"甚至还写下来了呢！有几个甚至说，他们已经很有醉意了；另外几个还供认，醉意上来之后，他们谁也不能再喝了。当他们对自己的愚蠢行为说够了，听够了，可怜的西木就首当其冲了；司令官亲自提醒教士讲述有关我的趣事，因为这是他答应过的。

教士首先声明，他可能不得不说出一些与他教士身份很不相宜的话来，对此，他请求大家不要见怪，然后他开始讲述。他首先讲到我怎样由

---

① 塔勒，十六世纪日耳曼帝国的大银币名。

于某些生理上的原因常常受到肚子里那股气体的折磨，我怎样因此而在文书家里当着书记官的面闹出了一场不愉快，我又把什么样的行为当做掌握预言的诀窍来学习，这种行为的试验结果却是多么的糟糕。此外，那场舞会在我看来是多么奇怪，因为我从未见过这样的事；关于这场舞会，我又从我的伙伴那里听到了一些什么话，就是这些话才导致我抓住了那位贵妇人，并因此被关进了鹅圈。这一切他都是以一种彬彬有礼的方式说出来的，把大家笑得前仰后合，我的单纯和无知也就因此得到了原谅，而且重新获得了主人的宠爱，被允许在席前侍候。关于我在鹅圈里所遇到的事以及我怎样又从里面出来，教士却只字不提，因为他想，一提到鹅圈里的事，就会使他触犯几个老顽固，他们会认为，教士永远只应该看见毫无趣味的、一本正经的事情。但是主人为了使他的宾客开心，便问我，我的伙伴教了我这样好的本领，我给了他些什么；当我回答什么也没给时，他说："那我要替你付给他学费了！"他于是就把这位伙伴绑在饲料槽里，叫人用皮鞭揍他，就像我前一天为了试验那个本领而胡闹了一阵子后所挨过的那样。

现在，主人对关于我的单纯无知的新闻已经听得够了，因此就想逗我取乐，让自己和他的宾客得到更多的消遣。他发现，只要拿我取笑，连乐师们的演奏也没人听了；因为我既愚蠢又天真的想法，对于大家来说，胜过了十七把琉特①。于是主人问我为什么要戳穿鹅圈的门逃出来。我答道："这可能是别人干的。"他问："那是谁呢？"我说："可能是那个到我那儿去的人。""究竟是谁到你那儿去了呢？"我回答说："这我可不能对任何人说。"我的主人是个头脑灵活的人，他看出来，肯定有人在对付我，因此他急着问我，谁不许我说这件事？我马上答道："那个大胆的少尉。"在座的人哄然大笑起来，从这笑声中我觉得大概要遭到一顿痛打了。那位大胆的少尉正一起坐在饭桌旁，脸红得就像一块火炭，所以我不想再多嘴，除非我得到他的准许。主人只消向大胆的少尉使一个眼色，像是给他下了一道命令，我就可以把我所知道的事情说出来了。于是主人问我，大胆的少尉在鹅圈里我的身边干了些什么。我答道："他把一位小姐带到我那里

① 琉特，拨弦乐器，是欧洲文艺复兴时期和十七世纪最重要的世俗乐器。琴腹呈扁平半梨形，琴颈上端向后弯曲，颈上设品，装弦四、六至二十余根不等，用拨子弹奏。

去了。""他后来做了什么呢?"主人问。我答道:"我想,他要在鹅圈里撒尿。"主人问:"这时候那位小姐做什么呢,她不害臊吗?""好像不害臊,主人,"我说,"她把裙子撩起来,冲着他——我尊敬的、有教养、有尊严、有道德的读者,请原谅我这枝失礼的笔竟把这一切写得如此粗野,正如我当时脱口说出来的那样——要拉屎。"这些话引起了哄堂大笑,致使主人再也无法听清我的话,更谈不上继续提问了。其实也没有必要继续说下去了,人们已经知道我所指的那位诚实、善良的小姐是谁,如果明说出来,她就会被羞得无地自容了。

接着,总管在席前说道:我新近从城堡或者城墙那儿回来后,就知道霹雷和闪电是从哪儿来的了;说我看到在双轮车上放着巨大的空心的树干①,人们往里面塞进了洋葱的种子和一只铁制的、已经切掉尾巴的白萝卜,人们从后面用一根尖头长矛给大树干搔痒,于是,从大树干的前面就出来了烟、雷和鬼火。他们还说了一大通诸如此类关于我的笑话,把满桌好吃的东西都漠然置之,而只顾谈论我、取笑我了。结果,人们对我的前途有了一个共同的结论:要我勇敢地去扮演一个滑稽的角色,我将成为一个难得的席上小丑,这样的小丑还可以被贡献给世界上最伟大的君主,也可以使垂死的人张口大笑。

第四章

西木讲述施舍人的故事,以及他怎样为瑞典人服役

正当人们又像昨天那样狼吞虎咽地大吃大喝起来的时候,站岗的士兵通报,有位使者来到门前,并递交给司令官一个文件。这位使者是瑞典最高军事委员会的特派员,要来检阅驻军和视察要塞。这件事使大家大为扫兴,满屋子的欢笑像风笛泄了气一样顿时声息全无。乐师和宾客们

① 指大炮。因西木无知,未见过大炮。

纷纷离散，犹如那烟草的青烟袅袅而去，只留下了一股气味。主人无可奈何地亲自带领挂满钥匙的副官和一队警卫，提着许多风灯，向门口走去，把那个被他称之为杀风景的人迎进门来。他但愿在这个家伙进入要塞之前，让魔鬼把他的脖子拧断才好！但是等到他把他接了进来，在吊桥内侧欢迎他时，却也并不缺少对他表示的恭敬，甚至亲自去拉住他的马镫来表示对他的忠诚；眼下这两位之间变得如此谦恭，以致特派员也下了马，与我主人一起徒步走向他的下榻之处；这时人人以礼相让，抢着要走左边[①]，如此等等。"唉，"我想道，"人类是被一种多么奇怪而虚伪的精灵支配着啊！他总是由别人把一个人当做傻瓜！"我们走近了岗亭，哨兵喊道："谁？！"虽然明明看到是我的主人。主人先不回答，以表示对另一位的尊敬；于是哨兵更加提高了嗓门重复了一声。主人终于回答："一个施舍的人！"当我们这一行（我跟在后面）走过这个哨兵的身边时，我听到他——一个新近招募的士兵，以前在福格尔山区是一个生活富裕的年轻农民——嘀嘀咕咕地说："你倒是一个胡说八道的家伙。好一个施舍的人！一个吸血鬼，只会搜刮钱财，这才是你！你从我身上榨取了多少钱，我恨不得在你出城之前就让雹子把你打死！"从这时候起，我产生了这样一种想法：这位穿着天鹅绒短上衣的外来的老爷想必是一位圣人，因为不仅任何咒骂无损于他，而且恨他的人还要对他表示尊敬、爱戴和友好。晚上这位特派员受到极其隆重的款待，酒阑客散之后，又请他到一张极其精致的床上去安歇。

第二天在检阅时几乎出了乱子。我这个头脑简单的蠢人竟够机灵地使那聪明的特派员（对于这样一位官员以及他的职务显然是不能当做儿戏的）上了当，当着他的面被我蒙混过去了。这种蒙骗术我在一个小时之前才学会，全部奥妙就在于在一个鼓上用右手敲五下，用左手敲四下。因为我个子太小，不能扮成步兵，为此，人们用一件借来的衣服把我打扮起来（因为我身上那条侍童的裤子是不合适的），另外还给我借来一个鼓，这无疑是因为我本人就是被借来的缘故。我就这样幸运地通过了检阅。人们不相信我的单纯无知会记住另一个陌生的名字，以致在听到呼唤时能够应声而到，所以我得保留原来西木的名字；我的姓是司令官亲自给我补

① 表示身份低，谦虚之意。

上的，因此在花名册上我就叫西木·西木卜里其西木斯，使我像妓女的儿子那样成了我家族里的第一个人，虽然根据他自己的说法我更像他的亲妹妹。我后来一直保留了这个名字和姓，直到我知道了自己的真实姓名。我用这个名字相当不错地扮演了对司令官有利、而对瑞典最高当局无害的角色，这便是我有生之日为瑞典当局所服的役，瑞典方面的敌人即使想因此和我过不去，也找不出任何理由来。

第 五 章

群魔带领西木下地狱，在鹅圈里用西班牙美酒款待他

特派员走后，教士派人偷偷地把我叫到他的住所去，说道：

“哦，西木，你的少年时期使我心里难受，你将来的多灾多难又使我同情。听着，我的孩子，你要知道，你的主人要剥夺你的全部理智，决定要你当一个小丑。为了这个目的，他已经给你做了一件衣服。明天你就要去上学了，在那里你得学会忘记你的理智。你也一定会在那里受到残酷的训练，成为一个疯子，除非上帝帮助你，或者命运会给你作出另外的安排，这对于你是十分不幸的和令人忧虑的，因此，为了隐士的一片虔诚，为了你本身的清白无辜，我出于忠实的基督徒之爱，帮助你出点主意，想些必要的好办法来对付面临的情况，并且送给你这些药物。你要听从我的话，服下这些药粉，它会增强你的脑子和记忆力，使你保持健全的理智，轻而易举地去克服一切。这儿还有一些香膏，用它涂抹在太阳穴、脊椎骨、颈项和两个鼻孔上，这两样东西要在晚上上床时候用，因为在你上床以后就无法抗拒随时被人从床上拉起来的可能。你要仔细留神，不要让人发觉我对你出过主意，又给了你药物，否则你我都会遭殃。当你接受这种该死的训练时，你不必认真对待，也不要相信别人企图诱骗你的一切事情，而装作好像你对一切都相信就是了。你要少说话，这样可以使那些对付你的人不会发觉你的秘密，即：在你身上花费力气是徒劳无功的；否则的话，

你的痛苦就要延长，虽然我不可能知道，他们要用什么方法来对付你。等你穿戴好小丑的服装和花束，你再到我这儿来，我还要给你出些主意。我会为你祈求上帝，求他保佑你的理智和健康。”

他把药粉和香膏交给了我，我拿着这两种东西就回家去了。

事情正如教士所说的那样发生了。我刚刚入睡，便有四个汉子戴着可怕的魔鬼的面具进入房间，朝我床前走来。他们像江湖骗子和狂欢节的化装小丑那样跳来跳去；一个拿着一把烧红的钩子，一个举着火把，另外两个溜到我身边，把我从床上拉起来，和我来来回回地跳了一会儿舞，强迫我穿上衣服。我假装把他们当做真正的魔鬼，发出一声呼救的惨叫，并且装出一副十分恐惧的样子；但是他们命令我跟他们一起走。于是他们就用一条手巾缠住我的脑袋，使我既听不见、看不见，也喊不出声来。他们带着我这个可怜人——我就像一张白杨树的叶子那样直哆嗦——走过许多弯弯曲曲的路径，上上下下地过了许多小桥，最后来到一间地窖，里面燃着一大堆火。他们解下我头上的手巾，开始请我喝西班牙酒和香葡萄酒。他们开导我，非常想让我相信，我已经死了，而且是在地狱的深渊里，因为我尽量装得好像我相信他们的一切谎言。“尽管喝吧，”他们说，“你得永远跟我们在一起了。如果你不想当一个好伙伴和我们一起干，你就得进火堆。”这些可怜的魔鬼想伪装自己说话的声音，好使我认不出他们来。但我还是马上觉察出来，他们原来都是我主人的侍从，然而我不露声色，只在心中窃笑：这些人要想使我成为傻瓜小丑，反倒要变成我的傻瓜小丑了。我和他们一起喝下了我的一份西班牙酒；他们却喝得比我更多，因为这些家伙难得享受这样高级的美酒，所以我还可以发誓，他们比我先醉了。我觉得时候已到，就装出一副跌跌撞撞的样子，跟我那天所看到的那些宾客们的醉态一模一样。我一点儿也不想再喝了，而是想睡觉了。于是他们就拿起原来一直搁在火里的钩子，在地窖里到处追赶我，并用钩子捅我，看那样子，他们简直全都变成了小丑。他们强迫我，要么再喝下去，要么就不得睡觉。当我假装着已被追逐得精疲力尽而躺倒在地上时，他们就把我一把抓了起来，威胁着要把我扔到火里去。我就这样像一只鹰似的，被人们看管着不让它睡觉①，真是痛苦难堪。由于他们

① 指猎鹰的训练。

一个个都已醉倦交加，对于他们的这种折磨，我本来是能够挺过来的，可是他们并不是全体一起来对付我，而是互相轮班看守着我，因此到最后我还是坚持不住了。我在这间乌烟瘴气的地窖里度过了三天两夜，里面除了那堆火之外，没有任何灯光。我的脑袋开始嗡嗡作响，痛得好像要裂开一般，我不得不想个什么办法来摆脱眼前的痛苦和这伙折磨我的人；我学那狐狸的样，当它觉得无法逃脱狗的追捕时，便冲着狗的脸撒尿；这时我也正好受到生理本能的驱使，要拉屎了，就赶紧用一个手指掏进喉咙引自己作呕，我就这样一下子屙了一裤子，吐了一背心，用不堪忍受的臭气付了他们的酒钱，使得那些魔鬼们也几乎不能和我呆在一起了。他们用一张床单把我裹上，一阵毒打，几乎打烂了我的五脏六腑，连灵魂也几乎出了窍，我终于失去了知觉，晕了过去，像死人那样躺在那儿。我不知道，他们后来又是怎样整治我的，因为我确实完全晕死过去了。

第　六　章

西木讲述他怎样进入天堂，饮酒后变成了一头牛

当我重新恢复了神志，发现自己不再和魔鬼们一起呆在那间阴暗的地窖里，而是躺在一间漂亮的大厅里，被三个堪称人世间无与伦比的奇丑老太婆照管着。当我稍微睁开了一点眼睛，乍然间竟把她们当做是地狱里真正的鬼怪了。假如我读过古代的异教诗文，我就会以为她们是复仇三女神，或者我至少会把其中的一个看成是提西福涅①。因为我事先已明白，我是为了当一个小丑而被弄到这儿来的，现在看她，竟像是专为勾走我的灵魂而从地狱里跑出来的一样。那一双眼睛像两盏鬼火，一个又窄又长的鹰钩鼻垂突在两眼之间，它的末端或者说鼻尖竟要碰到下嘴唇上了。在她的大嘴巴里，我只看到两颗牙齿，但它们却是又长，又圆，又坚

① 提西福涅，复仇三女神之一。

实,那形状几乎像无名指一样,而蜡黄的颜色可以和金子相比。总而言之,这十足地像是一具满口利牙的僵尸,只不过那牙长得错落无序罢了。她的脸宛如西班牙皮革,她的白发紊乱地披散在脑袋周围,因为她刚刚被人从床上叫起来。她那一对长长地下垂的乳房,除了泄了气的松弛的母牛膀胱外,别无他物可以与之类比;每只乳房的下面还伸出半指长的棕黑色的发辫。这确是一副可怖的形象,对于好色之徒,倒是一剂治其淫欲的良药。另外两个女人除了有着像猴子一样的塌鼻子和衣服穿得比较整齐之外,并不显得漂亮一些。在我神智又清楚了一点之后,我认出了其中一个是我们的洗碗妇,另外两个是两个男仆的老婆。我装出已经精疲力竭、动弹不得的样子。当这三位老妈妈把我脱得精光,像摆弄小孩子那样洗去我浑身的脏物时,我也确实不由自主了。但是她们动作温柔,表现出很大的耐心和同情,使得我几乎要向她们倾诉我所遭遇到的事情。然而我转念想道:"不,西木,别相信老太婆,要记住,倘若你在少年时代能够骗过这三个专门替人捉鬼的狡猾的老娼妇,那你就完全算胜利了,通过这一关,你就能够指望在今后的年月里以及在上了岁数时做出一番事业来。"她们办完了我的事,就让我躺在一张精致的床上,我便安安稳稳地入睡了;她们也拿起木桶和其他替我洗澡的用具以及我的衣服和所有的脏物走开了。根据我的推测,这一觉我一连睡了二十四个钟头以上。当我醒来时,看见有两个美丽的带翅膀的男孩站在我的床前,他们身上穿着珍贵而洁白的衣衫,装饰着光亮而柔软的缎带,还有各种珠宝、金链和其他令人眼花缭乱的小玩意儿。一个手中拿着一只镀金的盆,里面满是小方饼干,糖面包,杏仁糖果以及各种蜜饯。另一个手里拿着一只镀金的杯子。他们两个冒充天使,想哄骗我,说我现在正在天堂里,因为我已经幸运地经过了涤罪所[①]的考验,逃过了魔鬼和他的妈妈;我现在可以随心所欲地要求我想要的东西,因为凡是合我心意的东西,眼前一应俱全,或者可以凭借他们的力量呼之即来。这时我渴得难受,看到了面前的杯子,便只要求喝一口解渴,持杯的男孩立即非常乐意地把杯子递给了我。但是里面盛的并不是酒,而是一种美味的催眠药水,我一口气便把它喝了下去;只一会儿,它便在我身上发作,我又昏昏睡去了。

---

① 天主教认为灵魂在进入天堂之前必须在涤罪所里洗涤生前罪恶。

第二天我再次醒来时(否则我会再睡下去的),发现自己并不躺在床上,也不是和天使一起呆在那间大厅里,更不是升了天堂,而是被关在原先蹲过的那个鹅圈里。四周又是一片可怕的昏暗,就像呆在那个地窖里一样。我身上是一件小牛皮做的衣服,毛面朝外地反穿着,裤子是波兰式或施瓦本式的,而背心更是按照小丑的式样裁制的。脖子上面有一顶像修道士头巾那样的帽兜,它裹住我的头部,两边还挂着一对漂亮硕大的驴耳。我对自己的厄运不禁惨然失笑,因为我既看到了窝,又看到了羽毛,料到我要变成怎样的一只鸟儿了。我开始反省,往最好的方面去设想,我有充分的理由来感谢上帝,因为他使我仍然保持着健全的理智,因此我也迫切需要衷心地向他祈求,希望他今后继续保佑我,支配我,指点我,引导我。我下定决心,尽我之所能,把自己装扮成最愚蠢的人,我要以极大的耐心期待着,命运将会把我引向何方。

第　七　章

西木初当牛犊，大显身手，不同凡俗

我本来完全可以利用那个荒唐的少尉在门上戳通的洞口脱身逃走，然而我现在的角色应当是一个傻呵呵的小丑，我就只当没有看见那个洞。不仅装作一个不懂得逃跑的笨蛋，而且还装得简直像一头要找妈妈的饿牛。我那哞哞的叫声马上被两名站岗的士兵听到了，他们走到鹅圈前，问道："谁在里面？"我回答道："你们这些傻瓜，你们难道没有听见，一只小牛犊在这里吗？"他们打开了鹅圈，把我拉了出来，使他们大为惊讶的是，一头牛犊怎么会说话呢？他们那模样，就像新招聘的蹩脚喜剧演员，怎么也演不好要他们扮演的角色，因此我常常认为，我可以帮助他们演滑稽剧。他们商量着该把我怎么办，后来一致赞成把我献给司令官，因为我会说话，司令官赏给他们的东西肯定会比屠夫为了我而付给他们的钱多些。他们问我情况怎么样。我答道："够糟的了。"他们问："为什么？"我说："就因为这儿的风气是把老实的牛犊关在鹅圈里。你们要知道，我会长成一头诚实的公牛的，应该把我养大，就像一头好公牛理应享受的那样。"经过了这一番简短的交谈，他们带着我穿过小巷朝司令官的住处走去。我们背后跟着一大群孩子，他们也像我那样都学着牛叫。如果这时有一个瞎子听见这样的叫声，一定会以为有人赶着一群牛犊过来了，但是从脸面上来看，这只不过是一群老的和少的傻子而已。

我就这样被两名士兵推荐给了司令官，仿佛我是他们刚从抢劫中俘获来的。他赏给了他们两人酒钱，对我本人则许诺了可以在他身边得到最好的东西，我内心却自比金匠之子①，说道："好吧，主人，可是不要再把我关在鹅圈里了，我们牛犊是不能这样忍受下去的，如果要把我们喂成一

① 意指："滚你的蛋吧！"表示明确的不接受。

头大牲口的话。”司令官好言劝慰我。他自认为十分聪明，使我变成了这么一个理想的小丑；我心里却想：“等着瞧吧，我亲爱的主人，我已经经受了涤罪所里火的考验和锻炼；现在我们试试看，究竟是谁把谁骗得更好。”这时候，有一个逃进城来的农民赶着他的牲口去饮水，我立即离开了司令官，学着牛叫，奔向那些母牛，装作要去吮它们的奶。这些牛见到我像见到了狼一样，惊恐万状，虽然我披着和它们一样的皮毛；它们吓得四处逃散，犹如在它们当中捣翻了一个八月里的大马蜂窝，使得它们的主人再也不能把它们就地集合起来了，这真是开了一场够厉害的玩笑。顷刻之间聚拢了一大堆人，来看这场小丑表演；我的主人笑得简直前仰后合，他终于说道：“一个小丑支使了你们上百个人！”我心里却嘀咕：“管好你自己吧，你自己才是你所说的那么个人呢！”

从现在起，人人都管我叫小牛。我也对每一个人报之以一个特殊的讽刺性的绰号。这些绰号在大部分人、特别是在我主人看来，意义是十分深刻的，因为它们是我根据每个人的特殊情况而取的。总而言之，人家把我当做一个不开窍的蠢货，我则把人家视为自作聪明的傻瓜。据我的看法，这种传统的习惯在世界上至今还流行着，因为人人都沾沾自喜于自己的小聪明，自以为是所有的人当中最聪明的人了，干脆地说吧：到处都是蠢人！

我和农民的牛群所开的那场玩笑，使我们感到那短短的上午更加短了，因为那时正是冬至时节。吃中饭的时候，我像先前那样侍候着，只是附带闹点儿别出心裁的花样出来。轮到该我吃饭的时候，凡是人吃的人喝的东西，我一概不予理睬，简单地说，我只要吃青草。这在当时是不可能办到的。主人叫人从屠夫那儿拿来两张新鲜的牛皮，把它们套在两个男童的头上，他叫这两人和我一起坐在桌边。款待我们的第一道菜是冬季的生菜，让我们使劲地去嚼。他又叫人牵来一头真的活牛犊，用盐去刺激它吃生菜。我直瞪瞪地凝视着，表示十分惊讶，但是我又立即醒悟过来：要顺着干！“好吧，”当他们看到我如此冷淡时，他们说道，“如果牛也要吃肉啊，鱼啊，干酪啊，奶油啊或者别的什么东西的话，这也不算是什么新鲜事儿了。啊，对了，它们有时还能灌得烂醉呢！这些畜牲现在很懂得什么是好吃的了。”“呣，”他们又说，“如今的世界已经到了这种地步，畜牲和人之间的区别已经很小了；难道你就不愿意跟着一起干吗？”

这些话很容易就使我信服，因为我已经饿了，倒不是因为我先前曾亲眼目睹，有些人怎样比猪更肮脏，比狮子更凶残，比羊更淫荡，比狗更下贱，比马更放浪，比驴更粗鲁，比牛更贪饮，比狐狸更狡猾，比狼更贪婪，比猴更愚蠢，比蛇蝎更狠毒，他们却全都享受着人的饮食，只不过在外表上区别于野兽而已，而在清白方面还远远不如一头牛犊呢！我和我的牛伙伴一起敞开肚子大啖大嚼起来。如果这时有一个陌生人突然看到我们这样人牛不分地围着桌子狼吞虎咽的样子，毫无疑问会以为老喀耳刻①重新复活了，一定是她把人变成了野兽。其实，当时我的主人已经掌握了这种本领，并且把它付诸实施了。就像完成这顿午餐一样，我也以同样的方式被款待吃了晚餐。正如我吃喝的时候需要同餐者和食客陪伴那样，夜里他们也得陪着我一起睡觉，如果我的主人不作别的吩咐的话，我就要在牛圈里过夜了。我之所以这样做，是为了把那些自以为已经将我变成了傻瓜的家伙们也愚弄个够。我得出了这样一个毋庸置疑的结论：最仁慈的上帝赋予每一个人以符合于他所赐给他们的地位的聪明才智，使他们能够借以保存自己；多少人狂妄地自称是这个博士，那个博士，似乎只有他们才是聪明人，是万事通，却不懂这样一句俗话：山外自有能人在！

---

① 希腊魔女，她把人变成了野兽，参见第八五页注⑥。

第八章

西木聆听关于神奇的“记忆力和忘却”的故事

早上当我醒来,那两位装扮成牛犊的睡伴已经不在了。我爬起身来,正好看到副官取钥匙去开城门,我便乘机溜出房子,去找我的教士。我向他诉说了我在天堂里和地狱里的遭遇。他以为我正受到良心的谴责,因为在我装疯卖傻的时候,欺骗了那么多人,特别是我的主人。他说道:“你不必为这件事发愁了,这个傻瓜的世界本来就甘愿受骗。如果上帝赐给你的聪明才智还有富余,就把它用于对你自己有利的事情吧。感谢上帝,你总算经受住了。这种才能,上帝并不是任何人都给的。你设想一下吧,你好比是那凤凰,它经历了火的考验,从无理性变成了有理性,并且获得了新生,到达了一种新的人生境界。然而你要知道,你还没有跨过人生的沟壑,你只不过是冒着丧失理智的危险戴上了小丑的帽子。事物瞬息万变,要经受时间的考验是不容易的;没有一个人知道,你能否保住性命而逃脱劫难。人可以刹那之间陷入地狱,但是再想奔逃出来,是需要费一番大劲的。要想摆脱你面临的危险,你还远远不够成熟,决非你所想象的那样容易。因此比起你从前还不懂得什么是理性、什么是无理性的时候来,你如今更需要谨慎和理性。听从上帝的旨意吧,勤于祈祷,永远谦恭,耐心等待将来的变化吧。”

他把这番话故意说得那样婉转,因为——我心里想——他从我脸上看出了自负的表情,觉得我自以为用这样老练的欺骗方法和从他那儿学会的一套本领悄悄地滑了过去,是多么了不起。而我则从他的满脸愠色推测,他已经显得不乐意,并且对我厌烦了。他对我究竟有什么想法呢?因此我改变话题,对于他告诉我要保持理智的好办法表示极大的感谢,我甚至对他许下了不可能办到的诺言,说日后要报答他的一切恩德。这些话讨得了他的欢心,也改变了他的心情。于是他大大地夸奖了一番他的药物,告诉我西蒙尼得斯·梅立柯斯[①]发明了一种技能,后来梅特罗杜罗斯·斯塞泼蒂乌斯[②]费了很大力气使它更加完美了,掌握了这种技能,只要凭一个字就能够复述听到过或者读到过的一切事情;而要掌握这种本领,如果没有他给过我的那种药物起主要作用,那是办不到的。"对,"我想道,"我亲爱的教士老爷,我在隐士身边时,在你的那些书里还读到过许多别的东西呢!其中就有一篇是关于斯塞泼蒂乌斯的记忆技能的。"然而我也很狡猾,没有把话说出来;如果我把实话都说了,我就真的成了傻瓜了。最要紧的是放机灵些,并且说话小心谨慎。教士继续对我说,居鲁士[③]能够正确地叫出他三万个战士中的每一个人的名字;卢齐乌斯·斯齐皮奥叫得出罗马每一个公民的名字;居纳阿斯,皮洛士[④]的使者,在他前往罗马的第二天,就能够把所有贵族的姓名一一说出。"米特里达泰斯[⑤],"他说,"是古代波托斯[⑥]和比蒂尼恩[⑦]的皇帝,他属下的臣民分别使用着二十二种语言。据古书记载,他能够正确使用他们各自的语言,和每一个人自由交谈。博学的希腊人卡米代斯能够背出一个人想知道的书库里的任何一本书的内容,即使他对这本书只浏览过一次。鲁齐乌斯·塞内加[⑧]能够把预先说给他听的二千个名字重复一遍,拉维西乌斯说,他还能把两百个学生分别念出的二百句诗从尾至头倒背一遍。古书上说,埃斯特拉斯[⑨]把摩西五卷背得烂熟,可以进行逐字口授,让人笔录下来。泰米斯托克勒斯[⑩]在一年之内就学会了波斯语。克拉索斯[⑪]可以在亚洲说出希腊语言中五种不同的方言,能够跟他的臣民分别用这些方言正确地交谈。尤利乌斯·恺撒[⑫]大帝能够一边看书,一边口授,同时还进行

---

① 西·梅立柯斯(公元前556—前468),希腊诗人。他发明了记忆术。

② 梅·斯塞泼蒂乌斯,生活于公元前二世纪中叶,希腊政治家,哲学家。

③ 居鲁士(死于公元前529),古代波斯之王。

④ 皮洛士(公元前319—前272),古希腊国王。

⑤ 米特里达泰斯,是波托斯和其他小亚细亚王国的好几位统治者的名字。

⑥ 波托斯,古代黑海边小亚细亚地区名。

⑦ 比蒂尼恩,古代小亚细亚最西北地区名称。

⑧ 鲁·塞内加(公元前54—公元39),罗马作家。

⑨ 埃斯特拉斯,巴比伦一教士。

⑩ 泰米斯托克勒斯(公元前527—前459),古雅典的政治家,名将。

⑪ 克拉索斯(公元前115—前53),罗马最富有和最有影响的奴隶主。

⑫ 尤·恺撒(公元前100—前44),罗马皇帝。

接见。至于罗马人埃利奥·哈德利阿诺和包蒂奥·拉特罗纳以及其他一些人,我就不想多说了。在这里只提一下那圣希罗奈穆斯[1],他掌握希伯来语、迦勒底语、希腊语、波斯语、米提亚语[2]、阿拉伯语和拉丁语。隐士安东尼奥只是听人家念过一遍,就把整部《圣经》都记住了。一本书上说,有一个科西嘉人,他听了六千个人的名字,然后把这些名字次序不乱地很快背了出来。"

"我讲这些,"他继续说道,"都是为了使你明白,用药物来大大增强和保持一个人的记忆力并不是不可能的。相反,也可以用某些方法来削弱和完全毁灭记忆力。在人的身上没有什么比记忆力更容易转瞬即逝的了。它会由于疾病、惊骇、害怕、忧虑和担心而完全丧失,或大大衰退。据记载,雅典有位学者,自从有一块石头从上面落到他头上之后,就把学到的一切知识全都忘光了,甚至连最起码的基本知识也忘了。另外一个人从一个塔楼上摔下来以后,就得了惊人的健忘症,以致连自己的朋友和亲人的姓名也叫不出来了。还有一个人由于疾病变得连他仆人的名字也忘了;同样,梅萨拉·科尔维努斯[3] 本来记忆力很好,后来连自己的姓名都不知道了。有一个牧师,本来也有惊人的记忆力,但由于他从自己的血管里吸了血,就连字也不会写了,书也不会读了,但过了一年之后,他在同样的地方、在同一时间里又吸进了同样的血,于是他又和以前一样会写会读了。比较可信的是,据约翰·维罗斯的记述,人吃了熊脑,就会陷入严重的胡思乱想之中,好像自己也变成了熊。他用一个西班牙贵族的例子来证明这一点:这个人在吃了熊脑之后,在荒野里到处乱跑,这时他惟一的念头是——他是一头熊!亲爱的西木,如果你的主人知道这种本领,那就会宁愿把你变成像西班牙贵族那样的一头熊,而不是像尤辟特那样的一头牛了。"

教士还讲了许多这样的事,又给了我一些药,并且教会我今后的行动。在我回家的路上,上百个顽童在后面追着我,大家再一次像牛那样哞叫着。这时我的主人刚起床,他闻声跑到窗口,一下子看见了这么多的傻瓜,他非常高兴,从心底里发出了大笑。

---

① 希罗奈穆斯(347—420),著名隐士。

② 米提亚是伊朗高原西北部的奴隶制古国。

③ 梅·科尔维努斯,公元前三一年任罗马执政官。

第　九　章

西木描述怎样称赞小姐和供人取乐消磨时间

我一回到家，必须马上到客厅里去，因为主人那里的贵夫人们也很想看一看新来的小丑，听听他说些什么。我出场之后，像一个哑巴似的站在那儿，因此那位在跳舞时被我紧紧抓住的夫人说，人家告诉她，这头牛会说话，可是她现在知道了，原来这是假的。我回敬了一句："而我本来以为猴子不会说话，现在却听见它说话了，可见事情也并非我原来所想的那样。""什么？"主人表示惊讶，"难道你以为，这些夫人都是猴子吗？"我回答："如果她们现在不是，那她们很快就会变成猴子的。谁知道事情会怎么样呢？事先也没有料到，我会变成一头牛犊，可现在不是变了吗？"主人问我，何以见得，这些夫人会变成猴子。我答道："猴子的屁股都是光光的，这些夫人也袒露着胸脯，而其他姑娘总是把胸脯遮盖着的。""你这个劣种，"主人骂道，"你真是一头蠢牛，像你这样的家伙也只能说出这样的话来。这些夫人是让人欣赏她们身上值得欣赏的部位，而猴子是因为没衣穿才赤身露体的。赶快弥补你犯下的过错吧，否则你就要挨揍了，让狗再把你赶回到鹅圈里去，就像我们对付不知好歹的牛犊那样。听着，你究竟还懂不懂赞美一位理应受到赞美的夫人？"于是我把这位夫人从脚到头，又从头到脚地打量了一番，然后向她投以凝视的、妩媚的目光，好像我要和她结婚，要再次去拥抱她一般。我终于说道："主人，我看清楚，问题出在哪儿了。事情都坏在那贼裁缝身上，他把这衣服做倒了，把应当做在脖子上遮住胸脯的部分，做到裙子下面去了，因此裙子就在后面拖得很长。该把这个无赖的两只手砍掉，因为他裁剪得太坏了。""小姐，"我转向她本人，"辞掉他吧，他就不该把你们搞得这么难看。你们要设法雇到我阿爸的裁缝，他名叫小保罗师傅，他给我的阿妈、我们的安娜和我们的乌尔塞拉做了那么漂亮的百褶裙，那些裙子的下摆是平平的，完全不像你们的那样拖在脏地上。嗨，你们想象不到，他会给规规矩矩的娼妓们做出多么漂亮的衣服来!”主人问我阿爸的安娜和乌尔塞拉是否比这位小姐更漂亮。“啊，绝不，主人，”我说道，“这位小姐头发黄黄的，如同小孩子的粪便；她的头路又白又直，好像用猪毛刷子在皮肤上刷过一般；当然，她的头发卷得很漂亮，看起来好像空心的笛子，或者说好像两旁挂了几磅蜡烛，或是一打烤肠。啊，你看，她那鼓鼓的额头多么漂亮，多么光滑啊，难道它不是比一个肥胖的屁股更好看，比一个风干多年的死人面孔更白吗？十分遗憾的是，她细嫩的皮肤被发粉弄得太脏了，如果让不知道发粉的人看到，一定会以为这位小姐得了疥癣病了，头上才有那么多的头皮屑呢！更加令人遗憾的是这一对闪烁的眼睛，那乌黑的眼珠比我阿爸炉膛里的煤烟还要明亮，当我们的安娜拿着一把柴禾站在炉前点火，准备烧火炉取暖时，那煤烟简直是拚命地闪光，好像那里面全是熊熊烈火，要把整个世界都点燃起来似的。她的脸蛋红通通的，是这样可爱，不过还没有红得像新近那种时兴的、装饰在施瓦本① 车夫脖子上的蝴蝶结。但是她嘴唇上那深红的颜色却远远超过了这种颜色。当她笑起来和说话的时候(我请主人留意这一点)，嘴里就露出两排牙齿，排列得又整齐，又像白糖一样好看，就好像是用一块白萝卜刻出来似的。啊，真是妙极了！如果用这样的牙齿去咬人，我不相信会使人觉得痛。她的脖子几乎像变了质的酸牛奶一样白，那下面的一对乳房，也有同样的颜色，毫无疑问，摸起来就像羊的奶一样结实，充溢着丰富的乳汁；它们显然不像最近在天堂里给我擦屁股的老太婆的乳房那样松弛干瘪。哦，主人，你看看她的手和手指，是那样纤细，那样修长，那样灵活，那样柔软，那样灵巧，活像吉卜赛女人；如果她们想偷点儿什么，就可以用这样的手伸进别人的衣袋。然而，这比起她的整个身体来(虽然我无法透过衣服看清她的身体)，又算得了什么呢?！她的身体是那样纤小、苗条和优美，好像她整整拉了八个星期的肚子似的。”话音一落，爆发出一阵大笑，致使大家再也无法听下去，我也不能说下去了。就这样，我如同一个荷兰人② 那样机灵地过了关。从此以后，只要我愿意，就可以供人们取乐。

---

① 施瓦本，在巴伐利亚州。

② “荷兰”与“地狱”谐音，此处所谓荷兰人，即指地狱里的人，意为魔鬼。

第十章

西木听人讲述许多英雄人物和能工巧匠的伟大功绩

紧接着是午餐。在用餐过程中我又一次放胆大干了一番，因为我已下了决心，对一切愚蠢予以抨击，对一切虚荣予以惩罚；这样做与我当时所处的地位是十分相称的。在我心目中，饭桌上的人没有一个是好东西，因此我就数落他们的种种邪行。当某人受到抨击时，那么他若不是遭到别人的嘲笑，便是遭到我主人的责备，反正没有一个聪明人会对一个傻瓜恼火的。那个荒唐的少尉，是我结怨最深的仇敌，我先让他不好受，使他处于狼狈境地。然而在我主人的暗示下，心平气和地对付我的第一个人，却是书记官。于是我称他为头衔制作匠，嘲笑他那些虚空的头衔①。我问他，人们给了祖先亚当什么头衔？他回答道："你这是像一头没有头脑的牛犊在说话，因为你不懂，在我们的祖先亚当之后，生活着各种各样的人们，他们以非凡的品德，譬如智慧、男子汉的英雄业绩以及各种美好的创造发明，使他们自己及其家族获得了贵族的头衔，使他们在人们的心目中显得高于人间的一切，甚至高于天上的星辰而成了诸神。如果你是一个人，或者至少像一个人那样读过历史，那你就会明白人与人之间存在的差别，也就会因此乐于接受他们各自的荣誉头衔了。现在却因为你是一头牛犊，不配有、也不可能有任何属于人类的荣誉，所以你说到这件事就像一头笨牛，并且忌妒那高贵的人类所享有的东西。"我答道："我本来也是一个像你一样的人，也读过相当多的书，因此，能够判断，你对于这件事要么理解得不对，要么由于局限于你的自身利益而不肯说出自己的心里话。告诉我，怎样才算是创造了了不起的业绩，怎样才算是作出了值得赞美的发明，足以让整个家族在英雄们和能工巧匠们死去数百年之后，还能

---

① 此处是作者讽刺十七世纪德国热衷于追求头衔的作家们。

把贵族头衔代代相传下去？难道那些英雄们的力量和能工巧匠们的智慧以及高度的才华，不是都随着他们一起死去了吗？如果你不明白这一点，如果父母的品质能遗传给子女，那么我不得不认为，你的父亲是条干鱼，你的母亲是条鲽鱼①。”“哈！”书记官答道，“如果这种说法有道理，如果我

① 意指蠢人。

们要彼此侮辱,那我可以骂你的阿爸是个斯贝塞的村夫;尽管在你的家乡和家族里还有最大的蠢汉,你却比他们更加糟糕,因为你变成了一头毫无理性的牛犊。”“有理,这我算是抓住你的辫子了,”我答道,“这正是我的意思。也就是说,父母的品质不会总是传给子孙们的,因而子孙们也不是总配获得他们父母的尊号。我现在成了一头牛犊,这对我来说并非耻辱,因为作为一头牛犊,正说明我有幸步于那伟大全能的皇帝尼布甲尼撒[①]之后。谁知道,上帝是否愿意让我也像这位皇帝一样重新变成一个人,而且变得比我的阿爸更伟大一些。然而我仍然称颂那些以自己的品德使自己成为高贵的人。”“就这样假定吧,但站不住脚,”书记官说道,“子孙们不应该总是继承他们父母的头衔,但你也不得不承认,并已直言不讳:那些以优秀的品行使自己成为高贵者的人,是值得称颂的。既然如此,人们因其父母而尊敬其子女,就是理所当然的了;‘苹果落地,离树不远’嘛!在亚历山大大帝[②]的后裔中,如果还有几位在世的话,谁不会赞颂他们的祖先在战争中所表现出来的胆略呢?他在青年时代,当他还不善于使用武器的时候,曾用哭泣来表明他对战斗的热切向往,他担心他的父亲将战胜一切,不会留下什么让给他去征服。难道他不曾希望在三十岁之前便已征服世界,此后便再去跟另一个世界进行较量吗?难道他不曾在一场跟印度人进行的战役中,由于被自己人所遗弃,而气得身冒鲜血?难道他不曾像被一片大火所包围,吓得那些野蛮人不得不边战边退?对于他,谁不愿意作出比对任何人更崇高更高贵的评价呢?库温图斯·库尔蒂乌斯[③]说过,他的呼吸仿佛散发着香油的气息,他的汗水胜似麝香的芬芳,他的尸身宛若玉体喷香。在这儿我还可以列举尤利乌斯·恺撒和庞培[④],前者除了在历次国内战争中赢得无数次胜利外,还身经五十次鏖战,杀死过一百十五万二千人。后者除了从海盗手里夺取了九百四十条船只之外,从阿尔卑斯山脉直到黑斯巴尼亚[⑤]最边远的角落,共占领和征服了八百七

---

① 尼布甲尼撒(公元前604—前562),新巴比伦王国国王,曾攻破耶路撒冷,俘大批犹太人而归。他一生曾应验一梦,被赶离人间,吃草如牛,头发如鹰毛,指甲如鸟爪,七年后才回复为人。见《圣经·旧约·但以理书》第四章。

② 亚历山大大帝(公元前356—前323),腓力二世之子,建立了亚历山大帝国。

③ 库温图斯·库尔蒂乌斯,罗马作家,公元前五十年左右写作。

④ 庞培(公元前106—前48),古罗马政治家和统帅。

⑤ 黑斯巴尼亚,古代西班牙和葡萄牙的总称。

十六个城市和地区。关于马西·塞尔盖的功勋我暂且不谈,只想随便讲一点关于卢齐奥·雪西乌斯·登塔托的事。他是罗马的护民官,经历过一百一十次战役,曾经八次制胜了向他挑战的敌人。他身负四十五处创伤,而所有这些创伤,都是在他面对敌人而不是背向敌人时留下的。他与九位最高统帅一起凯旋而归,这些胜利是他们首先以其英雄的气概而获得的。曼利乌斯·卡皮托利尼[①] 在战争中的声望也不算小,倘若不是他在自己生命结束时把它降低的话。他也可以向人炫耀他那三十三处伤疤,更不必说他曾单独抵抗了高卢人而使罗马古堡及其全部财富得以保存下来的功绩了。

“那些圣经里的英雄们,像约书亚、大卫、约伸,麦喀比族[②] 和其他许多人,如今在哪里呢?难道他们之中不是产生了征服上帝特许的福地[③]的第一位人物,以及使这块土地重新获得自由的最后一位人物吗?还有那力大无比的赫剌克勒斯、忒修斯[④] 等等,对于他们的业绩和不朽的功勋几乎是难以描述的!难道这些英雄在他们的后代之中就不应该受到尊敬吗?

“现在让我们撇开这些武的来谈文的吧!——谈谈艺术。相比之下,这方面似乎不如前者瞩目,但是艺术的大师们仍然赫赫有名。修克西斯[⑤] 具有多么高超的技能啊!他以他那巨匠的头脑和巧夺天工的手,不是骗来了空中的飞鸟吗?还有那阿佩莱斯[⑥],他的维纳斯画得那样的自然,那样的美,那样的无与伦比,所有的线条和轮廓是那样的柔和流畅,不是使未婚的男子们为之倾倒吗?普卢塔克[⑦] 写道,阿基米德[⑧] 装载了满

---

① 曼利乌斯·卡皮托利尼,在凯尔特人入侵时,他拯救了古罗马神庙;据说因专权,三八四年从山崖上摔死。

② 犹太种族名。

③ 指迦南。

④ 忒修斯,希腊神话中的英雄,他进入克里特迷宫斩妖除怪。

⑤ 修克西斯(公元前420—前380),古希腊画家,相传他曾画了幅柏树,鸟儿见了以为是真树,纷纷飞来栖息。

⑥ 阿佩莱斯(公元前356—前308),古希腊名画家。擅长肖像画。据传,所作《维纳斯》,把女神画成从海上出现的样子,可通过海水看到半淹在海浪下面的身体。

⑦ 普卢塔克(46—120),古希腊作家。

⑧ 阿基米德(公元前287—前212),古希腊数学家,物理学家,生于叙拉古。

满一大船商货，在运往叙拉古[①] 市场的途中，只用一只手拉着一根绳索拖着走，就好像牵着一头牲口的缰绳，这件事就是二十头牡牛都干不了，更不要说像你这样的二百头牛犊了。难道这位可敬的大师不应该被授予一个与他技艺相称的特殊的荣誉头衔吗？谁不会夸奖那位为波斯皇帝萨波儿做了一个玻璃玩意儿的人呢？这个玻璃玩意儿是那样的硕大无比，萨波儿坐在它的中央，在他脚下可以看到星辰的升起和落下。难道阿尔许塔[②] 不应当颂扬吗？他做出了一只木鸽，它可以和其他鸟儿一样在空中飞翔。阿尔贝杜斯·马格努斯[③] 做了一个金属制的人头，它会有声有色地说出明确易懂的话来。还有那麦姆嫩巨像[④]，在日出时会发出巨大的声响和咆哮。上面说到的阿基米德做出一面镜子，它能使敌人的战舰在海中着火燃烧起来。这也使人想起了普托洛梅乌斯[⑤] 的一面神奇的镜子，它可以显示出许多脸面，作为一天之中的各个时辰。谁不把一位书写大师的灵巧的手叹为观止呢？——他把荷马的《伊里亚特》中的几十万行诗写在一张小小的纸片上，简直可以把它藏在一个胡桃壳里，普利尼乌斯[⑥] 证实了这一点。另外一位艺术家精巧地制作了一条十分完美的、并配置了一切设备的船，一只蜜蜂可以把这条船藏在自己的翅膀下面。谁不会去赞美那位首先发明了字母的人呢？是啊，谁不愿意在所有的艺术家当中更推崇那位发明了印刷术这种高贵的、给全世界带来极大裨益的艺术的人呢？难道色列斯[⑦] 不是因为发明了耕作和磨坊而被人尊奉为女神吗？那么若对于别人，按其功绩给予荣誉的头衔，以示赞扬，这样做有什么不公平呢？!

“问题并不在于你这头蠢牛的毫无理性的牛脑袋是否理解了这一切，你好比那躺在草垛上的狗，因为怕自己不能享受这些草料，也就不愿意把它让给牛吃。你不可能获得任何荣誉，因此你就忌妒那些配得上这种荣誉的人。”

---

① 叙拉古，西西里的一个城市。

② 阿尔许塔，希腊哲学家和数学家。

③ 阿·马格努斯(生于1193至1207之间—1280)，德国中世纪学者，哲学家。

④ 麦姆嫩巨像在埃及底比斯附近。

⑤ 普托洛梅乌斯(87—165)，古希腊天文及地理学家。

⑥ 普利尼乌斯，父与子。父(32—79)，子(62—113)，两人都是罗马作家。

⑦ 色列斯，罗马人祀奉的女谷神。

我自感受到了挑衅，回答道："这些光辉的英雄业绩倘若不是以毁灭和损害他人为代价而得以建树的话，那么它们都该受到大大的赞扬。但如果这种业绩被无数无辜者的鲜血所玷污，那还算是什么业绩呢？如果一个贵族的头衔是以成千上万人的毁灭换取来的，那还算是什么贵族呢？至于那些技艺，还不都是一些哗众取宠的虚幻之物和荒唐之举？的确，它们就如同那些头衔本身一样，是那样的空洞、虚幻和一无用处。这种头衔也只配给这些能工巧匠中的任何一个人。头衔要么是为贪婪，要么是为放荡、奢侈，为别人的毁灭效劳，就像我新近在那些半车[①] 旁边所看到的可怕的事物一样。说到印刷术和著作，其实也大可不必，因为按照那位圣人的训谕和言论，全世界的书已经足够供给研究造物主的奇勋和认识上帝的全能了。"

第十一章

西木数落一位统治者的辛劳

主人也想和我开玩笑，说道："我看正因为你自信不会成为一个高贵的人，所以你蔑视贵族的荣誉头衔。"我答道："主人，即使我现在处在你这样尊贵的地位，我也不会接受这个头衔的！"主人笑道："这我相信，因为牡牛只需要麦草。如果你也像高贵者那样具有一颗高度智慧的脑袋，你就会致力于追求富贵荣华了。对于我来说，如果我比别人运气更好，这决不是微不足道的事情。"我叹息道："啊！多么辛苦的福气！主人，我向你担保，在全哈瑙你是最不幸的人了。""这怎么说，牛儿？"主人说道，"你说说理由吧，因为我并不觉得如此。"我答道："如果你不知道，感觉不到，你在哈瑙当司令官肩负着如此之多的忧虑和不安，那是由于你对现在所享受的荣誉过分的贪婪而迷住了你的心窍，要不就是你如铁石一般，毫无感觉

① 指前面所提到的炮车，因为炮车只有两个轮子。

的缘故。你虽然有权发号施令，在你跟前的人，也无不俯首听命，但难道他们是白白地这样干的吗？难道你不正是他们大家的奴隶吗？难道你不是不得不去关心每一个人吗？看吧，你现在处于敌人的包围之中，守住要塞的重担压在你一人的身上。你得想方设法使对方遭受损失，又得处处提防着不使你的计谋泄露出去。难道不是经常需要你像一个卑贱的奴仆那样亲自去站岗吗？此外你还得为钱财、弹药、口粮和兵员问题操心，你不得不以连续不断的操练和强征暴敛来维持这整个疆域。你把你手下的人派出去，无非就是为了让他们去干掠夺、洗劫、偷盗、纵火和谋杀的拿手勾当。他们新近还糟蹋了奥尔布，占领了布劳芬尔斯，把斯塔腾① 变为灰烬。他们虽然从那里掠得了大量财物，你却要在上帝面前承担严重的责任。也许你除了追求荣誉之外也贪图享受，但你是否知道，以后将会是谁来享受这些由你搜刮来的财物呢？假定说，这些财富终为你保存了下来，可是只要一旦发生不幸，你就不得不把它留在世上。除了你因获得这些财富而造下的罪孽之外，别的丝毫也带不走。如果你确有享用这些掠获物的福分，那么你就是在挥霍穷人的血汗，他们现在正在受苦受难，或者干脆毁灭，死于饥饿。我常常看到，你由于职务的繁重而经常心烦意乱，相反，我和其他牛儿们倒是无忧无虑地安稳睡觉。如果你撒手不干，就会要你的脑袋，你要是对职守疏忽一星半点，你所要保住的臣民和要塞就会遭到别人的算计。看吧，这样的操心我是没有的！我知道，我对造物只欠一死，因此我不担心有谁会来袭击我的牛圈，也不必为生计劳累一生。假如我死得早，那我就摆脱了一头牲口的苦役；你呢，人们无疑地要千方百计死缠住你不放。因此，你的一生谈不上别的，只不过是无穷无尽的忧虑和不眠之夜。因为你得提防你的朋友和敌人，他们肯定都在动着脑筋要你的命，要你的钱，或者要你的声望，或者要你的司令权，或者要其他什么东西——就像你对待他们那样。那些敌人是公开地跟你对垒，而你当做朋友的人则在暗中忌妒你的走运；就是在你的部属面前，你也并不安全。我这里暂且不提，你那些强烈的欲望每天如何折磨着你，使你终日疲于奔命；因为你念念不忘的是，怎样使自己获得一个更大的名声和荣

---

① 奥尔布，布劳芬尔斯，斯塔腾，这三处都在一六三五年五月二十四日为拉姆塞军队占领。

誉,怎样爬上更高的军职,怎样聚集更多的财富,怎样向敌人施以诡计,怎样成为他们的统治者,怎样去突然袭击一个什么地方。总而言之,凡是有损于别人、有害于你自己的灵魂、触犯上帝崇高威望的一切事情,你几乎样样都干。最糟糕的,则是你被那些阿谀奉承之徒捧得晕头转向,忘乎所以。他们使你就范,使你受到毒害,使你看不清你正在走的这条危险的道路;因为你的一切作为,他们都说是对的,你的一切罪孽,都被他们公开宣称为纯粹的德行。你的残暴对他们来说是正义;你毁灭土地和百姓,他们说你是一个勇敢的战士,怂恿你再去加害于其他的百姓,以保持你对他们的恩宠和充实他们的腰包。”

“你这个懒鬼!你这个笨蛋!”主人说道,“谁教会你这一套说教的?”我答道:“最亲爱的主人,难道我说的不是事实吗?你不是已经被你那帮谋士佞人坑害得无可救药了吗?然而,另一些人却会很快看清你的罪孽,他们不仅会在重要的大事上对你作出评判,而且也会在足够多的小事上——这不过是次要的——对你加以指责。不是有许多的古代大人物让我们引以为戒吗?雅典人对他们的西蒙尼代① 表示不满,只是因为他说话声音太响;底比斯人抱怨他们的帕尼科罗,是因为他随地吐痰;希腊的斯巴达人辱骂他们的吕库尔戈②,因为他走路时总是低着脑袋;罗马人认为,斯齐皮奥③ 在睡眠时鼾声如雷,真是糟糕透顶;他们觉得,庞培只用一个手指搔痒,委实难看;他们嘲笑恺撒,因为他腰带不整;乌蒂卡人④诽谤他们的好卡托⑤,因为他们认为他过分贪吃;那些迦太基人背地里议论哈尼巴利⑥,因为他走起路来总是袒露着胸脯。你在想什么呢,我亲爱的主人?你难道以为,我会和这样的一个人交换位置,就因为他除了有十二三个酒肉朋友、阿谀奉承之徒和食客之外,还有着一百多或者说不定有一万多秘密的和公开的仇敌、诽谤者和猜忌者?这样的一个首领——那么多的人生活在他的照拂、保护和庇荫之下——还可能有什么样的幸福,

---

① 西蒙尼代(公元前 556—前 468),古希腊诗人。

② 吕库尔戈,传说中的斯巴达立法者。

③ 斯齐皮奥,古罗马家族名称,产生过许多统帅和帝王,此处所指其中之一。

④ 乌蒂卡,北非古代城名。

⑤ 卡托(公元前 234—前 149),古罗马的爱国者,将军,政治家。

⑥ 哈尼巴利(公元前 247—前 183)古代迦太基名将。

什么样的喜悦,什么样的欢乐呢?难道你不需要为你的全体部属彻夜不眠,为他们而操心,倾听他们的抱怨和诉苦吗?即使你没有仇敌,没有忌妒者,难道这些还不够你辛苦的吗?我看得很清楚,累死累活,备尝艰辛。然而最亲爱的主人,你最后会得到什么样的报酬呢?告诉我,你得到了些什么呢?如果你不知道,那么就让希腊的狄摩西尼①告诉你吧:在他勇敢而忠诚地促进了和维护了人民的利益和雅典人的统治之后,人们竟践踏正义和公理,视他为十恶不赦的歹徒,将他逐出国土,置他于困境之中。苏格拉底②被授以毒药;哈尼巴利受到了他手下人的恶报,落得个背乡离井、四处流浪的悲惨结局。同样的事还发生在罗马的卡密洛斯③身上;希腊人也如此酬报了吕库尔戈和索伦④,其中一个被施以投石之刑,另外一个被剜出一只眼睛之后,作为杀人犯放逐他乡。摩西和其他圣人们也常常经受平民的骚乱。因此还是保留着你的司令权,连同那将会得到的报酬吧,你不必拿其中任何东西来和我分享。即使你一切顺利,你也捞不到什么,除了一颗内疚的心。

“倘若你良心发现,那么你就会变成一个无能为力的人,到时候就要触犯你的司令权,别无出路,除非你变成像我这样的一头蠢牛。”

第 十 二 章

西木十分恰当地论证无理性的动物所具有的理性

我在进行这一席谈话的过程中,始终注意着每一个人的神情。我竟能如此大发弘论,所有在座的人无不表示惊讶。正如他们所说的,即使对于一个有头脑的人来说,如果事先没有充分的考虑,要说出这一席话来,

---

① 狄摩西尼(公元前 383—前 322),希腊雄辩家。

② 苏格拉底(公元前 469—前 399),古希腊哲学家。

③ 卡密洛斯,罗马执政官,政治家,约生活在公元前四世纪中期。

④ 索伦(公元前 640—前 560),古雅典的立法家,政治家和诗人。

也是够费劲的了。我就此结束了我的讲话:“因此,我最亲爱的主人,我是不愿意和你交换的,哪怕是一丁点儿,我也不需要交换!因为那清泉替代了你名贵的美酒,成了我健身的饮料,而那喜欢我永远成为一头牛犊的人,也知道赐我以大地上的出产物,使我就像尼布甲尼撒那样,得到并非不合适的饭食,来维持我的生命。造物主给我配备了一副好筋骨;而你呢?珍馐使你反胃,美酒使你昏聩,终年闹病不已。”

主人答道:“我不知道,你对我有什么用处;以我看来,你比一头牛犊聪明多了,我差点儿以为你在毛皮下面裹着的是一个蠢小丑的皮囊呢!”我故作恼怒地说:“你们人类以为我们动物全都是傻瓜吗?这你们可完全想错了!我敢担保,如果比我年长的动物都像我一样会说话,他们就会在你们面前夸口说出别的事情了。如果你们以为我们是这样愚蠢,那么倒要请你告诉我,是谁教会了野鸽、樫鸟、山乌和鹧鸪用月桂树叶,而鸽子、小雉鸡和公鸡却用圣彼得草来通大便的呢?谁教会了狗和猫,当他们需要清一清饱鼓鼓的肚子时,去吃那沾了露水的草?谁教会了乌龟嚼食水中的毒草来治疗自己?谁教会了鹿在中箭后逃到白藓植物或野薄荷那里去?谁教会了那黄鼠狼,在与田鼠或者任何一种蛇争斗时使用芸香?谁使野猪认识了常春藤,使熊认识了曼德拉草①,并且告诉它们,这是它们最好的药物?谁告诉过鹰,在它难产时可以找来鹰石② 帮助下蛋?是谁使燕子懂得,可以用白屈菜去治疗雏鸟的盲眼?是谁让蛇知道,在蜕皮时为了医治那模糊的眼睛,可以觅食茴香?鹳鸟能自己灌肠,又是谁教的?鹈鹕能自己放血,又是谁教的?熊让蜜蜂在自己身上吸血,又是谁教的?真的,我几乎可以说,你们人类的技艺和知识都是从我们动物身上学来的!你们豪饮暴食,致病致死,我们动物却不做这种事情。一只狮子或一只狼,如果吃得太肥了,它就会自动挨饿,直到渐渐变瘦,重又神清目爽,浑身健旺为止。那么谁算是最聪明的呢?关于这一点,大家再看天空下的飞禽,看一看它们那些精巧鸟窝的多种多样的建筑艺术吧!这些建筑是任何人也模仿不了的,所以你们必须承认,它们比起你们人类来更为聪明,更富有艺术才华。有谁告诉过候鸟,让它们随着春季的来临飞到我们

---

① 曼德拉草有麻醉作用。

② 矿石名,卵形。

这里孵卵育雏，而每到秋季，又让它们从这儿前往那温暖之邦？谁能教会它们，为了这样的目的而商定一个集合的地点？是谁带领它们，或者指引它们作远程的旅行？难道是你们人类借给了它们航海罗盘，才使它们在旅途上不致迷失方向吗？不，你们这些可爱的人啊！它们根本无须你们的帮助就能认识路；不管它们要旅行多久，不管它们怎样长途迁徙，它们既不需要你们的罗盘，也不需要你们的历书。再瞧瞧那勤劳的蜘蛛吧，它们织成的网简直是一件神奇的作品！仔细看看吧，你们能在它们的整件织物中找出一个结子来吗？是哪个猎人或者渔夫教它们张开它们的网，然后坐在那最不显眼的角落里，或者干脆坐在网的中央，静候供自己受用的猎物？你们人类对乌鸦的本领表示惊奇：普卢塔克证明过它们会把石子一块块扔进装水不满的罐子里，使水不断向上升高，直至能让自己舒舒服服地去饮用。如果你们和动物居住在一起，细细观察它们的一切行为和好恶取舍，你们将会得出什么结论呢？你们首先就会承认，所有的动物在其各自的爱好和性情方面、在自卫的本能和体质的强壮方面，在温顺合群、机警避害、粗犷逞性方面，以及在教育和学习方面，似乎都具有某种独特的天赋的力量和道德标准。它们会彼此辨认，互相区分；它们捕获那些对它们有益的猎物，逃避那些对它们有害的敌人，使自己免遭灭绝之灾；它们把一切可食之物聚集起来，以求果腹；它们有时候甚至还会欺骗你们人类。因此许多古代的哲学家对这些问题作了严肃认真的思考，他们不忌体面地提出如下问题进行辩论：没有理性的动物是否也具有理性？然而空谈又有什么用处呢？那英明的皇帝所罗门① 早就亲自把你们送到我们这儿来学习过，因为他在《箴言》② 三十章中说道：世上有四样小东西，它们比最聪明的人更聪明。蚂蚁是一支弱小的族类，却在夏天为冬天储备粮食；兔子也不是强族，却在岩石里营造房屋；蝗虫没有君王，却会成群结队远征；蜘蛛只用两臂抓握，倒居住于帝王的宫殿。诸如此类的事情，我不必一一赘述；到蜜蜂那里去，看一看它们怎样制造蜡和蜜，然后再告诉我你们的想法。”

---

① 所罗门(公元前 960—前 927)，古以色列王。

② 见《圣经·旧约·箴言》第三十章第二十四至二十八节。

第 十 三 章

西木请大家耐心地读这一章

听了我这一番谈论之后，我主人的那些食客们对我作出了各种不同的评论。书记官认为我是一个傻瓜，因为我把自己看成是一头没有理性的动物，言语行动也确是像一头动物。其实那些多少有点神经错乱、而又自以为聪明的人，才是些形形色色的大傻瓜。另外一些人说道，如果能打消我自以为是一头牛犊的怪念头，或者能说服我重新变成一个人，那么我肯定是一个十分明智、十分聪明的人。我的主人却说道："我认为他是个傻子，因为他对每一个人都是那样直言不讳；但另一方面，他的长篇大论却又不像是个傻子的谈吐。"为了使我听不懂，所有这些话他们都是用拉丁语来说的。主人问我，在我变成牛犊之前，是否学习过。我回答说，我不明白什么是"学习"。"但是，亲爱的主人，"我继续说道，"请告诉我，人们'学'的是什么'习'呢？你大概就是指人们滚的木球吧[①]？"那位荒唐的少尉插嘴道："你们和这个家伙胡扯什么呢？魔鬼钻进他肚子里去了，他中了邪了。那魔鬼通过他的嘴在说话呢！"主人听了他的话便问我，自从我成了一头牛犊之后，我是否还像以前和其他人一样经常祈祷，而且相信会进入天堂？"当然，"我答道，"我还具有我那人类不朽的灵魂；这个灵魂——关于这一点，你不至于健忘吧！——并不想再到地狱里去，尤其因为我先前已经非常糟糕地领教过一次了。我只是像尼布甲尼撒一样，暂时变了一下形，到一定的时候，我还会变成一个人。""但愿如此，"主人长叹了一声，从这声叹息中我不难得出结论：他后悔了，因为他轻率地使我变成了一个小丑。"不过，我倒想听听，"他继续说，"你平常是怎样祈祷的呢？"我跪了下来，像隐士那样对着天空抬起双眼，高举两臂；由于我发觉

① 西木假装只知道"滚木球"这个词，而不懂"学习"这个词。

了主人的懊悔，使我内心深受触动，感到极大的安慰。我抑制不住自己的眼泪，从外表上看起来，我确是以至诚的虔敬之心，念起主祷文，为全体基督徒的一切心愿，也为我的朋友和我的敌人而祈祷；同时，上帝既然按照他的意愿赐予我在这个尘世上生活，那么我也有权利颂扬他福祉永恒，因为隐士过去教会了我用编好了的一套虔诚的话来做这样的祈祷。这时，有几个心肠软的旁观者出于对我的深切同情，也几乎要流泪了；就连我主人自己，眼睛里也饱含着泪水——我觉得，他对这种表现自己也感到了难为情，因此他以心碎欲裂为借口，请求我原谅，说当他看到了面前这样一个伤心的人儿，仿佛眼前重现了他失去的特殊的形象。

饭后，主人派人去把教士请来。把我说过的一切话都告诉了教士，并表示担心：我的头脑有点儿不正常，也许是中了邪，因为我先前表明过自己完全是单纯与无知的，而现在却说出了那些使人吃惊不已的事情来！教士（他是最了解我的情况的）说道，在决定把我变成小丑以前，就该考虑到这个问题了，人是上帝的创造物，对人——尤其对这样一个柔弱的少年——是不能像对野兽那样开玩笑的。然而他决不相信，有恶魔在作怪，因为我时刻都在通过热切的祈祷听从上帝的吩咐。如果违反一切情理，把这件事强加在西木身上，那是很难在上帝面前交代的。如果一个人夺走了另一个人的理智，因而也剥夺了他对上帝的颂扬和侍奉的本性——这原是他所以被上帝创造出来的目的——那就是莫大的罪孽。“我先前曾经确信他是有才智的，然而他不能适应这个世界，因为他在父亲身边长大，那是一个粗野的农民，而在你妹夫身边时则是在荒野里，是在极其愚昧无知中成长起来的。如果一开始就对他稍加耐心的培育，那么他早就成为一棵好苗子了。他本来确是一个虔诚、单纯的孩子，他还不认识这个邪恶的世界。然而我一点也不怀疑，他可以再恢复常态，只要能够驱除他头脑中的幻觉，使他相信，他并没有变成牛犊。书上写到过这样一个人，他固执地以为自己变成了一只陶罐，因此请求他家里的人把他放在高处，以免自己被碰碎。另外一个人认为自己是一只公鸡，他在病中日夜啼叫。还有那么一个人觉得自己已经死了，自充鬼魂到处游荡，因此他既不肯服药，也不吃不喝，直到最后有一个聪明的医生雇了两个人，让他们假装鬼魂和他作伴，在他身边大吃大喝，并且劝说他道，如今的鬼魂也喜欢吃喝；那位医生就是用这样的办法又使他恢复了正常。在我自己的教区里也曾经有过这么一个害病的农民:当我去看望他时,他向我诉苦,说他身体里面有三俄姆[1] 的水,他相信,如果他能摆脱这些水,自己就会恢复健康。因此他求我,或者把他剖开,让水从他身上流走,或者把他吊在烟火上,以便把水烤干。我好言相劝地对他说,我可以用另外一种方法把水从他身上排出来。我拿来一个酒桶龙头,在上面套一根猪肠,把猪肠的另一端接在一个事先已经盛满水的洗衣桶的龙头上,我假装好像把龙头装进了他的肚子,再让人用破布把他的肚子裹得严严实实的,以免它裂开。然后我让水从桶里通过龙头往外流,这个蠢货看见水流出来了,竟满心欢喜。经过这番手脚,他把破布扔掉,没过几天,果然又恢复了正常。用同样的办法还治好了另外一个人,这个人自以为肚子里有各种各样的马具、马笼头和其他东西,他的医生事先把马具这类东西放在便桶里,然后给他服了通便药,使这个家伙不得不相信便桶里的这些东西就是他排泄出来的。有人还谈到过一个异想天开的人,此人认定自己的鼻子长得拖到了地面;人家不得不把一根香肠挂在他的鼻子上,然后,把这根香肠慢慢地一段一段地割下来,一直割到了他的鼻子,当他感觉到刀已经碰到了鼻子时,他喊了起来,这才使他的鼻子仍然保持着正常的模样。因此,善良的西木也一定会像这些人一样得到医治。”

“所有这些我完全相信,”主人回答道,“我耿耿于怀的只不过是,他从前是那样的无知,如今却会说出这么多的事情,而且说得头头是道。像他这样的口才,就是在比他年长的人中间,在比他阅历较深、念书较多的人中间,也是不容易找到的。他向我谈了动物的许多特性,并且对我个人形容得这么贴切,好像他涉世很深似的,使我不得不对他表示惊讶,几乎要把他的话当做上帝的启示和告诫。”

“主人,”教士答道,“这些当然是完全可能的。我知道,他读过很多书,因为他像那位隐士一样浏览了我所有的书籍,那数量实在是不少的,而且由于这个孩子有很好的记忆力——现在这种记忆力却是衰退了,连对他自己的本来也忘记了——所以他能够随时说出他先前记在脑子里的东西。我也希望他会慢慢恢复正常。”

就这样,教士使司令官又害怕,又充满希望;他——教士—— 为了我

[1] 俄姆,古代液体容量单位,约合 137—160 升。

和我的前途承担了最大的责任，使我过上了好日子，他自己则因此得以接近我的主人。他们最后的结论是：还得对我观察一段时期。这样做与其说是为了我，倒不如说是为了他们自己。教士来回踱着步，装出一副样子，好像他为了我的缘故在费神操心，但他因此却获得了司令官的青睐，领受了他原来的差使，使他在本地驻军里当上了教士。这个位置在如此艰难的时期，可不是微不足道的，而我也确实是诚心诚意地把这份好处送给了他。

第十四章

西木过上了走运的生活，忽然又当了克罗亚人的俘虏

从这时候开始，我充分享受着主人的慈爱和恩宠。对此，我委实感到自豪。在我现在比先前走运的生活中，什么也不欠缺，只是一身牛犊衣服无法摆脱，而年龄还嫌太小——当然，我自己对这一点并不清楚。教士也还不愿意看到我有一个聪明的头脑，因为这对于他来说还不是时候，对于他个人的利益并没有什么好处。当主人发现我对音乐有兴趣，就让我学音乐，并且为我聘请了一个出色的琉特师，我很快就掌握了琴师的技艺，并且大大超过了他，用琴伴唱得比他更好。我就这样侍候着主人，让他高兴，供他消遣、娱乐和赞叹。所有的军官都对我表示好感，最富有的市民都赠送我礼物，家仆和士兵都和我十分要好；因为他们看到，主人是多么器重我。一会儿有东家送礼，一会儿又有西家赠物，因为他们明白，滑头的弄臣在主人身边往往比那些正人君子的作用更大。他们的馈赠，无非是为了让我不说他们的坏话，要么就是让我为了他们自己的缘故去说别人的坏话。这样一来，我身边就有了许多钱。然而，我还不懂得钱有什么用处，我就把其中的大部分都暗中塞给了教士。由于没有人敢歧视我，我因此也就没有任何戒备、忧虑或者苦恼。我把全部心思都放在音乐上以及如何以彬彬有礼的方式去批评这位或者那位的缺点。我就这样无忧无

虑地成长起来,体质明显增强;我不必再用树林里的水、橡果、山毛榉果以及树根和野草来填塞饥肠,而是可以就着佳肴痛饮莱茵葡萄酒和哈瑙浓啤酒了。在如此艰难的时期,这种生活被看做是上帝最大的恩赐。当时,整个德意志战火纷飞,饥饿和瘟疫肆虐,而哈瑙就处于敌人的包围之中,而这一切于我却无损丝毫。在解围之后,主人打算把我送给红衣主教里谢里奥伊①,或者威玛大公爵贝恩哈特;他除了希望通过我这件礼物获得巨大的好处之外,还借口说,这同他那失去的妹妹愈来愈相像的模样,穿着这身滑稽可笑的衣裳天天出现在他的眼前,使他几乎不能再忍受下去了。教士劝他打消这个念头,别这样做,因为他要创造出一个奇迹来,就是使我重新变成一个有理性的人;而此刻,他认为这样的时刻已经来临。于是他建议司令官做如下的事情:准备好两张牛皮,让另外两个孩子穿上,然后再指定一个人装扮成医生,先知或魔术师,通过一种奇怪的仪式把我和那两个孩子剥得精光,并且诡称,他可以把动物变成人,把人变成动物。如是,我又会恢复常态,不必禁受多大痛苦就会相信,我和别人一样,又变成一个人了。当司令官对此建议欣然同意之后,教士便把他与我主人已经说定了的事情偷偷地告诉了我,并且很容易就说服了我,在这件事情上顺着他的意思干。然而,令人嫉妒的幸运既不愿意这样轻易地让我脱去小丑的衣服,也不愿意我继续享受这美好的生活。正当皮匠和裁缝制作着这出喜剧的服装时,我和其他几个孩子在要塞前的冰面上玩耍,忽然,不知道是谁引来了一队克罗亚② 人,他们把我们一个个抓了起来,放到他们刚刚从农民那儿偷来的几头马的背上,然后就把我们全都带走了。他们起初对于是否把我也带上犹豫不决。后来有一个人用波希米亚③ 语说道:"把这傻子带走,我们带他去见上校。"另一个人答道:"好吧,对!把他放到马背上去,上校懂德语,他会拿他消遣的。"这样,我就只得上马,并悟出了这样一个道理:只要有那么一个不幸的片刻,便可以夺走一个人全部的福祉,让他终生过那不幸的生活。

① 里谢里奥伊(1585—1642),红衣主教,法国专制主义奠基人,路易八世的大臣。

② 今属南斯拉夫。此处指一六三五年三月十一日克罗亚人扫荡黑森地区。

③ 今属捷克。

第十五章

西木在克罗亚军队中的所见所闻和所过的生活

哈瑙人一听到喧闹声，立即骑上马追出来，他们拖住克罗亚骑兵，阻击了一段时间，给他们造成了一些麻烦，然而还是一无所获。因为这队轻骑兵奔跑起来毕竟是大占便宜的。他们直奔布丁根①，到那里吃了饭以后，就把从哈瑙抓来的富家小子们赎卖给当地的居民，还卖掉了他们偷来的马和其他东西。等不得天黑，更不能等到天亮，他们又从那儿匆匆动身上路，穿过布丁根森林奔向富尔达修道院，一路上又带走了一切可以顺手牵羊的东西。抢劫掳掠丝毫也不妨碍他们的飞速前进，因为他们就像人们常说的魔鬼那样，能够一边奔跑，一边胡闹，什么也不耽误。就在这天夜间，我随他们到达赫斯弗尔德修道院，他们在这里过夜，把随身带来的一大堆掠夺物一分而光，我则被分给了上校所属的团②。

在这位主人身边，我对一切都不适应，而且感到有些古怪。这里没有哈瑙的山珍海味，而是粗糙的黑面包和没有油水的牛肉，碰上好运道，也不过是一块偷来的油脂。我的饮料不再是葡萄酒和啤酒，而是清水。我还得满足于和马睡在一起，以柴草当床铺。代替那使人心情舒畅的琴声的是，我不得不和其他孩子一样爬到桌子下面，像条狗似的汪汪叫，被人用马刺踢身；这对我真是糟糕的玩笑。代替了哈瑙的散步的是，我得跟着出去备办粮秣，洗刷马匹和清扫马厩。征集粮秣可是一桩劳累不堪的差使，也常常要冒着生命的危险，到那些村子里去转悠，打谷、碾碎、烘烤、偷窃，并且拿走一切看到的东西，折磨和残害农民，甚至去奸污他们的使女、老婆和女儿；不过，干这一行，我当时还太年轻。如果可怜的农民们对这

---

① 布丁根，黑森地区城市，在格尔恩豪森附近。

② 这个团隶属于当时克罗亚的将军依苏拉尼。

些行为表示不满，甚而胆敢冒犯哪个征粮者的所作所为的话(这样的人当时在黑森是很多的)，他们被抓住后，就会立即被砍掉脑袋，或者至少被征粮者一把火烧掉他们的房子。我的主人没有老婆——像他这类打仗的人是常常不带老婆的，因为刚弄到手的女人总是最好不过的；他也没有侍童，没有仆役，没有厨师，但拥有一大批雇佣的马夫和小子。他们既要伺候他，还要伺候马匹。有时他也亲自给马装上鞍具，给马喂料，倒并不觉得这是失体面的事。他从来都睡在干草堆上或者干脆睡在光光的地上，盖的就是自己身上的皮袄；因此人们常常看到虱子在他的衣服上爬来爬去。他对此丝毫不感到羞耻，如果谁给他捉下一个来，他还会哈哈大笑呢！他头发很短，有一把大胡子，这副模样对他倒很合适，因为他常常把自己打扮成农民，穿着农民服装出去侦察。虽然如上所述，他并不具有高贵的仪表，却是受到他的部属和其他所有认识他的人的尊重、爱戴和敬畏。我们没有一刻安定，而是一会儿这儿，一会儿那儿；一会儿我们进攻，一会儿我们遭到人家袭击。为了削弱黑森当权者的实力，我们一点儿也不得安闲；另一方面，黑森的(皇帝方面军队的)统帅也不让我们得到安宁，他从我们这儿掳走了一批骑兵，把他们遣送到卡塞尔[①] 去。

我很不喜欢这种不安定的生活，因此我常常怀有重新回到哈瑙去的不切实际的愿望。我最大的痛苦是，我和那些家伙们不能舒心交谈，而且几乎要遭受每个人的拳头、折磨、殴打和驱赶。上校和我在一起的最大的娱乐，是让我用德语给他唱歌，以及像其他马夫一样为他吹奏，但这是难得有的事；然而我也常常因此要挨重重的耳光，打得我鲜血直淌，真叫我够受的。最后竟然让我这个对烹饪一窍不通的人去干厨师的行当，并且还要负责主人那支十分爱惜的枪的擦拭工作，因为我既不能出去筹粮，又没有其他任何用处。这个差使对于我真太好了，使我终于赢得了主人的欢心，因为他请人用牛皮给我重新做了一件小丑的衣服，衣服上也有一对驴耳朵，而且比我先前穿的那件衣服上的驴耳朵还要大；此外，由于我主人的嘴巴并不苛求，我在烹调上不需要多少手艺就能对付了。但只因我手头还常常缺少盐、油和作料，我对这个差使也开始厌倦起来，日夜谋划着用一个什么好办法逃走，特别是因为春天又到了。当我按计划行动时，

① 卡塞尔，黑森首府。

我借口说，我们住处四周就地堆放的牛羊内脏发出的臭味实在太难闻了，我得把它们清除掉；这主意得到了上校的赞同。当我做这件事时，我呆在外边等到天黑，然后就溜进了附近的树林。

第十六章

西木侥幸获得了一件极妙的赃物，因而得到了丰富的饭食

从一切迹象看，我的境况变得越来越坏了，以致使我感觉到，我似乎只是为了遭受厄运才来到这个世界的。因为我离开克罗亚人不过几个小时，就被几个剪径强人抓住。这些马贼无疑以为我是一个了不起的肉票，因为他们在黑夜里还顾不上看清楚我身上穿的小丑般的衣裳，就立即由他们当中的两个人把我带到树林深处的一个地方去了。到了那儿之后，天已黑得伸手不见五指，一个家伙就迫不及待地干脆问我要钱。为了这个目的，他脱下手套，放下火枪，开始搜查我，一边问道："你是什么人？有钱吗？"但当他摸到我毛茸茸的衣裳和帽兜上那对长长的驴耳朵——他还以为这是两只角呢！——并看到那兽皮在黑暗中因受到摩擦而闪闪发光时，便几乎被吓瘫了。我立刻觉察到了这一点，趁他惊魂未定，还来不及弄清是怎么一回事，就用两只手使劲地搓着我的兽皮袄，使它发出更多的闪光，好像我浑身都是燃烧着的硫磺似的，同时我用可怕的声音回答他："我是魔鬼，要把你和你伙伴们的脖子拧断！"这两个人真的害怕了，他们拚命往灌木林里逃跑，简直像地狱之火在他们背后追赶一般。漆黑的夜，似乎也未能阻止他们飞快的奔逃，尽管他们常常撞上树木、石头和树干，还常常摔倒，然而他们马上爬了起来，又没命地跑着。直到我听不见他们一点儿动静了，我便放声大笑起来。可怕的笑声在整个林子里回荡，在这一片黑洞洞的荒野里，听起来实在令人毛骨悚然。

正当我要起身上路，我被一枝火枪绊了一交；我把它捡了起来，背在身上，因为我在克罗亚人那儿已经学会用枪了。当我再次举步，打算往前

赶路时，我又踢到了一只背包上，它像我的衣裳一样也是用牛皮做成的，我又把它捡了起来，发现下面还挂着一只弹药包，里面有火药、子弹和其他各种东西。我把这些东西都背在身上，把枪也扛在肩上，就像一个士兵一样，然后躲进离这儿不远的一处浓密的灌木丛里。我想在那里睡一会儿觉。但第二天天刚亮，那伙马贼为了寻找丢失的枪支和背包，全都跑到这里来了。我像狐狸那样竖起耳朵，像老鼠那样一声不吱；他们由于什么也没找到，便嘲笑起那两个从我身边逃跑的人。“呸！你们这两个胆小鬼！”他们说道，“你们真该臊死了，人家才一个人，就把你们吓坏了，赶跑了，还交了枪！”但是其中一个赌咒说，那魔鬼——即使不是魔鬼本人——明明要他的命，他还摸到了魔鬼的角和粗糙的皮呢！另外一个人则大光其火，说道：“管他是魔鬼还是他娘，只要还给我背包就行了。”他们之中的一个——我认为此人就是头头——回答他道：“难道你以为是魔鬼弄走了你的背包和枪吗？我拿脑袋打赌，就是那个被你们可耻地放跑了的家伙，把这两件东西拿走了。”另外一个人反对他的意见，说道，也可能在事情发生之后有几个农民来过，他们发现了这两件东西，把它们捡走了。最后大家都赞同这个人的意见，而且坚决相信，他们确实亲手抓到过魔鬼，尤其因为那个摸着黑对我搜身的人不仅用可怕的诅咒来保证我是魔鬼，而且还把粗糙发亮的毛皮和两只犄角作为魔鬼的特征大大地描绘和渲染了一番。我想，假如我再一次突然被他们看见的话，这全队人马还是要逃跑的。他们一直找了很久，毕竟什么也没有找到，最后只得离开了。我打开背包想吃点早餐，手刚一伸进去，便抓出一只钱袋，里面有三百六十多个杜卡托①，现在我的喜悦心情是毫无疑问的了。但是我可以向读者保证，这只背包本身比起那一堆金币来，更加使我高兴，因为我看到它里面还装满了干粮。正如前面所说，在普通的士兵当中，像这类家伙那样，把这些东西随身带着出外行动，一般是很少见的。因此，我想，这些钱一定是这个家伙在这次外出的路上偷偷地弄到后，塞进自己的背包的，因为他不想与其他人瓜分。

于是我快活地用起早餐来，还很快找到了一泓清泉，使自己消除了疲劳。我数了一下金灿灿的杜卡托。可是，如果叫我说出我当时处身于什

---

① 杜卡托，为欧洲中世纪最通行的金币。

么地方,即使是要我的命,我也说不出来。我起初一直呆在树林里,只要我的干粮还能以餬口——我是很节省地使用这些干粮的。但等到我的背包空了,饥饿便驱使我进入农家。夜间我潜入地窖和厨房,拿走被我找到的和可以带走的食物;我把这些食物弄到树林里最荒僻的地方。我在这里又过起像从前那样的隐士般的生活;所不同的,只不过是经常偷窃,很少祈祷,也没有固定的住处,而是到处流窜而已。对于我大大有利的是,这时已经到了初夏季节,只要我乐意,我还可以用我的枪来生个火。

第十七章

西木看到了妖魔舞会,自己也加入了妖魔的行列

在这一段到处游荡的日子里,我在树林里时时遇见各种各样的农民;他们见了我就逃跑,我不知道,这是什么原因:是因为战争使他们变得胆怯了(在这兵荒马乱的年代,他们终年被追来赶去,从来也不能太太平平地呆在家里),还是因为像我遇到过的那些马贼的铤而走险的勾当已经在整个地区蔓延开来,致使这些人见到我时,就自然以为是那凶恶的敌人在这一带活动了。有一次我在树林里迷失方向转悠了好几天,因此我不得不担心,一旦干粮吃尽,我就要遭殃了,我就得再去啃树皮草根,而对这些东西,我已经不能再适应了。正这么想着,我听见两个伐木人的声音,我真是高兴极了。我顺着砍伐声走去,当我看见了他们,就从钱袋里拿出一把金币,悄悄地走近他们,把这些诱人的金币拿到他们跟前,说道:“老爷们,如果你们给我吃的,我就把这一把金币送给你们。”但是他们一看见我和我的金币,竟拔腿就跑,把棒槌、斧子连同他们的干酪和粮袋都弃而不顾了。我用这些东西又充实了我的背包;我不得不重新躲进树林,几乎到了心灰意冷的地步,不知道我平生是否还能回到人们中间去。

经过长久的反复思考,我想:“谁知道你今后还会怎么样呢?你不是还有钱吗?如果你把这些钱带到好心人那里妥善保存起来,那么你还可

以靠它生活得相当长久呢!"于是我突然想到把钱缝起来的好主意。我用那一对能把人吓跑的驴耳朵做了两只臂环,把从哈瑙带来的钱加上马贼留下的金币,严严实实地缝进这对臂环里,再把臂环套在胳膊肘子上。我用这个办法把我的财宝万无一失地藏好之后,又溜进农民们的家里,把他们所储备的东西——凡是我需要的和能够拿走的——偷了出来。虽然我那时还是愚昧无知,但也已经够狡猾的了:我决不会在一个地方偷过点儿什么之后,再上这同一地方去偷第二次。因此,我在偷窃中十分幸运,从来没有被当场逮住过。

有一回在五月底,当我再次按照我的习惯做法(虽然这样做是禁止的)去弄点吃的时,溜进一座农舍,悄悄地潜入厨房,但我马上发现,屋子里还有人没有睡觉(按:有狗的地方,我是不去的);因此我把厨房里一扇通向院子的门打开,以便在万一发生危险时,能立刻逃跑。我静静地坐在这儿,等待屋里的人都躺下睡觉。这时候我发觉厨房递菜的小窗上有一条裂缝,通过它可以看到隔壁房间里的动静。我蹑手蹑脚地走过去,想看看那些人是不是马上就要去睡了。但是我的希望落空了①:他们都刚刚穿好衣服,凳子上放着一盏硫磺蓝灯代替蜡烛,在灯光下,他们正用油膏涂抹棍棒、扫帚、草杈、椅子和凳子,然后把它们一只只从窗口扔出去。我惊讶得瞠目结舌,感到非常害怕。但由于我已经习惯了异乎寻常的可怕的事情,而且我平生既没有读到过也没有听到过关于妖魔鬼怪的事,因此我对眼前发生的事并不十分在乎,更何况这一切都是在默默地进行着;在东西都被扔出去之后,我径自走进了房间,考虑着该拿走什么,以及在什么地方可以找到我要的东西。我一边这样想着,却忽然骑到了一条板凳上。我几乎尚未坐稳,便呼的一声,连人带凳倏地飞出窗外,而把我那放在一边的背包、火枪都作为付给涂抹者及其奇妙的油膏的报酬而留下了。从我坐上板凳到飞出窗外,直至掉落下来,这一切都几乎发生在瞬息之间;因此,给我的感觉是,一刹那我便来到了一大群人中间;这也许是由于我害怕而不曾注意到我在这次长途旅行中已经度过了多长的时间吧。这些人跳着一种奇特的舞,这种舞是我有生以来从未见到过的;他们手拉着

① 本章以下所述是德国民间传说中布罗肯峰上的妖魔聚会,系西木的梦幻,与故事情节无关。

手,组成许多背对背的圈圈,就像画上的三个脸面各自朝外的格拉齐①女神。那最里面一层的圈子由七八个人组成,第二圈大约还是这么多人。第三圈比第一、二两圈的人数多一些,依此类推,所以最外面的一圈超过了二百个人。因为这一层层圆圈互相交叉着或向左边或向右边跳舞,我就看不清这些圆圈究竟有多少个,也看不见他们围着跳舞的最里面的东西是什么。他们的脑袋像小丑般地乱摇乱晃,显得那样怪诞可憎。他们的音乐也和舞蹈一样奇特,还有那歌唱,在我听来好像是他们各自按自己的舞蹈所配的曲子,却具有一种奇妙的谐音。驮着我的凳子在演奏者旁边飞落下来,这些人围着跳舞的人们站在圈子之外;他们当中有几个人用蝮蛇、蝰蛇和蜥蜴代替笛子、横笛和长箫,快乐地吹着曲子。有几个人在猫的屁股上吹奏,在它们的尾巴上弹拨,那声音如同风笛一般。另外一些人在马头上拉奏,就好像拉着动听的小提琴,再有一些人把屠宰场上的牛骨骼当做竖琴,也还有那么一个人,他臂下夹着一条母狗,用一只手弹奏它的尾巴,用另一只手的指头按着它的乳头。魔鬼们则用鼻子吹着喇叭,声音在整片树林里回荡;当这场舞蹈快要结束时,所有这些地狱里的喽罗们开始呼天抢地地狂吼怒号起来,一个个简直都像发了疯似的。任何人都不难想象,这时我是多么害怕。

在这恐怖的喧嚣声和可憎的胡闹之中,有一个人向我走来,他臂下夹着一只大得可怕的癞蛤蟆,简直像军乐队的一面铜鼓;它的肠子已经从屁股里被拉了出来,又重新塞进了它的嘴巴,那样子实在令人恶心,使我几乎要作呕。“看吧,西木,”他说道,“我知道,你是一个很好的琉特演奏家;弹一段好听的让我们听听吧。”我吓了一大跳,差点儿要晕倒,因为这个家伙叫得出我的名字;在极其恐惧之中,我一句话也说不出来了,以为这是一场噩梦,因此我默默祈求全能的上帝,让我清醒过来,使我摆脱这个梦幻。我直直地盯着那个带着癞蛤蟆的人,这时,他的鼻子抽出缩进活像一只加尔各答的雄火鸡,他终于往我胸部猛击一拳,这一拳差点儿把我憋死。我开始大声向上帝呼救,喊道:“主耶稣基督啊!”这句用力呼喊出来的话几乎还未说完,这整队人马便蓦地消失了。刹那间,四周变成漆黑一片。我感到一阵恐惧,跌倒在地,在胸前画了无数个十字。

---

① 格拉齐,希腊神话中赐人美丽和欢乐的三女神。

第十八章

西木请求大家不要以为他是在吹牛皮

有些人——当然是很有学问的人——并不相信有妖魔鬼怪,更谈不上它们能够来无踪去无影了。因此我并不怀疑这些人会认为,西木是在大吹牛皮。我现在不想和这种人去辩论,因为吹牛皮不再是一种什么本领,而几乎成了现时最普通的一种行当了。所以我不能否认自己也会吹牛,否则我真是一个十足的大笨蛋了。然而谁要是不相信妖魔的隐身术,他们只要想想西蒙妖人① 就可以了。西蒙被恶魔举到空中,由于圣·彼得② 的祈祷才使他跌落到地面上。尼古拉斯·莱密基乌斯③ 是一个勇敢、博学和富有理智的人,他不仅在洛林公国烧死了半打妖怪,他告诉我们关于约翰·冯·赫姆巴赫的事,说他的母亲是一个女妖,在赫姆巴赫十六岁时带着他去参加妖怪的聚会,要他给妖怪们的舞蹈伴奏,因为他学过吹横笛。为此他爬上一棵树,从高处往下吹奏起来,一边目不转睛地注视着这个舞会,也许是他觉得这一切太奇特了,因为他眼前所发生的事情是多么荒唐啊!最后他说:"愿亲爱的天主保佑,哪儿来的这么多疯疯癫癫的家伙啊?"话音未落,他便从树上掉了下来,一只胳膊脱了臼。他向他们大声呼救,但除了他之外,却已不见一个人影了。后来他把这件事张扬出去了,大多数人认为这是捏造出来的。此后不久,人们因卡塔琳娜·帕莱尤蒂阿要妖术而抓住了她,才开始相信,因为她也参加了这个舞会,目睹当时所发生的一切事情,虽然她没有听见赫姆巴赫所散布的谣言。马约鲁

① 源出《圣经》故事,见《圣经·新约·使徒行传》第八章第九至二十四节。西蒙妖人的名字在中世纪文学中是作为妖术祖师爷而出现的。

② 圣·彼得,耶稣十二门徒之一。

③ 尼·莱密基乌斯,约一五六〇年生活于威尼斯,曾写过一部关于神鬼的著作,一五九八年译成德语。

斯[1] 讲到过两个例子：一个是和主妇勾搭的奴仆，一个是奸夫从情妇那里偷来了油膏盒子；他们涂上盒子里的油膏以后，就双双一起到妖魔那里去参加聚会了[2]。人们还说到一个奴仆：他一早起来给车擦油，但因为他摸黑抓错了油罐，那车子便腾空而起，人家不得不把它重新弄下来。昂·马格努斯[3] 在《北方民族史》第三卷第一章第十九节里叙述道，丹麦皇帝哈丁古斯被几个叛乱者赶出了他的王国之后，借助于变成了一匹马的俄底[4] 的精灵，腾云驾雾地越过重洋，又回到了自己的王国。还有一件众所周知的事：在波希米亚，有些女人和未婚的使女，在夜间能够让他们的情夫从很远的地方骑着山羊来到她们身边。托克文马迪乌斯[5] 在他的《六日谈》中叙述了关于他的同学们的故事。基尔仑多斯[6] 也写到过一个高贵的人，这个人发现自己的老婆涂上油膏后便能飞出门去，因此有一次他要求她带他一起去参加妖魔的聚会。他们在那里用餐，但没有盐[7]，他很想得到盐，后来费了好大的劲才弄到了盐，于是他说道："感谢上帝，现在总算有盐了！"话刚出口，灯就灭了，一切都消失得无影无踪。等到白天到来，他从牧羊人那里知道，他是在那不勒斯王国的贝内弗托城附近，离开他的家乡足有百里之遥了。因此，他虽然富有，却不得不乞讨着回家去。他一到家，随即到官厅去告发，说自己的老婆是个女巫，她就被烧死了。像浮士德博士和其他许多人，他们虽然都不是妖人，却能往返飞翔，这从他的故事中已是尽人皆知的了。人们从薄伽丘的书中[8] 知道有一个隆巴底[9] 的富绅，他的父亲在苏丹统治时期在埃及隐姓埋名地寄居过，当他被逮住，交给了苏丹，并被人认出是他时，苏丹就请他睡在一张珍贵的床上，在他身边摆上许多金子，指使一名术士趁他睡着时带着他飞到

---

① 马约鲁斯，意大利主教。

② 传说妖魔都是涂上油膏去赴约会的。

③ 昂·马格努斯(1490—1558)，瑞典制地图者和历史学家。《北方民族史》出版于一五五五年。

④ 俄底，日耳曼神。

⑤ 托克文马迪乌斯，十六世纪西班牙学者。

⑥ 基尔仑多斯，十六世纪末意大利那不勒斯法学家，写过关于女巫审判一类的书。

⑦ 传说妖魔的饭食无盐，以区别于祭品，见《圣经·旧约·利未记》第二章第十三节。

⑧ 指薄伽丘的《十日谈》。

⑨ 隆巴底，在意大利北部，此故事见《十日谈》第十天故事第九。

了帕维亚城，降落在那里的大教堂里。我自己也认识了一个妇人和一个使女（我在写这件事时，她们两人都已亡故，但使女的父亲仍然健在），这个使女曾经有一次在灶头上靠着火给她的女主人用油擦鞋，当她擦完一只，把它放到一边，正准备擦另外一只时，擦好的一只忽然从烟囱里飞出去了；但这个故事至今没有公开。我说这一切只是为了使人们相信，那些女妖和巫师们在某一个时间里确确实实要飞赴聚会的，而并不是为了要人们相信我，像我所告诉你们的那样，我自己也上那儿去了；因为不管信与不信，我都不在乎；但如果谁不愿意相信，那就请他为我设想出另外一条道路来，沿着这条道路能够使我在这样短的时间内从希尔施菲尔德或者富尔达修道院——因为连我自己也搞不清楚，我转悠过的那些树林究竟是什么地方——一直走到马格德堡大主教的管辖地区。

第十九章

西木重操旧业，再度充当小丑

现在我重新开始讲我的故事。我要告诉读者的是：我一直趴在地上，直到东方发白，因为我没有胆量站起身来；此外，我还在怀疑，我说到的这些事情到底是不是梦。虽然我非常害怕——因为我觉得，再没有比躺在一个荒凉的树林里更糟的了——但是我能够渐渐入睡，还是够大胆的。自从我离开了阿爸，我就在这样的树林子里，度过了我绝大部分的时光，因此对于这种环境已经相当习惯了。大约在上午九点钟左右，来了几个筹粮的士兵，他们把我唤醒；现在我才看清楚，原来我就躺在一片荒野上。这些人把我带到了几架风车跟前，在那里他们把粮食全部磨碎之后，又把我带到马格德堡前的军营里①，我便在那儿归了一位步兵团的上校所有。这位上校问我是从哪里来的，原先的主人是谁。我详详细细地把一切事

① 马格德堡城前的军营，属天主教联盟的皇帝军队方面。

情都告诉了他。因为我不会说“克罗亚人”这个词,我就描述了他们的衣服,并且举例说明了他们的语言,说明我就是从这些人那儿逃出来的;关于那些金币,我只字未提。在谈到我的空中之行和妖魔舞会这些事情时,他们认为是异想天开和小丑的胡说八道,何况我讲得又是那样颠三倒四,不着边际。在我说话的时候,我周围聚拢了一大群人;一个傻子造成了千百个傻子。他们当中有一个人,去年曾经在哈瑙当过俘虏,并在那儿服过役,后来又回到了皇帝这边的军队里来。这个人认出了我,马上说道:“啊!这不是哈瑙司令官的牛犊吗?!”那长官就向他询问了许多关于我的情况;但这个家伙只知道我会弹奏琉特,克罗亚人在哈瑙军团司令官的要塞前把我抢走了,以及司令官为失去我这样一个可爱的小丑而感到十分惋惜,除此之外他并不了解我更多的情况。于是上校夫人派人到另一位上校夫人那里去,后者由于善弹琉特,经常带着琴;上校夫人请求她把琴借来一用。琴取来后,她把琴递给我,并吩咐我弹奏一曲。但是我说,首先得给我吃点东西,因为我空瘪的肚子和那琉特肥实的肚子凑合在一起是弹奏不出协调的声音来的。吃的东西拿来了,我饱餐一顿,又美美地喝了一大杯策布斯特[1]啤酒之后,就尽我所能地边弹边唱起来,同时还一边穿插着随时想起来的话语,因而不费吹灰之力就使人们相信我确是一个与这身滑稽可笑的牛犊服装相配称的玩意儿。上校问我打算再到哪里去,我回答说,我都无所谓。于是我们就商定我留在他身边,当他的侍童。他还想知道,我的两只驴耳朵到哪里去了。“你问得真巧,”我心中想道,“如果你知道了它们在哪儿,那它们对你可好了!”但是我对这两只驴耳朵的用处只能保守秘密,因为我的全部财富都在里面。

在短短的时间里,我在萨克森选侯[2]地区的军营里和皇帝军队的军营里的大多数高级军官中出了名,尤其博得了夫人们的欢心;她们在我的帽兜、袖子和截短了的驴耳朵上到处都饰以五光十色的缎带,以致我真要认为,某些花花公子可以从我身上仿效最时髦的服装式样了。至于军官们赠送给我的钱,我又慷慨地分送给大家:我和我的好伙伴们痛饮那些很对我胃口的汉堡啤酒和策布斯特啤酒,一切酒钱全归我来付;

---

① 策布斯特,在德国东部。

② 即有权选举神圣罗马帝国皇帝的诸侯。

不管什么地方,只要是我去的所在,我就尽情地过着慷他人之慨的挥霍生活。

当上校为我买来一只供我专用的琉特,希望把我永远留在他身边,我就不能再在两个军营之间来回游荡了。他给我指定一位总管,让他照管我,要我听他的吩咐。这是一个合我心意的人,因为他安详沉静、通情达理、见多识广、谈锋甚健而又言简意赅。最了不起的是,他非常敬畏上帝,而又博览群书,熟谙各门科学和艺术。晚上我得跟他一起睡在他的帐幕里,白天也不能离开他的眼睛。他过去当过一位高贵侯爵的顾问和官员,而且还十分富有;但后来他被瑞典军队洗劫得倾家荡产,他的妻子又继而去世,惟一的儿子由于贫穷而中途辍学,只得在萨克森选侯军队[①] 里当一名花名册登记员,他本人则在这位上校这里找到一个栖身之所,听凭人家把自己当成一名马倌那样来使唤,耐心等待着易北河上这场危险的战争会发生变化,让从前那幸福的阳光重新照临到他的身上。

第二十章

西木与总管散步,看到了赌博的场面

因为我那位管家已经不再是年轻人了,所以他不像年轻人那样一觉睡到大天亮;正是这个原因,他在第一个星期里就发现了我的秘密,清清楚楚地了解到我并不是像我所装扮出来的那样一个小丑。这一点他先前曾经有所觉察,而且从我的神情上已经对我作出了另外的一种判断,因为他擅长相面术。有一次,我在半夜醒来,我的种种生活经历和异乎寻常的遭遇在我脑海里萦回不息,我干脆爬起身来,以感激的心情向全能的上帝诉说着自我有生以来他所赐予我的一切善行,以及他保佑我摆脱掉的一切危险;我以热烈的虔诚之心,请求他指点我该做的和不该做的事;我不

---

① 在三十年战争中属天主教联盟一方。

仅祈求上帝宽恕我处在小丑地位所犯下的一切罪孽，而且祈求他把我从小丑的衣冠中解脱出来，求他慈悲为怀，把我引入具有理性的人类中去。最后，我带着深深的叹息，重新躺下，进入梦乡。

我这些话都让总管听到了，但是他却装作睡得很死的样子；这样的情况一连发生了好几个夜晚，所以他确信我比某些自命不凡的大人先生们还要聪明些；然而他在帐幕里对此丝毫不露声色，因帐幕壁太薄，而他出于某种原因不愿意在尚未完全确认我的清白无辜之前，就让别人得知这个秘密。有一次，我要到军营后面去散步，他欣然同意了。这使他有了机会来找我单独说话。他如愿以偿地在一处偏僻的地方找到了我。正当我在那里沉思的时候，他说道："亲爱的朋友，因为我要为你着想，所以我很高兴能够在这儿和你单独说话。我知道，你并不是一个小丑，你不过是假装成一个小丑罢了；你也并不希望继续在这样可怜而屈辱的状况下打发日子。如果你想得到幸福，衷心希望获得你每夜向上帝祈求的东西，而且也愿意把我看成是一个可靠的人，而予以信任的话，那么，请你把你的一切遭遇告诉我，我将尽我所能，想方设法给你以帮助，使你摆脱这小丑的处境。"

听了他这一番话，我扑进他的怀抱，高兴得不知所以，简直把他当成一位天使、或者至少是一位先知了；他是能够将我从小丑的衣冠中解脱出来的。当我们在地上坐定之后，我把我的一切经历都告诉了他。他仔细地察看了我的双手，对于我手相上所表明的过去已经遭遇的、和未来将会遇到的异乎寻常的事情感到惊讶。但他并不想劝我在短期内便脱去小丑的衣装，因为他说，从手相上看出来，我命中注定要进监狱，这会给我带来肉体和生命的危险。我对于他的同情和规劝表示感谢，我祈求上帝报答他的赤诚之心，我也请求他本人——因为我是这样的孤苦无告——永远成为我忠实的朋友和父亲。

我们站起身来，来到了赌场，那里人们正在掷色子赌博，各种各样的诅咒声、谩骂声此起彼伏，闹得沸反盈天。赌场的大小和科隆旧市场相仿；到处摆着桌子，铺着桌布，周围挤满了赌徒。每张桌子上有三颗正方形的色子，色子上寄托着他们的运气，因为它们瓜分着大家的钱财，从一部分人那儿把钱拿走，转手交给另一部分人。每张桌布或者说桌子旁，还坐镇一个抽头人（如果不称他们是剥皮鬼的话）。此人的职责是裁判，并

且要监视好舞弊行为；他们出借桌布、桌子和色子，他们实实惠惠地从赢家抽头，作为出借赌具的报酬。他们通常是捞钱最多的人，然而这也发不了财，因为他们大都又拿这些钱赌掉；即使正正当当地花掉，绝大部分钱也还是进了随军商贩和军医的腰包，因为打开了脑袋以后，还得好好修补一下。

任何人都会对这些傻瓜表示惊讶，因为他们每人都相信自己会赢钱，然而这是不可能的。于是他们把赌注押在别人的腰包上，虽然他们大家都怀着同一个希望，但是常言道：各有各的脑袋，各有各的打算。每颗脑袋都在盘算着自己的好运道。于是有人交运了，有人倒霉了；有人赢了，有人输了；因而也会有人诅咒，有人怒骂，有人弄虚作假，有人受骗上当。因此赢家笑了，输家则咬牙切齿；一些人卖掉了衣服和其他所剩的东西，另一些人又把他们的钱赢了过来；有些人一定要使用自己的色子，另外一些人却想用假色子，趁人不备混水摸鱼，但人家则把这些假色子扔掉，把它们打碎，用牙齿咬碎①，把抽头人的桌布扯碎。在那些假赌具中有荷兰出产的色子，使用这些色子时，是贴着桌面撒出去的；五点和六点的面上棱角分明，就像那惩罚士兵骑上去的瘦驴一般。另一些是德国南部出产的，如果谁想掷中大点子，必须把这些色子往上扔。有些是用鹿角制成的，做得上面轻下面重。还有一些里面装着水银或者铅，也有塞进切碎的毛发、海绵、谷糠、木炭之类的。有些色子有尖尖的角，而有些色子上的尖角已完全磨光了。有些是长棒形的，有些看起来又好像是宽背的乌龟。而所有这一切品种都只不过是为了作弊而制作出来的。不管它们被制作出来的意图是什么，反正它们是为了骗骗人的。不管是摇晃一下掷出去，或是贴着桌面平滑地撒出去，两颗色子的搭配都是毫无意义的，更甭说拿到两个五，或者两个六，还是两个幺，或者两个二了。他们用这些色子互相勾心斗角，彼此觊觎和攫取对方的钱财；而这些钱财他们可能也是抢来的，至少是冒着肉体和生命的危险或者历尽千辛万苦挣来的。

当我这样沉思着站在一旁观看这个赌场以及那些如痴若狂的赌徒时，我那总管问我是否喜欢这种玩意儿。我答道："他们这样可怕地口出秽言，亵渎上帝，我不喜欢。至于这种事是否有价值，我且不去管它，因为

---

① 假色子是用泥做的。

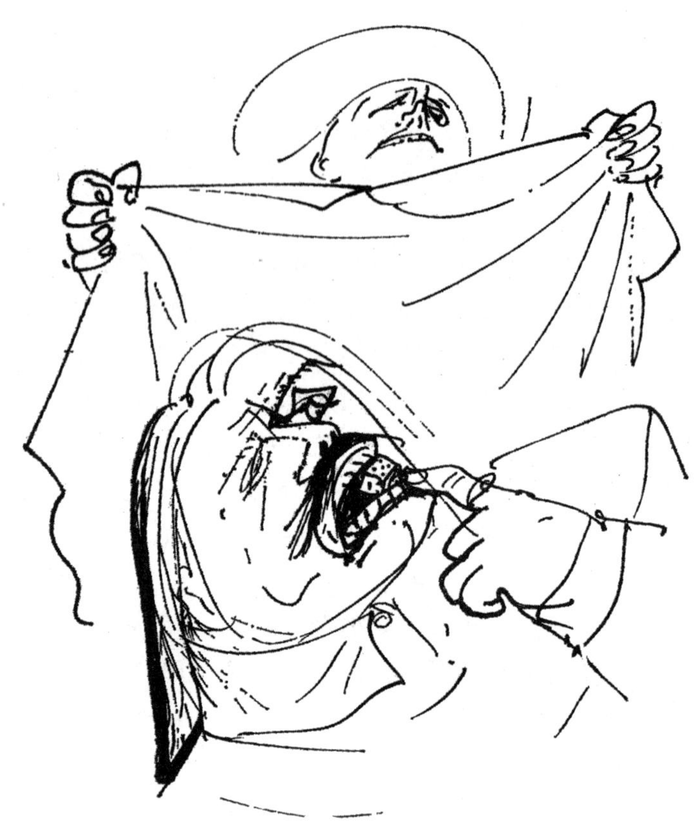

对于一件我未曾见过的事，我还一窍不通。”管家说：“就我所知，这是全军营里最糟糕和最邪恶的地方了，因为在这儿人们图谋他人的钱财，而把自己的钱财输个精光。谁只要在这里跨进了一只脚，意欲赌一输赢，那么他就已经违反了第十诫；第十诫说道：不许贪恋他人财物。如果说你下了赌注而赢得了钱财，尤其是通过作弊和使用假色子得手的，那么你就触犯了第七诫和第八诫。如果被你赢了钱的人所遭受的损失大到会置他于贫困、极端的窘迫和绝望的境地，你也可能会成为杀害他的凶手，也许他还会陷入别的什么可怕的邪恶之中。但总而言之，到那时你即使找借口说‘我也是把自己的钱押上去的，赢钱是光明正大的’，这也洗刷不了你自己。因为你这个流氓上赌场，本是为了以他人的遭殃换来自己的发财。如果你输了，那就是再忏悔也没什么用处，你仍得忍受缺钱之苦，你就像富人在上帝面前一样难以辩白清楚，因为你把上帝赐予你以维持你和你一家生活的钱白白糟践了。谁要是进了赌场,下了赌注,他就是自步绝境。在这里丢掉的不仅仅是他的钱财,而且会丢掉他的肉体和生命,而最可怕的是要丢掉他灵魂的幸福。亲爱的西木,因为你说了,你未曾见过这种赌博,所以我把这些事情告诉你,为了使你永远提防这件事。”

我答道:“亲爱的先生,如果赌博是一件如此可怕而危险的事情,为什么长官准许这样干呢?”管家回答说:“我不想说那是因为一部分军官自己也参加赌博;之所以会发生这种事情,是因为士兵们再也不愿放弃、也不能放弃赌博;因为谁要是一旦沉湎于赌博之中或者嗜赌成了癖,或者甚至让赌精迷住了心窍,他就会在这种恶习里越陷越深,以致——不管他赢还是输——不能自拔,犹如无法摆脱不可抗拒的睡眠那样;在那儿人们可以看到,有些人通宵达旦地把色子掷得沙沙响,简直把珍馐美酒都抛在脑后,甚至可以连一件衬衣也不剩地离开赌场。虽然曾经多次用肉刑和死刑禁止过赌博,并且根据陆军团的命令由军纪处长官、宪兵司令、刽子手和狱吏手持武器公开地用武力强行禁止过,但是这一切都无济于事。因为赌徒们仍然可以转移到别处去,在隐蔽的角落里,在树丛后面聚赌,互相赢取对方的钱,以致斗嘴骂架,大打出手。为了制止凶杀血案的发生,特别因为有些人把枪枝马匹、甚至自己仅有的一点儿军饷都输掉,因此人们不仅又公开准许了赌博,而且还不得不向这些人提供了专门的赌场,以便警卫总部可以掌握情况,对付可能发生的一切不幸事件(这种事是防不胜防的),以免有人在赌场上丧命。赌博是那害人的魔鬼独特的发明,它使魔鬼得益不少,所以它派出怪异的赌鬼在世界上到处游荡,专门勾引人们去赌博。各种各样头脑简单的人以某种合同和协定——魔鬼让他们赢钱——就范于赌精的诱惑。然而在一万个赌徒里却很难找到一个因此而变富;相反,他们通常都是贫困窘迫的,因为他们并不珍惜赢得的钱财,总是转手又把它们输掉,或者随意挥霍殆尽。从这里产生了一句千真万确而又令人心酸的谚语:‘魔鬼不遗弃任何赌徒,但留给他的不过是赤贫而已。’因为魔鬼从他们身上夺去财富、勇气和尊严,直至他们最后变得一无所有。在上帝以无限的怜悯最终使他们的灵魂得救之前,这个魔鬼是决不会离开他们的。而如果有哪个赌徒生性乐观幽默、豁达大度,任何不幸和损失都不能使他变得忧郁、古怪、悲伤、烦躁以致陷入由此而产生的邪念之中,那么,最狡猾奸诈的魔鬼就让他大大赢钱,好使他通过大肆挥霍、穷奢极欲、花天酒地、作奸犯科而最后落入罗网。”

我在胸前画着十字，祈求上帝赐福，同时感叹：在这支基督徒的大军中竟允许这种据说是魔鬼发明的恶行，甚至干出这么多伤天害理的事情，带来这么严重的后果！但是总管说，他对我讲的这一切还算不了什么；要描述因赌博而产生的一切祸害，那简直是一件不可能的事。据说，色子一撒出去，就进入了魔鬼的手心，因此我只能这样设想，从赌徒手里滚到桌布或桌子上的每一颗色子都有一个小鬼在作祟；它指挥着色子，让色子按照它主人的心意滚出点子来。于是我进一步考虑，魔鬼决不是白操这番心思的，它无疑是为了从中牟取自己的丰厚盈利。

“此外，你要看到，”管家说道，“就在赌场旁边，常常站着几个高利贷者和犹太人，他们向赌徒们廉价收购他们赢来的、或者为了再赌输而准备变卖成现钱的戒指、衣服和首饰；你还要看到，在这儿魔鬼也留着神，以便在那些赢了钱或者输了钱以后洗手不干的赌徒们的心中唤起他们另外一些毁其灵魂的念头。对于那些赢了钱的人，它为他们建造着可怕的空中

楼阁;对于那些输了钱的人——他们的情绪已经完全迷乱,因此很容易接受魔鬼的毒计——,它便向他们灌输种种邪念,以便尽快把他们引向最终的毁灭。我向你保证,西木,只要我又平安地回到老家,我就要把这些材料写成一整本书;那时,我要描写人们怎样在赌博中虚度年华,更要描写那些在赌博时用来亵渎上帝的可怕的诅咒。我要写他们彼此之间的辱骂,还要介绍那许许多多发生在赌博中或者赌博后的可怕的事情和故事。我也不会忘记,那些决斗和凶杀都是因为赌钱而造成的;是的,我要用生动的语言来描绘那悭吝、愠怒、嫉恨、狂热、虚伪、欺诈、贪婪、偷盗。一言以蔽之,我要把所有那些在掷色子和打牌的赌博中所表现出来的丧失理智的愚蠢行为,一一重现在人们的眼前,使那些读到这本书的人,立即对赌博产生极其厌恶的感觉,就好像让他们喝了猪奶一样,那是人们为了治疗染有赌癖的人而无知地给他们服用的;我要这样向全体基督徒证实,那仁慈的上帝遭到一小伙赌徒的亵渎远远超过了整个军队对他的侍奉。"

我赞扬了他的计划,祝愿他有机会来着手进行这项工作。

第二十一章

西木与海尔茨布鲁德结为莫逆之交

总管待我越来越好,我对他的感情也日益加深,但我们仍然秘密地保持着这种亲密的关系。我扮演的虽然是一个小丑的角色,但从无粗鲁的谈吐和恶作剧;我的举止和外表像个呆子,与其说这给人以可笑的感觉,倒不如说更有其妙处。上校很爱狩猎,有一次他带着我一起去尽兴,他想用网去捕捉鹧鸪,这种方法十分合我的心意。但是跑在前面的猎犬太急躁,它常常迫不及待地在撒网之前就扑向猎物,因此使我们捕捉不到多少鹧鸪。于是我给上校出了一个主意:让母狗与鹰或者金雕交配,就好像人们如果想得到骡子,就让马与驴去交配那样,这样就可以使小狗长上翅膀,这种带有翅膀的狗也就能够在空中捕捉鹧鸪了。此外,由于在攻占被我们围困的马格德堡城的战斗中,进展十分缓慢,因此我还建议制作一根像半个酒桶那样粗的又长又结实的绳索,用它把全城缠绕起来,把两个军营里所有的人和牲畜都套在绳子里面,用这种办法就可以在一天之内把这个城市拉平了[①]。这类可笑的离奇古怪的念头,我每天都想出一大堆来,因为这是我的本行,所以人们永远不会看到我的作坊是空着的。我主人的文书——他是一个坏蛋,一个狡猾的恶棍——也向我提供了许多材料,使我能以经常行小丑之事,供人取乐;这个促狭鬼灌输给我的东西,我不仅仅自己相信了,而且当我在和别人说话的时候,或者遇到正是话题的机会,还把这些告诉了别人。

有一次,由于我觉得我们团的牧师身上穿的服饰与众不同,因此问文书,牧师是怎么样的一个人。他说道:"他是一位 Dicis et non facis[②] 先生,用德国话来说,就好比是一个汉子把女人给了别人,而自己一个也不要。他与盗贼不共戴天,因为盗贼从来不说他们所干的事,他正好相反,他从来不干他所说的事。所以盗贼对他也决无好感可言,因为如果他们与这种人打得火热,他们多半就会被吊死。"我后来就这样去称呼那位善良正直的牧师,使他受到了嘲笑。而我也被人认为是一个调皮狡猾的小丑,为此而挨了一顿打。此外,他还一再企图使我相信:人们把布拉格城墙里面的房子拆了,烧了,火星和烟灰像野草的种子那样飞散到四面八方;在士兵中,没有一个勇敢的英雄和有胆量的汉子,没有一个能进入天堂,他们都不过是一些头脑简单的笨蛋、胆小怕事的懦夫、心甘情愿的傻瓜、无所事事的懒鬼和诸如此类的人,他们只满足于自己的区区军饷;没有一个政治上见过世面的当代俊杰,没有一个雍容华贵的女子,而只有一些忍气吞声的约伯[③]、女人气味的男人、无聊乏味的僧侣、多愁善感的教士、求神拜佛的小姐、流浪街头的娼妓、形形色色的流浪汉,这些人在这个世界上既不适合于煮,也不适合于烧[④];另外,便是一些到处拉屎撒尿的毛头小子。他还骗我说,人们把旅馆老板叫做"Würte"[⑤],因为他们在干

① 源出圣经故事,见《圣经·旧约·撒母耳记》(下),第十七章第十三节。

② 意指只说不做的人。

③ 见《圣经·旧约·约伯记》中的约伯,忍受上帝对他进行的一切试探和考验。

④ 意指一无所用。

⑤ 旅馆老板原为"Wirt",今用"Würte",表示与下面说到的"分配"(zuteil würden)谐音。

这一行当时非常注意观察各式各样的人，把他们区别开来，或分配给上帝，或分配给魔鬼。关于战争，他要我相信有时候打出去的子弹都是用金子做的，这些子弹越是值钱，所造成的损害也就越大。“甚至，”他说，“人们恨不得把整个军队连同大炮、弹药和辎重用金链条拖着走。”

此外，他还告诉我关于女人的事。他说，多半女人都是当家作主的，虽然她们并不露面；即使她们不是女巫，也不是像狄安娜① 那样的女神，却都能用魔法使她们的丈夫头上长出长长的角来，就像阿克泰翁② 头上长的那样；而另一些人则在夫妇生活方面几乎是独身度日。所有这些我都信了，反正我是一个愚蠢的小丑。

相反，当总管和我单独在一起的时候，他跟我谈话的内容就完全不同了。他让我和他的儿子认识。他这位在军队里当花名册登记员的儿子，身上所具有的品质与上校的文书的品质完全不同；因此上校不仅十分喜欢他，而且还考虑使他离开他的上司，让他到自己的团里来当书记官，这个职位也是上面所提到的那位文书日夜巴望的。

我和这位花名册登记员——他也像他父亲一样，叫乌尔里希·海尔茨布鲁德③ ——建立了真挚的友谊，我们立誓永结兄弟之交，从此休戚与共，苦乐同担，彼此永不离弃。由于我们的结义是在他父亲知道的情况下进行的，因此它就更加牢固更加坚决了。后来，我们觉得再也没有比体面地脱掉我的小丑衣衫、以便在我们两人之间一心一意地互相帮助更加要紧的了，但是老海尔茨布鲁德——我是把他当做父亲那样来敬重的——并不赞成这样做，他强调指出，如果我匆忙改变我的地位，便会给我带来监牢的重罚，将会严重地危及我的肉体和生命。而由于他还预见到自己和儿子将受到众人耻笑，因此他有理由认为，要更加小心谨慎地过日子，越少参与一个人的事情越好，因为他已预见到这个人将要大难临头。他担心，如果我公开了自己的真面目，他就会被牵连到我今后的不幸中去，因为他早已知道了我的秘密，并且对我十分了解，却没有把我的情况向上校报告过。

---

① 狄安娜，罗马神话中的月亮与狩猎女神，意指独身女子。

② 阿克泰翁，希腊传说中的猎手，因偷看狄安娜沐浴，被狄安娜变作一只鹿。

③ 海尔茨布鲁德，意为“知心兄弟”。

不久之后，我更清楚地觉察到，上校的文书对我的新兄弟忌恨入骨，因为他担心，我的兄弟会在他之前提升到团的书记官的职位；我看得很清楚，他这一阵子情绪恶劣，满腹忌怨，不管看到老的还是少的海尔茨布鲁德，都会使他垂头丧气地发出叹息。我从这些迹象作出判断，并且毫不怀疑地相信，他正在忖度着如何伸出一条腿，来暗算他们。出于忠诚之心和我应尽的责任，我把我的猜疑告诉了兄弟，好使他对于这位犹大[①] 兄弟稍加提防。他却对此满不在乎，理由是因为他不管在笔头上还是在武艺上都远远胜过那个文书，更何况还享受着上校巨大的恩宠。

第 二 十 二 章

西木目睹一桩卑劣的偷盗行径，

使一个人蒙受极大的耻辱

按战时惯例，人们往往把久经考验的老兵升为狱吏。我们团里也有那么一个人，完全可以说，这是一个十分狡诈的浪荡子和恶棍。他曾经闯荡江湖，老于世故，是一个真正的江湖术士，转筛巫师[②]，和祛妖法师；他本人不仅刀枪不入，而且还能对人使定身术，作起法来，能让一整队骑兵开赴战场。他的模样活像画家和诗人塑造的萨图尔努斯[③]，只不过他既无拐杖，又无镰刀罢了。被抓住的可怜的士兵一旦落入他毫无怜悯之情的手里，就会由于他的恶劣天性和对他的无法摆脱而使境况变得更加倒霉。然而，这样一个败兴的家伙，却也并非无人乐意与他交往；尤其是奥立佛，也就是我们的那个文书，他对小海尔茨布鲁德（这是一个本性十分乐观的人）的嫉妒之心越是增长，他与这狱吏之间的亲密关系也就越加牢

① 耶稣十二门徒之一，出卖耶稣的人，此处意为告密者。

② 转动筛子即能发现案犯的巫师。

③ 萨图尔努斯，希腊之播种神，宙斯之父，通常以一白发大胡子的老人形象出现，驼背，右手持杖或镰刀。

固。因此我不难揣测，萨图尔努斯和墨丘利[①] 这两颗恶星的会合，对于诚实的海尔茨布鲁德决不是好的预兆。

正在那时候，上校因为有了一个小儿子而满心欢喜，为洗礼大摆筵席，小海尔茨布鲁德也被召来接待宾客；他出于礼貌，高高兴兴地出席了宴会。而这件事对于奥立佛来说，就成了实现他盘算已久的阴谋诡计的理想时机。在客走席散之后，上校的镀金大杯突然不见了；对于一下子就丢失这么一个杯子，上校是耿耿于怀的，因为在全体外来的宾客离开之后，这个杯子还在。小书童说，他最后看到杯子是在奥立佛身边；但奥立佛否认这件事。于是上校就请了狱吏来破案，并悄悄吩咐他，如果他能够用法术找出偷窃犯，他得设法只让上校一人知道这个贼是谁，因为当时还有他团里的军官们在场，万一是这些人当中的某一个作了案，他可是不愿意使他出丑的。

因为个个都问心无愧，所以我们大家很坦然地来到上校的大帐幕里，那巫师便在这里作起法来。大家面面相觑，期待着事情的发展和结果，等着瞧那丢失的杯子又会从什么地方跑出来。当他念念有词地咕噜了一阵之后，只见忽而从这个人，忽然又从另一个人的裤兜里、袖口里、靴子里、裤裆里以及衣服的其他开口处跳出一只、两只、三只以及更多的小狗来；它们敏捷地在帐幕里窜过来跑过去，都长得十分漂亮，有着各种各样的颜色，而且都各有独特的模样，真是十分有趣的一出把戏。我那过窄的克罗亚式的小牛皮裤子里竟也变出了许许多多小狗。我不得不把裤子脱了下来，可是我身上的衬衣早在树林里的时候已经穿烂了，我便赤条条地站在那儿，让人家都看个痛快。最后有一头狗从小海尔茨布鲁德的裤裆开口处跳了出来。它显得最敏捷活泼，脖子上还戴着一根金链条。它开始吞食所有其他的小狗。这些小狗在帐幕里到处爬来爬去，多得使人难以走动一步。当它把所有的小狗都吞食完毕，它自己便越缩越小，脖子上的那根金链条却越变越大，直到最后变成了上校的杯子。

现在不仅仅是上校，而且所有在场的人都认为，不是别人，正是小海尔茨布鲁德偷了杯子。因此上校对他说道："瞧，你这不识抬举的客人，难道我对你的好意竟要受到你这种偷窃行为的补报吗？我是从来不相信你

---

① 墨丘利，指商人与贼之神。此处指狱吏与文书奥立佛的结交。

会这样的。我还想使你成为我未来的书记官呢！可是你现在活该了，如果我不看在你诚实的老父的分上，我真该今天就把你吊死。快从我的营里滚出去，在你活着的日子里再也别让我见着你！”小海尔茨布鲁德想为自己辩解，但是上校不愿意听，因为他觉得事情已真相大白。当小海尔茨布鲁德走出帐幕的时候，那善良的老海尔茨布鲁德完全晕过去了。人们想方设法，终于使他苏醒过来；这时，上校亲自去安抚他，说道，一个安分守己的父亲完全不必为品行不端的儿子受过。就这样，奥立佛借助于狱吏的魔术，完成了他梦寐以求的事情，这是以任何体面的途径都无法办到的。

第二十三章

西木赠与海尔茨布鲁德一百金币，使他绝处逢生

小海尔茨布鲁德的上司一听到这件事，就撤了他花名册登记员的职务，把他降为一个普通的士兵。从此，他遭到所有人的歧视，连狗见了他也都要狂吠几声；这使他常常想到要死。他的父亲为此忧心如焚，以致重病不起，心里作好了死的准备。由于老海尔茨布鲁德在此之前曾经预见到自己在七月二十六日将要遭受杀身之祸，而这个日子又即将来到，因此他请求上校，让他儿子再来见他一面，以便就遗产问题和他谈一次话，并向他嘱咐自己临终前的愿望。在他们会面的时候，我也被叫到了他们身边，因此成为他们痛苦的第三个分担者。我看到，儿子无须在父亲面前为自己辩解，因为父亲十分了解他的为人和良好的教养，对他的清白无辜确信无疑。老海尔茨布鲁德作为一个精明、敏锐和深思熟虑的人，从各种情况中不难判断出，是奥立佛通过狱吏给他的儿子设下了这个圈套。然而他怎能对抗一个巫师呢？如果他胆敢报复一下，他也许还会遇到更加糟糕的事。他等待着死，但还不能心安理得地去死，因为要让儿子在他身后继续生活在耻辱之中，儿子对活下去是缺乏勇气的，在这种情况下，倒不

如儿子死在父亲之先。父子俩那悲怆的样子实在令人同情,致使我不由得哭了起来。最后他们一致决定:听天由命地把事情默默忍受下来,儿子要想方设法摆脱他所在的军队,到别处去寻求他的幸福。但是当他们对事情仔细地加以考虑时,却感到手头缺少足够的钱,以便让儿子从上司那儿赎身;他们反复考虑着,哀叹着贫困给他们带来了多么大的不幸,它断绝了他们企图改善目前状况的一切希望。这时候我才想起了还缝在驴耳朵里的杜卡托。于是问道,他们眼下急需多少钱。小海尔茨布鲁德回答道:“如果现在有人给我们送来一百塔勒,我相信就可以使我摆脱一切困境了。”我答道:“兄弟,假如这样能够帮助你,那么你就高兴起来吧,因为我要给你一百金币。”“啊,兄弟,”他答道,“你怎么啦?难道你真是个傻瓜,还是太轻狂了,以致在我们如此悲伤的时候,你还要来开玩笑?”“不,不,”我说道,“我要把钱交给你。”于是我便脱下紧身短上衣,从胳膊上拿下一只驴耳朵,把它打开,让他自己从中数出一百杜卡托收下;其余的我又收藏起来,说道:“这儿剩下的钱我要为你生病的父亲留着,如果他需要的话。”这时候他们紧紧地拥抱我,亲吻我,高兴得不知所以。他们称我是天使,是上帝派遣来抚慰他们的。老海尔茨布鲁德还要给我立一张字据,在字据上向我保证,我和他的儿子是他财产的共同继承人,或者,如果上帝重新帮他们的忙,那么他们就要把这笔钱连同利息,感恩不尽地偿还给我。对于这些,我一件也不接受,而单单把我自己托付于他们永恒的友情。过后小海尔茨布鲁德立誓要向奥立佛报仇,死而无怨。但是他父亲不允许他这样去做,并且向他预言,杀害奥立佛的人将会遭到我——西木的——致命的一击。“然而,”他说道:“我也预见到,你们两人不会互相杀害,因为你们当中谁也不会死于兵器之下。”然后他敦促我们一起发誓,要至死相爱,患难与共。小海尔茨布鲁德用三十个塔勒使自己获得了自由,他的上司因此让他体面地退了役;他带着剩余的钱,选择了一个好机会前往汉堡,在那里给自己装备了两匹马,在瑞典军队里当一名志愿骑手①。在这期间他把父亲托付给我照应。

① 志愿骑手,因为自己装备自己,在军队里可获得较好的待遇。

第二十四章

西木眼见预言的应验，他与老海尔茨布鲁德从此永别

在上校的麾下，没有任何人像我这样更适合于侍候患病的老海尔茨布鲁德的了，而且因为病人对我也十分满意，所以上校夫人就把这个职务托付给了我。她待他也很好。由于生活上得到悉心的照料，儿子的事又使他精神上得到宽慰，他的病体一天比一天好起来，以致在七月二十六日之前几乎完全恢复了健康。但是他不愿起床，仍然躺在床上装病，一直想捱到上面提到的那个日子——他明显地害怕这一天的到来——过去以后。在这段时间里，双方军队中的各级军官纷纷前来拜访他，想请他预卜他们未来的吉凶，因为他是一个出色的星相家和会占卜算命的人，此外也是一个极好的相面和相手术士。他的断语是很少不应验的。他甚至预言了后来发生维特斯托克战役的那一天；到过他这儿来的许多人，他都对他们预言了他们将在这一天面临着无情的死亡的威胁。他向上校夫人断言，她仍将在军营里坐月子，因为在她数周产期结束之前，马格德堡还不会向我方投降①。他对那虚伪的奥立佛——此人很懂得在老海尔茨布鲁德面前装出一副讨好的样子——明确地说，他将死于一次凶杀，而我将会为他的丧生（不管何时发生）报仇，把杀害他的凶手杀死。这就是为什么奥立佛在后来那么敬重我的原因。对于我，老海尔茨布鲁德则详细地告诉了我关于我将来的整个生活历程，仿佛这段历程已经有了总结，仿佛他自始至终和我一起经历了这段生活历程似的；这些，我当时并不十分在意，然而后来却想起，许多事情都是他先前对我说过的，后来确实发生了或者成了事实。他尤其警告我要对水加以提防，因为他担心，我将毁在

① 马格德堡当时（1636年4月至8月14日）为皇帝军队所围，堡内为新教联盟派的瑞典军队。

水里。

现在,七月二十六日终于来临了。他殷切地再三叮嘱我和一个勤务兵(他是上校应老海尔茨布鲁德的要求在这一天派到我身边来帮忙的),不要让任何人走进他的帐幕里来。他独自躺在里面,不停地祈祷。大约在黄昏时分,有一个少尉从骑兵营骑马而来,他打听上校的马倌,一到我们这儿,马上就遭到了我们的拒绝;但是他不肯回去,而以种种许诺请求那勤务兵放他进去见马倌,说他今晚非要跟他谈话不可。由于一切请求都无济于事,他就开始咒骂,大发雷霆,说什么他已经好多次骑马来访,却一次也没有碰到过马倌在家,而现在他在家里,只求和他说一句话,也不肯赏脸!于是他下了马,不顾阻拦,自己上前解开了幕扣。我在他手上咬了一口,却挨了他狠狠的一记耳光。他一走进来,看见了我那老人,就说道:“我请求先生原谅,我不揣冒昧,要和您说一句话。”“好吧,”马倌答道,“我能为您先生做些什么?”“不为别的,”少尉说道,“只请先生赏光,为我占星算个命。”马倌答道:“万望尊敬的先生俯谅苦衷,我如今缠绵病榻,难以从命。再则,此事甚费计算,我眼下却脑力不济,确是无法胜任。但倘若先生愿意耐心等到明天,我则尽量满足先生的愿望。”“先生,”少尉说道,“您只要说一下我的手相就行了。”“先生,”老海尔茨布鲁德答道,“此道不足为训,实为欺罔而已;幸望先生免却鄙人之所难;还待明日为先生效劳吧。”然而少尉却不愿就此罢休,他走到我父亲的床前,向他伸出手来,说道:“我只求先生就我的生命的结局说几句话。我保证,如果先生所预言的是凶兆,那我就把先生的话视为上帝的警告,使我有所提防;因此我为上帝的缘故提出恳求,望先生直言不讳!”正直的老人于是简短地回答他,说道:“那好吧!先生得好好提防着,以免在一个小时之后被吊死。”“什么,你这个老流氓!”少尉刚刚喝得滥醉,这时说道,“你可以对一个有身份的人说出这样的话来吗?”说着便从鞘里抽出剑来,把我亲爱的老海尔茨布鲁德一剑刺死在床上。我和勤务兵立即大呼救命,众人立即冲过去拿起武器,那少尉却毫不迟疑地拔腿就跑,倘若不是萨克森选侯[①]刚巧亲自率领许多兵马路过这里,并命令士兵们追上了他,那么毫无疑问他便骑着马逃之夭夭了。当选侯听了事情的经过,他转向我们的将军哈茨

① 萨克森选侯与皇帝军队同属天主教联盟,当时与皇帝军队一起围攻马格德堡。

菲尔特伯爵①,只说了如下的话:“这是皇帝军营中的一件违法乱纪的行为,竟然连一个卧病在床的人都免不了要遭到凶杀!”他的话就是严厉的判决,足以送掉少尉的命;我们的将军立即下令将他那最珍贵的脖子套上了绞索,把他吊死了。

① 哈茨菲尔特伯爵(1593—1658),皇帝方面军队的将军,后成为统帅。

第二十五章

西木变成了一个姑娘，他讲述如何受到危险的调情

这个真实的故事说明，对于预言，切不可像某些对什么都不相信的蠢人那样，一概予以拒绝。从中还可以得出这样一个结论：人是很难逾越他的既定的终点的，即使注定的灾难已事先通过诸如此类的预言向他作了暗示。至于请人占卜算命对自己有无必要和好处，我对这个问题的回答只是：老海尔茨布鲁德关于我的那些预言，我过去希望、现在也仍然希望：他还是不讲为好。因为他预先告诉我的种种不幸之事，我从来未能躲避过去，而只是使我对于将要面临的那些不幸之事，徒然愁白了头罢了；不管我为这些事情多么忧心忡忡，它们和已经发生了的事情一样，终究还是要发生的。

至于一个人被预言到的走运的事，我则认为往往是骗人的，或者至少不像那些推断出凶咎的预言那样必定得到应验。老海尔茨布鲁德曾向我斩钉截铁地断言，说我是由高贵的父母所生养，并在他们的教育下成长的，然而我只知道我的阿爸和阿妈不过是斯贝塞地方粗俗的农夫，那么他说这些对我有什么用处呢？也有人预言过，弗里特兰的公爵华伦斯坦将在鼓乐声中登极称帝，这对他又有什么用呢？难道人们不知道，他在埃革[①] 被人催眠不醒了吗？让人家去为这个问题绞尽脑汁吧，我可要继续叙述我的故事了！

在我失去了这两位海尔茨布鲁德之后，整个马格德堡军营都使我感到了厌恶；对这个城市，我习惯于称它为一座围着土墙的亚麻麦秸城[②]。我对自己的一身小丑服饰和小丑地位也已无法忍受。我心里想，我不能

---

① 埃革，在波希米亚，一六三四年二月二十五日华伦斯坦在此被谋害。

② 意指容易攻破。

再让人家这样来作弄我了。为了脱去小丑的服装,我哪里还顾得上老海尔茨布鲁德说过的话!即使要立即付出肉体和生命的代价,也在所不惜。于是,我急急忙忙地用下面的方式实行了自己的计划,因为我觉得,不然,我就没有更合适的机会了。

在老海尔茨布鲁德死后,书记官奥立佛就被指定成了我的总管。他允许我经常与仆役们骑马出去征集粮秣;有一次,我们来到一个大村子,这里很有些值得抢掠的东西;大家纷纷窜进老百姓的房子,东翻西找。我也拿了一些可以拿走的东西,并且留心找一件农民的旧衣服,以便换下我这身小丑的衣衫。但是我却找不到,便勉强凑合着拿了一件女人的衣服,借四顾无人的机会,把它穿上,而将自己的衣服扔进一个厕所。我来不及想别的,只想到尽快摆脱我所处的困境。我穿着这身衣服跑过小巷,朝着几个军官的女人走去,迈着阿喀琉斯[①]式装腔作势的细步,就像他的母亲把他化装成一个姑娘,许配给吕康梅底的时候那样。可是,还没等我到达安全的地方,几个征粮的士兵就看见了我,我不得不奔跑起来。他们喊着:“站住,站住!”我却跑得更快了,好像地狱之火在我背后燃烧。我在他们之前抢先跑到上面所说的那些军官女人的身边;我在她们面前跪下,恳求她们为了女人的名誉和节操,在这些好色鬼的面前保护我的贞洁。我的请求不仅获得了应允,我还被一位骑兵上尉的女人收作了使女。我在她身边一直呆到马格德堡、哈尔韦贝格和佩勒贝格[②]被我方攻占下来为止。

这位骑兵上尉的女人虽然还很年轻,但已经不是孩子了。她对我光滑的脸蛋和挺直的身材是如此痴情,以至在她经过一番伤神和徒然的掩饰之后,终于使我十分清楚地看出了她的隐衷。然而我当时还是一个正经有余的人,我装作什么也没有觉察到的样子,并且除故意显出一些足以使人断定我是一个贞洁的处女的迹象之外,不露任何声色。那骑兵上尉

① 阿喀琉斯,希腊神话中的英雄。出生时被母亲海洋女神忒提斯握住脚踵倒浸在冥河水中,除没有浸水的脚踵外,任何武器不能伤害其身。但据预言他将在特洛亚战争中阵亡,所以战争一开始,其母就把他化装成姑娘,藏在爱琴海上的岛国斯库洛斯的国王吕科墨得斯那里,但后为奥德赛发现,使他参与了战事,最后被箭射中脚踵而死。

② 哈韦贝尔格在马格德堡附近,佩勒贝格在德国东部,都在一六三六年夏为皇帝军队攻占。

和他的仆人害着同样的相思病;因此他吩咐他的女人给我穿得好一点,以免她为我肮脏的农民式的褂子而丢脸。她做的却比吩咐她做的还要多,把我打扮得像一个法国玩偶,其结果是更加煽起了这三个人的欲火。到后来他们的欲火越烧越旺:那主人和仆人都想从我身上获得我不可能给予的满足,而那位夫人,则受到我彬彬有礼的拒绝。最后那骑兵上尉企图找个机会用暴力来占有我,但这是不可能办到的。他的女人觉察到了这一点。正因为她还想最终征服我,她便给他设置了重重障碍,耍了种种阴谋,几乎把他搞到发疯的地步。他们三人之中最使我难受的莫过于那仆人了,这个可怜的蠢货——因为夫妻两人彼此之间还能得到情欲上的满足,这个傻子却不能。有一次夫妻俩在睡觉时,那仆人便站在我每夜睡觉的车棚前,用热泪向我倾诉他的爱情,还一片真情地祈求我对他表示慈悲和怜悯。我却表现得像石头一样坚硬,并且使他明白我要保持我的贞操直到我结婚为止。他千百次地向我求婚,然而从我这儿所能得到的惟一回答却是:要我和他结为夫妇是不可能的。他终于完全绝望了,或者至少可以说是做出了绝望的样子;他拔出剑来,把剑头对准了胸口,剑柄抵着我的车棚,仿佛就要自杀。我想道:"这家伙真是个流氓。"我因此劝他,安慰他,答应到早上给他一个最后的答复。他感到心满意足了,就去睡了。我却久久不能入睡,因为我看到了自己奇特的处境。我意识到,长此下去是不会有好结果的:骑兵上尉的老婆诱惑的手段越来越显得肆无忌惮了;那骑兵上尉的企图也越来越厚颜无耻了;而那仆人则为他缠绵不已的情欲越来越灰心绝望了。但我却不知如何才能逃出这个迷宫。在大白天,女主人常常要我为她逮跳蚤,其实,只是为了让我看看她那雪白的胸脯并尽情地抚摸她那柔嫩的身体。在这种诱惑下,要长期克制自己,对于我来说,确是困难的,因为我也是个有血有肉的人。可是,只要那女人给我一会儿时间的安静,那骑兵上尉就马上来折磨我;而当我摆脱了这两个人,在夜间刚得到安歇时,仆人又来纠缠得我苦恼不堪,以致使我觉得这身女人衣服比我那小丑服装更加叫人受罪。这时——虽然已经为时太晚——我不禁回想起我那已经去世的知心兄弟的预言和警告,就仿佛我已经真的被关进了他向我预言过的监狱,处于生命的危险之中;因为穿着这套女人的衣服使我无法脱身,而骑兵上尉一旦认出了我的真面目,并且当我替他漂亮的妻子捉跳蚤时,当场被他逮住的话,他一定会十分粗暴地处置我

的。我究竟应该怎么办呢？我在这天夜间终于决定，一等天亮，便向仆人去讲明我的秘密；因为我想："他那种爱情的冲动将会平息下来，如果你送给他一些金币，他还会给你一件男人的衣服，穿了这件衣服你就能摆脱一切困境了。"倘若运道好，这个想法是再好不过的了。然而事与愿违。

我那痴汉在午夜之后就起身跑来听取我是否答应他的请求的回音。他开始敲打我的车棚，这时我刚刚睡得死死的，因为上半夜我反复思考着自己的事情,一直未能合眼。他提高嗓门喊道:“莎比娜,莎比娜,啊,我的宝贝,起来吧,把你的诺言给我吧!”他的声音是那么响,一时没有唤醒我,倒是先唤醒了骑兵上尉,因为他的帐幕就在车棚旁边。骑兵上尉早已妒忌得难以忍受了,这时无疑更气得六神无主。然而他并不立即出面干涉,而只是爬起身来看个究竟。仆人终于用他那讨厌的纠缠喊醒了我,他要求我要么从车棚里出来,要么放他爬进车棚。我却狠狠地呵斥他,责问他莫非把我当成娼妓了。我昨天的诺言是以婚姻为基础的,没有结婚他是不能来占有我的。他回答说:那我也该起来给佣工们做早饭了,因为天开始亮了;他愿意把木柴和水取来,同时为我生起火来。我答道:“如果你愿意干这些事,那我还能再睡一会儿;你先去吧,我随后就来。”可是这个呆子不肯罢休,我只好起来,不是为了投其所好,而是为了去干我的活儿,何况——据我所想——他不再像昨天那样满怀一片绝望的痴情了。我在前线作为一个使女是能够干得十分出色的,因为烧菜、烤面包和洗衣服之类的事,我在克罗亚人那里都学会了;当兵的女人在前线是不需要搞纺织的。要说我在对付女人的活儿方面还有什么不会的话,那就是给女人梳理头发和编发辫了,这一点那骑兵上尉的老婆乐于原谅我,因为她心里明白,我不曾学过这个。

当我从车上爬下来,从袖子中露出雪白的臂膀时,我那中了爱神之箭和饱尝爱情炮弹的痴汉顿时欲火上升,禁不住吻起我来。由于我没有表示明显的抗拒,目睹这场表演的骑兵上尉再也不能忍受了,他拿着一把出鞘的剑从帐幕里奔了出来,直刺我那可怜的情人;但是他逃脱了,也没有再回来。骑兵上尉就对我说道:“你这个臭婊子,我要教训教训你……”他气得再也说不出别的话来了,只管朝我打来,好像疯了一样。我便放声大喊起来,使他不得不住了手,以免惊动整个军营,因为当时萨克森方面与皇帝方面的军队正坚守着各自的阵地,瑞典军队在约翰·巴尼尔[1] 的率领下正向这里逼近。

① 巴尼尔(1593—1641),瑞典将军。

第二十六章

西木被当做叛徒逮捕，又被当做妖人带镣示众

等到天亮之后，正当两军拆营开拔之时，我的主人把我赏给了那些骑兵小伙子们；这是一群流氓，因此他们对我的纠缠比我过去所忍受的更加厉害，更加可怕。他们把我追赶到一处灌木丛中，以便更无顾忌地让他们的兽欲得到满足，就像那些魔鬼的子孙们通常所干的那样，只要有一个女人一旦落到了他们的手里。此外还有许多家伙跟在他们的后面，要来观看这场卑鄙的把戏，他们之中也有我那痴汉。他目不转睛地盯着我看，当他看到我处于紧要关头时，他就想用暴力把我营救出来，即使这样做可能会要了他的脑袋。他声称我是与他有过婚约的未婚妻。他因此便获得了一帮支持者。这些人对于我和他怀有同情，并且热心地想帮他的忙。但这引起了另外一些骑兵小伙子的不满，他们自认为更有权利占有我，也不愿放弃我这样一个好猎物，因此他们想用武力来对付武力。这样，双方便开始大打出手；人越聚越多，闹声越来越大，简直像一场为了一个漂亮女人而各自大显身手的比赛。他们的大吵大闹把警卫长招引过来了；他到达的时候，他们正在把我拉过来扯过去，把我身上的衣服剥了下来，看到了我原来不是一个女人。人们一见到警卫长，顿时安静了下来，因为他比魔鬼更加使人害怕；所有那些互相殴斗的人也都风吹云散了。他对发生的事情简单地查询了一下，我正指望他会把我从我所处的困境中解脱出来，他却相反地把我抓了起来：因为在军队里竟有一个男人装扮成女人，事不寻常，实属可疑。他想把我交给军事法官或者军需总监。一路上，他和他的随从带着我从各团整装待发的士兵面前走过，但是，当我们经过我那上校的团时，我被认了出来，受到了盘问，上校总算还给我穿上了衣服，又把我交给了先前的狱吏监禁起来，他把我的双手和双脚都上了铁镣。

带着镣铐走路，对于我来说真是苦不堪言；若不是书记官奥立佛慷慨

接济我的话,那吝啬的司务长也就把我折磨得够苦的了;我不能把我至今藏在身边的金币拿出来,要是把它们一个个都丢光的话,便会使我陷入更加危险的境地。奥立佛就在这天晚上告诉我为什么要对我严加看管的原因,他说,我们的团长奉命审查我,以便把我的供词尽早送交给军事法官;因为人们不仅把我当做一个密探和间谍,而且还把我当做一个会要妖术的人。原来在我离开上校之后不久,人们烧死了几个女巫,她们在死前供认说,在她们的大聚会上曾经见到过我,那时她们都在一起商议,要把易北河的水抽干,使马格德堡尽快地被占领下来。

我必须就以下各点作出回答:

第一点:我是否上过学,或者至少能否写字和识字。

第二点:我为什么要装成小丑的模样来到马格德堡军营,虽然我在侍候骑兵上尉时以及现在,头脑都是很清楚的。

第三点:我为什么要装扮成女人。

第四点:我到底有没有和妖人同赴过魔女节。

第五点:我的祖籍是哪里?我的双亲是谁。

第六点:在来到马格德堡军营之前,我在什么地方。

第七点:我在何处、为了什么目的学会洗衣服、烤面包、烧菜等等这些女人的活儿;同样也要说明学会弹琉特的地点和目的。

于是我就要讲述我的全部历史,以便让我那不平常的经历对这一切作出确切的说明,并且以事实对上述问题分别作出明白无误的回答。然而团长并不想知道详情细节。由于一路行军,他显得疲劳而烦躁,因此他只想对所提的问题获得一个简短而圆满的回答。遵照他的意图,我作出如下回答,但从中并不能得到实质性的、详细的了解:

对于第一个问题:我虽未上过学,但会阅读和写字。

对于第二个问题:因为我没有别的衣服,所以不得不穿上小丑的衣服。

对于第三个问题:因为我穿厌了小丑的衣服,而又得不到男子的衣服。

对于第四个问题:确实,我违背自己的意愿去过,但对妖术一窍不通。

对于第五个问题:我的祖籍在斯贝塞,我的双亲是农夫。

对于第六个问题:在哈瑙司令官那里呆过,后来又在一位克罗亚人、

名叫科尔彼斯的上校那里呆过。

对于第七个问题：在克罗亚人那里我不得不违背自己的意愿学会了洗衣服、烤面包和烧菜，在哈瑙学会了弹琉特，因为我对它感兴趣。

在我的陈述都被记录下来之后，他说道："你怎么能够否认你曾上过学呢？当人家还把你当做小丑的那会儿，有一次你在做弥撒时，牧师说了'Domine，non sum dignus'[①]这句话，你同样用拉丁语作了回答，不需要你这样说嘛，因为人人都知道这句话。""老爷！"我答道，"这是当时人家教我的，他们告诉我说，这是祈祷文，每当我们的牧师做弥撒的时候，我们必须这样念的。""行了，行了！"团长说道，"我看你这个人就得用刑罚叫你说实话！"我想道："你那傻瓜脑袋要这么说的话，那就让上帝保佑你吧！"

第二天大清早，军事法官给我们这儿狱吏下达命令，要他把我看守好；因为他打算一旦两军停止战斗，便亲自来审问我，那时候我无疑是要吃苦头的，如果上帝不改变意愿的话。在监禁期间，我常常想起我那哈瑙的教士和那已经死去的老海尔茨布鲁德，因为他们两人都曾经预言过，一当我脱下了小丑的衣服，我就会遭到怎样的命运。我也目睹这样一个事实：一个可怜的少女在战争中要使自己幸免于被玷污和保持贞操，这是多么困难而不可能的事啊！

第二十七章

西木亲眼目睹维特斯托克战役[②]，
以及小海尔茨布鲁德如何惩治了狱吏

这天晚上，我们刚刚上床的时候，我被带去见军事法官；他面前放着

---

① 意为："主啊！我是有罪的。"

② 维特斯托克战役发生于一六三六年十月四日，瑞典军在巴尼尔率领下战胜哈茨菲尔特率领的皇帝和萨克森军队。

我的陈述记录和一套文具，他开始仔细地审问我。我对他如实述说了我的事情，但是这位军事法官不相信我的话，他不明白站在他面前的究竟是一个傻瓜呢还是一个彻头彻尾的坏蛋，因为一问一答是如此流利，而他的所作所为却又是那样令人诧异。他叫我拿起一枝笔写字，要看看我会写出什么来，或者我写的东西还能叫人认得出来，或者可以从我的笔迹里看出点儿什么名堂来。我熟练地拿起了笔，铺开了纸，就好像一个天天动笔的人那样，然后问他要我写什么。这位军事法官也许是不耐烦了——因为对我的审讯一直拖到了深更半夜——，答道："嗨，你写：你的娘是婊子！"我把这几个字放到他面前，并照字面念了一遍。这就使我更加遭殃了；他说，现在他才相信，我的的确确是个恶汉。他问狱吏是否对我搜查过，在我身边有没有发现可疑的字条。狱吏答道："没有！在他身上搜查什么呢？警卫长把他带到我们这儿来的时候可以说是赤条条的。"可是，他的话也帮不了我什么忙；这位狱吏必须当着他上级的面对我仔仔细细地进行搜查，唉，真倒霉，他发现了缠在我臂上的两只藏有金币的驴耳朵。于是军事法官说："我们还需要什么别的证据呢？这个叛徒无疑是干了一个了不得的勾当。否则为什么一个聪明人要穿上小丑的衣服，一个汉子要装扮成女人的模样呢？他带着这么多的钱是为了什么目的，还用得着怀疑吗？难道不就是打算去干坏事吗？他自己不是说，他在哈瑙的司令官那里，在世界上最狡诈的士兵那里，学会了弹琉特吗？你们想，他在这帮骗子中间什么坏事儿干不出来呢？最方便的办法是明天给他用重刑——对他就得这样——处以火刑，他反正与妖人们做过伴，因此不配得到比这更好的结果了。"

我当时的心情是任何人都不难想象的；我虽然知道自己清白无辜，并且笃信上帝，然而却看到了我面临的危险，并为我失去了那些漂亮的金币而叫苦不迭，这些金币如今都进了军事法官的腰包。

但是在人们对我实行这一严厉的判决之前，巴尼尔的部队与我方发生了战斗。开始时双方军队争夺有利的阵地，而紧接着争夺重炮，我方很快就丧失了大量重炮。虽然我们这位丧尽天良、尽变小狗的狱吏带着他那一伙人和囚犯呆在远离战斗的地方，然而我们却离我们的旅是那样的近，以致可以从他们背后的衣服上认出每一个人来。当一队瑞典的骑兵同我方遭遇时，我们便像正在打仗的人那样面临着死亡的危险；刹那之间，密集的子弹从我们头顶上呼呼飞过，仿佛是为我们阵亡而鸣放的礼

炮。胆小的人抱着头蜷缩成一团，恨不得钻进自己的肚子里去；胆子大的人已经多次经历过这类玩笑，因此他们面不改色地听凭子弹从头上呼啸而过。在双方交战之中，他们个个都力图砍倒所遇上的第一个敌人，让他先做自己的替死鬼。惊天动地的枪炮声、铠甲的碰撞声、长矛的断裂声以及受伤者和进攻者的叫喊声，在喇叭声、击鼓声和呼啸声的伴奏下组成了一支可怕的乐曲！到处是硝烟弥漫、尘土飞扬，仿佛要笼罩住伤者和死者的悲惨景象。在这里，人们听见垂死者痛苦的哀鸣和那些仍然神气十足的勇士们欢快的喊叫。战马也仿佛为了保护它们的主人而越来越精神抖擞了，它们为履行自己应尽的义务，表现得那样剽悍蛮勇。人们看到它们之中有几匹在主人的胯下带着满身的伤痕战死倒下，这就是他们尽忠职守，无辜得到的酬报。另外一些战马出于同样的原因倒在它们骑士的身上；如今，它们不得不驮载了一生的主人，却又倒过来驮着它们，这真算得

上死备哀荣了。另外一些战马,在它们卸去了指挥着它们的重负之后,听凭人们去愤怒、去发狂,脱缰奔逃了,在广阔的战场上第一次去寻求他们的自由。那习惯于掩埋死者的土地,此刻却被表情各异的死者所掩埋。脑袋滚在一边,它们已离开了天然的主人;另一边是躯体,它们已失去了脑袋。有些人的肠子惨不忍睹地流了出来,而另一些人则脑壳开花,脑浆四溅。人们可以看到,那失去了灵魂的躯壳流尽了自身的血液,而那些活着的人却溅上了他人的鲜血。这儿有些被枪炮打断了的胳膊,那上面的手指还在蠕动,仿佛它们还想参加战斗;但也有一些家伙未曾流过一滴血,就临阵脱逃了。那儿是一条条断离的大腿,它们虽然已经摆脱了全身的负担,却比先前沉重多了。人们看到肢体不全的士兵在祈求迅速死去,尽管死亡就在眼前;但也有一些人,他们却向生活祈求宽恕和仁慈。总而言之,这是一幅多么痛苦而悲惨的景象!那些瑞典的胜利者把我们这些战败者冲散以后,又赶出了曾经浴血战斗过的地方,他们的飞速追赶使我们溃不成军。我的狱吏老爷也准备带着他的囚犯逃跑,虽然我们自卫性的抵抗并没有从胜利者那儿受到敌意的报答;正当狱吏用死来威胁我们,逼迫我们和他一起逃出去时，小海尔茨布鲁德带着五匹马疾驰而来，举起手枪向他招呼："嘿，你这老狗！"他说道，"还有时间变出小狗来吗？我要报答你的费心了！"但是，子弹就像打在铁砧上一样，不曾损伤狱吏一丝一毫。"嗬，你原来是这号人！"海尔茨布鲁德说道，"我不是白白来这儿奉承你的！即使灵魂在你身上生了根，我也要你这个变狗的家伙现在就死！"他于是强迫狱吏身边的一个卫兵用一把斧子——倘若他自己想得到别的归宿的话——把他劈死。狱吏就这样得到了他的报应；我却被海尔茨布鲁德认出来了，他为我解开了铁镣手铐，骑上他的马，命令他的仆人把我带到安全的地方去。

第二十八章

西木报道海尔茨布鲁德怎样在克敌制胜时
被俘，他自己又怎样单独与一支特殊的军队作战

我那救命恩人的仆人刚刚把我带到远离危险的地方，他的主人却因为贪图荣誉和财富，使自己过分地卷进了战斗。由于他考虑完全错误，终于被俘了。当得胜者分掉了所有的战利品，掩埋了牺牲的同伴，独独不见海尔茨布鲁德时，他的骑兵上尉就把我连同他的仆人和马匹继承了下来，我就在他身边当了一名马童。干这个差使我不能得到什么报酬，他只向我保证说，如果我干得好，等到年龄大点以后，他就会让我骑上马；这就是说，会使我成为一名骑兵，我得耐心等待着那一天的到来。

此后不久，我的骑兵上尉被提升为中校，而我在他身边所担任的职务正如从前大卫在扫罗王[①] 身边所扮演的角色；因为在驻地我要弹奏琉

① 《圣经·旧约·撒母耳记》(上)记载了大卫与第一个以色列国王扫罗(公元前 1030—前 1010)的故事。大卫是扫罗王的女婿，大卫的勇敢和受人爱戴引起扫罗的嫉妒，他多次想谋害大卫，大卫一再逃脱。大卫对扫罗王抱着处处顺从，但又时时提防的态度。

特，在行军路上我得穿上他的胸甲跟随着他，这对于我真是一件苦差使。发明这种兵器是为了保护它的主人免受敌人刺伤，然而我却发现情况完全相反，因为在我身上孵化出来的小东西在这种兵器的保护之下更加安全地跟随着我。它们在胸甲之下有自己的自由通道，有它们的娱乐和游戏场所，所以我穿着这身胸甲似乎不是为了保护我自己，而是为了保护它们，因为我的手伸不到里面去，不可能对它们进行一次扫荡。

一首描写当时士兵生活的歌正适用于我：

现在我要从心中唱出一支歌，
在我的左肩，爬着上千只虱子，
在我的右肩，爬着更多的虱子，
在我的背脊上，还有着整整一支虱子的大军。

为了歼灭这支大军，我考虑了各种各样作战方法；但是我既没有时间也没有机会用火（例如把它们放进烤炉里）、或者用水、用毒药（据我所知，可以用水银）把它们一举消灭；更不可能换上一件衣服或者干净的衬衣来摆脱它们。我还是不得不容忍它们伴随着我，用自己的身体和鲜血去喂养它们。当它们在胸甲下折磨我，噬食我时，我便拔出手枪，好像要和它们一决雌雄似的，但我只不过是取出枪的推弹杆，在它们进餐时去捅它们一顿。后来我终于发明了一种方法，我把一小块兽皮绑在推弹杆上，再涂上一些粘鸟胶，当我用这样的钓虱杆伸进胸甲时，我就从它们的窝里捕捉到一打又一打的虱子，其中还逮到了好些个肥胖的大王。我就像对待小杂种那样结果了它们的性命，在马背上摔断了它们的脖子；但这样做还是远远不够。

有一次中校受命带一队骑兵去攻打威斯特法伦的一支强大的队伍。倘若他当时手下的骑兵像我身上的虱子那样强大，那他就会使全世界震惊；但事实上却不是这样，他不得不小心谨慎地去躲藏在哈姆与苏斯特①之间的一个名叫盖梅尔—马克的森林里。当时我身上的那些虱子已经多到再也无法忍受的地步。它们用地道战术百般折磨我，我担心它们真会钻进我的皮肉。难怪巴西人出于气愤和报复竟把他们身上的虱子统统

① 哈姆，苏斯特，在北莱茵—威斯特法伦州。

吃光，因为它们太欺侮人了。有一次，我对这种痛苦实在不能再忍受了，就趁着骑兵们有的喂马，有的在睡觉，有的在站岗放哨的机会，走到近旁一棵树下，与我的敌人展开了一场搏斗。我脱下了胸甲，尽管为了打仗是要把它穿在身上的。我开始了血腥的屠杀，很快就在我的两个拇指上沾满了鲜血，布满了尸体(确切地说，是一具具的皮囊)；凡是那些没有被我杀死的，都被我放逐到大树底下，让它们在那里到处游荡。这时我想起了第二支歌，歌中这样唱道：

我开始投入战斗，
指甲被血染红，
一只虱子对另一只说道：
“啊，这种死法多么苦痛！
啊，假如他不来，
我们这支最不幸的大军
就不会遭到如此厄运！”

每当我回想起这场交锋，我便觉得浑身被咬得奇痒难忍，仿佛我还在和它们开战一般。我也感到内疚，我不该违背我的本性，像赫罗德斯[①]那样狂暴，尤其不该如此对待这些忠诚的奴仆们，因为它们甘愿和我同生死、共患难，我还经常在旷野里坚实的地上柔绵绵地躺在它们的身上。然而我的残暴行为仍然无情地继续着，以致没有觉察到，皇帝方面的军队在如何与我们的中校战斗着，直到他们终于来到了我的身边，给可怜的虱子解了围，倒把我抓了起来，因为他们并不惧怕我大无畏的勇猛精神，尽管我以这种勇猛精神刚刚杀死了好几千名对手，而超过了那位“一下子打死七个”的小裁缝[②]的名望。一个龙骑兵得到了我，他从我身上获得的最好的战利品，便是我那中校的胸甲，他用一笔好价钱卖给了驻扎在苏斯特的司令官。他就这样成了我的第六个主人，我便当了他的侍童。

---

① 赫罗德斯(公元前72—前4)，犹太暴君。
② 格林童话《勇敢的小裁缝》里的人物。

第二十九章

西木讲述一名士兵在“天堂”[1] 里的情况

我们的女主人不愿让我带着一身虱子弄脏她和她的整所房子，所以她也不得不帮助我摆脱这些小动物。她对付它们干脆利落。她把我破烂的衣衫塞进烤炉，把它们烧个精光，就像在一只旧烟斗里消灭得那样一干二净，致使我由于摆脱了这些害人虫又仿佛生活在蔷薇园里 般；真是没有人能够相信，我是多么的舒服，我终于摆脱了难熬的痛苦，数月以来这种痛苦折磨得我犹如坐在一个蚂蚁窝里。但是另一方面我又有了另一种痛苦。我的主人属于那种一心想进入天堂的士兵，他十分满足于自己的军饷，此外从来不去伤害一个孩子。他要发财致富就得靠站岗放哨，并使每星期的军饷都有所节余。他把那些不值钱的东西珍藏得好像是东方的珍宝一般；他把每一个小钱缝进他的衣服。为了把钱一个一个地积蓄起来，我和他可怜的马匹也得帮着来节约。于是我得使劲地去啃干巴巴的黑麦面包，用水——如果运道好，也不过是用淡啤酒凑合着把东西咽下去，这真叫我倒胃口，因为干而黑的面包使我口干舌燥，人也消瘦了。如果我想吃得好一点，就得去偷，但是必须小心谨慎，以免被主人发觉。对于他来说，绞刑架和严刑拷打、刽子手和狱吏、随军医生和商贩以及击归营鼓的鼓手等等全都是多余的，因为他的全部所作所为都与吃喝玩乐和各式各样的决斗毫无关系。如果他受命到什么地方去执行护送、外勤或者进攻任务，他就会像一个拄着拐杖的老太婆那样溜溜达达地把时间磨蹭过去。我也完全相信，如果这位善良的龙骑兵没有这种吊儿郎当的士兵习气，他就不可能把我弄到手了，因为他本来就不应该注意到我这样一个褴褛的小子，而应当去追赶我那中校。我在他身边别想指望得到一件

① 苏斯特附近一个修道院的名字。

衣服，因为他本人就穿着补钉加补钉的衣服，就像我那隐士一样。他的马鞍和辔具也值不了几个巴岑[①]，他的马饿得虚弱不堪，因此不论是瑞典人还是黑森人都无须害怕它在后面追赶。

这一切促使他的上尉把他安置到一个称之为“天堂”的女修道院里去当警卫。并不是因为他干这件差使很有能耐，而是为了让他放开肚子吃得饱饱的，把自己重新装备起来，尤其还因为修女们要求有一个虔诚的、

① 巴岑，德国中世纪硬币名。

有责任心的和安分守己的人。所以,他就骑马去了。我是跟他步行去的,因为可惜他只有一匹马。“他妈的,西姆卜莱西(他总记不住西木卜里其乌斯这个名字),”他在路上说道,“到了天堂里,我们可要大吃一顿啦!”我答道:“天堂这个名字是一个好兆头,上帝保佑,但愿这个地方也像它的名字那样好!”“当然,”他说道(他显然并没有明白我的意思),“如果我们每天可以喝它两俄姆[①] 最好的啤酒,那我们就说什么也不离开这儿了。你只要好好干,我就要让人给我做一件神气的新大衣,你就可以拿我这件旧的了,这对你来说还是一件相当好的外套呢!”他说他那件是“旧”的倒是说对了,它那五颜六色和破旧不堪的样子使人想起了帕维亚[②] 之战,所以他要把它送给我,并不使我高兴。

我们找到了这个天堂,它正像我们所期望的那样,而且还要好些。里面住着的女子犹如天使一般美貌,她们用佳肴和美酒款待我们,使我很快又胖了起来。她们端上最醇厚的啤酒、最上等的威斯特法伦火腿和熏香肠,真是美味可口,还有鲜美的牛肉,这是用盐水煮过后供冷吃的。这时我学着在黑面包片上涂上加盐的黄油,再加上干酪,这样吃起来就容易下肚了;当我吃着一只用大蒜煎的羊腿,旁边再有一大壶啤酒时,我就感到浑身是劲,忘掉了我所经受过的一切苦难。一句话,这里就像那真正的天堂一样,使我称心如意;我没有别的可担心的了,只是心里明白,这种情况是不会永久的,我终将又得去过衣衫褴褛的生活。

然而,正像厄运曾经接二连三地向我袭来,如今我觉得幸运又在竞相降临。我的主人派我到苏斯特去,把他的行李全部取来,半路上我拾到一个包裹,里面有几埃仑[③] 可以做大氅的鲜红绸料和可供做衬里的红色天鹅绒。我带上了这些料子,在苏斯特跟一个布商交换到了适合做一件衣服的普通的绿色毛绒布和其他装饰配料。交换的条件是,他要为我做好这件衣服,另外还要给我一顶新帽子。这样,我就只缺一双新鞋子和一件衬衣了,为此我把大衣上的银制钮扣和饰带也给了这个小贩。他于是又为我制作了我所需要的鞋子和衬衣。我便把自己打扮得一身簇新,重新

---

① 俄姆,古容量名,见第一四〇页注①。这里与上面提到的“兆头”谐音。

② 帕维亚,在上意大利,此处指一五二五年二月卡尔五世在这里打败法兰西法朗士一世之战。

③ 埃仑,旧长度单位。

回到天堂里我主人的身边。他为我没有把拾到的东西交给他而大发雷霆;他说要揍我,并且差点儿真动手揍了,——如果他不害臊,而这件衣服对他也正合适的话,他就会从我身上剥下来,让自己把它穿上,虽然我自认为,我是做了一笔好交易。

这个吝啬鬼和啃面包皮的人,如今因他的小童穿得比自己好而感到了羞耻;因此他骑马前往苏斯特,向他的上尉借了钱,把自己打扮得漂漂亮亮的。他向上尉许下了诺言,从他每星期的卫兵军饷中偿还这笔债款,这一点他认真地执行了。他虽然自己手里很有钱,但他十分狡猾,不愿动用它,因为他若那样老老实实来办这件事,那么他这一整个冬天在天堂里悠闲自在的日子就要过不了了,另外一个穷光蛋就会来接替他的位置。而用了这个办法,上尉就不得不让他舒舒服服地在这儿度过——如果他还想讨还他所出借的钱的话。从这时候开始,我们过着世界上最懒散的日子,在这些日子里玩九柱戏就算是我们最重要的事了。当我给我那位龙骑兵的劣马梳刷、喂料和饮水时,我就当做在干贵族公子的行当,悠闲地散心解闷。这个修道院也受到黑森(属于敌方)方面——即通过一名从利普施塔特① 派来的步兵的保护;此人当过毛皮匠,因此他不仅是一个手工业歌手,而且还是一个出色的击剑手。他为了不荒疏自己的技艺,每天用各种兵器和我一起练习,消磨这漫长的闲暇。我练得一手好武艺,以致不怕和他见个高低,只要他愿意。我那龙骑兵却不和他击剑,而是和他玩九柱戏,他们也不赌别的,就赌谁在饭桌上灌得下更多的啤酒;因此任何人的损失都算到了修道院的账上。

这个修道院拥有一个自己的狩猎区,因此也拥有自己的猎手。因为我穿着绿色的衣服,我就和猎手结了伴。在这一年的秋天和冬天,我从他那儿学会了他所有的本领,特别是狩猎小动物方面的本领。出于这个原因,也由于西木卜里其乌斯这个名字不很通俗,一般人记不住,或者发音比较难,大家就管我叫"小猎兵"。我在狩猎中熟悉了所有的大路和小径,这在以后给我带来了很大的方便。如果天气不好,不能在树林和田野里到处乱跑的时候,我就阅读从修道院总管那儿借来的各种各样的书籍。等到那些高贵的修女们知道我除了有一副好嗓子之外,还会弹奏琉特,会

---

① 利普施塔特,在威斯特法伦,一六三三年为黑森军队占领。

点儿钢琴①,她们就越加留意我了。此外由于我还有一个匀称的身材和漂亮的面孔,她们更认为我的一切举止和品性,我的所好和所恶,无不具有贵族的风度,是一个十分正派可爱的人。如今我竟意想不到地成了一个非常讨人喜欢的贵族公子了。人们感到诧异的是,像我这样一个人怎么会在一个如此邋遢的龙骑兵身边混日子呢?!

当我在尽兴的欢乐中度过冬天时,我的主人被调离了;失去如此美好的生活,使他感到伤心之至,他竟因此病倒了,再加上发高烧以及在战争中留下的旧伤复发,助长了病势,三个星期之后,竟死去了。我埋葬了他,为他写了如下的墓志铭:

这儿躺着小气鬼,一位勇敢的士兵,
他一辈子没有流过一滴血。

按权利和惯例,上尉可以得到马匹和枪支,下级军官则分到其他遗物。由于我当时是一个血气方刚的英俊少年,今后有希望成为一个出人头地的人,因此如果我愿意接替我死去的主人的职位,他的一切遗物就都

① 十五至十八世纪的一种拨弦古钢琴。

可以由我来继承。对此，我欣然应允了，因为我知道，我的主人一生积攒起来的、为数可观的金币都缝在他的旧裤子里。当我为了这件事把我的名字“西木卜里其乌斯·西木卜里其西木斯”向一位名叫茨利阿斯的文书申报时，他却不会正确拼写我的名字，他说道：“地狱里没有一个魔鬼叫这个名字的。”我迅速给以回敬：“难道地狱里有一个叫茨利阿斯的吗？”尽管他自以为聪明，但这时却不知该怎样回答了。这件事使我赢得了上尉的欢心，因此他一开始就十分器重我，并且对我将来在战争中干出一番事业来寄予了莫大的希望。

第 三 十 章

西木获得猎兵的称号，表明
他能够作出怎样大显身手的事来

苏斯特的司令官缺少一名马夫，他认为我是一个合适的人选，所以他不愿意让我当兵，心想再把我弄到手，他就借口我年纪轻，还不能把我当成人看待。当他向我主人提出这个要求的同时，便派人来把我叫去，说道：“听着，小猎兵，你得当我的仆人。”我问他，我的职责是什么。他答道：“你得侍候我的马。”“老爷，”我说道，“我们彼此并不承担义务。我宁可有一个主人，在为他服务时他的马来侍候我；但是我不可能有这样的一个主人，所以我还是当一名士兵吧！”他说：“你的胡子还太短啊！”“啊，这话不对，”我说道，“我敢说十八岁就称得上是个男子汉了，不能用胡子来判断一个人，否则老山羊就最受尊敬了。”他说：“如果你的胆量像你的口才一样，那我就让你去当兵。”我答道：“这可以在下一次的机会中得到检验。”我的话是要叫他明白，我不愿意被当做马夫来使唤。他只好依了我，说，空谈不如实践，不久之后事实将会表明，我的大话是否能够兑现。

我取来我那龙骑兵的旧裤子，把它作了解剖，用它内脏里的东西为自己置办了一匹士兵骑的好马和我所能获得的最好的枪支，这使我变得像一面镜子那样光彩夺目。我十分喜欢我这个猎兵的称号,便又让人重新做了一身新的绿衣服,而把旧衣服给了我的小童,因为我已经嫌它太小了。就这样,我骑着马简直像个年轻的贵族,觉得自己不再是一个无足轻重的人了。我还大胆地在帽子上插起一根漂亮的羽毛。因此,我很快便引起了一些人的妒忌;我们彼此常以言语相讥,到后来,终于互相打起了耳光。我几乎还不曾向其他人显露过我在天堂里从毛皮匠那里学到的武艺,这时却有了机会回敬人们对我的拳打脚踢。于是,人们又不得不和我讲和,而且还想和我交朋友了。此外,不管是骑马还是步行,我都愿意领命外出执行任务;我比任何一个同行骑马骑得好,走路也走得快,如果与敌人交上火,我就冲在前头,就像饲料槽里的糠粃总要浮在面上一样。这样,不久,我就在敌人和朋友中间都出了名,致使双方对我都非常看重。特别是上级,常常派我去执行最危险的袭击任务,因此我受命指挥整队人马。

于是我开始像波希米亚人那样行动。当我有所厚获,我就把其中一部分慷慨地分赠给我的上司,这样一来,我的行动即使在原来禁止去的地方也通行无阻了。

葛兹伯爵[①] 将军在威斯特法伦还剩有三处敌方驻军,即多尔斯腾、利普施塔特和科埃斯弗尔德[②];我给这三地驻军制造了极大的麻烦,因为我带领小队人马神出鬼没,声东击西,几乎每天在他们的城门前伏击他们,获得不少战利品;无论在哪儿,我总是能够脱身,人们就以为我有隐身术,而且浑身钢筋铁骨。敌人害怕我如同害怕瘟疫一般,他们一旦发现我哪怕只带领十五个人在附近活动,即使他们有三十个人,也会逃之夭夭,并不以此为耻。最后剩下一个任务:要到一个地方去征收战时特种税,如不顺利,就要对那些抗税者采取威胁性的军事行动;这个任务由我负责完成。我因此获得的钱财,就和我的名声一样叫人羡慕。我的上司和我的伙伴们都喜欢他们的猎兵,敌人方面的头目都对我感到害怕,而那些老百姓则出于敬畏而都站在我的一边。我善于惩罚我的敌手,而对于那些哪怕仅仅为我做了一点点儿事情的人,我也定给厚报。我几乎把一半战利

① 葛兹伯爵(1595—1645),三十年战争中天主教联盟皇帝军队统帅之一。

② 这三处都有新教联盟的驻军,今均属北莱茵—威斯特法伦州。

品慷慨分送给别人,并且填付侦察敌情的费用。正因为这样,从敌方据点里出来的军队、护送队、以及粮食,我没有不知道的;然后我就推测他们的意图,制定出我的袭击方案。由于我在大多数情况下都能凭着我的运气顺利地实现这些计划,这便使得人人都对我的年轻有为表示惊讶,甚至敌人方面的许多军官和勇敢的士兵也都希望能够见我一面。此外我对待俘虏十分讲究分寸,因为他们对于我来说常常比战利品更为珍贵,在不触犯我所履行的职责和对主人效劳的情况下,对敌人,尤其是对敌军官(虽然我并不认识他们),只要有可能,我总是以礼相待的。

由于我的这种表现,如果不是嫌我年纪太轻的话,我当时就会被提拔为军官了。像我这样年龄的人,如果想当一名中队长①,出身必须是贵族;此外,我的长官也不可能提升我,因为在他的连队里没有空缺的职位,而他又舍不得把我交给别人;他要是失去我的话,就会比失去一头奶牛更加心痛。然而,我还是成了一名二等兵。我所获得的这种比老兵高出一头的荣誉虽然是一件小事,然而人们天天对我称赞不迭;这犹如一种鞭策,激励我去追求更高的荣誉。我日夜寻思着如何做出一番事业来,使自己更加了不起,更加有名气,更加令人惊讶。真的,我如痴若狂的朝思暮想,常常夜不成眠。我看到,我仍缺少机会用日常的实际行动来证明我所具有的胆量,因此我为了不能天天与敌人在战场上较量而烦恼。我常常盼望着特洛亚战争或者像对奥斯坦德② 那样的围攻会重现,而我这个傻瓜却想不到"水罐常用总要破"的道理。

一个年轻而缺乏理智的士兵一旦有了钱,走了运,又有胆量,就不会有其他结果了;随之而来的必然是骄傲自大和虚荣心。出于这种虚荣心,我不是雇一个小童,而是用了两个仆人;我把他们好好装饰了一番,并且供给他们马匹,这引起了所有军官们的妒忌,他们妒忌我办到了他们自己所无法办到的事情。

---

① 中队长管辖三百人的步兵中队或二百五十人的骑兵中队,相当于少尉军衔。

② 奥斯坦德,比利时地名,一六〇一至一六〇四年受西班牙人围攻。

第三十一章

西木叙述魔鬼怎样偷了教士的油脂，而使猎兵平添了许多是非

在我离开龙骑兵之前，我得说点我常常遇到的故事，虽然它们并没有什么了不起，但是听起来却饶有趣味；因为我不仅仅着眼于做大事情，而且也不轻视小事情，只要我认为这些事会使我得到人们的赞扬和羡慕。我的上尉受命带领五十多人步行到雷克林豪森[①] 去，在那儿进行一次袭击；我们考虑，在完成这次袭击计划之前，我们可能要在丛林中隐蔽一天甚至几天时间，因此每人都带上了一星期的口粮。但是，我们等候着的敌人的队伍并没有如期来到，而我们的面包却已经吃光，又不敢出去打劫，因为怕暴露自己，使计划落空。为此，我们只得苦苦挨饿。在这儿，我没有一个熟人；不像在其他地方那样，我的熟人会偷偷地给我和我的伙伴们带东西来。这样，我们必须考虑用其他办法取得粮食，如果我们不想空手而回的话。我的一个伙伴，曾经是一个会拉丁文的学生，他不久前才从学校里逃出来，应征入了伍；他为想望着大麦粥而徒然叹息。先前，他父母给他吃的最好的东西就莫过于大麦粥了，他却因为嫌弃它而离了家；现在，当他想到他先前的饭食时，也不禁回忆起了他的学生生活，那时他正享受着这种饭食呢。“唉，兄弟，”他对我说道，“我没有学完那么多可以使我现在吃得饱饱的本领，这难道不是一种耻辱吗？兄弟，revera[②]，我知道，只要允许我到那个村子的教士那里去，他就会摆出一桌丰盛的Convivium[③] 来的。”我考虑了一下这些话和我们眼下的处境。熟悉这一

---

① 雷克林豪森，在今北莱茵—威斯特法伦州。

② 拉丁语 revera，意为“其实”，“事实上”，“说真的”。

③ 拉丁语，意为“宴席”。

带路径的人是不能出去的，否则他们就会被人认出来；而那些人地生疏的人又不知道怎样去偷或者去买点什么东西回来，我因此就同意了大学生的打算，并把这件事情告诉了上尉。虽然这个计划存在着危险性，然而他对我十分信任，而我们的情况又是这样困难，加上我还制造了一些借口，他就同意了。

我跟另一个人交换了衣服，就和大学生一起，小心翼翼地朝他所说的那个村子进发。尽管到那里去只有半个小时的路程，我们却绕了个大圈子。在这个村子里，我们认出了紧挨着教堂的一座房子，那就是教士的寓所。它是按照城市建筑的式样建造起来的，并且靠着一堵墙，这堵墙围着教士的整个院落。我事先已经关照过我的伙伴他该说的话。他还穿着破旧的学生服，我则混充油漆匠，因为我想，反正这个村子里的农民不需要急于油漆房屋。这位教士先生很客气；我的伙伴向他来了一个深深的拉丁式的鞠躬，然后胡扯了一通，说什么他在路上遭到了士兵的抢劫，被搜走了全部口粮。教士听了他的话，就给了他一块黄油和面包，还请他喝了啤酒。我却装作和他原不是一伙的，说我要到酒店里去吃点东西，然后来叫他，以便和他一起在今天再赶一段路程。我于是走向酒店，主要是为了侦察一下，看看在这天夜里能够弄到一些什么来填饱我的肚子。也算我走运，路上遇到一个农民，他用泥灰在封他的烤炉①，烤炉里有很多很大的黑面包。这些面包要经过二十四个小时才能烘烤完毕，我心里想道："尽管封吧！我们总有办法把这些可口食物弄到手的！"我很快和酒馆老板结了账，因为我已经知道，哪儿可以弄到面包了。我买了几个"长条子"（即一种白面包），以便给我的上尉带去。我回到教士的院子，提醒我那已经撑饱的伙伴动身赶路，并且对教士说，我是一个油漆匠，打算徒步旅行到荷兰去，使我的手艺在那儿获得完美的造诣。教士先生对我非常欢迎，并请求我和他一起到教堂去，他要指给我看几处需要修缮的地方。为了不露马脚，我只好跟着去。他领我们穿过厨房，当他打开一扇通向公墓的坚实的橡木门上的锁时——啊，真妙！——我看到了厨房乌黑的顶上挂满了黑压压的一片琉特、长笛和小提琴，我看准了这就是挂在烟囱里的火腿、熏香肠和板油。我望着这些东西，真是赏心悦目，觉得它们似乎在对

① 因面包放入烤炉后要封上土，以免透气。

着我笑。我真想把它们带给我树林里的伙伴们，但事与愿违，它们依然牢牢地挂在那儿。我心中盘算着如何把这些东西弄到手，以便让它们和烤炉里的面包结成伴儿的办法，但是事情并不那么容易，因为我上面说过，教士院落的四周有围墙，而且所有的窗户都钉满了铁栅栏；此外还有两头凶神恶煞的大狗守在院子里，我担心，如果有人想在夜里偷走里面的东西，它们是决不会睡觉的，因为它们会从这些东西里面合理地得到一部分作为奖励它们忠于职守的报酬。

我们走进了教堂，谈论了许多关于油画的事，当教士想让我修缮几幅油画时，我却寻找种种借口，并声称我要去漫游。教堂司事，即敲钟人说道："你这家伙，我看你不像是个油漆匠，倒像是个开小差的小兵。"我对这话听不入耳，却终究耐着性子，只略微一摇头，回答他道："嘿，你这个家伙，你只要马上给我拿来画笔和颜料，我立刻就给你画出一个跟你一模一样的傻瓜来！”教士大笑起来，对我们两人说，在这样一个神圣的地方互相斗嘴，是不合适的。从他的语气中可以看出，他是相信我们俩的。他请我们再喝了一杯，就让我们走了。而我心里却惦念着那些熏香肠。

我们在天黑之前又回到了伙伴们中间。我换上了自己的衣服，拿起了枪支，向上尉汇报了情况，挑选出六名精干的小伙子，去帮助运面包。我们在半夜时分到达村子，悄悄地把面包从炉子里取出来。我们当中有一个人能唬住狗，而我们又正好要经过教士的院落，我觉得不拿了板油就走过去，未免于心不忍。我静静地站了一会儿，仔细地观察了一番，琢磨着是否有可能进入教士的厨房。我看到除了烟囱之外没有别的入口，这一回我只得把它当做出入的大门了。我们把面包和枪支搬进公墓里的尸骨间①，从一个谷仓里搞到了梯子和绳索。我能像一个通烟囱的工匠那样在烟囱里爬进爬出，这种本领还是我小时候在空心的树干里学会的。于是，我与另外一个人爬上房顶——它是用凹形的瓦片双层覆盖着的，这对于我此刻的行动来说，是再合适不过的了。我把长长的头发往头顶上盘成一个发髻，然后抓住绳子的一端，一直滑下去，直至够到我那亲爱的板油。我不假思索地就把一只只火腿和一块块板油绑在绳子上，让那个站在房顶上的伙伴顺顺当当地把它们从烟囱里吊了上去，再由其他人把它们搬进尸骨间去。但是，真倒他妈的霉，当我干完了活儿，正要重新回到上面的时候，我身上系绳的一根杆子断了，可怜的西木一骨碌地掉了下去，倒霉的猎兵自己倒好像被关进了一只鼠笼。我的伙伴们从屋顶上放下绳子来，正要把我拉上去，绳子又断了。我想道：“好啊，猎兵，现在你得受到追猎了，你自己就像阿克泰翁② 一样，将要大受皮肉之苦了。”教士被我跌落的声音惊醒，吩咐他的厨娘马上点起灯来。她穿着衬衣，肩上披着裙子，摸进厨房向我这边走来，紧挨着我站住了，那肩上的裙子碰到了我的身体。她拨开一堆余烬，把灯凑上去，开始吹火；我呢，比她吹得更猛！这下子可使这个好人儿吃惊非小，吓得浑身颤抖，把火和灯全掉在地

---

① 尸骨间，旧时葬于公墓的死者，由于年久，别人需要用这个墓穴，或死者无亲属，就由公墓管理人将尸骨起出一部分，存放于公墓的尸骨间。

② 见第一六七页注②。

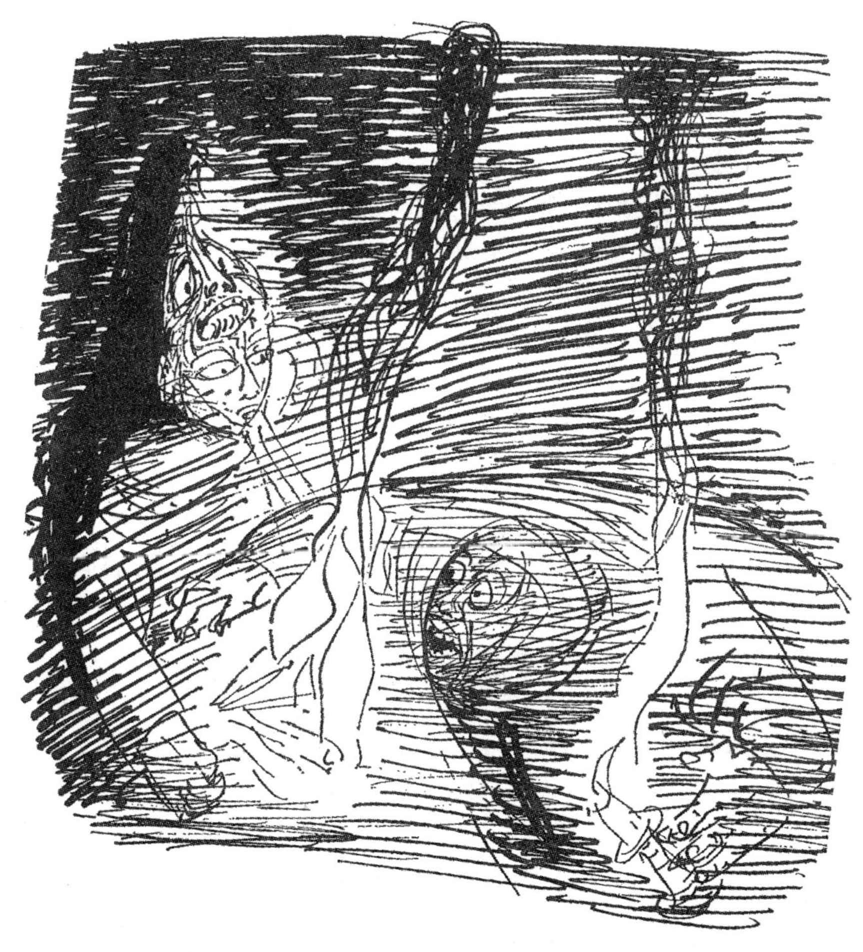

上，逃回到她主人那儿去了。我终于喘了一口气，可以考虑一下，用什么办法使自己得以脱身。但是，什么办法也想不出来。我的伙伴们从烟囱顶上传下话来，告诉我：他们要把房门砸开，把我救出去。但我不同意他们的办法。我命令他们看管好枪支，只要把"冒失鬼"① 留在屋顶上烟囱旁边就行了；等待我悄悄地溜出来，以免使我们这次行动遭到失败。但万一这个办法行不通，那就只好按照他们的意思办了。这时，教士自己点上了一盏灯。厨娘告诉他，厨房里有一个可怕的鬼怪，它有两个脑袋（她也

① 绰号，伙伴中的一个。这个人物在作者后来的作品《大胆姑娘》和《冒失兄弟》中都出现。

许看到了我头顶上的发髻,把它也当成是一个脑袋了)。这些话我都听得清清楚楚,于是我就用我那双满是尘土、煤烟和黑灰的脏手把自己的脸和两只胳膊抹得黑黑的。毫无疑问,这时我不再像先前在天堂里的时候那些修女们所说的天使了;也许,如果那教堂司事这时看见了我,倒一定会相信我确实是一个动作敏捷的漆匠了。我动手在厨房里乒乒乓乓地闹腾起来,把东西甩过来甩过去,又敲又扔,拚命虚张声势,把所有的锅碗勺匙乱丢一气,然后拿起一个高襻水锅,把它挂在脖子上,再拿一根火钩,万一需要时用来自卫。那虔诚的教士却没有被这一切所迷惑,他带着厨娘像仪仗队般地走了过来。厨娘双手各拿着一支蜡烛,臂上挂着一个圣水钵。教士本人则身穿法衣,肩披圣带,一只手里拿着圣水帚,另一只手里拿着一本书;他开始念念有词地用咒语来祛除我,一边发问,我是谁,要在这儿干什么。我想,他现在既然把我当做了魔鬼,我就趁机装作魔鬼,也是合情合理的,于是就胡编一套来应付:“我是魔鬼,要拧断你和你厨娘的脖子!”他继续念咒祛鬼,并且呵斥我说,他和他的厨娘跟我都毫无关系;他用重咒撵我立即回到我来的地方去。我却装出非常可怕的声音回答说,这是不可能的,即使我愿意。这时候“冒失鬼”——他是一个尽干坏事的老手——在屋顶上大显身手变戏法;他在上面听到了厨房里的闹剧已经演到了什么程度,知道我正在装神弄鬼,那教士也真的把我当成了鬼,于是他就发出各种各样的声音,一会儿像猫头鹰叫,一会儿像狗吠,一会儿像马嘶,一会儿像羊咩,一会儿像驴鸣;一会儿通过烟囱让底下听见,似乎有一群二月里发情的雌猫,一会儿又像一只下蛋的母鸡。这个家伙能够模仿各种动物的叫声,只要他愿意,他还会十分逼真地装出一大群狼的嗥叫。他这番表演把教士和他的厨娘吓得魂不附体;我却因为让教士把我当做魔鬼来念咒驱邪而深感愧疚;他之所以把我当做魔鬼,大概是因为他从书上看到或者听人家说过,魔鬼出现时喜欢穿绿衣服。

正当我们双方——尤其是那可怜的厨娘——都在害怕的时候,我非常幸运地发现,通向公墓的那扇门上的锁没有锁上,而只是把门闩推上了。我把门闩很快拉开,溜出门跑进了公墓,只见我的伙伴们都站在那儿,作好了射击准备。我向他们跑去,任凭那教士去念他的符咒。当“冒失鬼”从屋顶上把帽子给我拿了下来,我们也把粮食装进了口袋之后,我们就启程返回了,因为除了要把从谷仓里弄的梯子和绳子偷偷地归还原

处之外，我们在村子里就没有其他事情要干的了。

我们全体人马大大地受用了一番这些偷来的东西，却没有一个人因此而打嗝①，我们确是有口福的人哪！大家也对我这次行动笑了个够。只是那个学生不高兴，因为我偷了教士的东西，正是这位教士把他的嘴巴塞足了。他还一本正经地发誓，一旦他手头有了钱，他要把板油的钱付给教士；然而，他吃得倒不少，仿佛他是受雇来猛吃一顿似的。就这样，我们在原地又埋伏了两天，终于等候到了我们窥伺已久的那些人；我们在进行袭击时没有丧失一个人，却俘获了三十多个敌人和空前丰富的战利品。由于我的勇敢大胆和特别出色的表现，我得了双份。我们的战利品包括由三匹佛里斯兰② 好马驮着它们能够匆忙赶路而驮得动的一切物品；如果我们有时间仔细搜索一下战利品，并且把它们运到安全的地方，那么每个人分到的就会更多了。但我们留下的比我们带走的还多，为了更安全起见，我们必须带着我们能够带走的东西匆忙地上路，迅速撤回到赖内③去，以便在那儿喂马，并且瓜分战利品，那里驻有我们的主力部队。在那儿我又想起了被我偷了板油的教士。我对自己偷了那虔诚的教士的东西，把他吓得神魂颠倒，这时犹嫌不足，还想从中捞取荣誉；读者由此可能会想，我竟然如此大胆妄为、劣迹多端、好大喜功：我拿出一只从敌人那儿得来的蓝宝石金戒指，附上一封短信，请一名可靠的信使从赖内出发给那位教士送去。我在这封短信中写道：

> “尊敬的教士阁下：如果这些日子我在树林里还有粮食足以维持生命，我决无理由偷走您阁下的板油。此事想必使您甚受惊恐。我庄严发誓：使您受惊是违背我的意愿的。因此，我希望尽早得到原谅。至于板油本身，理应照价付款，故送上戒指一枚，权作货款。戒指的提供者正是造成贵府失窃的祸首，我敬请尊敬的阁下哂纳。顺此一告：阁下可以在任何时候有一名恭顺而忠诚的仆人，那便是您的教堂司事所不承认的漆匠，他的别名是——
>
> 猎兵”

对于那位被掏空了烤炉的农民，我们为了他的黑面包而从共同的战

---

① 根据迷信说法，吃了偷来的东西要打嗝。

② 佛里斯兰，在荷兰北部。

③ 赖内，在北莱茵—威斯特法伦州。

利品中给他送去了十六个银币作为报酬;我教育士兵们这样做可以使农民站到我们这一边来,促使他们经常帮助我们的队伍摆脱困境,同时又向我们报告敌人的情况,把敌人置之于死地。我们从赖内出发到了明斯特①,再从那儿前往哈姆,最后回到了苏斯特我们的驻地。过了几天,就收到了教士的一封回信,信上这样写道:

> "高贵的猎兵:如果被您偷了板油的人知道,您在他的面前会以魔鬼的形象出现,那他也就不会常常希望见见这位远近闻名的猎兵了。您对所赊之猪肉和面包所付价格是如此之高,致使我承受的惊恐也大大减轻其苦,更何况这种惊恐是由于一位如此知名的人士在违背自己意愿的情况下造成的,对此当然要加以原谅,还望这位人士下次大胆光临一位不惜念咒祛鬼者的寒舍。再见。"

我就这样变得四处闻名,并且因此而获得了巨大的声誉,我越是慷慨解囊,战利品也就越多地向我涌来。我自认为,我以这枚戒指——虽然它价值上百银币——所作的投资是投对了。我就这样来结束我这第二卷。

---

① 明斯特,在北莱茵—威斯特法伦州。

第 三 卷

第一章

猎兵西木谈论兵不厌诈，但他未免做得过了头

善良的读者从上一卷已经明白：我在苏斯特是多么的野心勃勃；我的一切行为都是为了寻求名望、荣誉和欢心，并且如愿以偿了。如果换一个人这样做，那是会受到惩罚的。现在我要谈谈，我的愚蠢行为如何继续把我引向歧途，因而不断地面临着生命的危险。上面已经提到，我十分热衷于追求名望和荣誉，致使我夜不成眠，每当我夜里躺在床上想入非非，搜索枯肠地寻思着新的花招和诡计，种种奇特的念头就油然而生。我设计了一种可以前后倒穿的鞋子，穿上它时鞋跟正好就在足趾的下面。我自己出钱让人做了三十双不同尺码的这种鞋，分发给我的弟兄；我们穿上这种鞋出去执行任务时，我们的行踪就不可能被敌人侦察出来了；因为我让弟兄们一会儿穿上这种鞋，一会儿又穿上正常的鞋，而把换下来的鞋放进背包里，如果有人发现我们路过的地方，地上的足迹就只能给人造成一种似乎有两支队伍交叉走过，而又在一片混乱之中消失了的错觉。我穿着自己发明的鞋，从地上的足迹来看，好像我要到一个地方去，实际上我刚从那里来；或者，好像我从一个地方来，实际上我刚巧是上那儿去。因此，尽管我的脚步留下了踪迹，但这些踪迹却比迷宫还要纷乱，使得那些想从我的足迹中探明我的去向或者对我追踪的人不可能逮住我，让我落入他们的罗网。我常常近在敌人身边活动，而敌人却偏往远处追踪；更常发生的是，当他们包围和搜索一个丛林时，我却正在这个丛林外不过数里之遥的地方。和步行外出执行任务的情况一样，在我骑马外出时，也布下了迷魂阵；我常常在三岔路口和十字路口突然下马，把马蹄铁的前后方向调换一下。我们普通常用的花招是：在我们人马不多的情况下，要使人从我们的足迹上产生人多势众的错觉，而在人多势众的时候却又让人以为我们势单力薄。但这种花招对于我来说太平常了，并不值得我去谈论。另外，

我还发明了一种器械，在那无风的夜里，我使用这种器械可以听到离我三小时路程之外的喇叭吹奏声，两小时路程之外的马嘶声或狗吠声，以及一小时路程之遥的人们说话声。我对这种伎俩严守秘密，它使我威名大振，因为这对于任何人来说都是难以置信的。白天，我通常把这个器械和一个小望远镜一起放在裤兜里，不大有用处，除非在一个僻静的地方，这玩意儿会使你听到马、牛甚至空中最小的飞鸟和水中的青蛙发出的鸣叫声。总之，凡是四野里的一点点动静和一丝儿声音都能听见，仿佛置身于一个人众畜旺的市集之中，这里百声交集，一片嘈杂，简直无法分辨真切。

我心里明白，对我现在所讲述的，持怀疑态度者大有人在；但是随便他们信或不信，这毕竟是事实。我可以在夜里用这个器械辨别一个远离我的人像平常那样说话的声音，哪怕他离开我的距离远到用望远镜在白天也只能认出他的衣服的程度。我并不责怪不相信我现在所写的事情的人，因为即使是那些亲眼目睹我使用这件大有妙用的器械的人，也不愿相信我。当我对他们说这些话："我听见骑兵的马蹄声，因为这些马是钉有马掌的。我听到赶车的农民来了，因为那些马没有打掌。我听到赶车的人来了，但都是些农民，我是从他们的谈话中辨别出来的。有步兵来了，我知道大约有多少人，因为我听到他们肩上皮带的嚓嚓声。这是附近地区的一个村子，我听见公鸡在啼，狗在叫等等。那里走着一群牲口，我听见羊咩，牛哞和猪的咕噜声等等。"我的弟兄们起先以为这些话都是开玩笑、傻话或者是吹牛皮。但当他们确实发现，我每次说的话都是真的时，他们就认为这一切都是巫术，我对他们所说的都是魔鬼和魔鬼他娘告诉我的。因此我相信，善良的读者也会这样想的。然而，每当敌人获得有关我的消息，并且来抓我的时候，我毕竟还是借助这一器械多次奇迹般地、十分乖巧地逃脱了；此外，我还认为，如果我把这项发明予以公开，那么它立即就会得到广泛传播，因为它对于战争是很有用处的，特别是在围攻战中，它对于围攻者和被围者都有裨益。现在我继续讲我的故事。

在我没有随队外出的任务时，我就出去行窃，厩里没有任何马、牛、猪或者羊能够躲过我的耳目，我可以把它们从几里以外牵了回来。对于牛马之类的牲口，我给它们穿上靴子或鞋子，直到我把它们带到一条平坦的路上来，以免被人认出足迹，然后我把马蹄铁倒装在马掌上。如果是母牛或公牛，我就给它们穿上特制的鞋子，把它们带到安全的地方。那些懒惰

成性的大肥猪，夜间是不想上路的，但我也会巧妙地把它们带走，不管它们怎样咕噜着不愿意跟我走；我用面粉和水给它们做成一种美味的咸糊糊，用一块洗澡海绵把糊糊吸足，在海绵上缚上一根结实的绳子，以后就让那些听任我大献殷勤的家伙去大嚼满是糊糊的海绵，我手里牵了绳子，它们就乖乖地耐心地跟着我走，以便日后用火腿和香肠来偿付对我的欠账；当我带着这些家伙回家时，我总是把它们分给军官们和我的伙伴们。这样一来，我下一次又可以出去了；如果我的偷窃行为一旦被泄露或者受到侦查，他们也就因此而很好地帮我过关。此外，我并不屑于去偷穷人的东西，或搞些偷鸡一类的小偷小摸。就这样，我渐渐过起大吃大喝的伊壁鸠鲁式[①] 的生活来了，因为我早已忘了隐士的教诲，而且没有一个人对

① 指享乐派。

我青年时期的生活进行指导或者有谁能使我敬仰；当那些军官们在我这儿过食客生活的时候，只能说明他们自己不过是同流合污之辈；他们并不责罚我、劝戒我，相反却怂恿我去为非作歹。这样，我终于变得如此目无上帝和胆大妄为，以致世界上没有任何罪恶的勾当是我不敢去干的。最终，我也受到了暗中的嫉妒，尤其受到自己伙伴们的嫉妒，因为我偷起来总比别人手气好；而军官们之所以嫉妒我，则因为我是那样的锋芒毕露，在劫掠时老是走运，比起他们来我有着更大的名声和威望。我也完全相信，如果我不是那样慷慨相赠的话，早有一些人拿我开刀了。

第　二　章

苏斯特的猎兵西木除掉了一个冒充的猎兵

我继续过着这样的日子，而且还请人给我做了一副魔鬼的面具和与此配套的带有马蹄和牛蹄的可怕的服装。我穿着它来吓唬敌人，同时也为了在偷取朋友们的东西时，不会被他们认出来——这是那回偷板油的事件给我的启发。正在这时，我得到消息说，有一个本领出众、四处流窜的家伙在韦尔勒[①] 一带活动；他身穿绿色衣服，用我的名义在乡下、尤其在我们的税区里奸淫掳掠，无恶不作。因而百姓们对我怨言纷纷，使我名誉扫地，因为我不能确切地证明：在他以我的名义干种种坏事的日子里，我正在别处。我不能听凭他胡作非为，更不能容忍他继续利用我的名字并冒充我的模样去进行抢劫，以致使我蒙受耻辱。我在事先告知苏斯特地方司令官的情况下，邀请他带一把短剑或两支手枪到野外来；但由于他不敢露面，我就传话给他说，我要直接到韦尔勒去向他进行报复，哪怕就在那位对他不加惩罚的司令官的官邸里。我还公开扬言，我一旦逮住了他，就要把他当做敌人来处置。为此，我不仅丢下了我那副特制的面

---

① 韦尔勒，离苏斯特不远的一个小城市。

具——我本来打算用它做出一番大事业来——而且把我一套绿衣裳剁得粉碎,在苏斯特我的驻地前面当众烧毁,尽管这套衣裳(不包括羽饰和马具)的价值超过了一百个金币。真的,我在盛怒之中甚至发誓,倘若再有谁称我为猎兵的话,不是他杀了我,便是他死在我的手里,即使要掉脑袋,我也不愿意再带领队伍外出执勤了,反正这也不能算是我的过错,因为我还不是一个军官。我一定要首先把我那韦尔勒的对手干掉。所以我就闭门不出,不再去干那当兵的营生了,只是站岗放哨,派我到哪里去,我就到哪里去,懒懒散散地敷衍着差使。这一情况很快就传到了邻近地区,敌人便肆无忌惮地几乎天天潜近我们的边境,长此以往就使我不能忍受了。而更使我无法容忍的,便是韦尔勒的猎兵还继续在胡作非为,装扮成我的模样,并以我的名义获得大量的战利品。

正当大家都以为我整天像一个懒汉似的无所事事,一时还振作不起来的时候,我却在探听着我对手的所作所为,发现他不仅冒用我的名字和模仿我的衣着,而且还经常在夜间进行盗窃,只要他有机会弄到点什么的话;于是我又突然行动起来,给他以猝不及防的袭击。我的两个仆人逐渐被我训练得像两头猎犬,而且他们对我又是那样忠诚,以致在危难时刻都会为我赴汤蹈火,因为他们在我身边有好的吃、好的喝,又能获得丰富的战利品。我派其中的一个到韦尔勒我的对手那里去;他向那个家伙谎称,我——作为他过去的主人——现在开始生活得像一个无赖和懒汉,并且发誓永远不再外出行劫,所以他不想再留在我的身边,而特地来投奔他,因为他像他原先的主人那样穿着猎兵的服装,而且无愧于一个正直的军人;他知道乡下所有的大路小道,可以为他出谋献策,使他获取更好的战利品等等。这位善良单纯的傻瓜,听信了我仆人的话,果然收留了他。一天夜里,他就带上他和他的伙伴一起到一家羊圈里去偷几只肥壮的阉羊,我和“冒失鬼”以及另外一个仆人事先已经守候在里面,并且买通了牧羊人,叫他把狗拴住,好让前来偷羊的人毫无阻拦地躲在牲口棚边挖壁洞,我就这样宽宏大量地为他们准备好阉羊肉了。当他们在墙上挖好了一个洞,韦尔勒的猎兵要我的仆人首先钻进去。仆人却说道:“不,里面可能有人守着,准备给我当头一棒呢!我看得出来,你们不怎么会偷;得先试探一下。”他于是拔出剑来,把帽子挑在剑尖上,往洞里捅了几下子,说道:“得先看看,是否有人在里面。”之后,韦尔勒的猎兵自己首先爬了进去。

但是“冒失鬼”马上抓住了他拿剑的胳膊，问他是否要找死。这话被他的伙伴听见了，就想逃走；由于我不知道谁是猎兵，就抢先赶上了他，很快就把他逮住了。我问：“什么人？”他答道：“皇帝方面的。”我问道：“哪个团的？我也是皇帝方面的；小偷！你骗不过你老爷！”那个人答道：“我们是从苏斯特的龙骑兵里来的，取几只阉羊。兄弟，如果你们也是皇帝方面的，就给我们行个方便吧。”我又问：“你们谁是从苏斯特来的？”那人答道：“在羊圈里的伙伴就是猎兵。”“你们全是贼！”我说，“为什么你们要抢你们自己的地方呢？那苏斯特的猎兵绝不会傻到让自己在羊圈里被人抓到。”“啊，我要说的是韦尔勒的猎兵。”那人又这样回答我。就在这时候，我的仆人和“冒失鬼”带着我那对手过来了。“瞧！你这个流氓，”我对他说道，

“我们在这儿见面了？倘若我不是为了尊重皇帝军队的武器——亏你还拿它去抵抗过敌人——我就立即用一颗子弹打穿你的脑袋！我就是苏斯特的猎兵，直至现在仍然是！我看你是个流氓，除非你拿起面前的剑，像个当兵的样子来和我较量！”这时候我的仆人——他像“冒失鬼”一样穿上了带有很大的山羊角的令人害怕的魔鬼服装——把我从苏斯特带来的两把同样的剑放在我们的跟前，让韦尔勒的猎兵任意选择其中的一把。这个可怜的猎兵吓得面无人色，他那副样子就好像我在哈瑙搅乱了舞会时的情形一样。他屙了一裤子，臭得几乎没人能在他身边呆下去了；他和他的伙伴颤抖得像落水狗一样，跪倒在地，请求饶命。“冒失鬼”粗声粗气地对猎兵说：“你一定得干一仗，要不我就把你的头拧下来！”“啊，尊敬的魔鬼老爷！”他回答道，“我不是为了干仗而来的；要是魔鬼老爷饶了我这一遭，我愿意为你做任何事情。”就在他如此胡言乱语的时候，我的仆人把一把剑递到他手里，把另一把给了我；但他的手颤抖得连剑也握不住了。这时月色很好，那牧羊人和他的佣工们从他们的茅屋里把一切都看得清清楚楚，听得明明白白。我把牧羊人叫了出来，因为我们要干的事需要一个证人。牧羊人出来之后，装作并未看见那两个像魔鬼打扮的人，问我和这个家伙这么长久地在他的羊圈里争吵些什么，如果我与他们有什么瓜葛的话，就该到别处去理论，我们之间的事和他没有关系，他每月交他的税，只希望靠他的羊圈安静地过日子。而对那两个人，他问他们为什么只是忍受我对他们的欺侮，而不把我打倒在地？我说：“你这个粗货，他们要偷你的羊呢！”这农民答道：“那我就要他们舔我和我那些羊的屁股！”说着就走开了。我又逼着他们决斗；我那可怜的猎兵害怕得几乎连站都站不稳了，致使我也可怜起他来了；他和他的伙伴甚至说出感人肺腑的话来，使我终于原谅和宽恕了他。但是“冒失鬼”不肯就此罢休，他强迫这个猎兵去吻三只羊——因为他本来打算偷走三只羊——的屁股，而且把他的脸抓得难看不堪，简直像同许多猫在一起吃过饭一般，我对这出恶作剧表示满意。打这以后，这个猎兵很快就从韦尔勒消失了，因为他觉得实在太丢脸了；他的伙伴又把这件事到处传播开来，并且振振有词地赌咒说，确实有两个活脱脱的魔鬼随时为我效劳，因此，以后人家就不是更加爱我，而是更加怕我了。

第　三　章

西木逮住了尤韦神，听他述说诸神的告诫

这一点我很快就意识到了；因此我停止了以往的渎神生活，而专心致志于虔诚的德行。我虽然还像先前那样外出执勤，但我对朋友和敌人都表现得十分随和而又谨慎，使得所有那些碰在我手里的人都认为我并不是像人家所说的那种人。此外我也不再过分挥霍了，而为自己积蓄了许多漂亮的杜卡托和珍宝，我有时把这些东西藏到苏斯特地区乡下的树洞里去，因为苏斯特有名的女先知叫我这样做，她还告诉我，在苏斯特城里和我所在的团里,那些窥伺着我和我的钱财的敌人,要比城外和敌方驻军里的敌人还要多。正当人们风闻猎兵逃跑了,我却又突然出现在因我的销声匿迹而高兴的人的身边;当一个地方还没有确切弄清我在另一个地方干了什么坏事,我已经出没在这个地方了;我就像一阵旋风,时东时西,形迹飘忽,因此,人们谈论我的事情比先前更多了,何况还有一个人在冒充着我。

有一次,我与二十五个燧发枪手坐候在离多尔斯腾不远的地方,十分狡猾地窥察着几个押货员的护送队——它们要到多尔斯腾去。因为我们离开敌人很近,我按照惯例亲自站岗放哨。只见一个穿着讲究的人,单独走了过来;他自言自语,手里还拿着一根手杖,摆出一种奇怪的姿势。我只听懂他这样一句话:“我要惩罚这个世界,除非那至高无上的神灵不允许我这样做!”我从他的话中猜测,这很可能是一位有权力的君主;他微服出巡,是为了调查他的臣民的生活和习俗,而现在打算给那些可能并未遵照他的意愿行事的人以理所应当的惩罚。我想道:“如果这个人是从敌人那儿来的,那就可以捞取一笔很好的赎金;如果不是,那你就彬彬有礼地去对待他,以便博得他的欢心,这对你将来会有好处的。”于是我一跃而出,荷枪实弹地向他表示敬意,说道:“有劳这位先生,走在我的前面,和我一起到林子里去一趟,如果他不想被作为敌人来对待的话。”他十分严肃地回答我说:“这样对待我这种人,我是不习惯的。”我继续以礼相待,说道:“先生,这一回该不会不顺应时势吧。”当我把他带到林子里我们的人那里,并重新布置好岗哨以后,我问他是什么人。他十分傲慢地回答我说,即使我知道他是什么人,对我关系也不大——他是一个伟大的神。我想,他也许认识我,可能是苏斯特的一个贵族,他这样说,是为了嘲弄我,因为人们常常用带有金腰带的基督蒙难像来嘲讽苏斯特人。但我马上意识到,我捉住的不是一位君主,而是一个地地道道的疯子,他由于读书过多而变得极其古怪;因为他对我略为熟悉之后,便自称是朱庇特神。

我心里本不想再要这个俘虏了;但因为我逮住的是这么个傻子,却还得好好看管他,直到我们从那儿撤出为止。我由于感到无聊,为了消磨时间,就想使这个家伙情绪正常起来,好好利用一下他的才能,因此便对他说:“那好吧,我亲爱的尤韦①,请问你至高无上的神灵怎样离开了上天的

① 朱庇特的爱称。

宝座而降临到我们人间来的呢？呵，朱庇特，请原谅，我的提问你可能觉得太唐突了吧；我们与天上诸神也有亲戚关系，我们都是那虚幻的山林之神——浮努斯[①] 和尼姆菲斯[②] 所生——对于我们来说，不必隐瞒这个秘密。”“我以斯堤克斯[③] 的名义向你发誓，”朱庇特答道，“如果你的模样不

① 浮努斯，罗马传说中半人半羊的农牧之神。

② 尼姆菲斯，希腊神话中居于山林水泽的仙女。

③ 斯堤克斯，希腊神话中冥界之河，以它起誓，最为神圣。

是如此地像我的司酒人伽倪墨得斯[1]的话，那么即使你是潘[2]的亲生儿子，你也不能从我这儿知道任何事情；但是看在伽倪墨得斯的分上，我告诉你，有一声叱喝人间罪恶的巨大的呐喊，正穿过云层向我滚滚而来；这是由诸神共同决定的，因此，我可以名正言顺地像吕卡翁[3]时代那样，再用洪水把地球毁灭。但因为我对人类慈悲为怀，任何时候总是以善相待，而不愿严加整饬，故我如今云游四海，亲自巡察人间生活；虽然我的所见所闻比之我所设想的更为邪恶，但我并不想把所有的人不加区别地毁于一旦，而只是去惩罚那些应该受到惩罚的人，然后把余下的人们纳入我意愿的轨道。”

我几乎禁不住大笑起来，却还是尽量忍住了，说道：“唉，朱庇特，你的辛苦和劳累恐怕全要白费了，除非你再像从前那样用水或者干脆用火给这个世界带来灾难。因为倘若你发动一场战争，所有胆大妄为的恶汉们就会蜂拥而来，这只能使安居乐业的虔诚的人们备受苦难；倘若你制造一场饥荒，那正是高利贷者们求之不得的事，因为这样就会使他们的谷子大涨价钱；倘若你制造一场瘟疫，那么那些吝啬鬼和所有幸存的人们会大占便宜，因为他们在这场瘟疫之后将会继承大量财产；如果你要以其他办法进行惩罚，那就非得把这整个世界连根铲除不可。”

第　四　章

西木聆听尤韦讲述德国

英雄将如何征服世界并带来和平

朱庇特答道：“你说的这些话，只不过是凡人见识，你好像并不知道，

---

① 伽倪墨得斯，希腊神话中神的侍酒俊童，因其貌美，为宙斯引至奥林匹斯山上。

② 潘，森林与狩牧之神。

③ 吕卡翁，古希腊阿卡狄亚皇帝，他胆敢把人肉放在宙斯面前，因此他与他的儿子们都被变成了狼。只有一个逃脱，宙斯对他降以洪水惩罚。

我们神祇是能够只惩罚恶人,而保存好人的。我要唤醒一位德国英雄,他将用锐利的剑锋来完成一切事业;处死所有的恶人,保存并提拔那些虔诚的人们。"我说道:"那么这样一个英雄就必然是一个军人,而哪儿有军人,哪儿就会有战争;哪儿有了战争,哪里的无辜者和有罪者都得遭殃。""难道你们世上的神[1] 也像世上的人一样一窍不通吗?"朱庇特于是反问道,"我要派来的是这样一位英雄:他不需要一兵一卒,然而却要改造整个世界;他一降生人间,我就要赐给他一个健美的身体,就像赫剌克勒斯那样,并赋予他以充分的谨慎、智慧和理性;维纳斯还要给他一副漂亮的容貌,以致胜过那耳喀索斯[2] 和阿多尼斯[3],甚至我的伽倪墨得斯;在他的一切美德之中,我要让维纳斯突出他那出众的美貌、仪表和优雅,使他因而受到所有世人的爱慕,因为只有这样,我才会在他诞生之时更加慈爱地看待他。此外,墨丘利[4] 要赋予他无与伦比的聪明才智;那反复无常的月亮不应有害于他,而只能对他有益,因为月亮将在他身上注入一种难以令人置信的敏捷的素质;科学女神帕拉斯[5] 要在帕那萨斯[6] 山上把他抚养成人;武尔坎[7] 要在'战神统治之时'[8] 为他锻造武器,特别要为他锻造一把剑,他将用这把剑来征服整个世界,杀死一切不信上帝的人,他不需要任何人以军人的名义给他以帮助。所有的大城市都将在他面前颤抖,任何坚不可摧的要塞都将在顷刻之间俯首帖耳地听从他的支配;最后他将支配世界上最伟大的统治者,并且对海洋和陆地进行令人叹服的治理,使神和人两方面都能称心如意。"

我说:"要杀死所有不信上帝的人而无须流血,要征服整个辽阔的世界而不使用异常巨大的暴力和强劲手段,这怎么能够实现呢? 呵,朱庇特,我毫不隐讳地向你承认,我比一个凡人更难理解这一点!"朱庇特答道:"这对于我来说,并不奇怪,因为你不知道,我那英雄的剑具有何等神

---

① 因西木自称是山林之神。

② 那耳喀索斯,希腊神话中的美少年,因恋上了自己在水中的倒影而憔悴致死。

③ 阿多尼斯,爱神维纳斯所恋的美少年。

④ 墨丘利,罗马神话中的商业神,此处作雄辩神解。

⑤ 帕拉斯,即雅典娜,智慧女神,此处作科学女神解。

⑥ 帕那萨斯,希腊南部山名,相传为太阳神阿波罗和缪斯诸神所居之山。

⑦ 武尔坎,罗马神话中的火神,维纳斯的丈夫。

⑧ 指战争开始之时。

奇的力量，这把剑，伏尔甘将用他曾经为我做霹雳火的那种材料来锻造。我这位品质高尚的德国英雄，只要拔出这样的剑来在空中一挥，就能把全军人马——即使他们是在一座山的背后，离他足有五千步之遥——的脑袋一下子砍下来，使那些可怜的家伙还来不及明白面前所发生的事情，便躺倒在地，成了无头小鬼。然后当他开始进行他的事业，来到一个城市或堡垒之前，他将采用帖木儿[①] 的方式，插上一面白色的小旗，以表明他是为了和平和造福于万民百姓而来到这里。如果人们从城里出来迎接他，并对他表示顺从，那就万事大吉；否则，他就马上拔出剑来，用这把剑的神奇力量把全城的男女妖人斩尽杀绝，并且插上一面红色的小旗；如果仍然顽抗，他就要用同样方式把所有的凶手、放高利贷者、盗贼、流氓、奸夫、娼妓和无赖统统杀死，打出一面黑色的小旗。假使城里的幸存者不马上来到他的身边，向他表示顺服，他就要把整个城市和它的居民作为顽固不化的刁民予以消灭；他将只处死那些阻拦别人、因而成了老百姓归顺于他的绊脚石的人。他将从一座城市到另一座城市，走遍国土上的每一座城市，把它们付之于和平的治理：从全德国的每一座城市里挑选出两名最聪明、最有学问的人，由他们组成一个议会，使各个城市之间永远和好联合；农奴制连同一切关税、税收、地租、债据、捐税在全德国都要废除；要使百姓们不再遭受苦役、哨役、战时特别税、捐款、战争、或者任何其他负担的痛苦；要让他们生活得比在神仙世界里更加幸福。然后，"朱庇特继续说道，"我将经常请天神合唱团降临人间，到德国人民中来，在他们的葡萄藤和无花果树下和我同享快乐。我要把赫利孔山[②] 移到他们的境内，再把缪斯重新安置到那里；那美惠三女神将为我们德国人引发出千百种乐趣，比起那得天独厚的阿拉伯、美索不达米亚和大马士革地区来，我将更多地祝福德意志这片土地。我将摈弃希腊语，而只讲德语；一句话，我要表明自己具有十足的德意志意识。最后我还要让德意志人——正像我曾经让罗马人——统治全世界。"我说道："至高无上的朱庇特，如果这位未来的英雄，竟如此目无王法地剥夺了王公老爷们的权利，让他们屈居于诸城市统

---

① 帖木儿(1336—1405)，撒马尔罕(在今乌兹别克境内)统治者，创建了中亚细亚包括波斯在内的大帝国。

② 赫利孔山，古希腊地名，相传为缪斯九女神的居住地。

治之下,那他们将会说些什么呢?难道他们不会用武力来反抗,或者至少在神和人的面前对这一行为提出抗议吗?"朱庇特答道:"这位英雄不必为此而操心,他将把所有的大人物分成三部分,凡那些不足为模范者和作恶多端者,将受到与恶汉同样的惩处,因为他的神剑绝非凡力所能抵挡;其余的人是否愿意留在国内,他将让他们自己作出选择。凡热爱祖国而留下来的,必须像其他平民百姓一样地生息劳动;然而德意志人的生活将会比现在,甚至比一个皇帝的生活和地位要快乐和幸福得多。而德意志人个个全都像法帕利西[①] 一样,他不愿与皮洛士国王瓜分他的王国,因为他对他的祖国就像对待荣誉和道德那样是如此深爱;这是第二部分人。第三部分人是那些统治者而又总想统治别人的人;他要领他们越过匈牙利和意大利进入摩尔达维亚[②]、华拉夏[③]、马其顿[④]、色雷斯地区[⑤]、希腊,再穿过赫勒斯滂[⑥] 进入亚洲,为他们征服这些国家,让全德国那些靠战争生活的雇佣兵都陪伴着他们,使他们成为各地的皇帝。然后在一天之内占领君士坦丁堡[⑦],使那些不愿皈依、不肯顺从的土耳其人个个人头落地;然后他要在那里重新建立起罗马帝国,再回到德意志去,带上他议会的成员们——前面已经说过,他们是他从德国所有城市中各挑选出两人以后组成的,他们将被任命为德意志祖国的首领和长老——在德国中部建立一座城市,它要比美洲的马诺阿[⑧] 大得多,比所罗门时代的耶路撒冷更加富有,它的围墙如同蒂罗尔[⑨] 的高山,它的沟渠可与西班牙和非洲之间的海峡相比,他要用纯粹的金刚石、红宝石、绿宝石和蓝宝石在城里建造一座庙宇,在他将要建立的艺术宝库里,将收藏全世界的珍品,这些珍品都是中国的皇帝、波斯的皇帝、东印度大蒙兀儿人的皇帝、鞑靼的

---

① 法帕利西,罗马最高执政官,因廉洁和道德闻名。

② 摩尔达维亚,易北河支流名,或罗马尼亚地区名。

③ 华拉夏,罗马尼亚南部地区名。

④ 马其顿,巴尔干半岛中的古国,也作巴尔干半岛中南部马其顿地区解。

⑤ 色雷斯,地区名。古代指巴尔干半岛东南部、爱琴海到多瑙河之间的地区。从十四到十九世纪属土耳其帝国。

⑥ 赫勒斯滂,即达达尼尔海峡。

⑦ 君士坦丁堡,在土耳其。

⑧ 马诺阿,在委内瑞拉,印第安人城市,以盛产金子闻名。

⑨ 蒂罗尔,在奥地利。

可汗、非洲大皇帝[1] 以及莫斯科的沙皇向他进贡的。那土耳其皇帝更是俯首听命，只要我的英雄不夺走他的王国，把它作为封地去献与罗马大帝。”

我问我的尤韦，那些信仰基督教的帝王们该如何行事呢？他答道：“英国、瑞典和丹麦的皇帝（因为他们同属德意志血统的后裔）以及西班牙、法兰西和葡萄牙的皇帝（因为古日耳曼人曾经征服过和统治过这些国家）将要从德意志国家接受他们的王冠和王国，并从并入德意志的国土中接受自由封地，然后就将像奥古斯都大帝[2] 时代那样，在全世界各族人民当中出现永恒持久的和平。”

① 指非洲东北部阿比西尼亚（即今埃塞俄比亚）的皇帝。

② 奥古斯都大帝（公元前 63—公元 14），罗马皇帝。

第五章

西木继续听讲德国英雄将
如何调解人间一切宗教信仰之间的争端

一直听着我们谈话的“冒失鬼”这时差点儿惹恼了朱庇特，并把事情弄糟，因为他说道：“照你这么说，德国就会像仙境一样了，天上下的是香葡萄干，金钱在一夜之间就会像蘑菇一样从地里长出来。那时我可以鼓起腮帮子大嚼一番了，捧着马尔瓦西阿[①] 葡萄酒狂饮滥喝了，这幅景象真叫人眼馋啊！”“当然啰！”朱庇特回答道，“但我首先要把雷西希托尼斯[②] 的痛苦加到你的身上，因为你——据我猜想——是在嘲笑我的尊严。”他对我却说道：“我原以为我是在跟一群山林之神谈话，现在看来我却是遇上妒忌成性的摩摩斯[③] 或者世界上最恶劣的左伊卢斯[④] 了。真是的，应该根据天意揭发这种背信弃义之徒，我简直把珍珠撒到猪圈里了！我原来是在驼背上拉屎，还以为是女人的胸巾呢！”我想道：“看来这家伙是一个下流的假神仙，因为他在谈论那些神圣的事情之外居然还说出这种软绵绵的肮脏东西来。”我看得出来，人家笑了，他就会不高兴，所以我尽量克制着自己不笑出来，我对他说，“最善良的尤韦，你总不会为了一个粗鲁的山林之神的唐突而不愿意告诉你的另一个司酒之神吧：在德国还将发生什么事情呢？”“哦，不，”他答道，“你得首先吩咐这位泰奥[⑤]，叫他往后要好好管住他那希波纳克斯[⑥] 的舌头，否则我

---

① 马尔瓦西阿，一作希腊东北城市名，盛产葡萄酒。另作南欧有名的葡萄酒解。

② 雷西希托尼斯，希腊萨塞洛皇帝特里奥帕斯之子，他从谷神色列斯的树上掉下来以后，遭到谷神惩罚，使他成为永远饥饿，永不知饱的人。

③ 摩摩斯，希腊神话中嘲讽与谴责之神。

④ 左伊卢斯，公元前四世纪希腊学者，因对荷马进行恶意的批评而臭名昭著，他的名字表示心怀恶意的人。

⑤ 指希腊修辞学家泰奥·埃利乌斯。

⑥ 希波纳克斯(约公元前 500 年)，希腊抒情诗人，以口舌尖利闻名。

就要把他——像墨丘利对付巴图斯[①] 那样——变成一块石头。你自己倒向我承认,你是我的司酒之神,不知你是不是被我那生性嫉妒的朱诺[②]趁我不在天国的时候把你赶出来的?”我答应告诉他一切,不过我要首先听听我想知道的事情。于是他说道:“亲爱的司酒之神(不要否认了,因为我看得很清楚,你就是司酒之神),以后在德国炼金术将变得像制陶业那样可靠,那样普遍,几乎每一个小马童都将随身带上一块智慧之石[③]了。”我问道:“然而,德国在拥有各种不同的宗教信仰的情况下,如何能够实现持久的和平呢?难道那些信仰各异的教士僧侣们不会为了自己的信仰,唆使他们的信徒对另一些人再发动一次新的战争吗?”“哦,不,”朱庇特答道,“对于这种担心,我的英雄将作出英明的对策。他首先要把全世界所有的基督教派联合起来。”我说道:“啊,真妙!这简直是一个伟大的、罕见的壮举!但如何实现呢?”朱庇特答道:“这一点我非常乐意告诉你。在我的英雄创造了全世界的无所不包的和平之后,他就要对信仰基督教的各民族和其他不同教派的宗教领袖、世俗首脑们作一次十分动人的讲道,促使他们把迄今为止因信仰不同而产生的极其有害的芥蒂牢记在心中,同时启迪他们着眼于高度明智的宗旨和无可非议的理由,自觉地要求一种普遍的联合,并且把整个事业托付与他,让他根据其高度的理智来指导这一事业的实现。然后,他要从世界各地,把各种教派中最富有聪明才智的、最有学识的、最虔诚的神学家汇集在一起,为他们安排好一处地方——正如托勒密[④] 给七十二名翻译所安排的那样——一处趣味盎然而又幽静的所在,好让他们能够在那里不受打搅地思考重要的事情,给他们提供饮食和其他一切必需之物,委托他们尽快地、以最成熟、最周密妥善的考虑消除他们之间的各种宗教争端,然后以真正统一的意见、以圣经、古老的传统和公认的教皇的观点为准则,把真正的、神圣的、基督教的宗教用文字撰写下来。这时候,冥界之神普路托将大伤脑筋,因为他得担

---

① 巴图斯,是一牧人,因未守信约(即不应说出谁偷了阿波罗的牛群),被墨丘利变成了一块石头。

② 朱诺,罗马神话中的天后,朱庇特之妻。

③ 一译“点金石”,可把非贵重金属变为黄金。

④ 托勒密(公元前285—前246),希腊化时代埃及的奴隶制国家的皇帝,他让七十二名伊斯兰学者把《圣经》译成希腊文,这部译作被称为希腊文《旧约全书》。

心他的王国将受到削弱；是的，他将要弄种种阴谋诡计，设置障碍，如果不能完全破坏这件事情，便千方百计地使它无限期地拖延下去；他将极尽纵横捭阖之能事，向每一个神学家描绘他们的利益、他们的地位、他们安定舒适的生活、他们的妻儿的前途、他们的威望以及诸如此类可使他们动心、并从而赞成他的主张的事情。但是我勇敢的英雄也不会袖手旁观；在他们聚会的日子里，他将要向全体基督教徒敲起钟来，告诫他们不断向至高无上的神祈祷，祈求赐予真理的英才。一旦他发现有人受到了普路托的诱惑，他就要像在一间康克拉孚[①] 里那样，用饥饿去折磨这整个集会的人们；如果他们仍然不愿意投身于这样一个崇高的事业，那么他就要以绞刑对他们进行威胁，或者向他们示以他那把神剑；首先以和善的态度，而后用严肃、恐吓和威胁的手段迫使他们走上正道，不再用他们顽固的错误观点像从前那样愚弄世界。经过努力取得联合之后，他要举行一次盛大的欢庆会，并且向全世界公布这一经过净化的宗教，谁不皈依于它，他就把谁用硫磺和沥青烧死，或者给这样一个异教徒戴上黄杨桂冠，将他作为新年礼物献与普路托。亲爱的司酒之神，现在你知道了你很想知道的一切事情了吧！现在你也得告诉我，是什么原因使你离开了天堂，你在那里给我斟过美味的玉液琼浆呢！"

第　六　章

西木再听尤韦编造跳蚤在他那儿的遭遇

我暗自思忖："这家伙也许并不是像他所装出来的那样一个傻子，他大概正像我在哈瑙时候所干的那样，在糊弄我，以便在我们面前蒙混过去。"因此我想用激将法去试他一试，因为用这种方法是最容易识别一个傻瓜的，于是说道："我之所以离开天堂，是因为我怀念着你，因此带上代

① 康克拉孚，是一间密封的房间，红衣主教们在里面选举教皇。

达罗斯[①] 的翅膀，飞到人间来找你。无论我在哪里打听你的下落，我都发现人们到处都在说你的坏话。左伊卢斯和莫墨斯大声嚷嚷地说你和所有其他的神在这整个辽阔的世界上是如此可恶、轻浮和臭名昭著，致使你们在人类的心目中已经完全失去了信用。他们说，你本人是一个眠花宿柳的可恶的淫棍，你带着这一身的罪孽还有什么资格来惩罚这个世界呢？伏尔甘是一个很有耐性的王八，他对玛斯的私通行为没有给予严厉的报复就容忍下来了，像这个跛脚的笨蛋还能锻造得出什么样的武器来呢？维纳斯因其淫荡是世界上最可恨的臭婆娘，她能给人以什么恩赐呢？玛斯是个杀人凶手和强盗，阿波罗是个不知羞耻的贪色之徒，墨丘利是个废话连篇的饶舌鬼、小偷和拉皮条的家伙，普里阿波斯[②] 是个脏货，赫剌克勒斯是个疯狂的暴君，一句话，这一群神祇是如此臭名昭著，如此轻狂，人们只能把他们关进奥格阿斯王[③] 的牛圈里，反正那里的气味已经臭及了全世界。”

“啊！”朱庇特说道，“如果撇开我的宽宏大量，让这些不可救药的造谣中伤者和亵渎神灵的诽谤者遭到雷轰电劈，这没有什么奇怪吧？你是怎样想的呢，我忠实的和最亲爱的司酒之神？我应当用永久的干渴像对待坦塔罗斯[④] 那样去折磨这些饶舌者呢，还是应当像对付放肆的喋喋不休者达菲塔斯[⑤] 那样把他们吊死在托拉克斯山上？还是把他们与阿那克萨晓[⑥] 一起在一个臼里碾碎？或者说我应该把他们投进阿格里琴托[⑦] 的暴君法拉里斯[⑧] 的火牛中烤死？不，不，司酒之神，这一切惩罚和折磨

---

① 代达罗斯，希腊传说中的建筑师，他曾为自己和儿子在囚禁时用羽毛和蜡制作了一对翅膀而得以逃出克里特皇帝密奴斯的迷宫。

② 普里阿波斯，希腊神话中的生殖之神。

③ 希腊神话相传奥格阿斯王养有三千头牛，牛圈三十年未打扫，后为赫剌克勒斯用河水在一日内扫清。

④ 坦塔罗斯，主神宙斯之子，因泄漏天机被罚永世站在上有果树的水中，水深及下巴，口渴想喝水时水即减退，腹饥想吃果子时，树枝即升高。使他永受饥渴之罪。

⑤ 达菲塔斯，语法学家，他写诗讽刺柏加蒙（小亚细亚古城）君王，因而被钉死在托拉克斯山上。

⑥ 阿那克萨晓，古希腊哲学家，亚历山大大帝的随从。传说他因耿直坦率而被沙拉密斯（属地中海塞浦路斯）的皇帝放在一臼中研碎处死。

⑦ 阿格里琴托，意大利地名。

⑧ 法拉里斯，西西里阿格里琴托的暴君，公元前五七〇至前五五四年在位，在他统治期间，把处死者放进烧红的铁牛中炙烤。

全都太不够了。我要把潘多拉之盒[①] 重新装满，把里面的东西全倒在这些流氓的无可救药的脑袋之上。涅墨西斯[②] 应当把阿勒克托、墨该拉和提西福涅[③] 全都唤醒，惩罚他们，向他们报仇。赫剌克勒斯要从普路托那儿借来刻耳柏洛斯[④]，像对付狼群一样去驱赶这些坏蛋。等我如此这般地把他们驱赶够了，折磨够了之后，我才把他们像希西奥特[⑤] 和荷马一样绑在冥府的一根柱子上，让欧墨尼得斯[⑥] 毫不怜悯地对他们加以永久的惩罚。”

正当朱庇特说着这些威胁的话时，他不顾羞耻地当着我和我的全体弟兄的面脱下了裤子，把里面的跳蚤抖搂了出来；从他斑斑点点的皮肤上可以看出，这些玩艺儿确实把他折磨得够苦的了。我不知道将会发生什么事，只听他说道："滚开吧，你们这些小吸血鬼，我以冥河的名义向你们发誓，你们永远也不会得到你们一心想得到的东西！"我问他说这些话是什么意思。他回答说，当跳蚤家族得知他下凡时，就派出了它们的使者向他致意。它们就在他的身上住了下来。后来，他打发它们寄居到狗皮上去，然而由于女人身上的某些特性，它们之中有一些便迷入歧途，落进了女人的毛发里；这些迷途的可怜虫豸，受到了女人们的残暴对待，它们被逮住了后，不仅遭到杀害，而且死去之前还得在她们的手指之间被研来搓去的备受折磨，其状之悲惨，简直能使石头落泪。"唉，"朱庇特继续说道，"它们向我诉说这件事时是那样感人和悲哀，我不得不对它们表示同情，答应给他们以帮助，只不过事先我还想听一听女人们的意见。它们却借口说，如果对女人们有所反抗，并和她们辩论的话，那么她们(这一点它们是很清楚的)就会用那恶毒的三寸不烂之舌，要么使我的一片诚心和好意受到麻痹，大声嚷嚷盖过了跳蚤们的声音，要么用她们的花言巧语和美貌蛊惑我，而使我作出一个错误的、对跳蚤们极其有害的判断来；此外，他们

---

① 潘多拉，希腊神话中主神宙斯命火神用粘土制成的人类第一个女性。潘多拉之盒：宙斯命潘多拉带着一个盒子下凡，当潘多拉私自打开盒子时，里面的疾病、罪恶、疯狂等各种祸害一起跑了出来散布到世上。

② 涅墨西斯，希腊神话中的惩罚女神。

③ 阿勒克托，墨该拉，提西福涅，为希腊神话中冥界的三个复仇女神。

④ 刻耳柏洛斯，希腊罗马神话中守护冥界入口的三头狗。

⑤ 希西奥特(约公元前700年)，古希腊诗人。

⑥ 欧墨尼得斯，希腊神话中复仇女神之总称。

请求我接受他们恭顺的忠心。它们一直向我表露忠心,并希望继续报效于我:像过去那样随时跟在我的身边,最清楚地了解我和朱诺、罗马教皇、欧洲以及其他人之间所发生的事情,却决不泄露任何机密;即使是对朱诺——虽然它们也常常呆在她身上——也不会吐露一个字。尽管在一切风流韵事发生之时,它们都身临其境,得悉全部秘密,就像阿波罗从乌鸦那儿听到的一样①,但它们对这一切始终守口如瓶(至今还没有一个人是这样做的)。倘若我准许女人们在她们的地界内驱逐它们,把它们逮住,按照猎人法虐杀它们,那么它们就会请求今后受到英雄般的处死,不是像

① 一只乌鸦向阿波罗泄露了他情人库罗尼斯对他的不忠。

牛一样用斧子被砍杀，就是像野兽一样被打死，而不再在她们的手指之间遭到如此可咒诅的碾压和车裂。她们的手指本应是用来触摸其他东西的，如今却成了肢解它们的刑具；这对于一切正人君子来说确是莫大的、不可磨灭的耻辱。我说道：'因为她们那样惨无人道地对你们施行暴政，你们也把她们折磨得够苦的了。''当然啰，'它们回答我说，'她们非常忌恨我们，也许是因为她们担心我们见到的、听到的和感受的事情太多了，不完全相信我们会保守秘密。该怎么办呢？她们不是对我们呆在我们自己的地盘上都不能容忍吗？因为她们用毛刷、梳子、肥皂、碱水以及其他东西一个劲儿地洗刷她们怀里的小狗，就迫使我们背井离乡，不得不去寻找另外的住所。'于是我准许它们回到我的身边，把我的肉体当做它们居住和生活的地方，从而使我今后能够作出判断和取得发言权。于是这些家伙就开始折磨我，使我不得不——正如你们所见到的——再把它们清除掉。我要授予它们一个特权，让女人们随心所欲地把它们研得粉身碎骨；当然，如果我亲自逮到这么一个可恶的家伙，我也不会让它有什么更好的下场。"

第　七　章

猎兵西木满载战利品荣返苏斯特

当时我们不能痛痛快快地放声大笑，一则因为我们必须保持安静，二则因为这位空想家不愿意我们笑，否则"冒失鬼"简直要笑破了肚皮。正在这时，我们设在树上的瞭望哨报告说，他看到远处有个目标向这边移动。我爬上了树，从望远镜里看到，这可能就是我们窥伺已久的护送队了；这些人没有一个是步行的，而是一支大约由三十多个骑兵组成的队伍。因此我不难猜想，他们可能不打算穿过我们埋伏着的树林，而是尽可能走空旷的田野，这样，尽管这条通过开阔地带的路是一条离我们约六百步远、离树林或山坡的尽头约三百步远的难走的路，我们也不可能从他们那儿获得什么了。我不愿白白地在这里埋伏这样长时间,以逮到这么一个呆子而感到满足,因此迅速地作出了新的决策,使我获得了成功。

在我们埋伏之处有一条小溪沿沟谷而下,从这里到空旷的田野,可以很方便地骑马直下。我带领了二十个人占领了这片田野的出口,亲自和他们一起把好岗哨,而让"冒失鬼"留在我们原来埋伏的地方,占领着有利的位置,然后我又吩咐弟兄们,当护送队过来时,每个人都要对准一个敌人,还规定好谁该放枪,谁不该放枪,以节省弹药,保有后备。有几个年纪大的弟兄议论着,我究竟有什么打算,我是否认定护送队会到这个地方来,因为在这个地方他们觉得没有什么事情可干,也许百年之内连一个农民也不会从这儿通过。另外一些人认为,我是一个懂法术的人(我那时正因这个缘故而名声大振),我作起法来就能捉拿敌人。但是我现在不需要法术,只需要我那老练狡猾的"冒失鬼"。当护送队——它是一支相当大的队伍——笔直朝我们过来时,"冒失鬼"按照我的命令就开始可怕地吼叫起来,有时像牛哞,有时又像马嘶,在整个林子里引起了一阵回声,简直叫人以为林子里一定有不少马和牛。护送队一听到这声音,真的以为在这儿大可搜索一番并一定会有所掠获了。然而,在这整个地区是什么也得不到的,因为这是一片荒无人烟的地方。他们全体混乱不堪地骑着马朝我们的埋伏圈飞奔而来,就像人人都想抢先送命似的,这使他们密集紧挨在一起,以致在我们首次向他们发出的欢迎声中,便使他们当中的十三个人滚下了马鞍,另外还有几个人则被踩成了肉泥。

这时,"冒失鬼"沿着沟谷朝他们直奔下来,叫喊道:"猎兵,到这儿来,快来呀! 猎兵!"这样一来,这班人就更加慌张了,他们乱作一团,进退维谷,也无法从旁边奔驰过去,只好跳下马来,企图徒步逃命。但是我还是逮住了他们所有的十七个人,包括指挥他们的少尉。然后直奔那些运货的车辆,卸下了二十四匹马,只缴获了少量丝绸和荷兰布匹;我不敢花太多时间去抢死者身上的东西,更谈不上仔细搜索那些货车了,因为那些赶车人很快从尘土中爬起来,上了马,他们可能会到多尔斯腾去报告我的行踪,使我在半路上被抓住。我们刚刚把抢来的东西捆扎好,朱庇特从树林里奔了出来,在我们后面叫喊道,司酒之神是否要把他丢下了。我回答他说:"是的,如果你不答应给跳蚤们以它们所渴望的特权的话。"他却说:

“我恨不得将它们全都扔到冥河中去呢!”我不禁大笑起来。反正我还有多余的马匹,于是就让这傻瓜坐了上去,但他却不会骑马,我只得将他绑在马上。这时他说道,我们这次小战斗使他想起了从前拉庇泰人① 与半马半人的怪物肯陶洛斯人在珀里托俄斯婚礼上的那场战斗。

现在一切都平息下来了,我们带着俘虏们一路奔跑,好像有人在我们的背后追赶似的。这时被俘的少尉才开始领悟到他是犯了一个多么轻率的错误啊!他竟把一支挺威风的骑兵队伍如此粗心地断送在敌人手里,把十三个如此勇猛的汉子送进了屠宰场;他因此开始感到沮丧绝望,并拒绝我亲自给他的宽恕;他简直像强迫命令似的要我下令把他毙掉;因为他意识到这次疏忽是他的莫大耻辱和失职,而且还考虑到他将来的晋升也一定会因此而受到影响,即使不谈这次损失会使他掉脑袋的话。我却对他好言相劝,说变幻莫测的命运常常捉弄某些正直的军人,但我还不曾见过有谁会因此而沮丧,甚至完全绝望。我说,他的这种表现是怯懦的标志,而勇敢的军人却考虑使已经受到的损失在下一次如何得到补偿。他永远也不可能迫使我毁弃我的准则,违背一切情理和军人的优良传统而干出有失体面的事来。当他看到我不会照他的话去干时,便开始辱骂我,想以此激怒我,说我不是正大光明地和他交战,我的行为像一个无赖和盗匪,窃贼般地偷取了他身边士兵的生命。他这些话使得他手下那些已被我们俘虏的人极为害怕,而我这方面的人却是怒气冲冲,只要我准许的话,他们恨不得用子弹把他打得像筛子一样满是窟窿。亏得我及时进行了阻挡,丝毫不为他的言词所动,只是叫自己的弟兄和敌方的士兵都来对眼下所发生的事情作证,吩咐把少尉绑住,把他当做疯子看管起来;我答应少尉,我们一到达驻地,只要我的上司许可,就用我自己的马匹和枪支——他可以在其中任意选择——给他作装备,并要用枪和剑向他公开表明,在战争中欺骗敌人是无可非议的。我问他当时为什么不守卫在那些由他负责护送的货车旁边,或者,观察一下树林里的动静,事先做一番周密的侦察?这对于他岂不比起现在这种谁也不以为然的愚蠢花招来更

---

① 拉庇泰人,希腊传说中忒萨利亚的一支山民。当拉庇泰人的皇帝珀里托俄斯举行婚礼时,他们邀请了半人半马的怪物肯陶洛斯人。肯陶洛斯人企图抢劫新娘,引起争斗,以肯的失败告终。

加合适吗？对于这些话，不管是敌人还是我们自己人都认为我说得有理，他们说，在上百回外出行劫的队伍中，他们还没有遇上像我这样的一个人，要是换上另一个人，对这样辱骂的话，都不仅会把少尉枪毙，而且也会把全体俘虏处死。

我就这样带着我的战利品和俘虏，于第二天早上平安到达苏斯特，并且获得了从未有过的更大的尊敬和荣誉。人人都说："这回又出了一个年轻的约翰·封·韦尔特① 了！"这确实使我觉得乐滋滋的。但是司令压根儿不准许我与少尉进行决斗，他说，因为我已经两次战胜了他。现在对我的赞扬越多，在那些不愿意看到我走运的人们中间，妒忌心也就越大。

第　八　章

西木惊遇活鬼，"冒失鬼"喜获骏马

我毕竟无法摆脱朱庇特，因为司令官对他并不感兴趣，嫌他身上没有什么可以捞取的东西，就把他赠给了我。这样，我无须掏钱购买就得到了一个古怪的傻瓜，正像一年之前，我自己曾被当做傻瓜耍弄的那样。命运是多么玄妙，时光又是多么善变啊！不久之前我受着虱子的折磨，而如今跳蚤之神掌握在我的手中。半年之前我作为一个小童伺候一个糟糕的龙骑兵，现在我却有了两个仆人，他们称我为老爷。不满一年之前，一群小伙子把我当做娼妓，追赶着我，如今却是姑娘们对我爱得发痴。因此我及时体会到：世事的变幻无常乃是永恒不变之理！因此我不得不担心，一旦命运对我作起难来，我眼前的快乐幸福就将化为泡影。

那时，瓦尔伯爵② 作为威斯特法伦地区的最高司令官，从各处驻军里抽出了一支人马，组成一支骑兵征伐队，穿过明斯特教区朝韦希塔河、

---

① 见第五四页注①。

② 瓦尔伯爵（死于1644年），天主教联盟统帅。

梅彭和林根[①]等地进发，尤其要在帕德博恩[②]教区消灭两连黑森的骑兵[③]，——他们驻扎在离帕德博恩两里远的地方，对我方危害很大。我当时在龙骑兵中听候调遣，当征伐队的一部分队伍在哈姆地方集中时，我们便迅速袭击了上述黑森骑兵的驻地，直到我们的军队到达之前，那儿一直是一个戒备很差的小城镇。他们试图逃跑，我们却把他们又赶回了驻地。我们告诉他们，可以让他们出城，但不准带马匹和枪支，只能穿着随身衣服；他们却不予理睬，而是像步兵一样，用卡宾枪进行抵抗。因此我不得不在这天夜里去试一试我在冲锋中的运气了，因为龙骑兵要发起进攻；我的运气很不错，我和"冒失鬼"同先头部队一起，几乎一无损伤地进入了这个小城镇。我们很快就拿下了城内的街道，因为凡是持枪抵抗的人，全被我们打死了，而市民们是不愿意抵抗的；接着，我们就去占领房屋。"冒失鬼"说，我们要选择一幢屋前有一大堆粪肥的房子，因为在这种房子里往往住着最富有的吝啬鬼，军官们通常总被安排在他们那儿住宿。所以我们便袭击了这样的一所房子，"冒失鬼"去搜索牲口棚，我去搜索屋子，我们约定，各人拿到的东西，都要互相平分。我们各自点起了蜡烛。我喊屋里的主人，却没有人回答，因为所有的人都躲藏起来了。我便信步走进一个房间，里面没有别的东西，只有一张空床和一个锁着的柜子，我把它敲开，指望能找到一些贵重的东西。但是，当我打开盖子时，一个像煤一样黑的东西冲着我竖了起来，我以为见到了魔鬼。我可以发誓，当我忽然看到这个黑鬼时所受到的惊骇，是我平生从来没有过的，"你这个该死的，我要把你千刀万剐！"不管我多么害怕，我还是这样说道，并且拿起刚才用来劈开这个柜子的小斧，可是毕竟没有勇气向他的脑袋砍去。不料他跪了下来，举起双手说道："好老爷，看在上帝的分上，饶了我的命吧！"这时我才听明白，他原来不是鬼，因为他说到了上帝，并且请求饶命，于是我叫他从柜子里爬出来。他照着做了，赤条条地跟着我走，就像上帝把他创造出来时候的模样。我从我的蜡烛上切下一段给他，让他为我照路；他顺从地办了，并把我领进一间小屋。我在那里看见了房主人。他和他的仆人们

① 韦希塔，河名。梅彭、林根，位于埃姆斯河畔。

② 帕德博恩，当时为天主教联盟所占领。

③ 黑森的骑兵当时为新教联盟队伍。

看到这一滑稽的情形，颤抖着祈求饶命和宽恕。他的愿望是不难实现的，因为我们是不准伤害百姓的，何况他还递给了我一个黑森骑兵上尉的行李，其中有一只塞得满满的锁着的皮包。他告诉我，骑兵上尉和他手下的人——除了一个仆人和眼前这个黑人——为了自卫已经逃到他们的据点去了。这时候“冒失鬼”也已经在马厩里逮到了那个仆人以及六匹备有鞍具的骏马；我们把人和马带进屋里，闩上了门，让那个黑人穿上了衣服，同时嘱咐主人如何向骑兵上尉报告这里的情况。这时候城门被打开了，据点被占领了，我们的总司令——瓦尔伯爵老爷被请进来了，他要住进已被我们占领的这所房子；因此我们只得在这个漆黑的夜里另找一个住处。我们在那些冲进城里来的伙伴们那里找到了住处。我和“冒失鬼”平分了我们的战利品之后，就舒舒服服地在那里住了下来，大吃大喝、穷奢极侈地度过了那后半夜的时间。我所得到的一份是那个黑人和两匹最好的马，其中一匹是西班牙马，任何士兵骑上这匹马都会在敌人面前大显威风，我后来骑着它也出了不少风头。此外，由于我把其余所有的东西都给了“冒失鬼”，因此那只皮包就归了我，里面有各式各样珍贵的戒指，在一只镶有红宝石的金盒里，还有奥良尼皇子[①] 的肖像。如果我想把这一切都脱手的话，连两匹马和其他东西，其价值可达二百杜卡托；在我所得到的东西中，最麻烦的便是那个黑人，我把他推荐给了总司令，他给了我不到二十四个银币作为酬报。

我们从那儿很快向埃姆斯河进发，但进展并不顺利。正巧我们临近了雷克林豪森，我获准和“冒失鬼”一起去拜访那位被我偷过板油的教士。我见到他十分高兴，我告诉他那黑人使我经受了他和他的女厨娘所经受过的惊吓，我送给他一只漂亮的报时挂表作为友好的纪念，这是我从骑兵上尉的皮包中得到的；我常常在各处同那些对我存有芥蒂的人友好结交，因为不然的话，他们就会滋生恨我的根苗。

① 十六世纪尼德兰皇子。

第 九 章

西木叙述一次不寻常的战斗：弱者赢，强者败

由于我不断走运，我的骄傲自满也与日俱增，这最终只能使我落得一个倒霉的结果。我们在雷嫩扎营后大约过了半个小时，我和我最要好的弟兄便借口要修理枪支，请求上级批准我们到城里去一趟，我们得到了准许。但是因为我们的意图是想痛痛快快地玩乐一番，我们便住进一家最好的旅店，叫来一班琴师，让他们伴奏着陪我们饮酒。我们毫无顾忌地尽情作乐，只是忙坏了口袋里的钱；我还邀请其他团里的弟兄们来作客，简直像个挥霍无度的拥有土地和人民的王孙公子。比起同样在那儿吃喝的一群骑兵来——他们并不像我们毫无节制地寻欢作乐——我们得到了更好的伺候，他们对此感到恼怒，开始和我们吵起架来。"怎么搞的！"他们自相问道，"这帮跑腿的家伙①（他们显然把我们当做步兵了，因为世界上没有任何动物比龙骑兵更像步兵了，如果一个龙骑兵从马上摔下来，那么站起来时就成了一个步兵），怎么会这样花钱？"另一个答道："那乳臭小子肯定是个土财主，他妈给了他几个省下来的零花钱，他现在为他的伙伴们大肆挥霍，好叫他们将来把他从哪儿的泥潭里拉起来，或者把他从一条什么沟沟上背过去。"他们这些话是针对我的，因为我在他们眼里是一个年轻的贵族。这些话是女侍者告诉我的；因为不是亲耳听见，我不能因此做出什么别的事来，只好斟上一大杯啤酒，依次为所有好样儿的步兵们的健康干杯，并且故意搞得人声鼎沸，谁也听不清谁的声音。这使得他们更加恼火了，因此他们公开说："这些跑腿的家伙过的是什么鬼日子啊？""冒失鬼"反问道："这和你们擦靴子的② 有什么关系？"对方不答理他，因为

---

① 对步兵的讽刺性称呼。

② 对骑兵的讽刺性称呼。

他摆起一副可怕的面孔,神情显得凶狠而又咄咄逼人,不容任何人去惹他。然而他们又发作起来了,这回是一个颇有风度的汉子,他说道:"如果这些在墙角里拉屎的人[①]不在自己的粪堆上吹牛的话(他错以为我们是驻扎在本地的,因为我们的衣服不像那些日夜呆在野地里的步兵那样五颜六色),那么他们到哪儿去卖弄自己呢? 谁不知道,你们当中的每一个人在公开的野战之中肯定是我们的俘虏,就像鸽子是鹰的猎获物一样。"我回答他道:"我们的任务是占领城市和要塞,并受命守卫它们,而你们骑兵即使面对最蹩脚的老鼠窝也干不出什么事来! 为什么我们不可以在这个理应属于我们的、而不是你们的地方寻欢作乐呢?"这个骑兵回答:"谁在战场上是能手,要塞就得归谁;要说我们骑兵在战场上必定取胜,那是因为我不仅不怕像你这样的三个毛小子,连同你们那些步枪,而且我一人可以收拾你们当中的两个,同时要拿问第三个:像你这号人哪儿还有。倘使我现在和你坐在一起,"他十分轻蔑地说,"我就得给你这个油嘴滑舌的小财主几个耳刮子来证明我所说的话。"我回答他道:"我虽然像你一样也有一对好手枪,尽管我不是骑兵,而只是介于你们和步兵之间的一个混合品种[②],你看吧,我这个毛孩子有胆量,带上火枪和你这样一个牛皮大王单独到野外较量一番,你可以骑着马使用任何火器。""哼! 你这个下流坯!"这家伙说道,"我看你是个老无赖,如果你不是,而是一个正派的贵族的话,那就对你的话作出保证。"于是我扔给他一只手套,说道:"瞧着吧,我只用火枪,而且不骑马,就能从你那儿重新拿回这只手套,如果我拿不回来,那你就尽管把我看做、或者指责我是被你狂妄放肆的嘴巴所辱骂的那样一种人好了。"于是我们就给店主付了钱,这骑兵作为我的敌人和对手准备好他的卡宾枪和手枪,我则准备好我的火枪;当他和他的伙伴们骑着马来到我们指定的地点时,他对"冒失鬼"说,他可以为我从容地去安排坟墓了。"冒失鬼"却回答他说,这个坟墓,他还是吩咐他自己的伙伴们为他本人安排好为妙。另外,他却也责备我太狂妄;毫不掩饰地说,他担心我就要完蛋了。我对他的话报之一笑,因为我心中早已盘算好,用什么办法以一枝火枪在广阔的野地里对付一个装备精良的骑兵。当我们走到将

① 对驻在要塞里的士兵的讽刺性称呼。

② 因为西木是一个龙骑兵,龙骑兵在行军时骑马,作战时和步兵一样。

要进行一场无谓的决斗的地方时，我已经给火枪上了两颗子弹，装进了新的引火药，在火药池的盖子上涂上了油脂，就像一个细心的步兵遇到雨天时，为了防止点火孔和火药受潮，通常所做的那样。

在我们交锋之前，双方商定，在野地里进行决斗。为此，一个要从东面，一个要从西面进入一片围着篱笆的空地。这样才能使双方面对自己的敌人，像一个士兵那样尽其可能去对付对方。不准许任何人在决斗之前、决斗之中和决斗之后帮助自己一方的伙伴，或者为他的死亡和受伤进行报复。当大家互相握手说定之后，我和自己的对手也互相握手，各自为自己可能的死亡向对方表示原谅。在这极不理智的愚蠢行为之中——这是任何一个理智的人都可能犯的——双方都想为自己这一兵种获得优胜，仿佛各自的全部荣誉和声望都取决于我们这次凶神恶煞般的、穷凶极恶的行为的结果似的。

当我拿着点燃的双股导火线从我这一边走进场地，面对着我的敌手时，我假装好像在走路时把旧的引火药撒出来了；事实上我没有这样做，而只是把火药撒在火药池的盖子上，吹旺了导火线，把两个手指像惯常那样按在池子上，在我目光对准我的对手——他已经盯住了我的脸——的眼睛之前，我就向他开火，使池子盖上的假火药白白地燃烧起来。我那傻对手误以为我的火枪失灵，点火孔堵塞了，他因此手握手枪，饿狼般地向我直扑过来，企图清算我的放肆傲慢，给我以最后的报复。然而，霎时间，我已经打开了火药池，再次向他开了火，枪声一响，他立即倒下了，我就这样向他表示了欢迎。

我转身回到我的伙伴们身边，他们亲吻着欢迎我；他的伙伴们则把他从马镫上解脱下来，对他、对我们都表现出正人君子的风度，赞赏备至地把我的手套重新给我送了回来。可是正当我自以为获得最大的荣誉时，从雷嫩来了二十五名步兵，他们把我和我的伙伴们全部逮捕了，并立即给我戴上了脚镣手铐，押送到陆军总部去，因为任何决斗都是被禁止的，而且对违者要处以死刑。

第 十 章

西木幸获释放，长官还使他有了非分的希望

由于我们的总司令一向严格执行战时纪律，因此我担心这一回是要掉脑袋了。但是我还是寄托着死里逃生的希望，因为我年纪轻轻就已经能够在任何时候都很成功地对付敌人，并且赢得了巨大的荣誉和勇敢的名声。然而这样的希望是不可靠的，因为像我的这类事情每天都有，为此迫切需要采取严厉措施，以儆效尤。当时我军刚刚包围袭击了一个坚固的贼窝[①]，敦促敌人投降，但遭到了拒绝，因为敌方知道我们没有重炮。因此，瓦尔伯爵把我们全部兵力拉到要塞跟前，派去一名号兵再次叫他们投降，并且以攻城相威胁，结果却只收到了下面这样一封信：

> 高贵的伯爵：从来使获悉阁下以罗马帝国皇帝陛下的名义对我所抱的想法。不过，高贵的阁下，凭您高度的明智，您一定明白，对于一个军人来说，要他在并非不得已的情况下把如今这样一个地方拱手交与敌人，是人所不齿的，也是失职的行为，因此我希望阁下不会责难于我——如果我奋力死守，直到阁下的炮火使这块地方归属与您为止。但倘若阁下有机会在军务之外要使用鄙人的话，当尽力为之效劳，我将永远是阁下最恭顺的仆人。
>
> N.N.

于是，在我方军营里纷纷谈论着这件事情。放弃这块地方，那无疑是下策；如果发起冲锋，而又不能突破，那就要造成大量牺牲，何况还没有把握，是否能够打赢。如果从明斯特或哈姆把大炮和全部附属装备调来，就要花费大量人力、时间和费用。正当人们提供着大大小小的主意时，我灵

① 指要塞。

机一动，要利用这个机会，使自己获得释放。于是我动足脑筋，考虑着如何在我们缺少大炮的情况下迷惑敌人。我很快就想出了办法，便告诉中校：我已经有了计策，用这个计策就能不花力气和费用地拿下这块地方，如果我可以得到宽恕，重新恢复自由的话。几个有经验的老兵嘲笑我，说道："落水狗捞稻草！这家伙是在信口开河呢！"但是，中校本人以及那些认识我的人听了我的话，就好像听了宗教的信条一样，他亲自跑到总司令那里去，把我的计划告诉了他，另外还讲了许多他所知道的关于我的事情。

那位伯爵先前听到过关于猎兵的事，因此他便传令把我带到他跟前，还立即给我解了绑。当我到达的时候，伯爵正在设宴，我的中校告诉他，去年春天我在苏斯特的圣·耶考勃城门下站第一班岗时，突然下起了倾盆大雨，夹带着猛烈的雷电暴风，人们纷纷从田野里和园子里逃到城里去躲避，奔跑的人和骑马的人挤成一团，我当时头脑冷静地叫岗卫武装待命，因为在如此混乱之中，城市是最容易被敌人攻占的，这一点连某些老兵也不曾想到。"最后，"中校继续说道，"走来了一个浑身湿透的老太婆，当她走过猎兵身边时，她说道：'嗳，我背脊上感觉到这种天气已经有十四天了！'猎兵正巧手里有根棍杖，听到这句话，就用来敲打她的驼背，说道：'你这个老巫婆，那你就不能让这场暴风雨来得早点儿吗？你非要等到我来站岗的时候，才让它来吗？'他的上级军官阻止了他，他说道：'她活该，这个老乌鸦在一个月前已经听说全城的人在求一场好雨，她为什么不早一点把这场雨赐给这些老实人呢？那样也许会对大麦和忽布有好处呢！'"——这番话使总司令——虽然他是一位严肃的老爷，也哈哈大笑起来。我想，中校既然把这种微不足道的胡闹都跟伯爵谈，那他肯定也不会不告诉他我的其他事情的。我就被接见了。

当总司令问我有什么计策时，我答道："仁慈的老爷，虽然我的罪行从您阁下合法的命令与禁令这两方面来说都要剥夺我的生命，然而我最卑恭的忠诚——对于罗马皇帝陛下，即我最仁慈的主人，我效劳至死也是远远不够的——使卑职找到一条可以突破敌人防守的途径，为最崇高的皇帝陛下带来好处，并使他的军队武装得到增强。"伯爵打断我的话，说道："你不是新近送给我黑人的那个人吗？"我答道："是的，仁慈的老爷！"他说道："好吧！你的劳苦和忠心也许可以使你重新获得生命；但是你有什么计策能够把敌人赶出那个据点而无需花费大量时间和人力呢？"我答道：

“敌人的这个据点是经受不住重炮的轰击的，因此卑职认为，只要使敌人相信，我们拥有重炮，他们马上就会来谈判。”“这简直是一个傻子在对我说话了，”伯爵说道，“谁能说服他们相信这一点呢？”我答道：“用他们自己的眼睛。我用望远镜看到了他们的岗哨；我们可以制造假象蒙蔽他们的岗哨，办法是把几根像井水管那样粗的树干装在车辆上，用许多马匹把它们拉上战场。如果您伯爵阁下再下令在战场上的随便什么地方堆起土墙，好像要往那里架炮一样，那么他们就会以为这些都是大炮了。”“我亲爱的小伙子，”伯爵回答道，“那据点里的人不是小孩子；他们不会相信这种伪装，他们还要听听大炮的轰鸣声呢！如果这场滑稽戏演得不灵，”他对站在周围的军官们说，“那全世界都要笑话我们了。”我答道：“仁慈的老爷，我可以使人听到大炮的声音，只要有几枝双管枪和一只相当大的桶就可以了；不过除了声音之外就没有其他效果了。如果这个计策不能如愿以偿，以致遭到人们嘲笑的话，那就由我这个发明人来承受这份嘲笑，并就此结束我的生命，反正我是犯了死罪的人。”虽然伯爵并不愿意按我的计策办，但中校还是把他说服了。中校说，我在这类事情中总是走运的，因此他毫不怀疑，这场戏同样会获得成功。于是伯爵命令他去执行这个计划，他觉得该怎么办就怎么办，并且开玩笑地对他说，他在这件事情上所获得的荣誉全归他个人享受。

就这样，三根粗大的树干被拖来了，每根前面驾上二十四匹马，虽然实际上只要两匹马就足够了；我们在傍晚时分把这些树干拉到敌人的眼皮底下；这时我手头有三枝双管枪和一只从一个宫殿里弄来的火药桶，按照我的计划进行了安排和布置，到了夜里，这些东西被送到我们那个装模作样的“炮兵”阵地上来了。我给那几枝双管枪上了双倍的弹药，让它们从那只木桶里（桶底已被取掉）发射出去，就像三炮齐发一样；那雷鸣般的声音，使得任何人都会确信是重炮或者半重炮在轰击。我们的总司令对于这番滑稽的表演不由得从心底发出大笑。他再次向敌方提供了谈判期限，同时指出，如果他们在当晚仍不投降的话，他明天就要对他们不客气了。于是双方立即交换了人质，举行了谈判。就在这天夜里，敌人向我们打开了一扇城门。这件事使我大得好处；很快就可以看出，伯爵是多么器重我，他不仅赦免了我由于违犯他的禁令而犯的死罪，当夜就释放了我，并且当着我的面命令中校，一旦中队长的职位有了空缺，就把这个职位给我。但这件事他做得并不恰当，因为他还有堂表兄弟，内兄连襟等等一大串亲戚，他们个个都提防着，不让我日后高居于他们的地位之上。

第十一章

西木讲述各种琐事，虽不重要，却可解闷

在这次出征中，我没有再遇到什么值得一提的事了。等到我又回到了苏斯特，发现从利普施塔特城来的黑森人把我的一个仆人——他是被我留在我的住处看管行李的——和一匹正在牧放的马掳走了。敌人从我仆人那儿打听了我的平素情况以后，就把我看得比先前更加了不起了，因为在此以前人们的议论已使他们相信我会变弄魔术。我的仆人还告诉他们说，他本人也曾经作为一个魔鬼把羊圈里的韦尔勒的猎兵吓得魂飞魄散。这话传到了这个猎兵的耳朵里，羞得他无地自容，再次逃跑，从利普施塔特逃到荷兰人那里去了。这个仆人被逮去，倒成了我最大的福气，以后你就会知道这一点了。

从现在开始，我的举止行为比以前稳重一些了，因为我怀着巨大的希望，盼着能很快就当上中队长。我渐渐地和军官们以及年轻的贵族结交往来，但由于他们也同样热切地期待着我急于想得到的职位，这些人便又成了我最可恨的敌人，他们只是表面上却仍装作是我最好的朋友。中校已不再对我那样友好了，因为他得下命令提升我，而不是首先提升他的亲戚；我的上尉讨厌我，因为我的马匹、衣服和枪械都比他的神气得多，况且我对这个老吝啬鬼也不再像先前那样慷慨相赠了。他恨不得看到我被砍掉脑袋，而不是许给我一个中队长的职位，因为他一心想继承我那漂亮的马；我的少尉为了我新近脱口而出的一句话，也对我怀恨在心；事情是这样的：我们两人在最近一次的骑兵征伐队行动中受命执行一次有危险的放哨任务。在轮到我放哨时，尽管黑夜如漆，还是必须卧倒在地的；这时少尉像蛇似地匍匐着爬到我身边来，说道：“放哨的，有什么情况吗？”我答道:“有,少尉先生。”“有什么,快说!”我答道:“看来您害怕了。”从这时起我就再也得不到他的欢心了,哪里最危险,我就得到哪里去,而且总是第一个被派去。他随时随地寻找各种机会和借口,在我成为中队长以前来整我,因为我对他是不能有所反抗的。所有的军士也与我结冤不浅,因为我同他们大家相比,惟独我受到偏爱。至于说到一般士兵,也开始怀疑起他们原来对我所表示的爱戴和友谊,因为我不再和他们经常来往了,而是如上面所说的,和那些大人物密相往来;我未能使这些大人物对我产生好感,却因此给人留下一种印象,似乎我已经看不起那些一般的士兵。

最糟糕的是,没有一个人告诉我大家内心里对我的想法。人们当面对我说着最好听的话,心里却恨不得我早死,而我对此却还一直蒙在鼓里。我好比一个瞎子,无忧无虑地打发着日子,变得越来越自负了。虽然我也知道,某些人因我比贵族和高级军官们显得更加阔气而确实恼火,但我仍然我行我素。我成为一等兵之后,毫无顾忌地穿上一件价值六十个银币的披肩,猩红色的裤子,白缎的袖口,到处都镶上金银线的饰边;这套装束在当时是最高级的军官们穿的,因此任何人看了都觉得刺眼。我实在是一个初出茅庐的傻子,花钱花得如此张扬,让人人都看在眼里;如果我改变一种做法,把仅仅出于虚荣心而一无好处地显耀在自己身上的钱,作为肥水巧灌到合适的地方① 去的话,那我不仅马上就能得到中队长的职位,而且也不至于招来这样多的仇人。但我不仅不知收敛,还用鞍子、辔具和枪支去装扮“冒失鬼”从黑森的骑兵上尉那里给我弄来的那匹极好的马,当我骑上这匹马时,人家简直以为我是另一个圣·乔治② 骑士了。然而当我知道自己不是一个贵族,因此我的仆人和小童不可能穿上伺候我的号衣时,我感到无比的难受。我想:“凡事都有一个开端。如果你有了一个盾形纹章,那你也就有了自己的号衣;如果你成了中队长,那你就有了一个印章,即使你不是一个贵族。”我不再多加考虑,便请皇帝军队里一个主管纹章的官员给了我一枚盾形纹章,纹章的白底子上有三个红色的面具,帽盔上是一个穿着牛犊服装、有一对兔子耳朵、胸前挂着一个铃铛的年轻小丑的胸像。我想,这跟我的名字是再配称不过的了,因为我的

---

① 指用于贿赂。

② 圣·乔治,英国守护神。

名字就是傻瓜的意思。我要用这个小丑形象，在我日后飞黄腾达之时，经常提醒我在哈瑙时曾经被人当做什么样的人来对待过，使自己不致狂妄得忘其所以，因为我现在已经不再被人看做是下贱的人了。这样，我总算第一次真正有了自己的姓名、出身和纹章，如果有谁借此嘲笑我，那我就要毫不客气地给他一刀子或者两颗子弹，一决雌雄。

虽然我当时并不关心女人，然而当贵族们到城里去拜访为数众多的小姐们时，我也随同他们一起去露露脸，炫耀一下我那漂亮的头发、衣服和羽饰。老实说，我的外表使我比其他任何人都更讨人喜欢，不过我也知道，那些拖长裙的女人们对我颇有挑剔，她们把我比做一个个雕刻精致的木头人儿，模样固然好看，却既无精力，又无血气。我身上确实没有任何其他东西能够使她们高兴。我除了会弹奏琉特之外，就再也做不出什么来取悦于她们了，因为我还不懂得爱情。但当那些善于向女士们献殷勤的人讥讽我木头木脑和不机灵，以显示他们自己能说会道从而受到宠爱时，我就对他们说，如果我现在还能在一把锋利的剑上或者一枝好的步枪上得到快乐，我就很满足了。由于女士们对我的话表示赞赏，这些男人就十分恼火，他们暗地里发誓要我的命，却没有一个人敢于向我挑战，或者挑逗我向他们当中的任何人提出挑战；其实要做到这一点，几个耳光或者几句比较刺耳的话就足够了，我对此也早有准备。因此，女士们明确地意识到，我是一个有气概的青年，她们毫不隐讳地说，仅仅我的外表和高贵的心灵就比爱神所发明的其他一切恭维话更能博得女性的好感。这些话当然更加刺痛了在座的男子们的心。

第十二章

西木意外地发现了财宝，他欢欢喜喜地满载而归

我有两匹骏马，这就是我当时在人世间所享受到的全部欢乐。每天当我空闲的时候，我总骑着它们到练马场去，或者外出逛逛。当然不只是

因为马匹需要学点儿什么,还因为我要让人们看看这样漂亮的灵性之物是属于我的。当我骑着马洋洋得意地招摇过市时,那些愚蠢的百姓望着我,议论道:“瞧,这就是那猎兵!啊,多漂亮的马!啊,多漂亮的羽饰啊!”或者说:“天哪!一个多么标致的人啊!”我拼命竖起耳朵,听着人们对我的恭维,仿佛拔示巴女皇把我比作了正坐在皇位上的智慧之王所罗门①。可是我这个傻瓜却并不倾听另一些有见解、有阅历的人当时可能对我作出的评论,也不去倾听我的嫉妒者们是怎样议论我的。后者由于他们不能像我那样大出风头,无疑地希望我从马上摔下来,摔得粉身碎骨。其他人则一定这样想:如果人人都有门路,各得其所的话,我也就不会如此狂妄了。总而言之,绝顶聪明的人肯定会把我看成是一个小草包,认为我的狂妄必定坚持不了多久,因为我赖以炫耀自己的基础是不稳固的,仅仅是依靠时有时无的战利品来维持的。我不得不承认,这后一点判断不无道理,虽然当时我并不明白;因为我身上没有别的本领,除了谁要是碰到我手里的话,不管他是自己人还是敌人,我就会叫他尝到我的厉害,使别人把我看做是一个地地道道的好样儿的士兵——其实,我只不过还是一个孩子。但正是由于这一点,却使我显得那样了不起:当今时代一个卑微的马童也能射死世界上最勇敢的英雄;倘若火药尚未发明的话,我显然就会安分守己,不敢如此狂了。

我的习惯是,每当我外出游逛时,总是骑着马跑遍所有的大路、小径、沟渠、沼泽、丛林、山丘和河流,以便熟悉这些地形,并把它们牢记在脑子里,将来万一在这一带的一个什么地方与敌人遭遇上了,我就可以利用这个地方的地形来展开进攻或者进行自卫。为了这个目的,有一次我骑马经过离城不远的一处古老城墙的废墟,这儿从前有过一所房子。我粗一看心里就想道:这是一个很合适的地方,既可以伏击敌人,又可以作为退却时的藏身之所,尤其当我们龙骑兵遭遇到大量敌方骑兵,并被他们追赶的时候,这个地方对于我们就更合适了。我策马走进墙坍壁倒的院子,看一看是否能在紧急关头骑马进去藏身,又怎样才能从里面只身逃出。当我仔细地察看了院子里的情况,并且正要骑过那四壁还是完整无缺的地

---

① 所罗门(公元前960—前927),古以色列王国国王大卫之子,以智慧著称。故事参见《圣经·旧约·列王记》(上)第一章。拔示巴系所罗门之母。

窖时,我那匹平时从不受惊的马,这时任凭我软硬兼施也不肯朝前走一步了。我用马刺狠狠地踢它,以致自己感到了心痛,却仍然不能使它往前挪动一步。我下了马,牵着它走下那使它受惊的坍塌的地窖的阶梯,以便再作一次尝试。但是它拚命往后蹦跳,不过我最终还是边用好话边抚摸地牵着它下去了;当我好言相劝地抚摸它时,我发现它由于恐惧而浑身出汗,它的眼睛老是盯着地窖的一角,死也不肯往那边走,而我却什么也看不出来。这匹仿佛得了晕病的马因此而变得烦躁不安了。当我惊奇地站在那儿观察它害怕得直哆嗦的样子时,我也不禁感到一阵不寒而栗,仿佛有人揪住了我的头发,把一桶冷水往我头上浇了下来似的。然而我还是什么也没看见,而马却表现得越来越异常了,致使我不得不以为自己和马一起中了邪,要在这个地窖里完蛋了。我因此想退出来,但是我的马却又不肯跟我出来;这就使我更加害怕,真不知道该怎么办了。我终于拔出一枝手枪,把马拴在一棵从地窖里往外生长的粗大的接骨木树上,打算走出地窖,到附近去找人,帮我把马重新牵上来;正在这时我忽然心生一念:在这个古老的废墟里是否可能藏着财宝呢?这也许就是它那样阴森可怕的原因吧。我相信自己的想法,仔细地往周围察看,尤其是我的马不肯前去的那个角落;我发觉墙上有一块像普通的壁柜一样大小的地方,与墙壁的其他部分在颜色上和做工上都不同,当我正想走过去的时候,我又一次感到了毛骨悚然,但这种感觉增强了我的信念:那里肯定藏着财宝。

我宁愿参加十次甚至一百次战斗,也不愿如此担惊受怕!我内心受到折磨,但不知道是受谁的折磨;我什么也看不见,什么也听不见,我把另一枝手枪从马上卸下来,想带着它离开这儿,把马留下,但是却爬不上阶梯,似乎有一阵强烈的风阻挡着我;这时我才真正感到毛骨悚然了!我终于想到,只要我一开枪,在附近田里干活的农民就会跑到这儿来,替我出主意并且帮助我。我不得不这样做,是因为我没有其他办法和希望了——我不知道该怎样离开这个阴森可怕的奇怪的地方;同时,由于我连自己都不知道发生了什么事情,我在绝望中感到了恼怒——我就把手枪对准墙上那块我认为是这次奇遇的起因所在的地方,猛地射出两颗子弹,于是墙上就出现了一个可以放得进两个拳头大小的洞。我的马一听到枪声便嘶鸣起来,竖起了耳朵,这使我心里感到了轻松,我不知道,是妖怪或幽灵消失了呢,还是这可怜的畜牲因听到枪声而高兴了。我一下子又壮起了胆子,毫不畏惧地径直朝洞口走去;我把墙完全拆开,发现了一大堆金银财宝,这终于使我如愿以偿,只要我能把它们收藏好就行了。这是六打古法兰克的银酒杯,一只大金杯,几只双料酒杯,四只银的和一只金的盐瓶,一根古法兰克的金链,镶嵌在戒指和其他珠宝饰物上的各式各样的钻石、红宝石、蓝宝石和绿宝石,一小箱满是大颗粒的珍珠,但全部都毁坏了,变色了,在一只霉烂的皮口袋里有八十个最古老的纹银制的银币,还有八百九十三个铸有法兰西纹章和鹰徽的金币,这种金币没人认得,因为谁也不认得上面的字。我把这些钱币、戒指和珠宝饰物装进了我的裤兜、靴子、裤子和手枪套子里;我身边没有带口袋(我只是骑马出来逛逛的),所以我又从马鞍上割下鞍褥,把余下的银器全都装了进去,因为鞍褥配有里子,这正好给我当口袋使用;然后我把金链挂在脖子上,欢欢喜喜地骑着马返回驻地。

当我走出院子时,我发现两个农民,他们一看见我,拔腿就跑。我很快追上了他们,因为我有六条腿,脚下又是平川广野;我问他们为什么要逃跑,为什么那样害怕,他们告诉我,他们把我当成住在这座荒凉的贵族院落里的鬼怪了,谁要是走近他,就会遭殃。当我继续询问鬼怪的情况时,他们回答说,许多年来由于害怕这个妖怪,没有人敢走近这个地方,除非是陌生人,才会误入此地。根据广为流传的说法,里面有一只装满钱财的铁箱和一个受符咒禁锢的少女,由一头黑狗看守着,据说——他们从祖父母时代起就已经听说了——一旦有一个既不认识自己父亲也不认识自己母亲的异乡贵族来到这里,就能解救这个姑娘,用一只火钥匙[①] 打开这只铁箱,取出藏在里面的钱财。他们还对我讲述了许多诸如此类的荒唐的事情,并且说他们从来还没听说过,有谁在那儿不受任何伤害,不曾经历什么危险,也不遭受那可怕的怪物的惊恐,而能侥幸逃脱的。虽然就记忆所及也曾经有几个流浪学生和祛妖人到过那里,要挖掘这块宝地;但他们却遭到可怕的接待,被撵了出来,自此之后就再没有人去探寻这些财宝了,他们意识到,光凭喝母奶长大的人是不可能得到这些财宝的。我说,那么这些财宝就只能永远留在那儿了。“不过,”我问道,“是谁告诉你们里面住着一个被符咒禁锢的少女呢?”那两个农民回答说,几年之前有

---

① 即指用手枪射击,铁箱便能打开。

个姑娘从她的村子里赶着几只当地的山羊来到牧场上放牧,其中有一只羊离了群,一直跑进这座院子,姑娘不知道院子里闹鬼的事,便追了进去,想把那只羊赶回到羊群中去;这时那个受禁锢的少女走了出来,她问这个姑娘,在这儿干什么,姑娘回答说,一只山羊离了群跑到这儿来了,她要把山羊带回去。少女指着一只装满樱桃的篮子,说道:"去吧,带上你看到的那篮东西,连同你的山羊离开这儿吧,不要再到我这儿来了,也不要东张西望,以免遭殃。"姑娘听了这些话,心里非常害怕,在惊恐之中,她抓了七颗樱桃。不料,当她一走到院墙跟前时,这些樱桃全变成了金子。然后我问这两个农民,既然他们不敢走进这个院子,那么他们又想在这儿干什么呢?他们回答说,他们听到了枪声和大声的叫喊,才跑过来看看,究竟发生了什么事情。我告诉他们是我放的枪,因为我当时非常害怕,希望有人到我身边来,但是不知道有什么叫喊声。他们说道:"每当有人从附近跑进这个院子时,总听得到从里面传出的枪声,那里面确实是十分可怕的,如果不是您亲口说您进去过,我们又亲眼看见您出来的话,那我们是不会相信您老爷的话的。"随后他们向我打听许多事情,尤其想知道里面的情况,问我是否看到了那个少女和那头守护铁箱的黑狗,我就尽我的高兴向他们胡吹了一通,而真实的情况我却丝毫也没有向他们透露,也没有提起我挖出了财宝的事,就骑上马回到我的住处,仔细察看我发掘出来的东西,实在感到满心欢喜。

第十三章

西木想入非非,要守住他的财宝

那些懂得金钱的价值,并且因此把它视为心目中的神的人们,并非没有道理;因为世界上就有那么一个人,他体会到金钱的力量和近乎神奇的效能。此人就是我。我知道,当一个人有了大量的金钱,他就会有什么样的情绪;我也不止一次地体会到,如果一个人囊中一文不名,那他就会有怎样的一种感受。是的，我敢证明，金钱比任何宝石[①] 都更拥有各种德行和权力。它可以像钻石一样驱散一切忧郁；它像绿宝石一样激发人们对学习的兴致和热爱；因此通常总是富人家孩子中的大学生比穷人家孩子中的大学生要多。金钱就像红宝石那样能消除恐惧，使人快乐而又幸福；它像琥珀那样可以使人夜不成眠；另一方面，它又像橙宝石那样具有巨大的力量，促进安宁和睡眠；它能增强心脏，驱走无谓的恐惧，使人欢乐、品行端正、神清气爽和温和宁静，就像那蓝宝石和紫水晶一般；金钱能驱走噩梦，使人快乐，增进智力，在争吵中使人取胜，犹如玛瑙一样，尤其当人们大胆地用它去贿赂法官的时候。人们用金钱能获得漂亮的女人，从而止住好色和淫荡的欲念。总而言之，可爱的金钱所具有的能力是说不尽的，正像我先前在我的《黑与白》一书里所描写过的那样，只要善于使用和存放生息就行了。

至于说到我自己的钱（它是通过抢劫和这次发掘而得来的），它则具有一种奇特的力量：它首先使我比先前更加狂妄自大，而又简直到了使我暗自恼火的地步，因为我的名字叫做痴儿西木！它像紫水晶那样使我睡不安稳，常在夜里躺在床上思索着如何把这些钱财存放起来而获得更多的利益。我成了一个很会打小算盘的人；我计算着那些未铸成货币的银子和金子可能值多少钱，把它们与我平时私藏起来的金钱以及我钱袋里现有的加在一起，我发现那是一笔可观的数目，还不包括宝石在内呢！它教我去学会它所固有的狡诈和邪恶的品质，正如俗话所说："越多越贪"，我竟变得那样吝啬，致使人人都恨起我来。金钱使我产生种种愚蠢的打算和古怪的念头，然而我总是朝三暮四，从未按照一个想法做到底。有一次我想，我要摆脱战争，随便到哪儿去安身，饱食终日地过日子，但是我又立即打消了这个念头，因为我想到，我现在所过的是一种多么自由自在的生活，我又多么有希望成为一个大人物。于是我又想："嗬，西木，你就去当一个贵族吧！花费一点钱招募一队龙骑兵为皇帝服役吧！你已经是一个十足的少爷了，以后还会高升的！"可是当我考虑到，我的威望可能会由于一次不幸的遭遇战而阵亡，或者由于缔结和约而与战争一起宣告结束，我便对这个计划失去了兴趣。后来我又开始希望自己像一个真正的男子

---

① 以下有关宝石的各种性能和奇妙的作用常见于当时许多自然博物志著作中。

汉那样活到老;“如果能这样,”我对自己说,“那你就娶一个漂亮、年轻而有钱的老婆;然后购置一处贵族产业,过上安逸的生活。”我要饲养家畜,靠我的正当收入过上富裕的生活;但是因为我明白,要办这些事我还太年轻,我不得不放弃了这个打算。诸如此类的想法,我还有许许多多,最终我拿定主意,把我最珍贵的东西放在一个可靠的城市里,请一位富有的人代为保管,等待今后命运对我的安排。那时候朱庇特还在我身边,因为我还无法摆脱他;他有时候说起话来十分敏锐中肯,几个星期来脑子还相当好使,对我也是极其友善,因为我为他做了许多好事。他看到我常常沉思默想,就对我说:“亲爱的孩子,把你那些血腥钱,还有金子和银子,统统分送掉吧。”我说:“为什么,亲爱的尤韦?”“因为,”他答道,“因为这样做可以使你得到朋友,并且摆脱无谓的烦恼。”我说我还想得到更多的钱:“谁知道,我在什么地方还得花钱呢?”他说道:“那你就瞧着办吧,看从哪儿能够搞到更多的钱!但是这样做你一辈子既过不上太平日子,也不会有朋友了。让那些老财迷们去贪得无厌吧;你做人却要像一个正直的年轻人那样;你应该体会到,比起金钱来,更需要的是好朋友。”我经过考虑,认为朱庇特说的话是有道理的;但是我已经吝啬到不想送掉一文钱的地步;但最后我还是赠送给司令官一对银的和镀金的大酒杯,赠送给我的上尉一对银盐瓶。我这样做,却使他们对我其余的东西垂涎三尺,因为那都是些稀罕的古董。我赠送给我那位最忠实的伙伴“冒失鬼”十二个银币,他却劝告我说,我应当放弃我的财富,否则我就会因这些财富而遭逢不幸,因为军官们不喜欢看到一个普通士兵比他们的钱更多;他从前还曾经看到过一个同伴为了钱的缘故而暗杀了另外一个人的事。他还说,在此以前,我对自己从战利品中所获得的和积蓄起来的钱都还可以保守秘密,因为大家都以为我把一切都花费到衣着、马匹和枪支上去了;而现在我却什么东西也瞒不了人了,不能再欺骗人家说自己没有余钱了,因为我发掘到的财宝被大家说得比它的实际数量还要多,而我又不像过去那样慷慨。人们的这种议论,他时有所闻。如果他处在我的地位,那他就不管打仗不打仗,自己一走了事,一切听凭亲爱的上帝去摆布。他劝告我不要再去碰运气了;我已经获得了够多的荣誉和财富,而我已经达到了上千个人里面也难得有一个人能够达到的地步。我答道:“听我说,兄弟,我怎么能够把即将当上中队长的机会如此轻易地丢掉呢?”“对,对,”“冒失鬼”说道,“如果

你能当上中队长，那就随便把我怎么样吧！那些同样希望得到这个职位的人如果看到这个肥缺由你占领了，他们恨不得把你的脖子撕成碎片呢！不必教我去识别鲤鱼了，因为我父亲就是渔夫！请相信，兄弟，关于战争中的事，我比你见得多。你不是看见有些军士背着短枪一直背到头发灰白吗？他们理应先于许多人而拥有一队人马的；难道你就不认为他们也是可以有所希望的人吗？另外，你自己也明白，他们比你更有权利得到提升。”我不得不沉默了，因为“冒失鬼”出于一颗德国人正直的心，诚恳地对我说了真话，而毫无奉承之辞；然而，我还是暗地里把牙咬得紧紧的，因为我确实自以为了不起。

不过，我认真考虑了这一位和朱庇特的话。我想，我没有一个天然盟友，能在我危难之中给予救助，而在我死去时也必暗地里或公开地为我报仇。关于事情本身及境况的复杂，我也并不难想象，但尽管如此，我的虚荣心和贪欲——更不必说想成为大人物的满腹希望——都不允许我摆脱战争，为自己创造安宁的生活；我还是坚持我原来的打算。当时我正巧有一个机会到科隆去：我要和上百个龙骑兵一起把几名商人和货车从明斯特护送到那里。我把发掘到的财宝包扎在一起，随身带上，然后把它们交给一位第一流的商人，他给我一张亲笔写的清单，里面包括七十四马克未铸成货币的纹银，十五马克金子，八十个古银币，在一只密封的小盒里有各式各样的戒指和珠宝首饰，连金子带宝石总共八磅半，还有八百九十三个古代的金币，每一块重一个半金古尔登①。我把朱庇特也带到那里去，因为他在科隆有一些有名望的亲戚，他非常想去；他在他们面前夸奖我对他所做的好事，因此他们对我很表敬意。他还是经常劝告我，要把钱花在更合适的地方，为自己买得一些朋友，这些人对于我将会比箱子里的金子更有用处。

第十四章

猎兵西木又被俘虏，却像往常一样受到青睐

在回来的路上，我反复思考着以后应当怎样处世才能使自己普遍得

① 古尔登，日耳曼帝国金币名，通行于十四至十八世纪。

到欢心;“冒失鬼”对我说的那些话,毕竟使我不安。他让我感到,似乎所有的人都在妒忌我,事实上也正是这样。由此我还想起了苏斯特那有名的女预言家曾经说过的话,这更使我忧心忡忡。这一番思索大大增强了我的理性,使我意识到如果一个人无忧无虑地打发着日子,就无异于一头畜牲了。我寻找着人们嫉恨我的原因,寻思着该如何对待每一个人,以便重新获得他们的欢心。我感到极为诧异的是,人们是那样虚伪,他们并不喜欢我,却当着我的面尽说些好听的话。因此我想,我也应该装得像别人一样,说一些最能讨人喜欢、最悦耳动听的话;不管是否违心,都用貌似尊敬的态度去对待每一个人。我特别清楚地意识到,我的多半敌人都是由于我的自高自大而造成的。因此,我认为有必要装出一副谦卑的样子,与那些一般的人平起平坐,在比我地位高的人面前把帽子拿在手里,在衣着上收敛一点,直到我的身份有所改变为止。

我曾从科隆的商人那儿拿了一百元银币,准备在他把我的财物交还给我的时候,再把这笔钱连同利息偿还给他;这笔钱我想在护送商队的路途上请客花掉一半,因为我现在算是认识到,吝啬是结交不成朋友的。我就这样下了决心,改变自己的形象,并且就在这次行程中作出一个新的开端。但是我打错了算盘,致使我的计划一下子全落了空。当我们要穿过贝尔吉斯地区[①] 的时候,敌方有八十名步兵和五十名骑兵埋伏在一个地势十分有利的地方;这时候,我正巧与另外四个人以及一名下士奉命骑着马在前面探路。当我们进入他们的埋伏点时,敌人却静守不动;他们为了不惊动护送队,让我们通过,并不袭击我们。一直等到护送队也进入他们的伏击圈时,他们一边派出一名少尉和八名骑兵跟踪监视我们,一边便袭击我们的护送队。而当我们掉转马头,要去保护那些车辆时,他们已径直朝我们走来,问我们是否要投降。就我个人来说,我有很好的坐骑,胯下是一匹精良的马,但我不想立即逃跑,而是策马奔上一个小丘,看看是否有可能获得荣誉。这时我忽然听到了我们的队伍所领受到的一溜枪声,我就知道了事情的严重性,这才打算逃跑了。但是那少尉考虑到了这一着,早已切断了我们的退路,当我考虑要杀出去时,他又一次劝我投降;显然,他把我看做是一个军官了。我心里想:“保全性命总比一场毫无把握

① 在今德国北莱茵—威斯特法伦州。

的赌博要好些。”因此我问，他是否能像一个诚实的士兵那样遵守宽恕我们的诺言。他答道：“是的，当真的。”

于是我把剑交给了他，就这样成了俘虏。他接着问我是什么人；因为他认为我是一个贵族，因此也是一个军官。但当我回答他说人家管我叫苏斯特的猎兵时，他说道：“你没有在一个月之前落进我们的手里，那就算你的运气了；那时候我可不能宽恕你，也不可能遵守宽恕的诺言，因为那时候在我们这儿，人们把你看做是一个公开的妖人。”

这个少尉是一个年轻而勇敢的贵族，比我年长不到两岁。他非常高兴，因为他俘虏了远近闻名的猎兵，感到光荣。他十分忠实地遵守宽恕我们的诺言，并且按照荷兰人对西班牙战俘不搜腰包的传统来对待我。是的，他很有分寸，他不曾叫人搜查我，而我倒是有自知之明，从衣袋里掏出钱来，把钱交给了他们；当他们正在分赃时，我偷偷地对少尉说，他务必使自己分到我的马、马鞍和马具，他将在鞍子里找到三十个杜卡托，而且，像这样一匹好马，也是不容易得到的。因此少尉对我特别好，简直把我当成了亲兄弟；他随即跨上我的马，让我骑着他的马。

护送队里死者不超过六人，十三人被俘，其中八人受伤，其余的人逃跑了。他们不敢在广阔的原野上从敌人手里夺回那些被抢走的东西，而他们本来是可以做到这一点的，因为他们全都骑着马。

在分完战利品和俘虏之后，瑞典人和黑森人（因为他们来自不同的驻军）就在当夜分手了。少尉留下了我、那个下士和其他三名龙骑兵，因为我们是被他俘虏到的。我们被带往一个要塞①，它离我们的驻地还不到二里路。因为我先前在那个地方多次大显身手，所以我的名字在那儿已是家喻户晓，人们与其说是喜欢我，不如说是害怕我。这时我们已望见了城市，少尉派一名骑兵快马赶到城里向司令官报告他的到达和事情的全部经过，以及这些俘虏是些什么人，闹得满城沸沸扬扬。不必说，这是因为大家想看一看这位传奇式的猎兵。人们对我评头论足，众说纷纭，那场面简直像是一位伟大的君主举行入城式似的。

我们这些俘虏被径直带到司令官那里去，他对我的年轻表示十分惊奇。他问我，是否曾在瑞典军队服过役，我是什么地方的人。当我照实向

---

① 即利普施塔特。

他报告之后，他又问我是否有兴趣再留在他这里。我回答他说道，这本来对我是无所谓的，只是因为我向神圣罗马帝国的皇帝起过誓，所以我认为理应遵守这个誓约。于是他就下令把我们交给了俘虏管理官，并答应了少尉提出的在傍晚宴请我们的恳求，因为我以前也是这样款待我的俘虏的，而其中就有他的兄弟。到了晚上，各式各样的军官们都到少尉这儿来了，既有走运的军人，也有世袭的贵族，少尉派人把我和下士也叫了来，说实话，我受到了他们极其客气的款待。我也做出非常高兴的样子，仿佛我根本没有失去什么似的；他们对我亲切而坦率地询问着，我好像不是在当敌人的俘虏，而是坐在最好的朋友们中间；这时候我也尽可能表现出谦恭的态度，因为我不难想象，我的表现会有人报告给司令官，事实果然这样，因为我后来听说了。

第二天，我们这些俘虏一个挨着一个被带到联队军法官那里，由他审问我们。下士第一个被带去，我是第二个。我一走进大厅，他也对于我的年轻表示出惊讶，问我："你这小子，瑞典人怎样亏待了你，你要同他们去打仗？"这提问激恼了我，尤其因为在他们的眼里我仍然是一个年轻的士兵，因此回答他道："瑞典兵抢走了我的石弹子①，我要把它们再拿回来。"我这样回敬他，使那些在座的军官们感到了羞耻。因此，一个军官用拉丁语提醒他，应该和我谈些正经的事情，他可以听得出来，他面前站着的并不是一个孩子。这时我知道了他名叫奥伊萨比乌斯，因为这个军官这样称呼他。接着他就问我的名字，我对他说出了我的名字，他说道："地狱里没有一个魔鬼叫西木卜里其乌斯的。"我回答道："恐怕地狱里也没有一个魔鬼是叫奥伊萨比乌斯的！"我就这样巧妙地回敬了他，就像过去回敬我们那位茨利阿斯的文书那样；但这个回答叫军官们听了很不是滋味，于是他们对我说，我应该记住我是他们的俘虏，带我到这儿来并不是为了听我说俏皮话的。我并不因为这样的责难而脸红，也不请求他们原谅，而回答说，由于他们是把我作为一名士兵俘虏来的，不会把我当做一个孩子放跑，所以我认为他们也不会像对待孩子那样拿我来开玩笑；怎样问我，我就怎样回答，但愿我没有做出什么不得体的事来。接着他们问我的祖籍、家庭和出身，还特别问到我是否也在瑞典军队服过役，以及苏斯特的情况

① 一种儿童玩具。

怎样,驻军兵力如何,还有其他许多问题。我对所有问题都回答得敏捷、简短而恰当,关于苏斯特以及那里驻军的情况,我根据我所知道的都说了,但是对于我所干的小丑行当却只字不提,因为我对这些事感到羞耻。

第十五章

叙述西木凭什么样的条件获得瑞典人的释放

在这期间,苏斯特的人们已经获悉护送队的遭遇,得知我和下士以及其他一些人被俘,也知道我们被押到了哪里。为此,第二天就有一名鼓手① 来接我们;下士和其他三人被交还了,并让他带去一封内容如下的信(司令官派人送给我过了目):

① 即派来谈判的代表,当时至敌方谈判时随身携带鼓一面,故名鼓手。

阁下：您的信已由来人（鼓手）面交与我，赎金收下，因此送上下士和其他三名俘虏。至于猎兵西木，此人不能移交，因他先前在我方服过役。倘若我能在公务之外为您阁下作其他方面的效劳，那么您可以把我作为一个恭顺的仆人，我现在是，将来仍然是您的

衷心效劳的安德莱阿斯上校

这封信一点儿也不使我高兴，而我却不得不为此表示感谢。我迫切要求与司令官谈话，却得到答复说，等到他办完鼓手的事，他会派人来叫我去的，这要等到明天早晨才行，我得耐心等候。

当我等到了指定的时间，司令官派人来叫我，那正是用饭的时间。这是我第一次领受和他同桌进餐的荣誉。席间，他频频劝酒，十分亲切地和我说话，至于他对我作如何打算，却只字不提。而我也不便首先提及此事。等到这顿饭吃完，我已经醉态蒙眬，他说道："亲爱的猎兵，你从我的信里已经明白，我是用什么借口把你留下来的，也就是说，我没有打算做什么违背情理和战争惯例的不合法的事以及别的什么。你已经向我和联队军法官承认，你先前在我方主力部队服过役，因此你得拿定主意在我的手下服役；只要你表现得好，我慢慢地就会提拔你，这是你在皇帝军队里永远不能指望的。否则的话，你可不要怪我——如果我把你再送回到先前逮过你的那个中校那里去。"我答道："尊敬的上校先生（当时对于走运的军官还不流行以'阁下'称呼，即使他们是上校），我既没有对瑞典王室、也没有对它的任何联盟、更谈不上对那位中校负有信守誓约的义务，我过去只是一个马童，因此我没有义务在瑞典军队中服役，否则将会破坏我向神圣罗马帝国皇帝立下的誓言，我因此恳求上校先生免除对我的苛求！""什么？"上校说道，"你蔑视为瑞典军队服役吗？你要知道，你是我的俘虏，在我放你回苏斯特去为敌人服务之前，我要让你先领受另一次审讯，或者让你毁在监牢里，那时候，你才会知道该怎么办了。"这些话虽然使我害怕，但我并不因此屈服；我回答说，上帝会使我免受这种屈辱，并保佑我信守我的誓言；此外，我抱着卑恭的希望，上校先生会以他众所周知的审慎，像对待一名士兵那样对待我。"是的，"他说道，"我很清楚，我可以怎样对待你，因为我要从严处理；但是你得好好考虑，免得我抓到把柄把你另行处理。"于是我又被送回了牢房。

任何人都不难想象，这天夜里我不曾睡好，万千思绪在心头翻滚。早

上有几名军官和那个使我成了俘虏的少尉来到我身边，他们假装陪我消磨时间，实际上是为了哄骗我，说什么上校打算把我当做妖人送去审讯，如果我仍然不顺从的话。他们是想吓唬我，看看我到底有多大能耐；我问心无愧，泰然处之，也不多加答理。其间，我还注意到上校对我并没有别的意思，只不过不愿意看见我回到苏斯特去而已；他也不难想象，如果他释放了我，我就不会离开苏斯特，因为我还指望在那儿获得提升，我还有两匹好马和其他贵重的东西留在那里。第二天他又把我叫到他跟前，再一次严肃地问我，是否已拿定了主意。我答道："上校先生，我的决定是，我宁可死也不愿意起假誓！如果尊敬的上校先生给我自由，并免我服役，那我就用我的心、嘴和手向您保证，在六个月内不拿起武器与瑞典人和黑森人为敌。"上校立刻表示了满意，向我伸出手来，把赎金赏还了我，还吩咐秘书写好一式两份的保证书，我们两人都签了名。在保证书中，他答应在我逗留要塞期间给我以保护、庇护和一切自由；另一方面我也对以上两点作出相应的保证,即:在我逗留期间,不做有损于当地驻军和司令官的事,也不隐瞒任何对他们不利和有害的企图;相反,我的行动应该给他们带来裨益,防止可能发生的有害事情,一旦这儿遭到敌人袭击,我应该而且乐于帮助他们去抵御敌人。

于是他又留我共进午餐,对我的赏光超过了我平生在皇帝军队里所能期望的。他就用这种方法逐渐赢得了我,致使我不想再回到苏斯特去了,即使他让我走,或者解除我的许诺,我也不愿意再走了。这叫做未流一滴血,而做了有损于先方的事,因为自从苏斯特方面的部队失去了我,就几乎没有作出什么成绩来——我说这话并非为了说他们的坏话,也不是想吹捧我自己。

第十六章

西木过起像爵爷那样挥霍的生活来

凡事一应百应。当我坐在司令官的饭桌旁,听说我的仆人带着我的两匹好马从苏斯特到了我这儿来时,我认为鸿运已经和我攀上了亲,或者至少和我结上了不解之缘,致使我那最倒霉的遭遇也成了天大的好事。我不知道,我以后会有怎样的结局;那诡谲的运道具有魔女的特性,它要对谁坏,往往表示出最偏爱谁,为此先把一个人举得高高的,好叫他日后摔得更重。

这个仆人就是我先前从瑞典人那里俘虏来的,他对我非常的忠诚,因为我待他极好。他每天都将我的马套上鞍具,并且从苏斯特骑出好长一段路,去迎那位接我回去的鼓手,以免我单独走这么远的路、赤身裸体或者褴褛不堪地(因为他以为我被剥光了)回到苏斯特。他终于遇上了鼓手和几个俘虏,他于是解开了打点着我最好的衣服的包裹。但当他没有见到我,而是听说我被敌人留下来为他们服军役时,他随即策马继续前进,一面说道:“再见了,鼓手,还有你,下士;我的主人在哪儿,我也到哪儿去。”他就跑了，到了我这儿。那时正是司令官答应释放我而且给我很大面子的时候。司令官让人把马先安置在一家旅店里，一直等到我自己按我的要求订下一个房间；他夸奖我福气好，有这样一个忠实的仆人。像我这样一个普通而又年轻的龙骑兵，却有着这样漂亮的骏马，装备如此齐全，他不由得赞叹不止。当我向他告别，要到那家旅店里去时，他大大地赞赏我的一匹马，我立即明白，他很想买下这匹马，只是不好意思开口，来做交易。我就说，如果他赏脸的话，他可以将这匹马留下使用，但他却断然拒绝接受。这多半是因为当时我已相当醉了，他不想听到背后有人说闲话，说他喋喋不休地从一个醉汉那里骗取了东西，当这个醉汉醒来之后也许会后悔自己这样心甘情愿地失去了一匹珍贵的马。

这天夜里，我考虑着今后该怎样安排自己的生活。我决定，这六个月就留在我所在的地方，安安静静地过上一冬，冬天已经快要来临；我也清楚即使不动用科隆的财物，我也有足够的钱来对付着使用，“在这段时间里，”我想着，“你可以把身体养得棒棒的，来年春天再回到皇帝的军队里去，更勇敢地上战场。”

第二天一清早我剖开我的马鞍，这个鞍子里的东西比起那少尉从我这儿拿去的一只要充实得多。然后我把最好的马牵到上校的住处，对他说我已经决定，在我不得参加战争的这六个月里，我要在他的庇护下在这儿安静度过，所以我的马就没有用处了，如果它受到糟蹋，那是很可惜的，因此请求他行个方便，在他的马厩里赏赐给这匹劣马一个立足之地，并且请他收下这匹马，以表示对他所赐恩惠的谢意，望他哂纳。上校彬彬有礼地谢了我，并且给我以盛情的报答，为了表示他对我的厚爱，他在这天下午派他的总管送给我一头活的肥牛，两头肥猪，一桶葡萄酒，四桶啤酒，十二车木柴；所有这些都送到我刚刚租下准备居住半年的新住所，还让总管转告我说，因为我要留在他这里居住，不难设想，开始时伙食一定不好，他因此给我送来喝的之外还有一些肉和木柴，作为贴补家计之用，供我起火用膳。此外他还捎话，如果他能对我有所帮助的话，他是不会推辞的。我客气地道了谢，送给总管两个金币，请他向他的主人多多致意。

我看到，由于我的慷慨，使我在上校面前受到高度尊敬，我就想，我还要在一般人中间赢得威信和赞扬，不要让人把我看成是一个穷光蛋。我于是当着房东的面，把我的仆人叫到跟前，对他说：“亲爱的尼克拉斯，他

对我表示的忠心已经超过了一个主人对他的仆人应有的期望；但是目前我不知道怎样补报你，因为我这段时间既没有主人，也没有打仗的机会，不能如我所愿，把获得的什么东西来奖赏给你，尤其因为我打算过平静的生活，不想再用仆人，所以我想把另一匹马连同马鞍、辔具和手枪作为报酬送给你，请你赏脸收下，你就再去另找一个主人吧。如果将来我对你还有可用之处的话，你随时可以来找我。"这时我善良的尼克拉斯开始哭起来，说道："唉，我的主人，我在三个月里没有为你做过什么事；留着马给你自己用吧，如果您中意，也留下我吧，我宁可跟着您挨饿，也不愿意跟着另外一个主人阔气地过日子，只要我知道我是在好好地侍候你。""不，"我说，"既然我自己如今不可能像一个爷们那样过日子，我也就不愿看到跟前有仆人了。你去找一个更好的机会吧，因为我一点也不愿意你成为和我一起倒霉的人。"他于是吻我的手，哭得几乎说不出话来，怎么也不肯收下那匹马，说不如让我把它变卖了，以维持自己的生计。最后我还是说服了他把马收下，因为我答应他，我一旦需要人，会再收留他当仆人的。我的房东对于我们这次分手十分同情，眼睛也不禁湿润起来，正像我的仆人在士兵们中间称赞我那样，这位房东把这件事当做闻所未闻的佳话在老百姓当中对我大加传颂。那司令官认为我是个果断的人，使他也敢于相信我所说的话，因为我不仅忠于我对皇帝的誓言，而且为了更加坚决地遵守我对他所作的保证，使我自己失去了漂亮的马、枪支和忠心的仆人。我因此却成了一个孤身的爷们，像个乞丐一样，手下没有一个人。在这个颠倒的世界上，一切都颠倒了：别人为了要服兵役而起誓，我却不得不为停止服役而立约。

第十七章

西木叙述他怎样安排六个月
的生活，女算命人对他说了哪些预言

我相信，世界上没有一个人不怀有痴心妄想；因为我们大家都属同一类生物，我从自己的果实上就看出其他果实是否成熟。“哦，呆子，”有人可能会这样回答我，“如果你是个傻瓜，你就因此认为别人也是傻瓜吗？”不，我不这样认为，因为这话就说得太过分了。但对这一点我这样看：有的人善于掩盖自己的痴愚，有的人却不会。所以说，一个人有愚蠢的念头，并不能因此就说他是傻瓜，因为我们在青年时代普遍都是这样的人；谁若是把愚蠢暴露出来，就会被人家认为是傻瓜，因为有些人把愚蠢完全隐藏了起来，还有些人则只让人家看到一半。那些把他们的愚蠢完全掩饰起来的人，才是真正别扭古怪的人；而那些能窥测时机，竖起耳朵，透透空气，使自己不至于窒息而死的人，我则认为是最好、最明事理的人。而我的胡思乱想太厉害了；由于我看到自己所处的地位自由自在，手头也很宽裕，就收了一个小童，把他打扮得像个贵族的小侍从，让他穿上傻里傻气的浅棕色和黄色的衣服，算作我仆人的号衣，因为我喜欢这种颜色；这个小童得像侍候一个男爵那样来侍候我，好像不久之前我并不是什么龙骑兵，半年之前也并不是一个可怜的满身虱子的马童。

这就是我在这座城里所干的第一件傻事，这件事虽然相当显眼，却没有人注意，更没有受到指责。但这又有什么要紧呢？这个世界上愚蠢的事情太多了，再也无人对此介意，也无人讥笑，或者表示惊讶，因为他们对这些事已经习以为常。再说，我有着一个聪明的好军人的名声，而不是被人看成还穿着小儿衣鞋的傻子。我在房东那儿为我自己和小童包了伙食，把司令官为了我的马而赠送给我的肉和木柴交给他分期抵付；但是我的小童得掌管好藏酒的地窖的钥匙，因为对那些来访的人，我总乐意给他们喝一点；我现在既不是老百姓，又不是军人，不可能有类似我这样的人和我交朋友，所以我既和军人又和老百姓交往，每天都有够多的朋友来作客，我是一定要招待他们喝一点的。在当地老百姓中，我和风琴师成了最好的朋友，因为我喜欢音乐；不用夸口，我有着极好的嗓子，这嗓子我是不愿意让它衰退的。他教会我该怎样谱曲，怎样把琴弹得更好，怎样玩竖琴；本来我弹琉特已经是一个能手了，因此还为自己搞到了一把琉特，几乎天天弹着玩儿。当我玩够了的时候，我就把毛皮匠（就是那位在天堂里指导我使用各种枪械的人）叫来，和他一起操练，使自己的技艺更加熟练。所以我获得司令官的允许，花钱请他的一个炮手教我枪炮操作技术，以及一些使用火药的本领；除此之外我很安静，深居简出，当人们看到我总像

一个学生似地埋头读书,感到大为诧异,因为我毕竟是习惯于抢劫和流血的人。

我的房东是司令官的密探和监视我的人,因为我发觉,他把我的一举一动都偷偷地报告了司令官。但我并不因此责怪上校;倘若我是司令官,有着像我这样一位受重视的客人,那我也会这样做的。我对此处之泰然,因为我丝毫不去想战争的事,当别人谈论到它时,我就装做从来不曾当过兵似的,只是为了每天在这里完成我日常的操练,盼着六个月很快过去;但是没有人能知道,我今后愿意为哪方面军队服务。每当我去拜访上校时,他总是留我吃饭;在这种场合,他每次都在谈话中探问我的打算和想法,但我总是谨慎回答,使他摸不透我的心思,而对我寄予美好的希望。有一次他对我说:"怎么样啦,猎兵?你还不愿到瑞典这边来吗?昨天我这儿有一名少尉死了。"我答道:"十分尊敬的上校先生!如果对于一个女人来说,在丈夫死后不马上结婚是合适的话,那么为什么我不耐心等上六个月呢?"就这样,我每一次都使自己得到解脱,并越来越得到上校的恩宠,他甚至允许我在要塞内外周围散步;到后来我竟然可以去捕捉兔子、野雉和鸟儿了;这样的恩惠,就是他自己的士兵也没有受到过。我在利珀河[1] 里钓鱼,运气非常好,简直像要魔术似的将鱼儿和小龙虾一一要出水面。我因此请人给做了一件蹩脚的猎装;我穿着它在夜里——因为我熟悉所有的道路——溜到苏斯特地界之内,把我藏着的财宝都收集在一起,把它们都带回到这个要塞里,好像我要永远在瑞典人这边住下来似的。

在同一条路上,我遇到了苏斯特的女算命人。她说:“瞧吧,我的孩子,我先前不是告诉过你,你必须把钱财藏在苏斯特以外的地方吗?我向你保证,你被俘虏,真是你天大的运气;因为如果你回到苏斯特去,那些发誓要你死的人,就会在打猎时杀死你,因为你比他们更能博得女人的欢心。”我回答道:“我对女人根本不感兴趣,怎么有人会和我过不去呢?”“我可以担保,”她说,“你将来不会坚持这个想法,如果仍像现在这样,那么女人就会用嘲笑和羞辱把你赶出去。当我向你预言点儿什么的时候,你每回都讥笑我;如果我再告诉你一些事,你还会不相信我吗?你不觉得在这儿比在苏斯特有着更贴心的朋友吗。我向你发誓,他们对你爱得太过分了,如果你接受不了这种爱,它就会转变成对你的祸害。”我回答说,如果她真的像她自称的那样,知道那么多的事,那么她就得告诉我,我的亲生父母情况怎么样了,在我有生之年还能否再回到他们的身边。她应该用明确的话说出来,而不要那样隐晦。她于是说道,如果当我的养父用绳子牵着我乳母的女儿走过来时,突然和我相遇,那时我就可以问起我的亲生父母了;接着她放声大笑,说道,她已经主动对我说了比通常别人求她说的更多的话了;今后我将难得再听到她的预言,因此她最后还想对我作一衷心的告诫:如果我要过上好日子的话,就应该做一个勇敢的人,不要爱上女人,而要爱上武器。“老东西!”我说道,“我会这样干的!”她回答道:“对,对,情况就会有变化的。”然后我一个劲儿地作弄她,她只得马上离开了我,走前我赠送给她几块银币,因为我身上带的银币太沉重了。我当时有一大堆钱币,又有许多值钱的戒指和珍宝;因为我先前在士兵中间懂得了一些关于珍珠宝石的事,在执行外勤的路上和其他地方又得到了一些,就把它们带在身边,而使它们的价值从未达到应有的一半。这些财宝仿佛在向我呼喊,要重新回到人们中间去;它们要我放开它们,如果我要受

---

① 利珀河,在北莱茵—威斯特法伦州。

人尊敬的话。我也十分乐意这样做。由于我颇爱虚荣，就大肆炫耀我的财宝，毫不顾忌地让我的房东一饱眼福，他则在人们中间更是言过其实地大吹了一通。人们十分惊讶，不知道我从哪儿搞到这许多财宝的；我把我发掘到的财宝存放在科隆这桩事，已经是尽人皆知的了，因为那少尉在逮住我的时候，看到了那商人亲笔写的字条。

第十八章

猎兵西木开始过放荡的生活，使少女们为之倾倒

我要在这六个月里学好枪炮技术和剑术的决心是好的，我也学会了。然而这还是不足以使我摆脱游手好闲——这万恶之源——的生活，尤其因为我不受任何人的管束。我虽然勤奋地埋头阅读各种各样的书籍，也从中学习到许多有益的东西，却也有一些书落到我的手中，有如把青草赐给了饿狗，一看就令人反胃。那无与伦比的《阿卡狄亚》[1]（我想从其中学习雄辩的口才），这是把我从那些真正的故事书引导到爱情小说，从那些真实的历史书引导到英雄传奇的第一部作品。我尽可能地收集这样一类的书，只要有一本到手，我就没日没夜地不停地读，直至一口气把它读完。这些书教给我的倒不是善辩之术，而是谈情说爱的本领。然而在情欲上，我当时并不像有些书所描写的那样，感到有一种强烈的、迫切的需要；譬如塞内加的作品所写到的那种异乎寻常的狂暴的冲动，也不像《世界小花园》[2] 里所描写的那样，对情欲的要求简直可以说是成了一种严重的病症。我觉得，凡是我投以爱情之处，都无须费我吹灰之力，就能使我的欲望得到满足，所以我绝无理由像那些求爱者或好色之徒那样怨天尤人。他们终日想入非非，欲念丛生，心力交瘁，暗自苦恼，他们满怀愤

① 《阿卡狄亚》为英国作家锡德尼（1554—1586）的传奇小说，一六二九年译成德语。

② 《世界小花园》，作家托马·托曼，意大利人，一六二〇年译成德语。

恨、妒忌、复仇的欲望，疯狂的念头以及无穷无尽的哭泣、吹牛、威吓等等诸如此类的愚蠢行为，甚至因为禁受不起日思夜想的煎熬而但求一死。我却有的是钱，且并不吝啬；此外，我还有一个好嗓子，经常伴以各种乐器练唱。我不是在跳舞时——我对跳舞从未产生过好感，无法使自己去适应它，并且把它看做一种毫无意义的愚蠢行为——而是在与毛皮匠比剑时，显示出我那挺秀的体态。再说，我的一张脸蛋也极其漂亮，十分讨人喜欢，致使女人们(即使我并不对她们表示多情)对我的追求，超过了我对她们的欲望。

这时候到了圣马丁节[①]；我们德国人开始大吃大喝，有些人一直把它持续到忏悔节。家家户户——既有军官，也有市民——都邀请我去帮他们吃圣马丁节的烹鹅。由于我在这些场合有机会结识一些妇女，就不免产生了一些风流韵事。任何一个女子听到我的琉特琴声，都想来看看我。当她们注视着我的时候，我特别善于在演唱自己创作的那些新的情歌上配以迷人的目光和表情，逗得那些漂亮的小姐们如痴如醉，禁不住对我一见钟情。我为了不被人看成是一个穷光蛋，我很有排场地备办了两桌丰盛的酒席，一桌款待军官们，另一桌款待市民中的头面人物。这样，我便博得了双方的好感，并且和他们都交上了朋友。而这一切，都不过是为了可爱的小姐们做的。因为毕竟也有些女人是矜持的，所以我还没有找到一个理想的人儿。但我仍然常常去接近她们，使她们不致怀疑那些对我表示好感而不失贞洁的小姐们，使她们相信，我在这些小姐那儿也只不过是为了和她们说说话儿而已。我特别向每一位都说明这一点，使她相信我对别人都是如此，惟独她受到我的钟爱。

正巧有六位小姐爱着我，我也同样回报她们。但是没有任何一个完全占有我的心，或者单独占有我。其中一个，我只是迷恋她乌黑的眼睛；对另一个我只欣赏她金黄的头发；对第三个我只喜欢她的柔情蜜意；对其他几个也都不过是看中了为别人所不具备的某种优点。如果说我除了她们还去拜访别的小姐，那无非是出于上述理由，或者是出于见异思迁；我从不拒绝什么，也不歧视什么，我并不想老是待在一个地方。我的小童是个鬼点子很多的家伙，他已经干了许多拉皮条和传递情书之类的事情，他

---

① 十一月十一日。

嘴巴很严，对任何人闭口不谈我的放荡行径。他倒因此得到娘儿们一大堆的赠品，而我却为此破费了大量钱财，正如俗话所说："锣鼓里赢来的，横笛里吹跑了。"我就这样使我的行为保持秘密，一百个人里面也没有一个会认为我是放荡的人，只有那位教士例外，因为我不再像先前那样向他借那么多的宗教书籍了。

第十九章

猎兵西木交游广阔，聆听了一席有益的教诲

命运若要毁掉一个人，它就首先将他推上顶峰；而那仁慈的上帝在一个人堕落之前,则总是真诚地向他提出警告。我的遭遇也是如此,但是我没有听从警告。我心里总是想,我当时的幸福地位基础稳固,没有任何灾祸会把我毁掉,因为所有的人,尤其是司令官本人,都很喜欢我。对那些受他器重的人,我竭力表示崇敬以博取他们的欢心;对那些忠诚于他的仆人,我以慷慨的馈赠使他们站在我的一边,至于那些地位稍高于我的人,我和他们一起喝酒,称兄道弟,发誓永远保持忠诚和友谊;那一般的市民和士兵也都喜欢我,因为我对每一个人都表示友好。"啊! 这是一个多么和蔼可亲的人啊!"他们常常这样说。"就是这个猎兵,他和胡同里的孩子也说话,从来不和任何人吵嘴!"每当我捉到一只野兔或者几只野鸡,我就把这些东西送到那些我想和他们交朋友的人的厨房里去,自己请自己,跑去吃一顿,还带上一瓶当地很贵的酒;我几乎单独支付所花费的全部费用。在这样的饮宴中,我总是说些任何人都爱听的话,称赞每一个人,惟独不夸我自己,并且还把自己装得十分谦卑,好像我从来不知道什么是骄傲一样,虽然我明白,在战争中骄傲是一种光荣。正因为我这样做而得到每一个人的欢心和器重,因此我没有想到还会遭遇到什么不幸的事情,尤其因为我的钱袋还相当充实。

我常常到城里年纪最大的教士那里去,他从他的藏书里借给我许多书籍,当我给他送回去一本时,他总要和我谈论各种各样的事情;我们相处得很好,简直成了忘年交。这时,不仅仅吃圣马丁节烹鹅和肠子汤的日子早已结束,而且神圣的圣诞节也已经过去了,我为了向他恭贺新喜,孝敬他一瓶斯特拉斯堡的烧酒,因为他喜欢按照威斯特法伦的风俗在这种酒里加入冰糖啜上几口。当我带上酒去拜访他时,他正读着我的"约瑟"① 的故事,这是我的房东在瞒着我的情况下借给他的。我脸色都变了:我写的东西落到了这样一个有学问的人的手里!——特别因为人们总认为,从一个人写的东西里是最能认识一个人了。他却让我坐在他身边,称赞我的创造力,但责备我过多地描写了波提乏的妻子赛丽夏② 的

① 见注②。

② 源出《圣经》故事。约瑟被诸兄卖给埃及法老的内臣、护卫长波提乏为奴,波提乏的妻子赛丽夏引诱他,他坚定不从,被赛丽夏诬告入狱。见《旧约·创世记》第三十七、三十九章。此处作者把自己与西木合二为一了,因作者在一六六六年写过一部作品,名为《贞节的约瑟》。

爱情故事。"谁心里满了,嘴里就会溢出来,"他继续说道,"如果你自己不懂得一个求爱者心里所想的事情,那你就不可能把女人的感情写得这样完好,或者刻画得如此生动。"我回答说,我所写的东西并不是我的创作,而是从其他书本中摘录下来的,我只是借此来消磨时间,练练笔头而已。"是啊,是啊,"他答道,"我当然很乐意相信这一点,但是你可以确信,我了解你,比你所想象的还要多呢!"我听到这话,吃了一惊,心里想道:"莫非哪个圣·梵尔旦[①] 告诉他了吗?"他看到我的脸色变了,便继续说道:"你正青春年少,生气勃勃,悠闲自在而又俊秀潇洒,生活上无忧无虑;据我所知,你还奢侈得很。因此我以主的名义请求和告诫你,你要仔细想一想,你是处在怎样的一种危险之中;要提防那些梳长辫的动物,假如你还关心你的幸福和健康的话。你可能会这样想:我的所作所为和你教士有何相干?(这时我心里想道,这可给你猜着了。)或者,他有什么权利来管我?的确,我是一个拯救灵魂的人!但是,先生,请你相信,你作为我的施主,我出于基督徒之爱,对你眼前的幸福十分关注,就好像你是我亲生儿子一样。如果你把天父所赋予你的才能埋没掉,或者毁了你那高贵的、从你所写的这些东西里面表露出来的才智,那将是终生的遗憾,你在天父面前也将会永远交代不了。我父亲般地忠告你,你要把毫无益处地浪费的青春和钱财用到学习上去,使它们现在或者将来对上帝、对人类以及对你自己都能有所裨益。为了不致使你有朝一日突然遭到挫折,那所谓'少年当兵,老来讨饭'的俗话不致在你身上得到应验,你就不要管那战争的事情了,我听说你对它很感兴趣呢!"我极其不耐烦地听着,因为我不习惯于听这类教训;然而我为了不失教养有素的声誉,却违心地装出另一副样子,十分感谢他的一片赤诚之心,答应要好好地考虑他对我的劝告,而心里却想着,我怎样安排我的生活与这位教士又有什么关系!何况我正处于吉星高照之时,我也不愿放弃如今享受着的这些风流艳事的欢乐。如果年轻人已经不顾道德的羁绊,朝着毁灭飞奔的话,那么这些警告又能起什么作用呢?

① 魔鬼一词的婉称。

第二十章

西木与教士谈论信仰问题，把教士玩弄于股掌之中

其实我并没有完全沉醉在情欲之中，也没有愚蠢到不考虑和每个人保持友谊，只要我还打算呆在这个要塞里，直等到冬天过去。我清楚地意识到，如果一个人引起教士对他的厌恨，就会给自己带来什么样的倒霉事儿，因为教士在任何一个民族（不管他们信仰什么宗教）的心目中享有崇高的信誉。因此我十分谦卑地在第二天又急急忙忙到教士那里去，用一套熟练的话给他编造了一大堆漂亮的谎言，说我怎样下了决心去听从他的劝告。从他的表情来看，他对我这番话感到由衷的高兴。“是的，”我说，“我一向——在苏斯特也是如此——就是缺少一位像您尊敬的先生这样天使般地对我提出忠告的人。只要冬天一过去，或者天气舒适一点，我就要出去旅行了。”为此，我请求他再帮我出个好主意，告诉我上哪个学院最合适。他回答说，他自己是在莱顿[①] 学习的；至于我，他建议去日内瓦[②]，因为根据我的口音，我大概是南方人。“圣母马利亚！”我答道，“日内瓦比莱顿离我的家乡远啊！”“你说什么？”他表示惊讶，“听你的话，你分明是个罗马天主教徒了！ 哦，我的主啊，这是多么大的误会啊！”“怎么啦，怎么啦，教士先生，”我说道，“难道因为我不愿意去日内瓦，我就得是一个罗马天主教徒吗？”“哦，不，”他说道，“因为我听到你呼喊马利亚的名字了。”我说：“难道一个基督徒说出救世主的母亲的名字，是不合情理的吗？”“当然，”他答道，“但是我提醒并请求你，你要对上帝诚实，坦白地告诉我，你信的是什么教？ 我十分怀疑，你是福音派的信徒（虽然每个礼拜

① 在荷兰。

② 这个教士属新教加尔文派，加尔文（1509—1564）长期定居日内瓦，一五五八年创办日内瓦学院。

天我在我的教堂里见到你),因为你在去年的圣诞节既没有到我们这儿来,也没有到路德教堂去参加圣餐!”我回答道:“教士先生一定已经听说,我是一个基督徒,如果我不是,那我就不会常常去听布道,并且参加祈祷了;此外我却要承认,我既非彼得派,也非保罗派①,而只信单纯② 派,那普遍的神圣的基督教信仰的十二条条目都包含在其中了,我不会使自己受任何一派的约束,除非这派或那派用充分的证据来说服我,他与别的教派不同,是真正的拯救人的宗教。”“现在,”他说道,“我才真正相信,你有军人的勇敢的精神,敢于以性命来冒险,因为你几乎是在没有宗教和礼拜的情况下打发着日子,百无禁忌地把你灵魂的拯救孤注一掷!主啊!一个凡人怎么可能——他或者被罚入地狱,或者将进入天堂——一直这样狂妄而不受约束呢?你既然在哈瑙长大,难道就不曾受过基督教的教育?请你告诉我,为什么你不沿着你父母的足迹去信那纯粹的基督教呢?或

① 指既非天主教徒,也非新教徒。

② “单纯”与西木的名字谐音,意义双关。

者你为什么不加入这个教派或者那个教派呢？这些教派的基础不论从它们的本性方面看还是在圣书上写的，都清楚不过地表明，无论是罗马教皇派还是路德派，永远也不可能将它们推翻。”我答道：“教士先生，大家都这样谈论他们自己的宗教；我该信谁的好呢？如果我把自己灵魂的拯救寄托于一种教派，而另外两种教派在谩骂它，指责它是一种虚伪的教条，难道你以为这是微不足道的小事吗？你用我不带成见的目光观察一下吧，康拉特·费特尔① 和约翰纳斯·纳斯② 写了什么去反对路德，另一方面，路德及其信徒们又写了什么去反对教皇，尤其是希潘恩贝尔格③ 更以什么文章反对弗兰茨·冯·阿雪西④，他则数百年来一直被认为是神圣而虔诚的人。既然各个教派都把对方骂得一无是处，我又该加入哪个教派呢？在我得到充分的领悟并明白什么是黑，什么是白之前，我保留自己的态度，难道教士先生认为我这样做是错的吗？难道会有人劝我，不分青红皂白地像苍蝇那样扑向热粥吗？哦，不会的，我相信您是不会违背良心要我这样去做的。毫无疑问，总有一种宗教是正确的，而另外两种是错误的；要我不经过深思熟虑就去信奉一种教派，那我就有可能把错误的当做正确的，致使自己悔恨终生。我宁可远离大道，而不去走一条错路。此外，世界上还有着比欧洲更多的各种宗教，譬如亚美尼亚人的宗教、阿比西尼亚人的宗教、希腊人的宗教、格鲁吉亚人和其他人的宗教，天知道我该选其中的哪一种宗教呢！我不得不与我的教友们拒绝一切其他信仰。如果现在教士先生愿意成为我的阿那尼阿斯⑤，那我十分感激地追随你，皈依于你所信仰的那种宗教。”

于是他说道：“你是完全错了，你正面临着十分危险的灵魂的毁灭；但是我祈求上帝为你照亮道路，把你救出泥坑；为了这个目的我今后要用圣书向你证明，我们信仰的教派是能抵挡得住地狱的大门的。”我回答说，我迫切地期望着这件事；心里却想道：“只要你不再干涉我的私事，那我就对

---

① 康·费特尔（死于1622年），耶稣教徒，后激烈反对新教。

② 约·纳斯（1534—1590），天主教方济各会修道士。

③ 希潘恩贝尔格（1528—1604），神学家和历史学家。

④ 弗兰茨·冯·阿雪西（1181/82—1226），意大利人，方济各会奠基人，被颂为无私与虔诚之典范。

⑤ 阿那尼阿斯，大马士革基督名。他使扫罗受洗成为使徒保罗，此处指除非教士成为西木的主（基督），改变西木的信仰。

你的信仰满意了。”

读者由此可以推断,我当时是怎样一个亵渎神明的恶汉了,因为我使好心的教士白费口舌,为的是不让他干涉我那有失检点的生活,并想道:“在你把证明找全之前,我也许不知上哪儿了。”

第二十一章

叙述西木怎样措手不及地被迫成婚

在我住处的对面住着一位退职的中校,他有一个极其漂亮、仪态高雅的女儿。我早就想与她结识,尽管开始时我并不把她看成是我心上惟一的人儿,也不打算永远爱她,然而我还是不时地到她附近去走一走,向她投以含情脉脉的目光。她却十分谨慎地回避我,使我一次也不能如愿以偿地和她说话。我也不敢不顾羞耻莽撞行事,因为我和她父母并不认识,而他们对于我这样一个出身低微的人——对此我有自知之明——来说,地位是太高了。在我们进出教堂的时候,是我接近她的最好机会,那时候我全神贯注地留意着能够接近她的时机,发出几声叹息(在这方面我是个能手),尽管它们是从虚伪的心底里发出来的。然而她对此仍然无动于衷,使我不得不认为,她不像普通人家的女儿那样容易接受诱惑;看来她不会属于我的了,想到这一点,反使我对她的欲望愈加强烈了。

第一次把我引向她身旁的幸福之星,就是学生们在一年中的这个时候为了永恒的纪念而戴在头上、以表示三位智者是通过它被引导到了伯利恒[①] 的星星。因此,我一开始就认为是个好兆头,是它把我带进了她的家,因为她父亲亲自派人来请我去。“先生,”他对我说,“您在市民和军人之间所持的中立态度,是我请求你来我这儿的原因;因为我打算在这两

① 源出《圣经》故事,指东方三博士在奇星的指引下,到伯利恒朝拜刚诞生的耶稣,见《新约·马太福音》第二章。此处是指圣诞节。

方面的人之间办理一件事情,需要一个公正的证人。”我看到桌子上摆着文房四宝,以为他一定在考虑一桩了不起的事情,于是我极其谦恭地向他表示,我为了他任何体面的打算随时准备为他效劳。如果我有幸能为他做点任何什么事情,我会感到十分荣幸。不料,事情只不过是——正像在许多场合习以为常的那样——去安排一席酒宴,因为这时正是圣三皇之夜;我的差使是负责进行妥善的安排,撇开各人的身份,通过抽签来决定各人的席位。当时上校的书记官也在场,中校让人端上葡萄酒和糖果,因为他是一个好喝酒的人,何况已经过了晚饭的时间。书记官管写,由我读出名字,而那位在我心里扎下了根的年轻姑娘管抽签,她的父母在一边看着;当时的情形我不可能进行详细的叙述,总之,我就是这样和这个家庭结识了。他们抱怨漫长的冬夜,因此对我说我可以经常在晚间去拜访他们，好使冬夜过得愉快一些，反正他们并没有什么特别的消遣。而这恰恰正是我早已盼望的事。

我在姑娘身边虽然表现得有点拘束，但从这天晚上开始，我想出了一种新的花样，装出痴情的样子，去追求她，致使姑娘和她的父母都以为我给迷上了。我心里其实没有半点儿正经，不过是为了想不通过结婚的途径而完成一桩婚姻。我只在傍晚当我想去找她时才打扮自己，就像那女巫们常做的那样，而整个白天埋头于爱情书籍和爱情的幻想之中，从其中拼凑出给我情人的情书，仿佛我住在离她百里之远的地方，或者许多年未到她那儿去了。我终于成为她家座上客，因为我的爱慕追求并没有遭到她父母的反对，他们反而要求我教会他们的女儿弹奏琉特。由于我在白天也获得了像先前在晚间那样自由出入她家的权利，我通常唱的"像一只蝙蝠，我昼伏夜出"的顺口溜也就得更改了。于是我做了一支歌，歌里我赞美自己的幸福，因为它让我度过了这么多美好的夜晚，又赐给我充满欢乐的白天，在这些时间里，我可以面对着最心爱的人儿，让我畅享眼福，好不叫人心旷神怡。另一方面我在同一首歌里也诉说了我的不幸，抱怨长夜的痛苦，它不能像白天那样让我在充满爱情的欢乐中将它度过。我还带点儿放肆地用虔诚的叹息和动人的曲调，对着我亲爱的人儿唱了起来。琉特发挥了它出色的作用，仿佛代我向姑娘求情，请她与我配合，使我能像白天一样幸福地获得黑夜。但是我得到的仍是冷冰冰的拒绝；因为她十分聪明，对于我有时候巧妙地要弄的花招，懂得怎样用一个有分寸的回答来打发我。我后来对她这一套比较注意了，不再谈论婚姻的事，即使谈话间涉及这种事，我也是兜着圈子表达出来。这种情况很快就被我那姑娘已婚的姐姐注意到了，她在我和我心爱的姑娘之间设置了种种障碍，使我们不能再像先前那样单独相处；因为她清楚地看到，她的妹妹从心底里爱着我，长此下去，是不会有好结果的。

至于我向姑娘求爱的那些荒唐事，就不必一一赘述了，因为诸如此类的胡闹在所有的爱情小说里已经比比皆是。只要亲爱的读者知道下面这一点也就足够了：到后来我亲吻了我那心爱的小宝贝，而且最终还放肆地做出了其他一些荒唐的事情来。我极尽勾引的手腕来追求我意欲达到的目的。终于在一天夜里，我被我心爱的人放进了她的房间，美不可言地让我上了她的床，好像我就是属于她的一样。谁都知道，当发生这类事情的时候往往会发展到哪一步，因此读者也完全有理由想象，我在这当儿一定干了非分的事情了。但是，不！我虽然完全明白，我为什么要呆在那儿，因为我已经不是第一次以这副样子呆在女人身边了；我也完全知道，我所追求的是什么，应该怎样去追求；但一切都徒劳无功，我的种种爱的诱惑都是枉费心机，我所有热烈的愿望都付诸东流：我遭到了我从来不曾想到会在一个女人身上遇到的反抗，因为她一心考虑着名誉和联姻，即使我向她立下山盟海誓，答应她这些条件，她仍然不容许在结婚之前和她发生任何关系；不过她还是让我在她的床上躺在她的身边，而我却因情绪沮丧，疲惫不堪地安静入睡了。

忽然，我被粗暴地从睡梦中闹醒；那是在清晨四点钟左右，中校站在床前，他一手握着手枪，一手拿着火把，“克罗亚人，”他大声叫唤站在他身边、拿着一把军刀的仆人，“快，去把教士找来！”于是我完全清醒了，意识到我正处在一种危险的境况之中。“啊，糟了，”我心里想道，“在他收拾你之前，你还是向他讨饶吧！”我眼前金星乱迸，不知道该把眼睛张开呢，还是闭着。“你这个不要脸的家伙，”他对我说，“是要我看到你来糟蹋我的家吗？我就是把你和这个娼妇的脖子拧断，也不为过！啊，你这衣冠禽兽，我恨不得把你的心挖出来，剁碎了去喂狗！”他把牙咬得格格响，两眼瞪得好像一头丧失理性的野兽。我不知道该说什么好，我那位姘妇也害怕极了，一个劲儿地哭着。

我终于回过神来，想为我们之间的清白无辜说几句话；他却叫我闭嘴，他干脆连一句话也不愿听。我只好不开口，让他一个人去发泄。他又一次重新开始责骂我，说他对我比对任何人都要信任，而我对他却相反，我是世界上最不忠实的人。这时候他的妻子也来了，她又开始了一套新的说教，我真恨不得躲进哪儿的棘篱中去才好；我相信，她在两个小时之内是不会罢休的，如果那克罗亚人还不把教士带来的话。

在仆人回来之前，我几次试图起床，但是中校以威胁的神情迫使我继续躺着，使我领略到当一个男子在这样糟糕的情况下被当场逮住时，他是连一点儿勇气也没有的，正像一个刚闯进门来就被抓住的小偷，虽然他什么都还未曾偷到。我想，要是在往常，这个中校和两个这样的克罗亚人碰在我的手里，我也敢把他们三个都打跑；但是现在我躺在那儿像一个窝囊废，已经魂不附体了，更谈不上举起拳头了。

“看啊！教士，”他说道，“看这一场好戏吧！为了这件事我把你找来作为我家耻辱的见证人，”还没等他把这句话说完，他又开始大发雷霆，大叫大骂，除了什么要拧断我的脖子，双手要染满我的鲜血一类的话之外，我什么也听不明白。他像一头公猪满嘴白沫，那副模样简直像疯了一样；因此我脑子里一直在转悠着：“现在他要用一颗子弹打穿我的脑袋了！”教士却手忙脚乱地劝阻着，不让出人命案子，以免他到头来要后悔。“怎么啦？中校先生，快明智点儿吧，俗话说得好：事情既已发生，说话也得好听。这一对漂亮的年轻人，真是全国难找啊；要说抵御不住爱情的力量，他们既不是第一对，也不是最后一对，何况他们俩所犯的这个错误还可以很容易地由他们自己来纠正——如果这称得上是一个错误的话。虽然我不赞成用这种办法来成婚，但是这对年轻人也不能因此而受到绞刑或者车裂。中校先生也不必认为这是一种耻辱，只要您对这个已经发生的错误——反正也没人知道——保守秘密并予以宽恕，答应他俩成婚，而且公开地用通常的教堂仪式来证实这个婚姻就可以了。”“什么？”中校答道，“难道要我不给他们应得的惩罚，反而去迎合他们，赏给他们面子吗？我宁可明天把他们两个捆绑起来，溺死在利珀河里！你得让他们现在马上就结婚，我就是为了这件事把你请来，否则我就要把他们两个像鸡一样掐死。”

我心里想道：“你要干什么呢？这叫做：鸟儿啊！你不吃，就得死；何况这样一位姑娘也不会使你丢脸；倘使你想想自己的出身，那你几乎不配坐到她放鞋的地方来。”不过我还是信誓旦旦地说，我们之间没有发生过什么不正当的行为。但是我得到的回答是，我们必须接受这个办法，这样才能使别人不会猜疑我们干了坏事；因为我们是不能使任何人打消已经产生的怀疑的。于是我们就坐在床上，接受教士的祝福成了婚。仪式完毕之后，我们被打发起了床，两人离开屋子。在门口，中校对我和他的女儿说，他永远也不愿再看见我们了。但当我重新镇定下来，身边又有了一把剑，就半开玩笑地回敬他说：“我不明白，老丈人，为什么您处处和我过不 去呢。别的新人一旦成了亲，至亲总是把他们领入洞房；您却在我结婚

之后，不仅把我撵下了床，而且还把我赶出屋子，不给我新婚时应该有的祝福，也不给我看老丈人的好脸色，使我无法侍候您。如果提倡这种风俗，那么结了婚就要断六亲了。”

第二十二章

西木讲述婚礼的经过以及他怎样安排新生活

当我把姑娘带回家来时，所有的人都十分诧异，而当他们看到，她竟毫无顾忌地跟着我去睡觉，这就更使他们吃惊了，因为虽然这出闹剧给我的打击使我晕头转向，但我还没有糊涂到不顾我新娘的地步。我把我最心爱的人抱在怀里，脑子里却思绪万千，盘算着该怎样来对付这件事情。我一会儿想道：“你活该如此！”一会儿我又想，我蒙受了世上最大的耻辱，如果我不以我的名誉作出相应的报复，那就不能解除我的心头之恨。但是，报复我的老丈人也就是报复我那洁白无辜的心爱的人，想到这一点，我心中酝酿着的一切计划也就打消了。我感到十分羞耻，打算闭门不出，不再见任何人，却又觉得，如果这样做，那才是最愚蠢的行为。最后我决定，首先要重新获得丈人的好感，此外，要使所有的人都以为我并没有碰上倒霉的事情，而且好像这次婚事办理得很妥善似的。我对自己说：“既然这一切来得不同寻常，事情已经如此开了头，那你也得以同样的方式来收场。如果人们知道了你对你的婚事有烦恼，是违背你的意愿被迫成婚的，仿佛把一个穷姑娘配给了一个富有的傻瓜，那你只会遭到人们的嘲笑。”

我这样想着想着，就早早地起了床，虽然我很想在床上多躺一会儿。我第一件事情便是把我的连襟请了来，开门见山地对他说，我和他已成了至亲关系，因此请求他让他的好妻子来帮助我安排一下，因为我要请客吃喜酒，同时请他替我去消消我丈人和丈母的气；这样我就可以去邀请宾客，他们将促进我和丈人之间的和好。他十分乐意地答应去办理这些事情，于是我就去找司令官，轻松自然地告诉他，我和我的老丈人要采用一种时髦的方式来办喜事，这是一种速成的方式，即在一小时之内把订婚、教堂仪式和婚礼一下子都办成；只是因为我的老丈人节约掉了婚后的第一顿早餐，所以我想邀请贵宾们光临晚宴，我恭敬地请他作为贵宾之一，前来参加这次晚宴。

司令官对于我这番有趣的话几乎笑破了肚皮。我看他情绪不错，说起话来就更加无所顾忌了。我请他原谅我，因为我现在难免有点糊涂；一般新郎们在新婚前后四星期内头脑总不是很清醒的，他们在此期间会不知不觉地表现出愚蠢的举动，因而有些人也就以此掩盖了自己本来缺乏聪明才智的缺陷；这门婚事对于我实在来得太突然了，所以我也必然暴露出一系列愚蠢可笑的言语和举动，好使我以后做丈夫的时候头脑会清楚一些。他问我，婚约书办得怎么样了，我丈人给我多少钱置办嫁妆；还说，这个老吝啬鬼有很多的钱呢。我回答说，我们的婚约只有一句话：我和他的女儿永远也不要再去见他的面了；当时既没有公证人也没有见证人在场，我希望他收回这一点，主要因为所有的婚姻是要建立良好的和睦关系；如果他把女儿嫁给我，像毕达哥拉斯① 嫁女儿那样，那我是永远不能相信的，因为我扪心自问，我从来没有得罪过他。

我就以这样的说说笑笑（这原是处在我这种场合不大见得到的），使司令官答应说服我的丈人来参加我的婚宴。他还立即把一桶珍贵的酒和一只鹿送到了我的厨房里；我吩咐把菜做得极其丰盛，就像要招待一大群达官贵人那样，还要把婚宴的气氛搞得盛大壮观，不仅要让宾客们尽兴欢娱，而且最要紧的是要使我的丈人和丈母跟我和我的妻子和解，给我们以祝福，而不是像前一夜那样咒骂我们。于是，全城议论纷纷，说我们以这样一种别出心裁的方式举行婚礼，是为了使我们俩不致受到那些坏心眼的人的作弄。这种快速的婚礼对于我毕竟是大有好处的。如果我要结婚而按照一般习俗事先公布的话，那我就得担心有一群姑娘会给我制造麻烦，而这种姑娘，在市民阶层的女儿当中，我整整有半打之多。她们都十分认得我，而现在她们真是如坐针毡。

---

① 毕达哥拉斯（约公元前 580—前 497），古希腊数学家，唯心主义哲学家。传说他立的遗嘱在财产继承方面对女婿一无好处。

第二天，我丈人招待宾客，但远远不及我的阔气，因为他是吝啬的；那时他才和我谈到，我要干什么职业，以及我将怎样来养家。这时候我才注意到，我失去了珍贵的自由，将要在别人的支配之下生活。我对他表示恭顺，十分乐意地听取和服从我亲爱的丈人——一位明智的正人君子——对我的忠告。司令官对我的回答加以称赞，说道："他是一个血气方刚的军人，如果他在目前的战争时期不去当兵，而去干别的营生，那是极不理智的。与其在自己的马厩里喂人家的马，远不如将自己的马养到别人的马厩里去。就我而言，我要给他当一名中队长，只要他愿意。"我的丈人和我向他表示了感谢，我不再像先前那样谢绝他，却给他看了那位代我在科隆保管着财物的商人的手书。我说："这些东西我要在担任瑞典方面的职务之前，先去拿回来；因为一旦科隆人知道我在为敌方服役，他们就会耻笑我，并且扣下我的财物。而这些财物可不是轻易就能从路边拣到的。"他们两人都赞同我的话，我们三人之间就这样说定了，并且作出了决定，让我在几天之内动身到科隆去，把我的财物从那儿取出，然后带着它们回到要塞里来，并担任中队长的职务；此外还决定了一个日子，届时将把司令官军团内的一个连队，连同中校的职位，移交给我的丈人；由于当时葛兹伯爵带了许多皇帝方面的军队驻扎在威斯特法伦，他的总部设在多特蒙特①，司令官计划明年春天对他们进行围剿，因此要招募一批精兵，虽然操这份心是没有必要的，因为约翰·戴·华尔特在布赖斯高② 的失败迫使葛兹伯爵在该年春天撤离威斯特法伦，在上莱茵河流域为了保卫勃莱萨赫③ 不得不与威玛的公侯们④ 作战。

① 多特蒙特，在今德国北莱茵—威斯特法伦州。

② 布赖斯高，在今德国巴登—符腾堡州。

③ 勃莱萨赫，在今德国巴登—符腾堡州。

④ 指一六三八年三月葛兹伯爵奉命去为被新教联盟围困的勃莱萨赫解围。

第二十三章

叙述西木怎样到科隆去取钱

事情往往以不同的方式发生:有的灾星是慢慢地降临到一个人的身上,而另一种灾星则是接二连三地落到一个人的头上。我头顶上的那一颗星却显示了一种和顺安详的开端,我一点也不把它当做不幸,而把它看成是最高的福祉。我与心爱的妻子刚刚度过一个星期的新婚生活,我就穿上猎兵服装,背上一枝来复枪,与她以及亲友们告别,去取回我保存在科隆的财宝。由于我路熟,就幸运地偷越过去了,一路上没有碰到任何危险,没有被任何人看见,直到我走近了多伊茨的边界木栅——它在莱茵河的这一边,对面就是科隆了。这时我看见了许多人,尤其是贝尔格地区[①]的一个农民,他使我想起了斯贝塞的阿爸,他的儿子更是活脱脱地像原先的西木。当我从他身边走过时,这个乡下孩子正在放猪;那些猪一发现我,就开始呼噜呼噜地哼叫起来,恼得孩子对它们大声咒骂:叫雷劈死它们,叫魔鬼把它们带走。那小使女听见了,就吆喝那孩子不要再咒骂,否则她就要去告诉老子了。孩子回答她说,她只配舔他的屁股,还要她娘的好看。农民一听见儿子的话,就拿着棍子从屋子里奔出来,叫喊着:"住嘴,你这个地地道道的流氓,我来教你骂,让雹子打死你,魔鬼抓了你!"他抓住孩子的衣领,把他揍得活像一头跳舞的熊,还一边打一边说道:"你这坏小子,我教你骂,魔鬼抓了你,我教你去舔屁股,我教你去讲要你娘的好看。"这种教训孩子的方式很自然地使我想起了自己和我的阿爸,然而我还没有那样老实和虔诚,我并不因为上帝使我摆脱了愚昧无知并让我获得较好的文化知识而感谢上帝;为什么他每天赐予我的幸福不能永久持续下去呢?

---

① 在今北莱茵—威斯特法伦州。

我到了科隆，就住在朱庇特那里，他那时候头脑是完全清楚的。当我坦率地告诉他我为什么到这里来时，他马上对我说，我恐怕要白跑一趟了，因为受我委托保管财物的商人破产了，而且已经逃走了；我的东西已被官方封存，商人本人被传讯出庭，但是人们怀疑他是否还会回来，因为他带走了随身能携带的最值钱的东西；若等这桩事情得到了结，莱茵河里的水不知流掉多少了。这个消息对于我是一种什么滋味，任何人都不难想象。我气得破口大骂，但骂又有什么用呢？我就这样失去了我的财宝，而且想重新获得，再也无望。而我随身只带了不到十个银币的伙食钱，这是不足以应付办事所需的那么多日子的。此外，长呆下去，对我也有危险；因为我是敌方驻军扣押人员，我不得不担心，一旦被发现，那就不仅是失去财物，还会使我陷入更大的困境之中。可是，难道事情不了了之就回去，心甘情愿地将财物丢弃，空跑一趟吗？我认为这也是不足取的，且会落人耻笑。最后我拿定主意，留在科隆，直到把事情料理好，并且把耽搁的原因告诉我的爱妻。我于是去找了一位公证人作为我的代理人，把事情原委全告诉了他，求他为我出谋献策，我将付给报酬；如果他能加速办理我的事情，那么我除了应付的费用之外，还要给他一笔相当的酬谢。他也希望从我身上捞到好处，就高高兴兴地接待了我，并且招待我吃和住。第二天他和我一起去找经办破产事宜的官员；我递交了有商人签字的字据的副本，并出示了原件。我们得到的答复是，我们必须耐心等待，直至这件事情全部调查清楚，因为字据上开列的物品并非全部都在。

这样看来，我估计会有一些空闲的日子，足以让我见识见识大城市。上面已经提到，供应我食宿的房东，是一位公证人和代理人，在他那儿搭伙的人几乎有半打之多，马厩里经常保持着八匹马，以便租借给旅客使用；他雇用了一个德国仆人和一个意大利仆人，这两个人供所有旅客乘车时或骑马时使用，并且照料马匹。他就这样经营着三重或三重半的行业，不仅为自己赢得了富足的生活，而且毫无疑问地使买卖越做越大；由于当时不允许任何犹太人进入这个城市，他便得以用各种方法进行重利盘剥。

我在和他相处的这段短短的时间里，学到了许多东西，尤其是懂得了所有的疾病，这原是医生的最了不起的本领；因为据说，如果判明了一种病症，那么病人也就算被治好了一半。我现在掌握了这门学科，这要归功于我的主人；我从对他进行观察开始，也去观察其他人和他们的身体情况。我发觉有些人已经病入膏肓，却往往还不自知，而别人甚至医生也以为他还是一个健康的人呢。我发现有些人因发怒而得病，一旦染上此疾，脸就会变得像魔鬼，咆哮起来像狮子，抓起人来像雌猫，闹腾起来像狗熊，咬成一团像群狗，为了表示自己恼怒得像疯狂的野兽，他们把抓到手里的一切东西像白痴那样乱扔一气。据说这种病来自胆囊，但是我认为它的起因是傻瓜的狂妄自大；因此当你听到一个发怒的人仅为一点小事而大发雷霆时，你就可以大胆肯定，这个人不是聪明而是骄傲。这种病贻害无穷，它不仅给病人自己、也给别人带来不幸：对于病人，到头来将会患上瘫痪症、风湿病，直至夭亡（也许上不了天堂），人们所以心安理得地不把这种病人称之为病人（哪怕他们已经病入膏肓），完全由于他们最欠缺的是耐心[①]，而不是别的。我看到有些人因嫉妒而缠绵病榻，人们说，他们是在啮食自己的心，因为他们总是那样苍白和悲伤；这种疾病我认为是最危险的，因为它的病源是魔鬼，纯粹起因于病人的死敌所占有的好运道；谁要是从根本上治好了这种病人，他就可以自豪地说，他拯救了一个失足者使他回到基督教的信仰上来，因为这种病并不侵袭正直的基督徒，基督徒是处处提防和仇视罪孽的。我认为赌癖也是一种病，不仅因为它这个名称本身就具有病的意思，而且因为那些嗜赌成癖者已经浑身中毒。这种病的根源是游手好闲，而不是像有些人所认为的贪婪；如果你克服了沉溺的狂热和游手好闲的恶习，这种病也就不治自愈了。我又发现，狂饮暴食同样是一种病症，这种病是由于养成的习惯而不是富裕的生活。贫穷固然可以抵御它，但并不能使之得到根除，因为我看到乞丐狂饮作乐，而富有的吝啬鬼却在忍饥挨饿。这种病本身携带着医治它的药物，这叫做欠缺，若不是欠缺钱，便是欠缺身体的健康，这些病人若是由于贫穷或者由于其他疾病不再大吃大喝，那么他们一般都会恢复健康。我认为狂妄自大是一种幻想症，它的根源在于无知；因为如果一个人有自知之明，知道自己来自何方，去向何处，那他就不会去当狂妄自大的傻瓜了。如果我看见一只孔雀或者雄火鸡，张开美丽的羽翼，咯咯地叫着走过来，我不禁入了迷，毫无理性的动物倒会聪明地嘲笑这些身患重病的可怜人，而我却不能找到一种治疗他们的灵丹妙药，因为害狂妄病症的人，缺乏谦卑，就像别的傻子一样无法治好。我发现，笑也是一种病，因为菲莱蒙[②]就死于笑。而德谟克利特[③]在他死前也传染上了这种病，所以如今我们的女士们还在说，她们要一直笑到死。据说这种病起因于肝脏；但是我倒认为，这种病是由于过分的愚蠢引起的，因为笑得太多绝非一个有理性的人的标记。没有必要，也无须花多大力气为这种病去开药方，因为它不仅是一

① “病人”与“耐心”谐音，此处属文字游戏。

② 菲莱蒙（公元前 360—前 264），希腊喜剧作家，他因自己的一个笑话而笑死。

③ 德谟克利特（公元前 460—约前 410），古希腊唯物主义哲学家。

种快乐的病症，而且往往在一个人还没有充分笑够之前，这种病就消失了。此外我发现，好奇也是一种病，尤其对于女性，可以说是先天性的；这种病不大外露，而实际上是十分危险的，因为我们大家至今还得为我们第一个母亲夏娃的好奇心付出代价。至于像懒惰、复仇欲、嫉恨、不法、纵欲以及其他诸如此类的病症和罪孽，我就不想谈了，因为我从未打算写这方面的事情，我还是来谈谈我的房东吧，是他促使我思考这种种痼疾，因为他身上的每一个毛孔都渗透了贪婪。

第二十四章

西木在城里逮住了一只兔子，使人乐开了怀

上面说到，那位房东经营着各种行业，以此为自己积聚钱财；他可以吃搭伙的客人们的饭，而客人们都不可以和他一起吃饭，他们付给他的钱是足够让他养活他自己和他的仆人的，只要这个吝啬鬼舍得的话；但是他用施瓦本方式[①]来供养我们，克扣的手段是惊人的。起初我不同其他搭伙的客人一起吃饭，而是和他的孩子以及仆人们一起吃，因为我身边所带的钱不多。不料端上来的只有一点儿可怜的饭食，使得我的胃——它已习惯于威斯特法伦式的饮食——不得不像对付西班牙的禁食一般难受。饭桌上吃不到一块像样的肉，只有那些一星期以前从大学生饭桌上撤下来的东西，这些已被到处咬过的玩艺儿看上去是有玛土撒拉的年纪了。房东太太就用这些东西亲自做菜（因为她不雇用使女来帮她的忙），她做出一种又黑又酸的汤，胡乱拌上一些胡椒面；于是那些骨头就被啃得光光的，简直可以立即用它们来做成棋子了，但这样还不能算是被充分利用了，还得把它们放进一只专用的木桶里去，等到我们的守财奴把它们积聚到一定数量，就先把它们剁得粉碎，然后把残留在骨头里面的油脂一丁点

---

① 指德国南部丰富的饭食，此处是反话。

儿不留地熬出来，我不知道，房东太太是否就用这种油脂来烧汤或者擦鞋。在那些名目繁多、由于房东的慎重其事而又必须严格遵守的斋戒节日里，我们不得不啃遍那些发臭的鲱鱼、咸得要命的干鳕鱼、霉烂的干鳕鱼和其他变了味的鱼；这也难怪，因为他买任何东西都要贪图便宜，因此就不辞劳苦地亲自上鱼市场去，把那些渔民打算扔掉的鱼拣了回来。我们的面包通常是又黑又硬的，喝的是又淡又酸的啤酒，简直把我的肠子都要绞断了，虽然房东把它说成是一种保藏得很好的三月啤酒①。此外我从他的德国仆人那儿听说，夏天里更加糟糕，因为那时面包发霉，肉里都长满了蛆，他们中午最好的菜就是几根小萝卜，晚上是一小碟生菜。我问他，那他为什么还要呆在这个吝啬鬼身边？他回答说，他大部分时间是在旅途上，因此他可以指望从旅客那儿得到比这位老犹太所能给的更多的酒钱。这个老犹太不放心他的老婆和孩子们进入地窖，因为他自己也几乎舍不得喝一滴酒；总而言之，他是一个爱钱如命的人，这种人几乎再也找不出第二个了。这些还算不了什么，我要是在那里再呆一些日子，就将发现，他甚至为了一个小钱，会不顾羞耻地去剥一头死驴的皮。有一次他带回家六磅牛肚或是牛内脏，把这些东西放进地窖里，地窖的气窗正好开着，这可乐坏了孩子们，他们就把一只食叉绑在一根长棍上，用它把所有的牛内脏全都钩了出来，随后又立即将它们烧得半生半熟的一下子就给吃得精光，事后却说这是猫干的。可是这个连豌豆也要数个清楚的人不相信，他在屋子里翻腾了半天，最后还是逮住了猫，但他发现这只猫连皮带毛也不比他的牛内脏重。

他不仅不为这种赤裸裸的小丑般的表演感到羞耻，反而将这种自作聪明的行为——这是他吝啬的本性把他教会的——引以为光荣。他做得实在太无耻了，迫使我不想再在他家搭伙，而不管要付多少钱，我情愿到大学生餐桌上去吃饭；然而，在那里虽然伙食比较好些，对我却也不适应；因为给我们端上来的饭菜全是半生不熟的，这对于我们的东家来说倒有两个好处：既为他节省了柴火，又叫我们吃不下那么多。我想，他就差挨个儿地检查我们的嘴巴了，如果我们真正填饱了肚子，他就会懊恼得抓耳挠腮的。他的酒掺了许多水，根本不能帮助消化；每餐结束时端上来的干

① 一种浓啤酒。

酪通常都硬得像石头，那荷兰黄油咸得没有人吃得下一洛特[①]。水果一再被端上端下，直到搁蔫了才可以吃；如果我们之中有什么人对这样的情况发牢骚，他就会大骂他的老婆，吵得我们全听见，背地里他却吩咐她全照老样子办。除此之外，他屋子里收拾得干干净净的，因为他不让脚底下有什么不方便，连一根谷草、一小片纸屑都看不到，也没有任何可以供生火的东西，如果有的话，他早已亲自捡起来拿到厨房里去了，一边说道："滴水汇成河呀。"因为在他看来："一把牙签也能做熟一顿饭。"他把烧下来的灰看得比藏红花[②] 还要宝贵，小心谨慎地把它们保存起来，因为他知道这些灰可以卖钱。

有一次他的一个主顾赠送给他一只兔子；我看见它就挂在吃饭间里，心想，我们可以吃一顿野味了；但是那德国仆人告诉我，他不会让我们的牙齿碰一下，因为主人早已跟搭伙的人们约定，他不供应他们美味佳肴，我不妨在下午到旧市场去看看，这只兔子会不会在那儿被卖掉。于是我将兔子的耳朵割下了一小块；在我们吃午点的时候，我趁房东不在场时告诉大家说，我们的吝啬鬼要把一只兔子拿去卖了，为此我要耍弄他一下，要是他们当中有谁愿意跟我来，那我们不仅能得到一番消遣，而且还可以把这只兔子弄到手。大家都说愿意，因为他们早已打算捉弄一下这位主人，让他哑巴吃黄连，有苦说不出。下午我们便动身到仆人告诉我的那个地方去，那是我们的房东有什么东西要雇个小贩转手出卖的时候常常站立的地方，以便监视受雇的小贩会卖多少钱，防备自己被他骗了一个小钱。我们看到他正与几个颇为体面的人在说话。我雇了一个汉子，让他走到受雇出卖兔子的小贩跟前去，说道："老乡，这只兔子是我的，作为我的被窃之物，我理应把它拿走；它是昨天夜里从我窗户里被偷走的，如果你不乐意还我的话，那你就要担风险，承担不法行为的费用，你跑不了。"这个贩子回答说，他先要了解一下情况再说话，那儿站着一位有身份的先生，就是那位先生叫他卖这只兔子的，他总不会是偷了兔子的人吧。当这两个人你一言、我一语地争执着时，四周很快围上了一堆人，这使我们这位吝啬鬼立刻警觉起来，并且意识到情况很不妙，于是他就向小贩示意，

---

① 旧时重量单位，约相当于三十分之一磅。

② 用番红花的花柱制成的香料，可入药，也可作染料。

可以让汉子把兔子拿走，因为他已经羞得无地自容，再不愿招来一个坏名声，说他有着这么多搭伙的客人，还要卖兔子，尤其因为他不清楚，送他兔子的人是从哪儿弄来这只兔子的。我雇的那个汉子乖巧地把那块兔子耳朵拿出来给周围的人看，并且把它跟兔耳上的伤痕去比划，使每个人都认为他有理，应该把兔子还给他。这时候我与我的伙伴们走了过来，好像我们刚刚来到的样子，站到拿着兔子的汉子的旁边，开始和他为这只兔子讨价还价。当我们成交之后，我把兔子交给我的房东，请他把它带回家去，烧好了供我们在饭桌上受用。对于我雇用的那个汉子，我给了他两壶啤酒的酒钱，算是买下了这只兔子。

就这样，那吝啬鬼不得不违背他的心愿拿兔子款待了我们，而且还不敢说一句话，倒叫我们笑了个痛快；如果我还要在他家里再呆一些时间的话，我还要给他更多的难堪呢！

第 四 卷

第　一　章

叙述西木怎样被诱骗到了法国

刀磨得太利了会有缺口，弓张得太紧了总要绷断。我跟房东所开的兔子的玩笑，还没有使我过瘾，我打算对他永无止境的吝啬再来一次惩罚。我教会搭伙的客人们：把太咸的黄油对上水，让里面过多的盐分排出来；像意大利巴马[①] 人所做的那样把硬干酪研碎，用酒泡软。这样做真叫吝啬鬼心痛如绞。我用巧妙的办法在饭桌上把酒里的水分吸出来，并且编了一支歌子，在歌里我把吝啬的人比做猪，对它没有什么可以期望，只能等到屠夫把它宰杀以后放到架子上为止；我还用琉特伴唱了这支歌。于是他立即就对我的不忠诚进行了报复，因为他觉得我不应该在他的家里干出这种恶作剧来。

在搭伙的客人当中有两个年轻的贵族收到一张期票，他们奉父母之命要到法国去学习法语。这时候，房东的德国仆人正因差事在外奔走，而对于那意大利仆人，房东说他不敢把马匹委托给他带到法国去，因为他对这个仆人还不大了解，担心他会忘记了回来，那时他的马匹也就完了。他因此问我能否为他办理这件大事，随同这两位贵族骑上他的马匹到巴黎去，反正我的事情在一个月之内还不可能办妥；为此他愿意在这期间——如果我全权委托他的话——忠实地把我的事情尽量办好，就像我本人在这里一样。这两个贵族同样恳求我，而我自己想去观光一下法国的好奇心也驱使着我，再说这次旅行不需要我花费什么，这一个月里也无事可做，反而还要花费吃用开销。于是我就代替了马夫的差使和这两个贵族上路了。一路上没有遇上什么值得我写下来的事情。到达巴黎之后，我们就投宿在房东的联络人那里，两个贵族向他兑换了期票。可是，第二

---

① 意大利城市巴马以产干酪著名。

天，我和马匹不仅被扣押了，而且据声称，我的房东还欠着一个人一笔款子，那人通过本区行政长官的批准，没收和变卖了马匹；天知道，我还能说些什么！我就好像德累斯顿的马茨[①]，目瞪口呆地坐在那儿，束手无策，更不知道该怎样再沿着这条如此遥远、而在当时又是那样不安全的道路回去。这两个贵族对我的遭遇表示极大的同情，因此赏给我一笔优厚的酬金，也不愿意让我在找到一个好主人或者获得一个好机会之前离开他们回到德国去。他们租了一个住所，我和他们一起住了几天，以便侍候其中的一位，因为他由于不习惯长途旅行，身体感到不舒服。他看我对他服侍得非常好，就把他脱下的旧衣服送给了我，反正他要重做时髦的衣着。他们劝我不妨在巴黎住上几年，学习语言；我要到科隆去取的东西不会跑掉，我们的房东不会不把这些东西保管起来的。对于究竟怎么办，我一直还在犹豫不决；有一次，每天上我们这儿来给有病的贵族治疗的医生听见我弹琉特和伴唱一支德国歌曲，大表赞赏，说如果我愿意上他那儿去，教他两个儿子的话，他将付我优厚薪金，还提供我伙食，他比我自己更了解我的处境，知道我是不会拒绝一个好主人的。两个贵族为促成这件事也极力说好话，大大地褒扬了我一番。我们很快就谈妥了。只是我的受雇期不愿超过三个月（若要延期，再作议论）。

这位医生的德语说得像我一样好，意大利语也说得像说他本国的语言一般；因此我就更乐意答应上他那儿去了。当我现在和两位贵族吃着最后一餐饭的时候，医生也在座，我头脑里思绪纷繁，眼前转悠着我新婚的妻子、中队长职位的许诺和科隆的财物，这一切我都十分轻易地被人宽解后抛弃了。当我们说到先前的房东的吝啬时，我突然心血来潮，并在饭桌上把刚产生的想法说了出来：“谁知道，也许是我们的房东有意骗我到这儿来，好让他把我在科隆的财物取出来，留给自己？”医生说，这是有可能的，尤其如果他认为我出身低微的话。“不，”一位贵族答道，“如果说他是为了这个目的把您弄到这儿来，使您不得不继续留在这儿的话，那还不如说是因为你对他的吝啬捉弄得太苦了。”那病人开口说：“我认为是另外一个原因。前不久我在我的房间里听到房东跟他的意大利仆人大声说话，我就想听听是为了什么事，后来从意大利仆人那蹩脚的德国话里听

---

① 此处指德累斯顿旧易北河桥上蹲着的石像。

出，他是要辞工不干了，因为猎兵在女主人面前拍马，竟说他没有照管好马匹。由于意大利仆人口齿不清，房东这个妒忌的无赖，就把这些话误解为猎兵跟他老婆之间有暧昧关系，因此对意大利人说，他只管留下来，那猎兵就要滚蛋了。打那时候起，他便斜着眼睛看他的女人，好多次向她大发脾气，比起先前来厉害多了，我就是这样用心地观察这个傻瓜的。”

医生说道：“不管是由于什么原因，我还是认为你必须留在这儿。但是你对这一点不要误解，一有好机会我就会帮助你回到德国去；你只要写信给他，要他好好看管财物，否则他要对这件事负全部责任。我怀疑，这是一个圈套，因为那个自称是债权人的人，和你的房东以及他在这里的联络人，都是好朋友；我认为，他之能够没收和卖掉马匹的依据凭证，就是由你自己带到这儿来的。”

第　二　章

西木遇上了一位好主人,充分享受到他的恩宠

我的新主人卡那老爷看到我很伤心,就表示要尽一切力量来帮助我,使我在科隆的财物不至于遭到损失。他把我一带到家里,就急切地要我告诉他我那些东西的情况,以便他根据情况,想出妥善办法来帮助我。我想到,如果说出我的出身,这对我没有多大好处,因此就把自己说成是一个德国的穷贵族,既无父亲,又无母亲,只有几个亲戚在一个驻有瑞典军队的要塞里,而这一点我不得不对我的房东和两位贵族(他们是站在皇帝方面的)保守秘密,以免他们把我的财物视作敌产而归为己有。我的意见是,我要给要塞的司令官[①] 写信(他已许过我中队长的职位),不仅向他

---

① 指利普施塔特司令官安德莱阿斯上校,见三卷第十五章。

报告我是怎样受骗到了这里的，而且要请求他把我的财物弄到手，直等到我重新获得机会回到部队里来之前，先把这些东西交给我的朋友们保管。卡那觉得我的打算是合适的，并且答应我把信件发送到有关的地点，哪怕是墨西哥或中国。于是我就给我妻子、我丈人和利普施塔特司令官安德莱阿斯上校分别写了信。给司令官的信，套上了一只大信封，里面附入其他两封。内容是说我要尽快地赶回去，只要我有办法来完成这样一个漫长的旅行，我请求我的丈人和上校通过军事机构取回我的财物，事不宜迟。另外我还写明，总共有多少金子、银子和珠宝首饰。我把这些信写成一式两份；一份由卡那老爷发送，另一份我付了邮。这样做的好处是，即使一份递送不到，另外一份总会被收到。这样一来，我的心情又开朗起来了，也就轻松愉快地去教导我主人的两个儿子了，他们要受到公子哥儿般的教育呢。卡那老爷非常富有，也极其高傲，并且喜欢炫耀自己，这种毛病是他从大人物那里传染来的，因为他简直天天在与公侯们来往，凡是权贵们的一言一行，他都要仿效。他的住宅像一座伯爵的府第，里面看来什么也不缺，只差让人称呼他一声“仁慈的老爷”① 了，而他自命不凡，纵有一位爵爷上门拜访，他对他的接待也不超过他自己的身份。但如果是一位亲王或者是别的什么有权势的王公——他们不仅仅会慷慨解囊，而且也是举足轻重的人物，那就会受到他殷勤的接待和治疗。他也把钱施与穷人；他不仅不收他们的钱，而且还免除他们所欠的债，以此获取一个好名声；他处处表现自己，并尽量博得人们的欢心。因此，他不仅在皇宫里和在巴黎城里，就是在整个王国都受到高度器重；难怪其他医生常常说，哪怕他把烧焦了的面包刮下一点粉末给他的病人当药服用，他们也会相信那是灵丹妙药呢。

这样做，使他收入极好，生活像一个富翁，连我也沾了光；金钱和各种食品源源不断而来，使我也能呆在他身边饱餐终日。由于我求知欲比较强，也觉察到在我和其他仆人一起跟在他身边去看病时，他总是夸奖我，因此我也常常在他的药房里帮助他配药。这样一来，再加上他喜欢说德语，我就和他慢慢混熟了。有一次我对他说，为什么他不把他新近用两万

---

① 对贵族的称呼。

克龙[①] 在巴黎近郊买的宅邸以贵族产业命名，再有，为什么他一心要使两个儿子成为医生，并且让他们这样艰苦地学习呢？如果他已经有了贵族头衔，也像其他贵族那样给孩子们买个什么官职，也让他们跻身于贵族阶层，这样做岂不是更好吗？"不，"他答道，"如果我去看一个王公，他就会说，大夫先生，您请坐；对一个小贵族，他就会说：等着吧！"我说道："您难道不知道，一个医生有三种形象：当病人看见他的时候，他是天使；当他为病人治病的时候，他是上帝；当病人病愈后，不需要他的时候，他就成为魔鬼了！因此，这种荣誉所能维持的日子，不会比病人肚子里的那股气翻滚闹腾的时间更长；等到这股气一出来，肚子里的咕噜声一停止，医生的荣誉也就告终了，然后就会有人说：大夫，门在那儿，你可以走了！这样看来，不是一个站着的贵族比一个坐着的医生更有荣誉吗？！因为他永远侍候着他的王爷，荣誉永远也不会离开他。您新近不是不得不把一位王公的粪便放进嘴里来辨味吗？我宁可十年站着侍候，也不愿品尝别人的粪便，哪怕让我坐在玫瑰花上也不干。"他回答道："这并不是我非做不可的事，而是我乐意这样做，好让这位王公看看，为了正确诊断他的病情，我是多么焦急。这样他给我的酬金就会更多了。何必不尝他的粪便呢？他会因此付给我好几百个披斯托尔[②] 作为报酬，而我却不用付给他什么，反倒叫他不得不吃下点儿我配给他的什么玩意儿。你对这件事的谈论只说明你是一个德国人；如果你是一个其他国家的人，那我就要说，你说出这种话简直像个傻瓜！"

我只得对这句断语表示满意，因为我看出他要生气了。为了使他的情绪重新好起来，我请求他原谅我的单纯无知，然后把话题转到愉快的事情上来。

---

① 克龙，旧时德国货币名，一克龙合十马克。

② 披斯托尔，西班牙金币名，重约七克，通行于十六至十九世纪。

第　三　章

西木充当喜剧演员，受到了许多女子的青睐

卡那老爷扔掉的野味比某些人吃的还要多，他有自己的狩猎区，送到他家里来的肉类，多得他全家人都吃不完。所以，他每天有许多食客，看那排场仿佛他是在大摆筵席。有一次，皇帝的司仪长和宫廷里的其他达官贵人来拜访他，他为他们准备了豪华的宴会，因为他知道应该和谁交朋友，对于皇帝身边的近臣，或者其他受到皇帝宠爱的人，他当然是要巴结的。为了向他们表示最大的美意，使他们感到无比的快乐，他希望我用琉特伴唱一支德国歌，以此为他增光，使贵宾们高兴。我十分乐意地满足了他的愿望，因为我此刻也正好兴致大发（乐师通常都是些古怪的、三心二意的人），我尽量使自己表演得出色，让在座的人都觉得十分满意。司仪长说，只可惜我不会法国话，否则他要在皇帝和皇后面前极力推荐我。但我的主人担心我会因此离开了他，不能继续为他效劳，便回答说，我是一个贵族，并不想在法国久留，所以是不会去充当乐师的。司仪长说，他平生从未见到过一个人具有如此稀世的美貌，如此清脆的嗓音和如此高超的弹奏琉特的技艺；应当立刻给卢浮宫[①] 的皇帝表演一个喜剧；假如我能够使他如愿以偿的话，他希望会因我而获得荣誉。卡那老爷把他的话向我作了说明；我回答他说，只要告诉我要我表演什么角色，要我用琉特伴唱什么歌，我就能够把曲调和歌词都背熟，伴着琉特来演唱，哪怕全用法语也行；我的记性就跟通常在这方面特别认真的小学生一样好，尽管这一角色首先要从台词和表情两方面来学习。

司仪长看出我很愿意的样子，就要我答应他在第二天到卢浮宫去试一试，看看我是否合适。我按照约定时间到了那里。要我演唱的歌曲有

---

① 卢浮宫，法国故宫，一七九三年起辟为博物馆。

很多，由于我面前有乐谱，我很快就将这些歌的曲调完美无缺地配上了乐器，然后又把法语歌词全部背了出来，学会了正确的发音，同时又把这些歌词译成德语，以便配以恰当的表情。我对这些一点儿也不觉得困难，因此掌握起来比人们所预料的要快，而且使人们听到我的歌唱时——因为卡那老爷赞扬了我——人人会发誓说我是一个地地道道的法国人。当我们第一次试演这个喜剧时，我声情并茂地表演了起来，以致使大家都认为，我把剧中人俄耳甫斯① 演得比我应该扮演的更加出色，与其说我扮演着俄耳甫斯，还不如说我更像俄耳甫斯本人，表现出因为失去了我的欧

① 俄耳甫斯，希腊传说中的歌手，他的歌唱可以感动花木鸟兽，他为了救爱妻欧律狄刻出地狱，违反了禁令，转身看了跟在他背后的欧律狄刻，以致使欧律狄刻永远进入了冥界。《俄耳甫斯与欧律狄刻》是当时盛行的一个剧目，多次被改编。最初是在一六三八年由海因茨·舒茨作词，奥古斯特·布赫纳作曲。

律狄刻而万分痛苦的心情。我一生中还未曾有过哪一天像演这出喜剧的日子那样使我感到如此快乐而可爱。卡那老爷给我服了一种药,使我的声音变得更加嘹亮,他本来还想用滑石油使我的容貌变得更美,用香粉使我那乌黑油亮的半鬈的头发增添丰采,但他发现,这样反倒会把我弄丑。我头戴桂冠,身着古雅的海绿色衣服,裸露着整个脖子、上胸、胳膊和膝盖上下部分的腿部,衣服外面披着一件闪光的肉色披肩,看上去更像一条军人的绶带。我以这样的打扮向我的欧律狄刻表示深情,用动听的歌声呼唤维纳斯的救助,终于把我心爱的人领出了地狱,这场戏我表演得极为出色,用叹息和传神的眼睛凝视着我心爱的人儿。在我失去了我的欧律狄刻之后,我穿上一件式样同样古雅的黑衣裳,把我的皮肤衬托得像白雪一样。我穿着它哀诉失去的妻子,我是那样悲痛欲绝地进入了角色,以致在我哀伤的歌儿和曲调唱到一半,眼泪便滚落了下来,让呜咽中断歌声。然而我做出一个漂亮的动作,终于到了冥界普路同和珀耳塞福涅[①] 的面前;我唱起一支非常动人的歌,抒发他们之间的爱情,使他们想到我与欧律狄刻彼此分离是多么痛苦,我以殷切至诚的目光和表情,用琴弦伴随着歌声,恳求他们把她重新送还到我的身边;当我得到了他们的允诺之后,我唱出欢乐的歌向他们表示感谢,同时以我的表情、动作和歌声表达出我内心的喜悦,使所有在座的观众都赞叹不已。当我又一次突然失去了我的欧律狄刻,我设想着一个人可能陷入的极大的危险,就变得面色苍白,仿佛要晕过去一样。当时只有我一个人在舞台上,所有的观众都注视着我,我就愈加卖力地演好我的戏,从而使我获得了最佳表演的荣誉。随后我坐在一块岩石上,用如泣如诉的话语和哀怨的曲调悲叹我失去了爱妻,祈求一切生灵的同情。紧接着,各式各样的驯畜和野兽以及山峦和林木都聚集到我身边,那景象简直像是受到了一种超自然的力量的安排。到此为止,我一直没有出过什么差错,只是在最后,当我拒绝了所有的女人,被巴克科斯[②] 所扼杀,把我抛入水中——这时人们只能看得见我的脑袋,因为我身体的其他部分藏在舞台下面——这时候龙要咬我,而那藏在龙的身体里面表演龙的动作的人却看不见我的脑袋,因此就让龙头在我

① 珀耳塞福涅,希腊神话中的冥后。

② 巴克科斯,希腊神话中酒与生命力之神,狄俄尼索斯的别名。

脑袋的一边搜索着，我觉得十分可笑，禁不住流露出不满的神情，这一点却被凝神注视着我的女士们清清楚楚地看在眼里了。

这次喜剧表演使我受到了人们的交口称赞，因而我不仅仅获得了一笔可观的酬金，而且还得到了另一个名字——从此之后法国人都管我叫“漂亮的德国人”。当时正在欢庆狂欢节，因此又上演了更多的诸如此类的戏剧和舞剧，我照样被请去扮演角色，但是到头来却发现，我已为他人所嫉妒，因为我强烈地吸引着观众，尤其是女人们的眼睛；我只好撒手不干了，特别是因为有一次我挨了拳打脚踢，那时我扮演赫剌克勒斯①，几

① 赫剌克勒斯与以牛的形象出现的河神阿刻罗俄斯为争夺得伊阿尼拉为妻而争斗。

乎是赤裸裸地裹在一张狮皮里，为了得伊阿尼拉而与阿刻罗俄斯决斗，对方竟超越了演戏的范围，对我作出了粗暴的举动。

第 四 章

“漂亮的德国人”被迫光临爱神之堡

这一经历使我在上层人物中间出了名，仿佛幸运又要降临到我的身上来了；宫廷提供了我如此好的效劳机会，就是某些大人物也是难以遇到的。有一天来了一个侍从，他找卡那老爷说话，交给他一封有关我的信。当时我正和他坐在他的药房里炼制药品；我出于兴趣已经向这位医生学会了化合、分解、蒸发、凝固、溶解、氧化、过滤和诸如此类的许多炼制方法，他总是用这些方法来配制他的药物的。“漂亮的德国先生，”他对我说道，“这封信是关系到你的。是一位体面人物派人来请你，他非常希望你马上到他那儿去；他想和你谈话，并且想知道，你是否愿意教他的儿子弹琉特。他请求我来劝说你，不要拒绝到他那里走一趟，他非常客气地许诺，对你的尽心将予以至诚的酬谢。”我回答道，如果我为了他的缘故能够效劳于某人的话，我会不辞辛劳的。于是他说，我只要换换衣服，就可以跟这位侍从走了；在我准备好之前，他吩咐给我做点吃的东西，因为我得走一段相当远的路程，我在傍晚之前恐怕还到不了那个地方呢。我好好地打扮了一番，匆匆忙忙地吃下一些为我做好的东西(特别是几根美味的小香肠，我觉得似乎有强烈的草药味)①，然后我随同这位侍从七弯八拐地走了一小时的路，直到黄昏时分，我们到了一个虚掩着园门的花园跟前。那侍从把门推开，我跟着他走了进去，他重新关上门，把挂在门上的锁锁上；他领着我向坐落在花园一角的别墅走去，走完了相当长的一段路之后，他便叩一扇门，一个年老的贵妇人立刻把门打开了；她彬彬有礼地

① 指香肠内放入了春药。

用德语向我表示欢迎，把我让了进去。那位侍从不会说德语，留在门口，我向他点头表示谢意，并深深地鞠了一躬向他道别。那老妇人拉着我的手，领我走进房间。房间四壁挂满贵重的壁毯，装饰得也十分漂亮。她请我坐下，叫我歇一歇，再听她说明为什么把我请到这个地方来。我很高兴地听从了她的话，坐到一张她特意为我放在火炉(因为天很冷，房间里生着火)旁边的安乐椅上；她挨着我坐在另一张安乐椅上，说道："先生，如果您知道一点爱情的力量，知道这种力量往往能战胜和制服那些最勇敢、最坚强、最聪明的男子，那么您对于——譬如说，爱情也制服了一个柔弱的女人，就不会感觉到奇怪。并不是有一位什么先生为了您的琉特——就像别人告诉您和卡那老爷的那样——而是一位巴黎最体面的夫人由于你非凡的美貌而把您请到这儿来的。如果她不能马上目睹您不同凡俗的风采，使自己得到舒心悦目之幸的话，那她简直就活不下去了。因此她吩咐我，把您作为我的同乡，向您表明这个意思，万分恳切地请求您，就像维纳斯恳求她的阿多尼斯那样，今天晚上到她身边去，让她饱享你美貌的眼福，万望您不会拒绝这样一位高贵的夫人。"我回答道："夫人，我不知道，该怎样考虑这个问题，更不知道，该说什么好了。我自知并非如此美貌，致使一位高贵的夫人有求于我这个卑微的小人物。此外，我想，如果这位体面而高贵的夫人迫切想见我，就像您，我尊敬的同乡夫人所告诉我和向我表明的那样，那么她完全可以在白天派人去找我，而不应该在这样晚的时候才把我叫到这个偏僻的地方来。为什么她不吩咐我直接到她那儿去呢？要我在这个花园里做什么呢？我尊敬的同乡夫人，请宽恕我吧，我作为一个孤独的外国人陷入了恐惧之中，要不就是有人要欺骗我，因为对我说好是到一位先生这儿来，而事实上却不是这样。不过，既然我能觉察到别人不顾诚信地以恶毒的奸计要我的命，那么我也会懂得在死亡危险之前，使用我的刀剑的。""安静点，安静点，我尊敬的同乡先生！快不要有这些不必要的想法，"她回答我说，"女人们考虑问题都是不同寻常而谨慎的，使人不能一开始就能立即适应。如果这位爱您胜过一切的夫人愿意让您知道她本人的话，那她当然就不会让您先上这儿，而是直接让您到她那儿去了。那儿(她指着桌子)有一顶帽兜，当有人把您从这儿带到她那儿去的时候，您得戴上它，因为她不愿意让您知道那个地方，更不想让您知道您被藏在谁那儿；我要尽可能地请求您和提醒您，不要辜负这位夫人

显贵的身份和她对您所表示的无可比拟的爱情，否则的话——那是您不愿意期待的——她有足够的权力，可以在此刻就惩罚您的骄傲和轻蔑的态度。但如果您通情达理地顺从了她，那么您就可以确信，哪怕是您向她表示的一点小小的心意，也不会不受到补报。”

天色渐渐黑了，我怀着重重忧虑和恐惧之情，像一个木头人那样坐在那里。我清楚地意识到，要逃出这个地方，决不是一件容易的事，因此只得答应了一切要求。我对老妇人说：“那好吧，我尊敬的同乡夫人，如果事情就像您对我说的那样，那我就把我自己托付于您天生的德国人的诚实了。我希望，您不会准许，更不会自己参与，对一个无辜的德国人做出背信弃义的事情。您已经完成了为了我而要您做的事。但愿您对我说的那位夫人，并不长着一对毒蛇的眼睛，不会向我投以叫我脑袋落地的目光。”“啊，上帝保佑，”她说道，“如果一个如此匀称的身体——我们整个民族可以拿它来炫耀——现在就要死去，这就太遗憾了。您会找到您有生以来从来不敢想象的快乐。”当她获得了我的同意，便叫让和皮埃尔进来；从壁毯后面应声走出了两个人，他们全身穿戴着光灿灿的盔甲，从头顶武装到脚跟，手里拿着戟和手枪，我顿时吓得脸色发白。老妇人看到我这个样子，微笑着说道：“到女人那儿去，是用不着这样害怕的。”她吩咐这两个人放下武装，拿起风灯，只带着他们的手枪一同前往。然后她把那顶黑色天鹅绒的帽兜蒙住了我的头部，把我的帽子夹在腋下，拉着我的手，带领我穿过十分奇特的路径。我感觉到，我经过了许多道门，走过了一条石子路。大约一刻钟之后我被领上一顶小石桥；那儿打开了一扇小门；我穿过小门走上一条石砌的小路，登上一条曲梯，又走下几级阶梯，再往前大约六步远的地方又开了一扇门。当我穿过了这扇门，那老妇人终于把我头上的帽兜取了下来；这时，我发现自己是在一个装饰得极为富丽的大厅里。四周的墙上挂满了美丽的油画，壁架上陈设着银器，里面是一张罩着罗帷的黄金花饰的床。大厅中央的餐桌上摆好了精致的餐具；火炉旁边有一只十分漂亮的浴盆，不过依我想来，它却玷辱了整个大厅。老妇人对我说：“欢迎啊，同乡先生！现在您还能说人家背信弃义地欺骗您吗？再也不要不高兴了，拿出您演戏时的那股劲儿来吧，您又从普路同那儿重新获得您的奥伊吕迪凯了。我向您保证，您在这儿遇到的一个会比您在戏里失去的一个更美呢。”

第 五 章

西木在爱神之堡受到款待,八天之后又离开了此地

从这些话的意思中可以听出,我在这儿不仅要让人家观赏一番,而且还要干点什么呢。于是我对老同乡说,如果让一个干渴的人坐在禁泉的旁边,那也是枉然的。她却说,法国人是不会小气到不给人喝水的,何况这里的水多着呢。“是的,”我说道,“太太,如果我还没有结婚的话,你对我这样说就对了!”“别开玩笑了!”这个亵渎上帝的女人答道,“今天夜里,人家是不会相信你这些话的;结过婚的公子哥儿很少到法国来。即使事

情确实如此,我也不能相信,您会笨到宁可渴死,也不愿喝一口异乡泉眼里的水,更何况它比您家乡的水也许更有滋味、更好呢。”这就是我们的谈话。这时候一位管火炉的高贵的使女给我脱下了鞋子和长统袜子,因为我摸着黑走路的时候,把鞋袜全弄脏了,巴黎本来就是一个满是污泥的城市嘛!接着有人来吩咐说,要在吃饭之前给我洗澡;于是那位使女就忙来忙去地张罗起来,给我拿来沐浴用品,一切都散发出麝香和芬芳的肥皂香味。浴巾是用真正的冈勃雷[①]亚麻布制成,再滚上珍贵的荷艺花边。我感到害臊,不愿在这个老妇人面前赤裸着身子;却也无可奈何,只得把衣服脱光,让她给我擦身子;那使女倒是暂时出去了。洗过澡,她给我一件柔软的衬衣和一件贵重的蓝色塔夫绸睡衣,还有一双同样颜色的丝袜。睡帽和拖鞋装饰着金钱和珍珠。因此洗过澡以后,我坐在那儿就像牌中之王——红心老K那样的神气。正当老妇人像侍候一个王公或者一个孩子那样擦干和梳理我的头发时,上面提到过的那位使女端来了饭菜,在餐桌上摆好之后,便有三位年轻高贵的夫人走进了大厅。她们几乎完全裸露着细嫩洁白的胸脯,而面部却都戴着面罩。从她们的体态可以想象,她们三个都是天仙般的美人,而其中的一个比其他两个更美。我默默地向她们鞠了一躬,她们也用同样的礼节表示答谢,这一切,就仿佛是几个哑巴在互相致意。她们三人同时坐下,使我无法猜测,她们之中谁是最高贵的;更猜不出,我要在这儿侍候的是哪一位。第一句话是问我,是否会说法语。我的同乡回答:不会。于是另一位叫她对我说,我可以随便一些坐下来。当我坐下之后,第三位吩咐我的女翻译,她也可以坐下。从她们三个人的话里我还是推断不出,谁是最高贵的。我坐在老妇人的旁边,面对着这三位夫人,因此毫无疑问,我的美貌在那副老骷髅的旁边自然显得更加光焰夺目了。她们三人优雅地、温情脉脉地凝视着我,我可以发誓,她们发出了无数的叹息。由于她们戴着面具,我看不见她们那闪烁的眼睛。老妇人问我——除她之外就没人能够和我说话了——这三位当中我认为谁最美。我回答说,我无法选择。她大笑起来,露出了还留在她嘴巴里所有的四颗牙齿,问道:“那是为什么呢?”我回答说,因为我不能真正地看到她们;但是就我所看到的,她们三位都不丑。老妇人和我之间这一席

① 冈勃雷,法国北部地名。

问答的内容,这三位夫人很想马上就知道。老妇人翻译了这些话,还编了一些谎言,说什么我说了,每一位夫人的嘴都值得让人吻上十万次,因为我可以从她们的面罩下看见她们的嘴巴,尤其是坐在我正对面的那一位的嘴巴。听了老妇人的这些奉承话,我就把这一位看做是最高贵的,并且更加热切地望着她。这就是我们餐桌上的全部谈话,而我则装作一点也不懂得法国话的样子。这样默默地用着哑餐决不是一桩有趣的事情,我们都宁可早点散席。于是三位夫人向我道了晚安就起身离席。我只能送她们走到门边,那老妇人马上就在她们身后锁上了门。我看到这一情形,

就问，我该在哪儿睡觉。她回答说，我就和她高高兴兴地睡在跟前的这张床上。我说，如果那三位夫人中的一位也睡在这张床上，这张床还是够宽敞的。“是啊！”那老妇人说，“不过今晚你确实得不到她们当中的任何一位，你先得拿我来凑合着过一夜。”我们正说着话呢，忽然有一位夫人撩起了罗帷的一角，原来她正躺在那张床上，对老妇人说道：“你不要再啰嗦了，睡觉去吧。”我从她手上接过灯，想看一看是谁躺在床上。她却吹熄了灯，说道：“先生，如果您爱惜您的脑袋，那您就别动这个脑筋了！你躺下去吧，我可以向您担保，您如果当真要违反这位夫人的意愿去看看她，您就别想活着从这儿出去了!”她说完就出去了,并锁上了门;那管火炉的使女熄灭了炉火,也从一张壁毯后面的一扇隐蔽的门里消失了。于是那位躺在床上的夫人说道:“上来吧,漂亮的德国先生,到我身边来吧!”她从老妇人那儿就学会了这么点儿德语。我干脆上了床,倒要看看会有什么勾当。我刚一上床,她就一把搂住了我,用无数的亲吻来迎接我。狂热的欲念使她几乎把我的下嘴唇都要咬下来了。她动手解开我的睡衣,急不可耐地扒下我的衬衣,把我拉到她身边。疯狂的爱激动得她说不出话来。她除了说:“上来吧,我的心肝!”之外,什么别的德语都不会说;而其他的意思只能用动作使我明白。我心里虽然暗暗想着我的妻子,但这又有什么用处呢?可惜我是一个凡人,身在这样一个匀称的美人儿的旁边,她又是这样的可爱,如果要我保持贞操而离开她,那我岂不成了一块木头?况且那位医生给我吃的香肠起作用了,使我觉得自己仿佛成了一头公羊。

就这样,我在这个地方度过了八天八夜。我相信,那三位夫人也都在我身边躺过,因为她们说的话并不都像那第一位,而且表现得也不那么傻乎乎的。在这里,人们也把同样的香肠端给了我,因此我不得不认为这些香肠就是卡那老爷配制的,而且他对我的行径一定已经知道得够清楚的了。我当时正年轻,血气方刚,嘴唇上还刚刚长出黑色的髭须。我在这四位夫人身边虽然已经整整呆了八天,可是我仍然不能拿掉她们当中任何一位的面罩,或在昏黑中直接看清她们的脸面。八天结束之后,我又被蒙上眼睛,带进院子里一辆四周紧闭着的马车里,送到了老妇人的身边。她在路上把我的眼睛解开,把我带到我主人的家里去;马车很快又驶走了。给我的赠礼是二百个披斯托尔金币,我问老妇人,我是否要从这里面拿出一些来给什么人当酒钱,她说道:“千万不必;因为您这样做会使夫人们生气的;她们会想,您以为自己是在玩妓院了,在那里才什么都要付钱的。”后来我又受到多次诸如此类的光顾,她们对待我粗鲁无比,使我对这种倒胃口的胡闹终于感到腻味透顶,即使是那些加足香料的肠子也几乎帮不了什么忙了。据我推测,卡那老爷充当了半个拉皮条的人,因为是他配制了这些香肠的。

第六章

西木秘密逃出法国，因染上天花而伤心绝望

由于干这种行当积聚了大量金钱和其他值钱的东西，致使我害怕起来。同时，对于那些出入青楼以畜牲般的淫乱行径作为自己营生的娘儿们，却不再觉得有什么奇怪，因为这个行当是可以赚大钱的。

但是，我现在开始考虑这件事情，不只是出于对上帝的虔诚或者受良心的驱使，而是由于担心自己有一天会被当场逮住，并且得付出代价。我因此想方设法，要再回到德国去，而且这种考虑变得愈来愈强烈了，因为利普施塔特的司令官给我写了信，说他捉到了几个科隆的商人，这些人在尚未把我的东西交到他手里之时，他是不会释放他们的；并说，他还给我保留着许诺过我的中队长的职位，正期待着我开春之前去接任，如果我在这段时间里不回去，他就不得不任用别人了。我的妻子也在这封信里附了一封短笺，信中充分表示出她对我的渴念和深情。倘若她知道我在这里过着不可告人的生活，恐怕她就会向我致以另一种问候了吧！

可以想象，我是很难得到卡那老爷的同意而离开这儿的，因此我想一有机会就秘密逃走。然而，这却使我遭到了非常不幸的事。一天，我遇见了几个威玛军队的军官，我对他们说，我是圣·安德莱阿斯上校团里的一名少尉，因为私人事务已经在巴黎呆了一段时间，现在决定再回到团里去，我请求他们同意我与他们作伴一路回去。

于是他们便告诉了我启程的日子，答应我和他们一起走。我买了一匹劣马，偷偷地做好上路的一切准备，把我的钱包在一起收拾好，总共约有五百多布郎[①]，这些钱全部都是我从那些亵渎神灵的娘儿们身上干那可耻的活儿挣来的。我没有向卡那老爷征得允许就和他们一起离开了那

① 多布郎，西班牙古金币名，合两个披斯托尔。

儿,但是我给他写了一封信注明发信地点是马斯特里希[1],以使他认为我是到科隆去了。信里我向他道别,通知他我不可能再呆下去了,因为我受不了他那些芬芳的香肠。

但是在离开巴黎的第二天夜里,我觉得像是一个得了丹毒病的人,脑袋疼得可怕,竟起不了床了。我当时正在一个偏僻的村子里,找不到一个医生。更糟糕的是,没有任何人来照应我,帮助我;因为那些军官们这天清早就动身到阿尔萨斯[2] 去了,撇下我这个与他们毫不相关的人,病得奄奄一息地躺在这里。不过,他们在离去的时候,把我和我的马托付给了店主人,并且留了个口信给村长,要他对我多多照应,因为我是一名为皇帝打仗的军官。

我就这样在那里躺了几天,完全失去了知觉,像一个白痴似地胡言乱语。有人把教士找来了,他却一点儿也听不明白我说些什么。他知道不能医治我的灵魂,就想尽可能地拯救我的肉体;他把我的血管切开,又给我服用一种发汗药,让我躺在一张暖和的床上去发汗。这种治疗对我很有用处,我在当夜又恢复了知觉,知道自己是在哪里,是怎样来的,而现在又生了病。第二天早上,教士又到我这儿来了,发现我心情沮丧,因为不仅我的钱全部被偷了,而且还似乎得了——恕我直言——那倒霉的法国病[3]。这也活该:比起那些钱来,我更应得到的,正是这种病。我浑身都是斑斑点点,活像一只老虎;我走不稳,也站不住;不能坐,也不能躺。我再也忍耐不住了。直恨得我自言自语道,我简直不能相信上帝曾把那丢了的钱赠送过我,魔鬼又把它从我这儿勾引走了。我诅咒,天最好塌下来;是的,我觉得自己完全绝望了。那好心的教士尽量安慰我,因为这两件事太使我伤心了。

"我的朋友,"他说道,"像一个有理智的人那样对待您自己吧,如果您不能像一个虔诚的基督徒那样承担你的十字架的话。您要怎么样呢?难道您为了钱还要丢掉你的性命,或者那更可宝贵的灵魂吗?"我答道:"我不在乎钱,我只要能够摆脱这可恨可咒的病,或者有地方能够把我治好!""您

---

① 马斯特里希,荷兰城市名。

② 阿尔萨斯,法国地名。

③ 指性病。

得忍耐,”教士说道,“如果像您那样,那些可怜的小孩子又该怎么办呢? 在本村有五十多个人正患着这种病呢!”听到孩子们也得了我这种病,我马上就放心了,因为我不难设想,孩子们是不会染上肮脏的性病的。我便抓起我的背包,想找找里面还有什么东西,但是除了白衬衣之外,没有什么值钱的东西了,只有一只小盒子,里面有一位夫人的肖像,四周镶着红宝石。这是一位夫人在巴黎赠送给我的。我取下肖像,把其余的交给教士,请求他到附近的城里去换点钱让我过日子。结果我拿到的钱还不到这些东西应有价值的三分之一,由于这点钱维持不了多久,我只得又把那匹马也卖了。我用这点钱勉强维持到我身上的痘斑开始结痂,并感到身体复原了为止。

第　七　章

西木痛苦地回溯过去,喝了水才知道学习游泳

一个人作了什么孽,到头来还得受什么罪。这场天花搞得我从此以

后可以在女人面前太平无事了。我那留下痘疤的脸面，简直像农家的场院，在那些坑坑洼洼里恐怕能打碗豆了。天哪，我已经变得如此丑陋，致使我那曾经吸引过多少女人的鬈发，也为我感到害臊而离开了它们原来生长的地方，替代它们的竟酷似野猪身上的鬃毛，我不得不因此戴上一个假发。正像我的皮肤已经远非先前光洁迷人那样，我那动听的嗓音也消失了，因为我的喉头也全长满了痘疤。我那双时时燃烧着爱情之火的眼睛，曾经使人人为之激动，现在看起来却又红又浑，活像一个患白内障的八十岁的老太婆。除此之外，我流落他乡，不认识任何一个会真诚对待我的人，连狗也会给我白眼看，我又不懂语言，身边一个钱也没有。

这时我才开始回顾自己的过去，为我以往那些美好的机会而叹息；这些机会本来可以给我带来幸福，我却轻率地、满不在乎地把它们放过了。对往事的回溯使我领悟，战争中我所遇到的那些极不寻常的好运以及落到我手中的财宝，只不过是造成我不幸的一个原因和一种准备而已；它们首先向我投以虚情假意的目光，把我抬得高高的；而后，也正是它们把我摔得再重不过了。的确，我发现，我所遇到的那些曾经被我认为确实很不错的好事情，却正是坏事情，它们把我引进了毁灭的深渊。现在，我再也没有对我真诚相待的隐士，再也没有收留我于窘迫之时的拉姆塞上校，再也没有给我以最好忠告的教士，总之，没有一个人会对我表示恻隐之心；等到我钱去财空，我就得滚蛋，到别处去碰运气，就好比是那浪子，只配与猪为伍。这时我才想起教士的忠告；他当时认为，我应该把金钱和青春用到学习中去。但现在再拿剪子去剪短鸟儿的翅膀，为时已经太晚，因为鸟儿已经飞走。哦，多么迅速的转变，多么不幸的转变啊！四个星期之前，我还是一个堂堂男子，引起过王公们的赞叹，妇女们的迷恋，在众人面前，我仿佛是造物的一件杰作，甚至显得像个天使；而现在却是一钱不值，连狗也冲着我撒尿。我搜索枯肠，百般寻思，为自己想个对策，因为店主已经嫌弃我，看我再也无力付账，就把我撵出了店门。我很想去当兵，可是没有一个招兵的愿意招收我，因为我那样子像一个满身疥癣的魔鬼和衣衫褴褛的织工。干活儿吧，我不行，因为我还十分虚弱，而且什么手艺也不会。难道要我去当牧人，就像我曾经在阿爸身边时当过的那样？或者干脆去要饭，这又会使我感到羞耻。没有什么能够使我得到安慰的了，也再没有人愿意收留我了；幸亏现在已近夏天，我在不得已时可以在树丛后

面凑合着过一夜。我还有一些考究的衣服，是我为这次旅行定做的，还有满满一背包值钱的亚麻衣物，只是没有人愿意买下我这些东西，因为谁都担心，会从我身上把这种病传染上。我把背包背上，把剑拿在手里，踏上足前的路，走到了一个小城市。它尽管小，却有一家药店；我走进去，要求给我配一份能治好我脸上痘疤的药膏。由于我没有钱，我就给了药剂师一件漂亮柔软的衬衣，他倒不像其他傻瓜那样嫌弃我而不肯拿我的衣服。我想道："你只要能摆脱这些丢人的痘疤，你就不会再这样窘迫潦倒了，情况也就会好起来了。"药剂师安慰我说，一星期之后我皮肤上除了那些最深的疤痕之外，其它看起来就不明显了。这使我鼓起了勇气，有了信心。那天正逢集市，有一个拔牙的江湖医生在用假药骗人，赚了许多钱。"呆子，"我对自己说，"你为什么不也去干这种买卖呢？你不是在卡那老爷那儿呆过很久，也学到了不少本事吗？这是够你去蒙哄一些没有头脑的农民，为自己混口饭吃的；要不，你就只能做一个可怜的笨蛋了。"

第 八 章

西木充当江湖骗子，狡猾地骗取了农民的钱

我当时吃起饭来像个打谷机，那只胃总也填不饱似的，一直想往里面装东西。而我却一点储备也没有，只有一只镶有钻石的金戒指，它大约值二十个克龙。我用它变卖了十二个克龙；不难想象，如果这笔钱不用来做点买卖的话，很快就会花光的，于是我决定去当医生。我买来了制作一般药物的材料，配制成药，到小城镇上去出卖。考虑到农民的需要，我弄来了一些杜松子汁，往里面掺进了橡树叶、柳树叶，以及诸如此类的带涩味的成分，然后我用草药、树根、黄油和几种油性物质做出一种绿色的治疗各种伤口的药膏；这种药膏还可以治疗被压伤的马。此外，我用锌矿、卵石、蟹眼、刚石以及石灰石制成一种能使牙齿变白的药粉；另外，用碱液、铜、铵盐和樟脑制成一种蓝色的药水治疗坏血病、口腔溃疡、牙痛和眼痛；

我还弄到了一大堆白铁皮的和木制的小盒子、纸张和小玻璃瓶，把我这些货品装到里面，给它们增添了一些卖相；我设计了一张法语说明书去付印，好让人知道这种药或那种药的功效。

三天之后，我一切都准备就绪了。我为这些药物和瓶瓶罐罐花费了不到三个克龙。于是我离开了这个小城市。

我收拾好行囊，打算穿乡过村地一直走到阿尔萨斯，一路上兜售掉这些货色，然后到中立城市斯特拉斯堡去，在那儿找机会走莱茵河水路，与商人们一起到科隆去，再从科隆动身回到我妻子的身边。这个打算是好的，但是我的估计又完全错了。

我第一次作为一个江湖医生来到一个教堂的跟前出售我的药物，所得的收入少得可怜，因为我太不机灵了，而且既不会法语，又不懂吹牛叫卖。我很快就明白，如果要赚钱，把我这些骗人的玩艺儿兜售掉，我就得改变方法。我带着我的瓶瓶罐罐进了一家小酒店。在餐桌上，店主人对我说，这天下午在他的酒店门前的椴树下将有一大堆人来，只要我有好货色，就可以做一笔好买卖。不过，这地方骗子太多了，如果人们不亲眼看到当场的试验，证明这些药品有极好的疗效的话，是不会轻易花钱去买的。我听了他的话，知道我欠缺些什么，于是就弄来半杯酒，盛着斯特拉斯堡的好烧酒，再逮来一些蟾蜍，这是一种在春天和夏天喜欢坐在肮脏的水潭里唱歌、具有金黄色或者近乎桃红色的外表、肚子底下有黑斑的令人生厌的癞蛤蟆。我把一只这样的癞蛤蟆放进一个装了水的酒杯里，把它和其他药品一起放在椴树下的一张桌子上。人们开始在我周围聚集起来，有些人以为，我要用钳子（那是我从酒店老板娘的厨房里借来的）给人拔牙了；我却开始说道："先生们，好朋友们（因为我还只会说一点儿法语[①]），我不是给你们拔牙的，我只有好的眼药水，可以治好红眼睛流泪。""正是，"一个人回答道，"看你的眼睛就知道了，就像两盏鬼火。"我说道："说得对。如果我没有这种药水，那我简直就要瞎了。不过我不卖这种药水；我要卖的是万能药和使牙齿洁白的药粉，以及治伤药膏，这种药水是外加奉送的。我不吹牛，也不骗人。我的药先试后卖，试了不灵，你就不要买。"这时我请一位观众从我那些小药盒里随便挑出一只来，我从这只

---

① 这里西木所说的是夹杂着德语的法语。

盒子里取出豌豆那么大小的一点儿药，将它放进烧酒里(周围的人都把烧酒看成了清水)，搅拌了一下，再用钳子把那只癞蛤蟆从有水的杯子里夹出来，说道："好朋友们，看准了，如果这只毒虫吃了我的药不死，那就算我的药不管用，你们也就别买。"说着，我把这只水里生、水里长、经受不住其他物质或液体的可怜的癞蛤蟆放进烧酒里，用一张纸盖住，使它不能跳出来。于是它就在里面发疯似地乱蹦乱跳，好像被我扔到了红彤彤的炭火里一样，因为那烧酒对于它太厉害了；它这样挣扎了一会儿之后，便渐渐发僵，最后伸直了四肢。农民亲眼看到了这一毫不含糊的试验，个个张口结舌，终于解囊争购起来。在他们看来，世界上再没有比我的药更灵验的了，以致忙得我不亦乐乎，不断地一边给他们把这些玩艺儿用纸包好，一边把钱收进来。有人还买了三份、四份、五份甚至六份，好在急需时有备无患，或者也为了替居住在别处的亲戚朋友们卖些回去。我就用这种欺骗的方法——虽然这天并不是集市的日子——在当天晚上赚了十个克龙，而我的货色还存有一半以上。

我连夜赶到了另外一个村子里去，因为我担心，也许会有个农民出于好奇，把一只蟾蜍放进水里，用我的药去试验，事情一经败露，我就得挨一顿好揍。我没有必要使用那种已被学问渊博的玛蒂奥卢斯① 揭发过的流浪汉和江湖骗子的骗术。只要我能搞到上面提到的那种癞蛤蟆，那我就不需要用猴子或其他什么珍奇的动物来招引愚蠢的人们了；因为我在巴黎从一个变戏法的德国人那里学会了一套耍纸牌的本领，用这套戏法能够骗来一大群人，把他们稳住，直到我按上述方式试验我的药，使周围的人动心，以致解囊掏钱。为了要用另外一种方法来证明我的药膏的灵验，我用面粉、藏红花和五倍子制成一种黄色的砒霜，用面粉和硫酸制成一种升汞。在我做试验时，我就把两个同样注满清水的杯子放在桌上，其中一只搀入强硝酸或者浓硫酸，放进一点我要出售的万能药，然后再往两只杯里放进适量的砒霜和升汞。这样一来，那杯没有放药也不搀硝酸的水，就黑得像墨水；而另一杯由于硝酸的作用还保持着原样。“哈，”人们说道，“这真是价廉物美的贵重药物啊！”然后我再把两种液体搀和，一下子又都变清了。于是那些善良的农民纷纷打开钱包向我买药，这不仅解救了我辘辘饥肠，而且使我又骑上了一匹新买的马，一路上又积聚了许多钱，直至顺利地到达德国边境。因此，亲爱的农民啊，千万不要轻信走江湖的外乡人吧，否则你们就会受他们的欺骗，他们关心的不是你们的健康，而是你们的钱。

第 九 章

冒牌医生西木变成了一名步兵，靠逮兔子摆脱了困境

当我到了洛林地区，我的货已全部卖完。我害怕当地驻军，因此也没

---

① 玛蒂奥卢斯(1500—1577)，意大利医生和植物学家。

有机会再做药去卖了。在我能够重新配制万能药之前，我只得另打主意。我买了两升烧酒，用藏红花上了色，灌入半哂① 装的小玻璃瓶，把它作为一种具有退热疗效的贵重的无色烧酒卖出去，赚了三十个金币。但我还缺少玻璃瓶，当我听说在弗莱肯施泰恩地区② 有一个玻璃工场，我就动身到那里去，打算买些回来。正在我寻找偏僻的小道时，我被一队从菲律泼斯堡③ 出来的军队(他们驻扎在瓦格尔布尔格城堡④ 里)抓住了，还被搜走了我一路上从农民那儿骗来的钱。给我带路的农民告诉那伙人说，

① 约合十四克。
② 属法国孚白省。
③ 莱茵区重要的要塞。
④ 瓦格尔布尔格城堡，在法尔茨—洛林边界上。

我是一个医生，他们就不由分说地把我当做一名医生带到了菲律泼斯堡。

在那里，我受到审查，我毫无顾虑地说明了自己的身份，但是他们并不相信，却要求我做我力所不能及的事；因为我应该是、而且必须是一个医生。我不得不起誓，我是苏斯特皇帝军队的龙骑兵，被瑞典人俘虏到利普施塔特。我还说，因为给了赎金也不肯释放我，我就逃到科隆，想取回一笔财产，在那儿我上了人家的圈套，被骗到了法国，现在又跑出来了，要回到自己的部队里去。至于我在敌方娶了一个老婆，并且要在那里当一名中队长的事，我都老练地隐瞒了，因为我指望他们会释放我，那时我就可以沿着莱茵河顺流而下，再去尝尝威斯特法伦的火腿了。但事与愿违，他们答复我，皇帝的军队在菲律泼斯堡也需要士兵，就像在苏斯特一样；他们想把我留下，直至我等到合适的机会重新归队为止。如果我对这个建议不感兴趣，那就只好请我去坐班房了，在我再获释放之前，也要被作为一个医生来对待，因为他们本来就是把我作为一个医生抓来的。

我就这样从马背上下来上了驴背，真是每况愈下了。我不得不违反自己的意愿当了一名步兵。使我感到烦恼的是，那里的司务长管得很严，因此口粮少得可怕。我说少得可怕，决不是信口开河，因为每天早晨当我领到我的一份口粮时，我总是非常害怕。我知道，我得用这份口粮将就着对付一天，而这么一点儿东西，本来是无须费我吹灰之力就能一下子吃光的。说实在的，在驻防军队里当一名步兵，领取这点倒霉的干面包，凑合着过这食不果腹的生活，那是多么可怜啊。这无异于一个囚犯，靠着辛酸的水和面包来苟延他那可悲的生命。唉，当囚犯倒还好些，幸运些呢，因为他既不需要去站岗放哨，也不需要去巡逻，只要安安静静地躺着就行了，比起一个可怜的城防士兵来，更有希望盼到出狱的日子。不过也有一些人用各种不同的手段使自己的生活得到一些改善，然而，为了混口饭吃，他们所采用的手段没有一样是使我感到满意的和正当的。有些人在如此穷困的情况下，还讨了老婆，哪怕她们是街头的野鸡也罢，无非是为了利用她们替人家缝缝补补、洗洗涮涮、纺纱捻线，或者做点小买卖，甚至干脆以偷窃来供养他们。有那么一个少尉的女人，她的收入竟不下于一名上士；另外一个是接生婆，她靠接生，使自己和丈夫常常能过上酒醉饭饱的日子；还有一些女人会浆洗，她们为单身的军官和士兵洗衬衣、袜子、睡裤以及诸如此类我无法叫出名目的东西，她们因此得到了一些特殊的名字;另外一些女人出售烟叶,并且供应烟斗;再有一些女人做烧酒买卖,她们是有名的,一边自己蒸馏,提炼烧酒,一边往酒里搀水,这样倒还不失去它的味道;有一个女人是个裁缝,会做各种各样的刺绣和花样,以此来挣钱;还有一个只知道靠田野为生:冬天她挖蜗牛,春天她割莴苣,夏天她掏鸟窝,秋天她采野果。有几个背着木柴去卖,就像那驴子一样,还有一些干着另外的一些营生。要用这些方式去挣钱煳口,对我都是不合适的,因为我已经有了一个妻子。有些汉子靠赌钱养活自己,他们比小偷骗子更加巧妙地用假色子和假纸牌从那些头脑简单的伙伴身上骗取钱财,但这种行当使我感到厌恶。还有些人去挖战壕,累得像畜牲,而这种活儿我又懒得干。有些人有点儿手艺,我这个笨蛋却什么也没学过。如果有人需要一个乐师的话,那我倒完全可以胜任,可是对于这块饥馑之地,只要用鼓和笛也就对付过去了。有些人代替别人站岗,昼夜不离岗哨,我却宁可挨饿也不愿折磨自己的肉体。有些人外出打家劫舍,我却是不得离开城门一步。有些人偷起东西来比猫还要利索,我却是像遇上瘟疫般地憎恨这种勾当。总之,我所见之处,得不到填饱我肚子的任何办法。尤其使我恼火的是,我还不得不忍受人家的奚落:“你当了个医生,难道就不会别的本领,只会挨饿吗?”

后来我饿得没有办法,只好打沟里的鲤鱼的主意,把几条长得肥肥的逗引到墙边来,但事情一旦被上校发觉,我就得去骑木驴①,而且再搞这一手,是要处以绞刑的。终于,别人的不幸,造成了我的大幸:我治好了几个黄疸病人和发高烧的病人,他们就不得不对我特别信任了。我于是就以采集野草和树根配制药物为借口,说要到要塞外面去走走。这个要求被批准了。其实,我却是带了绳索去逮兔子。真走运,第一夜我就逮到了两只兔子;我把这两只兔子交给了上校,不仅得到了一个塔勒的赏银,而且他还准许我在不值岗的时候到外面去逮兔子。这一带相当荒凉,没有人到这儿来捕捉这种小动物,更可喜的是,这种动物在这里已经繁殖了不少,仿佛我的磨坊又遇到了好水源,那兔子犹如雪片般地纷纷向我飞来,或者像着了魔似地落进我的圈套之中。当那些军官们看到我可以受到信任,也就准许我跟着别人一起去执行外勤任务了。于是我又重新开始了像在苏

---

① 当时军队里一种普通的刑罚。

斯特时的生活，只是我不再像以前在威斯特法伦时那样可以带队和发号施令了；这对我很有必要，可以借机事先熟悉一下路径和莱茵河的水路。

第 十 章

西木因翻船掉入莱茵河，历尽艰险，又绝处逢生

在谈到我怎样从步兵营里逃脱之前，我还要说几件小事情：一件是性

命攸关的事，只是凭了上帝的恩典我才幸免于难；另一件牵涉到灵魂的危险，我却顽固地不图自拔。正像我不想隐瞒我循规蹈矩的品德一样，我也不想隐瞒我的越轨行为，这样做不仅能使我的故事保持完整，而且可以使涉世不深的读者知道，世界上竟有多么少见的怪人，他们心里很少考虑到上帝的存在。

上一章的最后已经提到，我被准许和其他人一起去执行外勤任务，而这在当地驻军中并非任何吊儿郎当的人都能有份，只有那些有资格闻火药味的正直的士兵才能享受这种待遇。有一次，我们总共十九个人一起外出，穿过巴登—杜尔拉赫[1] 往上走，在斯特拉斯堡南边伏劫一条巴塞尔[2] 的船，据悉在船上除有货物外，还潜藏着几个威玛将军手下的军官。我们在奥滕海姆[3] 上游搞到一条小渔船，打算用它摆渡过去，埋伏在河中的一个浅滩上，以便借此有利地形迫使驶近的船只靠岸。我们当中的十个人让渔夫顺利地摆渡了过去，其中一个回来接余下的九个（其中也包括我），他平时很会划船，这回却把船猝不及防地打翻了，我们一下子都掉进了莱茵河，而且正好是在最危险、水流最湍急的地方。这时，我顾不得别人，一心只想到自己逃生。尽管我竭尽全力拚命挣扎，使出了一个游泳能手所有的本领，然而那波浪像耍弄皮球似的把我一会儿抛上去，一会儿又沉入水底。我勇敢地搏斗着，尽量使自己浮上水面，吸一口气；幸好河水还不是太冷，否则我就不可能坚持这么久，也不可能死里逃生了。我一再尝试着向岸边游去，无奈一个个漩涡不断地把我从一边卷到另一边；尽管用不了多久我就能到达戈尔特绍伊尔[4] 了，但这段时间却显得那样长，几乎使我感到绝望。当我游过了戈尔特绍伊尔村附近的水面，或死或活抱着听天由命的态度穿过斯特拉斯堡的莱茵河桥时，我突然发现了一棵大树，它的树枝在离我不远的地方伸出水面。湍急的河水直往那个方向奔过去；我鼓足全身剩余的力气向那棵树游去，总算走了运，我借助河水的推动力和自己的努力终于坐上了这根粗大的树枝——起初我还以为它就是一棵树呢。下面的树干受到漩涡和波浪的猛烈冲击，不停地上下

---

① 巴登—杜尔拉赫，当时属边境守护官的地界。

② 巴塞尔，在瑞士。

③ 奥滕海姆，莱茵河畔小城市。

④ 戈尔特绍伊尔，莱茵河畔地名，奥芬堡附近小村名。

震荡，折腾得我简直要把肺和肝都要呕出来了。我头晕目眩，真要支持不住了，连在法国和威斯特法伦吃下去的东西都要吐出来了。这时我果然呕吐得像只癞皮狗，还屙了一裤子。这些，当然立即就被莱茵河水冲走了，因为那树枝一刻不停地把我往水里送。我真想再跳到水里去，但水里的苦头我已经吃够了，现在要是再去领受哪怕是其中的百分之一，我也会觉得无力应付了。因此我只得这样呆在树枝上，茫然地期待着上帝也许会拯救我(假如我命不该绝的话)。但当我这样安慰自己时，却又不禁于心有愧，不得不为几年来轻狂地玩忽了上帝赐予我的大恩大德的救助而受到良心的责备。然而我还是寄托着希望，我开始虔诚地祈祷，就好像我是在修道院里长大似的。我下定决心，将来清清白白地生活，并且许下了许多愿。我要抛弃兵痞的生活，发誓永远不再干打家劫舍的勾当；丢掉子弹盒和那军用背包，重新做一个像隐士那样的人，忏悔我的罪过，要至死为了我所希望获得的拯救，感谢上帝的慈悲。就这样，我内心交织着恐惧与希望，扒在树枝上度过了约莫两三个小时以后，河上驶过来一艘船，那就是我受命参加伏劫的船。我声嘶力竭地叫喊起来，恳求看在上帝和末日审判的份上救我一命。当他们从我附近驶过去，并清楚地看到了我的危险和可怜的处境时，船上所有的人无不感动得发了慈悲，他们马上将船靠了岸，商量救我的办法。

在我周围有许多因树根和枝桠引起的漩涡，要想游到我身边来，或用大船、小船接近我，不冒生命危险是不可能的。因此，为了救我，他们考虑了很久。可是我此刻的心情是不难想象的。最后他们派了两个人，在朝我顺水的方向，乘一只小船下了水，借着水流给我漂过来一根绳索，他们自己拿着绳索的另一端；我好不容易抓住了绳子，把它牢牢地绑在自己的身上，让自己像一条鱼儿勾在钓竿线上一样，被拖进了小船，然后又被带上了大船。

我就这样由于上帝的恩典逃过了死亡。我真想在岸边义不容辞地跪倒在地，为我的得救感谢上帝的慈悲，同时为弃恶从善而开始一种新的生活，就像我在极端危难的时刻曾经立誓和许愿过的那样。可是多么遗憾，我这个可怜的人却远远做不到这一点。因为当人们问我是谁，怎么会遭此灾难时，我就对他们撒起了弥天大谎。我想："如果你对他们说你正要协助别人来抢他们的船，那他们马上就会把你再扔进莱茵河里去的。"因此我谎称自己是一个被赶出来的风琴师，打算到斯特拉斯堡去，在莱茵河上游随便找个学校的工作或者别的什么职务，却给一队士兵逮住了，他们剥光了我的衣服，把我扔到了莱茵河里，河水把我漂到了这棵树上。我用这套谎言搪塞，加上一些誓言和保证，使他们对我确信无疑。他们拿出所有的好东西来，又让我吃，又让我喝，使我重新恢复精神，这正是我迫切需要的。

到了斯特拉斯堡海关，大多数人都上了岸，我也跟着他们上岸，对他们表示了衷心的感谢。在这些人当中我看到一位年轻的商人，他的容貌、步态和神情举止使我感到熟悉，好像以前见到过这个人，可是想不起在哪儿见过，但从他的口音上听出，他就是从前俘虏过我的那个少尉[①]。我无法设想，他怎么会从一个年轻而勇猛的军人变成了一个商人，尤其因为他

---

① 见三卷第十四章。

出身贵族。莫非我认错了人,听错了声音?好奇心驱使我走到他身边,说道:“舍恩斯泰恩先生,是您吗?”他却回答道:“我不是什么舍恩斯泰恩,而是一个商人。”我于是说道:“那我也不是苏斯特的猎兵,而是一个风琴师,或者不如说是一个流浪的乞丐了。”“哦,兄弟,”他对着我说,“你在这儿干什么?你要到哪里去?”我说:“兄弟呀,如果是老天安排你第二次帮助我获得了生命的话,那么毫无疑问,我的命运要求我今后不再离开你了。”我们像两个从前曾经相约、彼此至死相爱的真诚的朋友那样拥抱在一起。我不得不和他住在一起,把我所遭遇的一切都向他诉说,从我离开利普施塔特到科隆去领取我的财宝,到我怎样与一队士兵准备伏劫他们的船只,后来我们又发生了什么事,我都对他不加隐瞒。但在巴黎的那段经历,我却闭口不谈,因为我担心,他到了利普施塔特会把事情传开去,使我在妻子面前声名狼藉。他却完全信任我,说他被黑森的陆军司令部派到威玛君主贝恩哈特公爵那里去,为种种有关战争的重大事宜去进行联系,并且为今后的作战计划和策略问题进行磋商,现在事情已经办好,化装成我所看到的这副商人的模样,正在赶路回去。此外,他还告诉我,我那亲爱的妻子在他启程出发的时候正怀着孕,在她双亲和亲人们的身边生活得很好,上校也还给我保留着中队长的职位,惟一使我难受的是天花把我的脸面毁得太厉害了,到了利普施塔特,无论是我的妻子,还是其他女人恐怕都认不出我这个猎兵来了,也不会给我任何招待了。我们互相说完,我和他住在一起,利用这个机会再回到利普施塔特去,这正是我求之不得的事。我除了一身褴褛的衣衫,已经一无所有,他就给了我一点儿钱,好使我把自己打扮得像个店铺里的伙计。

常言道:“命中注定八合米,走遍天下不满升。”对此我有了亲身的体会。我们乘船顺着莱茵河而下,在莱茵豪森[1]接受检查时,菲律泼斯堡的人认出了我,他们又重新把我抓了起来,带到菲律泼斯堡去;我在那儿又像以前一样被打发去当步兵。我那善良的少尉,对这事比我本人还要恼怒,因为我们又不得不分离了。但是他也无法保护我,因为为了使他自己过关,也就够他麻烦的了。

---

① 莱茵豪森,在巴登,菲律泼斯堡附近。

第十一章

西木对教士一无好处，教士却热衷于拯救他的灵魂

好心的读者已经知道我差一点送了命的危险遭遇。至于谈到我灵魂的危机，我要说的是：我作为一名步兵，竟变成了一个真正狂野的人，绝不关心上帝和他的告诫；任何恶行和坏事，我都不当一回事，而一切曾经受之于上帝的恩典和善行，都被我忘得一干二净；我既不为眼前、也不为永世而祈祷，无法无天地过着畜牲般的日子。没有人会相信我是在一位十分虔诚的隐士身边长大的。我难得进教堂，更不作忏悔，也不把我灵魂的得救和一切虔敬上帝的事情放在心上，我便因此给周围的人们带来更多的麻烦。我不仅背地里责骂他们，而且还一有机会就公开地侮辱他们。只要我能够捉弄谁，我就决不放过。我还要以此为荣，所以几乎没有一个人不被我骂过。我这些行为经验使我挨打，被罚骑木驴的事更是家常便饭，人们甚至用绞刑和吊刑[①] 来威胁我，但是这一切都毫无用处，我仍然继续着亵渎神灵的行径，仿佛我在玩忽人生，拚命奔赴地狱。虽然我没有犯过该判死刑的罪行，我却是如此卑劣和邪恶，除了巫师和鸡奸者之外，几乎看不到比我更加肆无忌惮的恶人了。

这一切被我们团里的牧师注意到了，他是一位真正的灵魂拯救者。他在复活节派人来找我，要了解我为什么不去参加忏悔和圣餐。可是我对待他那许多诚心的告诫就像先前对待利普施塔特的教士一样，所以这位善良诚实的先生对我无可奈何；既然圣油和洗礼看来似已打不动我的心，最后他就说道："啊！你这个可怜的人，我原以为你迷入歧途是因为无知，现在我才发现，你是纯粹出于邪恶，简直在存心作孽。啊！你以为谁

① 中世纪的一种酷刑，将人放在水中，忽升忽降。

会同情你这可怜的灵魂和罚入地狱之罪吗？至于我，我要在上帝和世界面前声明，对于你的堕入地狱，我是没有责任的，因为我已经做了为你灵魂可以得救的一切事情，并且今后还愿意不厌其烦地继续这样去做。但是我担忧今后没有义务为你做更多的事了，因为一旦你那可怜的灵魂在如此可咒的情况下离开你的肉体，我不能将这样的肉体埋葬到属于那些虔诚的已故基督徒的圣地上去，而只能把它拖到倒毙畜牲的臭尸堆上去，或者让它跟那些忘却上帝者和自寻绝路的罪人为伍！”

这样严肃的威胁就像前面的警告一样，对我还是白费口舌，其原因只是因为我羞于作忏悔。哦，我是多么傻呀！过去我常常在众人面前讲述我的恶少之举，还要添枝加叶地编造一些；而现在当需要我弃邪归正，只不过是面对单独一个代表上帝的人，谦卑地坦白我的罪过以接受宽恕时，我却成了一个顽固不化的哑巴了！我说得对：顽固不化，就顽固不化吧。我答道：“我作为一名士兵为皇帝效劳；如果我现在作为一名士兵死去，那么既然其他士兵并非任何时候都能埋葬在圣地上，而是不得不将就着埋身于田野、沟壑、甚至饿狼或乌鸦的肚子，我无异于他们，也凑合着埋尸在墓地之外，那是没有什么奇怪的。”

我就这样和教士告别。这位先生，以他对灵魂的神圣的热诚，从我这儿竟毫无所获。有一次他热切想从我这儿得到一只兔子，他借口说这只兔子是它自己上了套索丧了命的，因此作为一个自寻绝路者，不适合埋葬到圣地上去，我拒绝了把兔子送给他。

第十二章

西木邂逅海尔茨布鲁德，时来运转

我毫不弃恶从善，而是越变越坏了。有一次上校对我说，既然我这样为非作歹，他就要把我作为无赖撵出去。我心里明白，他虽然这样说，其实并不认真，因此我说，这样做并不费力，也不花钱，甚至不会使我恼怒就能办到，只要他把拐杖[①]也一起给了我就行了。因此他对我还是无可奈何，因为他如果让我跑掉的话，对于我来说，非但不是惩罚，反是一桩好事。现在我只得违反我的心愿依旧当一名步兵，忍饥挨饿地一直捱到了夏天。不过葛兹伯爵带着他的部队正越来越向我们靠近，因此我也就越来越有希望得救了。当时伯爵在布鲁赫萨尔[②]扎下了大本营，海尔茨布鲁德（我在马格德堡军营里曾用金币真心诚意地帮助过他）受司令部指派，来到要塞办理事务；人们向他表示了最高的敬意。当他受到极好的礼遇时，我正在上校住处的门前站岗。虽然他穿着黑色天鹅绒的外套，我仍然一眼就认出了他，但我不敢马上和他打招呼，如今世态炎凉，我担心，他会以见到我而感到羞耻，或者根本不愿意和我相认，因为从他的服饰看来，他身居高位，而我现在只是一名衣衫褴褛的步兵。下岗之后，我向他的仆人们打听他的身份和姓名，以便自己心里有个底，免得向他招呼时把名字叫错，可是我还是没有勇气和他搭讪，而是写了一封短信，通过他的贴身小厮，在早上递了给他：

> “尊敬的先生：您先前曾在维特斯托克一役中用您的勇敢把一个人从桎梏中拯救出来。今天，如果您乐意再次用您显赫的威望将此人从世界上最可悲的境地里——他像飘忽不定的命运之球落入了这个境地——解救出来，那么这对于您不仅轻而易举，而且您会受到一个终生仆人的感激。永远是您忠实的、但目前是最可怜的、被人遗弃的
>
> S.西木”

他一念完这封信，就派人请我进屋，说道：“老乡，给你这封信的人在哪儿呢？”我回答道：“先生，他作为一名俘虏，就呆在这个要塞里。”“那好吧，”他说，“你去对他说，哪怕他脖子上已经套上了绞索，我也愿意救他一命。”我说道：“先生，事情倒不必这样费力，但我还是要感谢你这番难能可贵的心意。”我看他很有诚意，就继续说道：“我就是可怜的西木，我现在到这里来，不仅是要感谢您在维特斯托克的解救之恩，同时也请求您为我卸

---

① 原义为“看守俘虏的人”，“狱卒”，这里另作“拐杖”解，意思双关，为文字游戏。

② 布鲁赫萨尔，地名，在今德国巴登—符腾堡州。一六三八年，葛兹伯爵军队司令部驻于此。

下这支步枪，这是违背我的意愿被迫背上的。”他没让我把话说完，就紧紧拥抱我，表明他是多么愿意帮助我。总之，他做出了一个忠实的朋友待人的一切热情表示。他还没有来得及问我怎样会来到这个要塞和干上这一行，就派他的仆人到犹太人那里去，为我买了马匹和衣服。于是我告诉他，自从他的父亲在马格德堡去世之后我的遭遇。当他知道我就是苏斯特的猎兵时（他曾经听到不少有关猎兵的英雄行为），他为自己没有早些知道这一点而表示惋惜，说，如果早知道的话，他当时就完全可以帮助我拉起一队人马了。

当那犹太人挑着满满一担各式各样的士兵衣服走来时，他给我挑选出最好的衣服让我穿上，然后带我一起到上校那里去。他对上校说：“先生，我在你的驻军中遇见了这个人，我是欠了他很大的情的，他现在所处的地位是如此低下，即使他的品质不配受到更好的待遇，我也不能让这种情况再继续下去了，因此我请上校先生看在我的分上，或者改善他的待遇，或者允许我把他带走，使他能够在军队里得到提升，而这种机会我想在您这里大概是没有的。”上校惊讶得在胸前画十字，他竟然听到会有人夸奖我，他说道：“尊敬的先生，请原谅我，我认为您只是想试一试，看我是否乐意为您效劳——这一点您无疑是有资格的——如果您确实是这个意思，那您可以在我权力范围之内提出一些其他要求，您将会知道我是乐于从命的。至于这个人，他本来不属于我，据他自称，他原属于一个龙骑兵团，另外，他是一个惹是生非的恶汉，自从他来到这儿，给我的监狱看守增添了比对付一大队人还要多的工作，我对他真是毫无办法。”他就这样微笑着结束了他的话，并祝愿我今后上战场时走运。

海尔茨布鲁德并不就此却步，他再请求上校不要拒绝邀请我一起吃饭，他得到了允诺。最后他还当着我的面把他在威斯特法伦从瓦尔伯爵和苏斯特司令官那里听到的关于我的事告诉了上校，大大地夸奖了一番，使所有在座的人不得不认为我是一名最出色的士兵。这时候我表现得那样谦逊，以致上校和他的手下人（他们本来都很了解我）只能认为，我一穿上了新衣服，也就换了一个人了。然后，上校还想知道，为什么当时大家都叫我医生，这个称号是从哪儿来的。我就告诉了他我从巴黎到菲律泼斯堡的整个旅行情况，以及我为了糊口而欺骗了许多农民的事情，引得他们大笑一阵。最后我毫不隐瞒地向他坦白，我是故意用各种各样的恶作剧、不正当的手段和折磨人的行为，给他制造麻烦，闹得他精疲力尽，最后迫使他不得不把我赶出驻地——如果他想摆脱因为我而引起的许许多多抱怨以过太平日子的话。

然后，上校便谈起了我来到驻地以后所干的种种恶作剧，说我怎样把豌豆煮烂了，上面浇上油脂，把它作为假油脂去出售，还把一整袋沙子冒充作食盐卖给人家，其实在口袋下面全是沙，只是在面上才铺了一些盐；又怎样一会儿捉弄这个，一会儿捉弄那个，写诽谤信去侮辱别人。这样，人们在吃这顿饭时只谈论我，他们一会儿惊讶，一会儿大笑。要不是我有这样一位体面的朋友，我所有这些行为都要受到惩罚了。这个例子足以说明，当一个恶汉博得君侯的宠爱时，宫廷里将是一片什么景象。

用过点心之后，我们得知，海尔茨布鲁德本来打算送我的马，犹太人连一匹也没有；但由于他备受尊敬，上校不能不表示殷勤，就从马厩里牵出一匹鞍辔齐全的马赠送给他，于是西木老爷就坐了上去，与海尔茨布鲁德满心欢喜地骑出了要塞。一些伙伴跟在背后叫道："祝你幸运，兄弟，祝你幸运！"另一些人却嫉妒地说："越是捣蛋，越是走运！"无疑，我的走运，使他们产生了嫉恨。

第十三章

西木大谈梅罗德兄弟团[①]

路上，海尔茨布鲁德要我自称是他的表兄弟，以使我受到较多的尊敬。他要给我再置备一匹马和一个仆人，把我安置到"九角"[②] 团去，在那里暂且作为一名志愿骑兵服役，等到部队里有了一名军官的空缺，他就

---

① 梅罗德兄弟团是三十年战争后期产生的、散兵游勇式、到处打家劫舍的兵痞集团。其名称据说来自一六三五年瑞典司令官梅罗德的军团在易北河畔哗变，流散为兵痞集团而起。

② 九角，地名，在巴伐利亚。

设法帮我弄到这个位置。

于是我违背自己的意愿，在匆忙之间又成为一个无异于勇敢的士兵的人了。整整一个夏天，我无所事事，只不过偶尔在黑林山区帮别人偷过几条母牛，把布赖斯高和阿尔萨斯的情况摸得相当熟。除此之外，我运气并不好。后来我的仆人连同马匹在肯钦根[①]被威玛军队劫走了，我不得不使另一匹马更加疲于奔命，直到它累死为止，我也就不得不投奔到梅罗德兄弟团那里去了。海尔茨布鲁德本想再为我装备起来，但由于我很快断送了两匹马，他就暂时取消了这个打算，有意让我焦急地空等了一段时间，直到我学得谨慎一些为止。我并不期望这些；因为我跟新伙伴们在一起，感到称心如意，在冬季来到之前，我不想得到更好的差使了。

在这里，我得稍稍提一下梅罗德兄弟们是些什么样的人，因为无疑会有一些人（尤其是不谙战事的人）对他们的情况是一无所知的。我至今未曾见过有哪位作家在他的著作中描写他们的习俗、风尚、权利和特权；此外，不仅是今天的统帅，而且农民们也完全值得了解一下这是一个什么样的兄弟行会。首先是关于他们的名字，我并不希望那位英勇的贵族[②]会因为他们借用了他的名字而感到这是对他的一个侮辱，否则我也就不会把他的名字如此公开地透露给大家了。我见过一种鞋，鞋上没有穿鞋带的洞，而代之以曲曲弯弯的缝线，这种鞋被称之为曼斯斐尔德鞋，因为是曼斯斐尔德的雇佣兵们为了便于走泥泞之地而发明的；难道会有人因此而把曼斯斐尔德伯爵本人贬称为“臭皮匠”吗？如果真有这种人，那才是疯子呢。同样你也得知道梅罗德兄弟团这个名字，只要德国人还在打仗，这个名字就不会消失。事情是这样的：那位贵族（梅罗德）曾经招募了一团新兵，他们全是一些老弱残兵，无异于一团法国的布列塔尼人[③]，他们经受不起一个当兵的在战场上必须经受的行军和其他劳顿，因此他这一支队伍的战斗力还不如一个中队；当人们在市场上、房子里或篱笆边遇上一个或者几个又病又瘸的像织工般的人，问他：“哪个团的？”通常的回答总是：“梅罗德的！”从此以后人们一看到那些离开部队到处游荡、或者在

---

① 肯钦根，在巴登—符腾堡州，布赖斯高地区。

② 指梅罗德。

③ 这是三十年战争中法王路易十三的宰相黎塞留（1585—1642）派去支援法国将军古布里昂的一支军队，全是一些弱兵。

营房外面过夜的人，不管他们是有病的还是没病的、受伤的还是未受伤的，都管他们叫梅罗德兄弟，而先前人们则把这些人叫做捉猪人和偷蜜人①。他们就像蜂房里的蜜蜂，一旦失去了刺，就既不能工作，也不会酿蜜，只有吃饭的能耐。如果一个骑兵失去了马匹，一个步兵丧失了健康，或者因妻儿患病而不得不留在家里，那就等于一对半梅罗德兄弟了。这样一帮子人与吉卜赛人是再像不过的了，因为他们不仅随心所欲地游荡在部队队伍的前后左右，或者混杂在队伍之中，而且在风俗习惯上也和吉

① 指地位低下的人。

卜赛人相似。你可以看见他们像冬天的野鸡成群地挤在一起，在篱笆后，树荫下，或者躺在太阳下，或者围着火堆，抽着烟，懒散地打发着日子，而那些老老实实的士兵却正在中队里忍受着酷热、干渴、饥饿、严寒和一切疾苦的煎熬。当那一伙在行军队伍的一旁进行着偷鸡摸狗的勾当时，可怜的士兵们却因为精疲力尽几乎栽倒在他们的枪杆之下，或者悲惨地死去。他们或赶在部队之前，或尾随部队之后，或就在部队的近旁，把他们所遇见的一切东西抢个精光；至于那些他们无法享用的，他们就肆意毁坏，以致当部队来到驻地时，往往找不到一杯像样的水。如果他们受到严厉的管束，要他们与辎重队伍呆在一起，那么这帮人的数量往往比军队本身还要大。当他们成群结队地行军、驻扎、宿营时，没有一个长官可以对他们下命令，没有一个上士或中士可以碰他们一下，更谈不上用棍棒去惩罚他们了，也没有一个班长去叫醒他们起床，没有一个鼓手能够提醒他们记起归营的号令、夜间的巡逻和日间的岗哨。总之，没有人能像副官那样命令他们去打仗，或者像司务长那样去安排他们的住宿。他们生活得更像贵族一般。如果要发军饷，他们就是第一批前来领取的人，尽管他们不应该拿。然而，军中的宪兵队长和总管却是他们最可怕的对头，当他们干得太过分的时候，就会给他们戴上手铐脚镣，或者用粗麻硬领[①] 去卡住他们最珍贵的脖子。

他们不放哨，不挖壕，不冲锋，也不作战斗的准备，却也有吃有喝，活得很好[②]！至于统帅、农民以及军队本身——在他们当中混杂着不少这类家伙——受他们之害那是难以描述的，就连只能烧火做饭的最卑微的小童，也比上千个梅罗德兄弟于统帅更为有用。梅罗德兄弟们只会制造麻烦，懒散度日，直等到他们被敌人虏走，或者被农民抓住狠狠地教训一顿，于是部队受到削弱，而使敌人增强了力量。即使这类无赖（我不是指可怜的病号，而是指那些由于疏忽而断送了自己的马匹的无坐骑的骑兵，他们投奔到梅罗德兄弟那里去，以保全他们的皮肉，还可以自由自在地过他们好吃懒做的日子）逃过了整个夏天，人们对他们还是毫无办法，还得在冬天花一大笔钱再把他们装备起来，好让他们在今后的战役中还有东

① 指处以绞刑。

② 此话源出《圣经·新约·马太福音》第六章，第二十六节。

西可以丢失。真该把他们像野狗一样圈在一起，教他们在驻地学会打仗，或者索性把他们囚禁在大帆船上做苦工，如果他们在重新获得马匹之前不愿意在战场上徒步为他们的主人效劳的话。至于有多少村庄怎样被他们有意或无意地烧个精光，有多少士兵受他们的怂恿离开了自己的部队，去干抢劫、偷盗甚至杀人的勾当，又有多少密探混杂在他们中间，只要他们能说得出一个团或者一个中队的番号，这些我就不在这里再谈了。如此声名狼藉的弟兄，我当时也算一个了。我在那儿一直呆到维腾魏尔之役① 的前一天，那时候我们的大本营设在舒特尔恩②。有一次，当我和伙伴们一起到葛罗尔特赛克③ 乡下去，像往常一样偷牛时，被威玛的士兵逮住了，他们待我们很好，让我们背上步枪，把我们分派到各个团里去，我被安插在哈特施泰恩④ 上校的团里。

第 十 四 章

西木和一个人作生死搏斗，最后终于战胜了对手

我心里明白，我是为了不幸才来到这个世界的。大约在四星期之前，上述战役尚未发生，我听见几个葛兹方面的普通军官在谈论他们的战事；有个人说："今年夏天是非打一仗不可了！如果我们打败敌人，我们就肯定可以在冬天占领弗赖堡⑤ 和林边诸城⑥；如果我们挨打，我们也会得到冬天驻屯的地方。"对于这个预言，我心里打了如意算盘，暗暗地对自己说："该高兴了，西木，明年春天你就可以享受到威玛军队应该得到的内

① 维腾魏尔，莱茵河畔巴登地区一村庄名，一六三八年八月九日，威玛将军在这儿打败了皇帝方面的将军葛兹。

② 舒特尔恩，巴登地区一村庄名。

③ 葛罗尔特赛克，巴登地区葛罗尔特赛克伯爵封地名。

④ 哈特施泰恩，威玛军队上校，死于一六四四年。

⑤ 弗赖堡，在巴登一符腾堡州。

⑥ 林边诸城，指四个城市，即莱茵费尔登，塞京根，劳芬堡和瓦尔茨荷特，当时属奥地利。

卡[1] 好酒了。"然而,这不过是自我安慰而已。我现在成了威玛军队里的人,是要去帮助攻打勃莱萨赫[2] 的,由于这次围攻在上面已经提到过的维腾魏尔战役之后马上就要进行,我就不得不像其他步兵一样,日夜站岗和挖战壕,无非是学会怎样通过交通壕去围困和袭击一个要塞;这一点我在马格德堡军营时是很少加以注意的。除此之外,供应极差,我情况糟糕又不得不两三个人挤住在一起;囊空如洗,葡萄酒、啤酒和肉成了珍奇之物,数量不多的苹果和又硬又霉的面包,就算是我最精美的饭食了。

这种日子我是难以忍受的。每当我回想起以往的富足生活,利普施塔特城里的威斯特法伦火腿和腊肠,我就馋涎欲滴。当我躺在帐篷里冻得发僵的时候,我再也不想我的妻子了,我常常对自己说:"哦,西木,如果有人再给你机会去干巴黎的那种事情,你难道认为对你是不公平的吗?"我用这种想法折磨着自己,倒像某一个嫉妒的戴绿头巾的丈夫,虽然我不能不相信我妻子的贞操和美德。我终于无法忍耐了,就向上司讲明了我的情况,并通过邮政给利普施塔特发了信。不久我收到了安德莱阿斯上校和我岳父的回信,说他们已通过信件征得了威玛公爵的同意,让我的上司给我一张通行证放我走。

大约在圣诞节前一周或四天,我带了一枝好火枪从军营出发,穿过布赖斯高,心想赶在圣诞弥撒的时候到斯特拉斯堡去领我连襟汇寄来的二十个塔勒,然后与商人们一起顺莱茵河而下,因为如果不走水路,一路上会遇到许多皇帝方面的驻军。但是我刚刚走过埃丁根[3],到了一座孤零零的房子跟前,从背后突然射来一枪,子弹擦过我的帽檐,同时从房子里跳出一个壮实矮胖的汉子,朝我直奔过来,一边喊着要我把枪放下。我答道:"老天爷作证,老乡,这可不能使你中意了!"我拉上了枪栓。他从皮套子里抽出一件东西,那玩意儿与其说是剑,不如说更像刽子手的屠刀,他拿着它向我扑来。我看到他那认真的架势,就放了一枪,子弹正中他的额头,他像一部纺车那样旋转着踉跄了几下,终于倒在地上了。我趁机迅速从他手中夺下他的刀,想刺进他的身体;但是没有成功,他猛然一跃而起,

---

① 内卡,河名,在今德国西部。

② 勃莱萨赫,指一六三八年十二月新教联盟(即威玛军队)围攻和占领勃莱萨赫。

③ 埃丁根,巴登地区城市名,在弗赖堡西北。

抓住我的头发，我也抓住了他的头发；他的刀已经被我甩开，因为我不能用它来伤害他。于是我们就开始了一场认真的游戏，双方都给各自的对手尝够了痛苦的滋味，却又谁也征服不了谁。一会儿我压着他，一会儿他又扑在我的上面，霎时间我们又站立起来。这种局面持续不了多久，因为各人都要对方倒下，直至送命。我鼻子里和嘴巴里不断流出来的鲜血喷溅到对手的脸上。我想，他不是嗜血成性吗？这下可帮了我的忙，因为这一喷，他就看不见了。我们就这样在泥浆和雪地里扭打了将近一个半小时。双方都已气促力乏了，看来一个如此疲惫不堪的人是不可能单凭拳头去征服另一个精疲力尽的人的，更不可能赤手空拳置对方于死地了。

那扭斗的本领，我在利普施塔特时是经常练习的，这时候对我就大有用处了，否则我无疑要吃亏、要遭殃了，因为我的对头比我强壮多了，而且他还是个刀枪不入[①] 的人。当我们都已累得半死不活，而我把我的敌手压在身下几乎难以支持时，他终于开口说道："兄弟，住手吧，我投降了。"

---

① 指用魔法护身的人。

我说道："你一开始就该让我过去。"那人答道："我死了对你有什么好处呢？""那么你当时要把我打死，这对你又有什么好处呢？——我身边一文钱也没有。"他请求我宽恕他，并向我郑重起誓，说他不仅要和我善罢甘休，而且愿意成为我忠实的朋友和仆人。这时我起了恻隐之心，就让他起来了。但我既不相信他，也不信任他，因为我已经领教了他的轻举妄动和凶残行为。

我们两个人站起来以后互相握了手，表示愿意把所发生的事情忘掉，各自都赞赏对方，算是彼此都找到了势均力敌的好对手；那人无疑以为我和他同样也有一副刀枪不入的筋骨。让他有这个想法也有好处，免得他重新拿起刀来时，再向我挑衅。他由于挨了我一枪，脑门子上起了一个大疙瘩，我也流了很多血；然而最可怜的还是我们俩的脖子，谁也无法把自己的脑袋重新摆端正了，因为我们互相揪着头发扭打得够久了。

天色已近傍晚，我的对手对我说，在到达基钦河[①] 之前，是连条狗、连只猫也看不见的，更别想遇上一个人了；而他就住在离这条路不远的一座偏僻的小屋里，家里还有一大块肉和酒。我经他说服，就和他一起去了。他一路上不断唉声叹气，表明他干了对不起我的事，心里是多么难受。

第十五章

西木聆听奥立佛一席关于抢劫有理的论证

一个果断的士兵，一旦置自己的生命于不顾，铤而走险，就不啻是一头愚蠢的畜牲，也无异于绵羊之任人宰割。人们很难从一千个人里找到这样一个人：他竟然斗胆跟随一个曾经像凶手一样袭击过他的人，到一个人地生疏的地方去作客。我在路上问他是什么人，他说，他目前还没有主意，自挣自吃；同时他也问我是什么人，我说，我在威玛军队里呆过，现在

---

① 基钦河，黑林山区河名，莱茵河支流之一。

已经辞去职务,想回家去。他又问我叫什么名字,我答道:“西木卜里其乌斯。”他一听说就回过身来(因为我不放心他,让他走在前面),盯着我的脸直发愣,“你不也叫——”他打量了我片刻,“西木卜里其乌斯吗?”“是的,”我回答道,“谁不承认自己的名字,谁就是流氓。你叫什么呢?”“啊,兄弟,”他回答道,“我就是奥立佛,就是马格德堡的那一个奥立佛呀!”他于是扔下手中的枪,跪了下来,请求我宽恕他曾经那样坏地对待了我,一边说道,除了我,在这个世界上他再也想象不出一个更好的朋友了,因为我根据老海尔茨布鲁德的预言将会勇敢地为他的死报仇。然而我对于这样离奇的会面感到难以置信;他却说道:“这没有什么奇怪的;山和山不相遇[①];使我诧异的倒是,我们两个人变化得太厉害了,我从一个书记官和英勇的军官变成了剪径盗贼,而你从一个小丑却变成了如此勇敢的军人!

① 源出德国谚语:“山和山不相遇,人跟人总相逢。”奥立佛只说了一半。

说真的，兄弟，如果有一万个我们这样的人，我们明天就可以给勃莱萨赫解围，到头来使我们成为全世界的主人。”

我们边走边谈，不觉天已黑了。我们来到了一座偏僻的短工住的小房子。我虽然不喜欢这种吹牛，还是对他点头称是，尤其因为我对他流氓成性的虚伪性情是十分了解的。在我离开他之前，为了不使他对我翻脸，我不得不迎合他的情绪；尽管我对他毫无信任可言，我还是跟他走进小屋。屋子里有一个农民正在把房间烧暖和，奥立佛对他说：“你煮点儿什么了吗？”“没有，”农民说道，“我这里还有烤牛腿呢，这是我今天从瓦尔德基尔希[①] 带回来的。”“那好吧，”奥立佛说，“去把你有的东西拿来吧，把那桶酒也拿来。”

当这个农民走开之后，我对奥立佛说：“兄弟（我这样称呼他，只是为了使自己在他面前安全一些；一想到海尔茨布鲁德的事情，我恨不得拚尽全身力气折断他的脖子），你有一个顺心的房东呀！”“魔鬼才感谢这个无赖。我养他一家子，连他的老婆和孩子；他还捞到大量赃物，我把抢来的所有衣服留给了他。”我问他，那人的老婆和孩子在哪儿。奥立佛说，他把他们安顿在弗赖堡，他每星期去看望他们两次，又从那儿给他带回来食物和弹药。他还告诉我，这种行劫的活儿，他已经干了很久，对他来说，这比侍候一个主人更加实惠；在他把钱囊塞足之前，他是不想放弃这一行当的。我说：“兄弟，你的处境可危险呢，如果你在抢劫时被逮住，你认为人家会怎样对付你呢？”“哈，”他说道，“听你说话这调调儿，你还是从前的那个不开窍的痴儿；我很清楚，要赌博，就得下赌注。你要知道，纽伦堡的贵族老爷们要捉到了人，才能把他吊死呢。”我答道：“但是，兄弟，你要是指望不会被逮住，那是非常靠不住的，水罐子提水，总有一天是要碰碎在井台上的呀！再说像你现在所过的这样一种生活，是世界上最可耻的了，我真不相信，你成心要把命送掉。”“什么，”他说道，“最可耻？我勇敢的西木，我向你保证，抢劫是当今世界上最高贵的行当了！你倒告诉我，有多少王国和公国不是通过强取豪夺建立起来的？或者，全世界哪儿有一个国王或君主，当他享受着国家财富时会认为这是一种耻辱，或者是一种罪过？这些财富通常不都是他们的祖先用暴力掠夺来的吗？还有什么比我

① 瓦尔德基尔希，黑林山区地名。

现在所干的行当更可以称之为高贵的呢?你不是每天亲眼目睹那些至高无上的统治者们大多数都在互相抢劫吗?难道你不看见那强者处心积虑地想把弱者装进口袋?我知道你的心思,你想要规劝我,说明已经有多少人为了谋杀、抢劫和偷盗而被车裂①、吊死和杀头了。这一点我早已知道,那是法律的规定;你看见的无非是那些可怜巴巴的、微不足道的小偷被吊死了,这些小偷也是活该如此,因为他们竟敢斗胆去干这种高级的行当,这种行当本来只属于英雄豪杰,并只为他们而保留的。你什么时候见过有一个显赫的头面人物由于他祸国殃民而受到法律的制裁?此外,也没有一个放高利贷者受到惩罚,他暗地里干着这种绝妙的行当,表面上却披着基督之爱的外衣。那么为什么惟独我要受到惩罚呢?我干这些事是用正大光明的古代德意志的方式而没有任何伪装和虚饰。我亲爱的西木,你还没有读过马基雅弗利② 的书吧。我是一个坦率的人,靠这种方式生活,完全公开而毫不惧怕。我敢冒生命的危险而搏斗,犹如古代的英雄豪杰;我也知道,谋这种营生的人必冒风险,但它毕竟是可以干的。正因为我已将生命置之度外,所以我干这一行当无疑是理所当然的。"

于是我回答他说:"即使不管抢劫和偷盗对于你来说是否势在必行,我仍然明白,这些行动是违背天理的,因为强加于人所不欲的事是天理不容的。这种不端行为也是违背世俗法则的,根据这种法则,窃贼要吊死,强盗要砍头,凶手要车裂。最后,这又是违背上帝意旨的,这是最重要之点;因为上帝不会姑息任何罪孽而不给以惩罚的。""这正是我方才说过的,"奥立佛回答道,"你还是那个未曾研究过马基雅弗利的痴儿。如果我能够用这种方式建立起一个君主国家,那我倒要看看,谁还会对我大肆说教。"

我们还想继续辩论下去,可是这时那农民拿来了酒菜,我们才一起坐下来解除我们的饥饿,这才是我现在最需要的。

① 中古酷刑,将人绑于一轮形圆轮之上,将周身骨头敲断。

② 马基雅弗利(1469—1527),意大利历史学家和政治思想家,主张结束意大利的政治分裂,建立一个统一而强大的君主国,为达到这个目的,可以不择手段,人称马基雅弗利主义。

第十六章

奥立佛从切身利益出发去解释老海尔茨布鲁德的预言，因而疼爱自己的仇敌西木

我们吃的是白面包和一只冷的烤牛腿，此外还有好酒和一间暖和的房间。“行了！西木，”奥立佛说，“这儿比在勃莱萨赫的壕沟里好吧？”我说：“这当然，如果能够安安全全、问心无愧地享受这种生活的话。”他放声大笑起来，说道：“壕沟里的那些可怜鬼，每时每刻都在担心敌人突围，难道他们倒比我们安全吗？我亲爱的西木，我虽然看到你已经脱掉了傻瓜的帽子，却仍然保留着傻瓜的脑袋。你不懂什么是好，什么是坏。如果你换了一个人，不是从前那个按照老海尔茨布鲁德的预言要为我的死而报仇的西木，那么我要让你知道，我过着比任何男爵都要高贵的生活。”我想道：“会发生什么事情呢？你得找出一些别的话来说说了；否则这个残暴的家伙（现在还有那个农民的帮助），要叫你完蛋了。”我于是说道：“谁曾听说过，学徒会比师傅更懂手艺呢？兄弟，如果你享受着一种如你所说的那样富贵荣华的生活，那就看在老交情的分上让我也分享你的幸福吧，因为我很想走运呢！”于是奥立佛回答道：“兄弟啊，你可以相信，我疼爱你胜过爱我自己，我今天对你的伤害比你打在我额上的子弹更加使我痛心呢，那颗子弹是你像一个勇敢的正人君子那样进行自卫时赏给我的呀！我怎么能够拒绝你呢?！如果你乐意，你就留在我这儿，我要关心你就像关心我自己一样；如果你不想留在我这儿，那我就要给你一大包钱，你去哪儿，我也随你去哪儿。为了使你相信我这些话是打心眼里说出来的，我还想告诉你，为什么我这样真心地爱你和器重你；尽管我是不习惯抬举人的。你会记得起来，那老海尔茨布鲁德的预言是多么灵验；你瞧，他在马格德堡曾经向我预言的那些话，我直到如今还牢牢记在心里。他说：奥立佛，不管你对我们的傻子怎样看，他将来会以他的勇敢使你吃惊的，并且要让

你体验一次在你有生之日所能经历到的最大的闹剧，因为在今后的某一天，当你们两人不能互相认出对方时，你会招惹他引起这场闹剧来的。不过，他不仅会把你那已经稳操在他手掌之中的性命送还与你，而且他还会在一段时间之后来到某个你将要被杀害的地方；他在那儿将要幸运地作为一个胜利者为你报血仇。为了这个预言，亲爱的西木，我准备把我这颗心分出一半交给你；我由于当时没有认出你，致使你像一个勇敢的士兵那样打中了我的脑袋，夺走了我的刀——这种事显然还没有任何人对我做过——当我躺在你的身下，几乎要在血泊中窒息时，你把生命留给了我；如今那预言已经应验了一半，所以我毫不怀疑关于我死亡的另一半预言会发生偏差。从这一报复中，最亲爱的兄弟，我得出结论，你现在是，也许将来还是我最忠诚的朋友，否则你也不会为我复仇了。这会儿你知道我内心的想法了；现在你告诉我，你想干些什么。"我心里想道："让鬼去相信你吧，我才不呢！如果我拿了你的钱上路，那你首先得把我打死；如果我和你呆在一起，那我就得担心会和你一起被四马分尸了。"我打定主意敷衍他一下，在我找到机会摆脱他之前暂时留下来，因此我说，如果他能喜欢我的话，我就在他这儿呆一天或一星期，看看我是否能习惯这里的生活；如果我喜欢这种生活，那么他会发现我是一个忠诚的朋友和好兵；如果我不喜欢这种生活，我们就可以在任何时候好好儿地分手。于是他向我敬酒；我还是不信任他，我装出已经喝醉的样子，想试探一下，一旦我失去自卫的能力，他是否要我的命。

这时候我身上的虱子折磨得我真够呛，它们为数可观，是我从勃莱萨赫随身带回来的；它们在暖和之中不愿再在我的破衣褴衫里委屈自己，竟自姗姗然地爬出来散心。奥立佛似有觉察地问，我是否长了虱子。我说道："可不是！比我一生所能得到的金币还要多呢！""这你倒不能这么说，"奥立佛说道，"只要你呆在我这儿，你就会得到比你现在身上的虱子更多的金币。"我回答道："这是不可能的，就好像我现在不可能把我的满身虱子清除掉一样，它们折磨得我太苦了。""哦，不，"他说，"这两样都是可能的。"他随即吩咐那农民，去给我取件衣服来，这些玩意儿他都藏在离房子不远的一棵树的空洞里。拿来的是一顶灰色的帽子，麂皮的披肩、两条猩红色的裤子和一件灰色的外衣；袜子和鞋子他说明天给我。我看他一片好心，开始对他有了一点信任，就快快活活地去睡觉了。

第十七章

西木聆听奥立佛对教堂的议论

第二天拂晓，奥立佛说道："起来吧，西木，我们要以上帝的名义出去了，去看看有什么可以弄到手的。""啊，上帝，"我想道，"难道现在要我用你至高无上的圣名去拦路抢劫吗？自从我离开隐士之后，我还不曾有过胆量毫不惊讶地听一个人对另一个人说：来吧，兄弟，我们要以上帝的名义猛灌它一升酒呢！因为若使一个人以你的名义狂饮滥喝，我认为这是双倍的罪孽！哦，天上的父，我变化得多么厉害啊！哦，仁慈的上帝，如果我再不悔改，我最后会成为什么样的人呢？阻止我沿着这条路走下去吧，它把我笔直引向地狱，如果我不停步，不忏悔的话！"我脑海里盘旋着这些话语和想法，一边跟着奥立佛走进了一个不见生灵的村庄；为了能远眺，我们登上教堂的尖塔，这个神圣的地方虽不成其为盗匪窝，却也成了我们行凶的窠穴。他昨天晚上答应给我的袜子和鞋子就藏在这里，此外还有两只面包，几块煮熟的干肉和半桶酒，用这些东西他一个人足以对付一个星期了。我穿上了他送给我的鞋袜，他告诉我，当他估计能获得一笔好猎物时，他通常就在这个地方守候着，因此他总是为自己储备好食粮；此外，他还有几个像这样的好地方，里面都备有吃的和喝的，假如他在一处不顺手，便可以在另一处找到事主。我不得不称赞他的聪明，但还是要让他明白，用这种方式去玷污这样一个神圣的、供奉上帝的地方，那是不大合适的。"什么，"他说，"玷污？如果教堂会说话，它就会承认，我在这里所干的只不过是它所领受到的最微不足道的呢。你知道，自从教堂建立之后，有多少男女走进这个教堂，名义上是来伺奉上帝，其实只是为了炫耀他们崭新的服饰、漂亮的身材、显赫的地位以及诸如此类的玩意儿！这儿走来一个人，就像一只孔雀，匍匐于祭坛跟前，仿佛他要把诸圣的双脚都祈祷下来似的；那儿角落里站着一个唉声叹气的人，就像庙宇里的税吏，他的长叹只是为了他的情妇而发，他目不转睛地盯住她的脸面，他只是为了她的缘故才到这里来的。另外一个人到教堂里来露面，——如果猜得不错的话，他手里拿着一大把借据，活像一个募集火灾救济金的人，与其说是来祈祷，不如说是为了来讨债；如果他不知道那些欠他债的人都必定到教堂里来的话，那他就会安安静静地呆在家里埋头于他的账本了。有些时候常常发生这样的事：一个教区某些行政官要在村子里下达指示，那派来的人就得在星期天到教堂里来宣布，于是某些农民对教堂的恼恨就超过了可怜的罪人对法庭的惧怕。难道你不以为那许多被埋葬在教堂里的人，原来都是该挨刀的、该砍头的、该烧死和车裂的吗？有些人如果不是教堂为他们提供了方便，就不可能把他们那眠花宿柳的事继续干下去了。如果说要卖掉什么或者借贷什么，教堂门口往往就是成交的场所。如果高利贷者整个星期都无暇考虑他们的搜括生财之道，他们就利用祈祷的机会坐在教堂里筹划着如何去进行犹太人的邪恶勾当；他们坐在这儿或那儿，在做弥撒和听布道的时候进行着私下交易，仿佛教堂只是为了这个目的才建造的；在这儿常常商谈和决定许多事情，这些事情在私人家里是办不成的。有些人坐在那里睡觉，好像他们租了教堂一般；有几个没有别的事可干，只知道奚落别人，说：啊，教士的讲道对于某某人是多么一针见血呀！也有些人对教士的讲道听得专心致志，不过他们并不是为了从中受益，洗心革面，而是为了找他们灵魂的关心者——教士的岔子，一听到他话里有点得罪人的地方，就对他加以挑剔和指责。至于我在书上看到的关于人们如何常常在教堂里撮合着风流韵事，我在这里就不谈了；关于这些事，我现在也记不完全了。但有一点你还得知道：这些人不仅在他们活着的时候用罪孽亵渎了教堂，而且在他们死后还用虚荣和愚蠢来充塞教堂。只要你一到教堂里来，你就会在墓碑和墓志铭上看到，这些人还在如何炫耀自己，尽管他们的尸体早已被蛆虫啃光。再抬头往上看，你就会看到比武库里更多的盾、盔、枪、剑、旗、靴、马刺以及诸如此类的东西，无怪乎一些农民在这场战争中就在教堂里进行自卫，就好像在堡垒里进行抵抗一样。既然如此，为什么就不兴我——作为一名士兵——在教堂里干我的行当呢？早先还有两位长老在一个教堂里只是为了争当头儿而干出了一场血仗[①]，把教堂闹得不像一个神圣的地方，倒像刽子手的屠宰场

---

① 指一〇六三年希尔德海姆主教与富尔达寺院院长双方的手下人在戈斯拉的教堂所进行的一场血战。

呢。如果人们到这儿来只是为了做礼拜，我是不会说这些话的，我也不过是一个凡人；而他们作为教士却不尊敬罗马帝国的皇帝陛下。为什么许多人可以靠教堂养活自己，而我就不该借教堂之光混口饭吃呢？富人们花一点钱就可以埋葬在教堂里，以显示自己及其亲友们的阔气，而另一方面，一个比富人更像基督徒的穷人，也许他正是个虔诚的人，因为付不起这笔钱，不得不被人草草地埋葬在教堂外的一个角落里，难道这是合理的吗？可事情就是这样。如果我早知道，你对于在教堂里干我们的买卖有顾虑，那我就要考虑对你作出另外的回答了；你现在先忍耐一会儿，等我再用别的话来说服你。"

我心里很想回答奥立佛，这些人全是无赖，就像他一样，他们玷污了教堂，他们会受到报应的。但我反正是不信任他的，而且也不想再和他斗嘴，以致把命送掉，也就不和他去计较了。这之后他非常希望我告诉他，自从我在维特斯托克和他分手之后的遭遇，为什么我后来到达马格德堡军营时穿着小丑的服装。但是我由于喉咙痛，一点也不想谈，只得向他表示抱歉，并请他先把他的生平讲给我听，也许其中有许多事情是够有意思的。我这样对他说，也算是天意如此；因为从他非常乐意告诉我的事情里面，我完全可以推断，假如我向他谈了自己当兵以后所做的一切，那他毫无疑问会把我从教堂的高塔上扔下去，关于这一点，读者看了下一章就会明白。

第十八章

西木听奥立佛讲述他少年时期在学校里的所作所为

"我的父亲，"奥立佛说道，"出生在亚琛[①] 城不远的一个贫贱人家，因此他年轻时不得不去侍候一个经营黄铜买卖的富商。他在商人那儿表

① 亚琛，在北莱茵—威斯特法伦州。

现得聪明伶俐，商人让他学会写字、读书和算术，把自己的全部买卖托付给了他，像远古时候波提乏[①] 把全部家业交给了约瑟一样。这对双方都有好处：商人由于我父亲的勤劳和谨慎变得越来越富有，我父亲自己却因为过上了富裕的日子而显得越来越骄傲，致使他因自己的父母而感到羞耻，并且鄙弃了他们。对于这一点，他们常常抱怨，但毫无用处。我父亲二十五岁时，商人死了，留下他的老孤孀以及他们惟一的女儿。这个女儿前不久做了失身的蠢事，她和店铺里的一个伙计生了一个小子；这小子不久即跟随他的外祖父一起离开了人间。这时候我父亲看到，这个女儿虽说失去了父亲，失去了孩子，但并没有失去金钱，他不在乎她不能再戴上处女的花冠，而是权衡了她的财富，于是就向她求爱。她的母亲高兴地同意了，不仅因为这样做将使她的女儿又有了面子，而且还因为我父亲对整个买卖中的所有业务都十分精通，尤其善于跟放高利贷的犹太人周旋。我父亲就因这桩婚姻一下子变成了一个富商。而我，就是他的第一个继承人。由于他生活富裕，我便在娇生惯养中被抚养成人。我的打扮像个贵族，饮食像个男爵，所受到的侍候像个伯爵，我把这一切首先归功于黄铜和矿石[②]，而不是金子和银子。

“我还未满七岁，便已经预示着我将成为什么样的人了。要变成荨麻的东西，老早就会刺人。任何调皮捣蛋的行为和恶作剧对我来说都不过是家常便饭，一有捉弄人的机会，我都决不放过，父亲和母亲也决不为这些事而惩罚我。我和同我年龄相仿的小流氓们不顾一切地在胡同里奔来跑去，还有胆量去和比我有力气的人打架。如果我挨了打，我的父母就说：‘怎么啦？这么个大人还和小孩打架？’如果我赢了（因为我会抓人、咬人和扔石头），他们就说：‘我们的小奥立佛会成为一个好样儿的！’这样，我的胆子就大了。至于祈祷，我当时还太小；如果我咒骂起来像个赶车的，那是因为我还不懂自己骂的是什么意思。我就这样变得越来越坏，直到我进了学校。凡是其他捣蛋的孩子想出来的坏主意由于害怕挨打而不敢做的，我都干得出来。我要是把书本涂脏了，撕破了，我母亲会给我买新的，免得我吝啬的父亲生气；如果惹下了祸，譬如说把人家的窗户打破

---

① 见第二七六页注②。

② 黄铜常常冒充金子，此处譬作奥立佛的父亲靠欺骗手段发家致富。

(这种事对我来说简直太平常了),我会可怜巴巴地讨饶,因此我父亲还是拿我没办法。我的老师被我折腾得够呛,可是他不能对我严厉,因为他从我父母那里得到了不少馈赠,他十分了解他们对我的溺爱。夏天,我逮蟋蟀,把它们偷偷地带进教室里,让它们给我们唱好听的歌;冬天,我偷来呛鼻的香料,把它们撒在那常常惩罚孩子们的地方,要是有哪个犟孩子像惯常那样手舞足蹈地反抗起来,就会把这些粉末踩得四处飞扬,呛得大家直打喷嚏,而我却感到好玩极了。有一次我一箭双雕,干得真是漂亮。那时我很想跟老师开一个玩笑,同时也想对一个向老师告密说我有钥匙手枪[①]的人报复一下。老师只听说我十分狡猾。我拿了一个冻的臭羊肚菌,就是农民放在篱笆后面的那种;我带上它提前赶到学校,拆开老师的椅垫,把臭羊肚菌缝到里面去,然后把用过的针连同穿在针眼里的绿色的线插在我要报复的那个对手的大衣领子下面,当我们站在火炉边取暖时,大家都能看见这根线。老师来了,坐到我给他安置好的那个香玩意儿上,经他热气的传导和身体的扭动,那玩意儿发出一股恶臭,叫谁也不敢再呆在他的身边。这真是有趣极了:每个人都因此不得不去闻一闻另外一个人的屁股,就像一群狗在相会似的;人们终于找到了我放的那个臭羊肚菌。老师从绿线上看出,它是刚刚被缝进去的,看那手艺也绝不是裁缝所做。由于大家都为自己辩白,说这事不是自己干的,老师就让检查,看谁的身上有针。虽然在几个孩子的身上发现有针,但是它们都穿着白线,因此老师对他们也无法发泄。正当大家以为危险已经过去,孩子们却突然看见绿线从我对手的大衣领子下露了出来;这马上就被告发了,于是这个无辜的人,由于证据确凿,被揍得好苦,我却暗地里乐不可支。从此以后,我觉得只要干点儿这种小小的恶作剧就够好玩的了,我后来都是按这种方式干的。我常常偷了一个人的东西,把它塞到另一个我要寻衅的对象的口袋里,干这种事时我是很小心谨慎的,因此几乎没有一次被逮住过。至于我们当时所进行的战争(我通常总是当一名上校),我所遭到的拳打脚踢(我的脸上经常是鼻青眼肿的),我现在也就不想谈了;反正大家都知道,那些小淘气们整天在干些什么。所以你也可以不难从上面这些事情中看到,我在青少年时期是怎样度过的了。”

---

① 一种玩具。

第十九章

西木听奥立佛讲述他在列日[①]的无耻行径

“我的父亲一天比一天富裕起来，因此他也有了越来越多的食客和溜须拍马的人；他们对我备加赞扬，说我有一颗善于学习的好脑袋，而对于我的缺德行为，却闭口不谈，或者他们至少懂得对这些要加以原谅；因为他们知道，如果不这样做，就会失去我父母亲的好感。我的父母因此对他们的儿子比苇莺对布谷鸟[②]更加喜爱。他们为我雇了一个私人教师，把我们一起送到列日去，让我去学习法语，而不是去研究学问；因为他们不要我成为神学家，而是要我当一个商人。他们吩咐这位教师，不可对我严加管束，不要使我受到胆怯的、奴性的感情的侵袭；要让我自由地跟大学生们交往，不能把我培养得见不得生人；关照他切莫忘记，他们不是要把我培养成一个僧侣，而是要使我成为一个能辨别黑白的精通世故的人。

“其实并不需要对这位私人教师作这番指导，因为他本人就是一个为非作歹的家伙。当他自己干着更加荒唐的事情时，他怎么能禁止我做这类事情，或者为了我一点儿小过错而对我严加管束呢？他最迷恋于女人和酗酒，我却天生喜欢打打闹闹和殴斗。每晚我跟着他和像他这类的人闲荡在大街小巷，在短短的时间里我就从他身上学到了比拉丁文更多的缺德事情。对于学习，我依仗自己良好的记忆力和敏锐的头脑，而变得越来越不用心，一味醉心于各种坏事和恶行。我的良心已经大开缺口，都可以开得进一辆大车了。我毫不在乎地在教堂里听布道时只偷看贝尔尼，波尔契鲁斯，或者阿兰蒂诺[③]的书；在整个做弥撒的过程中，没有比听到

① 列日，地名，在比利时。

② 布谷(即大杜鹃)，产卵于苇莺等鸣禽巢中。

③ 贝尔尼，波尔契鲁斯，阿兰蒂诺，意大利文艺复兴时期作家，都以写违背当时习俗小说闻名。

教士说‘Ite,missa est’[①]更高兴的了。此外我自认为不是下等人,因此摆出一副花花公子的样子。对于我来说,每天都是圣马丁节或狂欢节,我的所作所为简直像一个发迹的阔老,不仅花光了我父亲为了维持我的生活而寄来的大量金钱,而且还把我母亲给的大量零花钱,挥霍殆尽,以致女人们向我们大献殷勤,特别是对我的教师。从这些娘儿们身上我学会了调情狎妓和赌博;争吵、格斗我本来就会。至于大吃大喝,我的教师也并不制止,因为他自己也乐得和我一起分享口福。在这种膏粱锦绣、放纵不羁的学生生活中,和我们鬼混的娼妓就比朝圣的香客胸前排着的贝壳还要多,虽然我当时还相当年轻。这种快活的生活持续了一年半,我父亲才知道了这些情况。那是他在列日的经理人告诉他的,因为我们起先曾在这个经理人那儿寄宿。于是我父亲吩咐他对我们严加注意,把私人教师辞退,今后不能把我脖子上的缰绳放得太长,此外还要仔细检查我的开支。我们俩对此十分恼火,不过,我的教师虽然被辞退了,我还是有办法和他日夜呆在一起,但我们毕竟不能再像先前那样挥霍了,我们就与一个流氓合伙,他夜间在小胡同里抢劫过路人的大衣,甚至把他们溺死在马斯河[②]里。我们就用这种方式冒着极大的危险获得横财,与娼妓们滥吃滥用,把学习几乎完全丢在一边了。

“有一次,我们跟往常一样在夜里上街去剥大学生的大衣时,我们被扭住了,我那教师被刺死,我和另外五个地地道道的流氓被逮住后给关了起来。我们在第二天受到审讯时,我说出了我父亲的经理人的名字,他是一个有声望的人;经理人被召来了,为了我的案子对他进行询问以后,我就在他的担保下被释放了,但是我必须禁闭在他的家里,等待最后处理。在这期间我的教师被埋葬了,那五个流氓作为诈骗犯、强盗和凶手受到了惩处,我父亲则得到了关于我情况的通知。他亲自火速赶到列日来,用钱了结了我的案子,狠狠地教训了我一顿,斥责我给他带来了多么大的痛苦、伤心和不幸,还说我母亲为了我的堕落已经灰心绝望了,他还威胁我,假如我不弃邪归正,他就剥夺我的继承权,把我赶出家门。我向他保证要改好,然后和他一起骑马回家。我就这样结束了我的学习生活。”

---

① 弥撒结束语,意为:“去吧,结束了。”

② 马斯河,流经荷兰和比利时。

第 二 十 章

西木听奥立佛讲述他怎
样在战争中如愿以偿地获得了提升

"我父亲把我领回家之后,他发现我这个人是彻底的毁了。我并没有成为一个他所希望的有学问的正派人，而是一个好斗嘴、爱吹牛、自以为什么都懂，而且绝顶聪明的人。当他对我讲下面一席话时，我感到在家里没有丝毫温暖：‘奥立佛，听着，我看到你的驴耳朵长得越来越长了。你成了人间无用的累赘，一个恶棍，到哪儿也是个废物！去学一种手艺吧，你年纪嫌大了；去伺候一位贵人吧，你又太粗野了；要你学会经营我这一行，你却一窍不通。唉，我在你身上花费那么多的钱到底收到了什么效果呢？我曾经希望从你身上得到快乐，使你成为一个有出息的人；而现在我却要从刽子手的手里把你赎出来，让我满心忧伤地看着你在我面前游手好闲地逛来逛去，好像你在这儿没有任何其他目的，只是为了来增加我的痛苦！丢人啊！最好的办法是把你放到踏车[①] 上去，叫你好好吃点苦头，直到抵偿了你的罪孽，好运道再临到你头上为止。’

“诸如此类的训斥，我得天天听着，最后终于叫我听得不耐烦了。我对父亲说，这一切都不是我的错，是他和我的教师把我引坏了；他不能从我身上得到快乐是理所当然的，因为他的父母也没有从他身上享受到乐趣，他还差点让他们去要饭饿死呢。他抓起一根棍子，要好好回敬我所说的实情，一边大声发誓，要把我送到阿姆斯特丹的监狱里去。于是我逃出了家门，当天夜里跑到他新近买下的庄园里去，候好机会从他的庄园里骑上马厩里最好的牡马，到科隆去了。

“我变卖了这匹马，又和在列日时一样跟一帮作恶多端的流氓、盗贼合起伙来。在我们为非作歹的时候，他们立即对我表示赏识，我也领教了他们，因为我们双方都太在行了。我马上加入了他们的帮会，在夜间只要派我到哪里，我就在哪里帮他们一起干。但是不久之后，我们当中的一个人在旧市场上企图偷走一位贵妇人的钱包时，被逮住了，我看到他整整半天时间里戴着铁枷站在柱前示众，一只耳朵被割了下来，痛遭鞭打。这件事使我体会到了干这一行的滋味。就在那时候，我们在马格德堡的那位上校正在招募新兵，以加强他的团，我便去应募当兵。我父亲知道了我的行踪，就写信给他的经理人，要他尽量详细地打听我的消息。当时我正好已经拿到了钱[②]；经理人又把这一情况报告给了我的父亲。父亲吩咐，他

---

① 古代罚囚犯踩踏的一种刑具。

② 当时应募当了兵，立即可拿到一笔钱。

要不惜一切把我重新赎回。我听到了这些话，因害怕监狱，并不愿意恢复自由。上校知道我是一个富商的儿子，他就把赎金开得很高，我父亲只好让我在军队里呆下去；他想，让我在战争中去呆一阵子，也许我还会弃邪归正。

“过了不久，上校的文书忽然死了；他就要我来接替他的工作，你就是这时候在上校那里遇见我的。那时我开始有了雄心壮志，期待着一步一步往上爬，最后甚至成为一位将军。我从我们的书记官那儿学到我应该怎样做人，而我要成为大人物的雄心促使我摆出一副正人君子的模样，不再像先前那样尽要无赖了。事与愿违，直至书记官去世；那时我曾想：‘你一定要把这个位置搞到手啊！’我到处贿赂，慷慨花钱；因为当我母亲听到我开始转变,她就不断给我寄钱。这些妈妈钱我尽情挥霍,以为这样做会得到好处。然而那小海尔茨布鲁德深受上校的青睐,相比之下,我却遭到冷落。尤其当我知道,上校决意要把书记官的职位交给他时,我就盘算着把他除掉。我热切向往的提升一事一受到阻碍,我就变得极为烦躁。我请我们的狱吏施魔术,使我具有一副刀枪不入的钢筋铁骨,决心与海尔茨布鲁德进行决斗,用剑结果他的性命。但我始终找不到机会向他挑衅。我们的狱吏也不同意我的打算,他说:'即使你要了他的命,这对你也是弊多利少,因为你杀害了上校的心腹。'他给我出了一个主意:趁海尔茨布鲁德在场时偷点儿东西,把它塞到他的身上,这样就会使海尔茨布鲁德失去上校的欢心了。我照计行事,在上校的孩子受洗的时候偷了他涂金的杯子,把它交给了狱吏,他就用这个杯子除掉了小海尔茨布鲁德。这情形你还可以清楚地记得起来,当时他在上校的大帐篷里用魔术使你衣服里装满了小狗。"

第二十一章

西木听奥立佛无意说出海
尔茨布鲁德从前告诉过他的预言

当我从奥立佛的口里听到他怎样对待了我最珍贵的朋友,我悲愤交加,却又不能报仇雪恨。我只得竭力克制自己,不使他觉察出我心中的夙愿,因此我把话题一转,请他再告诉我,在维特斯托克一役之后他的情况,因为这以前的事我是知道的。

"在这次战斗中,"奥立佛说道,"我不再是一个只与墨水瓶打交道的抄写员,而是无异于一个真正的士兵了;因为我善于骑马,刀枪不入,而且没有被编入任何骑兵中队,因此可以比一个想凭刀剑晋升或者去拚死的士兵更加显示出我的勇敢。我像旋风似的在我们队伍的周围策马驰骋,大显身手,向我们的弟兄们表明,我使用武器比拿笔更行。但是这没有什

么用处。瑞典人走运地赢了，我不得不分尝我军的不幸，不得不住进敌人的兵营；而在不久之前，我是决不向任何人投降的。

“于是我像其他俘虏那样，被编进了步兵团。这个团正在波莫瑞[①]休整。由于其中有许多新兵，而我却显露出自己具有非凡的胆量，因此我马上被提升为下士。但我并不打算在那儿长期混下去，而想很快再回到皇帝方面的军队中去。我比较倾向于这一派，因为我在那里毫无疑问可以比在瑞典人这里得到更快的提拔。我用以下的办法实现了我的逃跑计划。我和七个步兵一起被派到一个偏远的驻地，用军事强制手段去索取那里拖欠已久的战时特种税。当我拿到了八百多个古尔登金币之后，我给伙伴们看这些钱，看得他们眼红，于是我们商定，把这些钱私分以后逃跑。这件事办成之后，我说服其中三个人，让他们帮助我，把另外四个人枪毙掉，事成之后，我们瓜分了他们的钱，每人共得二百个古尔登。我们

---

① 波莫瑞，地名，在今波兰。

带着钱往威斯特法伦行进。一路上我又说服那三个人中的一个,让他帮忙把其他两个毙了,当我们再一次分钱时,我抃死了这最后一个,拿了钱幸福地回到韦尔勒。我在那儿逍遥度日,用这笔钱寻欢作乐。

“这笔钱很快就要花完了,而我却依旧日日夜夜设宴欢饮。这时我听到许多人称赞一个苏斯特的年轻士兵,说他在执行外勤任务时获得大量战利品,使他名声大振。我受到激励,要去追随他。因为他穿着绿色的衣服,人们就管他叫做‘猎兵’;我也做了一件同样的衣服,用他的名义在他的驻地和我们的驻地进行偷窃,干出了种种伤天害理的事情,致使我们双方都被迫停止了外勤活动。那个猎兵虽然呆在家里不出门,我却一直在冒用他的名字,到处偷东摸西,使这个猎兵不得不向我挑战。但是魔鬼才会同他去决斗呢,因为人家告诉我,他也是一个神通广大的人,他会对付我的刀枪不入的。

“然而我没能逃过他的诡计;他靠了他一个仆人的帮助,把我和我的伙伴诱骗到一个羊圈里;他们逼迫我在月光底下,当着两个作为他帮手的活鬼的面,与他进行决斗。我不愿意干,他们就强迫我做世界上最丢人的事。我的伙伴们将这件事到处张扬,把我羞得只好离开那儿,跑到利普施塔特,在黑森军队服役,在那儿也呆不了多久,因为人家不相信我,只得再徒步走到荷兰人的军队里去服役。在那儿,虽然按期付给我报酬,但战地生活不合我当时的脾气,只感到它无聊乏味,因为我们像僧侣一样被管束得严严的,又要像修女一样保持贞洁的生活。

“我现在无论在皇帝军队、瑞典军方面还是在黑森军队都不能再露面了,我干脆情愿冒着风险,摆脱这三方面的军队,投身于自由自在的生活。同时在荷兰人那儿我也不可能再呆下去了,因为我强奸了一个姑娘,根据各种迹象,事情很快就会败露,我想逃到西班牙军队那里去躲避,打算从那里回家去探望父母。可是正当我要实现这个计划时,事情很不顺利,我突然落入了巴伐利亚人的手中。我和这些人随着梅罗德兄弟的队伍从威斯特法伦一直走到布赖斯高,靠赌博和偷盗为生。我手上有点钱,我就在赌场上度过白天,在酒馆里消磨夜晚;要是我囊无分文,我则见物就偷。我经常在白天从牧场上或者部队驻地偷来两三匹马,把它们卖掉,把卖得的钱再去赌掉,然后又在黑夜偷偷潜入士兵的帐篷,去偷他们枕头下面最值钱的东西。如果是在行军途中,我就在狭路上目不转睛地注视着妇女们车后的皮箱，把它们割断绳索偷出来。我就是这样混日子，直到维腾魏尔遭遇战，在这一战役中我被俘虏，再一次被编进步兵团里，成了一个威玛军队的士兵。但是勃莱萨赫军营不能使我满意，因此我很快离开了那儿，干起为自己卖命的活儿，就像你所看见的那样。好兄弟，你可以相信，我至今已经干掉了好些狂妄的家伙，并且积攒了一大笔钱，我也不想洗手不干，除非将来我眼见自己不可能再捞钱了。现在该轮到你把你的经历告诉我听了。”

第二十二章

西木明白了猫和狗打架
的时候，一个人会受到什么样的遭遇

当奥立佛讲完了他的话，我对天意的安排真是惊叹不已。现在我明白，先前在威斯特法伦，亲爱的上帝不仅慈父般地在这个衣冠禽兽面前保护了我，而且还注定了使他以后会害怕我。这时我才明白，我和奥立佛的关系是多么的奇妙而不可思议，这是老海尔茨布鲁德向他预言过的，奥立佛本人却对此向我作了有利于我的解释，正如在十六章里所叙述过的那样。如果这畜牲知道我就是苏斯特的猎兵，那他肯定会按照我先前在羊圈里对付他的那样再来报复我。我也看到，老海尔茨布鲁德的预言是多么明智和隐晦。不过，我心里想道，虽然他的预言通常都会万无一失地得到应验，但要办到这一点，却是很难的。为这种人的死去报仇，是很不寻常的事，因为奥立佛本应该受到绞刑和车裂的报应，像他这样轻狂的为人，本来就不配来到这个世界上。我还意识到，我没有首先把我的经历告诉他，这样做是很机智的；我甚至差点儿告诉了他，我先前用什么方法羞辱了他，结果没有这么说；我由此推断，亲爱的上帝还是爱护我的。我开始盼望，上帝还会使我幸运地带着清白的名声摆脱他。正当我这样想着的时候，我发觉奥立佛的脸上有几处抓伤的痕迹，这是他在马格德堡时还

不曾有的，我因此猜想，这些伤疤可能还是“冒失鬼”留下的痕迹，他当时装作魔鬼抓破了他的脸。我于是问他，脸上怎么会有这些抓痕的，问他是否把全部经历都告诉我了，因为——我对他说——我不难推测，他向我隐瞒了最要紧的部分，否则他为什么还没有对我说是谁抓破了他的脸呢？“啊！兄弟，”他答道，“如果把我劣迹多端的所作所为全部讲给你听，那么对你对我来说所需时间都嫌太长了。但为了使你明白，我不向你隐瞒我的任何遭遇，我不妨对你吐露这桩事的实情，虽然这对我像是一种讽刺。

“我完全相信，我在娘胎里就命中注定会有一张刻上道道的脸：早在我小的时候，我和同学们吵架，就曾被他们抓成这样；后来，又有一个侍候苏斯特猎兵的魔鬼，他对付我特别的厉害，他的爪子痕迹在我的脸上足足留了一个半月之久——但是这些早已无影无踪了，你现在在我脸面上看到的伤痕，却还另有来源。那是我还在波莫瑞瑞典军队中服役时，我在驻地有一个漂亮的情妇，我的房东不得不让出自己的床位让我们俩睡觉。他有一只猫，每天都习惯于睡在这张床上，因为它不像它的男女主人那样甘心情愿地让出自己分内的床位，所以一到晚上就跳上床来，给我们制造了很大的麻烦。这使我的情妇十分恼火，她是不能容忍猫的，她发誓不再同我相好，除非我把这只猫除掉。我是要继续享受她的柔情蜜意的，因此我想，我不仅要满足她的愿望，而且还要通过对这只猫的报复，寻欢作乐一番。于是我不费吹灰之力就把猫装进了一只口袋，带上我房东的两只大看门狗——它们与这只猫本来就很不和睦，而跟我倒十分亲昵——到了一处宽敞的、逗人喜爱的草地上，准备在这儿进行一番快乐的消遣；我想，附近不见一棵树，猫是没有地方可以逃命的，听凭那两只狗像捕捉兔子似的在这片草地上到处追逐，让我饱享眼福。可是，真见鬼！我不仅像人们常说的那样倒了狗霉，而且还倒了猫霉①（这种说法很少听到，否则毫无疑问早就会从这里产生一个谚语了）；我一打开口袋，那只猫看到的只是一片旷野和两个强大的敌人，没有一个较高的地方，让它躲避。它不愿意就这样走到地面上来，听凭对手撕烂自己的皮毛，于是就跳到了我的头上。它不知道哪儿还有更高的地方。我正要撵它，我的帽子却掉了下

① “倒了狗霉”在德语中是指“非常倒霉”的意思，与“狗”本身并无关系，这里是文字游戏，用“狗”和“猫”来套用这个俗语，其实在德语中是不说“倒了猫霉”的。

来;我越是想把它拉下来,它的爪子便越是紧紧地抓住我不放。那两只瞪着贪婪的眼睛、早就准备着与猫决一雌雄的狗,无心长久观望我们这场格斗,迫不及待地介入了这场游戏;它们张着大口从后面、前面和旁边向猫扑来,可是猫却用它的爪子牢牢地抓住我的脸部和脑袋,无论如何不肯离开这个阵地。它那挥舞着的利爪如果打不到那两只狗,无疑就落到了我的脸上。但由于它偶尔也抓着了狗的鼻子,那两只狗便非要用它们的爪子把它拉下来不可,因此我的脸部也挨了几下不顾情面的袭击。我伸出双手想把猫拉下来时,它就拚命咬我,抓我。我就这样遭受着狗和猫的两面夹攻,脸上被抓得不成人样;而更加糟糕的是,当这两只狗向猫猛咬过去时,我不得不冒着被咬掉鼻子或者一只耳朵的危险。我的衣领和背心上全是血,简直像在圣·施台凡日① 在铁匠的马棚里给马放血一般,我真不知道该用什么办法从这场痛苦中摆脱出来了。最后我不得不躺倒在地,让两只狗把猫抓住,否则我的脑袋还得继续成为它们的战场。两只狗总算把猫咬死了,可我并没有得到本来希望得到的快乐,倒是落得一场自我嘲弄和这样一副如今你所看到的面孔。这件事使我怒不可遏,我后来就把那两只狗毙了。我的情妇——是她促使我干出了这件蠢事——挨了我一顿毒打后跑了,因为毫无疑问,她不可能再爱这样一个可怕的假面人。”

第二十三章

西木目睹奥立佛的残忍行径,想方设法企图脱身

我对奥立佛的故事真想放声大笑,可是我不得不对他表示出同情。正当我开始讲述我的生活经历时,我们看到一辆马车和两名骑兵往这儿驰来;我们随即从教堂的尖塔上下来,走进一所坐落在路边的房子,从这

---

① 圣·施台凡日,八月三日给马喂了祭奉过的草料后放血,认为这种血可治病。

儿袭击过路人是十分方便的。我把我的枪上好子弹,准备接应;奥立佛在他们还没有觉察到我们之前就一枪把一个骑兵和马击倒,另外一个见此情状立即逃跑。这时候,我端着扳起击锤的枪叫车夫停住下车。奥立佛跳到他跟前,用他的大刀把车夫从头到牙齿劈作两半,接着还要杀死妇女和孩子们,他们正坐在车里,已经吓得面无人色了。但我坚决不同意他这样做,我说如果他要杀,就先把我杀死好了。"啊,"他说道,"你这个愚蠢的西木,我从来没有想到你是这样一个糊涂虫。"我答道:"兄弟,你为什么要加罪于这些无辜的孩子呢?如果是一个汉子,他要反抗,那就是另一回事了。""什么,"他答道,"锅里的蛋变不成小鸡。我认得这些小吸血鬼,他们的老子,那少校,是个货真价实的刽子手,世界上最恶毒的虐待士兵的人。"他一边说着,一边就想去掐死那些可怜的孩子;然而我一再劝阻他,直到他最后让了步。马车里坐着的是一个少校的妻子、她的使女和三个漂亮的孩子,我打心眼里同情他们;我们把他们关在一间地窖里,以免他们过早地出卖我们。在这儿,他们只能啃到水果和白萝卜,直到有人把他们解救出来为止。然后我们去抢了马车,带上七匹好马进入密林深处。

我把这些马系好,四下里一看,发现离我们不远的地方有一个人不声不响地站在一棵树旁;我把他指给奥立佛看,告诉他要留神。"哈,傻子,"他答道,"那是个犹太人,是我把他绑在那儿的;这个流氓老早已经冻僵了,死了。"他朝他走去,用手拍打他的下巴,一边说道,"哈,你这老狗,还给我带来许多漂亮的金币呢!"果然,从死人的嘴里当真滚出几个金币来。这是这个可怜的家伙在临终的最后一刻藏在嘴里的。奥立佛从他的嘴里掏出十二个金币和一颗珍贵的红宝石,他说道:"对于这些战利品,我应该感谢你,西木。"他把红宝石送给了我,自己拿上了金币,吩咐我这会儿不要离开马匹,得好好留神,别让死了的守财奴咬了我。他责备我心肠太软,说我没有像他那样的胆量。说完,他就去喊那个农民去了。

在他去找农民以后,我作了一番仔细的考虑,我意识到自己正处在何等危险的境地。我打算骑上一匹马逃跑,但是担心奥立佛会在我这样干的时候逮住我,毙了我;因为我怀疑,他这次只不过是要试试我是否可靠,说不定正站在哪里偷偷地观察着我。一会儿我又想徒步逃跑,但又不得不担心,即使逃过了奥立佛,也逃不过黑林山区的农民们,他们当时是以善于对付士兵而著称的。"或者把所有的马匹都带上,"我想道,"这样,奥立佛就没有办法追赶你了,但如果你被威玛方面的军队逮住,那你就会被作为一个证据确凿的凶手处以车裂。”总之,我想不出一个可以逃跑的可靠的办法,更何况四周是一片荒郊野林,我根本不熟悉这里的道路;此外,使我于心有愧的是要马车停住的正是我自己,致使车夫死于非命,两个女人和无辜的孩子被关进了地窖,他们也许就要在那里像这个犹太人一样死去。一会儿,我这个可怜的人又以清白无辜来安慰自己,因为我是违心地、被迫地这样去做的;但是我的良心谴责我,我由于犯了其他罪行早就应该和地地道道的凶手一起落入法网,得到应有的报应了。也许那公正的上帝已经安排好让我受到如此这般的惩罚。最后我开始希望情况有所好转,我祈求仁慈的上帝把我从这种情况中拯救出来;正当我沉浸在这种虔诚的感情之中时,我对自己说:“你这傻瓜,你既没有被关起来,又没有给绑住,你面前是宽广的天地。你现在要逃跑,难道还嫌马匹不够吗?如果你不愿意骑马,那你的双脚也会使你跑得够快的。”正当我承受着内心的折磨而踌躇不决时,奥立佛带着那个农民走过来了。他把我们和马匹带到一座庄园里,我们在那里饱餐一顿,大家轮流睡了几个小时。午夜以后我们骑马出发,中午时分到达与瑞士接界的地方。奥立佛在那儿是个知名人物,因此我们受到了丰盛的款待。正当我们尽兴之时,店主派人去找来两个犹太人,他们从我们手里只花了一半价钱就谈定了这些马匹的买卖。交易办得十分顺利,不需要多费口舌。那两个犹太人最大的疑问是要了解这些马的来历,是从皇帝军队中弄来的还是从瑞典军队中弄来的;当他们听说,这些马是来自威玛方面,他们就说道:“那我们不能把这些马匹骑到巴塞尔去,而要骑到施瓦本地区[①],再去巴伐利亚。”他们竟如此熟悉情况,使我不得不大为惊讶。

我们大摆筵席,我大吃了一顿鳟鱼和美味可口的龙虾。傍晚我们重又上路,让我们这位农民像驴子似地背着烤肉和其他食品;我们带着这些东西在第二天到了一座孤零零的农民庄园,在那儿受到了友好的欢迎和接待。由于天气不好,主人还留我们住了几天。那时寒风凄厉,雨中夹雪,天气糟透了。随后我们穿过大片森林和小路,又回到那座最初奥立佛领我进去过的小屋。

---

① 施瓦本地区,今属巴伐利亚州。

第二十四章

西木目睹奥立佛的惨死

我们坐下来休息，解除一下疲劳，奥立佛打发农民出去置办食物、炸药和子弹。农民出去之后，他脱下外衣，对我说道："兄弟，我不能再单独随身拖着这些倒霉的钱了，"说着，解下几长串他贴身带着的钱，把它们扔到桌上，继续说道："这些你得费点儿心，等到我以后洗手不干了，我们俩也就够花了；这些该死的钱把我压出疱来了，所以我不能再带上它们了。"我回答道："兄弟，要是你身上的钱和我一样也就是这么一点儿的话，它们是不会压坏你的。""什么！"他打断我的话："我的也就是你的，凡是我们以后抢来的，都得平分。"我抓起两串，觉得分量很沉，因为全是金子。我说，这是由于包得不合适的缘故，如果他同意，我可以把这些钱缝好了，使人背在身上不会感到太累。他表示同意之后，我就跟着他走到一棵空心的橡树那里去，他从那里拿出剪子、针和线。我用两条裤子给我们俩各做了一件无袖的披肩或者说是背心之类的东西，缝进去了好些黄灿灿的金巴岑。我们把它们穿在衬衣里面，我们的胸前背后好像都有了金甲护身，有了这样的装备，即使不能完全避弹，至少也能避刺。使我感到奇怪的是，他竟然没有一个银币，我问他这是为什么。他回答我说，他在一棵树洞里藏有一千多个塔勒银币，他让那农民用这些钱来维持生活，他从来不计较这笔钱，因为他不在乎这堆废物。

事情办完之后，我们回到小屋里去，通宵煮着东西吃，坐在火炉边取暖。在天亮前一小时左右，当我们还没弄清是怎么回事，突然有六名步兵和一名下士端着步枪冲进小屋，踢开房门，大叫着要我们投降。奥立佛(他和我一样身边时刻放着他那枝子弹上了膛的步枪，腰间佩着锋利的大刀，他这时候正坐在桌边，而我正站在门后的火炉边)用几颗子弹回敬了他们，一下子撩倒了两个，我击毙了第三个，同一枪还打伤了第四个，这时奥立佛从皮鞘里拔出他那把锋利得吹发可断的、可与英国国王亚瑟[①] 的宝剑媲美的大刀,把第五个从肩膀直劈到肚子,致使他五脏六腑流了一地,惨不忍睹地倒在一旁。这时我掉转枪口,朝着第六个的脑袋上放了一枪,他应声伸直了四肢。奥立佛却重重地挨了第七个对手同样的一枪,他立时脑浆四溅;我又击中了这个家伙,打发他加入了他那些死去的伙伴们的行列。先被我一枪打伤的那个人尝到了苦头,这时看到我掉转的枪口又要碰到他的皮肉时,他慌忙扔掉枪,撒腿逃跑,好像有魔鬼在后面撵他一般。这场激战前后还不到念一篇主祷文的工夫,这七个勇敢的士兵就在这短短的时间里全都报销了。

现在我成了这个屋子里的惟一的战胜者。我仔细观察一下奥立佛,看他是否还有一口气;我发现他已经一命呜呼。因此,我想在尸体上留下那么多的钱是毫无意义的,因为死人并不需要钱。我于是就把那件我昨天才给他缝制好的金衣剥下,和另外一件一起套在我的脖子上。由于我的枪已经砸坏,我就拿了奥立佛的步枪和那把锋利的大刀,以防万一,然后离开小屋,走到大路上,因为我知道,那农民必定会从这条路上回来。我坐在路边一个地方等候他,一边考虑着下一步该怎么办。

第二十五章

西木发了财,却遇到了穷极潦倒的海尔茨布鲁德

我沉思着坐等了不到半个小时,农民就跑过来了,他气喘吁吁地像是一头狗熊,拚命地奔跑着,并没有看见我,直到我抓住了他。“干吗跑得那么快?”我说道,“有什么事儿?”他答道:“赶紧逃跑吧! 有一个下士和六个步兵就要来了,他们要抓住你和奥立佛,不管是死的还是活的,都要把你

① 亚瑟,传说中六世纪的英国国王。

们送到里希特内克宫[①] 去，他们捉住了我，要我把他们领到你们这儿来，我幸好逃掉了，现在来向你们报告这个消息。”我想道：“哦，这个无赖，你把我们出卖了，好使你得到奥立佛藏在树洞里的钱。”但是我不露声色，因为我还需要他为我带路，我对他说，奥立佛和那些要捉住他的人都已经完蛋了。可是农民不相信，我就欣然带他进屋，让他亲眼看到这七具尸体的惨相。我说：“要抓我们的那帮人中的第七个被我放跑了，只要上帝愿意，我可以再使这些人活过来，我是会这样做的！”这个农民吓得目瞪口呆，说道：“那现在怎么办呢？”我回答道：“主意已经定了。三件事情任你选择：你要么马上领我从安全的小路走出树林到菲林根去，要么你把奥立佛藏在树洞里的钱指给我看，要不你就死在这儿，去和跟前这伙死鬼作伴！如果你带我到菲林根去，奥立佛的钱就归你所有；如果你领我去看这笔钱，我就和你对分；你要是一样也不干，我就毙了你，走我自己的路。”那农民心里很想逃跑，只害怕我的枪，因此跪了下来，甘愿效劳，领我走出树林。于是我们匆匆忙忙步行出发，走了一个白天，夜里又乘明月当空继续赶路，一路上没有吃，没有喝，没有片刻休息，直到我们在天明时分看到离菲林根城不远了，我才打发农民离开。赶了这一程路，农民是因为怕死，而我是为了要带钱逃命，我不得不相信，金子能赋予一个人以巨大的力量，因为我虽然背得很重，却并不感觉到特别吃力。

当我到了菲林根城前，城门正好被打开，这对于我可是一个吉兆。守卫的军官盘问我，我说自己是某团一名志愿骑兵（就是海尔茨布鲁德在菲律泼斯堡把我从步兵中解救出来让我去的那个“九角”团），并且说，我是从威玛军队的勃莱萨赫军营里逃出来，在维腾魏尔战役中被他们俘虏，被迫当了步兵，现在打算再回到我那在巴伐利亚人手中的团里去。这个军官听了我的话，就把我交给一名步兵，带我去见司令官。这位司令官还躺在床上，因为他为了处理公务整整半宿没有睡觉，所以我不得不在他的营房前面等候一个半小时。那时正好是做完晨祷的时候，一大群市民和士兵围住了我，他们都想知道勃莱萨赫的情况，嘈杂的声音吵醒了司令官，于是我立即被带到了他的跟前。

他开始盘问我，我还是用在城门口说的话来回答他。然后他又问了

---

① 里希特内克宫，在肯钦根附近。

我有关围困期间的详细情况以及其他一些事情。我把一切都告诉了他，说自己在一个人那儿呆了好几天，这个人也是逃出来的，我和他一起袭击、并抢劫了一辆马车，目的是想从威玛人那里获得一些战利品，为自己配上马匹，好好地装备一下，以便重新回到自己的团里去；但就在昨天，我们受到一个下士和另外六个家伙的突然袭击，他们要逮住我们，经过一场战斗，我的伙伴和对方的六个人都被打死了，第七个对手和我幸存了下来，分别跑到各自所属的部队去了。至于我随后想去威斯特法伦，回到利普施塔特我妻子的身边去，以及我胸前背后还有两只装得满满的钱袋，我只字不提。我对于隐瞒这些，并不觉得有什么内疚；这与他有什么关系呢？他也没有问到我这些事。他感到惊讶并且几乎不能相信的，倒是我和奥立佛竟然杀死了六个人，赶跑了第七个，虽然我的伙伴也赔了命。交谈之间，我提到了奥立佛那把奇妙的刀，我夸奖这把刀，并且随身带着，这使司令官十分喜欢；我为了能够客客气气地和他分手，并且取得通行证，不得不将这把刀留给了他，为此他也回赠我一把剑。这确实是一把极其漂亮的好剑，上面镂刻着一部永恒的历书，尽管我相信它并不是伏尔甘神亲自锻铸的，但它毕竟像在《英雄宝库》① 里所描写的那样，是一把能劈断其他刀剑的利剑。它会使勇敢的敌人和猛士像胆怯的兔子一样逃跑的。他吩咐给我开一张通行证，放我走了。我随即抄近路到了一家客店，不知道该先睡觉呢，还是先吃饭，因为这两件事我都需要。我还是想首先把肚子填饱，就要了一些酒菜，一边盘算着怎样安全地带着钱回到利普施塔特我妻子那里去；我压根儿不想再回到我的团里去，就像我不愿意掉脑袋那样。

正当我在沉思中想方设法的时候，有一个人拄着一根拐棍瘸着走进店里来；他头上包扎着，一只胳膊吊在绷带上，一身褴褛的衣衫，充其量不值一文钱。侍者刚一见到他，就要把他赶出去，因为他浑身恶臭，虱子多得足能占领整个施瓦本哈埃德②，他却恳求看在上帝的分上放他进来，稍微暖暖身子，但是人家不理他。我却是可怜他，为他说了情，他才被勉强

① 《英雄宝库》(1477 年)，为用中古高地德语写的一本英雄诗歌集，收集了大量古代英雄史诗。此处指日耳曼英雄西格夫里特的宝剑。

② 施瓦本哈埃德，据说在此地有一棵大灌木，流浪汉都在树底下捉虱子，故此树名为虱木丛。

允许走到火炉旁边来。我似乎觉得，他是以一副馋相和热切的目光注视着我饮酒，还发出了几声叹息。在侍者为我去拿烤肉的当儿，他朝我的桌子走过来，手里递过来一只陶制的讨饭碗。我以为他是想讨酒喝，就拿起酒壶在他开口向我要之前给他斟了满满一碗。“啊，朋友！”他说道，“看在海尔茨布鲁德的分上，也给我点儿吃的吧！”他的话使我大为震惊，我发现这正是海尔茨布鲁德本人。看到他如此可怜的样子，我几乎晕了过去，然而我控制了自己，紧紧地拥抱了他，让他在我身边坐下，我们俩不禁眼泪滚滚而下：我是出于无限的怜悯，他则由于无比的喜悦。

第二十六章

西木痛心地聆听海尔茨布鲁德倾诉他的悲惨遭遇

意外的相遇使我们几乎无心享用面前的酒菜了；我们只顾得互相询问对方，自从我们最后一次分别以后的情况。可恨那店主和侍者不断进进出出，我们无法倾诉半点儿知心的话。店主觉得奇怪，我竟然忍受得了一个如此褴褛不堪的人呆在身边；我却说道，在战争年头，这种事在我那些正直的老战友中间是常见的。当我知道海尔茨布鲁德至今住在病院里，靠施舍过日子，伤口又没有得到好好的包扎时，我向店主租下了一个小房间，把海尔茨布鲁德安置到一张床上，派人去找来最好的外科医生，另外还找来一个裁缝和一个女缝工，为他做衣裳，并且彻底清除他身上的虱子。奥立佛从死去的犹太人嘴里掏出来的几个金币，还放在我身边的一只钱袋里；我把这些钱扔在桌上，故意让店主听得见地对海尔茨布鲁德说：“瞧，兄弟，这是我的钱。这些钱我要用在你身上，和你一起花掉。”于是那店主就格外周到地侍候我们了。至于那个医生，我把红宝石拿给他看，这原来也是那个犹太人的，大约值二十个塔勒。我说，我带的钱不多，要付饭钱，还要为我的伙伴做衣裳，所以我想把这个戒指给他，如果他能尽快把我的伙伴彻底治好的话；他当然对戒指十分满意，治起伤来就非常卖力了。

我护理海尔茨布鲁德就好比护理第二个我自己一样，让人给他用灰布做了一件朴素的衣服；之前，我为了通行证的事到司令官那儿去了一趟，告诉他我在这儿遇到了一个受了重伤的伙伴；我要等他完全养好了伤再走；如果把他撂下不顾，我在我们团里就不好交代。司令官称赞了我的想法，并同意我留下，我爱留多久就留多久，另外还说，如果我那伙伴能够跟我一起走的话，他就给我们两个人都开出通行证。

当我回到海尔茨布鲁德身边，单独坐在他床边时，我要求他毫无顾虑地告诉我，他怎么会落到这样可怜的地步的。因为我暗自忖度着，他大概由于某种重要的原因或者别的什么差错被开除了先前的要职，受到贬黜，才落到了这般潦倒的境地。他却说道："兄弟，你知道，我曾经是葛兹伯爵的总管和至交，可是，你也十分了解，那发生在他管辖区之内和在他指挥之下的最后一次战役的结局，是多么悲惨啊！我们不仅败了维腾魏尔那一仗，而且不可能再给受困的勃莱萨赫解围。为了这个缘故，到处流传着非常不公正的谣言，葛兹伯爵还被传唤到维也纳去为自己作出申辩①，为此我既羞愧又恐惧，情愿在这种卑微的境况中苟且度日；我常常想，或者死于贫困之中，或者至少让自己销声匿迹，直至伯爵的无辜大白于天下；因为就我所知，他始终是忠于神圣罗马帝国陛下的。他在去年夏天压根儿没有交上好运道，以我看来，那是天意，因为上帝愿意让谁胜利，谁也就胜利了，所以不能说是伯爵的过错。

"当我们开始给勃莱萨赫解围时，我看到，我们的士兵无精打采的样子，我便把自己武装好，和士兵们一起上了浮桥，仿佛我要单独来完成这个战斗任务似的。当时这并不是我的职责和应尽的义务，但是我要给别人树立一个榜样。由于我们在去年夏天压根儿没有什么作为，因此我有幸——或者不如说是不幸吧——在第一批上桥的人当中首先在桥上跟敌人进行了短兵相接的激烈的战斗。进攻时我战斗在最前面，所以当我们抵挡不住法国人的猛攻而退却时，我就成了最后一个，因而也就第一个落到敌人手里。我一连中了两枪，一枪打中右臂，另一枪打在大腿上，致使

---

① 葛兹伯爵在一六三八年七月底维腾魏尔战役失败之后，同年十二月被捕，一六四〇年八月才以无罪释放，重新任职。

我既不能逃命，又无力使剑。由于地窄人密和情况严重，谈不上求饶和宽恕。我当头挨了一击，便倒在地上。因为我穿着华美，被几个人在盛怒之中剥光了衣服，把我当成死人扔进了莱茵河。在危难之中，我向上帝呼救，把一切寄托于他的意愿。当我用各种言辞指天誓日之时，我也感觉到了上帝的帮助；莱茵河的水把我抛上了岸，我用苔藓给伤口止血，虽然我几乎冻僵，却依旧感觉到一种奇特的力量。由于有上帝的帮助，我尽管伤势严重，还是走到了几个梅罗德兄弟和士兵的女人那里去，他们不认识我，但都对我表示同情。这些人已经对要塞的解围丧失了信心，这使我感到比伤口还要疼痛。他们让我在火边休息，给我穿上衣服，在我马虎地包扎一下伤口之前，我看到了我们的人在准备可耻的退却，完全放弃了自己的事业。这使我痛心到了极点。我因此决心使自己隐姓埋名，以免同样遭人嘲笑。我跟军队里几个受伤的人结了伴。他们那儿有一个军医，我把挂在颈上的一个小金十字架解下来给了他，这样他才给我包扎了伤口。在这样悲惨的境遇里，我的好西木，我就凑合对付到现在，也不想对任何人公开自己的身份，除非我看到了葛兹伯爵的事情有了一个了结。我见到你的好心肠和对朋友的忠诚，我得到极大的安慰，可见亲爱的上帝还没有抛弃我。今天早上，当我做完了晨祷出来，看到你站在司令官的营房前，我便想，上帝把你作为天使送到了我身边，让你在我穷极潦倒的时候来帮助我。”我尽我的可能安慰了海尔茨布鲁德，并且告诉他，我还有着比他看见的那些多布朗更多的钱，这些钱都随他使用。我向他讲述了奥立佛的结局，我又怎样不得已为他报了死仇，这使他精神大为振奋，对他的身体也大有帮助，于是他周身的伤口便一天天愈合起来。

第 五 卷

第　一　章

西木成了香客，随海尔茨布鲁德去朝圣

海尔茨布鲁德的身体总算又结实起来了，他的伤也完全治好了。这时他把自己的一桩心事告诉了我：他在那最困难的时候曾经许过愿，要到艾恩西德尔恩[①] 去朝圣；现在反正离瑞士很近，他想趁此机会了却心愿，哪怕要讨着饭到那里去也罢。听了他这个打算，我很高兴，于是我表示要提供他一笔钱，并愿意和他一起去，我甚至想马上买两匹马，以便骑马前往。并不是虔诚之心驱使我去朝圣，而是因为我想去观光一下瑞士联邦，它是当时惟一的一块还洋溢着升平景象的国土。更使我高兴的是，我有机会侍候海尔茨布鲁德作这次旅行，因为我几乎爱他胜于爱我自己。但他却拒绝我的帮助，也不同意我一起去。他的理由是，这次朝圣必须是步行，并且要在鞋子里放上豌豆。如果我和他做伴，那我不仅会搅扰他的虔诚之心，而且这次又慢又累的旅行还会使我感到难以忍受。他这样说，只是为了要摆脱我，因为在如此神圣的旅途中用行凶和抢劫得来的钱做盘缠，他感到于心有愧；此外，他不愿意让我破费太多。他直率地说，我为他做了的事情，已经比欠他的或者他能够报答我的，多得多了。我们就这样陷入了一场友好的争论，争得如此相亲相爱，我还从来没有听到过这样一种口角呢；因为我们俩都说自己没有为对方做过什么事——即便是作为一个朋友本来应该为对方做的事，更谈不上补报他从对方所接受的恩惠了。海尔茨布鲁德对我最大的抱怨是，他说我为他做的好事太多，效劳太多，向他表示了真挚的友谊，致使他永远也不能再享受这些了。而我则抱怨说，现在正当我有机会为他效劳、对他过去为我所做的好事表示感谢，并以实际行动向他表明我是他真正的朋友和仆人时，他却说我不配为他

---

① 艾恩西德尔恩，今属瑞士施维茨州，圣地。

效劳；因此我提醒他想想他已故的父亲临终时留下的话，以及我们怎样在马格德堡共同立下的誓言，他如今却把我排斥在这种情谊之外了，仿佛我们二人立了一个假誓一般。我这一席话还是不能感动他答应我成为他的旅伴；最后我终于发觉，他对奥立佛的钱和我不虔诚的生活有一种恶感，因此，我不得不用虚假的托词来激他。我说，是悔改的决心驱使我到艾恩西德尔恩去的，如果他阻止我行此善事，致使我因不能得到忏悔而死去，那他就担当不起这个责任了。我用这种办法说服了他，特别因为我对自己罪孽的生活表示极其悔恨——虽然所有的话都是捏造出来的；我还使他相信，我要用苦修来赎罪，和他一样踏着豌豆徒步走到艾恩西德尔恩去，这才使他同意了带我一起去朝拜圣地。

这场辩论刚刚结束，我们之间又发生了另一场争执；因为海尔茨布鲁德太认真了，他不愿意让我从司令官那儿拿那张注明我所属的团的通行证。"这怎么行呢？"他说，"难道我们不是想悔改而步行到艾恩西德尔恩去吗？现在，老天在上，你一开始就要进行欺骗，用虚伪去蒙蔽别人的眼睛！基督说：'凡在这个世上不认我的，我在天父面前也不认他！'① 我们是多么软弱的懦夫啊！如果为基督而死的殉道者和至死不渝的信徒都做出这样的事来，那么天堂里的圣者就太少了！让我们以上帝的名义，在他的荫庇之下走我们的路吧，让我们神圣的决心和意愿引导我们到那里去吧，其他一切都听凭上帝安排，上帝会指引我们到那使心灵得到安宁的地方。"我却提出，我们无须试探上帝，而是要适应时势，运用我们不可缺少的手段，尤其因为步行朝圣对于军人来说是一件不寻常的事情；我们的意图一旦暴露，就会被当做逃兵，而不是香客，那就会给我们带来很大的麻烦和不幸，甚至遭受杀身之祸。再说，就是那使徒圣保罗② ——我们是远远不能和他相比的——也令人惊异地适应时代和人间的习俗。海尔茨布鲁德终于答应了我可以获得一张通行证到我的团里去。傍晚，我们藏好通行证，带上一名可靠的向导，在城门正要关闭的时候出了城，装作要到罗特韦尔③ 去的样子，实际上却很快就离开大路绕道而行，于当夜越

① 见《圣经·新约·马太福音》第十章第三十三节。

② 使徒圣保罗，基督教《圣经》中初期教会主要奠基人之一。由反对基督教转变为皈依基督教。

③ 罗特韦尔，地名在黑林山区，菲林根之北。

过瑞士边界，第二天早上便到达一个村庄；我们在那里穿上了黑色的长袍，拿起香客用的手杖和念珠，付给向导一笔优厚的谢金，便打发他回去了。

与其他德语国家相比，这里使我感到十分陌生，我仿佛置身于巴西或者中国。我看到百姓们安居乐业，厩舍里满是牲畜，场院里鸡鸭成群，街市上游人熙攘，酒店里宾客满座，尽在寻欢作乐。这儿完全不存在对敌人的恐惧和对抢劫的担忧，根本不必为生命财产的安全而牵肠挂肚；人人都在自己的葡萄架和无花果树下生活得无忧无虑。与其他德语国家相比，这里是一片欢乐和愉快的景象，以致我把这块国土看做是人间的天堂，虽然它显得十分粗犷。我一路上东张西望，而海尔茨布鲁德却一直在数着念珠祈祷，我因此不时受到他的责备，因为我没有像他那样一个劲儿地祈祷，这样做我是不习惯的。

到了苏黎士，他算是把我看透了，他十分干脆地对我说了实话；因为当我们到达沙夫豪森[①] 时，我的双脚已被豌豆磨得疼痛不堪，在那里过了一夜以后，我害怕第二天继续踩着豌豆上路，就把豌豆煮熟了放进鞋里，舒舒服服地走到了苏黎士，而他却起步艰难，苦不堪言。他对我说："兄弟，上帝赐予你很大的恩典吧，使你能够不顾鞋中的豌豆，走起路来还是那样自在。""是啊，"我说，"我最尊敬、最亲爱的海尔茨布鲁德，我把它们煮熟了，否则我就不可能走这么远的路了。""啊！上帝保佑，"他答道，"你干了什么呀？你干脆就把它们全都从鞋里拿出来吧，如果你要胡闹的话。我不得不担心，上帝要同时惩罚你和我了。别见怪，兄弟，如果我出于手足之情向你直抒心腹之见的话，就是说，我担心，假如你不改变对上帝的态度，那你的灵魂就难以得到拯救了。我愿意坦白地说，并且如实向你保证，我在这个世界上没有比对你更爱的人了，但我也不否认，如果你不改邪归正，那么，倘若我继续保持这种爱，我是不能不感到内疚的。"我吃惊得久久说不出一句话来；最后我向他坦白承认，我在鞋里放上豌豆并非出于虔诚，而只是为了博得他的欢心，带我一同旅行。"啊，兄弟，"他答道，"我看出，你离福祉尚远，即使不谈这些豌豆。愿上帝赐给你悔改吧，否则我们的友谊是不能继续的。"

从这时候起，我便垂头丧气地跟在他的后面，如同要被戴上绞刑架一般；我开始内疚于心，在纷乱的思绪中，往昔的种种不端行径一一浮现在我的眼前。这时我才为自己失去从树林里带出来的清白无辜而痛惜，自我来到这个乱世人间，我已将它在玩忽之中糟踏殆尽了；而更使我难受的是，海尔茨布鲁德不再和我多说话了，他只是用声声叹息注视着我，这只能使我觉得，他似乎意识到了我注定要被罚入地狱，因而对我哀叹不已。

---

① 沙夫豪森，在瑞士。

第二章

西木虔诚忏悔，魔鬼却来纠缠

我们就这样到达了艾恩西德尔恩。当我们走进教堂时，正好有一个神父在给一个中魔的人驱邪。这件事对于我来说，是既新鲜又罕见，因此我任凭海尔茨布鲁德跪下祈祷，随他祈祷多久都行，我倒可以借此机会满足一下自己的好奇心，来观看这场好戏。不料还没有等我走近，附在这个可怜的人身上的恶鬼大声叫道："哦，你这个家伙，天雷把你打到这儿来啦？我还以为在我回老家时会在地府里见到你和奥立佛呢，你倒在这儿让我碰上了，你这个作奸犯科的野鸡偷儿，你就以为你逃得过我们吗？哦，神父们啊，你们不要上他的当，他是一个伪君子，比我更坏的骗子，他只会欺骗，他嘲讽上帝和宗教！"那驱邪的神父命令这个恶鬼安静，因为没人相信他的话，只认为他是一个地地道道的老骗子。"是的，是的，"他说道，"你们问问这个逃出来的僧侣的旅伴吧，他会告诉你们，这个不敬神的家伙竟然肆无忌惮地煮了豌豆，而本来他表示过要踩着豌豆到这儿来的。"我顿时感到头重脚轻，因为这些话都让我听到了，而且大家都将目光投向我；好在神父惩罚了这个恶鬼，迫使他沉默下来，只是没能把他撵走。这时候海尔茨布鲁德也过来了，我正吓得像个死人一样，在希望和绝望之间，茫然不知所措。海尔茨布鲁德尽量安慰我，向站在周围的人、尤其是神父长老们保证，说我从来没有当过僧侣，而是一个军人，也许做过的坏事多于好事；另外他说，这恶鬼是个骗子，关于豌豆的事，也被他说得言过其实了。但我已经是六神无主，只能等待着去领受地狱的苦楚，因此那些长老们都极力来安慰我。他们劝戒我做忏悔和参加圣餐；可是那恶鬼再一次从那中魔的人身上喊道："对啊，他忏悔起来可好啦，他压根儿不知道什么是忏悔哩！你们要拿他怎么样呢？他是一个异教徒，是属于我们这一类的；他的父母都是再洗礼派[①]，而不是加尔文派……”那驱邪的神父再次命令恶鬼住嘴，对他说道：“如果这只可怜的迷途的羔羊能侥幸从你手里脱险，回到基督的牧群，那你就要更加恼怒了吧。”那恶鬼一听这话，竟狂暴地咆哮起来，简直令人毛骨悚然。然而就在这可怕的狂叫之中，我却找到了最大的安慰。因为我想，如果我不能再得到上帝的恩典的话，恶鬼是不会这样凶相毕露的。

虽然我当时并不准备做忏悔，而且有生以来还从未想过要忏悔，总是出于羞愧而害怕忏悔，就像魔鬼害怕基督的十字架那样，然而此刻我内心却感觉到一种对自己罪孽的悔恨和赎罪的欲望，我要对已往罪恶而渎神的生活进行悔改，我恨不得马上有一位神父听取我的忏悔。海尔茨布鲁德对于我这种突如其来的皈依和悔改决心非常高兴，因为他知道我到目前为止还没有属于任何一个教派。于是我就公开皈依了天主教，作了忏悔，在接受了赦罪之后，领了圣餐礼，心中感到无法形容的轻松和慰藉；极其奇怪的是，那中魔的人身上的恶鬼从那以后就不再纠缠我了，而他在我忏悔和赦罪之前却是一个劲儿地指责我先前的种种不端行为，仿佛他是专门来数落我的罪孽的；然而他被认为是一个骗子，谁也不相信他那些话，尤其因为我那一身楚楚可敬的香客服饰在众人眼前改变了我的形象。

我们在这个富有上帝恩典的地方呆了整整十四天。我为我的皈依感谢上帝，看到了在那儿发生的奇迹，这一切激发起我一片虔诚和敬神之心。然而这也只不过是一时之念，因为我的皈依不是出于对上帝的爱，而是出于恐惧和害怕被罚入地狱，所以我渐渐地又变得冷淡和懒散起来，因为我逐渐忘却了那凶恶的敌人给我带来的恐怖。在我们看够了圣徒的遗物、法衣和大教堂里其他值得观光的东西以后，我们就动身到巴登[②]去，打算在那里度过冬天。

---

① 再洗礼派是十六世纪欧洲宗教改革运动中在德国、瑞士、荷兰等地出现的一个基督教教派，主要成员是农民与城市平民，反对西欧封建制度及其主要支柱罗马天主教会。此处意指非正统教派，无异于异教。

② 巴登，此处为瑞士城名，疗养胜地。

第 三 章

西木叙述他与海尔茨布鲁德怎样度过冬天

我在那里为我们租下了阳光充足的房间。这种房间在平时——尤其在夏季——常常是供浴场旅客居住的,他们一般都是富有的瑞士人,到这儿来,与其说是为了治病而进行浴疗,还不如说是来寻欢作乐和炫耀自己的。我也为我们包了伙。海尔茨布鲁德看我花钱太阔气,就提醒我要节省,要记住我们还得度过一个寒冷的冬季,因为他担心我的钱维持不到那时候。他说,到了春天我们离开这儿时,我会需要有些积蓄的;如果只管花费,而不添补的话,钱就是再多也会很快就花光,它们会风流云散,再也不会回来。海尔茨布鲁德这样真心实意地劝告我,我就不能再对他隐瞒什么了。我坦率地告诉他,我的钱袋里有的是钱,我要把这些钱用在对我们 俩有好处的地方,反正这笔钱的来历不配称道,不是有福的钱;即使我

不想用它来供养我在这个世界上最亲密的朋友，也不会拿这笔钱来购置田产，那么他——海尔茨布鲁德——因当年在马格德堡受到过奥立佛的侮辱，而如今用奥立佛的钱享受到雪耻的乐趣，也是合情合理的。我看四下无人，便脱下两件背心，取出杜卡托和披斯托尔，对海尔茨布鲁德说，他现在可以随意处理、存放或者分掉它们，反正他觉得怎样对我们最有利就随他怎样做。

当他看到，我除了对他的忠诚之外还有这么多的钱(如果没有他，我用这些钱完全可以使自己成为一个相当富有的人)，他说道："兄弟，自从我认识你之后，你让我看到的只是你对我表示的友爱和忠诚。但是告诉我，我又能怎样报答你呢？我说的不仅仅是指你使我感激不尽的这些钱——因为钱也许今后可以偿还——而是指你的友爱和忠诚，尤其是你对我的崇高的信任，这是无法估量的。这一点使我感到万分羞愧，因为我不得不承认，我从来还没有对一个人像你对我这样信任过。兄弟，一句话，你的高尚的心灵使我成了你的奴隶，对于你为我所做的一切，真是赞美比补报更加应该。哦，诚实的西木啊！在这个渎神的时代，世界上充满了背信弃义，但你却丝毫不考虑可怜的、囊空如洗的海尔茨布鲁德可能会带上这笔可观的钱逃之夭夭，而置你于窘迫的境地！请你相信，兄弟，你对我表示的这种真挚的友谊，比起一个富人赠送我几千块钱来更能使我和你心连心了。只是我求你，好兄弟，还是让你自己继续做这笔钱财的主人、保管人和分配人吧；对我来说，你是我的朋友，这就够了。"我答道："我尊敬的海尔茨布鲁德，啊，你这话说得多奇怪呀，你嘴上说你和我心连心，然而却不赞成用我们的钱对你对我都毫无损害而又不无好处地花费掉。"我们俩就这样稚声稚气地谈论着，各自沉醉在对方的友爱之中，这简直像是某些人之间互相表露的溺爱和过分的亲密，致使他们之间的谈话也不免显得傻呵呵的。这样，海尔茨布鲁德就成了我的管家、司库、仆人，同时也成了我的主人。在这段悠闲自在的日子里，他向我讲述了自己的身世，用什么办法结识了葛兹伯爵，并得到了提升；我也告诉他，自从他父亲去世以后我所经历过的事情；因为我们直到现在才有了这么充裕的时间。当他听到，我在利普施塔特已经有了一个年轻的妻子，他就责备我为什么不早点儿到她那里去，却跟着他到瑞士来，我应该回到妻子身边去，这是我应尽的责任。为此我表示抱歉，向他解释说，这是因为我不忍心在我最亲爱的朋友困难的时候离开他。他劝说我给我妻子写信，让她知道我的情况，要答应她尽快地回到她那里去，对于我长期在外要请求她原谅，告诉她这是由于种种不顺利的事情造成的，尽管我是非常愿意及早回到她身边去的。

当时海尔茨布鲁德得到消息，葛兹伯爵情况很好，尤其他在皇帝陛下面前为自己所作的申辩是成功的，因此将获得释放，并再一次接受统帅一支军队的权力，于是他就往维也纳给葛兹伯爵发了一封信，向他报告了自己的情况，同时也为了他的行李往巴伐利亚军队发了信，因为他的行李还放在那里。他盼望着能时来运转。因此我们决定明春分手，他去找葛兹伯爵，我回到利普施塔特我的妻子那里去。为了不虚度一个冬天，我们向一个技师学习建筑防御工事技术的设计制图，所学到的比起西班牙和法兰西皇帝所能做的还要多。此外，我还结识了几个炼金术士，他们知道我有钱，愿意教会我炼金术，只要我给钱就行了，若不是海尔茨布鲁德谢绝了他们，我的心真要被他们说动了；因为海尔茨布鲁德说，谁要是会这种本领，也不至于乞讨般地跑来向人家要钱了。

海尔茨布鲁德收到了葛兹伯爵从维也纳发来的一封令人高兴的回信，并得到了十分可喜的笔据，而我却没有从利普施塔特得到片言只字的回音，虽然我惟恐信件遗失，在不同的邮递之日向她发出一式双份、内容相同的信件。这使我烦恼，并且决定在春天不再动身到威斯特法伦去，而是获得海尔茨布鲁德的同意，让他带我一起去维也纳，以便分享他希冀之中的好运气。于是我们就用我的钱添置了服饰和马匹，带上仆人和枪支，像两个贵族一样整装上路。穿过康斯坦茨① 到了乌尔姆，在多瑙河上上了船，从那儿出发，经过八天便顺利地到达了维也纳。

由于我们匆忙赶路，沿途也就无心观光了，只是看到那些住在岸边的女人，对来往船只上向她们呼喊打趣的人们，不是用她们的嘴巴来回答，而是示以光光的臀部为报②，让男人们看了个仔细。

---

① 康斯坦茨，在巴登—符腾堡州，德国南部边境，与瑞士仅一街之隔。

② 为当地风俗。

第　四　章

西木当了连长，在战斗中与
海尔茨布鲁德一起负伤

在这个多变的世界上，真是事事奇怪！俗话说："事事通，变富翁"，我倒认为，识时务者，一步登天。某些剥皮狗或者活刮皮——这两个尊称是奉送给那些吝啬鬼的——会很快致富，因为他们懂得并利用了这种或那种获利的诀窍，可是他们不能因此变得伟大，而是比起他们先前贫穷的时候来，更加不受人尊敬。但谁要是懂得如何使自己飞黄腾达，那么财富也就接踵而至了。现在，常常会带来权力与财富的那种幸福，正亲切地注视着我，在我到达维也纳八天之后，就给了我足够的机会，让我毫无障碍地爬上显贵的地位；但是，我却不干。为什么？因为我的命运决定了我走另外一条路，也就是我的愚蠢引导我径直走去的那条路。

当我和海尔茨布鲁德到达维也纳的时候，瓦尔伯爵也正好在维也纳，我早先就是在这位伯爵的麾下得以出名的。一天，伯爵举行一次宴会，赴宴的除了葛兹伯爵外，还有几位皇帝方面的军事参谋和其他一些来宾。席间，人们谈论到许多了不起的人物、各种各样的军人和遐迩闻名的外勤人员，也提到了苏斯特的猎兵。这勾起了伯爵对猎兵的怀念，他以十分赞许的口吻谈了有关他的几件事情，致使在座的一些人对这个小伙子的年轻有为表示赞叹，但使他们惋惜的是，那狡猾的黑森上校安德莱阿斯使他堕入了一个女人的情网，因此他只得放下手中的刀剑，拿起为瑞典军队效劳的武器。瓦尔伯爵能够告诉大家这些情况，是因为他已经获悉，利普施塔特的上校是怎样对我耍弄了手段的。我那忠实的海尔茨布鲁德，当时也在宴会上，他为了促成我的幸福，请求大家原谅并允许他说几句话。他说，他比世界上任何人都更熟悉苏斯特猎兵；他不仅仅是一个勇敢善战的步兵，而且是一名相当好的骑兵，优秀的剑手，出色的枪手和炮手，除了这

一切，他也不比一个技师逊色；他不仅仅把他的妻子（因为他由于她而上了当）、而且还把所有的一切都留在利普施塔特了，为的是只身回来寻找皇帝的军队；由于他过去曾在葛兹伯爵麾下打过仗，后来被威玛军队俘虏，所以在他从那里脱身回到皇帝军队里来的时候，他和他的一个伙伴被一名下士和六名步兵追赶，要把他们重新逮回去；他打死了他们，并缴获了大量的战利品；他和他一起来到维也纳，是想再次为神圣罗马帝国皇帝陛下抗击敌人效劳，只要提供给他适合于他的条件，因为他无心再当一名普通的小兵了。

酒醉饭饱的满座尊贵宾客，这时兴味正浓，他们为了满足自己的好奇心，亲眼看一看猎兵，就打发海尔茨布鲁德用一辆马车把我接去。一路上他教我在那些尊贵的人士面前应该如何言语举动，因为这关系到我的晋升和未来的幸福。所以我来到他们那里之后，我对所有问题的回答都像警句一般言简意赅，使他们大为惊讶；因为我要末不说什么，要说的话，就一定给人以一个很好的印象。总而言之，我的露面使每个人都很高兴，因为我作为一个优秀的军人受到了瓦尔伯爵的赏识。席上我喝得酩酊大醉，我相信，我这等模样，也向大家表明了我是很少见过大场面的。最后，一个步兵上校答应在他的团里交给我一个连，我毫不犹豫地接受了，因为我想，当一名连长，可不是小官儿了！但是海尔茨布鲁德第二天却责备我太轻率了，他说，我只要再坚持一下，我就会得到更高的位置。

我就这样被推荐当了一个连队的连长。这个连第一次全体列队时，能站岗放哨的，即使包括我本人在内，也不过七个人。我眼见这种情况，就对自己说："如果我是一个统帅，手下有一个像你这样拿不出士兵来投入战斗的连长，那我就要叫他滚蛋。"此外，我的下级军官大多是老残废，对于他们我只能摇头；带着这样一支部队，我们在不久之后发生的一次激烈战斗① 中很快就被击溃了，致使葛兹伯爵丢了性命，海尔茨布鲁德被一颗子弹打掉了他的睾丸，我的大腿上中了一枪，这还只能算是一点儿轻伤呢。我们动身到维也纳去治伤，因为我们的财产都留在那里；我们的伤很快就治好了，但海尔茨布鲁德还得了另外一种可怕的病——周身瘫痪

① 此处所指战斗系一六四五年三月六日葛兹伯爵在杨考阵亡的战斗。小说描写的这一情节与历史情况不符，时间上出入较大，这里是指一六四〇年。

症，医生们开始时并没有诊断出来。他像一个胆肝损坏的病人那样，烦躁易怒；医生建议他到黑林山区的格里斯巴赫去进行矿泉浴疗。

刚刚交上的好运，刹那之间又烟消云散了。海尔茨布鲁德在不久之前曾打算同一位体面的小姐结婚，为此他还想使他自己成为男爵，使我也成为一个贵族。而现在他不得不另打主意了；因为他失去了他本来要靠它来传宗接代的东西，并且由于瘫痪，他将面临长期疾病的痛苦。他迫切需要真诚的朋友，于是他立了遗嘱，让我做他全部遗产的惟一继承人，因为他看到，我为了他而放弃了个人的幸福，辞去了连长的职务，陪伴他到矿泉去，并且要一直守候到他的健康重新恢复为止。

第　五　章

西木权充信使之神
墨丘利，聆听朱庇特谈论战争与和平

等到海尔茨布鲁德可以骑马的时候，我们把现款——我们现在只剩一小袋了——汇寄到巴塞尔，配备好马匹和仆人，溯多瑙河而上到乌尔姆，再从那儿到达矿泉疗养地。这时正是五月，一路上令人心旷神怡。我们在那儿租了一处住所。我再骑马去斯特拉斯堡，一是为了去领取一部分我们从巴塞尔汇到那里的钱，二则去打听一下有经验的医生，以便给海尔茨布鲁德的病和矿泉浴疗处方。医生们和我一起回到住处，发现海尔茨布鲁德伤处因感染发炎而中毒，虽然中毒还不算太厉害，不至于马上有生命危险，但是毒素已经进入他的肢体，一定要用药物、解毒剂和发汗浴把它排泄出去。这样的治疗大约需要七八天时间。这时海尔茨布鲁德突然回想起，他的病是由于军队里那些企图霸占他的职位的人在某一天给他下了毒而引起的；他本人也懂得医道，认为治他这种病并不需要矿泉，因此他确信，医生也是受了他那些政敌的贿赂，才把他打发到这么远的地方来；然而他决心在矿泉完成他的治疗，因为这儿不仅仅有清新的空气，

而且在浴客当中有许多十分友好的侣伴。

我不愿意白白度过这段时间，很想利用这个机会去看看我的妻子，再说海尔茨布鲁德也并不特别需要我，我就向他谈了我的心愿。他称赞我的想法，劝我不要再耽搁，应该尽快去看她；他给了我几件珍贵的小首饰，要我代他赠送给她，并且向她表示歉意，因为正是由于他的缘故，我才不能早点儿去看望她。

于是我便骑马向斯特拉斯堡出发，我不但身上带好了钱，而且还打听了最安全的路线，可是我获悉单独骑马作这样的旅行是不行的，因为交战双方之间的许多驻军都派出了征伐队，路上很不太平。因此我为一个可以去斯特拉斯堡的信使搞到了一张通行证，写了几封给我的妻子、她的姐姐和父母的信，装作要派信使把这些信送到利普施塔特去的样子，然后又借故改变了主意，设法从信使那儿把通行证拿了回来，把马和仆人打发回去，自己化装穿上白、红两色的号衣，乘船到了科隆，当时它是一个中立的城市。

我首先就去拜访我的老相识尤韦，他从前称我是他的司酒人加尼梅黛，向他打听我留在那儿的那些财产有什么情况。可是他当时又处于神志不清的状况，并且对人类表示厌烦。“哦，墨丘利，”当他看到我时，对我说道，“你从明斯特带来什么新闻啦？人类是否以为没有我的意愿也能制造和平呢？休想！他们有过和平，为什么他们不把它维持下去？当他们促使我给他们送去战争时，难道不是罪恶在到处肆虐吗？他们凭什么要我把和平赐予他们呢？他们改恶从善了吗？难道他们不是变得更坏了？难道他们不是奔向战场如同赶赴教堂的盛会？莫非他们由于我施加于他们的物价飞涨使千万生灵死于饥馑而有所悔悟？莫非是这场残酷地夺走了千百万人生命的兵燹已经使他们感到恐惧，因而他们不得不改邪归正？不，不，墨丘利，那些亲眼目睹这场不幸灾难而幸存的人们，他们非但不迷途知返，而且变得比他们先前任何时候都更加邪恶了！他们既然并不因为如此频繁的浩劫而思悔改，却仍然在这痛苦和患难的深渊之中过着亵渎神灵的生活，那么如果我再把欢乐的、珍贵的和平赏赐予他们，他们还会做出什么样的事情来呢？我不得不担心，他们会像以前的巨人[①] 那

① 阿特拉斯，希腊神话中巨神之一，他因反抗主神宙斯失败，受到惩罚，在世界极西处用头和手顶住天。

样，胆敢毁坏我的天堂；但是我要及时控制他们这种肆无忌惮的行径，让他们在战争中尝够苦头。”

我知道，要使这位神的情绪正常起来，就得怎样对付他。我说道：“啊，伟大的神！全世界都在渴望和平，并且立誓要翻然自新；你怎么还要继续拒绝给他们和平呢？”“对，对，”朱庇特答道，“他们确实渴望和平，但不是为了我，而是为了他们自己，不是为了好让他们家家户户坐在葡萄架下或者无花果树下来赞美上帝，而是为了安安逸逸地、纵情欢乐地来享受那珍贵的果实。我新近问了一个贫穷潦倒的裁缝，我是否应该给人间以和平。他却回答我说，这和他有什么关系呢？不管是战争还是和平，他都得和钢针打交道。同样的回答我也从一个铸铜匠那里听到；他说，如果他在和平时期无钟可铸的话，那还不如在战争时期可以和足够的大炮打交道呢。有个铁匠也这样回答我,他说道:‘如果我在战争时期没有耕犁和农民的大车可以锻打的话,那我手头还是有足够的战马和军车要修理,所以我完全可以不需要和平。’你瞧,亲爱的墨丘利,为什么我非要把和平赐予他们呢?是的,也有那么一些人希望和平,但只是为了满足他们的口腹之欲和舒适的生活罢了;另一方面也有一些人想保持战争,并不因为这是我的愿望,而是因为战争使他们有利可图。正像那泥水匠和木匠希望和平,为的是可以在建造和修复烧毁的房屋时大赚一笔钱那样,其他一些认为在和平中并不能靠他们的双手来养活自己的人要求战争继续下去,好在战争中捞上一把。”

我不难设想,我的朱庇特在头脑昏乱中一味谈论这些事情的时候,是不可能告诉我关于我的财产有什么消息了。因此,我没有向他吐露什么,就不避风险抄我熟悉的小路到利普施塔特去。在那里我装作外地的信使打听我岳父的情况,很快获悉他和我的岳母在半年前已经离开了人世,而我亲爱的妻子,在她生下一个儿子以后,刚满月子也忽然去世了,孩子由她姐姐收养着。我把那些信交给了我的连襟,那是我亲笔写给我的岳父、我的妻子和他——我的连襟的。他安置我住下,以便向我(他只知道我是信使)打听西木的地位和情况。我的大姨子和我谈了许久关于我本人的事,我所谈的也是关于我自己,尽我的可能极力赞扬我自己;这一切都是因为我脸上的痘疤完全毁坏并改变了我的容貌,除了舍恩斯泰恩[①] 之外,谁也无法认出我来,而舍恩斯泰恩作为我最忠实的朋友,是会保守秘密的。

当我终于告诉她西木老爷享有崇高的声望,拥有许多好马和仆人,穿着黑色天鹅绒上衣,衣服上镶满金边时,她说道:“是啊!我总是这样想,他绝不是像他自己所说的那种出身卑微的人。本地的司令官信誓旦旦地劝说我已故的双亲把我已故的妹妹——一个贞洁的姑娘——许配给他,那是再好不过的了,可是对于这起婚姻我可从来也没敢指望会有一个好结果。尽管他表示愿意并且下了决心在本地驻军——不管是瑞典方面还是黑森方面服役,因此他也曾打算把存放在科隆的财物取回来,但这事情被耽搁住了,他就这样要无赖溜到了法国。他甩下了我的妹妹(她和他在一起还不到一个月呢)和大约半打百姓家的女儿,她们都已怀了孕,一个

---

① 见四卷第十章。

接着一个——我的妹妹算是最后的一个——生下了男孩。现在我的父母都已过世,我们夫妻俩又没希望获得孩子,我们就把妹妹的孩子作为我们遗产的继承人收养下来,靠了本地司令官的帮助取回了他父亲留在科隆的财产,这笔财产总计约三千个古尔登金币,这样,这孩子长大成人,以后就不愁吃穿了。我和我丈夫都非常钟爱这个孩子,即使他父亲亲自回来接他,我们也不会给的;此外他是所有异母兄弟中长得最漂亮的一个,模样酷似他的父亲,简直像一个模子里出来似的。我知道,如果我妹夫知道他这儿有这么一个漂亮的儿子,他会马上到这儿来,看看他心爱的小宝贝的,至于其他那些婊子生的孩子,看来他是要回避的。"

我的大姨子还对我说了诸如此类的一大堆事情,从这些话里我确实感到了她对我孩子的爱,这孩子刚学会走路,使我满心欢喜。我取出海尔茨布鲁德委托我转送给我妻子的那几件小首饰;我说,这些是西木老爷托我面交给他的爱妻以表敬意的;如今她已去世,我认为理应把它们留给他的孩子。我连襟和他的妻子十分高兴地接受了这些东西,因而确信我并不缺钱,也决不是他们先前所设想的那种人了。我匆匆办完事情以后,我以西木的名义表示很想亲吻一下小西木,权作一个纪念可以去转告他的父亲。当我获得大姨子的同意亲吻他时,我和孩子的鼻子都流了血①,这使我几乎心碎;然而我掩饰着自己的激动,为了使别人来不及注意产生这种情感的原因,我马上离开了那儿,经过十四天的旅途劳顿和危险之后,带着一副乞丐的模样(因为我路上遭到了抢劫)又回到了矿泉疗养地。

第　六　章

叙述西木在矿泉的艳遇,以及他如何捉弄法师

回来以后我发觉,海尔茨布鲁德的身体不是好转了,而是变得更坏

① 根据民间传说,这种现象是至亲的标记。

了，虽然那些医生和药剂师从他身上搜刮了大量钱财；此外，我觉得他变得幼稚可笑，可怜得连路都走不稳了。我尽量鼓励他，但是情况已经很糟；他感到自己体衰力乏，已不久于人世了。他最大的安慰是，在他闭上眼睛的时候，我仍然留在他的身边。

相反，我却自得其乐，在我认为可以寻欢作乐的地方，寻求我旧时放荡的欢乐，不过我对海尔茨布鲁德也并不缺乏照料。现在我已成了一个鳏夫，美好的日子和我的青春年华再一次诱使我去过放荡的生活，我全身心地沉湎在这种生活里面去了，因为隐居时期支配着我的胆怯心理已经完全忘却了。在矿泉有一个漂亮的女人，她自称是贵族出身，以我看来，与其说她是 nobilis，不如说她更属 mobilis①。我等候机会去向这个妖冶的女人献殷勤，因为她看来相当的圆滑，不久以后我不仅可以和她自由厮

① 此处系文字游戏，意为："与其说她出身高贵，不如说她更为妖冶放荡。"

混，而且还得到了我所贪图的一切快乐。但是我对她的轻佻很快就产生了反感，因此想方设法有礼貌地摆脱她。因为我感觉到，她并不是想和我结婚，而是要掏尽我的腰包。再说，在我面前，她那火辣辣的挑逗的目光以及其他种种狂热的感情，表现得实在太过分了，不管我走到哪里，站在哪里，都不得不使我为自己和为她感到羞耻。

那时在浴场里，有一位高贵而富有的瑞士人，他所带的钱连同妻子的金银珠宝首饰全都失窃了。这些财宝来之不易，失去自然也令人心疼，因此这位瑞士人想方设法要把它们重新找回来。他派人去找来盖斯豪特有名的法师，他会用符咒去折磨窃贼，使窃贼不得不亲自把赃物放回原来的地方，那法师便因此可以得到十个银币的报酬。

我很想见见这位法师，和他进行一次面谈；但我不愿意因这件事而有损于我的名誉，因此我是一个自命不凡的人。据说这位法师是个酒鬼，我就安排我的仆人和他在当天晚上喝酒，试探一下能否借此机会和他结交，以便从他口里听到一些于我有用的事情；我听说过关于他的许多离奇的事，这些我都难以相信，我现在要亲自听他本人怎么说。我装扮成一个卖膏药的江湖医生，坐到他的桌子旁边，看他是否能猜出或者说魔鬼会告诉他我是谁。可是我从他身上什么也觉察不出来。他一个劲儿地喝着，认为我就是我的服饰所表示的那种人，他也敬了我几杯酒，然而却对我的仆人比对我表示出更多的尊敬。他对我仆人说了知心话，说如果偷瑞士人东西的人把偷来的东西扔一点儿到河里，给那可怜的魔鬼分点儿赃，那么要说出窃贼的名字以及使失物重新回到失主的手里便都是不可能的了。

我听了这些话，大为惊讶。那奸诈而狡猾的祖师爷原来就是这样稍施花招把可怜的人们掌握在他们的魔爪之中。不言而喻，这一句当是法师与魔鬼所订立的契约里的条款。我完全可以设想，如果请另一个法师来道破窃贼，而他和魔鬼订的契约里又没有这一条款的话，那么这种法术对于窃贼就帮不了忙了。我的仆人偷起东西来比吉卜赛人更巧妙，我吩咐他把法师灌醉，然后偷走他十个银币，从里面拿出几个巴岑扔到伦希河① 里。我那仆人认真地按我的吩咐做了。第二天清早法师发现缺了钱，他就跑到伦希河堤上的一处灌木丛中去，无疑是去跟他的保护神谈

① 伦希河，莱茵河支流，黑林山区小河名。

话。但他却受到了粗暴的对待，回来时脸上被抓得青一块，紫一块。我对这个可怜的流氓产生了同情，就让仆人把钱还给了他，并转告他说，他现在可以看清楚，魔鬼是个多么奸诈恶劣的家伙，劝他从今以后不要再为他效劳了，不要再与他结伴，而是要重新皈依上帝。但是这样的告诫对于我却毫无好处；我打那时候起就再交不上好运道了，不久以后我的两匹好马也中邪倒毙了。我还能期待什么呢？我像一个酒肉之徒过着渎神的生活，从来不祈求上帝保佑我的财产，难怪这个法师要对我进行报复了。

第 七 章

西木挚友海尔茨布鲁德去世，西木堕入情网

这个矿泉疗养地越来越使我喜欢了，不仅因为每天都几乎有新来的浴客，而且这个地方本身和这里的生活方式都是十分迷人的。我和那些最会寻欢作乐的浴客结交，并且开始学习彬彬有礼的谈吐和礼节，这是我以前从未重视过的。

人们都以为我出身贵族，因为我的手下人称我为上尉先生，而处于我这样的年龄，一般士兵是不可能有这样好的运道，获得像我这样高的一个职位的。因此富有的纨袴子弟喜欢和我结交，我也愿意和他们往来，甚至还成为结拜兄弟。吃喝玩乐成了我最要紧的工作和最关心的事情，但也花去了我不少金钱；我并没有太在乎和注意这些，因为奥立佛给我留下的钱囊还相当沉重呢！

这段时期，海尔茨布鲁德的情况在不断恶化，终于到了不得不偿还老天爷债务的时候了。所有的医生都离开了他，他们曾经在他身上发足了财。他再一次确定了自己的遗嘱和遗愿，使我成为他先父的遗产继承人。我为他举行了隆重的葬礼，让他的仆人都穿上丧服，并给了他们一笔钱，打发他们各奔前程。

他的去世使我非常悲痛，尤其因为他是中毒而死的。虽然我对他爱莫能助，但这一不幸却使我发生了转变，我那惘然若失的心情一日甚似一日。我避开一切交往，只想寻找一个僻静的所在，沉浸于我那忧伤的思念中去。因此我躲进一处丛林，凄然思忖我失去了一个多么好的朋友，想到在我有生之年，恐怕再也不会得到像他这样的朋友了。我对自己今后生活的安排作了种种考虑，但一点也决定不下来。我一会儿想再去参加战争，一转念又想，这一带连最低等的农民也比一个上校日子过得好些，因为在这个山区没有征伐队来抢劫，我也就想象不出军队在这一带毁坏了

些什么。这里所有的农舍都像和平时期一样，完整无损，所有的圈厩里六畜兴旺，而在德国的其他村子里，连狗和猫都是看不见一只的。

有一次，我躺在大路和小河之间一棵大树的浓荫下的草地上，倾听着夜莺的歌唱，这歌声使我忧伤的心境得到莫大的安慰；我并非心不在焉地，而是全神贯注地聆听这甜美的曲调，并且出于几乎每天都思考的习惯，心里琢磨着：如此清脆嘹亮的声音和美妙动听的音色是怎么样从那小小的喉管里发出来的呢？我久久地陶醉于这可爱的小鸟的歌唱，一边在脑海里遐想着，夜莺以其悦耳的歌声使其他所有的鸟儿都着了魔似的沉默下来，它们或者出于羞愧，或者为了向夜莺学会优美的啭鸣，因而也凝神聆听起来。这时候，在小河对岸有一个美人儿走到了河边；她穿着一件村姑的衣裳，却比一位盛装艳服的高贵小姐更打动我的心。她从头顶上取下了一只篮子，里面放着一包鲜奶油，要拿到矿泉去出售。她把奶油浸在水里凉一凉，以免因为天气太热而溶化；她在草地上坐下，拿掉面纱和帽子，揩去脸上的汗水，使我得以饱餐秀色，让我那好奇的目光尽情地欣赏她的绰约丰姿。我想，我有生以来还没看到过这样美的人儿呢。她的身材极为匀称，无可指摘；她的胳膊和手洁白如雪，容貌艳丽妩媚，乌黑的眼睛流露出热情和迷人的目光。当她重新把奶油包好，我向她喊道："啊，姑娘，你用美丽的手把奶油在水里浸凉了，可我的心却被你明亮的眼睛燃烧起来了！"她一看到我坐在那里向她叫喊，连一句话儿也不回答，转身就跑掉了，仿佛有人追赶她似的，落得我直眉愣眼地晾在那里，那模样正像作无端妄念的痴情之徒遭到冷遇时经常表露出来的那种落魄神态。

然而，我要让这明亮的太阳长久照耀我的强烈愿望，促使我不愿继续呆在我悉心选择的孤寂之中。我不再倾心于夜莺的歌唱，宁愿去听狼的嗥叫。我转回矿泉，派我的小童先去纠缠卖奶油的姑娘，和她讨价还价，等候我赶到。于是我和小童各自按约定办事；然而我发现这个姑娘却是铁石心肠，冷若冰霜。一个乡村姑娘竟会如此，这是我从来没有想到的。可是她这种态度却更加使我痴爱不已，虽然我作为一名情场老手，不难看出她是不会让自己轻易上钩的。

当时我要是有一个仇敌，或者有一个挚友，那该多好啊；仇敌会使我把全副心思集中在他的身上，而使我忘却这痴心的爱；挚友则将给我以规劝，打消我这自作多情的妄想。唉，遗憾的是，我有的不过是我和海尔茨布鲁德的钱，这些钱迷住了我的心窍；盲目的欲望把我引入歧途，我放任这些欲望和那毁了我、把我推入一切不幸的鲁莽轻狂行为。我在那些拉皮条的男人和女人身上破费了许多金钱，以图通过他们达到我的目的，或者以更大的罪孽行为来满足我邪恶的欲望。但我不仅未能得到我所追求的东西，而且发现这位农村姑娘完全鄙弃别的姑娘所希望获得的东西。这几乎使我丧失理智。其实我也真傻，我本来应该从我们双方的服饰——不吉祥的预兆上判断出，她的爱对于我是不会有好结果的，因为我失去了海尔茨布鲁德，这个姑娘则已父母双亡，当我们第一次相见时，我们两个都穿着丧服，我们的幽会还有什么快乐呢？一句话，我被爱神的绳索——或者说得更恰当些——被傻瓜的绳索紧紧地套住了，因此变得完全盲目，失去了理智，就像爱神丘比特这童子一样；我没有其他办法来满足我的兽欲，我就下了决心和她结婚。

“怎么样,”我想道,“你的出身也不过是一个农民家的儿子,你的一生是不会占有一座城堡的;这儿是一个美好的地方,它虽然经历了残酷的战争,与其他地方相比,这儿却依然是一片富庶繁荣的景象;何况你还有足够的金钱,可以买下这个地区最好的农庄;你就娶这个规矩的农村姑娘,在农民中间干那安稳的地主营生吧。你在哪儿还能看到比在矿泉这儿更舒适的家呢?这儿浴客来往频繁,几乎每一个半月你就可以饱看一个新的世界,从而让你想象,这地球怎样从一个世纪转变到另一个世纪。”

经过千思万虑,我终于决定和我所爱的人结婚。没有经过多大周折,她就答应了我的要求。

第　八　章

西木再次成婚,他邂逅阿爸,知道了自己的来历

我为婚事做了大量准备。在我面前展现的是一个锦绣前程:我不仅买下了新娘出生的那一整座农庄,而且还开始在它旁边建造一座漂亮的新宅,仿佛我要在那儿过起宫廷式的生活。我完婚之前,已经有了三十多头牲畜,因此靠这些牲口足以在这片田庄上维持一年了。总而言之,我把一切都备办得完美无缺,包括值钱的家庭用具,只要我这颗狂热的脑袋想得出来,我就要去办到。但是不久我就发现自己倒了大霉;我满以为可以趁着顺风去英国,如今却大出所望地来到了荷兰[①];当时我这才发觉(但为时已晚),我的新娘为什么那样不喜欢我;最使我痛苦的是,我不能向任何人诉说我这种要受人讥笑的境况。我心里完全明白,我理应偿还这笔债;然而这种认识并不能使我就此忍气吞声,更不能使我虔诚从善,因为我感到受了莫大的欺骗,便想对那女骗子以骗报骗,就过起眠花宿柳的生活来了;此外,我很少呆在家里,而常常跟矿泉的好伙伴们一同厮混。总

① 此处系文字游戏:“英国”与“天使之国”谐音;“荷兰”与“地狱之国”谐音。

而言之，家里的事我一概不管。而我的妻子，正好也是一个邋遢的婆娘，她做的几件事，真叫人啼笑皆非：我为家里宰的一头公牛，她把它腌在几只篮子里；当她为我煮乳猪时，她竟像对付家禽那样去拔毛；还有诸如在铁箅上烤虾，用水煮兔子，在铁扦上烤鳟鱼等等蠢事。从这几个例子就不难想象，我有了怎样的一个老婆了。她还经常喜欢喝上两口，并与她的好友们分享快乐，这正是我今后倒霉的预兆。

有一次，我和几个纨袴子弟走下山谷①，去拜访下面浴场里的朋友。我们遇到了一个老农，他牵着一只打算卖掉的山羊。我觉得他面熟，就问他，他和这只山羊从哪儿来。他摘下小帽，说道："好老爷，这我可不能告诉你。"我说："你这只羊不会是偷来的吧？""不，"农民答道，"这羊我是从下面山谷里的那个地方赶来的，那个地方我可不敢当着您老爷的面照直说出来，因为我们正当着山羊的面说话呢②。"这话引得我的伙伴们大笑起来，我却顿时变了脸色。他们以为我因这位农民对我的如此回敬而生气了，或者害臊了，然而，我想的却是另一桩事：这个农民的额头中央长着一个大肉赘，就像独角兽似的，因此我认定他就是我斯贝塞的阿爸。在我向他说明我是谁，好让他为自己有这样一个衣冠楚楚的体面儿子而高兴之前，我便先装作是一个算命的人，对他说："我亲爱的老爹，您的家是不是在斯贝塞呀！""是啊，老爷，"他答道。我又说："您是不是大约在十八年之前被骑兵抢了和烧了庄院？""是啊，上帝保佑，"他答道，"可没有那么久。"我又问道："您当时是不是有两个孩子，一个已经长大的女儿和一个小子，给你放羊的？""老爷，"我的阿爸回答道，"女儿是我的孩子，那小子可不是；我是把他作为养子抚养大的。"这我就明白了，我不是这个乡下佬的儿子，这既使我暗自高兴，又使我感到忧虑，心想，我可能是个私生子或者弃儿了；于是就问我的阿爸，他这个男孩子是怎么来的，为什么把他收为养子。"唉，"他说道，"我和他的缘分真是少有，战争把他送给了我，战争又把他从我身边夺走了。"我担心他会引出一个奇特的故事来，这可能有损于我的出身，便把谈话又转到山羊身上，问他是否要把羊卖给女店主

① 指伦希河边的彼得谷。

② "那个地方"指的是"盖斯巴赫"与"母山羊"谐音，作者格里美尔斯豪森曾在这儿生活了十五年之久。

去做菜。我感到这是奇怪的，因为矿泉的浴客不习惯吃老山羊的肉。“啊，不，老爷，”农民说道，“女店主自己有够多的羊了，她不会再买一头了。我把它带给在矿泉沐浴的伯爵夫人，那万事通的医生为她开了几种草药给这只山羊吃，然后又拿这山羊产的奶去给伯爵夫人配制成药；她喝了这奶就会恢复健康。据说，伯爵夫人肠胃有病，如果老山羊帮了她的忙，那它的能耐就比医生和药剂师① 大多了。”说话间我考虑着用什么方法再向这个农民打听我的出身的事，于是我说，我愿意比那医生或伯爵夫人多付一个塔勒买下这只山羊；他马上答应了——人总是见利而趋的——不过他得首先去告诉伯爵夫人我肯多付一个塔勒，如果她也肯出这么多的钱，她就可以有优先权去买，否则他就把山羊让给我；这桩买卖结果如何，他在傍晚给我回音。

这样说定以后，我和伙伴们就和我的阿爸分手了。然而我不能再和伙伴们呆在一起，就转身去找我的阿爸。他还牵着那只羊，因为别人不愿出到像我那么高的价钱。我对富人的吝啬大为惊讶，而我并不在乎这几个钱。我把他带到我新买下的庄园，付了他的羊钱，在骗得他半醉时，我问他我们今天说起的那个男孩，他是怎样收留下来的。“唉，老爷，”他说道，“那曼斯斐尔特一战把他送给了我，而内尔特林根一役又使他离开了我。”我说：“这肯定是一个有趣的故事了。”就恳求他说，反正我们也没有什么别的话要谈了，何不把这个故事讲给我听听来消磨时间呢。于是他就开始说道：“曼斯斐尔特在霍希斯特② 附近战败之后，溃散的军队四处奔逃，因为他们不知道该往哪儿撤退。许多人来到斯贝塞，寻找丛林藏身。他们在平原上逃过了死亡，在我们山区却仍不免一死；因为交战双方都认为在我们的土地上烧杀掳掠是理所当然的，我们农民当然也就饶不了他们。那时候，很少有一个农民不带上火枪进入丛林的，因为我们再也无法呆在家里干农活了。在这次动乱中，我在离我家庄园不远的一片荒野的大树林里遇到了一位年轻漂亮的贵妇人，还有一匹骏马，在这之前我曾经听到从不远的地方传来的几声枪声。我起初还以为她是个男人，因为她骑马过来的样子还真有点威风；但是当我看到她高举起双手，仰面朝

---

① 这是双关语，“药剂师”与“剥削者”谐音，指药剂师和医生都是榨取钱财的人。

② 见第六七页注③。

天，以凄怆可悯的声音用外国话向上帝呼救时，我放下了准备向她开火的枪，扳回了枪上的击铁。她的呼喊和神情使我相信，她是一个凄惶无告的女子，顿时引起了我的同情。我们互相走近，她一看到我，就说道：‘唉，倘若你是一位诚实的基督徒，那么看在上帝和他慈悲之心的分上，也看在末日审判的分上——我们大家到那时都要对自己的所作所为进行清算——我求求你，把我带到诚实的妇女那儿去吧，让她们在上帝的荫庇之下帮助我解脱肉体的负担吧！’这些话使我领悟到她正期待着一件多么重大的事情，加上这位夫人娓娓动听的声音、她那尽管满面愁容，却仍美丽优雅的模样儿，使我顿生怜悯之情。我拉了她的马缰绳，带领她穿过灌木和丛林，到了树林的最深之处；我的妻子、女儿、仆从和牲口都藏在这里。她在这儿不到半个小时，就生下了我们今天谈到的那个小男孩。”

我的阿爸端起酒杯，结束了他的故事。我给他频频斟酒，等他干了一杯，我问道：“后来那位夫人怎么样了呢？”他答道：“在她生完孩子之后，她求我做孩子的教父，尽快给他行洗礼，告诉了我她丈夫和她的名字，以便写进受洗册里去。她打开行囊，里面有许多非常值钱的东西，她分了许多给我、我的妻子和孩子、我的使女以及当时在旁边的另一个女人。我们对她真是十分满意。她还告诉了我们关于她丈夫的一些情况，最后把孩子托付给了我们，就死在我们的跟前了。在那兵荒马乱的时期，谁也不敢呆在家里，我们是很难找到一个教士来参加葬礼并给孩子受洗的。但是这两件事情终于都办成了，我们的村长和教士吩咐我把孩子抚养成人，为了我要付出的辛劳和费用，我可以得到这位夫人的遗物，但几串念珠、一些宝石和一些首饰，我得保管起来留给孩子。我的妻子用羊奶喂养这个孩子，我们非常喜欢他，打算等他长大以后，把我们的姑娘嫁给他；但是在内尔特林根战役之后，我的女儿和这个孩子，连同我们所有的财产全都丢失了。”

我对我的阿爸说：“你给我讲了个很好听的故事，但是却忘记了最要紧的事，你没有告诉我这位夫人和她的丈夫以及那个孩子的名字叫什么。”“老爷，”他答道，“我并不以为你想知道他们的名字。这位贵妇人名叫苏莎娜·拉姆茜，她丈夫的名字是斯泰费尔斯·冯·富克斯海姆上尉。而因为我叫梅尔希奥，所以在这个孩子受洗时就给他取名叫梅尔希奥·斯泰费尔斯·冯·富克斯海姆，并且写进了受洗册。”

这样说来，我原来是隐士和司令官拉姆塞妹妹的亲生儿子，但是遗憾的是我知道得太迟了;我的父母都已去世,而关于我的舅舅拉姆塞,我得不到任何消息,只听说哈瑙人把他及其瑞典驻军都赶跑了,他因此由于气愤和烦躁而变得神志失常了①。

我给我的教父斟上满满一杯酒,第二天派人去把他的妻子接来。当我向他们讲明自己就是那个孩子时,他们难以置信,直到我让他们看了我胸前长有黑色茸毛的一块痣。

第九章

西木因儿子而烦恼,再次成了求之不得的鳏夫

不久之后,我把教父接到身边,和他一起骑马去斯贝塞,以便取得有

① 据史实,一六三八年二月二十二日拿骚伯爵占领哈瑙。当时报道说拉姆塞被俘,因而发疯饿死。事实上他在哈瑙战事中受伤,于一六三九年因伤不治去世。

关我的籍贯和高贵出身的可靠证明文件。这些证件,我没费多大周折,就从受洗册和我教父的证书中获得了。随后我又立即去拜访了寓居在哈瑙的教士,他曾经关心过我;他又给我一张笔据,写明我先父逝世的地方,证明我和先父一起生活,直到他去世为止,后来用西木的名字在哈瑙司令官拉姆塞先生那里呆了一段时期;我将证明人关于我所有这些历史事实的口述笔录通过公证人立了一张证书,我想:"说不定什么时候你还会需要这个的!"这次旅行花了我四百多个塔勒;因为在回来的路上我遇到了征伐队,被抢走了马,洗劫一空,使我和我的阿爸(或者说是教父),光着身子回来,差点儿还送了命。

这段时间家里的情况也很糟糕。自从我妻子听说丈夫是个贵族,就摆起了一副贵妇人的架子,持家奢靡无度;由于她正在怀孕,我对这些都默默忍受下来。除此之外,我的牲口圈也遭了殃,大部分牲口和最好的牲口都倒毙了。

这一切不幸毕竟还可忍受。可是,天哪!还有真应叫做祸不单行的事:正当我妻子在房里分娩,那使女也成了产妇!她生下的孩子竟和我一模一样;而我妻子所生下的孩子却酷似我家的仆人,好像是从一个模子里印下来似的。这还不够,还有一个女人(我在上面提到过)[①],也在这同一天夜间让人把一个孩子放在我的门前,写上字条说我是这个孩子的父亲,使我一下子有了三个孩子,我真担心会从哪个角落里再爬出一个来,这种事怎不叫我愁白了头。不过,像我这样一个亵渎天意、沉湎于堕落生活以满足自己兽欲的人,也只能得到这样的报应。

有什么办法呢?我得给他们行洗礼,并且被当地行政官罚了一大笔款;由于当时是在瑞典方面的管辖之下,而我先前为皇帝方面军队服过役,对我的罚款就更重了。这一切都不过是我再一次彻底毁灭的开端。面对这么多倒霉的事,我终日愁肠百结,而我的婆娘却满不在乎,为了那个放在我家门口的小宝贝,她没日没夜地叽叽喳喳,烦扰我,折磨我,怪我被罚了那么一大笔钱。如果她知道了我和那使女之间的关系,那她就要更加跟我过不去了;想不到这个乖丫头倒也老实,她被我塞给她的一大笔钱征服了(否则我为了她的事也得付出这么多的钱作为罚款),她终于答

① 见本卷第六章。

应，宣称这孩子是她和一个纨袴子弟生的，此人在一年以前时常来看我，也参加过我的婚礼，除此之外，她对他就一无所知了。然而她不能再呆在我家了，因为我妻子已经怀疑到我们之间的关系，正如我对她和仆人之间的来往已经察觉那样，但她也不敢明言点破，否则我就会回敬她说："我可不能在同一个时辰里既和她、又同你睡觉呀！"那段时间，我内心难言的隐衷苦苦地折磨着我：我在为自己的仆人抚养一个孩子，而我亲生的孩子却不能做我的继承人；甚至我还必须装聋作哑，强颜欢笑，好像谁也不知道事情的内幕似的。

这些想法天天折磨着我；而我的妻子却每时每刻都在尽情纵饮；自从我们结婚以来，她已经嗜酒成癖，酒壶很少离嘴，几乎没有一夜不喝得醉醺醺的才去睡觉。她因为酗酒而断送了孩子的性命，她自己因为患肠胃炎，不久之后也去世了，我又一次成了鳏夫，这倒叫我乐得几乎发了疯。

第 十 章

西木满怀兴趣地倾听农民说魔魔湖①

现在我又像从前那样无牵无挂了，只是我的钱囊已经轻了不少；但由于我还有一个大家业，维持着许多牲口和仆人，我认了我的教父梅尔希奥做父亲，我的教母，即他的妻子做母亲，让门口抱来的那个私生子西木作为我的继承人。我把家宅庄园连同我的全部财产移交给了两位老人，只给自己留下为数不多的一些金巴岑和小首饰。这些是我为应急需而积攒起来的。至于结婚的事，我决定再也不干了，因为我已经厌弃和任何女人睡觉或同居的生活，和女人打交道，已经使我反感。要说干庄稼活，再也找不到比这一对老夫妇更合适的人了。他们用另外的一种方式安排我的

---

① 魔魔湖位于黑林山区北部最高的山荷尔尼斯格林德山东南坡，海拔 1029 米，湖水漆黑，不长鱼类，民间传说因湖中多鬼怪水妖所致，常为文学题材。

家务。他们裁减不起作用的仆人和牲畜，而使能给庄园获利的东西得到添置。我那老阿爸——或者说是我的新父亲——和我的老阿妈尽量用好言好语来安慰我，并且保证，如果我让他们来管家，厩里总会给我留着一匹好马，他们会安排得使我随时都能和一个诚实的伙伴喝上一盅酒。我很快就体会到了是什么样的人在给我当家；我的教父和仆人们一起种地，也做牲畜、木料和树胶的买卖，手段比犹太人还要精明；我的教母饲养牲口，她靠卖牛奶积攒起钱来，超过十个像我过去的老婆那样的女人。经过他们的操持，我的庄园在短时间内就拥有各种必需的储备和大大小小的牲畜，并且很快就在整个地区被公认为最好的庄园。我却悠然自得，一边散步，一边沉思默想。我看到，我的教母从蜜蜂身上所获得的蜡和蜜，远远超出我妻子以前在牛、猪和其它牲畜身上所获得的好处。因此我不难设想，她在其他方面也不会无所作为。

有一次，我到矿泉去，倒不是想按老习惯去结交那班纨袴子弟，而是去喝一口新鲜的矿泉水；因为我已经开始模仿我继父母的节俭习惯，他们劝告我不要和那些挥霍自己和父母钱财的人多来往。但是我加入了中等阶层的一伙人之中，因为他们正在谈论关于"魔魔湖"的希奇古怪。这个所谓的"魔魔湖"，据说深不可测，位于附近地区一座最高的山上；他们已经派出去了几个老农民，在他们回来以后讲述各自所听到的有关这个湖的事。我兴致勃勃地听他们讲述，虽然认为那纯粹是虚构，听起来让人感到荒诞而且可笑，就好像是普利尼乌斯① 的笑话。

一个人说，如果把数目上成单数的豌豆或小石子或者别的什么东西包在一条手帕里，把它浸入湖水中，包里的东西就会变成双数；如果把双数的东西放进去，就会变成单数。另一个人——也是大多数人——说(并且用例子加以证实)，要是往湖里扔一颗或几颗石子，不管天气多么晴朗，就会立刻狂风大作，雨雹交加。于是大家你一言我一语地纷纷谈起各种各样希奇古怪的故事，说这时候会出现神奇的地祇和水妖，还会和人说话。一个人讲道：有一次，有几个牧人在湖边放牧，突然从水里冒出一头棕色的牡牛，它加入了牛群，但紧接着又有一个小人儿追了过来，要把它重新赶回湖里。它却不愿听从，那小人儿警告它说：它要是不回去，就会

---

① 见第一三一页注⑥。

遭到人类的一切苦难，这才迫使它和小人儿又回到湖里去了。另外一个人说道：有一次湖面结了冰，一个农民带着牛和做地板用的木材平安无事地过了湖，但是当他的狗随后跟去时，冰面裂开了，那可怜的狗就掉了下去，从此再也看不见它了。还有一个人信誓旦旦地说，有一个猎手在追踪野兽时经过湖边，他看见湖面上坐着一个水妖，它有满满一兜金币，好像是在玩弄它们，当猎人正想朝它开枪时，这小人儿便抱住头沉入水里，喊道："如果你求我帮你摆脱贫穷，我就会使你和你一家都十分富裕。你对我这样，只能使你和你的子孙永远贫穷。"他们所讲的故事里面最离奇的一个是：几年前有个小人儿在深夜里来到一个偏僻的山村，它走进一个农民的庄园，要求留宿一夜；那农民向它表示歉意，说他没有多余的床铺；不过它如果愿意的话，可以在屋子里的长凳上或者在谷仓的草堆上将就着过夜。那小人儿却说道，它只请求允许它在渍麻的水塘里睡觉，这比他让它睡最好的床还要好。农民答道："那好吧，既然你觉得这样好，那你干脆就睡到池塘或者水槽里去吧。"这个小人儿得到许可之后，就当着农民的面爬进了渍麻的水塘，在灯心草丛生的水中和泥泞里像一只青蛙或者一个在冷天蜷伏在草堆中的人那样过夜睡觉了。第二天清早，农民起身去唤醒他的雇工上工，那小人儿也从水里钻了出来，他身上的衣服却滴水不沾，他怎样穿着这身衣服钻进水塘的？这不能不使那农民大吃一惊，说道："你真是一个希奇古怪的客人！""是啊！"那小人儿回答道，"看来像我这样的人已经有好几百年不曾在这儿过夜了。"于是小人儿终于坦白地告诉他说，它是一个水妖，它失去了妻子，要到魔魔湖找她去，请求农民帮个忙，领它到魔魔湖去，农民很乐意地答应了，因为他从它的衣服上看出，它身上肯定有一种神奇的东西，并且还会从它身上看到更多叫人大为吃惊的事情。一路上这小人儿给农民讲了许多希奇的事，它说，它曾经在湖里寻找过它失落的妻子，但没有找到，湖里可怪了，里面有许多害人虫，尤其是在那黑魆魆的湖水里还有大得像烤炉一样的癞蛤蟆。他们到了魔魔湖，那小人儿在下水之前，请求农民等候它重新出来，如果它不出来，就等候它的信号，然后它钻进了水里。农民在湖边等了几个小时，终于看到湖中央水面飞出小人儿的手杖和两只血淋淋的手，还有几只鞋子被扔入空中，农民完全明白了，这就是小人儿所说的信号，于是他就离开了湖，动身回家去了。

这类故事，我觉得都是无稽之谈，是用来逗逗孩子们的，我听着，对他们报以嘲笑，甚至不相信在高山上会有这样一个深不可测的湖。但是在场的也有一些年老而诚实的农民。他们说，根据他们和他们父辈的记忆，一些达官贵人也曾经亲临观看过这个湖；后来有一位符腾堡执政的公爵下令造了一条木筏，乘坐这条木筏进湖去测量湖的深度，在测量者用水砣一直测到九缆索（这是一种长度单位，也许黑林山区的农妇比我或者其他几何学家更懂一些），还没有测到湖底，而木筏却违反了木材的本性开始下沉，木筏上的人不得不取消了原定的计划，上岸逃命。至今人们还可以在岸边看到木筏的残片，以及为了纪念这件事雕刻在石头上的符腾堡伯爵的纹章和一些其他的东西。另外一些人用许多证据证明，有一位奥地利大公爵曾经想干脆把湖水排干，但是许多人劝阻他，当地老百姓也请求他取消这个计划，因为他们害怕这会使整个地区被毁灭和淹掉，他才打消了这个想法。除此之外，上面提到的那些达官贵人们还曾把几大桶鳟鱼放进湖里，可是他们却在不到一个小时之内眼看着这些鱼全都死去了，死鱼顺着湖的出口漂流出去，尽管魔魔湖所在的那座山下面的水（它穿过以湖命名的峡谷）本身是产这种鱼的，而山下的水就是从湖的出口流过来的。

第十一章

西木听到了奇怪的感恩之言，虔诚之心油然而生

最后所说的那些事情几乎使我完全相信了，并且引起了我的好奇心，我决定去看一看这个神奇的湖。但那些同我一起听了全部故事的人们当中，有的作出这种判断，有的又作出另一种判断，对于魔魔湖持不同的和互相矛盾的意见。可是我说，魔魔湖这个德文名字使人十分明白，它具有像化装舞会那样的一种伪装的性质，所以并不是任何人都能说得清它的形状和深度。这些确实也还没有给搞清过，虽然那些显贵人物冒险作过

尝试。我一边想着，一边走到一年以前第一次遇见我已去世的妻子并啜饮那爱情的甜蜜的毒汁的地方。

我就躺在绿草地上的树荫里，我不再像从前那样聆听夜莺的啭鸣，而是考虑着我从那时以来所经历的变化。往事历历，俱在眼前浮起：就是在这个地方，我开始了人生的转折，从一个自由自在的人变成了爱情的奴隶；从此以后，我从一个军官变成了一个农民，从一个富有的农民变成了一个贫穷的贵族，从一个西木变成了一个梅尔希奥①，从一个鳏夫变成了一个丈夫，从一个丈夫变成了一个戴绿帽子的人，从一个戴绿帽子的人又变成了一个鳏夫。此外，我还从一个农民的儿子变成一个正直的军人的儿子，最后又重新变成了我阿爸的儿子。命运从我身边夺走了海尔茨布鲁德，却也给我送来了一对年老的夫妇。我想到了我父亲虔诚的生活和去世的情形，想到了我母亲令人伤心的死亡，此外还想到了我一生经受过的种种变化，我再也抑制不住自己的眼泪了。我想到，我一生中有过多少金币，全都挥霍殆尽，便开始觉得惋惜起来；正在这时，走过来两个酒鬼，他们的风湿病已经深入到四肢，因此成了跛子，需要进行浴疗。他们看到这儿是个休息的好地方，就在我近边坐下，互相诉起苦来，他们还以为这儿只有他们俩呢。一个说道："医生把我当做一个恢复健康已经毫无指望的人送到这儿来，或者说，他是为了让我到这儿来和别人一起偿付店主人新近送给他的一小桶黄油的钱。我要是从来也不认识这个医生，或者他一开始就让我到矿泉来该多好啊，那我怎么说也会比现在有钱一些，或者健康一些，因为矿泉毕竟还是叫我满意的。""唉，"另一个答道，"我感谢上帝，他没有赐予我更多的钱，否则，如果医生知道我还有富余的钱，他是决计不会那么早就打发我来矿泉的，而是要让我首先和他以及他的那些药剂师们分享我的钱囊，难怪他们因此整年贿赂他，而不管我的死活。这些敲骨吸髓的家伙，在他们认为我们已病到不可救药、或者从我们身上再也无毛可拔之前，是不会叫我们这号人趁早到这样一个有益于健康的地方来的。说句实情话，谁要是找上了他们的门，让他们知道自己身上有钱，那他就只能为一个目的去酬劳他们：请他们把他的病一直保持下去。"

这两个人还说了许多诽谤医生的话；但是我不想在这儿一一转述了，

① 此处系双关语，"西木"原意为头脑简单，而"梅尔希奥"意为聪明的人。

否则医生老爷们要对我怀恨在心，将来给我一剂药，使我灵魂出窍。我说上面这些，只不过是因为后一个病人说到的感谢上帝不曾多赐给他金钱这件事，是如此地安慰了我，使当时金钱对我的诱惑和我为了金钱而产生的烦闷心境顿时消释。我决心再也不去追求世俗所爱的荣誉、金钱或者别的什么了。我决定研究哲理，专心于虔诚的生活，忏悔我的冥顽不化，并要敢于像我先父那样，去攀登德行的最高阶梯。

第十二章

西木与精灵们[1] 遨游地球中心

我教父告诉我说，他也曾去过魔魔湖，并且知道到那儿去的路，这就更加增强了我想去看看这个湖的欲望。但是当他听说，我也要到那里去，他就说道："你到那里去会得到什么呢？儿子和他的教父一样，在那儿看到的无非是一片大森林中央的一个池塘而已，如果你以一时的兴致去换取将会使你沮丧的扫兴的话，那么你所能得到的只有后悔、疲劳的双脚（因为很难骑马到那里去）和徒劳往返而已。我那时是因为达尼埃尔[2]博士带兵一路而来，直达菲律泼斯堡，如果不是出于不得已逃到魔魔湖去的话，谁也不会使我动心跑到那个地方去的。"

然而我并不因为他的劝阻而打消我的好奇心。相反，我雇了一个人，带领我去。阿爸看我执意要去，就对我说，反正眼下燕麦已经播种，地里也没有什么庄稼需要收割，所以他愿意和我一起去，也好给我指路；他是那样的爱我，一刻也不愿意我离开他，由于当地人都以为我是他亲生的儿子，他就更为我而骄傲，他对待我就像一般穷人对他的儿子所愿意做的那

---

① 根据中世纪民间迷信，认为这是居于空气中的精灵，此处指水精或水妖。

② 达尼埃尔，三十年战争中法国统帅。他占领菲律泼斯堡是在一六四四年八月二十五日。此处是指一六四二年，作者所采用的史实与故事情节在时间上并不符合。

样，这个儿子没有依靠他的任何帮助，命运使他成了一个大阔老。

我们步行了六个小时，然后越山穿谷到达了魔魔湖；我的教父身子还是那样的硬朗，走起路来就像一个年轻人。长途的跋涉和攀登魔魔湖所在的高山，使我们饥饿劳累不堪。我们就地吃了随身带着的食物和酒，在恢复了精神之后，我观察了这个湖，很快发现湖里有一些经过加工的木料，我和阿爸都认为这就是符腾堡木筏的残骸。我用几何学原理估计了一下湖面的长和宽，因为要绕湖步测是难以办到的。我把湖的大小形状用缩小的比例记入我的记事板上。然后，因为天气晴朗，风平浪静，我想试一试扔一块石头到湖里去便会风雨大作的传说是否可靠；我也准备亲眼目睹一下我所听说的故事：湖里是否含有某种矿物质的气味，因而使鳟鱼不能生存。

现在我开始着手这些试验。我沿着湖的左边往前走，按说湖水应该像水晶一样的清澈，可这儿的湖水却由于深不可测而显得像煤一般黑，那阴森可怕的样子，不免使人望而生畏。我就在这儿使出我最大的力气去搬一块块大石头，把它们扔进湖里。我的教父，或者说是阿爸，不仅不帮我的忙，而且尽他的可能警告我，恳求我放弃这种做法；我却一个劲儿地继续干我的活，凡是那些我搬不动的太大太重的石块，我把它们滚了过来，直到我把三十多块石头扔进了湖里。这时天空开始乌云密布，夹杂着可怕的雷声；我的教父正站在湖的另一边的出口处，他对我的行为叫苦不迭，向我叫喊着，要我躲一躲，提防可怕的暴风雨的袭击，甚至更大的灾难。我却回答他道："父亲，即使天上落下戟来，我也要留在这儿看个究竟。""是呀！"阿爸回答道，"你所干的与所有疯狂的孩子的所作所为一样，即使全世界毁灭，你们也满不在乎。"

他的斥责丝毫不能使我回心转意，我仍然目不转睛地注视着湖的深处，以为会看到有些气泡从湖底泛起，就像人们把石头扔进静止的或者流动的深水里时通常会发生的那样。但是我却看不到这种现象，而是看到湖水最深的地方有些生物在水中蠕动，它们的样子看来像青蛙，犹如燃放升腾的烟火里掠起的一片小火花，在空中施展着它们完美的技艺。当它们离我越来越近，在我的眼前也就显得越来越大，而那形态则越来越像是人了。我开始时感到非常惊奇，而由于它们离我是那样的近，我终于感到恐惧，以致心惊胆颤起来。"啊！"我出于恐惧和惊讶，不由自主地喊了出

来——这一声叫得那样之响，连站在湖那边的阿爸都听到了，虽然天空正雷声大作——"即使在地的腹部和水的深处，造物主的杰作也是多么伟大啊！"几乎还没有等我把话说完，这些精灵中的一个已经站在水面上，它答道："瞧，你已经承认这一点了，可你还没有看到什么呢！如果你亲自到了地球的中心，看看我们那些定会使你好奇得要命的住所，你会再说些什么呢？"这时候又从这儿那儿出现了更多的小水妖，就像一群小水鸭子，它们都凝视着我，把我扔进湖里的石块又都取起来了，我真是惊讶不已。它们当中为首的和地位最高的一个，穿着亮闪闪的、仿佛是镂金镶银的衣服，向我扔过来一块发光的石头，那大小像个鸽蛋，碧绿透明像块绿宝石，并且说道："拿上这块宝石吧，回去也好谈谈我们和这个湖了。"我刚刚捡起这块石头并把它藏在身上，就感觉到空气仿佛堵住了我的喉咙使我窒息，只感到头重脚轻，站立不稳，像一架纺车似地旋转起来，终于掉进了湖里。我一到了水里，就恢复了神志，凭借我身边那块石头的魔力，我可以在水中像在空气中一样进行呼吸，还可以像小水妖们那样在湖里穿梭般地轻松来回。我和水妖们潜入了深渊，仿佛是一群鸟儿从温煦宜人的高空盘旋着降到了地面。

我的阿爸看到了这一奇迹——在水面上发生的、包括我突然被拉下水去的情景——他就慌忙逃回家去了，简直像火烧头顶似的。他在家里讲述了事情的全部经过，尤其是讲了那些小水妖们如何在雷雨交加中把我扔进湖里的石块重新搬了起来放在原先的地方，而把我却拉了下去。有些人相信他的话，但大多数人认为他在瞎编。也有人暗自琢磨着，我想必是为了使自己成为另一个埃姆佩多库罗斯①（他跳进了埃特纳火山②口，好让人们在找不到他时说他是升到天堂里去了），投湖自尽了，却在事前吩咐我的父亲，去传播这个关于我的虚妄的故事，为我赢得一个不朽的名字；因为人们曾经看到过我有一阵子心情沮丧，几乎流露出绝望的情绪。另外还有些人则倾向于认为（他们并不了解我有过人的气力），我的养父为了贪图我的财产，霸占我的庄园，把我亲手谋杀了。一时间，不管

① 埃姆佩多库罗斯（约公元前490—前430），希腊哲学家、医生和诗人，据传说他自己投入埃特纳火山口而死。

② 埃特纳火山，在意大利西西里岛东部，是世界著名活火山。

是在矿泉还是在乡下，魔魔湖、我的魔魔湖之行以及我本人和我的教父成了人们闲聊和议论的惟一话题。

第十三章

西木听魔魔湖王子谈论人、兽、天使和精灵之间的区别

普利尼乌斯在他所著的关于几何学家迪奥尼西乌斯① 一书的第二卷的结尾写道，他的朋友在迪奥尼西乌斯的坟墓里发现了一封迪奥尼西乌斯的亲笔信，信里说，他从他的坟墓出发去过地球的正中心，测得的距离是四万二千斯塔蒂阿②。然而那个把我拉下水，现在正陪伴着我的魔魔湖王子却十分肯定地告诉我说，从地球中心穿过半个地球到达地球表面正好是九百德里，他们马上就要到德国或者到地球的另一边的居民那里去，而这样的旅行他们大家都必须经过像魔魔湖这样的湖。这类湖分布在世界各地，共有一年之中的日子那么多。这些湖的终止之处都交汇于他们湖王的住所。

这样远的距离，我们旅行只花费不到一个小时。这种速度几乎完全赶上了月亮的运行，而且一路平安无事。我非但不觉得疲劳，还在安稳的旅途中跟这位魔魔湖王子谈论各种问题。我看到他亲切友好，就问他，他们为什么带我走这样远而且危险的、人类所不习惯的路呢？他十分谦虚地回答我说，这段路并不远，一个小时就到了，也不危险，因为我和他以及他的伙伴们在一起，我身上还带着那块宝石。至于这段路程对我来说显得极不寻常，这是没有什么奇怪的。此外，他还告诉我，他不仅是奉了湖王之命接我去和他进行一次谈话，而且也让我看一看地底和水中大自然

① 迪奥尼西乌斯，古代著名几何学家。

② 斯塔蒂阿，为古希腊长度单位，约合一百八十四米。

的奇观;虽然我在地面上已经对它们表示惊讶不已,其实我还几乎没有看到过什么。我于是请求他再告诉我,那慈悲的造物主为什么创造了这么多神奇的湖,因为据我看来,它们对人类一无用处,反倒可能带来许多危害。他答道:"你询问你所不知道或者不理解的事,这是理所当然的。创造出这些湖的原因有三个:首先,通过这些湖,所有有名的大海和大洋就会像被钉子钉住那样固定在地里了。其次,我们要通过这些湖,就仿佛通过管道、皮管或者圆筒那样,借助于你们人类所使用的水利技术,从大洋深处把水引进地球的每一处泉源,当然这是我们的事;这样,泉水就流遍了全世界,形成了大大小小的河流,土地受到滋润,作物得到浇灌,人畜也都有了饮水。第三,我们作为上帝的有理性的创造物,就生活在这些湖里,做着我们的营生,赞美造物主上帝的伟大杰作。我们和这些湖就是为了这些目的而被创造出来的,并且一直要存在到世界末日为止。如果我们在世界末日快要到来之时,由于某种原因不得不停止上帝和大自然给我们创造和规定的工作,那么世界也势必在大火中毁灭,但估计这种情况不会在月亮以及维纳斯和马斯作为星辰消失之前发生①;在地球为太阳的炽热而引起燃烧、灰化和再下雨之前,首先停止了果实和兽类的生存和繁殖,水也消失了。这些事我们照理不应当知道,只应由上帝知晓,除非我们瞎猜,就好像你们那些炼金术士胡诌他们的本领那样。"

我听他这样说,并且还援引了《圣经》上的话,就问他,他们是属于生命有限的生物,根据当今的世俗观念也企望死后永恒的生命呢,还是属于精灵,只要世界存在一天,就只管完成他们所领受的使命?他答道:"我们不是精灵,而是生命有限的小人儿,就像你们人类一样;上帝虽然也赋予我们以理智的灵魂,但它会与肉体一起死去和消亡。上帝的创造物是那样的神奇,任何生物也不可能将它们描述出来;然而关于我们这一种类,我倒想向你作一个简单介绍,好使你明白,我们与上帝创造的其他生物有多大区别。那些圣洁的天使们都可算做属于上帝同类的神灵,之所以要创造出他们聪慧、自由、贞洁、光明、美丽、明净、敏捷和不朽的形象,是为了让他们在永恒的欢乐之中赞美、颂扬、敬仰和称颂上帝;而在尘世,他们则照料、侍奉上帝的教堂,并且执行上帝至高无上的圣谕。因此,他们有

① 见《圣经·旧约》诗篇七十二篇。

时也被称之为使者,按照上帝的明智,他们一下子就被创造出千百亿个来。但当他们的数量多到不可计数时,他们为自己的高贵而骄傲起来,上帝这才按他自己的模样,创造了具有理性和不朽灵魂的、你们的第一代双亲①,并且赋予他们以肉体,使他们可以自行繁殖,直到你们这一族类达到了被贬下凡的天使的数量。正是为了这个目的,这个世界才被创造出一个拥有各种其他生物的世界:好让尘世的人居住在这个世界上,来赞美

① 指亚当与夏娃。

上帝，以及为了敬奉上帝和维持他们自身肉体所需要的养料，来利用整个地球上一切其他被创造出来的东西（上帝使他们成为这一切东西的主人），直至他们繁殖到那些被贬下凡的天使的数目。当时在人类和神圣的天使之间存在着这种差别：人承受着凡胎肉体的负担，分辨不清善与恶，因此他不像天使那样强健和敏捷，另一方面又与那些没有理性的动物毫无共同之处。由于人在天堂里罪孽的堕落而使自己的肉体受到死亡的支配，我们估计人是介于神和天使与无理性的动物之间的一种东西。一个虽然属于尘世，然而心怀虔诚的人，他那神圣的灵魂一旦脱离了躯壳，这灵魂便具有了一个神圣的天使所具有的一切美好的特性，而一个尘世的人失去了灵魂的躯壳——按其腐朽的性质——就无异于无理性的动物的腐尸。我们估计我们自己是介于你们和世界上其他一切生物之间的一种东西，因为我们虽然和你们一样具有理性的灵魂，然而它们会与我们的肉体一起消亡，就好像无理性的动物死亡时，它那活生生的灵性也一起随之消失那样。我们知道，你们备受同样创造了我们的上帝的永恒的儿子最高的恩宠，他以为你们这个族类会对上帝的公道表示满意，会使上帝息怒，而使自己重新获得永恒的福祉，这一切是你们这个族类大大超过我们的地方。但是我在这儿所谈的决不是着眼于永恒，因为我们不可能享受永恒，而只是着眼于尘世。在这个尘世上，最仁慈的造物主赐予我们以足够的幸福——赐予我们以一切必需的健康的理智和对上帝最神圣的意志的认识、健康的肉体、长寿、高贵的自由以及有关自然界一切事物的科学、艺术和对它们的理解；而最重要的是，我们不会成为罪人，因此我们不会使自己受到上帝的惩罚，也不会去激怒他，甚至也不会染上哪怕是最轻微的疾病。我对你说了这么详尽的话，还向你谈了关于神圣的天使、尘世的人类和无理性的动物，都是为了使你能够更加了解我。”我回答道，我不明白，既然他们不犯过错，因而也不受惩罚，那么他们还需要一个国王作什么呢？此外，既然他们臣服于一个国王，他们还侈谈什么自由呢？还有，如果他们不受痛苦或疾病的折磨，那么他们是怎样被生下来，又是怎样死去的呢？这个小王子回答说，他们的国王并不作出判决，也不要求大家为他效劳，他像蜂巢里的蜂王那样指挥他们的事业；正像他们的妻子在交媾时并不感觉到快乐，所以她们在分娩时也没有痛苦（我曾经有几次从观察猫得知，并且相信，它们虽然交媾起来是痛苦的，但是分娩时却是快乐的);他们也不会带着痛苦或者虚弱的高龄,更不会因疾病而死去,他们的死犹如一支蜡烛燃尽以后的自行熄灭,他们的肉体与灵魂随之一起消亡。至于他引以为自豪的自由,他说,在我们尘世的人类中一个最伟大的王国里的自由,也无法跟他们这种自由相比,甚至还够不上它的一个影子呢,因为我们或任何其他生物都不可能把他们杀死,也不能使他们沦为听凭凌辱的对象,更不能使他们受到任何约束,因为他们能够毫不费力地(他们从来不知道什么叫费力)在火、水、空气和土地中自由穿行。于是我说道:"如果你们的情况是这样,那么造物主对你们这个族类的器重和恩宠就远远超过他对待我们了。""啊,不,"王子答道,"如果你这样认为,你就有罪了,你在这件事情上错怪了上帝的仁慈;你们比我们有福多了,你们被创造出来是为了让你们死后永享天堂之乐,并永远瞻仰上帝的圣容;你们当中一个有福升天的人在这样一种极乐的生活里,哪怕是刹那之间所享受到的快乐和幸福,也胜过我们整个族类从被创造出来到世界末日所享受到的全部快乐和幸福呢。"我说:"那么被罚入地狱的人又得到什么呢?"他用一个反诘回答我:"这怎么可以责怪上帝的仁慈呢?如果你们当中有人忘记了自己是人,把自己贬为世界上的一般生物,沉溺于可耻的情欲之中,放纵自己的兽欲,因而使自己沦为毫无理性的牲畜,以此违抗上帝的意旨,岂不是不成其为天堂的圣灵,而成了地狱的魔鬼?这种被罚入地狱者的永恒的痛苦,咎由自取,丝毫无损于他们这一族类的尊严和高贵,因为他们和其他人一样,在他们的有生之年本来可以争取获得永恒的福祉,而他们本来也是规定了要走这条路的。"

第十四章

西木与王子一路上继续谈天说地

我对这位王子说,我在地面上没有机会听到这些对我有所裨益的事情,所以我求他告诉我,为什么一块石头扔进湖里,便会风暴大作。我记得,我曾经听说在瑞士的皮拉图斯湖[①]上也发生过同样的事,从书本上我也读到过关于西西里的卡马里纳湖的故事,那里流传着"卡马里纳移动"的说法[②]。他答道:"一切被扔进水里的重物要一直掉进地心才会停止不动。它一接触地底,就搁在那里,因为这些湖都是互相贯通,没有湖底,直达地心,所以石块被扔进去后,就必然会直接掉进我们的住所,如果我们不把它们弄走,送回到原来的地方去,它们就会永远搁在那里;我们把这些石头取出来的时候兴风作雨,为的是恐吓那些扔石头的人的恶作剧,使他们的轻举妄动得以收敛,这就是我们的杰作之一。如果我们允许这样做或者默默地忍受着,不发动狂风暴雨,听任石块扔进来,而不把它扔出去的话,那么结果必然是,怂恿那些为非作歹的家伙天天都从世界上的各个地方朝我们扔石块取乐了。从这里你还可以看到我们这个族类不得不这样做的道理。我们如果不把那些石块搬掉,让它们每天通过布满世界各地的湖泊大量地进入我们所居住的这个地心,那么,最终必然会毁坏那些把大海系牢并固着在地球上的纽带,堵塞把水从海底引向陆地的通道,势必造成灾难性的紊乱,使整个世界遭致毁灭。"

我感谢他告诉我这些事情,说道:"现在我明白了,你们这个族类是通过这些湖泊把水源源不断地供应给整个地球上的泉源和河流,那么你也能够告诉我为什么这些水的气味和味道各不相同吗?为什么他们的力量和作用各不相同呢?而据我所知,这些水都来源于大洋的深渊,而又重新注入大洋。为什么有些泉水是令人喜爱的矿泉,能促进健康,而有些水流虽然也含有矿物质,喝了却有害健康,还有些水流甚至是有毒的、致命的(例如阿卡迪亚[③]的泉水,据说亚历山大·马格诺的司酒人若拉曾用这种水去毒杀他)。为什么有些泉水是温热的,有些是滚烫的,有些是冰冷的?有的像硝酸一样能蚀透了铁(例如匈牙利齐帕斯伯爵领地的一处泉水),而有些却能治愈各种伤口(据说泰萨利阿[④]就有这样的一处泉水)。为

---

① 皮拉图斯湖,与魔魇湖有相仿的传说。

② 卡马里纳湖,西西里岛南海岸古城卡马里纳附近的沼泽湖,据传说,此湖对人体健康有害,但对于卡马里纳城却是防御敌人的屏障。居民们企图排干湖水,遭到神谕的警告,因而产生了"卡马里纳的移动",意指这一行动使卡马里纳湖"烦躁不安"。

③ 阿卡迪亚,希腊地名。

④ 泰萨利阿,希腊北部地名。

什么有些水会变成石头，有些水会变成盐，还有些水会变成矾？为什么在凯尔恩滕[①]的齐尔克尼茨附近的湖只在冬季才有水，而在夏季却干涸见底？为什么瑞士的昂斯特莱的泉眼只在夏季、而且在一定的时辰才出水，如果人们要去饮马的话？为什么上内恩海姆[②]的沙德莱溪流只有等到旱灾要降临这块地方时，它才开始有水？为什么叙利亚的萨巴蒂库斯河每到第七天就没有水了？对于这些问题我经常反复思考，想不出是什么原因，不得不表示极为惊奇。”

王子回答说，所有这些现象都有其天然的原因，其中大部分已经被我们这一族类的自然博物学家们根据各种水的不同的气味、味道、力量和作用研究和推测出来，并且公诸于世，以便众所周知。如果一种水从它的源头出发到它的出口，即我们称之为河流的，倘若它只流经各种各样的石头，那么它必然是冰冷而甜美的；如果它一路上流过各种金属物质——因为在地球博大的腹腔内各处的情况是不同的——例如金、银、铜、锡、铅、铁、汞等等，或者流经半矿物质，像硫磺和各种盐类，自然矿物质有明矾、锑、雄黄、银金矿、升汞物等等，有白的、红的、黄的、绿的和各种颜色，这些水就具有了各种不同的味道、气味、性质、力量和作用，也就因此对人类或者有益、或者有害。我们也因此有了各种不同的盐；有些盐好，有些盐坏。他说道：“在切尔维亚和科马基奥[③]水是相当黑的，在梅姆菲斯[④]水是略呈红色的，在西西里岛则是雪白的，在肯托里泼[⑤]是紫色的，卡帕多基阿[⑥]的水是黄铜色的。至于温热的水，它们的热量来源于地底的火，这种火和我们的湖一样到处都有它们的通气孔和烟囱，就像人们可以从西西里岛上著名的埃特纳火山、冰岛的赫克拉火山、班达群岛的火山岛[⑦]和其他许多地方知道的那样。要说齐尔克尼茨的湖在夏季干涸见底，那是因为它的水流到与凯尔恩滕相对的地球的另一边去了，而昂斯特莱的

① 凯尔恩滕，在南斯拉夫，齐尔克尼茨河在盛夏干涸，水全流入地下，湖底成为草原和富饶的田野。

② 上内恩海姆，在阿尔萨斯。

③ 切尔维亚和科马基奥，都是上意大利地名，产盐区。

④ 梅姆菲斯，古埃及首都。

⑤ 肯托里泼，在西西里岛埃特纳火山地区。

⑥ 卡帕多基阿，小亚细亚地名。

⑦ 班达群岛的火山岛，荷属印度的火山岛。

泉水，则在一年或一天的某些时间里是在地球的另一些地方出现，正如它在一年或一天的其他一些时间里在瑞士人那里出现那样。上内恩海姆的沙德莱溪流也是同样情形，它们的水流全都由我们这一族类的小人儿按照上帝的意旨和规定向各处引灌，使你们对上帝倍加颂扬。至于谈到叙利亚的萨巴蒂库斯河每到第七天就不流，那是因为我们每逢礼拜天为了对造物主表示敬仰，都呆在我们的住所里，躺在这条河的源头和水道上休息，因为这里是我们整条赤道上最快乐的地方。”

经过这一席交谈之后，我问王子，他能不能带我穿过一个与魔魔湖不同的湖，到地球上的另一个地方去。“当然！”他答道，“为什么不可以呢？如果这是上帝的意愿的话。在上古时代我们的祖先曾经以这种方法带一些迦南人到美洲——这些迦南人逃脱了约书亚[①]的刀剑之后，出于绝望跳进了一个湖里，他们的后代至今还能指出最初产生他们祖先的那个湖[②]。”当我看到他对我的惊讶表示出惊讶，仿佛他所讲的故事根本不值得惊讶似的，我就对他说，当他们看到我们人类的一些希罕的和异乎寻常的事时，是否也并不感到惊讶。他回答道：“你们使我们感到惊讶的莫过于如下一点：上帝创造你们原是为了让你们死后能过永恒的幸福生活和享受天堂的无穷快乐，而你们却为一时的尘世的纵乐（这种纵乐并不是没有痛苦的，正像玫瑰不会没有刺一样）所诱惑，致使你们丧失了永享天堂之乐的权利，丧失了畅饱眼福地瞻仰上帝至圣容颜的机会，而与那些触犯了上帝的天使们一起被罚堕入地狱的深渊！唉，如果我们这个族类处于你们的地位，那么我们当中的任何一个都会比你们更好地在你们那微不足道的、倏忽而过的、短暂的人生里去经受考验。你们现在的生命，还不是你们的生命，只有当你们离开了尘世，才会赋予你们以生命或者死亡；被你们称之为生命的，只不过是瞬息光阴，赐予你们这段时间，是为了让你们去认识上皇、接近上帝、期待上帝收纳你们。因此我们把世界看做是上帝的试金石，那全能的上帝在这儿试验人类，就像那富人试验金银一样，他在试金石上经过画纹判断出他们的价值，或者让他们经过火炼净化之后，把好的、纯净的金银放入天堂的宝库，把那些坏的、假冒的扔进永恒

① 约书亚，《亚经·旧约》中摩西的继承者，曾引以色列人进入迦南。

② 据传说，第一个美洲人是从南美科的勒累山脉中极深的蒂蒂卡卡湖里升起来的。

的烈火之中，关于这一点，你们的救世主和我们的造物主已经用麦子和稗子[①]的例子充分地向你们预言和阐明过了。”

第十五章

叙述西木与湖王交谈了些什么

说话之间，我们已经临近了湖王的御座，于是就这样结束了谈话；我未经任何礼仪和耽搁就被带到了湖王面前。现在我有充分的理由对这位皇帝陛下表示惊讶，因为我既看不到宫廷的排场，也不见任何奢华的陈设。这儿没有宰相和枢密顾问，也没有翻译、扈从和卫兵，甚至没有一个宫廷小丑或者厨师、仆役、侍童以及宠臣和佞人，而是在他的周围飘浮着分别管辖分布在世界各地的湖泊的诸侯。他们都穿着各自的地方服装，他们酷像中国人或非洲人、穴居人或新地岛上的居民、鞑靼人或墨西哥人、西伯利亚的蒙古人或摩鹿加的印度尼西亚人，甚至还像居住在北极和南极的人，这真是一种罕见的景象。两个负责巡视野湖和黑湖的，穿戴和带领我的那一位一样，因为他们所管辖的湖离魔魔湖很近；那负责皮拉图斯湖的，有一把值得尊敬的大胡子，穿着肥大的裤子，就好像是一个有声望的瑞士人；而那看管卡马里纳湖的，从衣着和表情上看，酷似一个西西里人，我敢起一千个誓，他从来没有离开过西西里，而且不懂德语。我就好像在一本服装书里看到了波斯人、日本人、莫斯科人、芬兰人、北极人以及全世界所有其他民族的形象。

不需要我说多少客套话，湖王就亲自用他那准确而动听的德语和我说话了。他的第一句话便是问我：“你为什么竟敢那样放肆地朝我们抛下一大堆石块呢？”我回答得很简单：“因为在我们那里任何人都可以去敲一扇关闭的门。”他说道：“那么，当你这种好奇的鲁莽行为得到报酬的时候，

---

① 见《圣经·新约·马太福音》第十三章第二十四至第三十节。

你有什么感想呢?"我答道:"再大的惩罚也莫过于一死;但由于我打那以后耳闻目睹了许多离奇的事情,那是千百万人当中没有一个人能够得到的幸运,所以对我来说,死不过是一桩小事,判我一死,算不了什么惩罚,我会欣然迎接死亡。""啊,可悲的盲目!"湖王惊骇得仰面望着天空,继续说道:"你们人类只能死一次,而你们基督徒在明确意识到自己确有希望凭借你们对上帝的信仰和爱戴,一俟在垂死的躯体上阖上了双眼,你们的灵魂就能端详上帝的容颜之前,你们是不会心安理得地去领受死亡的。不过,我现在想和你谈的远非这件事。"

于是他说道:"有人报告我说,尘世的人类,尤其是你们基督徒,期待着世界末日尽快来临,因为一切——尤其是女巫们遗留下来的预言——会得到应验,而且由于地球上活着的一切生物都已充满着令人发指的罪恶,所以全能的上帝对于结束这个世界不再有所踌躇了。那时候我们的族类会和这个世界一起毁灭,并且在火中——虽然我们习惯于生活在水中——焚亡。我们对这个可怕的日期的临近惶恐万分,因此接你上我们这儿来,听一听你的意见,看看吉凶如何。关于这一迫在眉睫的变化,我们从星宿上还观察不到任何征兆,在地球上也没有发现丝毫迹象,我们不得不向那些先前曾经领受过你们的救世主亲授的预告未来的征兆的人请教,因此我们十分恳切地请求你告诉我们:当那未来的审判者在世界末日到来之时将会很难再找到的那种信仰,在如今的尘世上是否还存在?"我回答湖王说,他所问的事情,实在叫我太难回答了,因为要知未来,尤其是救世主的到来,那只有上帝才知道。"那好吧!"湖王回答我道,"那就请你告诉我,世界上各阶层的人是怎样各守本分来保持他们的地位的,使我能够由此推测出世界和我们这一族类确实会遭致毁灭的结论,或者相反,我和我的部属将能长寿并且幸福地继续掌管我们的事务。只要你对我说出实情,我就让你观看难能见到的东西,然后赠你一件礼物,它会使你终生为之高兴。"我正在默默地考虑着,湖王继续说道:"说吧!说吧!从最上层的人物说起,一直说到最下层的人;如果你想再回到地面上去的话,那就得这样。"

我答道:"如果一定要我从最上层的人物谈起,那就理所当然先从教士谈起。这些人——不管他们信仰的是什么宗教——通常都像奥伊塞比乌斯①

① 奥伊塞比乌斯(约270—340),基督教教会史奠基人。

在一次说教中所描写的那样：‘他们是安逸的蔑视者，淫欲的规避者，在职业中热衷于工作，对于歧视能逆来顺受，对于荣誉则追求不息，贫于钱财，富有天良，在功绩面前谦恭卑抑，在恶行面前傲气可畏。’正如他们专心致志地侍奉上帝，并且以身作则地、而不是光凭言论地把人们带到上帝的天国；那些世俗的首脑和领袖们则一心专注于那可爱的正义女神，一视同仁地、毫无例外地、不折不扣地把她赏赐给每一个人，赏赐给一切穷人和富人。那些神学家都如同真正的希罗尼穆斯① 和贝代②，红衣主教们都是地道的博罗毛斯③，主教们都像奥古斯蒂尼④，修道院院长们都像希拉里翁和帕霍米乌斯⑤，其他宗教家们碰在一起犹如古埃及底比斯荒原里的隐士们的聚会！商人们经商不是出于贪婪或者为了获利，而是以他们的商品效劳于他们的同胞，这些商品是他们为了这个目的不辞辛劳、不畏艰险地从远方运来的。那些酒店的老板们开铺营业不是为了发财致富，而是为了使饥渴的人们和驻足的旅客得以解乏舒神，使他们的款待成为施惠于精疲力乏的人们的慈悲为怀的善举。医生们并不追求私利，而是一心为病人的健康着想，那些药剂师也为了这一目的撮药配方。手艺人从不奸诈、扯谎和欺骗，而是致力于向顾客们提供经久耐用、货真价实的活计。裁缝们不会做出什么偷偷摸摸的事，而那些织工由于为人清白，生活贫困得连一只老鼠也养不起，他们也用不着扔线团去赶老鼠⑥。人们不知道什么是高利贷，富有的人出于基督徒之爱完全自愿地帮助穷困的人；如果一个穷人为了还债就不得不节衣缩食，甚至难以餬口，富人就会心甘情愿地免除他的债务。在那里看不到傲慢，因为每个人都知道并且考虑着自己终有一死；也看不到嫉妒，因为每一个人都知道和认识到别人也是上帝的模拟品，同样为他的造物主所钟爱。没有人对别人生气，因为他们知道，基督为所有的人受苦而死。听不见不贞不洁的事和淫乱的奸情，而

---

① 希罗尼穆斯（约 347—420），一位长老和圣者，曾主持过伯利恒一寺院，曾将《圣经》译成拉丁文，也是一个隐士。

② 贝代（673—735），著名的盎格鲁撒克逊神学家，也是一位英国历史学家，主要作品有《盎格鲁撒克逊教会史》（731）。

③ 博罗毛斯（1538—1584），意大利米兰的红衣主教。

④ 奥古斯蒂尼（354—430），北非希波（即今安纳巴）的一位长老和主教。

⑤ 希拉里翁（291—371），帕霍米乌斯（约 292—346），僧侣主义的奠基人，隐士。

⑥ 意指进行偷窃。因裁缝与织工习惯于偷窃，此处均系反话。

得以发生的则是出自对生儿育女的热望和爱情，以使上帝的天国能够繁殖下去。找不到一个酒鬼或者醉汉，如果一个人敬别人一杯酒，那么他们俩不会使自己超越基督徒式的微醺的限度。在侍奉上帝方面，谁也不会怠慢，个个都人勤心热地竞相为上帝竭诚效劳；而当今世界上还有灾难深重的战争，正是因为有一部分人错以为另一部分人怠慢了上帝[①]。那里再没有吝啬鬼，而只有俭省的人，没有糜费之徒，只有慷慨之士，没有奸淫掳掠的兵痞，只有保护祖国的战士，没有横行霸道的懒惰乞丐，只有对富裕的蔑视者和对清贫的爱好者，没有囤粮囤酒的人，只有那种为了日后的急需，为人民存足储备而考虑周到的人。"

第十六章

西木被领进海洋深处，看到了稀罕的事物

我略微停顿了一下，思考着还要说些什么，可是湖王说道，他已经听了许多，不需要、也不想再知道些什么了。如果我愿意的话，他的手下人可以马上把我带回原来的地方去，但如果我想（"因为我看得出来，"他说，"你是一个很古怪的人。"）在他的王国里参观一下的话——像我这样的人显然是很难得有机会到这儿来观光的——那么任凭我想到哪里去，只要在他的管辖范围之内，就可以让人陪我去，然后他要送我一件使我感到满意的礼物。他看我拿不定主意，也不能回答他，便把目光转向几个正要到太平洋洋底去取食物的水妖（他们从那里取食物就好像从园子里摘果子或者从猎场上收猎物似的），他对他们说："把他也一起带去吧，不过要早点把他带回来，好让他今天就返回地面。"然后他对我说，我可以在这段时间内考虑一件属于他权力范围之内的东西，他将把这件东西送给我作为报酬和带到地面上去的永久的纪念。于是我和水妖们穿过一个好几百里

---

① 指当时发生的三十年宗教战争。

长的洞穴，到达了上述那个平静的大洋的洋底。那里的珊瑚枝尖，大得犹如橡树一般，他们采摘那些尚未变硬和还没有颜色的作为食物，因为他们习惯于吃这些就好像我们食用嫩鹿角一样。我在那儿看到了蜗牛的壳儿高如圆形的堡垒，宽像谷仓的大门；那些珍珠足有拳头大小，被他们拿着当鸡蛋来吃；还有其他许多希罕的海中奇物，我不能一一叙述了。洋底到处撒满了纯绿宝石、绿松石、红宝石、金刚石、蓝宝石以及诸如此类美不胜收的稀世之宝，一般都像我们那些流水潺潺的小溪里到处可见的岩石那样大小，不时还可以看到峥嵘峭拔的巉岩，耸立着足有几里之高，它们伸出水面，形成错落有致的岛屿。在这些巉岩的四周，镶嵌着各式各样有趣而奇妙的海洋植物，上面居住着爬行的、站立的和行走的奇异生物，就好像在地面上居住着人类和动物一样。我们看到的那些大大小小的鱼，有数不尽的种类，成群地在我们头顶上的水里游来游去，使我想起了我们那儿各种各样的鸟儿，在春日和秋日的天空里快乐地飞翔；那时正逢月圆，天色明亮——因为当时太阳还在地平线上，所以地球的另一边正是黑夜，在欧洲却是白天——我可以透过水往上看到月亮、繁星和南极。我对这些惊讶不已，但那位受命保护我的水妖对我说，如果白天和黑夜同时来临，那么我就会觉得一切更加奇妙了，那样就可以看得很远，在洋底如同在陆地上一样有着美丽的山峦与峡谷，比地面上最美的风景还要美。当他看到我在惊讶之余，对他以及和他一起的所有水妖们居然还能说一口流利的德语表示诧异(因为他们毕竟都出生于秘鲁、巴西、墨西哥、日本、印度尼西亚和马里安纳群岛①)，就解释道，他们不再是只会一种语言，而能懂得地球上各地区各种民族的语言，并且他们相互之间都能懂得，其原因就是因为他们这个族类与当年建造巴比伦高塔② 时的愚蠢行为毫无关系的缘故。

当我这支护卫队置办好了足够的口粮，我们便穿过另外一个洞穴，从大洋里回到了地心。一路上我对几个水妖说，我本来以为地球的中心是空的，在那中空的部分，那些侏儒就像在一个转轮里一样奔跑着，使整个

---

① 马里安纳群岛，位于太平洋之西北方，计有十五岛。

② 相传古时世人只说一种语言，后人打算在巴比伦建一耸入云天的高塔，以期留名后世，并能相聚不散。上帝怒而使他们说多种语言，使他们分散世界各地，互不了解。见《圣经·旧约·创世记》第十一章第一至九节。

地球不停地转动，从而使它的每一个部分都受到太阳光的照射，因为根据阿里斯塔恰斯[①]和哥白尼[②]的说法，太阳是停在天空中不动的、静止的。我的单纯无知被狠狠地嘲笑了一顿。他们奚落我说，我就别再抱着这两位学者的见解以及我那些想入非非的念头去做梦了，而应该考虑一下，我打算从他们的湖王那儿得到一件什么礼物，不至于空着双手回到地面上去。我回答说，自从我见到了这么多的奇珍异宝，我实在无所适从了，请求他们给我出个主意，我应当向湖王要求些什么。我本人的意见是，他既然管理着世界上所有的泉源，我想从他那儿获得一眼对健康有益的泉源，让它流入我的庄园，就像新近在德国自行冒出的那眼只流出甘美的淡水的泉源一样。管辖太平洋及其洞穴的王子回答我说，可惜这不属于湖王的权力范围，即便这是他管辖的事，而且他也愿意馈赠与我，这种有疗效的矿泉也是不能持久的。我请求他不要有任何顾虑，把原因告诉我；于是他说道："在地球内部到处存在着空隙，这些空隙渐渐地被各种各样的金属物质填满，它们是由存在于这些空隙处的一种潮湿、黏糊而稠密的浆液蒸发而形成的；这新的一代产生以后，水有时就会通过金铋矿或银铋矿的隙缝从地心（因为所有的泉源都产生于这里）流出来，千百年来它一直流经各种金属，因此它便具有了这些金属的贵重而有疗效的特性。等到这种来自地心的水越流越多，并形成了强大的冲击力，它就要在地面上寻求出口，于是，这种千百年来被密封在各种金属之间并且具有了金属特性的水，就迫不及待地冲了出来，对人体起到神奇的疗效，就像人们所见到的那样。然而，这种曾经长期接触过金属物质的水一旦流完，以后流出的将是一般的水，这种水虽然也经过上述的流程，但由于它流得太快，它就不再带有各种金属的性质和效力，因此也并不像前者的水那样有疗效，能为人类的健康服务了。"说完这一番话以后，他还对我说，我既然对健康那样关心，那我不妨请求他们的王，把我推荐给跟他有书信往来的萨拉孟德莱[③]之王，去进行一次治疗，他能调理人类的身体，并且经他授予一块宝石以后，人的身体在火中也不会被焚毁，就好像是披上了一层我们地球上

① 阿里斯塔恰斯（公元前320—前250），古希腊天文学家，曾提出地球是绕太阳运行的日心说。

② 哥白尼（1473—1543），波兰天文学家，日心说（即地动说）的创立人。

③ 萨拉孟德莱，传说中的火神。

有的、用脏时通常放在火中去污的那种奇妙的亚麻布[1] 一样；把一个这样的人，像一只用旧的、又脏又臭的烟斗那样放进火中，让身体里的一切毒汁和有害的水分烤干，病人又会变得年轻、容光焕发、身强力壮以至获得脱胎换骨的效果，好像他服用了泰奥弗拉斯托斯[2] 妙药一样。我不知道，这个家伙是在愚弄我呢，还是真有其事；不过我还是感谢他知心地告诉了我这一情况，并且说，我担心这种治疗对于我这个火性的人来说太热了。我惟一的愿望是能够得到一眼有益于健康的珍贵的源泉回到地面上去，为我的同胞们带来裨益，给你们的湖王陛下增添荣誉，对于我自己，则留下一个不朽的名字和永久的纪念。那王子回答我说，既然我有这个愿望，那么他要在湖王面前为我说句好话，虽然他们的湖王对于尘世上给予他荣誉也好，耻辱也好，都是无所谓的。说话间我们又回到了地心，面见湖王陛下，他和他的王公们正要进餐。那是一些小吃，犹如希腊的禁酒节，因为他们既不饮酒，也不喝烈性饮料；他们吃的是珍珠，那样子就像生的或者煮嫩后尚未变硬的鸡蛋，它们能使人身强力壮，或者拿农民的话来说，能把他们喂得肥肥的。

我看到，那光灿灿的阳光照耀着一个个湖面，透过湖水一直射进那阴森可怕的深处，所以这些水妖们从来没有缺少过光亮。在这样深的水底，阳光如同在地面上一样明亮，而且也同样投下阴影，所以水妖们把湖当做了天窗或者窗户，他们通过这些窗户得到光亮与温暖；如果有些湖由于湖底弯弯曲曲而照不到阳光，那就得依靠折射来得到光线，因为大自然在各个角落里都设下了巨大的水晶、钻石和红宝石，通过它们的反射使水底明亮起来。

---

① 指石棉。

② 泰奥弗拉斯托斯(1493—1541)，即巴拉赛尔苏斯，瑞士医学家，化学家。提倡将化学应用到医学上来，采用过许多新的药物。据传，他曾拥有一种能治百病的药剂。

第十七章

西木又回到了地面，脑海里盘旋着异想天开的念头

我回家的时刻来临了，湖王要我说一说，我希望他帮我一个什么忙。于是我说道，如果他让一眼真正能治病的矿泉引到我的庄园上，那就是对我最大的恩典了。“就是这件事吗？”湖王回答道，“我还以为你会从美洲海里捡来一些巨大的绿宝石，求我允许你把它们带到地球上去呢。现在我看到了，你们基督徒是并不贪婪的。”他递给我一块色彩变幻无穷的珍奇的宝石，说道：“把它藏在身边，不管你把它放在地面上的什么地方，它就会在那儿寻找地心，穿过最合适的矿物层，直至它重新回到我们这儿来，那时我们会让一眼极好的矿泉向你流去，它会有益于你的健康并给你带来好处；你向我们披露了真实情况，就应该从我们这儿获得这个报酬。”于是魔魔湖的王子立即陪送我穿过我们来时所经过的道路和湖泊重新回去了……

我觉得回家的路程比来时的路程要远多了，足足有三千五百德里之遥，所以感觉到时间如此漫长，想必是因为我和我的护送队几乎没有谈什么话的缘故，我只不过听他们说，他们都能活上三四百岁或者五百岁，并且不会生一次病。我想象着这眼矿泉将会使我变得多么富有和伟大，致使我的全部思想和智慧都集中到它上面去了；我琢磨着该把矿泉安置在哪里，又怎样使它为我带来利益。我首先考虑盖富丽堂皇的建筑，使浴客们真正感到舒适，而我也可以收入一大笔租金。我已经想好如何贿赂医生们，使他们在所有的矿泉中，甚至包括施瓦巴赫矿泉[①] 在内，惟独器重我这处奇妙的新矿泉，可以为我招徕大量富有的浴客。我要把山路变为坦途，使过往旅客不再抱怨旅途的劳累。我将雇用机灵的仆人、节俭的厨

---

① 施瓦巴赫矿泉，十分著名，在黑森—拿骚地区。

娘、细心的侍女、警觉的马夫以及把浴场和矿泉打扮得整洁的管理人，我已经考虑好在我的庄园附近的一处荒山野地里经营起一座美丽平坦的乐园，栽培各种各样的奇花异草，在那里，让那些外国的浴客和他们的妻子散步游憩，让患病的人调养身体，让健康的人消遣娱乐，尽情嬉戏。那时医生们要为我写出一篇（当然是为了从我这里得到报酬）关于我这奇妙的矿泉及其珍贵的特性的出色论文，我要把这篇论文连同一幅绘有我庄园草图的美丽的铜版画一起交付出版，使每一个不曾来过的病人看到以后就会感到神清气爽，并且激起他恢复健康的希望。我要把我所有的孩子都从利普施塔特城接到这里来，让他们学习在我的新浴场里需要懂得的各种事情，但是我不要任何一个孩子成为替人搓澡的下等人；因为我准备狠狠地搜刮一下我浴客们的腰包，虽然我不会把他们的血吸干。

我带着这样丰富的想象和忘乎所以的怪念钻出了水面。这位我多次提到的王子把我送上了魔魔湖的湖岸，身上仍然是滴水不沾；然而我必须立即把他起初接我下水时交给我的那块宝石摆脱掉，否则我就会在空气中窒息，除非我再把头伸进水里去，因为这块宝石能使我在水里获得空气。他把宝石收了回去，我们便像永远不再相见的人们那样互相祝福告别。他躬下身子，和他的伙伴又潜入了水底。我带着湖王给我的宝石，离开了魔魔湖，高兴得就像从科尔喀斯岛① 上带回了金羊毛似的。

然而，唉，我的欢乐（它徒然建筑在一种永恒不变的基础之上）却持续不了多久；我刚刚离开这个奇妙的湖，就在那神秘莫测的森林里迷了路，因为我当初没有注意我阿爸是从哪个方向把我领到湖边来的。在我意识到自己迷路之前，早已走了好长的一段路，还在一个劲儿地盘算着如何将那珍贵的矿泉安置到我的庄园上来，好好经营，为自己创造一种安逸舒适的生活。我就这样，不知不觉地越走离开我那一心想去的地方越远了，而更糟糕的是，直到太阳落山，我这才发觉迷了路，不知道该怎么办了。在这荒山老林之中，我犹如德累斯顿的马茨②，既没有食物，又没有武器，而在夜幕即将降临之际，这两样东西我是非常需要的。然而我那块从地球

---

① 科尔喀斯岛，希腊神话中黑海东岸的地区。忒萨利亚国王珀利阿斯篡夺王位后，为了阻止侄子伊阿宋争位，叫他到科尔喀斯觅取金羊毛，伊阿宋经过种种艰难险阻，靠了美狄亚的帮助，终于取得了金羊毛。

② 见第三〇二页注①。

的腑脏深处带出来的奇异的宝石却使我得到了一些安慰。“忍耐！忍耐！”我对自己说道，“这宝石将会再次补偿你所经受的一切苦难；好事总需要时间，不付出大量的心血和劳动是做不成大事的。想吃核桃，就得首先咬开坚硬的果壳；否则任何一个傻瓜都无须费吹灰之力便能随意得到像你口袋里装着的那样珍贵的矿泉了。”

我进行了这样一番自我安慰，下了新的决心，从而也获得了新的力量；虽然黑夜已经来临，我还是比先前更大胆地大步向前走去。那当空的

圆月向我倾泻着银色的光华,但由于被高大的枞树遮挡,反显得不如半天前我在水底时那样明亮。然而我还是往前赶路,一直走到半夜光景,远远看见了火光,我笔直朝它走去,隐约认出几个樵夫,正在取树脂。尽管对于这些人我不能随便相信,但是我的处境迫使我鼓起勇气,去找他们说话。我突然溜到他们的背后,说道:“夜里好,或者白天好,或者早晨好,或者晚上好,老爷们,请首先告诉我,现在是什么时候了,好使我明白该怎样向你们打招呼。”这下子把那六个或站或坐的人吓得直发抖,不知道该怎样回答我好。由于我身材魁伟,加之因妻子新丧而穿着一件黑色的丧服,而且手里还拿着一根吓人的棍子,那模样简直像个野人,实在使他们觉得害怕。“怎么样,”我说道,“没人回答我的话吗?”他们惊愕地愣了好一阵子,总算有一个人回过神来,说道:“您老爷是谁?”① 我听得出来,他们是施瓦本人(人们认为他们是头脑简单的人,其实这是偏见),我告诉他们,我是一个流浪学生,刚从维纳斯堡来,已经学会了许多奇妙的本领。“啊!”那最年长的樵夫说道,“感谢上帝,我又要过太平日子了,因为流浪学生又开始到处周游了。”

第十八章

西木在不合适的地方白白浪费了他的矿泉

于是我们就交谈了起来。我受到他们盛情的款待,他们让我挨着火坐下,递给我一块黑面包和不肥的牛油干酪,我都一一领了情。最后他们对我十分信任,要求我这个“流浪学生”给他们好好算算命。我还算懂得一点相面术和看手相,于是就开始挨个儿地对他们吹起牛皮来;我专挑那些会使他们满意的话来讲,以免使自己失去他们的信任,因为和这些粗野的樵夫们在一起,我心里不免有点发毛。他们很想向我学习各种各样新

① 原为施瓦本方言。

奇的本领,但我推托说明天再教,现在我很想休息一会儿了。我模仿吉卜赛人的样子表演了一番之后,在他们旁边躺了下来,虽然我极想睡觉(他们也以为我很想睡觉),但是我更注意倾听和观察他们的动静。我越是打鼾,他们就越是显得警觉起来;他们把脑袋凑到一起,七嘴八舌地猜测我的身份究竟是什么。他们认为我不会是当兵的,因为我穿着一件黑衣服;也不可能是一个城里人,因为我在这样一个不寻常的时候竟背井离乡地来到了这个"蚊穴"(这是他们对这个森林的称呼)。最后他们得出结论,我可能是一个迷了路的大学生,或者像我自己所说的是个流浪学生,因为我会算命。"可是,"这时有一个说道,"他也并不知道一切呀!他可能是个散兵,乔装打扮,来探听我们的牲口和树林里的路径。呀,要是我们早知道这一点就好了,我们就要让他睡死了,叫他醒不过来。不是对每个人都可以信任的:蛋在锅里,就变不了鸡。"他的看法立即遭到了另一个人的反对,后者认为我是另外什么人。我躺在那儿,竖起耳朵倾听着,想道:"如果这些乡下佬对我进行突然袭击,那我就在他们收拾我和杀死我之前,先叫他们死一个或三个。"

我正在提心吊胆地听着他们议论,突然觉得仿佛有个人躺在我身边尿了一床,把我弄得浑身湿透。啊,主啊!特洛伊陷落了,我所有的如意算盘都告吹了;我从气味上闻得出来,这正是我的矿泉水的味道!我恼怒得大发雷霆,几乎要扑上去和这六个农民打起来。"你们这些目中无神的草包,"我对他们嚷道,一边拿着我那可怕的棍子跳起来,"从我铺位上流出来的这些矿泉上,你们会知道我是谁。要是我惩罚你们,让你们见鬼去,是没有什么奇怪的,因为你们竟敢动起邪念来了。"我摆出一副威胁和骇人的面孔,吓得他们个个目瞪口呆。但是当我又恢复了理智,我发觉自己干了一件蠢事。"不,"我暗自思量,"宁可丧失矿泉水,而不要丢了性命,如果你去袭击这帮野人,你会轻易就把命送掉的。"于是我就抢在他们还没有想出点别的主意之前,又好言好语地对他们说:"起来,尝尝这些极好的矿泉水,你们和这个荒山里所有采树脂的和伐木的农民都将托我的福,享受到这样的矿泉水了!"

他们不理解我的话,个个呆若木鸡,面面相觑,直到他们看到我非常清醒地从我的帽子里吸第一口矿泉。于是他们一个个从围坐着的火边站起身来,看看这件怪事并品尝了一下矿泉水。然而他们并不因此对我表

示感谢，而是咒骂我。他们说，我应该带上我的矿泉到另外一个地方去，因为他们的老爷一旦觉察这件事，整个多恩施泰滕就得服苦役去筑路，他们就要活受罪了。“但是，”我说，“你们大家也都可以享受它呀！你们可以把你们的母鸡、鸡蛋、奶油、牲口和其他东西换到更多的钱了。”“不，不，”他们说，“决不！地主老爷会派一个管家来，他会独自发财，而我们都会成为他的傻瓜，为他修路、养路，却什么报酬也得不到。”

最后他们分成了两派。两个人想保留矿泉，其他四个人要求我把矿泉移开；假如这在我的权力范围之内，不用他们这么说，我也会这样办的。

天亮了，我在那儿已无事可做，再说，我也担心继续纠缠下去，会打起架来。我就说，如果他们不愿意让整个巴伐利亚泉谷里的母牛在有矿泉流涌期间出血奶的话，那么就请他们带我去塞巴赫[①]。他们欣然答应了我的要求，派了两个人给我引路，因为谁也不敢单独陪我走。

我告别了他们。这整个地区有如阿拉伯的沙漠，土地十分贫瘠，除了松果，不长任何作物；我原来寄托于这一地带的希望完全落空了，这就更使我气恼，真想狠狠诅咒这片土地。然而我还是默默地跟着我的向导，直到我们走上了山顶，从这里我根据地形又稍能辨别方向了。我对他们说：“你们两位可以使新泉好好为你们生利了，只要你们快去告诉你们的老爷，那源头在哪里；你们会从那里得到极好的报酬，伯爵会利用它把这个地方建设得繁荣昌盛，财富剧增，致使全世界都为之瞩目。”“是啊！”他们说，“那我们果真就是傻瓜了，去自讨苦吃！但愿你和你的矿泉一起见鬼去吧！谅你也听够了，为什么我们不想看见这个矿泉。”我回答道：“唉，你们这些无可救药的笨蛋，难道还要我骂你们是假虔诚的流氓，骂你们离开你们虔诚的祖先太远了吗？你们的祖先对他们的伯爵是那样的忠心，伯爵完全可以因他们而引为自豪，他敢于把脑袋靠在他任何一个臣民的怀里，安安稳稳地睡上一觉；可你们这些胆小鬼，因为害怕承担小小的一点劳役(为了这些劳役，日后会使你们重新获得欢乐，并使你们的子孙后代得到无穷的享受)而无诚意去开发这一有益于健康的矿泉，以利于你们那备受赞美的伯爵，并给病人们带来幸福和健康。即使你们每个人做几天苦工，辛苦劳累一下，又有什么关系呢？”“什么？”他们说道，“我们恨不得

---

① 塞巴赫，魔魔湖以南一村庄名。

在苦役中把你打死，使你的矿泉没人知道！”“你们这些恶棍，”我说，“得给你们点儿颜色看看！”我抽出棍子，把他们赶跑了。随后我朝着西南方向走下山去，经过艰辛的跋涉，在傍晚时分又回到了我的庄园，我发现我阿爸曾经说过的话是一点不假的，我这次圣地之行只不过是徒劳往返而已。

第十九章

西木讲述匈牙利的再洗礼派[①] 以及他们的生活方式

在我回家之后，我过起深居简出的生活；我最大的欢乐和消遣是埋头读书，我为自己搞到了很多的书。这些书涉及到各种各样的事情，尤其是需要煞费脑筋思考的那些事情。那些属于语法学者和学究们研究的东西，很快就使我感到难以忍受，一拿起算术，也同样会使我立即感到厌烦；至于音乐，我早已恨它犹如瘟疫，正像我后来把我的琉特砸得粉碎那样。数学和几何学倒还适合于我；但当数学和几何学稍稍过渡到天文学时，我又把它们束之高阁，而把天文学与占星术联系在一起；一段时间里，这使我感到兴味盎然。但最后我又觉得它们是虚假而难以捉摸的，因此我不想再为它耗费精力，而着手于学拉穆杜斯·卢尔卢斯[②] 的本领，却发现那是“雷声大，雨点小”。我认为这种本领全是一些陈词滥调而已，就不屑一顾了，转而去钻研希伯来人的神秘哲学和埃及人的象形文字：归根结底，在我所涉猎到的艺术和科学中，我觉得没有比之神学更好的学问了，如果人们借助于它去热爱上帝、侍奉上帝的话。按照神学的准绳，我为人类发明了一种生活的方式，这种方式与其说是人的生活方式，不如说是天使的生活方式，如果已婚的或独身的男人和女人愿意致力于组合成一个只遵

① 参见第三九二页注①。

② 拉穆杜斯·卢尔卢斯(1232或1235—1315)，中世纪西班牙神学家，烦琐哲学家，著有百科全书。

循再洗礼派教义的社会，在一位明智的领袖的管辖之下，靠自己双手的劳动维持自己的生计，把剩余的时间用来称颂和侍奉上帝，以获得灵魂的拯救的话。从前我在匈牙利再洗礼派的圈子里见到过这样的生活，若不是这些好人们跟其他虚伪的、为一般基督教教会所不容的异端邪说有了瓜葛，以致在和它们的关系中越陷越深的话，我真愿投奔到他们那里去，或者至少把他们的生活看成是全世界最虔诚的生活；因为他们的行为和生活，在我看来，简直像约塞夫[①] 以及其他人所描写的犹太埃塞埃尔教派[②]那样。他们有大量的财富和富裕的食粮，但他们决不肆意挥霍浪费；他们不骂人、不抱怨、不烦躁、甚至听不到他们说一句废话。我在那儿看到手工业者在他们的作坊里勤勤恳恳地干活；老师给学生们上课，就像对待自己亲生的孩子一样；在任何地方都看不到男女混杂不分的现象，人们总是按照不同的性别，在不同的地点分别完成各自的工作。我看到一些房间，里面只住产妇，她们并没有丈夫的照料，而是由姐妹们对她们及其孩子进行一切十分周到的必要的护理；还有一些专用的大厅，里面全是睡着婴儿的摇篮，所有婴儿都由专职的妇女照料，给他们换洗尿布和照料饮食，因此母亲们除了每天三次在指定的时间来给他们的婴儿喂奶之外，就不必操心了；照料产妇和婴儿的这一切工作，都由寡妇们来承担。在另一个地方，我看到妇女们惟一的工作是纺纱，所以在一间房间里我看到并排插着的上百根纺杆和燃杆。此外我还看到洗衣的、制作床上用品的、喂牲口的、洗碗的、管理地窖的、专管亚麻布床单以及其他各自有其明确职责的妇女。正如妇女们有条不紊地分担着各种工作那样，每一个男人和小伙子也都出色地和自觉地承担着各自的职责。如果有一个男人或者一个女人生了病，那么他或者她就有一个专门的男护士或者女护士，而且各自都有一个医生和药剂师，不过，他们由于值得称道的饮食习惯和良好的生活规律，很少得病。我在那里就见到过许多健康安详的高龄老人，这样的人在别处是很少见到的。他们在规定的时间就餐，在规定的时间睡觉，但没有一分钟玩乐或者闲逛；青年人则例外，饭后，他们和老师一起散步一个小时，以利健康，同时也要做祈祷和唱赞美诗。那里没有愤怒，没有嫉妒，

---

① 约塞夫(37—约100)，犹太历史学家。

② 埃塞埃尔教派，犹太人的一个教派，以禁欲著称。

没有报复，没有猜忌，没有敌意，没有世俗的忧虑，没有傲慢，没有贪婪，没有聚赌，没有狂舞之欲，没有后悔！总而言之，一切都是那样美好和谐，仿佛一切都是为了使人类和天国显得更加崇高伟大。在平常，任何丈夫都见不到自己的妻子，他们仅在一定的时间在卧室里和妻子在一起。那里没有其他摆设，惟有一张准备就寝的床铺、夜壶和水罐，以及雪白的手巾，以便把手洗得干干净净的上床睡觉和早晨起床上工。他们彼此以兄弟姐妹相称，这种高尚的相互信赖，没有理由使人不保持贞操。再洗礼派的异教徒们所过的这种高尚而幸福的生活，我十分乐意提倡，因为在我看来，它胜过了修道院的生活。

我想道："如果你能在官方的保护之下实现这样一种可尊敬的基督徒的生活，那你就成了另一个多明我① 或者方济各② 了。""唉，"我常常对自己说道，"你可以皈依再洗礼派，他们会教会我们的教友按他们的方式去生活，那你就会成为一个多么幸福的人啊！或者只要你去规劝你周围的基督徒，使他们像再洗礼派们那样过一种（至少是外表上）可尊敬的基督徒生活，那你也就算办成一件大事了。"我又对自己说："傻瓜，别人关你什么事？做一个方济各会托钵僧吧！你不是对所有的女性都厌烦了吗？"但是我立刻又想道："你今天不知道明天如何，谁知道你今后要以怎样的方式去走基督的正道呢？今天你想洁身自好，明天你可能又欲火烧心了。"

我久久地反复思考着，真想把我的庄园和全部财产都贡献给这个基督教团体，让我成为其中的一个成员。但是我的阿爸毫不犹豫地预言道，看来我是永远也不会和这些人聚到一起去的。

---

① 多明我（约1170—1221），西班牙人，十三世纪初创多明我会，是天主教托钵修会主要派别之一。

② 方济各（约1182—1226），创立方济各会，又译"法兰西斯派"，是天主教托钵修会主要派别之一。

第二十章

西木离开了黑林山区，来到莫斯科

这年秋天，法国、瑞士和黑森的军队正在向我们迫近，以便在这儿进行休整，同时也封锁包围了我们邻近的一座帝国直属城市(它是一位英国国王所建造，并以他的名字命名)①，因此男女老少纷纷打点起自己的贵重物品，带上牲口，逃到了高山上的树林里。我也和邻居们一样上山逃难，几乎把屋子收拾一空，里面住进了一个革新派的瑞典上校军官。由于我在匆忙中没有把一切东西都带走，因此这位军官在我的内室里还看到了几本书，其中夹着一张数学和几何学的草图，还有关于城堡建筑方面的资料；这无疑是工程师与之打交道的东西，他因此断定，他的住处必定不属于一个普通的农民，就开始打听起我的情况来，并且很想见到我。他用既是彬彬有礼的又是恫吓威胁的口气，邀请我亲自到我的庄园来和他见面。他十分客气地接待了我，而且不允许他的手下人肆意毁坏我的财物。在他这种友好态度的感动下，我把自己的一切情况都告诉了他，尤其是向他谈了我的家庭和出身。使他非常惊讶的是，在这战争期间，我竟然如此无所作为地闲居于农民中间，心甘情愿地眼看着别人把马系在我的篱笆上，而本来我是完全可以体面地把自己的马系在别人的篱笆上的。他说，我应该重新佩带刀剑，不要让上帝赋予我的才能在炉边犁后发霉。他知道，如果我担任了瑞典军职，我的能力和军事知识会使我很快高升，我可以成为一个显赫的贵族。我对此显出一副十分淡漠的样子，说，提升这件事，如果没有一个朋友的提携，那是遥遥无期的。但他回答说，我的情况会使我既获得朋友，又得到提升；此外他毫不怀疑，我在瑞典军队司令部

---

① 指奥芬堡，在德国西南部。相传为英王奥发于六〇〇年所建。该城于一六四三年二月至九月被威玛军队围困。

里一定会遇到一些举足轻重的熟人，因为在司令部里有着许多身居要职的肖顿[1]贵族。他又说，托尔斯腾松[2]曾许诺给他一个团，如果这个诺言得到兑现的话（这一点他是毫不怀疑的），他就立即要使我成为他的中校。他这些甜言蜜语逗得我垂涎三尺。再说，眼下和平的希望还很渺茫，与其继续忍受军队的驻屯，而使自己濒于完全的毁灭，不如下定决心再次服役；于是我答应跟上校一起走，只要他履行他的诺言，把他今后那个团里的中校职位委托于我。

事情就这样谈定了。我派人去把我的阿爸（或者说是教父）请来，他和我的那些牲口还留在巴伐利亚泉。我给他及其妻子立了字据，把我的庄园赠送给他们作为财产，不过在他死后，我的私生子小西木（就是被人放在我家门口的那一个）要继承这个庄园以及一切其他财产，因为我没有任何婚生的子嗣。我把一切事情，包括对我那野儿子的教养一一安排妥当，随后，就把马牵来，带上了我所有的现钱和首饰。恰巧就在这时突然解除了对上面提到的那个城市的封锁，所以我们便意想不到地提前动身到司令部去了。我在这位上校那里当一名总管，带着他的侍从和马匹以偷盗抢劫——用当兵的话来说，这就叫征集粮秣——来维持他的生计和全部给养。

至于他曾在我的庄园吹得天花乱坠的托尔斯腾松的诺言，却远非像他所说的那样。以我看来，他在那里所遭到的，倒更像是蔑视。“唉！”他对我说，“一只多么凶狠的恶狗在司令部里诽谤我啊！看来我是呆不长了。”他疑心我不会耐着性子长期和他相处下去，就谎称接到了信件，说他要到他的老家利芙兰[3]去招募一个新的团，并且说服我马上和他一起乘船前往维斯马[4]，再到利芙兰去。但这也只是一座空中楼阁，因为他不仅无团可招，而且他还是一个穷得精光的贵族。他所有的，只不过是他老婆的家当和带过来的嫁妆而已。

我虽然已经两次受骗，被带到了这个远离家乡的地方，这第三次我竟然还是上了他的圈套。因为他拿出一封从莫斯科发来的信给我看，由于

---

① 见第六七页注①。

② 托尔斯腾松（1603—1651），自一六四一至一六四六年任瑞典军队统帅。

③ 利芙兰，波罗的海地区古地名。

④ 维斯马，波罗的海海港城市。

我不懂信里的文字，他就把它翻译给我听，据他说已授予他高级军衔；还吹嘘说，那是一个有一大笔收入的肥缺。我看他还要带着妻儿一起动身，心里想道："他总不会作徒劳的举动吧！"我无可奈何，只得满怀希望地跟随他上了路，我若不跟他去，怕也没有机会再回到德国去了。但当我们一过边界到了俄国，就遇到了各种各样被遣散回家的德国士兵，尤其是军官。我心里惶恐不安起来，对我那上校说："真见鬼！有仗可打的地方，我们离开了；无仗可打的地方，当兵的不值钱了，被遣散了，我们却上那儿去！"他还是一个劲儿地对我好言相劝，并且说，我对他尽管放心好了，比起这些垂头丧气的家伙来，他心中是有底的，不必把这些人放在心上。

当我们平安抵达了莫斯科城，我立即发现一切都完了，我的上校倒是每天与达官贵人商谈，不过与希腊正教的大主教们比与大公们谈得更多。我虽然无法猜想，他究竟在打什么主意，但这在我看来，倒也没有什么离奇，反显得更为虔诚动人，不由我头脑里种种怪念丛生。他终于向我透露说，战争已经结束，他受良心的驱使，要信奉希腊正教了。他说，他要由衷地规劝我，和他一起皈依正教，因为他现在反正不能践诺帮我的忙了。沙皇陛下已经详细了解我本人的情况和我的才能，我是极受欢迎的，只要我愿意，作为一个所谓的贵族留下，可以赐予我一笔可观的贵族产业和许多奴仆；这样的恩赐是难能谢绝的，因为对任何人来说，陛下是一位伟大仁慈的君主，而不是一个令人敬而远之的君王。

这事使我大为诧异，不知该怎样回答才好。要是在另一种场合，我对这位上校就要采取断然行动而不是用言语作出回答了。但是现在我的处境就像一个囚犯，只得见风使舵，重调琴弦。因此，在作出回答之前，我沉默了很久。我终于告诉他说，我到这里来，也就是为了作为一名士兵为沙皇陛下效劳，这原是他上校促成的事；现在陛下不再需要我为战争服役，对此我也无可奈何。我决无责怪陛下的意思，说什么我为了他而白白跋涉这么漫长的路程，因为陛下并没有给我写信让我来。至于陛下赐予我这样大的恩典，我觉得与其恭敬地领受下来，不如让我向全世界颂扬他的美德，这反而使我更为荣耀，因为我眼下还不能决定是否改变我的宗教信仰，我只希望再回到我黑林山区的庄园，以免给任何人带来麻烦和不快。于是他回答道："那就悉听尊便吧。不过，我认为，如果上帝和幸运向一个人招手，他就绝无谢绝之理。如果他不接受帮助，也不愿意像一位王子那样生活，那么我也希望他会明白，我已经不遗余力地为他做了一切。”他说完就深深鞠了一躬，离开了我，撇下我一人坐在那里，也不让我送他到门口。

正当我茫然不知所措地坐在那儿，思量着我当时的处境，我听到有两辆俄国马车来到住所的门前，我从窗口往外张望，看见我这位好心的上校先生和他的儿子们坐进一辆车，上校夫人和她的女儿们坐上另一辆车，那是沙皇的车辆和侍从，另外还有几个教士，他们是来接待这一家人，并且随时听候他们的吩咐的。

第二十一章

西木叙述在莫斯科的遭遇，
他怎样开始制造火药并建立奇功

从这时开始我被沙皇的几个卫兵暗暗地监视着，由于这种监视并不是公开地进行的，因此我本人对此并无觉察；我再也见不到上校和他的一家人了，也不知道他到哪里去了。不难想象，处在当时的情况下，我不免产生了种种奇思遐想，无疑，我头上也平添了许多白发。我结识了一些德国人，他们是居住在莫斯科的商人或手工业者；我向他们倾诉苦衷，告诉他们我怎样中了人家的诡计。他们安慰我，指点我如何等候机会回到德国去。但后来当他们听说，沙皇决定要把我留在俄国并迫使我就范时，他们就对我一言不发了；他们甚至回避我，我现在要找到一个栖身之所也是困难的了，因为我已经把卖掉马匹和所有马具所得的钱全都花光了，并且还把我从前煞费苦心地缝在衣服里留作储备的杜卡托，也今天一个，明天一个地拆出来花掉了。到后来我又开始变卖我的戒指和首饰，一心指望能使自己维持下去，直至获得一个好机会重新回到德国去。一转眼三个月过去了。上校和他的一家重新接受了洗礼之后，得到了一笔可观的贵族产业和许多奴仆。

那时候颁布了一项法令，法令规定，无论本国人、外国人，均应自食其力，不准游手好闲、吃闲饭者继续存在，否则将对其处以重罚；凡是外国人不愿意工作者，全国要在一个月内，本城则在二十四小时内勒令他们离开。迫于这一情况，我们共约五十个人集中在一起，指望着上天的保佑，准备穿过波多利阿姆① 回到德国去。我们出城以后，还没有走完两小时的路程，就被一队俄国骑兵追上了。他们声称，沙皇陛下非常生气，因为我们竟敢违法聚集起这样一大帮人，未获准许，擅自穿越他的国土；他们还说，鉴于我们的无礼举动，陛下并非无权把我们全都送到西伯利亚去。在回来的路上，我以十分忧虑的心情获悉有关我的情况：这队骑兵的指挥官明确地告诉我，沙皇陛下不让我离开俄国；陛下恳切地忠告我，要顺从他无比仁慈的意愿，归顺于他们的教派，就像上校所做的那样，不要蔑视那样一笔可观的贵族产业。但如果我拒绝了这个好意，不愿意在他们那里过贵人的生活，那么我就得违背自己的意愿，像一个奴仆一样地过日子，那也就不必责怪沙皇陛下不许我这样一个广闻博识的人——就像上校对我所作的描述那样——离开国土了。我谦逊了一番，说道，上校先生可能把我并不具备的能力、长处和学识说得多了一些。虽然我来俄国的目的本来就是为沙皇陛下和值得称道的俄国臣民效劳，甚至为了抵抗俄国的敌人而不惜自己的鲜血；但要我改变我的信仰，对此我还不能下决心，不过，如果有一种办法能够使我不受到良心的谴责而为沙皇陛下服务的话，我一定会尽力而为。

他们把我和其他人隔离了开来，让我和一个商人居住在一起，我在那里受到公开的监视，另一方面却天天受到从宫廷里送来的珍肴美酒的款待。还天天有人和我聊天，不时又有人邀我作客。尤其有那么一个人——毫无疑问，他是专门负责对付我的——那是一个狡猾的家伙，他每天和我亲切交谈（这时我的俄语已经说得不错了）。他经常和我谈论各种各样机械方面的技术问题，谈到军械和其他的机器，谈到城防建筑工程以及炮术等等。他经过多次试探，以了解我是否愿意迎合沙皇的意图，而最后终于发现不能指望我对自己的信仰有丝毫改变时，他十分恳切地请求我，即使我不愿皈依正教，我也得为了对沙皇表示敬意而把我的知识传授

① 波多利阿姆，俄国西南行政区名。也疑指波兰地区名。

一些给他的臣民;沙皇陛下会对我的诚意降以极大的皇恩的。我回答说,我过去一直怀着一个心愿,恭顺至诚地为沙皇陛下效劳——我正是为了这个目的来到他的国家——而且现在仍然抱着这个意向,尽管我看到,你们像对待一个囚犯那样把我留在这里。"啊,不是这样的,先生,"他答道,"您不是囚犯,沙皇陛下十分珍爱您,他不能设想缺了你。"我说:"那我为什么要受到监视呢?"他答道:"那是因为沙皇陛下担心您会遇到什么伤害和不顺心的事呀!"

明白了我的心意之后,他说,沙皇陛下考虑在国内开采硝石,制造火药;但是没有懂得这一行的人,如果我担当起这件工作的话,那么这就是对沙皇陛下最好的效劳了。他们会为我配备足够的人力和资金。他以他个人的名义真心诚意地恳求我不要拒绝如此通情达理的考虑,因为他们已经详细地了解到我在这一方面是十分在行的。我回答道:"先生,我始终这样说,只要沙皇陛下恩允我保留我的信仰,那么如果我能够为陛下稍稍尽心的话,我决不会不尽力效劳的。"于是这个俄国人(他是最尊贵的大公之一)显得十分高兴。他与我频频斟酒,胜过了一个能喝的德国人。

第二天,沙皇派来了两位大公和一名翻译,他们和我说定以后,代表沙皇赠与我一件珍贵的俄国长袍。几天之后,我就着手去寻找硝石矿,并且指导分派给我的那些俄国人,教他们如何选矿和提纯,我还画了一张火药研磨机的草图,教会其他人烧炭。我们在很短的时间里就制造出了数量相当可观的枪械和大炮用的火药,因为我有足够的帮手,另外还有一些负有特殊使命的仆人,他们是专门侍候我的,说得更确切些,他们是来保护我和看管我的。

正当我把事情安排得有头有绪,上述那位上校来了。他穿着俄国的衣服,带着一队盛装华服的侍卫,无疑是向我显示他的阔绰,借此来说服我,接受再次洗礼,改变信仰。但是我心里明白,这些衣服都是从沙皇的衣库里借来的,只是为了引我上钩而已,这在沙皇宫廷是最平常的惯例。

为了使读者明白这种事的真相,我想谈一件我亲身经历的事例。有一次我正在火药研磨机上忙着,我把它建在莫斯科郊外的河边上,分别安排我的手下人各自在今天和明天应该完成的工作。这时突然响起了警报,据报有鞑靼十万骑兵在离我们只有四里远的地方逞凶行劫,并且还在不断向前推进。因此我和我的手下人不得不立即进入皇宫,在沙皇的军械库里和马厩里装备了自己。我穿上一件填丝的铠甲(它能挡住任何箭镞,但不能防弹),人们还给我配备了靴子、靴刺和一副带苍鹭翎毛的王公冠饰和一把带有缨子的、纯金包裹的军刀,镶嵌着各色宝石。我骑上沙皇的一匹非常出色的马,这样好的马我从来还没有见到过,更谈不上骑它了。我浑身上下连同我的坐骑和马具闪耀着金银珠宝的光辉;我身上佩带一根钢刺击棍,它像镜子闪闪发亮,看那样子和分量,是能一下子结果一个人的性命。总之,即便是沙皇御驾亲征,恐怕也不会像我这样装备精良了。在我之后,打着一面白色的双鹰大纛①,军队从四面八方纷纷向这里集结,我们在不到两小时的时间内就集中了四万骑兵,在四小时之后又增加到约六万骑兵的实力,朝着鞑靼人冲杀过去。每隔一刻钟我就从沙皇那里得到新的口头的命令,这一道道命令的内容,无非都是要求我在今天以实际行动向陛下表明自己确实是像我自称过的那样一名勇敢的军人,以得到陛下的赏识。我方的兵力每时每刻都在增强,大大小小的部队不断补充进来,而在这一片混乱之中,我却没有发现一个指挥全军、整顿

---

① 古代军队里的大旗。

队伍的人。

我不想一一赘述了，因为我的故事与这场遭遇战关系不大；我只想说，我们与那些骑着疲劳的马匹、拖带着沉重的掠获物的鞑靼人，突然在一个山谷里（或者说是一个地势相当低的地带）相遇了，我们出其不意地从四面八方向他们迅猛扑去，很快就把他们冲散了。冲锋一开始，我就用俄语对跟着我的士兵们喊道："上！大家都照我的样儿干！"他们也都这样对别人喊叫着。我放松缰绳冲向敌人，将我遇上的第一个人——这是一个亲王——的脑袋一劈为二，他的脑浆和血混在一起溅上了我的钢刺击棍。俄国人按照我英雄的榜样，使鞑靼人抵挡不住他们的进攻，纷纷逃命去了。我有如一个狂人，或者说更像一个出于绝望到处寻找死亡而又无法找到死亡的人。我把面前所遇到的所有人都击倒，不管他是鞑靼人还是俄国人。而那些受命于沙皇照管我的人们，紧紧跟随着我，使我背后始终保持安全。空中乱箭嗖嗖，仿佛蜂群在嗡嗡飞舞，我为了手中的军刀和钢刺击棍能够砍杀自如，卷起了袖子，因此我臂部中了一箭。在我中箭之前，面对这一鲜血奔流的景象，我乐开了怀；而现在当我看到了自己在流血，笑声便变成了狂怒。当这些凶顽的敌人开始全面溃退，几位大公以沙皇的名义命令我去向他们的皇上报告，我们如何打败了鞑靼人的喜讯①。我遵命拨转马头，约有上百骑兵跟随着我。我穿过市区朝沙皇的皇邸驰去，接受所有的人对我的欢呼和祝贺。然而我把这次战役的情况刚一报告完毕——虽然沙皇已经了解全部过程——我就得把王公贵族的服饰干净利索地重新脱下，把它们再放进沙皇的衣库里保存起来，虽然这些装束连同全套马具都已经是鲜血斑斑，污迹累累，几乎毁坏殆尽了。而我原先还以为，由于我在这次战役中表现英勇，这些服饰连同马匹理应留给我作为报酬呢。从这件事情我完全可以明白，那位上校用来炫耀的华丽的俄国服饰原来也都是借来之物，这些服饰正像全俄国的所有其他东西一样，都只属于沙皇一人所占有。

① 此系作者描写一六四四至一六四六年俄国人在莫斯科战胜鞑靼人的一场战斗。

第二十二章

西木叙述他怎样经过曲折

漫长的路途又回到了阿爸身边

在我养伤期间,我像达官贵人那样受到人们的侍候;我的伤口既不致命,也不危险,平常我总是穿着一件配有黑貂皮里子的金光灿灿的长睡衣,享受着我平生从未享受过的美味佳肴。但是,所有这一切都只是我靠自己的劳动挣来的,并不包括沙皇所赐予我的那些赞扬的话;那些话,由于某些大公们的妒忌,很使我苦恼。

伤愈之后,人们送我乘船沿伏尔加河而下,前往阿斯特拉罕①,要我在那儿像在莫斯科一样监造火药,因为沙皇不可能随时从莫斯科往这些边疆要塞输送新制的和高质量的火药,何况长途的水上运输必须冒着许多风险。我乐意接受这次调遣,因为沙皇答应我在完成这项工作以后就可以返回家乡,并且以他的至尊的名义对我的功劳给予丰厚的酬金。然而遗憾的是,当我们已经设想周详,并满怀希望地以为万无一失之时,袭来一阵不测风云,卷跑了我们酝酿已久并且认为十拿九稳的一切空想!

阿斯特拉罕的司令官接待我就像侍奉他的沙皇一样,我在很短的时间里就把一切安排妥当。他那些闲置的弹药,都已变质霉烂,完全失效,我把它们重新铸造,就好像铁匠把一把旧锡匙重做成一把新的一样,这对于当时的俄国人来说,简直闻所未闻。由于我露了这一手并显示出其他一些知识,一些人竟以为我是魔术师,另一些人则认为我是新圣人或者先知,还有一些人就把我看成是第二个埃姆佩多库罗斯② 或者高尔吉亚③。

① 阿斯特拉罕,伏尔加河三角洲上的城市。

② 见第四二七页注①。

③ 高尔吉亚(约公元前 490—前 400),古希腊智者派哲学家。

有一天夜里，正当我在要塞外的一个火药研磨工场里忙碌着的时候，我遭到一群鞑靼侦察兵的劫持，并被他们藏了起来。他们把我和其他人一起一直带到了他们的国家，使我不仅亲眼看到了波拉梅茨[①]的生长，而且还不得不把它当饭吃。他们用我向通古斯鞑靼人[②]交换了一些中国商品；后者又把我作为不寻常的贡品，呈献给了与他们刚刚停战的朝鲜国王。在那里我又受到器重，因为没有一个人像我那样善耍刀剑的了，我教国王把枪架在肩上、背对着靶子而可以击中靶心的绝招，因此他对我十分友好。经我苦苦的哀求，他同意释放我，让我经由日本到达澳门，把我交给了葡萄牙人。但这些葡萄牙人并不重视我，因此我就像一只离群的羔羊跟着他们到处流浪，最后我终于莫名其妙地被一些土耳其人或者穆罕默德的海盗们俘虏了过去。这些海盗带着我漂泊于大海之上，混迹于那些居住在东印度群岛的奇特的外国人之间；为此整整过了一年，我又被他们卖给了埃及亚历山大城的几个商人。这些商人带着我和他们的商品到了君士坦丁堡。当时土耳其皇帝装备了几条战船，准备抵抗威尼斯人，但缺乏划手，因此许多土耳其商人必须献出他们奴隶中的基督徒(不过他们也得到现金作报酬)。在这批奴隶当中，就有我这个年轻力壮的汉子。

我不得不学习划船，但是这种苦差使持续了不到两个月，由于我们的战船在莱伐特[③]被威尼斯人英勇地战胜了，我和所有的伙伴们就从土耳其的暴力下得到了解放。战船装载着大量战利品和几名地位很高的土耳其俘虏到达威尼斯之后，我被释放下了船，因为我要去罗马和罗累托[④]朝圣，去这些地方观光，同时为我的获得解救而去感谢上帝。朝圣之行使我很容易便弄到了一张通行证，并且从一些好心人(尤其是几位德国人)那里得到了相当多的捐款，我添置了一件朝圣的衣服，就踏上了我的旅途。

我抄近路来到罗马，在那里过得很好，因为我从阔人和平民那里都得到了许多施舍；我在罗马呆了六个星期之后，就和其他香客们一起前往罗累托，旅伴中也有德国人，另外还有几个也要回国的瑞士人。我从那儿经

---

① 波拉梅茨，传说中似羊状的一种甜瓜。

② 指居住于阿尔泰山区的通古斯鞑靼人。

③ 莱伐特，地中海东部诸国和岛屿，包括叙利亚，黎巴嫩等在内的自希腊至埃及的地区。

④ 罗累托，意大利安科纳附近的圣地，据说有圣母马利亚的寓所。

由圣·戈特哈尔特隘口[1],越过瑞士,重新回到了黑林山区我亲爱的阿爸身边。在我离家期间,他守着我的庄园,把一切都操持得很好,我带回家来的,除了一大把在异乡客地长起来的胡子,再没有什么特别的东西。

我在外三年零几个月,在这段时间里我漂洋过海,见到了各种不同的民族,但是总的说来,我在他们那里所受到的虐待却多于礼遇,这些事足足可以写一大本书了。这时候,德意志和约[2] 业已签订,我可以在阿爸身边安安宁宁地过日子了;我让他操持家务,自己则再次坐进书斋埋头读书,这既是我的工作,又给我带来了乐趣。

第二十三章

西木回顾艰辛劳累的一生,决心皈依上帝

罗马的使者们曾经带着如下的问题来到阿波罗神庙[3]:为了和平地统治他们的臣民,他们应该怎么办?我从书本上看到,神谕对这个问题的回答是:“Nosce te ipsum”。这就是说,每个人都要认识自己。这促使我进行自我反省,也很想趁这清闲自在之际,对自己过去的生活作出一番总结。我对自己说道:“你过去的生活算不得生活,而是死亡;你虚度的日子是黑暗的阴影,你流逝的岁月是痛苦的噩梦,你无度的纵乐是深重的罪孽,你的青春是幻想,你的幸福是炼丹术士的法宝,它从烟囱里飘忽而去,对于你不过是过眼云烟!你追随战争,历尽艰险,尝遍了多少幸福和辛酸:你时而身居高位,时而跌落尘埃,时而显贵,时而卑微,时而富有,时而穷困,时而快乐,时而忧伤,时而受人爱戴,时而被人嫉恨,时而享受敬重,

---

① 圣·戈特哈尔特隘口,在瑞士中南部。

② 指威斯特法伦和约,签订于一六四八年,三十年战争以此宣告结束。

③ 指古希腊城市得尔福的著名的阿波罗神庙。

时而遭到歧视。而现在，噢，你啊，我可怜的灵魂，你在漫长的人生道路上获得了什么呢？你为我挣得的是：一贫如洗，满腹愁肠，对任何好事我懒于去做，散漫而又堕落，而最可悲的是，我的良心惴惴不安，愧疚莫名，而你呀，你这灵魂已经罪孽累累，污点斑斑！肉体已经疲惫，神智已经迷惘，纯洁已经荡然无存，美好的青春已经逝去，宝贵的光阴已经空抛。没有任何东西能使我高兴，我惟有憎恨自己。当我在我父亲故世之后走向人间，我曾经是那样天真、纯洁、正直、诚实、真挚、谦卑、矜持、节制、无邪、羞涩、虔诚而敬神；转眼之间，我却变得如此恶毒、虚伪、奸诈、狂妄、烦躁、目无上帝，种种恶行我都不教自会了。我卫护我的荣誉，不是为了荣誉本身，而是为了飞黄腾达。我观察人生和时机，不是为了我灵魂的拯救，而是为了自己的肉体得到享受。我曾经多次拿自己的生命进行冒险，却从未热心于使我这一生改邪从善，好使我死后能够心安理得地进入天堂。我只看到眼前的一切和我短暂的利益，却从未想到将来，更没有想到有朝一日要面对上帝为自己的行为作出交待！”

我日日夜夜被这些想法折磨着，正巧这时候我得到一些古瓦拉①的

① 古瓦拉(1500—1545)，西班牙神学作家。此处(即以下一章)所用引文出自他的宗教性论文《对宫廷生活的蔑视和对平民生活的歌颂》，一五九九年被译成德语。这些引文在原著中的标题是：“作者以这些愤世嫉俗的话向世界告别。”

著作，他那力透纸背的文字使我对这个世界产生了彻底厌倦的心理。我把他的话摘录如下：

第二十四章

世界使西木无所留恋，西木向世界告别

“别了，世界，因为对于你无可信任，也无所期望；在你的大厦里，以往的已经消逝，现在的正在我们手下消逝，将来的尚未开始。最牢固的在沦亡，最强大的在瓦解，最永恒的在结束，因此，你是死者之中的一个死者，在几百年之内你使我们没有一个小时在生活。

“别了，世界，因为你俘虏了我们而不再给我们自由，你束缚了我们而不再将我们解放，你使我们悲伤而不给我们安慰，你劫走我们的一切而不偿还我们丝毫，你控告我们而没有任何理由，你判处我们而不听取对方之言，因此，你不经判决便杀死了我们，未待死去便埋葬了我们！在你这个世界上没有任何欢乐不伴随忧虑，没有任何和平不连着纠纷，没有任何爱情不埋下猜疑，没有任何安宁不隐伏恐惧，没有任何满足不带有缺陷，没有任何荣誉不留下耻辱，没有任何善行不包藏祸心，没有任何阶级不发出怨言，没有任何友谊不伴着虚伪！

“别了，世界，因为在你的宫殿里不允许有自己的意愿，效劳而不允许有报酬，爱抚是为了杀害，高升是为了摔下，帮助是为了陷害，敬重是为了羞辱，借贷是为了吞没，惩罚他人则永不宽恕！

“上帝保佑你，世界，因为在你的大厦里，王公贵族和宠臣被推翻，无名小卒上了台，告密者受到恩宠，忠诚者被打入冷宫，作恶者自由自在，无辜者遭到贬斥；智者能人被投闲置散，无能之辈获得肥缺厚禄；阴险小人占据要津，正直之士不受信赖；每个人干他想干的，没有人干他该干的。

“别了，世界，因为在你这里没有一个人被人直呼其真名实姓：狂妄者被称为勇敢，沮丧者被称为谨慎，狂猛者被称为勤勉，懒散者被称为平和，糜费者被称为豪举,吝啬者被称为节制;阴险的夸夸其谈者被称为善辩,沉默寡言者被称为痴呆或者幻想,通奸者或失贞者被称为多情,污秽者被称为朝臣,复仇狂被称为刚烈,温顺者被称为空想,你就是这样把善当做恶,以恶冒充善。

"别了,世界,因为你引诱了每一个人:你把荣誉许给了爱虚荣的人,把变化无常许给了不安分的人,把王公的恩宠许给了傲慢的人,把高官要职许给了懈怠的人,把大量财富许给了吝啬人,把享乐和纵欲许给了豪饮狂啖和寻花问柳的人,把复仇之欲许给了敌人,把诡秘伎俩许给了盗贼,把长寿许给年轻人,把王公持久不变的欢心许给了宠臣。

"别了,世界,因为在你的宫殿里,真实和忠诚无处藏身!谁和你交谈,会受羞辱;谁对你信任,会受欺骗;谁追随你,会受诱惑;谁敬畏你,会受虐待;谁热爱你,会得恶报;谁对你寄予最大的信赖,也就会遭受最大的耻辱。一切对你都无济于事:给你奉献的任何馈赠、为你作出的任何贡献、跟你诉说的任何好话、对你信守的任何忠诚以及向你表露的任何友谊,都丝毫挽救不了你!相反,你却欺骗、陷害、凌辱、玷污、威胁、吞噬和忘掉了每一个人。因此,每一个人都在哭泣、叹息、诉苦、悲哀和毁灭。每一个人都走向了末日。在你这个世界上所能看到的和学到的,不过是彼此仇恨直至把对方置之死地,彼此交谈直至互相撒谎,彼此相爱直至伤心绝望,有所行动直至盗窃,有所请求直至诓骗,作奸犯科直至死去。

"上帝保佑你,世界,因为人们追随了你,便在不知不觉中把时光虚度:青年时代四处奔波,越过篱笆和小径,跨过大路和小道,翻山过谷,穿林越野,漂洋过海,顶雨冒雪,忍暑挨冻,风里来,雨里去;成年时代把时光消磨于开矿冶炼,劈石琢料,伐木造屋,种粮种菜以及沉思默想,殚思竭虑,忧愁抱怨,买卖交易,口角斗架,撒谎欺骗;那晚年则在悲怆和困苦中度过,老人们衰老虚弱,口臭难闻,满面皱纹,弯腰曲背,浊目无光,四肢颤抖,鼻流清水,发落头秃,听觉迟钝,嗅觉不灵,饭食不香;面对这风烛残年,他们惟有叹息呻吟。总而言之,他们辛勤劳累一世,直至了此一生。

"别了,世界,因为在你这里没有一个虔诚的人。每天都有——刺客被处决,叛徒被车裂,窃贼、强盗和土匪被吊死,凶手被断头,巫师被烧死,伪誓者被惩罚,煽惑者被驱逐。

"上帝保佑你,世界,因为你的臣仆们惟一的工作和消遣便是——游手好闲，彼此愚弄，献媚于少女，取悦于佳丽，与情人眉来眼去，与赌友掷骰玩牌，求媒人撮合，跟邻居打架，说东道西，编造流言蜚语，争名夺利，尔虞我诈，勾心斗角，施展诡计别出心裁，他们每天都在制造新的罪行。

“别了，世界，因为没有任何人对你感到称心如意。穷人想变富，富人想更富；受歧视者想爬上高位；受侮辱者想进行报复；受恩宠者想掌握大权；作恶者只求自己横行无忌。

“别了，世界，因为在你这里没有永恒的事物。高塔会被雷电击倒，磨坊会被大水冲走，木材会被白蚁蛀空，粮食会被老鼠糟蹋，果子会被毛虫吃掉，衣服会被蠹鱼蛀坏，牲畜因衰老而倒毙，穷人因疾病而死去。有患疥癣的，有患癌症的，有患疱疮的，有患梅毒的，有患关节炎的，有患风湿病的，有患水肿病的，有患结石病的，有患肾结石的，有患肺结核的，有发高烧的，有患麻风病的，有患虚脱症的，有患痴呆症的！哦，在你这个世界上，一个人所干的，正是另一个人所不干的：这个在哭泣，那个却在笑；这个在叹息，那个在高兴；这个守斋戒，那个在豪饮；这个在设宴，那个在挨饿；这个在骑马，那个在步行；这个在夸夸其谈，那个却默不作声；这个游玩，那个干活；一个刚刚出生，那个正在死去。因此每个人各管各的过着自己的生活：这个统治，那个效劳；这个管的是人，那个放的是猪；这个听从宫廷，那个跟随耕犁；这个游山玩水，那个忙于赶集；这个打铁，那个采矿；这个捕水中的鱼，那个逮空中的鸟；这个艰辛劳动，那个却在掠夺蹂躏大地。

“哦，世界，上帝保佑你，因为在你的大厦里既没有圣洁的生，也没有圣洁的死。一个死在摇篮里，一个年纪轻轻就夭亡在床上，一个被送上绞架，一个被置断头刀下，一个被处以车裂，一个被火烧死，一个因贪杯送了命，一个因落水丧了生，一个吃得撑死，一个被人毒死，一个突然断气，一个阵亡战场，一个绝命巫术，一个把墨水瓶作为他可怜的灵魂的归宿。

“上帝保佑你，世界，因为你的说教已经使我厌烦。你给我们的生活，不过是一次可怜的朝圣之行，那是一个变幻无常的、不可捉摸的、艰难的、严酷的、转瞬即逝的和不纯不净的生活，它充满着困苦和错误，与其说是生，不如说是死。在这种生活里，我们每时每刻会由于世事变幻无常的弊病以及通向死亡的各种渠道而死去。你到处散布着死亡的痛苦，仍不满足，还用你的谄媚、诱惑和虚伪的许诺去欺骗大多数人；你从手中的金杯

中斟出辛酸与虚伪的苦酒，灌得人们眼瞎耳聋、举止疯癫、理智丧尽！啊！那些拒绝与你做伴、蔑视你那瞬息即逝的欢乐、不屑与你为伍而不与你这个狡诈的骗子一起同归于尽的人们，是多么的幸福呀！你把我们变成一个阴暗的深渊，一片贫瘠的土地，一个愤怒的孩子，一具腐臭的尸体，粪坑里的一只污秽的碗盏，充满恶臭而令人憎恶的腐烂的碗盏；因为如果你一直用谄媚、溺爱、威胁、打击、辛劳、拷打和痛苦折磨我们，那么你就是把我们衰弱不堪的肉体送进了坟墓，而把我们的灵魂托付给难以预测的未来了。虽然没有任何事物比死亡更为确定无疑，然而人还是不能确定他自己怎样死，什么时候死，在哪儿死；而最为令人悲伤的是，他不能预知自己的灵魂会上哪儿，会有什么样的遭遇。然后痛苦的是那可怜的灵魂，它为你——啊，这个世界——效过劳，它听信过你，追随过你的欲望和骄奢淫逸；在这样一个罪孽深重、未思悔改的可怜的灵魂突然令人害怕地离开那可怜的肉体之后，它不像肉体那样为佣仆和亲友所簇拥，而是被一群令人毛骨悚然的仇敌带到基督的审判席前。啊，世界，让上帝保佑你吧，我可以肯定，你终究有一天会离开我，遗弃我这不仅是因为我那可怜的灵魂有朝一日要面对严厉的审判，而且还因为逃脱不了那最可怕的宣判：‘你这该诅咒的人，进入那永恒之火吧！’

“别了，哦，世界！哦，卑鄙的、肮脏的世界，哦，腐臭可怜的肉体，正是为了追随你，效劳于你，听信于你，那些目无上帝、不知悔改的人们被判处下地狱受永罚；在那里，让他们无穷无尽地承受下去的只有：得不到安慰的苦难，而不是往昔的欢乐；得不到消解的干渴，而不是敞怀豪饮；得不到一饱的饥饿，而不是丰盛美筵；得不到光亮的昏暗，而不是灯火辉煌；得不到减轻的痛苦，而不是尽情纵乐；永不止息的哀号、哭泣和悲叹，而不是发号施令和庆祝凯旋；在那里，酷热不减退，烈火不熄灭，严寒无止境，苦难无尽头。

“上帝保佑你，世界，因为代替你所许诺的欢乐和情欲的，即将是恶魔们把手伸向那些未思悔改的、该遭诅咒的灵魂，转眼之间把他们推进地狱的深渊；在那里眼见耳闻的全是形象狰狞可怖的魔鬼和被罚入地狱的人，还有那漫漫的昏暗、烟雾、无光的火、号叫、咆哮、恐惧的寒颤以及对上帝的诅咒。到那时，获得恩典和宽恕的一切希望都将破灭，人的尊严不复存在；爬得越高、罪孽越重的人，就跌得越深，所受的苦难也越为严酷。那受得多的人[①]，被索求的也多，哦，你这凶恶卑鄙的世界，谁在你身边越是飞黄腾达，就越要赐给他痛苦和灾难，这就是上帝的意旨。

"上帝保佑你，世界！虽然那肉体会在你的土地里暂且逗留，并且腐烂，然而它在世界末日到来之时会重新复活，在经过最后的审判以后必定会与灵魂一起经受地狱之火的烤炼。那时这可怜的灵魂就会说道：'你该诅咒的世界，我因为你的教唆而忘记了上帝和自己，我一生在骄奢淫逸、为非作歹、罪愆和耻辱之中追随了你！我要诅咒上帝创造我的那个时辰！我要诅咒我被降生到你这丑恶的世界上来的日子！哦，山岳，岗峦和岩石啊，压到我身上来吧，在基督的怒容面前，在那端坐于审判椅上的人面前，把我掩埋起来吧！啊，无穷无尽的痛苦哟！'

"哦，世界，你这不纯的世界，我央求你，我请求你，我恳求你，我提醒你，我向你提出抗议，你在我心里不会再有一丝一毫，我也不再对你抱有任何希望；因为你知道，我已拿定主意，就是：'我的苦难已经结束。希望与幸福，永别了！'[②]"

我对这些话的每一个字都反复思考，琢磨再三，决心离开世界，重过隐居生活。我真想到蚊穴去，住在我的矿泉边上；但附近的农民不乐意，虽然它对我来说是一处舒适的荒原。他们担心，我的宝石引来矿泉后，我会把它泄露出去，那时，贵族老爷们就会因为已经获得的和平，要他们去铺路架桥，直通矿泉。我因此只能到别处荒原去，在那儿重新开始我在斯贝塞的生活；但我是否能像我已故的父亲那样，在那儿一直坚持到寿终正寝，尚未可知。但愿上帝把他的恩典赐给我们所有的人，我们大家都向他祈求，我们共同最希冀的一件事：便是一个有福的死。

---

① 源出《圣经》"施比受更为有福"句。见《新约·使徒行传》第二十章第三十五节。

② 这是一句有名的墓志铭。

附　　录

与本小说有关的三十年战争年表

1618—1648 年　三十年战争

1618—1623 年　波希米亚—法尔茨之战，天主教联盟[①]（以下简称“天”）获胜

1622 年 6 月 22 日　霍希斯特之战，梯里将军（天）获胜

1622 年 6 月　西木出生

1630—1635 年　三十年战争的瑞典时期

1630 年 7 月　瑞典国王古斯达夫·阿道夫（新教联盟[②]，以下简称“新”），侵入德国

1631 年 5 月 30 日　梯里将军（天）占领马格德堡

1631 年　阿道夫（新）战胜梯里将军

1632 年 2 月 25 日　西木遇隐士

1632 年 11 月　吕层城之战，瑞典阿道夫与皇帝军（天）华伦斯坦作战，瑞典军获胜，但阿道夫战死

1634 年 9 月　格尔恩豪森为皇帝军队（天）洗劫

1634 年 9 月　西木离开树林去哈瑙

1634 年 9 月 6 日　内尔特林根之战，瑞典军（新）大败

1634 年 10 月 2 日　拉姆塞统帅率领瑞典与黑森军队（新）进驻哈瑙

1635 年 3 月 11 日　克罗亚人扫荡黑林山区

1635 年春　西木为克罗亚人掳走

---

① 天主教联盟由巴伐利亚公爵领导，有三个教士选侯参加，得到皇帝、教皇和西班牙的支持。

② 新教联盟由法尔茨选侯领导，有黑森伯爵以及一些帝国城市参加，和英国、丹麦、荷兰有联系，并获得瑞典、法国的支持。

1635—1636 年　哈瑙为皇帝军队(天)围困,1636 年 6 月 16 日又被瑞典军队(新)解围

1635—1648 年　三十年战争的法兰西—瑞典时期

1636 年 4—8 月　马格德堡第二次被皇帝军队与萨克森军队(天)围困

1636 年　西木到马格德堡前皇帝军营

1636 年　葛兹伯爵(天)进驻黑森,固守威斯特法伦,再进驻威悉河

1639 年 10 月 4 日　维特斯托克之战,瑞典(新)获胜西木参与了这场战争

1636—1637 年　西木冬季在帕德博恩名叫“天堂”的修道院里度过

1637 年　瓦尔伯爵(天)从上法尔茨向威斯特法伦推进

法国安德莱阿斯上校(新)在利普施塔特任司令官

1637 年夏　西木成为“苏斯特猎兵”,名扬远近

1637—1638 年　瑞典将军贝恩哈特·冯·威玛(新)围困勃莱萨赫

1637—1638 年　西木被俘在利普施塔特

1638 年 3 月　葛兹伯爵(天)成为统帅,奉命去救援约翰·冯·韦尔特,为重要要塞勃莱萨赫解围,迫使威玛将军撤退

1638 年春　西木结婚,到科隆和巴黎旅行,江湖生涯,在菲律泼斯堡被迫当步兵

1638 年 2 月　拿骚伯爵(天)占领哈瑙

1638—1648 年　汉斯·雷·冯·肖恩布尔格男爵(天)任奥芬堡司令官

1638 年　威玛将军(新)围困帝国城市奥芬堡

1638 年 7 月 30 日　维腾魏尔战役,葛兹伯爵失败

1638 年 8 月　勃莱萨赫被(新)围

1638 年 8 月　西木加入溃军兵痞队伍

1638 年 12 月　西木与奥立佛结伴为盗

1639 年春　奥立佛死。西木与海尔茨布鲁德到瑞士朝圣。西木维也纳之行此后小说情节与历史真实情况在时间上脱节

1639 年后　菲律泼斯堡先后为瑞典人、法国人、皇帝军队、后又为法国人所占领

1644—1646 年　俄国人战胜鞑靼人

1648 年 10 月 24 日　威斯特法伦和约签订,三十年战争结束

译 后 记

李 淑

借《痴儿西木传》第二版山版的机会，我想就当前德国对这部书的研究情况以及我与《痴儿西木传》作一些补充说明。

《痴儿西木传》第一版出版时，我们与德国这方面研究的情况还是隔绝的，一九八二年，我有校际交流的机会赴德国西柏林自由大学，在那里，初次见到《痴儿西木传》在大学日耳曼语文系课程设置中的重要位置。我旁听了一学期施贝勒贝尔格教授主持的《痴儿西木传》专题研究班。

在我国封闭了多年之后，我第一次接受国外研究文学的方法，初步从几十年生活的方方面面“抓住阶级斗争这个纲”的束缚中摆脱出来。原先文学分析也离不开这一准则，《痴儿西木传》中的“等级树”(1 卷 15 章)和“疯子朱庇特的理想国”(3 卷 4 章)被认为是认识这部作品的重要章节，因为它们适合于作阶级分析。

但一部文学作品，恰似一件艺术品，可供人从各个角度去鉴赏，去评审。在德期间，我读到当代日耳曼语文界名师贡特·魏特教授的著作《巴罗克文学中的模仿和创造——格里美尔斯豪森研究》，这部被公认为当代文学史研究上有重要价值的专著，确实给我打开了一个扩大视野的窗口，学习从巴罗克的角度去审视《痴儿西木传》。

我应施教授之邀，作了《关于我译西木》的报告，引起施教授的关注，将我此文发给明斯特大学格里美尔斯豪森研究中心，在次年的专业刊物《西木卜里希阿娜》上发表。

从那时起，我得以认识魏特教授本人，他当时已七十六岁，从一九八五年夏至一九八六年秋，我有机会在他所在的明斯特大学日耳曼语文系格里美尔斯豪森研究中心进修，时常得到魏特教授的指点，并在他的引导下参加国际格里美尔斯豪森学会（以下简称格氏学会）的工作。

这里不得不提到一九七六年，当格里美尔斯豪森逝世三百周年之际，联邦德国为这位民族作家举办了盛况空前的各种纪念活动，遗憾的是我们那时无法获得这方面有关的信息。当我一九八二年在德国时，业内人士仍然时常提及这些活动。当时，魏特教授在这些活动中起到了主导作用。因此，那年成立了国际格氏学会，魏特教授便被公推为学会主席。他负责每年出版一期国际性的、以格氏研究为中心的论文集《西木卜里希阿娜》(Simpliciana)，从此将格氏的《痴儿西木传》研究推向了一个新的阶段。

我在明斯特期间，每周三下午为学会例会，魏特教授必定出席，除讨论一些会务外，多半时间用来审定来稿，他从来都认真阅读稿件，发表意见，言简意赅，使我从中获益匪浅。是他引领我进入德国十七世纪巴罗克文学研究的领域，在他的帮助和安排下，我在一九八六、一九八九和一九九二年有机会到德国中部乌芬布特古代藏书丰富的奥古斯都大公爵图书馆从事十七世纪文学研究。

在魏特教授的组织和主持下，格氏学会每年举行一次学术会议，每三年有一次较大规模的国际性学术会议，每位会员每年交纳五十马克会费（现为二十五欧元），资助《西木卜里希阿娜》的出版。

目前格氏学会约有会员近三百名，主要成员为欧美各国学者。原先有《痴儿西木传》的苏联译者（一位教授）和日本译者（一位东京大学教授）参加，这两位译者都应邀参加过一九七六年德国举办的纪念格氏逝世三百周年庆典活动，但当我后来结识学会时，他们因年迈已不能出国参加学术活动，因此学会无疑重视了中国学者的参加。

一九八六年格氏逝世三百一十周年之际，我受格氏家乡城市伦兴市长之邀，参加了纪念活动。这个德法边陲小城是个名不见经传，地图上都找不到的地方，在很久之前属于斯特拉斯堡教区，现属巴登－符腾堡州最大的阿登脑地区，站在伦兴市多处葡萄园的高坡上，便可望见斯特拉斯堡大教堂的尖顶，因斯特拉斯堡在一战后归属法国，这些边区城市便冷落了。伦兴市为了举办这一盛大活动，还专门开辟了广大停车场，迎接四方宾客。应主方要求，我作了《西木翻译中的语言问题》的报告，列举德语汉译中的对比处理，引起听众很大兴趣，使我获得意想不到的许多采访和馈赠，一时竟无所适从无所应对。其中令我感动的是一位普通德国妇女，她赠我一册《痴儿西木传》珍贵版本，说是她多年前以平生第一次工资购买。我感到《痴儿西木传》的深入民间以及德国人民对它的珍爱，不亚于《红楼梦》《水浒》之于中国人民。伦兴市长授我有格氏头像的金质奖章一枚，以资鼓励和敬意。这是我当初翻译这部作品时未曾奢望过的。

自一九八二年起至今二十年，我参加了八次格氏国际学术会议，也以行动支持了《西木卜里希阿娜》的出版。二〇〇一年夏在黑林山区举行的国际会议，题目是《二十世纪对"痴儿西木传"的接受》，被德国日耳曼语文界评为当年最成功的文学会议。

德国从南到北，不乏格里美尔斯豪森及其痴儿西木的足迹：西部威斯特法伦州优美的小城苏斯特，是西木当年成为猎兵，名振四方的地方。中部黑森州的格尔豪森是格里美尔斯豪森的故乡，那一带的乡村风貌正是《痴儿西木传》中一开始发生战乱的地方。在德国西南部富庶的巴登－符腾堡州，为白枞树密密覆盖、延绵一百多公里的黑林山区，更与作者和小说的渊源与缘分密不可分。

位于黑林山区西部边缘的伦兴市，是格里美尔斯豪森生命中最后十年生活和任当地行政长官的地方，也是他创作丰硕时期，市内有格氏纪念馆一处，新旧纪念碑两处，市政府门前有格氏全身铜像一尊，为一九七六年意大利当代著名雕塑家曼佐作品。格氏一手持剑，一手挥帽向人民致意，表明他在任期间抵御外敌以及与人民的深厚感情。九十年代在附近又新添了格氏与魔鬼铜像一处，这一魔鬼形象已成为西木标记，同时也是一九七六年德国发行纪念格氏逝世三百周年五马克硬币和纪念邮票上所采用的形象标记。

伦兴附近的奥勃凯尔希市也是格里美尔斯豪森生活过的地方。山顶上的绍恩古堡遗址是发掘出格氏生平的重要考证之处；沿山而上，每间隔十来米便有由现代艺术家装饰的《痴儿西木传》中的名段名句，仿佛令人置身于西木传中。古堡继承人B. 男爵夫人曾在她当地富丽的官邸里多次热情地接待过格氏学会的成员们。

绍恩堡附近有当年格里美尔斯豪森经营过的银星饭店，以其火腿奶酪饼闻名。这一带的民俗民风均可见诸《痴儿西木传》。必须提及的是当地富商格拉夫先生，他以毕生精力和财力用于帮助当地建立格氏博物馆，花费重金购买格氏著作珍贵版本，他虽然身患重病，两度脑中风，濒临瘫痪，但他坚持主持和组织"格氏论坛"已有十多年，每月一次他邀请欧洲或德国的教授们在银星饭店相聚，作有关格氏研究的报告，这对推动格氏研究起了积极作用，并给《西木卜里希阿娜》提供了许多文章。参与者之中有八十高龄的齐·斯特莱勒教授，他原是柏林洪堡大学日耳曼语文系教授，二十世纪五十年代是他首次将《痴儿西木传》成功地改写为简本，供中学生阅读。我初识西木就是通过他的简本，从而对此书产生了强烈兴趣。

坐落在奥勃凯尔希附近的魔魔湖，正是《痴儿西木传》第五卷中提到的神奇的湖，面积不大，为古老浓密的白枞树环绕，幽森而神秘。及至黑林山区至高处，有《痴儿西木传》中隐士隐居之地，有碑为记，那里已是空气稀薄，白枞滴水，寸草稀疏，荒无人烟。一九八六年我在伦兴市长荷伯先生和魏特教授陪同下共访此地，眼前景象重现了小说中西木幼时在这样的环境里与隐士度过的艰苦日子。

巴登－符腾堡州另一处旅游胜地彼得谷，是著名的矿泉水产地。据说从十九世纪起这里就是俄国王公贵族常来度假之处。一九八六年在当地市长陪同下我参观了矿泉之源，那里已建了舒适的疗养院，这正是西木当年梦想有朝一日得以开发，造福人类的矿泉。

一九八六年后，魏特教授退任，由苏黎世大学在巴罗克文学研究方面著述丰硕的鲁尔夫·泰洛特教授接任学会主席又十二年，学会活动一如既往。一九九八年泰洛特教授退休，由亚琛大学布劳埃尔教授担任学会主席。布劳埃尔教授退休后，继任者为明斯特大学的彼得·海瑟曼教授。二十多年来格氏学会以敬业的精神在运作，是与以上各位教授的努力分不开的。近年来，学会得到奥勃凯尔希市政府的大力支持，政府办公室主任米勒先生兼任学会理事，主管财务，学会的研究经费和活动得到当地企业家们的支持。在今日社会也体现了物质第一、精神第二的准则。

每次我赴德国或苏黎世参加国际格氏会议时，总会受到这样的询问：你为什么要译《痴儿西木传》？这部小说有什么哲理思想吸引了你？

德国小说往往重哲理而轻故事，它在情节和语言上并不像十九世纪法国小说那样吸引人。像歌德那样的大师，写个恋爱故事，还得赋予一个《亲和力》的名称。一九八四年当《痴儿西木传》第一版以55,000册在北京发行，并未引起当时渴望了解外界的读者多大的反响和关注。但人到一定年龄，经历了世事沧桑，却喜欢阅读有一定内涵的作品。当我在文化大革命中，读到《痴儿西木传》中最后一章《别了，世界》时，那力透纸背的语言，令我感到极大震撼，在那物质和精神上十分困苦的年代，我觉得自己所想的，所要说的，前人都已写了，都已说了。小说中丰富的人生经验，所体现的现实与愿望之间的差距，主客观之间的矛盾，因果报应，祸福相依，以及贯穿全书的那句名言"变幻不定乃永恒不变之理"，在那万马齐喑的年代，仿佛还给人带来一线希望。许多道理与老子哲理不谋而合，使我深感古今中外世态炎凉，处世哲学何等相似。我对这部书的特殊感情，便是想将它译出。

但由于本人语言水平的限制，工具书的缺乏，在很长一段时间里，只是译了些片段。从一九七三至一九八〇年，我在上海外国语学院参加德汉词典的编写，手边具备了各种工具书，使我在工作之余，得以利用无数个寂寞的晚上，从七点多到半夜十二点，与西木为伴，从事着苦中有乐的翻译，并由潘再平进行审校和修改。当时潘再平主持编写《德汉词典》，他对德语词汇有深厚的研究功底，由他校改这部名著，翻译质量得以保证。

《痴儿西木传》文字古奥不谈，且雅俗并存，风格不一，谐音，一语双关，拆字，生造词，富有独创性的隐喻和怪异的想象，修饰的词藻，比比皆是；加上德语本来复杂的框形结构，正巧适合了巴罗克时代文学文体上的特点。在内容上上至天文，下至地理，德国民俗民风以及十七世纪崇尚的星相学等等，无一不给我带来翻译上的困难。格里美尔斯豪森虽博览群书，又有非凡的记忆力和叙事才能，但他涉及上述诸多方面时，常有疏漏或不确之处，查对困难。当然，小说本属撰稽，无可非议；何况十七世纪的德国是个多灾多难的时代，文坛上也是个复杂的时期。一六一八至一六四八年连绵不断的三十年战争，政治上和宗教上的混乱使创作几乎无法生存。这里不得不对德国十七世纪文坛情况作一简略说明。

文坛上占主导地位的多为一批在国外受过高等教育的人士，用今天的话来说，是一批外国留学生，他们大多是为当时官廷服务的官员，他们也致力于纯洁和规范德语的工作，因为战争造成了德语的混乱。他们创办了纯洁德语的《丰收学会》，其杰出的代表人物马丁·奥皮茨，以一册《诗论》(1624)震动文坛，其影响不仅当代，且及于下一世纪的作家。他以荷兰和法国为榜样，旨在整顿德语之混乱，为提高德语地位而出力。尽管在三十年战争时期，《诗论》竟然在十四年间出了七版。他语言简明扼要，引入外国诗音节，阐述如何应用韵律，禁止在创作中使用外来语和方言，力求语言纯洁。他认为人与文各有等级和雅俗之分，文体也有雅俗之分。受其影响，十七世纪诗歌就比较繁荣，而其中旨在加强道德教诲的箴言诗流行，当时一些名诗人如弗莱明，格吕菲乌斯，达赫等都接受奥皮茨的创作理论，由此出发，形成各自风格。

当时戏剧方面则受到耶稣教会的监督，成了一种说教剧，材料多半来自圣经、传说及历史，剧本大多用拉丁文写，但被翻译过来，或作了解释，旨在提醒人们警惕妄自尊大，要遵守规范，有正确信仰。演员并非专业人员。这类戏剧为国家和教会所支持，所以一时繁荣。

而小说这一体裁源自民间话本，原供老百姓欣赏，被认为是不登大雅之堂的作品，所以十六、十七世纪作家隐姓埋名乃属常事。但一六六八年年底当长篇小说《痴儿西木传》初次问世时，风靡畅销，盛况空前。也许德国人对结束了才二十年的长期战争记忆犹新，对战争题材感兴趣，三年之中，此书竟再版三次。人却不知作者为何人，因为格里美尔斯豪森以化名发表。战争中生不如死，人对命运的无法掌握——小说所述正如德国谚语所说“今日红运，明日白骨”——使人感到人生险恶，世事无常，所以一方面热望生存，肯定人生应及时行乐，另一方面又哀叹人生转瞬即逝，悲乐交替，也就产生了逃避人生，幻想乌托邦世界。当时又处在教会势力重新抬头时期，一方面批评和嘲笑教会，另一方面又屈服于传统和时代规范，所以文学中多象征和隐喻手法，典型的例子就是采用抽象名词 Simplicissimus 来作为小说主人公痴儿西木的名字，寄托了一种理想的完人形象，若要追根溯源，这也并非巴罗克文学时期的创造，其根源可追溯到中古时代基督教对事物的看法上。当时诗人格吕菲乌斯名句“一切皆虚妄”，以及如今铭刻在格里美尔斯豪森新碑上的一首小诗“时光流逝，水流不止，人啊！多少妄想，害了你们。”可以说是代表了具有这一时代特征的想法。这与我国的“镜花水月，毕竟总成空”类似。

如今《痴儿西木传》可见诸世界各大辞书，但在德国十八世纪辞书中对格里美尔斯豪森的记载依旧沿用他当初发表《痴儿西木传》时的化名：萨·格·封·赫尔希弗尔德。这部作品对德国文学的影响不容抹杀。德国现代著名剧作家布莱希特的名剧《大胆妈妈和她的孩子们》二十世纪六十年代在上海演出过，源出格里美尔斯豪森的《女骗子和女流氓大胆姑娘》，描写一个妇女在战争中的遭遇。获得诺贝尔文学奖的当代德国作家君特·格拉斯自称是“格里美尔斯豪森的继承者”。他的长篇小说《铁皮鼓》中的主人公奥斯卡，《比目鱼》中的比目鱼，前者以侏儒的目光，后者以两边的眼睛观察世界，其古怪夸张的形象和奇奥的语言，都是痴儿西木的派生形象。

在二十世纪七十年代后期，我正式着手翻译《痴儿西木传》时，仅从北京大学图书馆借得一册当时东德建设出版社一九五五年版的全本，遗憾的是它没有注释。我感谢蔡思克教授，他设法从德国购得有注释的《痴儿西木传》一册赠我，使我能根据这些注释校对了一遍我的译文，他还经常为我解释疑难。我也得到上海外国语学院我的同事潘再平的极大支持和帮助，他注意到小说文字的雅俗牍野以及风格上的迥异多样。最后一章《别了，世界》是难度很大的排比句，在译文的相当上，潘再平下了很大功夫，我们对书名也作了反复的酌斟推敲，主人公名字 Simplicissimus 若按音译为西木卜里其西木斯，未免令人费解，混沌无知达到顶峰译为“痴儿”，“西木”仅取其字头发音而已。主人公姓名前的形容词 abenteuerisch，译为冒险，意义上也嫌不足，全书所述，乃痴儿西木在战争中的九死一生，或险象环生的境遇，若将这些意思加在书名上，便嫌累赘，故从略。其它例子很多，不能一一列举。老师冯至在那几年里对我翻译此书多予关注。一九七九年我初次将《痴儿西木传》的头几章和最后一章译稿径寄人民文学出版社，征求意见，询问能否出版。经过一段时间，获得了肯定的答复。过了很久我才知道和我打交道的是诗人兼作家绿原先生，他当时正负责德国文学的出版，我感谢他对我的指点督促，使《痴儿西木传》在一九八四年得以顺利出版。并感谢人民文学出版社直接代我寄给德国明斯特大学十五册样书，由贡特·魏特教授亲自分赠各地有关博物馆收藏。但当时尚属国家改革开放初期，行内人士虽知此书价值，却由于我们长期与外界隔绝，不论前言还是封面设计，都与当今德国对此书的研究成果有差距，也欠缺必要的插图。当时德国二十多家报纸为《痴儿西木传》在中国出版，相继发了消息，其中包括颇有影响的《法兰克福汇报》。

今承人民文学出版社出第二版《痴儿西木传》，将这部在二十世纪后期重新红火起来的德国小说再次介绍给中国读者，潘再平教授和我在此表示衷心的感谢。

本版采用了德国当代著名画家约瑟夫·黑根巴特(Josef Hegenbarth)的插画，在解决版权费用方面，我们得到德国格里美尔斯豪森学会和学会名誉主席狄特·布劳埃尔(Dieter Breuer)教授的及时帮助，使此书得以顺利出版，在此一并致谢。

2002 年 2 月寄自美国康州
2003 年 9 月改于北京大学
2015 年 5 月改于北京大学

内容提要：

这是发生在德国三十年战争时期一个小人物的故事。主人公西木是个孤儿，从小被一个农民收养，思想及其单纯。战乱中他逃入树林，夜遇隐士，隐士对他的愚钝无知感到非常惊讶，便教他种种知识。隐士去世后，西木离开树林，进入人间社会。他先当书童、小丑，后在军队服役。靠着自己的聪明才智和应变能力，他屡建战功，成为一名智勇双全的猎兵，风光一时。后来，他受骗到了巴黎，陷入“爱神之堡”和“仙窟”。在逃离巴黎回国途中，他不幸得了天花，丧失了美貌和财物，最后沦为兵痞、骗子、强盗和卖假药的人。经历了今日天堂明日地狱的种种曲折之后，西木万念俱灰，厌倦人生，决心返回树林，重过隐居生活。